KB176598

차라투스트라는 이렇게 말했다

만인을 위한
그리고
어느 누구를 위한 것도 아닌 책
(1883~1885)

Also sprach Zarathustra

Friedrich Wilhelm Nietzsche

차라투스트라는 이렇게 말했다

프리드리히 니체 지음 | 황문수 옮김

문예출판사

일러두기

1. 이 책은 Wilhelm Goldmann Verlag의 문고판에 수록된 *Also sprach Zarathustra*를 대본으로 하고 다음의 영역, 일역 등을 참조했다.

    Willard H. Wright 譯, *Thus spoke Zarathustra*(The Modern Library의 *The Philosophy of Nietzsche*).

    R.J. Hollingdale 譯, *Thus spoke Zarathustra*, Penguin Books.

    吉澤傳三郎 譯, 『このようにツァラトゥストラは語った』(上・下卷), 講談社.

    竹山道雄 譯, 『ツァラトゥストラかく語りき』(上・下卷), 新潮社.

    手塚富雄 譯, 『ツァラトゥストラ』, 中央公論社(「世界の名著」46).

    박준택 譯, 《짜라투스트라는 이렇게 말했다》, 박영사.

2. 진하게 표시된 단어나 ' ' 안의 표현은 원문에서 강조된 어구, ( )로 표시한 것은 역문의 연결을 위한 옮긴이의 보충을 나타낸다.

3. 주(註)에서, 예컨대 제3부 '새롭고 낡은 목록판에 대하여' 3의 5단이라고 되어 있는 경우, 3은 그 장이 1, 2, 3으로 분절되었을 때의 절을 나타내며, 5단의 '단'은 한 단락을 나타낸다.

4. 이 책에는 상당히 많은 옮긴이 주가 붙어 있다. 간결하고 함축적이며 비유와 상징이 많으므로 주 없이 이해하기가 무척 어렵기 때문이다. 처음에는 주를 통해 충분히 이해하고 다시 한번 자기의 안목으로 읽어보는 것이 이 책을 읽는 가장 좋은 방법일 것이다.

차 례

제2부

제3부

제4부 및 최종부

니체의 생애와 사상

니체는 철학가라기보다는 오히려 예언자였다. 19세기의 철학자이면서도 니체의 사상이 '너무나 현대적인' 까닭은 바로 그의 예언자적 성격을 보여주는 것이다. 생존시에 그의 저술들이 출판사를 찾지 못해 자비 출판의 형식을 취하고 그나마 제대로 판매되지 않았다는 것은 19세기에 살면서 20세기를 예감한 철학자 니체에게는 당연한 일일 것이다. 키르케고르와 마찬가지로 '행 밖에 찍힌 구두점'으로서 예외자로서의 운명을 참아 온 철학자였던 것이다.

《차라투스트라는 이렇게 말했다》(이하 《차라투스트라》)는 명실 공히 니체의 대표작으로 니체는 자서전 《이 사람을 보라》에서 이 책에 대해 이렇게 말하고 있다.

내 저서 중에서 《차라투스트라》는 특수한 것이다. 나는 이 저서로 지금까지 인간이 받은 선물 중에서 가장 위대한 것을 선사한 것이다. 몇천 년에 걸쳐 가슴을 울려줄 소리를 가진 이 책은 세계의 최고의 책이며 정녕 준령(峻嶺)의 분위기를 가진 책이다.

이러한 자찬의 말은 자찬으로 끝나는 것이 아니었다. 이 책은 그 정도의 찬양을 받기에 부족함이 없었다. 실존 철학의 거두인 카를 야스퍼스의 다음과 같은 말은 이 책에 대한 니체의 자찬이 과언이 아님을 입증한다.

이 책은 니체의 주저로 생각되고 있지만, 지금까지의 어떠한 전형에도 어울리지 않는 독특한 형식을 갖고 있다. 이것은 문학인 동시에 예언이며 철학이지만, 이러한 형식 어느 것에도 적중하는 것은 아니다.

이 책에는 니체의 모든 사상이 집약되어 있어서 니체 사상의 진수를 보여준다. 그뿐 아니라 이 책은 서사시적 구성에 문장 또한 유려하여 어떠한 문학서, 어떠한 시보다도 더 문학적이고 시적이다. 야스퍼스의 말대로 이 책은 철학과 문학과 예언이 일체를 이룬 장관을 보여준다. 니체 스스로가 루터, 괴테에 이어 세 번째로 독일어를 완성시켰다고 자처하는 것도 무리는 아닌 것이다. 이 책은 심원한 사상을 유려한 문장으로 표현한 뛰어난 걸작이며 삶과 인간과 세계를 생각하려면 빼놓지 않고 읽어야 할 책이다.

1. 니체의 생애

프리드리히 빌헬름 니체(Friedrich Wilhelm Nietzsche)는 프러시아의 작센 주 뢰켄에서 프로테스탄트의 목사인 카를 루드비히 니체의 장남으로 1844년 10월 15일에 태어났다. 어머니도, 할머니도 목사의 딸이었다. 후일 기독교에 대한 가장 격렬한 비판자가 된 니체가 가장 독실한 기독교 집안 출신이라는 것은 아이러니가 아닐 수 없다.

4세 때 아버지가 뇌연화증으로 사망하고 다음해에 니체 일가는 나움 부르크로 이사했다.

14세 때 슐포르타 고등학교에 입학했는데, 이 학교는 노발리스, 슐레겔 형제, 피히테 등을 배출한 명문교로 엄격한 기숙사 생활과 인문주의 교육으로 널리 알려져 있었다. 니체는 이때부터 문학과 음악 등에 깊은 관심을 보여 '게르마니아'라는 클럽을 조직하고 문학과 예술을 연구하는 동인 활동을 벌였다.

1864년, 21세에 그는 본 대학에 입학했다. 어머니는 그가 신학을 전공하여 목사가 되기를 원했으나 니체는 그리스어, 라틴어를 언어학적 입장에서 연구하는 고전문헌학을 전공으로 선택했다. 고전문헌학을 선택한 데는 당시 이 방면의 저명한 교수이던 리츨 교수의 영향이 적지 않았다.

다음해에 리츨 교수가 라이프치히 대학으로 옮겨 가자, 니체도 스승을 따라 라이프치히 대학으로 옮겼다. 이 대학에서 4년 동안 니체는 고전문헌학을 연구했으며, 재학 중의 업적이 우수하여 리츨 교수는 무시험으로 니체에게 학위를 수여하였다. 또한 리츨 교수의 추천으로 니체는 1869년, 24세의 약관으로 스위스의 바젤 대학의 객원 교수가 되고 다음해에는 정교수로 임명되었다. 당시 아카데미즘의 풍토로 보면 니체의 데뷔는 이례적인 사건이었다.

라이프치히 대학으로 옮긴 지 얼마 되지 않은 어느 늦은 가을, 우연히 고서점에서 쇼펜하우어의 《의지와 표상으로서의 세계》를 발견한 니체는 이때부터 쇼펜하우어에 심취했다. 이러한 심취는 대학 교수가 된 다음에도 계속되었고 젊은 학자로서 평탄한 장래가 약속된 니체가 정통적인 학자풍에 반기를 드는 데도 적지 않은 요인으로 작용하였다. 쇼펜하우어를 알게 될 무렵 그는 바그너의 음악에 심취하게 되었고 바젤 대학의 교수가 된 다음 그의 생애 최대의 사건인 바그너와의 우정이 시작되었다. 이때 니체는 24세, 바그너는 55세였다.

1872년, 니체는 처녀작《음악의 정신으로부터의 비극의 탄생》[1]을 출판했다. 그리스 정신, 쇼펜하우어의 철학, 바그너의 음악을 하나로 뭉친 이 책은 바그너 일파로부터는 박수 갈채를 받았으나, 은사 리츨 교수를 비롯하여 고전문헌학계에서는 최악의 반응을 일으켰다.

1873년부터는 그동안 그를 괴롭혀오던 두통과 안질과 위통이 격심해져 대학에서 휴가를 얻고 이탈리아로 여행하여 소렌토에서 머물렀다. 그 시기에《반시대적 고찰》,《인간적인, 너무나 인간적인》을 썼다.

이 무렵 니체가 최대의 찬사를 아끼지 않던 바그너[2]는 점점 기독교로 기울어져 '신앙심'이 깊어졌으므로, 니체는 이에 격노하여 바그너와 헤어지고 이후 바그너의 격렬한 비판자로 변신했다.

1879년, 니체는 병이 악화되어 바젤 대학 교수직을 사임하고, 스위스와 이탈리아 등지에서 지냈다.《아침놀》(1881),《즐거운 지혜》(1882) 등이 이 시기에 출판되었다.

1881년 7월부터 10월까지 니체는 스위스의 엥가딘 계곡의 작은 마을 실스 마리아에 머물러 있었다. 8월 어느 날, 질바플라나 호숫가의 숲을 산책하던 니체는 갑자기 강렬한 영감에 사로잡혔다. "인생은 있는 그대로의 모습으로 의미도 없이, 목표도 없이, 무(無)에의 피날레도 없이, 그러나 불가피하게 회귀한다. 즉 영원 회귀, 이것이 니힐리즘의 극한적인 형태다. 곧 무의 영원!"이라고 스스로 표현한 영원 회귀 사상을 획득한 것이었다.

이 무렵부터 쓰기 시작하여 다음해 5월에 탈고한《즐거운 지혜》는

---

1 1886년 〈자기 비판의 시도〉를 첨가하여 《비극의 탄생 혹은 그리스 정신과 비관주의》라고 제목을 바꾸었다.

2 리츨 교수는 니체가 고전문헌학을 바그너 예찬에 이용했다고 하여 그를 냉대할 정도였다.

이때 수태된 영감을 《차라투스트라》로 분만하기까지의 흥분과 희열을 표현한 것이었다. 《즐거운 지혜》의 제4장 '성스러운 1월'에는 운명애와 함께 처음으로 영원 회귀 사상이 표현되어 있다.

또한 이 책에서 니체는 처음으로 기독교의 신의 권위를 자각적으로 부정하게 된다. 이 책의 단장(斷章) 125번에서는 대낮에 등불을 들고 "나는 신을 찾는다"라고 외치며 시장을 뛰어다니는 광인에 대해 말하고 있다. 민중의 비웃음을 받게 되자 이 광인은 "신은 어디로 갔는가, 내가 그것을 가르쳐 주리라…… 우리들이 신을 죽여버린 것이다! 그대들과 내가…… 신은 죽었다…… 신을 죽인 것은 우리들이다!"라고 외친다. 여기서 '신은 죽었다'는 니체의 유명한 말이 처음으로 나온다.

1882년, 《즐거운 지혜》를 집필하는 동안에 니체는 이른바 '루-레 체험'을 하게 된다. 37세의 니체는 파울 레의 초대를 받아 로마로 가서 러시아 장군의 딸 루 폰 살로메를 알게 된다. 후에 릴케, 프로이트의 친구가 된 루는 그 당시 21세의 매우 지성적인 여자였다. 니체의 말을 이해하고 그에게 지적인 격려를 해줄 만큼 그녀의 지적 수준은 높았다. 니체는 루를 사랑하게 되었으나 루는 그에게 친구 이상의 감정은 없었다.

니체는 파울 레를 중간에 넣어 루에게 느닷없이 결혼 신청을 하기에 이른다. 그러나 그녀는 결혼 신청을 거부하고, 게다가 중매인으로 나선 레가 루를 사랑하고 있다는 것이 밝혀지자 니체는 심한 고뇌에 사로잡혔다. 실연의 괴로움으로 니체는 세 번이나 자살을 기도했다.

1883년, 질바플라나 호숫가에서의 충격적인 체험으로부터 18개월이 지난 다음 제노바 근처의 라팔로에서 니체는 《차라투스트라》제1부를 구상하고 단숨에 써내려간다. 공교롭게도 제1부의 집필이 끝나는 날 바그너가 죽는다. 이 소식을 듣고 니체는 운명이 '신성한 시간'을 일치시켰다고 생각한다. 과거의 스승은 죽고 '초인'은 탄생한 것이다.

이렇게 해서 《차라투스트라》는 1885년 완성된다.

그 후 니체는 고독과 고뇌 속에서 지내며 《선악의 피안》, 《도덕의 계보》, 《우상의 황혼》, 《안티크리스트》 등을 쓰고, 1888년 11월에는 유명한 자서전 《이 사람을 보라》를 썼다. 그러나 1889년 1월에 니체는 발광하여 1900년 8월 25일 바이마르에서 기구한 생애의 막을 내렸다. 고독과 질시와 몰이해 속에서 살아온 생애의 장막을.

2. '차라투스트라'의 탄생

《차라투스트라》라는 불후의 명작이 탄생된 경위는 니체의 입을 통해 직접 듣는 것이 더욱 감동적이다.

나는 지금부터 《차라투스트라》의 역사를 말하고자 한다. 이 책의 근본 개념인 '영원 회귀 사상'은, 즉 이제까지 아무도 도달하지 못한 최고의 긍정 형식은 1881년 8월에 영감을 얻은 것이다. 그날 나는 질바플라나 호숫가에서 숲 사이를 걷고 있었다. 주를라이에서 멀지 않은, 피라미드처럼 솟아 있는 거대한 바위 곁에서 나는 걸음을 멈추었다. 바로 이때 이 사상이 나에게 떠올랐다. 이날부터 1883년 2월, 아주 곤란한 상태에서 이루어진 이 책의 돌연한 집필까지 세어본다면…… 이 책의 태생기는 18개월이 된다. 그 사이에 비교할 수 없는 어떤 것에의 접근을 나타내는…… 《즐거운 지혜》를 썼다. 결국 《즐거운 지혜》는 《차라투스트라》의 발단을 표시하는 것이고, 그 제4편의 마지막 바로 앞 장에는 《차라투스트라》의 근본 사상이 나타나 있다. 그 다음해 겨울 나는 키아마리아 포르토피노 곶 사이에 있는 제노바 근방의 저 경치 좋고 조용한 라팔로 만에서 살고 있었다. 내 건강은 아주 좋았다. 그해 겨울은 매우 춥고 비가 많이 왔다. 나의 거처는 바다 물결이 거셀 때에는 잠을 이루기 어려울 만큼 바다에 가까워서 불편했지만 그럼에도 불구하고 모든 결정적인 일은 '그럼에도 불구하고' 일어난다는 나의 신조를 증명하듯이 나의 《차라투스트라》는 바로 그해 겨울, 이러한 불리한 사정 밑에서 탄생했다. 오전에는 남쪽 소아그리로 가는 길을 따라 멀리 바다를 바라보면서 솔밭 곁을 지나 높이 올라갔다. 건강이 허용되는 오후에는 산타 마루게리타에서 뒤쪽으로 포르토피노까지 걸어갔다. 이 두 개의 길에서 《차라투스트라》 제1부 전체가, 특히 전형으로서의 '차라투스트라' 자신이 내 마음에 떠올랐던 것이다. 아니 더욱 정확히 말하면 그가 '나를 습격해왔던 것이다.'

이렇게 해서 제1부는 1883년 2월 3일부터 13일까지의 10일간에 완성되었고, 1883년 6월 초 슈마이츠너 서점에서 출판되었다. 제2부는 1883년 6월 말부터 7월 초까지의 약 10일간에 실스 마리아에서 완성되어 그해 9월 역시 슈마이츠너 서점에서 간행되었다. 제3부는 1884년 1월, 역시 10일간에 니스에서 완성되어 그해 3월 말 슈마이츠너 서점에서 간행되었다. 제4부는 1884년 가을 취리히에서 계획되어 망통에서 집필되다가 1885년 2월, 니스에서 완성되었다. 니체는 제4부를 40부쯤 자비 출판하여 일곱 명의 친구에게 기증했다.

제3부까지를 한 권에 모은 책이 1887년 2월 처음으로 프리츠 서점에서 출판되었고, 1892년에 이르러서 나우만 서점에서 니체의 전집을 계획하면서 그해 3월에 제4부가 발행되었고, 4부 전체를 포함한 책도 그해 7월에 간행되었다.

니체는 제3부까지는 각기 약 10일간에 집필되었다고 말한다. 문자 그대로 '영감의 책'으로 니체의 천재와 활기를 여실히 보여주고 있다.

그러나 이 책을 읽어보면 그 구성이나 용어의 용의주도함이 상당히 오랫동안 구상과 추고가 가해졌음을 알게 한다. 니체는 많은 메모를 해두고 있다가 전체적인 윤곽이 영감처럼 떠오른 10일간에 최종적인 정리를 한 것으로 보인다.

제4부는 출판사를 찾지 못해 7여 년 동안 햇빛을 보지 못했다. 그동안 니체는 제4부 이후에 대해 여러 가지 구상을 했다. 그는 '정오와 영원'이라는 새로운 책을 구상하고 현재의 제4부를 '차라투스트라의 유혹'이라는 이름으로 새 책의 제1부로 충당할 계획도 세웠다. 그러나 모든 구상은 실현되지 않아 《차라투스트라》는 현재의 제4부까지로 끝나고 말았다.

이 책에는 '만인을 위한 그리고 어느 누구를 위한 것도 아닌 책'이라는 부제가 붙어 있다. 이 부제가 의미하는 것은 무엇일까.

탁월한 니체 해설가인 하이데거는 다음과 같이 풀이하고 있다.

이 책이 말하고자 하는 것은 각자를, 만인을 위한 것이다. 그러나 어느 누구도 있는 그대로의 자기로서는, 다시 말하면 미리 그리고 동시에 변화하지 않는 한 결코 참되게 이 책을 읽을 권리를 갖지 못한다. 곧 이 책은 있는 그대로의 우리를, 만인 중의 어느 누구를 위한 책도 아니다. 만인을 위한, 그리고 어느 누구를 위한 것도 아닌 책, 따라서 결코 직접적으로 읽을 수 없고, 또 그것이 허용되지 않은 책이다. (《니체》에서)

다시 말하면 만인에게 이해되어야 할 책이지만 현실적으로는 아무도 이해하지 못할 책이라는 뜻이다.

이 책은 만인이 반드시 읽어야 할 참된 철학서이다. 이러한 의미에서는 '만인을 위한 책'이다. 그러나 이 책을 이해하려면, 다시 말해 하이데거의 말과 같이 이 책을 읽을 권리를 가지려면 독자의 주체적인 자각을 통한 변신이 요구된다. 그러므로 이러한 변신을 하지 못한 사람, 곧 현재의 상태에 머물러 있는 사람들에게 이 책은 이해될 수 없다. 이러한 의미에서 '어느 누구의 것도 아닌 책'이다.

요컨대 이 부제를 통해 니체는 독자가 한갓 독자로서가 아니라 주체적 입장에 서서 자기 자신의 문제로서 피와 땀으로 이 책을 읽어주기를 요구하고 있는 것이다.

한편 '차라투스트라'라는 명칭은 어디서 유래한 것인가? 차라투스트라는 고대 페르시아의 전설적인 예언자인 조로아스터 교의 교조(敎祖)이다. 조로아스터(Zoroaster)는 차라투스트라(Zarathustra)의 영어명의 것이다. 그가 역사상의 인물인 것은 고전작가도 인정하지만, 어느 시대의 사람인지는 애매하다. 기원전 7세기 후반에 태어나 77세에 별세했다고 전하는데 니체는 차라투스트라라는 이름을 차용한 데 대해《이 사람을 보라》에서 다음과 같이 말하고 있다.

다른 사람 아닌 내 입에서, 최초의 비도덕가인 내 입에서 '차라투스트라'라는 이름을 듣고 사람들은 이 이름이 무엇을 의미하는가를 나에게 물었는데 그들은 당연히 물을 만하다. 역사에 있어서 저 페르시아인의 거대한 독자성은 정녕 비도덕가와는 반대되는 것이기 때문이다. 차라투스트라는 선과 악의 싸움 속에서, 여러 사물의 운행에 있어서의 본래의 톱니바퀴를 본 최초의 인물이었다. 도덕을 힘, 원인, 목적 자체로서 형이상학적으로 번역하는 것이 그의 과제였다. 그러나 이 물음은 근본적으로는 이미 대답을 내포하고 있으리라. 차라투스트라는 가장 숙명적인 오류, 곧 도덕을 창조했다. 따라서 그는 이 오류를 인식하는 점에서도 최초의 인물임에 틀림없다. 그가 이러한 점에서 다른 사상가들보다도 오랫동안의 풍부한 경험을 갖고 있을 뿐 아니라, 모든 역사는 사실상 '도덕적 세계 질서'라는 명제에 대한 실험적 반박이다. 가장 중요한 점은 다른 사상가들보다도 성실하다는 것이다. 그의 가르침은, 그리고 그의 가르침만이 최초의 덕으로서의 성실을, 곧 현실로부터 도피하는 '이상주의자'의 비겁에 정반대되는 것을 갖고 있다. 차라투스트라는 모든 사상가들을 모아 놓은 것보다도 더 많은 용기를 갖고 있다. 진리를 말하고 '화살을 잘 쏜다는 것,' 이것이 페르시아의 덕이다. 내가 말하는 것을 이해하는가? …… 성실로 말미암은 도덕의 자기 초극(自己超克), 도덕가를 그 반대쪽으로 ── 나에게로 ── 자기 초극시키는 것, 이것이 내 입으로 말하는 차라투스트라라는 이름의 의미이다.

니체는 차라투스트라라는 이름을 고대 페르시아의 전설적 인물로부터 빌려왔지만 니체가 차라투스트라를 통해 나타낸 내용은 니체 자신의 본질과 체험이다. 이때 주의해야 할 것은 예수라는 이름과의 대항의식이 강하게 작용하고 있다는 점이다.

차라투스트라가 30세에 산으로 들어가 10년 동안 고독한 생활을 했다는 이야기는 예수의 이른바 '황야의 유혹'에 대항하는 이야기이다. 더구나 예수의 40일간의 고행에 대하여 차라투스트라는 10년이나 고독한 생활을 보낸 것으로 설정되어 있다. 다시 말하면 40세라는 성숙한 나이가 되어서야 비로소 차라투스트라는 설교를 시작하는 것이다. 여기에는 니체의 독특한 예수 비판이 암시되어 있다. 곧 예수의 가르침에는 청년 특유의 결함 ── 미숙과 경솔 ── 이 있다는 것이다. (제1부 '자유로운 죽음에 대하여' 참조)

차라투스트라는 40세라는 성숙한 나이에 산에서 내려와 인간들에게 설교를 하므로 이미 청년 특유의 결함은 없는 것이다.

3. 도덕의 자기 초극과 니힐리즘

예수는 황야에서 사탄의 유혹을 물리쳤다. 그러면 니체는 산속의 동굴에서 무엇을 자각했을까? 그것은 '신의 죽음'이라는 현대의 니힐리즘적 상황이다. 다시 말하면 차라투스트라의 근본적인 사상이 니힐리즘적 상황의 자각을 바탕으로 성숙한 것이다.

니체 자신이 앞에 인용한 글에서 말한 바와 같이 니체의 차라투스트라는 '도덕의 파괴자'라는 면모를 갖는다. 한편 차라투스트라는 '도덕의 파괴자'에 그치지 않고 '도덕의 자기 초극', '성실로 말미암은 도덕의 자기 초극'을 실현하는 인물이다.

'성실로 말미암은 도덕의 자기 초극'은 니체가 현대의 니힐리즘적 상황을 설명할 때 즐겨 사용하는 근본적 주제 중에 하나다.

기독교의 핵심을 이루는 것은 세계와 역사에 대한 도덕적 해석에 있으며 이런 점에서 기독교는 종래의 도덕을 대표하는데 종래의 도덕, 곧 기독교적 도덕 자체가 그 성실성을 고도로 발달시켜, 이 성실성이 도덕 자체를 부정하고 도덕을 넘어선 경지에 이르는 것이 '도덕의 자기 초극'이다. 니체의 말을 빌리면 다음과 같다.

도덕을 키워온 여러 힘 중에는 성실성이 있었다. 이 성실성이 드디어 도덕에 반항하고 그 목적론, 그 타산적 고찰을 폭로한다. (《권력에의 의지》에서)

그러면 '도덕의 자기 초극'은 무엇을 지향하는가? 니체가 말하는 성실은 진리와의 합치이며 따라서 자기 자신에 대한 성실이다. 곧 도덕의 자기 초극은 인간이 자기 자신을 확립하는 것이다. "그대들은 도덕의 파괴자라고 불리리라. 그러나 그대들은 그대들 자신의 고안자인 것이다."(《순결한 생성》에서) 곧 종래의 도덕이 완전한 자기 상실이었던 데 비해 도덕의 자기 초극은 인간이 현재의 자기를 초극하여 본래의 자기 자신을 회복하는 것, 곧 참된 자유를 달성하는 것이다. 이 책의 제1부 '세 가지 변화에 대하여'에 나오는 낙타, 사자, 어린애의 세 단계의 변화는 바로 이러한 자유를 획득하는 과정이다.

무거운 짐을 진 '낙타'는 의무와 금욕의 상징으로 '그대는 하지 않으면 안 된다'는 타율적 도덕에 복종한다. 그러나 낙타는 사막에 가서 '사자'로 변하는데 사자는 자유를 획득하고 고독을 견뎌내며 스스로 주인이 되려고 한다. 곧 가혹한 자기 부정에 철저한 자유 정신, 비판 정신을 상징하고 있다. 그러나 사자는 새로운 창조를 위한 자유를 확보한 데 지나지 않는다. 참으로 새로운 창조는 순수하고 절대적인 자기 긍정을 하는 '어린애'의 단계에서 비로소 가능하며, 이 단계에서 비로소 참된 자유가 달성된다.

이 세 가지 단계는 단지 개인의 내면적 발달만이 아니라 인류의 역사, 기독교에 의해 의미와 가치가 부여된 유럽의 정신사의 비유이다. 기독교적 도덕의 지배 밑에서 '낙타'이던 정신은 '신의 죽음'의 확인에 의해 사막의 '사자'가 되지 않으면 안 된다. 인간 존재에게 의미와 가치를 부여해던 신이 죽음으로써 인간 존재는 무의미해지고 무가치해진다. 또한 세계와 우주에는 필연성이 없고 인간 존재는 우연한 것에 지나지 않는다. 이러한 니힐리즘의 확인이 니체의 출발점이다.

여기서 신은 비단 기독교적 신을 지칭할 뿐 아니라 플라톤의 이데아론 이래의 서양의 형이상학적 전통과 가치를, 곧 초감성계 일반, 형이상학적 세계 전체, 넓은 의미의 피안의 세계를 의미한다. 니체는 이러한 것이 기독교의 도덕주의적인 세계관에 의해 대표된다고 믿고 이러한 형이상학적 초월적 가치들이 사실은 허무에 지나지 않는다고 통찰하는데, 이것이 그의 니힐리즘의 핵심이다.

사실상은 허무에 지나지 않더라도 이러한 초월적인 가치들이 서양의 현실 세계와 역사를 근본적으로 규정해온 논리이며, 이러한 서양 역사의 논리가 마침내 폭로되기에 이른, 현대의 위기적 상황이 신의 죽음으로서의 니힐리즘이다. 현대의 위기적 상황을 니힐리즘으로서 파악하고 이 니힐리즘을 니힐리즘에 철저함으로써 초극하려는 데에서 니체의 능동적 니힐리즘이 성립된다. 초인, 권력에의 의지, 동일한 것의 영원 회귀라는 니체의 근본적인 세 가지 사상도 신의 죽음이라는 현대의 니힐리즘적 상황의 자각으로부터 성립한다. 니힐리즘을 통한 니힐리즘의 극복, 이른바 모든 가치의 전도는 니체의 궁극적인 귀착점인 것이다.

4. 초인과 영원 회귀

니체의 사상적 계보를 본다면 가장 근본적인 세 갈래의 영향을 볼 수 있다. 곧 기독교의 신인 사상(神人思想), 쇼펜하우어의 맹목적인 삶에의 의지의 사상, 고대 그리스의 존재 사상이다. 니체의 세 가지 근본 사상은 각기 이러한 세 갈래의 영향과 대결하여 초극한 결과이다. 초인 사상은 기독교의 신인 사상과 대결한 결과이고, 권력에의 의지는 쇼펜하우어의 삶에의 의지와 대결한 결과이며, 영원 회귀 사상은 고대 그리스의 존재 사상과 대결한 결과이다.

니힐리즘을 직시하고 새로운 창조적 자유를 확보하는 데 있어서 니체의 '초인(超人, Übermensch)'이라는 개념은 핵심적인 개념이다.

니체는 인간 존재는 과도적 존재라고 본다. 곧 인간 존재의 본질은 아직도 확정되어 있지 않다는 것이다. 니체에 있어서는 '인간은 무엇인가?'라는 물음보다는 '인간이 현재 어떻게 존재하는가?' '인간이 참된 존재로서는 어떠한 것인가?'라는 물음이 우선적인 의미를 갖는다. 인간은 피안의 구원을 원하다가 그것이 허무임을 깨닫고 니힐리즘에 직면한 이제 와서는 대지와 육체를 긍정하고 현실의 인간을 초극하려는 의지를 갖고 이 의지를 어디까지나 지상적인 자기 초극의 행위로써 실현해야 한다. 이러한 자기 초극의 의지 내지는 행위를 나타내는 것이 니체의 초인이다. 니체의 초인은 기독교적인 초현실주의적 자기 초극의 의지가 아니라, 철저히 현실주의적인 자기 초극의 의지 내지는 행위이다. 요컨대 각자가 지금 여기에서 참된 자기, 곧 본래적 자기를 자기 초극의 행위로써 실현할 때 초인이 실현되는 것이며, 따라서 초인은 이와 같이 자기 초극의 행위에 의해 실현되어야 할 본래적 자기를 의미한다. 그리고 이러한 본래적 자기는 니체에 있어서는 단지 내면적, 정신적인 것이 아니라 육체를 갖추고 있는 구체적 인간으로 파악된다. 초인은 육체를 가진 구체적 인간 존재이지만 현재의 인간 존재를 넘어서 있는 인간 존재인 것이다.

그러나 초인은 '대지의 의미'이며 대지를 떠나서는 성립될 수 없고 어디까지나 대지에 충실하려고 한다. 그러나 대지 그 자체에는 아무런 의미도 없다. 대지는 '가장 추악한 것, 가장 큰 불행, 가장 큰 실패'이고 지상에서의 삶도 이와 같은 것이지만, 이러한 삶을 있는 그대로 절대적으로 긍정하는 것, 곧 모든 가치의 전도에서 비로소 자기 초극의 의지로서의 초인은 실현되고 니체의 운명애가 성립되는 것이다.

초인의 자기 초극의 의지가 세계의 원리로 확대된 것이 '권력에의 의지(Wille zur Macht)'이다. 삶 또는 존재 일반의 본질은 자기를 초극하고 니힐리즘을 초극하여 강자가 되려는 권력에의 의지에 있는 것이다.

영원 회귀 사상은 존재 일반의 참된 현실적 존재 방식에 대한 니체의 사색의 귀결이다.

니체의 영원 회귀 사상은 《차라투스트라》의 중심 사상이지만 이론적 형태로 제시되어 있지는 않다. 세계는 동일한 것의 영원한 순환이며 회귀라는 이 사상은 처음부터 객관적 이론으로 제시되기 어려운 것일지도 모른다. 이 사상을 자기 것으로 만들 각오가 없는 사람들에게는 동일한 것의 영원 회귀라는 사상은 난센스에 지나지 않을 것이기 때문이다.

그런데 동일한 것의 영원 회귀라는 이 사상에 있어서 '동일한 것'을 어떻게 보느냐에 따라 영원 회귀 사상은 밝기도 하고 어둡기도 하다. 곧 동일한 것의 영원한 회귀를 희망도 기쁨도 없는 무의미한 삶의 순환이라고 보면 영원 회귀 사상은 니힐리즘의 극단적인 형식이 된다.

기독교적인 신이 없으면 신국(神國)을 향해 과거로부터 미래로 나아가는 직선적인 시간 관념은 성립되지 않는다. 이러한 목적론을 거부하고 추악하고 우연적인 대지의 삶에 충실하려는 니체에게 있어서 원환적(圓環的)인 시간 관념은 필연적인 것이다. 최후의 심판이라는 시간의 종착점이 없으면 시간은 무한히 맴도는 원인 것이다. 따라서 이러한 시간 속에서는 목표도, 목적도 없는 추악하고 우연한 것들이 지상에서 영원히 시간의 순환을 따라 동일한 형태로 반복될 수밖에 없다. 얼마나 무서운 니힐리즘인가! 이러한 니힐리즘을 자각의 형태로 나타낸 것이 바로 니체의 영원 회귀 사상이고, 따라서 '니힐리즘의 최고의 형식'이 아닐 수 없다. 그러나 이 참을 수 없는 무의미, 허무를 긍정에 의해 돌파하려는 것이 니체의 태도다.

삶의 한순간일망정 한없이 충실하게 사는 것, 이 삶의 영원 회귀를 바랄 수 있을 만큼 충실하게 사는 것, 여기에서 극단적인 니힐리즘을 초극하는 운명애가 생기고 영원 회귀를 긍정적으로 받아들일 수 있게 된다.

"이것이 삶이었던가, 그렇다면 다시 한번!" 하고 참기 어려운 것을

참고 긍정하는 것, 이러한 결단에 의한 니힐리즘의 돌파, 자기 해방이야
말로 영원 회귀 사상에서 귀결되는 참된 자유이다. 이렇게 해서 니힐리
즘의 극단적 형식인 영원 회귀 사상은 '삶의 최고의 긍정 형식'이 된다.
   차라투스트라의 초인은 이러한 삶의 최고의 긍정 형식을 체득한 사
람이고 니체는 차라투스트라를 통해 만인에게 각자가 이러한 초인으로
초극되기를 호소하고 있는 것이다.

5. 니체와 실존 철학

   카를 야스퍼스는 《이성과 실존》에서 '현대의 철학적 상황은 살아 있
는 동안에는 무시되고 그 후로도 오랫동안 철학사에서 중요시되지 않
던 키르케고르와 니체라는 두 철학가의 의미가 끊임없이 증대되고 있
다는 사실로 규정된다'는 뜻의 말을 했거니와 니체 이후의 철학, 특히
실존 철학에 대한 니체의 영향은 매우 크다.
   우선 야스퍼스와 하이데거라는 실존 철학의 두 거두가 각기 '니체'라
는 제목의 저술을 갖고 있다는 것은 그들이 니체로부터 얼마나 큰 영향
을 받았는가를 입증한다. 하이데거는 니체를 인간 주체성의 최후의 확
립자라고 믿고 있다. 하이데거는 그의 사색의 근원적 모티프를 니체로
부터 제공받고 있는 것이다.
   그뿐 아니라 니체의 저술에는 실존 철학적 측면이 풍부하다. 실존 철
학의 현대의 위기에 대한 기본적 태도, 곧 니힐리즘을 현대의 위기의
본질로 보고 현대의 위기를 현대의 현실적 상황에 침잠함으로써 초극
하려고 하는 태도는 니체적인 태도가 아닐 수 없다. 이러한 의미에서
니체는 실존 철학의 선구자라고 할 수 있다.
   한편 니체의 '초인'이라는 개념조차도 —— 물론 해석 여하에 따라 달

라지지만 —— 인간 본질의 불확정성을 전제로 한다는 점에서, 즉 인간을 과도적 존재로 본다는 점에서 '실존은 본질에 선행한다'는 명제와 부합되는 것이다. 따라서 '초인＝실존'이라는 해석의 가능성도 짙은 것이다. 여하튼 니체를 떼어 놓고 실존 철학을 생각한다는 것은 어려운 일이다. 현대의 철학 사조의 주류를 이루고 있는 실존 철학의 이해를 위해서는 니체의 이해가 선행되어야 할 것이다.

6. 이 책의 구성

이 책은 그 구성 자체가 특이하다. 제1부에는 '서설'과 '설교'가 들어 있고 제2부, 제3부, 제4부는 아무런 제목도 없다. 그뿐 아니라 '서설'과 제4부를 제외하고는 일견 아무런 전후 관련이 없는 듯 독립된 장으로 구성되어 있다. 이러한 구성은 이 책을 애매하고 난해한 책으로 만들고 있다.

일종의 서사시라고 할 수 있는 이 책의 줄거리는 다음과 같다.

10년간 산속에서 고독한 생활을 보내던 차라투스트라는 40세가 되어 산에서 내려온다. 그는 인간 세계로 돌아와 주로 '얼룩소'라는 이름의 도시에서 초인의 이상을 설교하지만 세상 사람들의 이해를 받지 못해 다시 산으로 돌아간다. (제1부)

다시 산중의 고독한 생활로 돌아간 차라투스트라는 인간 세계에서 그의 가르침이 왜곡되고 있음을 알고 다시 하산한다. 이때는 '지복의 섬들'이 그의 활동 무대가 된다. 여러 가지 설교를 통해 그는 초인을 설교하고 초인의 적대자들에게 맹타를 가한다. 이때 말로 나타낼 수 없는 사상(영원 회귀 사상)이 그의 내면에서 성숙해간다. 그러나 차라투스트라는 아직도 이러한 사상을 세계에 전하기에는 자신의 역량이 부족

함을 느끼고 더욱 성숙한 인식을 위해 산으로 되돌아간다. (제2부)

여러 곳을 방랑하며 산으로 돌아간 차라투스트라는 고독한 생활 속에서 영원 회귀 사상의 성숙을 기다리며 삶의 절대적 긍정을 노래한다. (제3부)

가장 희곡적인 구성을 갖는 것이 제4부다. 동굴 생활 중 차라투스트라는 일곱 명의 보다 높은 인간들을 만난다. 아직 초인은 아니지만 그렇다고 대중도 아닌, 고뇌하는 인간들에게 차라투스트라는 동정을 갖는다. 그러나 이러한 동정은 차라투스트라에게 새로운 유혹이요 시련이다. 그는 결국 동정이라는 마지막 시련을 이기고 홀로 이제 성숙한 영원 회귀 사상의 고지를 위해 산을 떠난다.

일견 단순한 줄거리이지만, 이 책은 서사시나 희곡이 아니라 철학서이며 그것도 니체 사상의 집약체이다. 그러므로 이러한 줄거리를 이루는 각 장은 일정한 테마를 갖고 차라투스트라의 초인과 영원 회귀의 사상을 전한다. 그것도 비유와 상징을 주요한 무기로 삼아서, 독자는 너무나 풍부한 비유와 상징, 그리고 너무나 간결한 문장 때문에 혼란과 오해에 이끌리고 결국은 테마를 분간하기 어려운 지경에 놓이게 된다.

그러므로 이 책을 읽는 데에는 상당한 인내와 조심이 필요하다. 각부와 각 장의 연결을 항상 염두에 둘 필요가 있다. 옮긴이 주(註)를 통해 이해를 돕고자 했지만, 사실상 비유와 상징을 규명하는 견해가 반드시 일치하고 있는 것은 아니다. 따라서 주는 이해의 길잡이에 지나지 않으며 이 책은 어디까지나 독자의 주체적 입장에서 독자적으로 읽어야 할 책이다. 거듭 말하거니와 이 책은 어디까지나 '어느 누구의 것도 아닌 나의 것'이라는 입장에서 읽어야 할 것이다.

황문수

제1부

차라투스트라의 서설

1

차라투스트라는 서른 살이 되었을 때, 그의 고향과 고향의 호수를 떠나 산으로 들어갔다. 거기서 그는 그의 정신과 그의 고독[1]을 즐기며 10년[2] 동안 조금도 싫증을 내지 않고 지냈다. 그러나 드디어 그는 심경의 변화를 일으켰다. 그래서 그는 어느 날 아침, 동이 트자 일어나 태양[3] 앞으로 나아가 태양을 향해 이렇게 말했다.

"그대 거대한 천체여! 그대에게 그대가 비추어줄 것이 없다면 그대의 행복은 어떻게 될까!

10년 동안 그대는 여기 나의 동굴로 떠올랐다. 나와 나의 독수리와 나의 뱀[4]이 없었다면 그대는 그대의 빛과 그대의 행로에 지쳤을 것이다.

그러나 우리는 매일 아침 그대를 기다리고 그대의 충일을 빼앗고 그 대신 그대를 축복했다.

---

1 '정신'은 인식하는 정신을, '고독'은 이러한 정신의 고향을 말한다. 정신과 고독을 즐겼다는 것은 철저한 인식에 전념했다는 뜻이다.
2 예수가 40일간 황야에서 시험을 받은 것과 비교해서 생각하라.
3 조로아스터 교는 태양 숭배교다.
4 독수리와 뱀은 긍지와 지혜의 상징.

보라! 나는 꿀을 너무 많이 모은 벌처럼 나의 지혜에 지쳤고, 나는 나를 향해 내미는 여러 손이 필요하다.

나는 증여하고 나누어 주고 싶다. 인간 가운데서 현명한 자들이 다시금 어리석음을, 가난한 자가 다시금 풍부함을 기뻐할 때까지.[1]

그러므로 나는 밑바닥으로 내려가지 않으면 안 된다. 그대가 저녁에 바다 속으로 떨어져 하계를 비추는 것처럼, 그대 충일하는 천체여!

나는 인간들이 있는 곳으로 내려가려고 하거니와 인간들의 명칭에 따르면 나는 그대와 마찬가지로 **몰락**[2]하지 않으면 안 된다.

따라서 시기 없이 가장 큰 행복을 바라볼 수 있는 고요한 눈[3]이여, 나를 축복해다오! 이 잔[4]을 축복해다오, 물이 황금빛으로 흘러나오고 방방곡곡으로 그대의 환희의 반사를 날라 갈 만큼 넘쳐흐르는 이 잔을!

보라! 이 잔은 다시 빈 잔이 되고자 하고 차라투스트라는 다시 인간이 되고자 한다."[5]

이렇게 해서 차라투스트라의 몰락은 시작되었다.

2

차라투스트라는 홀로 산을 내려갔고 아무도 그와 마주치지 않았다. 그러나 그가 숲 속에 다다랐을 때 한 노인[6]이 갑자기 그의 앞에 나타났다. 숲 속에서 풀뿌리를 캐려고 세속을 벗어난, 암자에서 나온 노인이

---

1 현명한 자가 '무지'를, 마음이 가난한 자가 '바른 지혜'를 깨닫는 것은 동일한 기쁨이다.
2 고독(철저한 인식)한 생활을 떠나 인간 세계로 내려가는 것을 말한다.
3 태양.
4 투철한 인식을 한 정신.
5 자기의 깨달은 바를 인간에게 나누어 준다는 뜻이다.
6 세속을 떠나 신앙을 지키는 이 노인은 기독교도의 상징.

었다. 이때 노인은 차라투스트라에게 이렇게 말했다.

"이 방랑자는 낯설지 않구나. 몇 년 전에 그는 이곳을 지나갔지, 차라투스트라가 그의 이름이었어. 그러나 그는 변했구나.

그때 그대는 그대의 재[1]를 산으로 날라 갔다. 오늘 그대는 그대의 불[2]을 골짜기[3]로 날라 가려고 하는가? 그대는 방화범이 받는 처벌이 무섭지 않은가?

그렇다, 분명히 차라투스트라다. 그의 눈은 맑고 그의 입가에서는 혐오가 말끔히 사라졌구나. 그러므로 그는 춤추는 자[4]처럼 걸어가지 않는가?

차라투스트라는 변했다. 차라투스트라는 어린애[5]가 되었다. 차라투스트라는 각성한 사람이 되었다. 이제 그대는 잠자는 사람들에게 가서 무엇을 하려고 하는가?

바다 속에서처럼 그대는 고독 가운데서 살았고 바다가 그대를 날라 왔다. 슬프구나, 그대는 육지에 오르려고 하는가? 슬프구나, 그대는 그대의 육체를 스스로 끌고 다니려고 하는가?"

차라투스트라는 대답했다. "나는 인간을 사랑합니다."

성자는 말했다. "왜 나는 숲 속과 황야를 헤매었던가? 인간을 몹시 사랑했기 때문이 아닌가? 지금 나는 신을 사랑한다. 인간을 사랑하지는 않는다. 인간은 너무나 불완전한 존재로 보이는구나. 인간에 대한 사랑은 나를 파멸시키리라."

---

1 과거의 이상이 불타버린 것.
2 10년간의 고독한 사색을 통해 터득한 초인의 사상.
3 인간 세계.
4 선악의 피안에 서 있는, 자유의 경지에 사는 자.
5 춤추는 자와 같은 뜻을 가진 비유.

차라투스트라는 말했다. "'내가 사랑에 대해 무슨 말을 할 수 있겠습니까!' 나는 인간에게 줄 선물을 갖고 왔습니다."

성자는 말했다. "인간에게는 아무것도 주지 마라. 오히려 그들로부터 얼마쯤 빼앗아서 그것을 그들과 함께 짊어져라.[2] 이것이 인간에게는 가장 좋은 일이다. 그것이 그대에게 즐거운 일이기만 하다면!

그리고 그대가 인간에게 주고 싶은 것이 있다면 보시(普施) 이외에는 주지 말며 그것도 그들이 애걸하게 하라!"

차라투스트라는 대답했다. "아니, 나는 결코 자선을 베풀지는 않습니다. 나는 그 정도로 가난하지는 않습니다."[3]

성자는 차라투스트라의 말을 듣고 웃으며 이렇게 말했다. "그러면 그들이 선물을 받는가 시험해보라! 그들은 운둔자를 불신하고 우리가 선물을 주기 위해 왔다는 것을 믿지 않는다. 거리를 지나가는 우리의 발자국 소리는 그들에게는 너무 쓸쓸하게 들린다. 그리고 해가 뜨기에는 아직도 먼, 한밤중에 잠자리에서 어떤 사람이 걸어가는 소리를 들었을 때와 마찬가지로 '도둑이 어디로 가는 걸까?'[4] 하고 중얼거릴 것이다. 인간이 있는 곳으로 가지 말고 숲 속에 머물러 있는 게 좋아! 차라리 짐승들 곁으로 가렴! 왜 그대는 나처럼 곰 무리 속의 한 마리 곰, 새 떼 속의 한 마리 새[5]가 되려고 하지 않는가?"

차라투스트라는 물었다. "그러면 성자께서는 숲 속에서 무슨 일을

---

1 앞의 '인간을 사랑한다'는 말과 모순되나, 노인이 말하는 인인애(隣人愛)와 자기가 말하는 사랑은 다르다는 것을 강조하고 있다. 니체는 인인애는 기만이라고 말한다.
2 인간의 고통을 감소시키라는 뜻.
3 자기도 가난하면서 남을 돕지는 않는다. 오히려 충일한 정신(초인 사상)을 나누어 주겠다는 것이다.
4 대중은 성인이나 은둔자에 대해 회의적이며 경계심을 갖고 있다는 것을 나타낸다.
5 자연을 벗 삼아 사는 자유인을 말한다.

32

하고 있습니까?"

성자는 대답했다. "나는 노래를 짓고 이 노래를 부른다. 그리고 나는 노래를 지을 때 웃고 울고 중얼거린다. 이렇게 나는 신을 찬양한다. 노래하고 울고 웃고 중얼거리며 나는 신, 나의 신을 찬양한다. 그런데 그대는 우리에게 어떤 선물을 갖고 왔는가?"

차라투스트라는 이 말을 듣고 성자에게 인사를 하며 말했다. "나는 당신께 드릴 만한 것을 갖고 있지 않습니다! 따라서 내가 당신에게서 아무것도 빼앗지 못하도록 빨리 보내주십시오!" 이렇게 노인과 장년의 사내는 헤어졌다. 두 어린애가 웃듯이 웃으면서.

그러나 차라투스트라는 혼자 있게 되었을 때, 마음속으로 이렇게 말했다. "도대체 이런 일이 있을 수 있을까! 저 늙은 성자는 숲 속에 살고 있어서 '신이 죽었다'[1]는 것에 대해 전혀 듣지 못했구나."

3

차라투스트라가 숲에 가장 가까운 도시에 들어섰을 때, 그는 시장에 많은 사람들이 모여 있는 것을 보았다. 줄 타는 사람의 공연이 있다는 예고가 있었기 때문이었다. 그래서 차라투스트라는 민중을 향해 이렇게 말했다.

나는 그대들에게 초인을 가르친다. 인간은 초극되어야 할 그 무엇이다. 그대들은 인간을 초극하기 위해 무엇을 했는가?

지금까지는 모든 존재자는 자기 자신을 넘어서 있는 그 무엇을 창조

---

1 종래의 초월적 이념이 무력해졌다는 것. 이것이 현대의 니힐리즘의 근본적 원인이다. 신의 죽음을 인식하는 것이 니힐리즘 극복의 근본 요건이다.

해 왔다. 그대들은 이 거대한 만조의 간조가 되고, 인간을 초극하기보다는 짐승으로 되돌아가고 싶은가?[1]

인간에 대해서 원숭이는 무엇인가? 웃음거리, 또는 비통한 수치다. 그리고 초인에 대해서는 인간이 그러할 것이다. 곧 웃음거리, 또는 비통한 수치다.

그대들은 벌레로부터 인간이 되는 길을 걸어왔고 그대들은 많은 점에 있어서 아직도 벌레다. 일찍이 그대들은 원숭이였고 지금도 어떤 원숭이보다도 더 원숭이다.

그러나 그대들 중의 가장 현명한 자도 역시 식물과 유령의 분열이며 잡종[2]에 지나지 않는다. 그러면 그대들에게 나는 유령, 또는 식물이 되라고 명령할 것인가?

보라, 나는 그대들에게 초인을 가르친다! 초인은 대지의 의미다. 그대들의 의지는 말하라, 초인은 대지의 의미[3]라고!

나의 형제들이여, 그대들에게 간청한다, **대지에 충실하고** 당신에게 초지상적 희망에 대해 말하는 자[4]들을 믿지 말라고! 의식적이든 무의식적이든 그들은 독을 배합하는 자[5]들이다.

그들은 삶을 비웃는 자, 죽어가는 자, 독에 중독된 자들이며 대지는 이들에게 지쳤다. 그러므로 그들이 죽어가는 것은 마땅한 일이다.

예전에는 신에 대한 모독이 최대의 모독이었다. 그러나 신은 죽었고, 따

---

1 진화론의 영향을 알 수 있는 비유다. 일체의 생물은 진화 · 향상(만조)하는데, 퇴보(간조, 짐승)하려고 하는가라는 뜻.
2 수동적인 물질적 존재(식물)와 활기 없는 정신(유령)의 혼합물이라는 뜻.
3 형이상학적 자기 초극의 의지와의 대결을 말하는 것으로 자기 초극의 행위로서의 초인은 철저히 지상적인 자기 초극의 의지며 참으로 창조적인 의지이고 이 의지로 말미암아 대지는 의미를 갖게 된다. 따라서 초월적 세계가 아니라 지상에 충실해야 한다.
4 종교적, 형이상학적인 피안의 세계를 믿는 자.
5 대지에 독을 뿌리는 자, 곧 생의 의지를 약화시키는 자.

라서 모독자도 죽었다. 지금은 대지에 대한 모독이 가장 무서운 것이다. 그리고 탐구할 수 없는 것의 내장[1]을 대지의 의미보다 더 존중하는 것도!

예전에는 영혼은 육체를 경멸의 눈으로 바라보았다. 그리고 그때는 이러한 경멸이 최고의 경멸이었다. 영혼은 육체가 메마르고 처참해지고 굶주리기를 바랐다. 이렇게 해서 영혼은 육체와 대지로부터 달아나려고 했다.

오, 이때 영혼 자신도 메마르고 처참해지고 굶주리고 있었다. 그리고 잔인성은 이 영혼의 쾌락이었다.[2] 그러나 나의 형제들이여, 그대들도 나에게 말해다오. 그대들의 육체는 그대들의 영혼에 대해 무엇을 알려주는가? 그대들의 영혼은 빈곤, 더러움, 가련한 쾌감[3]이 아닌가?

그렇다, 인간은 더러운 흐름이다. 더럽혀지지 않은 채 더러운 흐름을 받아들이기 위해서는 우리는 우선 바다가 되지 않으면 안 된다.[4]

보라, 나는 그대들에게 초인을 가르친다. 초인은 바다이며 그대들의 커다란 경멸은 이 바다 속에 가라앉을 수 있다. 그대가 체험할 수 있는 최대의 것은 무엇일까? 그것은 커다란 경멸의 시각이다. 그대의 행복, 그대의 이성, 그대의 덕에 구토를 느끼는 시각이다.

그것은 그대들이 이렇게 말하는 시각이다. "나의 행복에는 도대체 무슨 보람이 있는가! 나의 행복은 빈곤, 더러움, 가련한 쾌락일 뿐이다. 그러나 나의 행복은 생존 그 자체를 시인하는 것이어야 한다!"

---

1 신이라는 이름으로 불리는 절대자의 내면.
2 육신을 학대하는 수도자의 생활을 생각해보라.
3 육체의 입장에서 판단한다면 영혼의 잔인성은 추악한 것이다. '가련한 쾌감'은 자기만족을 뜻한다.
4 '인간은 더러운 흐름'이라는 말은 다음의 '커다란 경멸'과 관련되는 것으로 자기 자신에 대해 철저한 경멸을 품은 자만이 받아들일 수 있는 명제다. 인간의 존재 방식이 더러운 흐름과 같다는 것을 자각하면서도 자포자기하지 않고 자기 초극의 의지를 가져야 한다는 것이 '더럽혀지지 않은 채 더러운 흐름을 받아들인다'는 말의 뜻이다. 따라서 '바다'는 자기 초극의 빛을 말한다.

그것은 그대들이 이렇게 말하는 시각이다. "나의 이성에는 무슨 보람이 있는가! 나의 이성은 사자가 먹이를 탐내듯, 지식을 갈망하는가? 나의 이성은 빈곤, 더러움, 가련한 쾌락일 뿐이다!"

그것은 그대들이 이렇게 말하는 시각이다. "나의 덕에는 무슨 보람이 있는가! 아직껏 나의 덕은 나를 열광시킨 적이 없었다. 나는 나의 선, 나의 악에 지쳤다. 그것은 모두 빈곤, 더러움, 가련한 쾌락일 뿐이다."

그것은 그대들이 이렇게 말하는 시각이다. "나의 정의에는 무슨 보람이 있는가! 나는 알고 있다. 내가 활활 타오르는 숯이 아니라는 것을. 그러나 정의로운 자는 활활 타오르는 숯이다!"

그것은 그대들이 이렇게 말하는 시각이다. "나의 동정에는 무슨 보람이 있는가! 동정은 인간을 사랑하는 자가 못 박히게 되는 십자가[1]가 아닌가? 그러나 나의 동정은 결코 십자가가 아니다."

그대들이 이미 이와 같이 말한 적이 있었던가? 이와 같이 외친 적이 있었던가? 아, 내가 그대들이 이렇게 외치는 것을 들은 적이 있다면!

그대들의 죄가 아니라 — 그대들의 자기만족이 하늘을 향해 외친 것이다. 죄를 저지르면서도 버리지 못하는 그대들의 인색함[2]이 하늘을 향해 외친 것이다!

그러나 그 혀로 그대들을 핥은 번개는 어디 있는가? 그대들에게 접종했어야 할 광기[3]는 어디 있는가?

보라, 나는 그대들에게 초인을 가르친다. 초인은 바로 번개요, 광기다!

차라투스트라가 이렇게 말했을 때 군중 속에서 다음과 같이 외치는 사람이 있었다. "우리는 줄 타는 사람에 대해서는 충분히 들었다. 이제

---

1 예수를 염두에 두고 하는 말이다. 니체는 기독교는 노예의 도덕이라고 비난한다.
2 평범한 인간은 죄를 범할 때에도 소극적이다. 이러한 인간의 소극성을 비난한 것이다.
3 번개와 마찬가지로 생명감의 앙양을 말한다.

는 그 사람을 보여달라!" 이 말을 듣고 모든 사람들이 차라투스트라를 비웃었다. 그러나 줄 타는 사람은 이 말이 자기를 지목한 것이라고 믿고 재주를 부리기 시작했다.

4

그러나 차라투스트라는 군중을 바라보며 의아한 표정을 지었다. 그리고 그는 이렇게 말했다.

인간은 짐승과 초인 사이에 놓인 밧줄이다. 심연 위에 놓인 밧줄[1]이다. 저쪽으로 건너가는 것도 위험하고 건너가는 과정도 위험하고 뒤돌아보는 것도 위험하고 무서워서 멈춰 서는 것도 위험하다.

인간의 위대함은 그가 다리일 뿐 목적이 아니라는 데 있다.[2] 인간의 사랑스러움은 그가 **과도**(過度)이며 **몰락**이라는 데 있다.

나는 사랑한다, 몰락하는 자로서 살 뿐 그 밖의 삶은 모르는 자를.[3] 그는 저쪽을 향해 건너가기 때문이다.

나는 사랑한다, 커다란 경멸을 가진 자를. 그는 위대한 숭배자[4]이며 피안으로 날아가는 동경의 화살이기 때문이다.

나는 사랑한다, 몰락과 희생의 근거를 성신[5]의 배후에서 구하지 않고 언젠가는 대지가 초인의 것이 되도록 대지를 위해 희생하는 자를.

나는 사랑한다, 인식[1]하기 위해 사는 사람을, 언젠가는 초인으로 살

---

1 진화의 과정을 말한다.
2 생명은 끊임없이 진화하는 데 가치가 있다는 뜻이다.
3 자기를 목적이라고 생각하지 않고 미래의 보다 훌륭한 인류에의 과도적 단계라고 생각하는 사람들.
4 위대한 것을 존경하고, 비열하고 왜소한 것을 경멸하는 사람.
5 별은 이상을 말하며 성신의 배후는 형이상학적 세계를 말한다.

기 위해 인식하고자 하는 자를. 이러한 사람은 몰락을 요구한다.

나는 사랑한다, 초인에게 집을 지어주고 초인에게 대지와 동물과 식물을 마련해주기 위해 일하고 발명하는 사람을. 그는 이와 같이 자신의 몰락을 바라고 있기 때문이다.

나는 사랑한다, 자신의 덕[2]을 사랑하는 자를. 덕은 몰락에의 의지며 동경의 화살이기 때문이다.

나는 사랑한다, 자신을 위해서는 한 방울의 정신도 간직하지 않고 정신 전체를 덕의 정신이 되게 하려는 자를. 이렇게 해서 그는 정신으로서 다리를 건너간다.

나는 사랑한다, 자신의 덕으로부터 자신의 경향과 운명을 만들어내는 자를. 이렇게 해서 그는 자신의 덕을 위해 살고 또 죽으려 한다.

나는 사랑한다, 많은 덕을 탐내지 않는 자를. 하나의 덕은 두 가지 덕보다도 더 훌륭하다.[3] 이 덕은 운명을 결합하는 보다 큰 매듭이기 때문이다.

나는 사랑한다, 자신의 영혼을 낭비하는 자를, 감사받기를 원하지 않고 보답도 하지 않는 자를. 그는 항상 증여하고 자신을 지키려고 하지는 않기 때문이다.

나는 사랑한다, 주사위를 던져 행운을 얻었을 때 수치로 여기고 "나는 사기 도박사가 아닌가?"라고 묻는 자를. 그는 파멸을 바라고 있기 때문이다.

나는 사랑한다, 황금과 같은 말을 행위에 앞서 던지고 언제나 약속한 것 이상으로 이행하는 자를. 그는 자신의 몰락을 원하고 있기 때문이다.

나는 사랑한다, 미래의 일을 시인하고 과거의 일을 구제하는 자를.

---

1 대지나 초인의 의의에 대한 인식.
2 여기서 덕은 초인을 위해 몰락하려는 의지다.
3 몰락에의 의지만을 갖고 사는 사람이 가장 강하다.

그는 현재의 일을 위해 파멸하려고 하기 때문이다.[1]

나는 사랑한다, 자신의 신을 사랑하기 때문에 자신의 신을 징벌하는 자를.[2] 그는 자신의 신의 분노로 말미암아 멸망하지 않으면 안 되기 때문이다.

나는 사랑한다, 상처가 났을 때에도 그 영혼의 깊이를 잃지 않고 사소한 체험 때문에 멸망할 수 있는 자[3]를. 이렇게 해서 그는 즐거이 다리를 건너간다.

나는 사랑한다, 자기 자신을 잊을 만큼, 또 만물을 자기 안에 간직할 만큼 넘쳐흐르는 영혼을 가진 자를. 이렇게 해서 만물은 그의 몰락의 계기가 된다.[4]

나는 사랑한다, 자유로운 정신과 자유로운 심정을 가진 자를. 이렇게 해서 그의 머리는 오직 그의 심정의 내장이 되고[5] 그의 심정은 그를 몰락으로 몰고 간다.

나는 사랑한다, 인간의 머리 위에 덮여 있는 검은 구름으로부터 한 방울씩 떨어져 내리는 무거운 빗방울 같은 자들을. 그들은 번개가 칠 것임을 알려주고 예고자로서 파멸한다.

보라, 나는 번개의 예고자요, 구름에서 떨어지는 무거운 빗방울이다. 이 번개[6]야말로 **초인**이다.

---

1 역사를 초인의 생성 과정으로 보고 파멸을 무릅쓰고 현재와 싸우며, 이러한 관점에서 미래와 과거의 의의를 인정한다.
2 여기서 '자신의 신'은 높은 이상을 말한다. 신을 징벌하는 것은 이상을 엄격한 태도로 검토, 추구하는 것.
3 실패했을 때도 절망하지 않으며, 작은 체험도 진지하게 받아들이는 사람.
4 작은 체험조차도 아끼는 사람은 일체의 일을 계기로 삼아 몰락하고 발전할 수 있다.
5 심정(의지와 감정)이 중요하고 머리(이성)는 지엽에 지나지 않는다.
6 자기 초극의 정열.

차라투스트라는 이 말을 마치자, 다시 묵묵히 군중을 바라보며 마음 속으로 생각했다.

"저 사람들은 저기에 서 있다. 저 사람들은 저기서 웃고 있다. 그들 은 나를 이해하지 못한다. 나는 이 사람들을 상대로 말할 수는 없구나.

우선 그들의 귀를 부숴버리고 눈으로 듣도록 해야 할까? 북처럼, 참 회를 설교하는 사람처럼 고함을 쳐야 할까? 혹은 그들은 말더듬이[1]만 을 믿는 것일까?

그들에게는 그들 나름대로 자랑스러운 것이 있다. 그들은 그들의 자 랑을 무엇이라고 부르는가? 그들은 교양[2]이라고 부른다. 이것이 그들 을 목자보다 뛰어나게 한다.

그러므로 그들은 '경멸'이라는 말을 듣기 싫어한다.[3] 그렇다면 그들 의 자랑에 대해 이야기하자.

그렇다면 나는 그들에게 가장 경멸해야 할 자에 대해 이야기하자. 그 것은 바로 **최후의 인간**[4]이다."

따라서 차라투스트라는 군중을 향해 말했다.

지금은 인간이 자기의 목표를 세워야 할 때다. 지금은 인간이 가장 빛나는 희망의 싹을 심을 때다.

아직도 인간의 토양은 싹을 심기에 충분할 만큼 비옥하다. 그러나 이

---

1 헛소리하는 광신자.
2 독창성이 없는 지식. 목자는 교양 없는 자를 말한다.
3 몰락이나 경멸이 교양인으로서의 근대적 민중의 긍지를 해치는 듯하지만, 이것이 사실은 교양 보다 더 근원적인 민중의 자랑이 되어야 한다.
4 초인의 반대어로 독창성 없는 교양에 자족하는 자들을 가리킨다.

토양은 이윽고 메마르고 활력을 잃을 것이다. 그래서 이 토양으로부터는 다시는 큰 나무가 자라나지 못할 것이다.

슬프다! 인간이 동경의 화살을 인간 너머로 쏘지 못하고 활시위가 떨리는 소리[1]를 듣지 못할 때가 오겠구나!

나는 그대들에게 말한다. 인간은 춤추는 별을 탄생시키기 위해서는 마음속에 혼돈을 간직하고 있어야 한다는 것을.[2]

슬프구나! 인간이 어떠한 별도 탄생시키지 못하는 때가 오겠구나! 슬프구나! 자기 자신을 경멸할 줄 모르는 가장 경멸할 인간들의 시대가 오겠구나!

보라! 나는 그대들에게 **최후의 인간**을 보여주련다.

"사랑은 무엇인가? 창조는 무엇인가? 동경은 무엇인가? 별은 무엇인가?" 최후의 인간은 이렇게 묻고 눈을 깜빡거린다.

이때 대지는 작아지고, 대지 위에선 만물을 왜소하게 만드는 최후의 인간들이 날뛴다. 이 종족은 벼룩 같아서 근절되지 않는다. 최후의 인간은 수명이 가장 길다.

"우리는 행복을 발명해냈다." 최후의 인간은 이렇게 말하고 눈을 깜빡거린다.

그들은 살기 어려운 지방을 버렸다. 온기가 필요했기 때문이다. 게다가 아직도 이웃을 사랑하며 이웃 사람에게 몸을 비비고 있다. 온기가 필요하기 때문이다.

병에 걸리는 것과 의심을 품는 것은 그들에게는 죄다. 그들은 걸음걸이도 조심한다. 돌에 걸려서, 또는 인간에게 부딪쳐서 비틀거리는 자[3]는

---

1 초인의 이상을 달성하기 위한 노력.
2 '혼돈'은 발전의 가능성이 넘치는 활력이며, '춤추는 별'은 약동하는 이상.
3 인간관계로 인해서 괴로워하거나 슬퍼하는 자.

바보다.

때때로 복용하는 소량의 독[1] ─ 이 독을 마시고 그들은 즐거운 꿈을 꾼다. 그리고 마지막에는 다량의 독을 마시고 즐거운 죽음을 맞이한다.

그들은 아직도 일하고 있다. 일은 일종의 오락이기 때문이다. 그러나 그들은 이 오락이 몸을 해치지 않도록 조심한다.

그들은 이제는 가난해지지도 못하고 부자가 되지도 못한다. 어느 것이나 너무 귀찮기 때문이다. 아직도 지배권을 탐내는 자가 있는가? 아직도 복종하는 자가 있는가? 어느 것이나 너무 귀찮은 것이다.[2]

목자는 없고 짐승 떼가 있을 뿐! 만인은 평등을 원하고 만인은 평등하다. 이렇게 생각하지 못하는 자는 자진해서 정신병원으로 간다.

"예전에는 온 세상이 미쳤었다." 가장 세련된 사람들은 이렇게 말하고 눈을 깜빡거린다.

그들은 영리하고 이 세상에 일어나는 모든 일을 알고 있다. 따라서 그들의 조소에는 끝이 없다. 그들도 다투기는 하지만 곧 화해한다. 그렇지 않으면 위장을 상하게 되기 때문이다.[3]

그들에게는 낮의 쾌락과 밤의 쾌락이 따로 있다. 그러나 무엇보다도 건강을 존중한다.

"우리는 행복을 발명해냈다." 최후의 인간은 이렇게 말하고 눈을 깜빡거린다.

여기서 차라투스트라의 첫 번째 설교는 끝났다. 이것을 그의 '서설'이라고 부르기도 한다. 이때 군중의 고함소리와 환호가 그의 말을 방해

---

1 알코올이나 니코틴. 최후의 인간은 쾌락주의자이다.
2 값싼 평등주의에 대한 비난이다. 이러한 평등주의자들은 자기의 일신상의 안일, 자신의 재산 유지를 위해 정치적 질서에도 관심을 갖지 않게 되는 것이다.
3 자기 자신이 피해를 입는다는 뜻.

했다. 군중은 외쳤다. "오, 차라투스트라, 우리에게 최후의 인간을 달라. 우리를 최후의 인간으로 만들어달라. 그러면 우리는 당신에게 초인을 주겠소!" 그리고 모든 군중은 환호성을 지르며 혀를 찼다. 그러나 차라투스트라는 슬픈 마음으로 이렇게 생각했다.

"저 사람들은 나를 이해하지 못한다. 나는 그들을 상대로 말할 수는 없구나. 내가 너무 오랫동안 산속에 살며 시냇물과 나무가 하는 말에 지나치게 귀를 기울였구나. 나는 저 사람들에게 이야기할 때 그들을 목자처럼 대했구나.

나의 영혼은 흔들리지 않고 오전의 산처럼 밝다. 그러나 저 사람들은 나를 무서운 농담을 하는 냉정한 냉소자라고 생각한다.

그래서 그들은 나를 바라보며 웃고 있다. 또한 그들은 비웃으면서 나를 증오하고 있다. 그들의 웃음은 얼음처럼 차구나."

6

이때 모든 사람을 침묵시키고 모든 사람의 눈을 놀라게 한 일이 일어났다. 그동안에 줄 타는 사람이 재주를 부리기 시작한 것이다. 그는 작은 문에서 나와 두 탑 사이에 걸쳐져 시장(市場)과 군중의 머리 위를 지나가는 밧줄을 타기 시작했다. 그가 밧줄 한가운데에 이르렀을 때 작은 문이 다시 열리고 익살꾼¹처럼 얼룩덜룩한 옷을 입은 남자가 뛰어나와 재빠른 걸음으로 첫 번째 사나이를 따라갔다. "절름발이야, 빨리 가!" 이 남자는 무서운 목소리로 소리쳤다. "빨리 가! 게으름뱅이, 밀수꾼,

---

1 익살꾼은 급진적으로 민중을 선동하여 폭력에 의해 목표를 일거에 달성하려는 양심 없는 선동가. 따라서 줄 타는 사람은 선동가에게 이용되고 있는 사람으로 볼 수 있다.

겁쟁이야! 빨리 가지 않으면 내 발꿈치[1]로 간지럽힐 테야! 두 탑 사이에서 뭘 하고 있는 거야? 넌 탑 속에 남아 있는 게 고작이야. 널 탑 속에 가둬 둬야 하는 건데. 넌 너보다 뛰어난 사람의 자유로운 걸음을 가로막고 있단 말이다." 이렇게 말하면서 그는 점점 가까이 다가갔다. 그가 한 발자국 앞으로 다가섰을 때, 모든 사람을 침묵시키고 모든 사람의 눈을 놀라게 한 무서운 일이 일어났다. 그는 악마처럼 외치면서 그의 앞을 가로막고 있는 사내를 뛰어넘었다. 앞을 가로막고 있던 사람은 경쟁자가 승리를 거두는 것을 보자, 허둥거리다가 밧줄을 헛디뎠다. 그는 장대를 놓치고 장대보다도 더 빨리 손과 발을 허우적거리며 밑으로 떨어졌다. 시장과 군중은 폭풍우 몰아치는 바다와 같았다. 서로 짓밟으면서 도망쳤다. 특히 줄 타는 사람이 떨어진 자리가 심했다.

그러나 차라투스트라는 움직이지 않았다. 줄 타는 사람은 차라투스트라 바로 옆에 떨어졌는데 무참하게 상처를 입었으나 아직 목숨은 붙어 있었다. 잠시 후 부상당한 사람은 의식을 회복하고 자기 옆에 꿇어앉아 있는 차라투스트라를 보았다. 마침내 그는 말했다. "거기서 뭘하고 있소? 나는 벌써 오래전부터 악마가 발을 걸어 넘어지게 되리라는 것을 알고 있었소. 이제 악마는 나를 지옥으로 끌고 갑니다. 당신이 막아줄 수 있겠소?"

차라투스트라는 대답했다. "친구여, 내 명예를 걸고 말하거니와 당신이 말한 것 따위는 존재하지 않습니다. 악마도, 지옥도 없습니다. 당신의 영혼은 당신의 육체보다 더 빨리 죽을 것입니다.[2] 그러므로 이제는 아무것도 두려워하지 마십시오!"

---

1 여기서 익살꾼을 차라투스트라의 한 분신이라고 본다면 발꿈치는 그의 불굴의 의지를 나타낸다.
2 영혼 불멸을 부정한다.

그 사내는 의심스럽다는 듯이 쳐다보았다. "당신이 진실을 말하고 있다면, 당신의 말은 내가 생명을 잃더라도 아무것도 잃는 것이 없다는 말이 됩니다. 그렇다면 나는 매와 보잘것없는 음식으로 춤추는 것을 가르친 짐승과 같소."[1]

차라투스트라는 말했다. "그렇지 않습니다. 당신은 위험한 일을 당신의 천직으로 삼았고, 이 천직은 조금도 부끄럽지 않은 것입니다. 지금 당신은 당신의 천직 때문에 파멸을 맞이했습니다. 나는 손수 당신을 묻어드리겠소."

차라투스트라가 이렇게 말했을 때 죽어가는 사람은 이미 대답을 하지 못했다. 그러나 그는 마치 차라투스트라의 손을 잡고 감사를 표시하려는 듯이 손을 움직였다.

7

그동안에 저녁이 되었다. 시장에는 어둠이 깔리기 시작했다. 군중은 흩어졌다. 호기심과 공포에도 지쳤던 것이다. 그러나 차라투스트라는 땅 위에 누워 있는 죽은 사람 곁에 꿇어앉아 깊은 생각에 잠겨 있었다. 따라서 그는 시간을 잊고 있었다. 마침내 밤이 되고 고독한 사람 곁으로 찬바람이 스쳐갔다. 이때 차라투스트라는 몸을 일으키며 마음속으로 말했다.

"차라투스트라는 오늘 참으로 즐거운 고기잡이를 했구나! 그는 사람을 잡지 못하고 시체를 잡았구나.

---

1 줄 타는 사람은 습관적으로 위험한 재주를 부렸을 뿐, 자각적인 사람은 아니었다. 이 점을 고백하고 있는 것이다.

사람의 생존은 무시무시한 것이고 결국 아무 의미도 없구나. 사람에게는 한 사람의 익살꾼조차도 운명이 되는구나.[1]

나는 사람들에게 그들의 존재의 의미를 가르쳐주고 싶다. 존재의 의미는 초인, 인간이라는 검은 구름을 뚫고 번쩍이는 번개다.

그러나 아직도 나와 그들의 거리는 멀리 떨어져 있고 나의 생각과 그들의 생각은 다르다. 사람들에게는 아직도 내가 바보와 시체[2]의 중간에 있는 자로 보인다.

밤은 어둡고 차라투스트라의 길도 어둡다. 가자, 그대 차디차고 뻣뻣한 동반자여! 나는 내 손으로 그대를 묻을 곳으로 **그대를 짊어지고 가겠다.**"

<h1 style="text-align:center">8</h1>

차라투스트라는 마음속으로 이렇게 생각하고 시체를 어깨에 메고 출발했다. 그러나 백 보도 가기 전에 어떤 사람이 슬그머니 다가와서 그의 귀에다 속삭였다. 그런데 보라! 속삭이는 사람은 탑에서 나온 익살꾼이 아닌가. "오, 차라투스트라, 이 도시에서 떠나시오." 익살꾼은 말했다. "이 도시의 많은 사람들이 당신을 미워합니다. 착하고 의로운 사람들[3]은 당신을 적이요, 경멸하는 사람이라고 부릅니다. 올바른 신앙을 갖고 있는 신자들[4]도 당신을 미워하고 그들은 당신을 민중에 대한 위험이라고 말합니다. 사람들이 당신을 비웃기만 한 것은 천만다행이었습

---

1 엉뚱한 사람(예컨대 히틀러)에 의해서 인간의 역사는 달라지고 무수한 사람이 고통을 겪는다.
2 '바보'는 인간의 운명을 바꾸기도 하는 익살꾼.
  '시체'는 익살꾼에 의해 구도(求道)의 뜻이 좌절된 자.
3, 4 인습적인 기독교적 도덕을 지키는 사람들.

니다. 사실상 당신은 익살꾼처럼 말했습니다. 당신이 저 죽은 개[1]와 한 패가 된 것은 천만다행이었습니다. 당신은 그만큼 몸을 낮추었기 때문에 오늘 생명을 구했습니다. 그러니 곧 이 도시에서 떠나시오. 그렇지 않으면 내일은 내가 당신을, 곧 살아 있는 자가 죽은 자를 뛰어넘을 것입니다." 그는 이렇게 말하고 나서 자취를 감추었다. 그러나 차라투스트라는 어두운 거리를 쉬지 않고 걸어갔다.

도시의 입구에서 차라투스트라는 무덤 파는 자들[2]을 만났다. 그들은 횃불로 얼굴을 비추어보고 차라투스트라임을 알아보고서 그를 조롱했다. "차라투스트라가 죽은 개를 짊어지고 가는구나. 차라투스트라가 무덤 파는 사람이 되었다는 것은 용감한 일이야! 우리 손은 이 구운 고기를 만지기에는 너무나 깨끗하단 말야. 차라투스트라는 악마에게 한 술의 음식을 훔치려는 것일까? 맛있게 먹기나 하렴! 악마가 차라투스트라보다 더 교활한 도둑이 아니기만 하다면! 악마는 당신과 개를 훔쳐 가서 당신과 개를 먹어 치울 거야!" 그리고 그들은 웃으며 머리를 맞대고 수군거렸다.

차라투스트라는 아무 대꾸도 하지 않고 걸어갔다. 숲과 늪을 지나 두 시간쯤 걸어갔을 때 그는 굶주린 늑대의 요란한 울음소리를 들었고, 그도 시장기를 느꼈다. 그래서 불빛이 새어 나오는 쓸쓸한 집 앞에서 걸음을 멈추었다.

차라투스트라는 말했다. "배고픔이 도둑처럼 나를 습격해 오는구나. 숲과 늪 속에서 나는 굶주리고 있다. 더구나 한밤중에.

나의 배고픔[3]에는 이상한 변덕이 있구나. 흔히 식후에야 비로소 찾아

---

1 죽은 줄 타는 사람.
2 과거에만 집착하는 역사가들.
3 이 배고픔은 정신적 갈망을 말하고 있다.

오는데 오늘은 하루 종일 배고픔을 느끼지 못했으니. 도대체 배고픔은 어디에 머물러 있었을까?"

이렇게 말하면서 차라투스트라는 그 집의 문을 두드렸다. 노인[1]이 나왔다. 등불을 들고 있었다. 노인은 말했다. "누가 와서 막 든 잠을 깨우는 거요!"

차라투스트라는 말했다. "한 명의 산 사람과 한 명의 죽은 사람입니다. 음식을 좀 주십시오. 나는 하루 종일 음식 먹는 것을 잊고 있었습니다. 굶주린 사람을 대접하는 사람은 자신의 영혼을 맑게 한다고 현인도 말했지요."

노인은 안으로 들어갔다가 곧 다시 나와서 차라투스트라에게 빵과 포도주를 주었다. 노인은 말했다. "이 근처는 굶주린 사람에게는 좋지 못한 곳이야. 그래서 나는 여기에 살고 있지. 짐승과 인간이 나를, 이 은둔자를 찾아오네. 자네의 동행자에게도 음식을 주게. 그는 당신보다 더 지쳤어." 차라투스트라는 대답했다. "내 동행자는 죽었습니다. 그에게 먹고 마시라고 말하기는 힘든 일이지요." 노인은 퉁명스럽게 말했다. "그건 나와 상관없는 일이야. 내 집 문을 두드린 사람은 내가 주는 것을 받아야 해.[2] 같이 먹고 잘 가도록!"

그 후 차라투스트라는 길과 별빛에 의지하며 다시 두 시간 동안 걸었다. 그는 밤길에는 익숙한 사람이었고 잠자는 사람들의 얼굴을 보기 좋아했다.[3] 그러나 새벽이 되었을 때, 차라투스트라는 깊은 숲속에 있었고 길을 찾아낼 수 없었다. 그래서 그는 죽은 사람을 속이 텅 빈 나무

---

1 노인이 살고 있는 곳은 관념적인 철학을 상징한다. 노인이 빵과 포도주를 준 것으로 보아 기독교의 철학을 말하는 듯하다.
2 관념적인 철학 체계에는 산 자와 죽은 자처럼 구체적인 문제는 없다.
3 잠자는 사람의 얼굴에는 가식이 없기 때문이다.

속에 내려놓고 ── 늑대로부터 보호하기 위해 자기 머리맡에 놓아 둔 것이다 ── 이끼 낀 땅 위에 누웠다. 그리고 곧 잠이 들었다. 육신은 피곤했으나 영혼은 편안했다.

9

차라투스트라는 오랫동안 잤다. 아침놀만이 아니라 오전의 햇살도 그의 얼굴 위로 지나갔다. 그러나 마침내 그는 눈을 떴다. 차라투스트라는 의아한 눈으로 숲속과 그 고요를 바라보았고 의아한 눈으로 자기 내면을 살펴보았다. 그리고 나서 그는 갑자기 육지를 발견한 선원처럼 벌떡 일어나 환성을 질렀다. 그는 새로운 진리를 깨달았기 때문이었다. 그래서 그는 마음속으로 말했다.

"한 줄기 빛[1]이 나타났구나. 나는 동반자가 필요하다. 내가 원하는 곳으로 짊어지고 갈 수 있는 죽은 동반자나 시체가 아니라 살아 있는 동반자가.

한 줄기 빛이 나타났구나. 차라투스트라는 군중에게 말하는 것이 아니라 동반자들에게 말하는 것이다! 차라투스트라는 짐승을 지키는 목자나 개가 되어서는 안 된다!

짐승 떼 중에서 많은 짐승들을 꾀어내기 위해서[2] 나는 왔다. 군중이나 짐승 떼는 나에게 화를 낼 것이다. 차라투스트라는 목자들로부터 강탈자라고 불리기를 바라고 있다.

나는 목자들이라고 말하지만 그들은 착하고 의로운 자라고 자처한다. 나는 목자들이라고 말한다. 그러나 그들은 올바른 신앙을 가진 신

---

1 민중을 상대로 이야기하는 것이 어리석다는 깨달음.
2 낡은 도덕에 반대하도록 하기 위해서.

자들이라고 자처한다.

보라, 저 선량하고 올바른 사람들을! 그들은 누구를 가장 미워하는가? 그들의 가치표를 부숴버리는 자, 그 파괴자와 범죄자다. 그러나 그는 바로 창조하는 자다.

보라, 저 모든 신앙의 신도들을! 그들은 누구를 가장 미워하는가? 그들의 가치표를 부숴버리는 자, 그 파괴자와 범죄자다. 그러나 그는 바로 창조하는 자다.

창조하는 자는 동반자를 구할 뿐 시체를 구하지는 않는다. 또한 짐승 떼나 사자를 구하지도 않는다. 창조하는 자는 새로운 가치를 새로운 표에 적어 넣을 창조의 협력자를 구한다.

창조하는 자는 동반자, 같이 수확을 거둬들일 자를 구한다. 창조하는 자 앞에서는 만물은 익어서 수확되기를 기다리고 있기 때문이다. 그러나 그에게는 백 개의 낫이 없다.[1] 따라서 그는 이삭을 쥐어뜯으며 화를 낸다.

창조자는 동반자, 낫을 갈 줄 아는 자를 구한다. 사람들은 그들을 파괴자, 선과 악을 경멸하는 자라고 부른다. 그러나 그들은 수확하는 자요, 축제를 벌이는 자다.

차라투스트라는 함께 창조하는 자, 함께 수확하는 자, 함께 축제를 벌이는 자를 구한다. 그가 짐승 떼, 목자, 시체와 무슨 관계가 있는가!

그리고 그대 나의 최초의 동반자여, 이제 헤어지기로 하자. 나는 그대를 높은 나무 속에 잘 묻었고 나는 늑대로부터 그대를 잘 숨겨 놓았다.

그러나 나는 그대와 작별한다. 시간이 되었기 때문이다. 아침놀과 아침놀 사이에서 나에게는 새로운 진리가 찾아왔다.

---

1 창조자도 혼자서 성과를 올릴 수는 없다. 따라서 협조자가 필요하다.

나는 목자가 되어서는 안 되고 무덤 파는 사람이 되어서는 안 된다. 나는 다시는 대중과 말하지 않으리라. 내가 죽은 자와 말하는 것도 이것이 마지막이다.

나는 창조하는 자, 수확하는 자, 축제를 벌이는 자와 힘을 합하리라. 나는 그들에게 무지개를 보여주리라. 초인에 이르는 모든 계단도.

혼자서 숨어 사는 자와 둘이서 숨어 사는 자[1]에게 나는 나의 노래를 들려주리라. 그리고 일찍이 듣지 못한 말을 들을 줄 아는 자 —— 그의 마음을 나는 나의 행복으로 가득 채워주리라.

나는 나의 목표를 향해 가리라. 나는 오직 나의 길을 갈 뿐이다. 나는 주저하는 자와 게으른 자를 뛰어넘으리라. 나의 길이 몰락의 길이 되도록!"

10

차라투스트라가 이렇게 말했을 때 정오의 태양이 머리 위에서 빛나고 있었다. 이때 그는 의아스러운 눈으로 하늘을 쳐다보았다. 그는 머리 위에서 날카롭게 우짖는 새소리를 들었던 것이다. 그리고 보라! 한 마리의 독수리가 커다란 원을 그리며 공중을 날고 있었고 한 마리의 뱀이 독수리에 매달려 있었다. 먹이가 아니라 친구처럼. 뱀은 독수리의 목을 감고 매달려 있었다.

"저건 내 짐승들이다!" 차라투스트라는 말하고 진심으로 기뻐했다.

"태양 아래서 가장 긍지 높은 짐승, 태양 아래서 가장 영리한 짐승 ——

---

1 원어로는 Einsiedler와 Zweisiedler로 되어 있다. 전자의 Ein을 '혼자서'라고 해석하고 Zweisiedler라는 말을 만들어냈다. 중요한 의미는 없고 혼자서든 둘이서든 숨어 사는 자는 현실을 도피하는 은둔자임을 강조하고 있다.

그들은 정찰하러 왔구나. 차라투스트라가 아직 살아 있는지 알고 싶어 하는 것이다. 정말로 나는 아직도 살아 있는가?

나는 사람들과 사는 것이 짐승들과 사는 것보다 더 위험하다는 것을 알았다. 차라투스트라가 가는 길이 험준함을. 내 짐승들아, 나를 인도해다오!"

차라투스트라는 이렇게 말하며 숲 속의 성인의 말을 생각하고 한숨 쉬며 마음속으로 이렇게 말했다.

"나는 더 영리해지고 싶다. 나의 뱀처럼 근본적으로 영리해지고 싶다.

그러나 그것은 불가능한 소망이 아닌가. 그러므로 나는 나의 긍지가 영리함을 잃지 않기를 빌고 있다.

만일 언젠가 나의 영리함이 나를 버린다면 ─ 아, 나의 영리함은 항상 달아나려고만 하는구나! ─ 그때는 나의 긍지가 어리석음과 함께 날아가기를."[1]

이렇게 차라투스트라의 몰락은 시작되었다.

---

1 긍지(독수리)와 지혜(뱀)는 차라투스트라의 불가결의 덕이다. 여기서는 오랫동안 산속에 살아서 사람들과 어울리지 못하고 사람들의 비웃음을 산 것을 어리석음이라고 한 것이며, 그의 지혜는 어리석음을 저지르더라도 긍지만은 잃지 말자는 것이다.

차라투스트라의 설교

세 가지 변화에 대하여

정신의 세 가지 변화[1]를 나는 그대들에게 말한다. 어떻게 정신이 낙타가 되고, 낙타는 사자가 되고, 사자는 어린애가 되는가.

외경심이 깃들여 있는 강하고 인내력 있는 정신은 많은 무거운 짐을 지고 있다. 정신의 억센 힘은 무거운 짐, 가장 무거운 짐을 요구한다.

무엇이 무거운가? 인내력 있는 정신은 이렇게 묻고 낙타처럼 무릎을 꿇어 짐을 충분히 싣고자 한다.

영웅들[2]이여, 내가 짊어지고 나의 억센 힘에 기쁨을 느끼게 될 가장 무거운 짐은 무엇인가? 인내력 있는 정신은 이렇게 묻는다.

---

1 세 가지 변화는 인간이 참된 자기로 되는 정신적 단계를 나타낸다. 니체는 육신을 인간 존재의 근본으로 보지만 정신의 의의를 부정하지는 않는다. 오히려 정신을 인간 존재의 자각적 기능으로서 근본적으로 파악하려고 한다. 따라서 세 가지 변화는 자기 인식이 깊어지는 단계, 자유가 실현되는 단계를 보인다. 따라서 객관적인 인식이 아니라 주체적인 생성의 단계다. 정신과 육체(인식과 삶)가 참된 자기로서 마지막으로 통합된 단계가 세 가지 변화의 마지막 단계인 '어린애'다. 그러나 이것은 마지막 단계요, 목표이며, 여기에 이르려면 자기를 버리고 타자 및 전통적 가치에 철저히 복종하는 '낙타의 단계'와, 낙타의 정신에 철저함으로써 실현되는 타자와 타자에 복종하는 자기 자신을 철저히 부정하는 '사자의 단계'가 필요하다. 모든 것을 철저히 부정하는 사자의 단계에서 어린애가 되는 기반이 마련된다.

2 두 번째 단계인 사자를 말한다.

자신의 오만을 괴롭히기 위해 굴종하는 것, 자신의 지혜를 조롱하기 위해 자신의 어리석음을 드러내는 것 — 이것이 가장 무거운 짐이 아닌가?

혹은 우리의 일이 승리를 축하할 때 그 일로부터 물러나는 것,[1] 유혹하는 자를 유혹하기 위해 높은 산에 오르는 것[2] — 이것이 가장 무거운 짐인가?

혹은 인식의 도토리와 풀로 연명[3]하며 진리를 위해 영혼의 굶주림으로 괴로워하는 것 — 이것이 가장 무거운 짐인가?

혹은 병석에서 병문안 오는 자들을 쫓아버리고 그대가 원하는 바를 결코 듣지 못하는 귀머거리와 사귀는 것 — 이것이 가장 무거운 짐인가?

혹은 진리의 물이 있으면 물이 더럽다 하더라도 뛰어들어서 차가운 개구리나 뜨거운 두꺼비도 쫓아버리지 않는 것[4] — 이것이 가장 무거운 짐인가?

혹은 우리를 경멸하는 자들을 사랑하고, 유령이 우리를 위협할 때 유령에게 손을 내미는 것[5] — 이것이 가장 무거운 짐인가?

인내력 있는 정신은 이와 같은 모든 무거운 짐을 짊어지고, 짐을 싣고 사막을 달리는 낙타처럼 정신의 사막을 달린다.

그러나 가장 쓸쓸한 사막에서 두 번째 변화가 일어난다. 여기에서 정신은 사자가 된다. 정신은 자유를 획득하고 정신의 사막을 지배하려고 한다.

여기에서 정신은 마지막 주인을 찾는다. 정신은 마지막 주인, 최후의

---

1 성공에 만족하지 않는 것.
2 예수처럼 사탄의 유혹을 기다리지 않고 스스로 찾아서 승부를 겨루는 것.
3 인식하기 위해서는 어떠한 곤경도 참는 것.
4 아무리 추악한 진리라도 서슴지 않고 직면하는 것.
5 새로운 사상이나 이상을 창조한 사람은 경멸을 받기 마련이나, 자신의 이상으로 모든 사람을 감싸야 한다. '유령'은 형이상학적 대상(신).

신에게 적대하려고 하고 정신은 승리를 위해 이 거대한 용과 격투하려고 한다.

정신이 이미 주인으로 여기지 않고 신이라고 부르지 않으려는 거대한 용은 무엇인가? "그대는 마땅히 해야 한다"[1] ── 이것이 거대한 용의 이름이다. 그러나 사자의 정신은 "나는 바란다"고 말한다.

"그대는 마땅히 해야 한다"는 황금빛으로 빛나며 정신의 가는 길을 가로막는다. 그것은 유린 동물로서 비늘마다 "그대는 마땅히 해야 한다!"가 금빛으로 빛나고 있다.

천 년 동안의 가치가 이 비늘에서 빛나며 따라서 모든 용 가운데서 가장 힘센 용은 말한다. "여러 사물의 모든 가치 ── 그것이 내 몸에서 빛난다"라고.

"모든 가치는 이미 창조되었고 모든 창조된 가치 ── 그것은 바로 나다. 사실상 이제는 '나는 바란다'는 있어서는 안 된다!" 용은 이렇게 말한다.

나의 형제들이여, 무엇 때문에 정신에게 사자가 필요한가? 왜 체념과 외경심으로 가득 찬 무거운 짐을 질 수 있는 짐승으로 만족하지 못하는가?

새로운 가치의 창조 ── 이것은 사자도 아직 이루지 못한 일이다. 그러나 새로운 창조를 위한 자유의 획득 ── 이것은 사자의 힘이 할 수 있는 일이다.

자유의 획득과 의무 앞에서도 서슴지 않는 신성한 부정 ── 이를 위해서, 나의 형제여, 사자가 필요하다.

새로운 가치를 위한 권리의 획득 ── 이것은 인내심과 외경심이 깃

---

1 당위. 도덕적 명령. 최고의 형태는 의무.

들인 정신에 대해서는 가장 무서운 획득물이다. 참으로 그것은 정신에 대해서는 강탈이며 강탈하는 짐승[1]의 소행이다.

일찍이 정신은 "그대는 마땅히 해야 한다"를 가장 신성한 것으로서 사랑했다. 이제는 정신은 그의 사랑[2]으로부터 자유를 강탈하기 위해 가장 신성한 것에서도 미망과 자의를 찾아내지 않으면 안 된다. 이러한 강탈을 위해 사자가 필요하다.

그러나 나의 형제들이여, 말하라. 사자조차도 하지 못한 일로서 어린 애가 할 수 있는 일이 있을까? 왜 강탈하는 사자는 다시 어린애가 되지 않으면 안 되는가?

어린애는 순결이며 망각이고 하나의 새로운 출발, 하나의 유희,[3] 스스로 굴러가는 수레바퀴,[4] 최초의 운동, 신성한 긍정[5]이다.

그렇다, 나의 형제들이여, 창조라는 유희를 위해서는 신성한 긍정이 필요하다. 이제 정신은 **자신의** 의지를 의욕하고 세계를 상실한 자[6]는 **자신의** 세계를 획득[7]한다.

세 가지 변화를 나는 그대들에게 말했다. 어떻게 정신이 낙타가 되었고, 낙타는 사자가 되었고, 사자는 어린애가 되었는가를.

차라투스트라는 이렇게 말했다. 이때 그는 '얼룩소'라고 불리는 도시에 머물고 있었다.

---

1 사자.
2 "사악하고 왜소한 경향의 극복. 일체를 감싸는 마음. 오직 사랑에 의해서만 감쌀 수 있다." 니체의 말이다.
3 창조적 정신은 이른바 유희 충동과 통한다.
4 자발적이며 근원적인 행동의 힘.
5 어린애에게는 선악의 구별이 없고 세계와 삶을 있는 그대로 긍정한다. 이 긍정이 자유로운 창조의 첫걸음이다.
6 습속적 세계를 떠난 자.
7 타율적 힘을 인정하지 않고 자기의 세계를 창조한다.

덕의 강좌에 대하여

차라투스트라는 어떤 현인의 명성을 들었다. 이 현인은 잠과 덕[1]에 대한 설교에 뛰어나, 이 때문에 존경을 받고 보수를 받으며, 모든 젊은 이들이 그의 강좌를 경청한다는 것이다. 차라투스트라는 이 현인을 찾아가 모든 젊은이들과 함께 그의 강좌를 들었다. 현인은 이렇게 말했다.

잠에 대한 존경과 수치![2] 이것이 가장 중요하다! 그리고 잠 못 이루고 밤에 깨어 있는 모든 자[3]들을 피하라!

도둑조차도 잠에 대해서는 수치심을 갖고 있다. 도둑도 밤에는 언제나 발소리를 죽여가며 돌아다닌다. 그러나 야경꾼[4]은 수치를 모르고 부끄럼 없이 뿔피리를 들고 다닌다.

잠은 보잘것없는 기술이 아니다. 잠자기 위해서는 하루 종일 깨어 있어야 한다.[5]

낮에 열 번, 그대는 그대 자신들을 극복해야 한다. 그것은 충분한 피로의 원인이 되고 영혼을 마취시킨다.

낮에 열 번, 그대는 그대 자신과 다시 화해해야 한다.[6] 자기 극복은 쓰라린 일, 따라서 화해하지 못한 사람들은 잠 못 이룬다.

낮에 열 가지 진리를 그대는 발견하지 않으면 안 된다.[7] 그렇지 않으

---

1 창조성이 없는 덕, 공리주의적이고 기회주의적인 덕.
2 잠을 잘 잔다는 것은 일종의 능력이다. 그러므로 경의를 표해야 한다. 그러나 잠을 못 이룬다면 자기의 무능력을 부끄러워해야 한다.
3 회의적, 부정적 사상.
4 비천한 자.
5 편안한 생활을 하려면 시민 도덕에 충실하게 살고 부지런하지 않으면 안 된다.
6 자기 자신에게 지나친 윤리적 요구를 해서는 안 된다.
7 보잘것없는 사색이라도 해서 정신적 욕구를 만족시켜야 한다.

면 그대는 밤에도 진리를 탐구하고 그대의 영혼은 굶주린다.

낮에 열 번, 그대는 웃어야 하고 쾌활해야 한다. 그렇지 않으면 밤에 우수의 아버지인 위장이 그대를 괴롭힌다.

이것을 아는 자는 참으로 드물다. 그러나 숙면하기 위해서는 모든 덕을 갖추고 있어야만 한다. 내가 위증을 한다면?[1] 내가 간음을 한다면?[2] 내가 이웃집 하녀에게 욕정을 품는다면?[3] 이러한 모든 일은 숙면을 방해한다.

그리고 모든 덕을 갖추고 있다 하더라도 우리는 또 한 가지 일을 잘 알고 있어야 한다. 이러한 덕도 올바른 때에 잠재워야 한다는 것을.[4]

이 덕들, 얌전한 아가씨들이 서로 다투지 않도록 하기 위해서는![5] 게다가 그대 불행한 자여,[6] 바로 그대 때문에!

신과 이웃과의 평화 — 숙면은 이것을 원한다. 그리고 이웃의 악마와도 화목하게 지내라![7] 그렇지 않으면 악마는 밤에 그대 곁에 나타나게 된다.

관헌에 대한 존경과 복종. 게다가 부정한 관헌에 대해서까지도! 숙면은 이것을 원한다. 권력은 즐겨 구부정한 다리로 걸어다니는데 내가 이를 어떻게 한단 말인가?

양 떼를 푸른 초원으로 이끄는 자를 나는 언제나 가장 훌륭한 목자[8]

---

1 〈출애굽기〉 20장 16절 참조.
2 〈출애굽기〉 20장 14절 참조.
3 〈출애굽기〉 20장 17절 참조.
4 예컨대 독립심과 복종심은 병존할 수 없다. 따라서 상황에 따라 방해가 되는 덕은 잠재우지 않으면 안 된다.
5 자기 분열을 일으키지 않도록.
6 '서설' 4의 13단 참조.
7 이웃 사람의 잘못조차도 용서하라.
8 나에게 커다란 이익을 주는 자.

라고 부른다. 이러한 목자가 되는 것은 숙면에 이롭다.

나는 허다한 명예도, 거대한 재산도 바라지 않는다. 그것은 비장에 염증을 일으킨다. 그러나 적당한 명성과 조촐한 재산이 없으면 잠을 자지 못한다.

나는 나쁜 교제[1]보다는 조촐한 교제를 바란다. 그러나 조촐한 교제도 적당한 때에 이루어졌다가 사라져야 한다. 그러면 그것은 숙면에 이롭다. 마음이 가난한 사람들을 나는 몹시 좋아한다. 그들은 잠을 촉진한다. 그들은 행복하다. 특히 그들이 의롭다고 여겨질 때에는.

유덕한 자는 이렇게 낮을 보낸다. 이제 밤이 오면, 나는 잠을 부르지 않도록 몹시 조심한다! 덕의 주인인 잠은 부르는 소리를 싫어한다![2]

오히려 나는 낮에 한 일, 낮에 생각한 일을 반성한다. 나는 황소처럼 끈질기게 반추하면서 "그대가 열 번 극복한 것은 무엇인가?"라고 자문한다.

그리고 "내 마음을 즐겁게 한 열 가지 화해, 열 가지 진리, 열 가지 웃음은 무엇이냐?"고.

이러한 생각에 잠겨서 마흔 가지 사상에 흔들리다 보면 갑자기 잠이, 부르지도 않은 덕의 주인이 엄습해온다.

잠은 내 눈을 두드린다. 이때 눈이 감긴다. 잠은 내 입을 만진다. 이때 입이 벌어진다.

정녕 도둑 중에서도 가장 귀여운 도둑인 잠은 발끝으로 조용히 걸어와서 내 사랑을 훔쳐 간다. 이때 나는 이 강좌처럼 멍청히 서 있다. 그러나 이때 이미 나는 서 있지도 못한다. 이때 나는 곧 눕는다 ── .

---

1 나쁜 교제는 광범위한 교제를 말한다.
2 편안한 생활은 이를 추구할 때 교란되기 쉽고, 오히려 충분한 조건을 갖출 때 저절로 나타난다.

차라투스트라는 현인의 이러한 말을 듣고 마음속으로 웃었다. 이때 그의 마음속에 한 줄기 빛이 밝아왔기 때문이었다. 그래서 그는 마음속으로 이렇게 말했다. 마흔 가지 사상을 갖고 여기에 서 있는 이 현인은 나에게는 바보로 보인다. 그러나 그가 잠에 대해서는 잘 알고 있다고 나는 믿는다.

이 현인의 곁에서 사는 사람들은 그것만으로도 이미 행복하구나! 이러한 잠은 전염된다. 두꺼운 벽도 뚫고 전염된다.

그의 강단에도 마력이 깃들여 있다. 따라서 젊은이들이 덕의 설교자 앞에 앉아 있는 것은 결코 시간 낭비가 아니다. 그의 지혜는 숙면하기 위해 깨어 있다는 것이다. 삶이 참으로 무의미하고 내가 무의미를 선택하지 않을 수 없다면 나의 경우에도 이것은 가장 선택할 만한 무의미[1]일 것이다.

사람들이 덕의 교사를 구했을 때 일찍이 그들이 가장 갈망한 것이 무엇이었는가를 나는 이제 이해한다. 사람들은 숙면을, 게다가 양귀비꽃 같은 덕[2]을 구했던 것이다.

강단의 찬양받는 모든 현인들에게는 지혜는 꿈 없는 잠[3]이었다. 현인들은 삶의 보다 훌륭한 의미를 알 수 없었다.

오늘날도 이 덕의 설교자와 같은 사람들이 약간 있기는 하지만 반드시 이 사람만큼 정직하지는 않다. 그러나 그들의 시대는 지나갔다. 그리고 이제 그들은 더 이상 서 있지 못한다. 그들은 이미 누워 있다.

이렇게 졸음이 오는 사람들은 행복하구나. 그들은 곧 졸게 될 것이므

---

1 지혜를 신랄하게 풍자하여 '무의미'라고 했다.
2 아무런 회의도 없이 안일한 생활에 잠기게 하는 덕.
3 《햄릿》의 "죽느냐 사느냐, 이것이 문제다"라는 유명한 독백에는 "죽는다는 것은 잠자는 것, 잠잔다는 것은 아마도 꿈꾸는 것, 그렇다, 여기에 문제가 있다"라는 구절이 있다.

로 ——.

차라투스트라는 이렇게 말했다.

배후세계론자에 대하여

일찍이 차라투스트라도 모든 배후세계론자[1]와 마찬가지로 인간의 피안에 대해 환상을 품고 있었다. 이때 나에게는 세계는 고뇌와 번민에 시달리는 신의 작품으로 보였다.[2]

그때 나에게는 세계는 신의 꿈이요, 시(詩)로 보였다. 신적인 불만을 품고 있는 자의 눈앞에 피어오르는 알록달록한 연기 같았다.

선과 악, 쾌락과 고통, 나와 너[3] —— 이것은 나에게는 창조자의 눈앞에 피어오르는 알록달록한 연기처럼 생각되었다. 창조자는 자기 자신으로부터 시선을 돌리려고 했다 —— 이때에 창조자는 세계를 창조했다.[4]

고뇌하는 자에게는 그의 괴로움으로부터 시선을 돌리고 자기 자신을 잊는 것은 도취적인 환락이다. 일찍이 나에게는 세계는 도취적인 환락과 자기 자신의 망각으로 여겨졌다.

이 세계, 영원히 불완전한 세계, 영원한 모순의 영상, 그나마도 불완전한 영상 —— 이러한 세계의 불완전한 창조자에게는 도취적 환락 ——,

---

1 Hinterweltler가 원어다. Metaphysiker(형이상학자)라는 말의 뜻을 그대로 모방한 니체의 조어 (造語). 배후세계론자는 세계의 배후에 신이나 실체를 가정하고 현실을 도피하는 종교인이나 형이상학자를 말한다.
2 니체는 젊은 시절, 쇼펜하우어의 철학에 심취했다. 쇼펜하우어에게는 맹목적인 삶에의 의지 때문에 고뇌하는 것이 이 세계였다.
3 모순에 찬 세계의 모습. '나와 너'는 주관과 객관.
4 창조자는 자신의 괴로움을 잊기 위해 세계를 창조했다. 마치 시인이 작품을 통해 시인의 고뇌를 표출시키는 것과 같다.

일찍이 나에게는 세계는 이렇게 생각되었다.

따라서 나는 일찍이 모든 배후세계론자들과 마찬가지로 인간의 피안에 대한 환상을 품고 있었다. 정녕 인간의 피안에 대해서였을까?

아, 나의 형제들이여, 내가 창조해낸 이 신은 다른 모든 신들과 마찬가지로 인간이 만들어낸 것, 인간의 광기였다!

이 신은 인간이었다. 게다가 인간과 자아의 초라한 부분이었다. 나 자신의 재와 작열로부터 그것은, 이 유령은 나에게 다가왔고 정녕! 피안으로부터 나에게 다가온 것은 아니었다!

나의 형제들이여, 무슨 일이 일어났을까? 나는 고뇌하는 나 자신을 초극했다. 나는 나 자신의 재를 산으로 갖고 가서 더욱 활활 타오르는 불꽃을 만들어냈다.[1] 그리고 보라! 이때 유령들은 나를 피해 **달아났다!**

이러한 유령을 믿는 것은 이제 나에게는 고뇌일 것이며, 쾌유한 나에게는 가책이 되리라. 이제 나에게는 고뇌요, 굴욕이 되리라. 나는 배후세계론자들에게 이렇게 말한다.

모든 배후세계를 창조한 자들. 그것은 고뇌요, 무능력이었다. 가장 괴로워하는 자만이 경험할 수 있는 덧없는 행복의 광기였다.[2]

단숨에 결사적인 도약으로, 궁극적인 것에 도달하려는 피로감, 이미 아무것도 바라지 못하는 저 가엾고 무지한 피로감 —— 그것이 모든 신들과 배후세계를 창조했다.[3]

나의 형제들이여! 내 말을 믿으라! 육체에 절망한 자는 바로 육체였다.[4] 육체가 어리석은 정신의 손가락으로 마지막 벽을 더듬은 것이다.

---

1 '서설' 3의 2단 참조.
2 예컨대 순간적인 종교적 도취처럼, 무력하기 그지없는 고뇌자는 순간적으로 행복의 환상을 보고, 여기서 비현실적인 관념의 세계를 구축한다.
3 무력하고 절망한 자, 절망에 지치고 지친 자만이 세계를 버리고 피안으로 달아나는 것이다.
4 현실에 있는 육체가 육체 자체에 절망함으로써 추상적인 세계로 도망가려고 한다.

나의 형제들이여! 내 말을 믿으라! 대지에 절망한 자는 바로 육체였다. 존재의 배(복부)[1]가 하는 말을 들은 자는 육체였다.

그리고 이때 육체는 머리로써, 그리고 머리로써만은 아니지만[2] ── 마지막 벽을 뚫고 '저 세계'로 넘어가고자 했다.

그러나 '저 세계,' 저 천상의 무(無)인 비인간화된 비인간적 세계는 인간에게서 잘 감추어져 있다. 그리고 존재의 배는 인간적 형태로만 인간에게 말하고 그렇지 않으면 전혀 말하지 않는다.[3]

정녕 모든 존재는 증명하기 어렵고 말을 시키기도 어렵다. 그대들 형제들이여, 나에게 말해다오. 모든 사물 중에서 가장 기묘한 것이 가장 잘 증명된 것이 아닐까?

그렇다, 자아와 자아의 모순과 혼란이 가장 정직하게 자신의 존재에 대해 말하고 있다. 여러 사물의 척도이자 가치인, 창조하고 의욕하고 평가하는 이 자아가.

그리고 이 가장 정직한 존재, 즉 자아 ── 그것은 육체에 대해 말하고, 그것은 시를 쓰고 몽상하고 부러진 날개로 날아갈 때에도 육체를 원한다.[4] 그것은, 자아는 점점 더 정직한 말을 할 줄 알게 된다. 그리고 정직해지면 해질수록 자아는 육체와 대지를 찬양하고 존경하는 말을

---

1 '서설'에서는 '탐구할 수 없는 것의 내장'이라고 했다. 전통적 형이상학에서 말하는 존재의 '본질'을 '배'라는 풍자적 용어로 표현한 것이다.

2 '머리로써'는 정신적, 사상적으로라는 뜻. 그 다음에 '머리로써만은 아니지만'은 사상이나 정신만이 아니라 감정이나 의욕까지도 곁들였다고 해석하는 사람과, '머리만이 아니라 발까지도'라는 뜻으로 해석하는 사람이 있다. '발로써'라는 말은 단순히 사색하는 데 그치지 않고 그 세계에 소속하려고 한다는 뜻이다.

3 존재의 본질은 정신적으로 속삭이는 것이 아니라 인간의 감각이 파악할 수 있도록 인간의 형태를 빌려서 말한다.

4 육체에 대해 말한다는 것은 육체로써 자아의 존재를 근원적으로 규정하고 또 의미를 부여한다는 뜻이며, 니체에 있어서는 창조하고 의욕하며 평가하는 자아는 가상이므로 '시를 쓰고……'라고 한 것이다.

더 많이 찾아낸다.

새로운 긍지를 나의 자아는 나에게 가르쳤다. 그 긍지를 나는 인간들에게 가르친다. 머리를 천상적인 사물의 모래 속에 감추지 않고 머리를 자유롭게 쳐드는 긍지를, 대지에 의미를 부여하는 지상의 머리를!

새로운 의지를 나는 인간들에게 가르친다. 인간들이 맹목적으로 걸어온 이 길[1]을 의욕하고 이 길을 시인할 것을. 그리고 마치 병들어 죽어가는 사람처럼 이 길에서 몰래 달아나지 말 것을!

병들어 죽어가는 자들이야말로 육체와 대지를 경멸하고 천상적인 것과 구원의 핏방울[2]을 발명해낸 자들이다. 그러나 이러한 달콤하고 음울한 독조차도 그들은 육체와 대지로부터 만들어냈던 것이다![3]

그들은 그들의 불행으로부터 달아나려 했으나 별들은 그들에게는 너무나 아득한 곳에 있었다. 그래서 그들은 탄식했다. "다른 존재와 행복으로 기어 들어갈 수 있는 하늘의 길이 있기만 하다면!" 그래서 그들은 샛길과 핏빛 음료를 고안해냈던 것이다.

그들은, 이 배은망덕한 자들은 그들의 육체와 이 대지로부터 벗어났다고 망상했다. 그러나 그들의 탈주의 경련과 희열에 대해 누구에게 감사할 것인가! 그들의 육체와 이 대지에 감사해야 한다.[4]

차라투스트라는 병든 자에게도 상냥하다. 정녕 그는 병든 자들의 그들 나름의 위안과 배신에도 화를 내지 않는다. 그들이 병으로부터 회복되고 추구하는 자가 되어 보다 건강한 육체를 획득하기를 바랄 뿐!

또한 차라투스트라는 병으로부터 회복되고 있는 사람이 지난날의 환

---

1 이 길은 관조적인 것이 아니라 실천적인 길임을 말하고 있다. 현실적이고 실천적인 길임을 시인하라는 것이다.
2 인류의 원죄를 속죄하기 위해 흘린 예수의 피, 또는 미사에서 쓰는 포도주.
3 종교 등 구원을 말하는 이론도 현실적인 문제에 근원이 있다.
4 병든 자가 망상하는 탈출도 결국은 육체와 대지에 대한 절망으로부터 나온 것이다.

상에 연연하고 밤중에 몰래 그의 신의 무덤으로 기어가더라도 화를 내지 않는다. 그러나 그의 눈물은 나에게는 여전히 병이며 병든 육체로 보인다.

시를 쓰고 신을 갈망하는 자들 가운데는 언제나 병든 자들이 많았다. 그들은 인식하는 자와 덕 중에서 가장 젊은 덕, 곧 정직을 난폭할 만큼 미워한다.[1]

그들은 언제나 어두웠던 시대를 회고한다.[2] 당시에는 환상과 신앙은 지금과는 다른 것이었다. 이성의 광란은 신적인 것이었으며, 회의는 죄였다.[3]

나는 이런 신적인 자들을 너무나 잘 알고 있다. 그들은 자기들에 대한 신앙을 바라고 회의는 죄가 되기를 바란다. 또한 나는 그들 자신이 가장 믿고 있는 것이 무엇인가를 알고 있다. 정녕 배후세계와 구제의 핏방울이 아니라, 그들 자신은 그들의 육체를 가장 잘 믿고 있다. 그들 자신의 육체는 그들에게는 물 자체(物自體)[4]다.

그러나 그들에게는 육체는 병든 것이다. 따라서 그들은 견디지 못한다. 그러므로 죽음을 설교하는 자들에게 귀를 기울이고 스스로 배후세계를 설교한다.

나의 형제들이여, 차라리 건강한 육체의 소리에 귀를 기울이자. 이 소리는 보다 정직하고 보다 순수한 소리다. 건강한 육체, 완전하고 단정한 육체는 보다 정직하고 보다 순수하게 말한다. 그리고 이 육체는

---

1 정직하게 현실에 직면하여 솔직하게 인식하지 못하는 자들이기 때문이다.
2 과거를 황금 시대로 여기는 회고적인 태도.
3 과거를 회고하는 사람들을 독일 낭만주의자나 이상주의자라고 생각한다면 그들이 황금 시대로 여기는 시대는 그리스이다. 그리스에서 이성은 신적인 것이었기 때문에 회의적인 사상가(예컨대 소크라테스)는 처벌을 받았다.
4 칸트의 용어. 현상을 초월해 있는 불가지의 궁극적 실재.

대지의 의미에 대해 말한다.

차라투스트라는 이렇게 말했다.

육체를 경멸하는 자들에 대하여

육체를 경멸하는 자들에게 나는 나의 말을 하리라. 그들이 새로 배우고 새로 가르쳐야 한다는 것이 아니다. 그들의 육체에 작별을 고해야 한다. 따라서 침묵해야 한다.

"나는 육체이며, 영혼이다." 어린애는 이렇게 말한다. 그렇다면 왜 우리는 어린애처럼 말해서는 안 되는가?

그러나 각성한 자, 잘 아는 자는 말한다. "나는 전적으로 육체이며, 육체 이외의 아무것도 아니다. 그리고 영혼은 육체에 속하는 어떤 것[1]을 표현하는 말에 지나지 않는다"라고.

육체는 하나의 거대한 이성이며, 하나의 의미를 가진 다양성이고 전쟁이며 평화이고 짐승의 무리이며 목자다.[2]

나의 형제여, 그대가 '정신'이라고 부르는 그대의 작은 이성[3]도 그대의 육체의 도구이고, 그대의 커다란 이성의 작은 도구이며 장난감이다.

---

1 신체의 어떤 기능, 특히 정신으로서는 신체의 자각적 기능. 니체는 신체의 기호, 또는 상징이라고 말하기도 한다.
2 여기서 말하는 '이성'은 정신과 육체의 여러 가지 기능, 곧 기술적, 감각적인 여러 기능, 그리고 근본적으로는 육체를 구성하는 무수한 생명 단위의 의식 또는 지성을 포괄하고 있는 이성을 말한다. 여기서 '하나의 의미'는 지배하려는 의지, 곧 육체의 다양한 여러 기능의 배후에서 이러한 기능들을 규정하는 근원적 의지, 근본적으로는 창조에의 의지를 말한다. '전쟁과 평화'는 세계의 근원적 진상, 곧 권력에의 의지를 말하고 '짐승의 무리와 목자'는 지배하려는 의지를 말한다.
3 자아를 말한다.

그대는 '자아'(Ich)[1]라고 말하고 이 말을 자랑한다. 그러나 보다 위대한 것은 —— 그대는 믿지 않으려고 하지만 —— 그대의 육체이며 그대의 육체의 커다란 이성[2]이다. 이 거대한 이성은 자아를 말하지 않고 자아를 행위한다.[3]

감각이 느끼고 정신이 인식하는 것은 그 자체 안에 목적을 내포하고 있지 않다. 그러나 감각과 정신은 스스로 모든 사물의 목적임을 그대에게 설득하려고 한다. 감각과 정신은 이와 같이 허영심이 강하다.

감각과 정신은 도구이며 장난감이다. 감각과 정신의 배후에는 자기(das Selbst)[4]가 있다. 자기도 감각의 눈으로 찾고 정신의 귀로 듣는다.

자기는 항상 듣고 찾는다. 그것은 비교하고 강요하고 정복하고 파괴한다. 그것은 지배하며 또한 자아의 지배자[5]다.

그대의 사상과 감정의 배후에는, 나의 형제여, 강력한 명령자, 알려지지 않은 현인이 있다. 그것이 자기다. 그것은 그대의 육체 속에 살고 있고, 그것은 그대의 육체다.

---

1 근대에 와서 '자아'라는 말로 '영혼'을 대신하고 있다.
2 자각적인 의식보다도 무자각적인 육체가 더욱 근본적인 법칙을 갖고 있다.
3 '말'과 '행위'가 대비되고 있다. '말로서의 자아'는 피상적인 차원에서의 인간을 말하고 있으나 근본적인 차원에서는 개인은 행위의 주체다. 이러한 '행위로서의 자아'를 육체 또는 커다란 이성이라고 부르는 것이다.
4 지금까지 '자아'라고 번역해 온 Ich와 구별하기 위해 das Selbst는 '자기'라고 번역했다. das Selbst는 육체와 정신, 본능과 지성이 일체가 되어 모든 종류의 활동을 하는 무의식적이며 종합적인 근원적, 본능적 자아다. 니체는 이러한 자아를 삶에의 의지의 근원으로 보고 그 현실성, 지상성을 강조한다.
5 여기서는 '자아는 행위한다'는 말을 보충하고 있다. 듣고 찾는 것은 단순한 의식 작용이 아니고 행위이며, 이 행위의 주체는 '자기'다. 한편 자기의 행위에는 항상 의식 작용이 내포된다. 곧 감각으로 찾고 정신으로 듣는 것이다. 자기의 행위는 자아를 도구로 삼기 때문이다. 따라서 언제나 듣고 찾는다는 것은 자기의 행위가 근본적으로는 '지배'임을 말해준다. 비교하고 강요하고 정복하고 파괴한다는 것도 자기의 행위의 여러 양상을 나타내는 것이다.

그대의 육체에는 그대의 최선의 지혜[1]에 있는 것보다 더 많은 이성이 있다. 그리고 왜 그대의 육체에 그대의 최선의 지혜가 꼭 필요한가를 도대체 누가 알 것인가?

그대의 자기는 그대의 자아와 이 자아의 자랑스러운 도약을 비웃는다.[2] "나에게 있어 이 사상의 도약과 비약은 무엇인가? 나의 목적에의 우회로 나는 자아를 이끄는 끈이며 자아가 갖고 있는 개념들을 시사해 주는 자다"라고 자기는 자기 자신에게 말한다.

자기는 자아에게 말한다. "여기에서 고통을 느껴라!" 이때 자아는 고뇌하고 더 이상 고뇌하지 않으려면 어떻게 해야 하는가를 숙고한다. 그 때문에 자아는 사고**하지 않으면 안 된다**.

자기는 자아에게 말한다. "여기에서 쾌락을 느껴라!" 이때 자아는 기뻐하고 더 자주 기뻐하려면 어떻게 해야 하는가를 숙고한다. 그 때문에 자아는 사고**하지 않으면 안 된다**.

육체를 경멸하는 자들에게 나는 한마디하고자 한다. 그들이 경멸하는 것, 그것은 그들의 존경이 시킨 일이다.[3] 존경과 경멸, 가치와 의지를 창조한 것은 무엇인가?

창조적인 자기가 스스로 존경과 경멸을 창조하고, 쾌락과 고통을 창조한다. 창조적인 육체가 스스로 자신이 지닌 의지의 손으로 정신을 창조한다.

그대들의 어리석음과 경멸에 있어서도, 그대들 육체를 경멸하는 자들이여, 그대들은 그대들의 자기에 이바지한다. 나는 그대들에게 말한

---

1 지성을 말한다.
2 본능적 자아(자기)는 의식적 자아보다 우월하다. 의식적 자아의 도약도 사실은 본능적 자아의 명령에 따르는 것이다.
3 육체에 관심이 있기 때문에 경멸할 수도 있다.

다. 그대들의 자기 자체가 죽음을 원하고 삶에 등을 돌렸다고.

이미 자기는 가장 바라고 있는 일 ─ 자기 자신을 넘어서서 창조하는 것을 성취할 힘이 없다. 자기 자신을 넘어서서 창조하는 것은 자기가 가장 바라는 일이며, 자기의 최고의 정열이다.

그러나 이제는 자기가 이 일을 성취하기에는 너무 늦었다. 그러므로 그대들의 자기는 몰락을 원한다, 그대들 육체를 경멸하는 자들이여.

그대들의 자기는 몰락을 원하고 따라서 그대들은 육체를 경멸하는 자들이 되었다! 그대들은 이미 그대들을 넘어서서 창조할 수 없기 때문이다.

그러므로 이제 그대들은 삶과 대지에 분노한다. 그대들의 경멸의 곁눈질에는 무의식적인 질투가 깃들여 있다.

나는 그대들의 길을 따라가지 않는다. 그대들 육체를 경멸하는 자들이여! 그대들은 나에게는 결코 초인에 이르는 다리는 아니다.

차라투스트라는 이렇게 말했다.

환희와 정욕에 대하여

나의 형제여, 그대가 한 가지 덕을 갖고 있고 그것이 그대의 덕이라면 그대는 이 덕을 다른 사람과 공유하고 있는 것은 아니다.[1]

확실히 그대는 이 덕에 이름을 지어주고 애무하고 싶으리라. 그대는 이 덕의 귀를 잡아당기며 이 덕과 희롱하고 싶으리라.[2]

그러나 보라! 이제 그대는 이 덕의 이름을 민중과 공유하고 있고 그

---

1 진실로 자발적, 자주적인(따라서 주체적인) 덕은 인습적인 것이 아니라 독특하고 개성적인 덕이다.

2 덕을 보편적인 형식으로 표현하고 이에 만족하고 싶으리라.

대는 그대의 덕을 가졌으면서도 민중이 되고 짐승 떼가 되었다!

오히려 다음과 같이 말하라. "나의 영혼의 고통이 되고 기쁨이 되는 것, 그리고 나의 내장의 굶주림이기도 한 것은 표현할 수도 없고 이름도 없다."

그대의 덕은 친숙한 이름으로 부를 수 없을 만큼 높은 것이어야 한다. 그리고 이 덕에 대해 그대가 말하지 않을 수 없을 때라도 말을 더듬으며 이 덕에 대해 말하는 것을 부끄러워하지 마라.

말을 더듬으면서 이렇게 말하라. "그것은 **나의** 선이며 나는 그것을 사랑한다. 그것은 전적으로 내 마음에 드는 것이며, **나는** 이러한 선만을 원한다.

나는 그 덕을 신의 율법으로서 원하는 것도 아니고 인간의 규정, 또는 인간의 필수품으로서 원하는 것도 아니다. 그 덕은 나에게는 대지를 초월한 세계나 낙원에 대한 도표(道標)는 아니다.

내가 사랑하는 것은 지상의 덕이다. 이 덕에는 재치는 적고 만인의 이성도 최소한으로 포함되어 있다.[1]

그러나 이 새는 내 옆에 보금자리를 차렸다. 그러므로 나는 이 새를 사랑하고 포옹한다. 지금 이 새는 내 옆에서 금빛 알을 품고 있다."[2]

이와 같이 그대는 말을 더듬으며 그대의 덕을 찬양해야 한다.

일찍이 그대는 여러 가지 정열을 갖고 있었고 이 정열을 악이라고 불렀다. 그러나 이제는 오직 그대의 여러 덕만을 갖고 있을 뿐이다. 그런데 이 덕들은 그대의 정열로부터 자라난 것이다.[3]

---

1 덕은 이기주의적이거나 이타주의적인 것, 곧 무슨 일을 처리하는 방법이 아니다.
2 주 1과 관련하여 본다면 덕은 대지의 덕으로서 대지에 고유한 것이고 따라서 사랑하지 않을 수 없다. '금빛 알'은 덕의 여러 가지 성과와 가능성을 말한다.
3 배후세계론자들은 정열을 '악'이라고 하지만 새로운 도덕은 정열을 토대로 해서 형성된다.

그대는 이러한 정열의 핵심에 그대의 최고의 목표를 새겨 놓았다. 이 때 이 정열은 그대의 덕이 되고 환희가 되었다.

그리고 그대가 화를 잘 내는 자, 음탕한 자, 광신자, 복수심에 불타는 자의 혈통을 받았다 하더라도 결국 그대의 모든 정열은 덕이 되고 그대의 모든 악마는 천사가 되었다.

일찍이 그대는 지하실에 들개를 기르고 있었다. 그러나 결국 들개는 새로 변하고 귀여운 가희로 변했다.

그대는 그대의 독으로부터 향유를 빚어냈다. 그대는 우수라는 그대의 암소로부터 젖을 짜냈다. 지금 그대는 그 유방에서 흘러나오는 젖을 마신다.

앞으로는 그대로부터 어떠한 악도 자라나지 않으리라. 그대의 여러 덕의 갈등으로부터 자라나는 악[1]을 제외하고는.

나의 형제여, 그대가 행복하다면 그대는 하나의 덕을 가졌을 뿐 그 이상의 덕은 갖고 있지 않다. 그러므로 그대는 쉽게 다리[2]를 건너간다.

많은 덕을 갖는 것은 뛰어난 일이기는 하지만 과중한 운명이다.[3] 따라서 많은 사람들이 사막으로 가서 자살을 했다. 여러 덕의 전투, 그리고 그 싸움터가 되는 것을 감당하지 못했기 때문이다.

나의 형제여, 전쟁과 전투는 악인가? 그러나 이러한 악은 필연적이며 그대의 여러 덕 사이에서 일어나는 질투, 불신, 비방은 필연적이다.

보라, 그대의 덕들이 각기 얼마나 최고의 위치를 탐내고 있는가를. 그대의 덕들은 각기 그대의 정신 전체를 요구하고 그대의 정신을 **자신의** 전령으로 삼으려 한다. 그대의 덕은 분노와 증오와 사랑에 있어서

---

1 창조적 정열을 가진 사람은 모든 것을 덕으로 변하게 한다. 다만 자기 분열이 유일한 위험이다.
2 초인에 이르는 다리.
3 모순되는 여러 덕을 가진 사람은 자기 분열을 일으킨다.

그대의 힘 전체를 요구한다.

어떤 덕이나 다른 덕을 질투하는데, 질투는 무서운 것이다. 그리고 여러 덕은 질투로 말미암아 파멸하기도 한다.

질투의 불꽃에 둘러싸인 사람은 결국 전갈처럼 자기 자신을 독침으로 쏘게 된다.

아아, 나의 형제여, 어떤 덕이 자기 자신을 중상하고 찔러 죽이는 것을 본 적이 없는가?

인간은 초극되어야 할 그 무엇이다. 그러므로 그대는 그대의 여러 덕을 사랑해야 한다. 그대는 여러 가지 덕으로 말미암아 파멸하게 될 것이기 때문이다[1] — .

차라투스트라는 이렇게 말했다.

창백한 범인에 대하여

그대들 재판관들이여, 제물을 바치는 사람들이여, 그대들은 제물로 바친 짐승이 머리를 숙이기 전에 죽일 수는 없는가?[2] 보라, 창백한 범인이 머리를 숙였다. 그의 눈에는 엄청난 경멸이 나타나 있다.

"나의 자아는 초극되어 할 그 무엇이다. 나의 자아는 나에게는 인간에 대한 커다란 경멸이다." 그의 눈은 이렇게 말하고 있다.

그가 자기 자신을 재판하는 것은 그의 최고의 순간이다. 숭고한 자를 비열한 상태로 되돌아가게 하지 마라.[3]

---

1 참된 덕은 미온적인 습속적 덕이 아니라 정열로부터 생긴 것이므로 파멸의 근원이 된다.
2 재판관을 제물을 바치는 제관으로 보고 범인을 희생물로 바쳐진 짐승으로 보았다. 범인이 자기의 죄를 시인하는 것을 '머리를 숙인다'는 말로 표현했다.

이와 같이 자기 자신에 대해 고뇌하는 자에게는 어떠한 구원도 있을 수 없다. 하루 빨리 죽는 것 이외에는.

그대들 재판관들이여, 그대들이 범인을 사형에 처하는 것은 동정[1]이어야 하고 복수여서는 안 된다. 그리고 그대들은 사형에 처하면서 그대들 자신의 삶을 정당화한다는 것을 잊지 마라.[2]

그대들이 사형에 처하는 사람과 화해[3]하는 것으로는 충분하지 못하다. 그대들의 비애[4]를 초인에의 사랑이 되게 하라. 이렇게 함으로써 그대들은 아직도 살아 있다는 것을 정당화하라!

그대들은 '적'이라고 말해야 하며, '악한'이라고 말해서는 안 된다. 그대들은 '병자'라고 말해야 하며 '불량배'라고 말해서는 안 된다. 그대들은 '바보'라고 말해야 하며 '죄인'이라고 말해서는 안 된다.[5]

그리고 그대 붉은 옷을 입은 재판관이여, 만일 그대가 그대의 사념 속에서 저지른 일을 소리 높여 말한다면 모든 사람들이 외치리라. "이 불결한 자, 이 독충을 쫓아내라!"고.

그러나 사념과 행위와 행위의 표상은 다르다. 이러한 것들 사이에서는 인과의 수레바퀴는 돌지 않는다.[6]

---

3 창백한 범인이 '나의 자아는 초극되어야 할 그 무엇'임을 고백하는 자기 인식이 자기 자신에 대한 재판이고 이것이 그의 최고의 순간이다. 이 순간에 있어서 그를 '숭고한 자'라고 하는 것은 철저한 자기 인식을 했기 때문이다.

1 범인의 자기 경멸에 대한 동정심.

2 사형은 삶의 향상에 이바지하며 재판관은 죽음의 사도가 아니라 삶의 사도임을 자각하라.

3 동정으로 해서 사형하는 것이므로 화해다.

4 범인을 동정해야 하는 비애.

5 범인을 기성의 선악관, 또는 도덕적 기준에 의해 평가하지 말 것. 삶의 입장에서 투쟁 상태 또는 약자로서 평가할 것.

6 누구든 마음속에는 범죄의 동기를 갖고 있다. 다만 평범한 사람의 경우 이를 억제한다. 범죄와 마음속의 범죄적 동기 사이에는 엄밀한 인과관계는 없다.

어떤 표상이 창백한 인간을 창백하게 만들었다.[1] 그가 이 표상을 행동화했을 때 그는 그의 행위에 필적하는 자가 되었다. 그러나 이 표상이 행동화된 다음에는 그는 이 표상을 견뎌내지 못한다.

이제 그는 자기 자신을 항상 한 행위의 행위자로 보게 되었다. 나는 이것을 광기라고 부른다. 그에게 있어서는 예외가 본질로 변한 것이다.[2]

한 가닥의 줄은 암탉을 가두어 놓는다. 범인이 한 행동은 그의 빈약한 이성을 속박한다. 나는 이것을 행위 **이후의** 광기[3]라고 부른다.

들어라, 그대들 재판관들이여! 그 밖에도 또 하나의 광기가 있다. 그것은 행위 **이전의** 광기[4]다. 아, 내가 보기에는 그대들은 이 광기의 영혼 속으로 깊이 들어가지 못했구나!

붉은 옷을 입은 재판관은 이렇게 말한다. "도대체 왜 이 범인은 살인을 했는가? 그는 강탈하고자 했던 것이다." 그러나 나는 그대들에게 말한다. "그의 영혼은 피를 원했다. 강탈을 원하지는 않았다. 그는 단도의 행복[5]을 갈망했다!"

그러나 그의 빈약한 이성은 이러한 광기를 이해하지 못하고 그를 설득하려고 했다. "피가 도대체 무슨 소용이 있는가! 그때 너는 적어도 강탈하려는 생각을 품지 않았단 말인가? 복수를 하려고 하지 않았는가?"라고 그의 빈약한 이성은 말했다.

---

1 이하는 니체의 범죄 심리의 분석.

2 "**행위자**는 행위에 대해 상상적으로 첨가한 것에 지나지 않는다 —— 행위가 있을 뿐이다"(니체 《도덕의 계보》에서). 하나의 행위는 '예외,' 행위자는 '본질'과 대응된다.

3 단지 한 가지 행위를 한 데 지나지 않으면서도, 나는 이런 인간이라고 단정해버리는 것, 곧 한 가지 행위와 행위자를 동일시하고 예외일지도 모르는 한 가지 행위를 자기의 본질이라고 속박당하는 것이다. 창백한 자의 창백함은 이러한 자기 속박의 표현이다.

4 행위의 근원적 충동. 행위 이후의 광기와는 근본적으로 다른 것으로 세상 사람들은 이 근원적 충동의 의미를 이해하지 못하므로 '광기'라고 부른다. 니체도 세간적인 의미로 광기라고 부르고 있다.

5 생의 의지와 관련된 파괴욕, 살인욕.

그리고 그는 그의 빈약한 이성이 하는 말에 귀를 기울였다. 이성의 말은 납덩어리처럼 그를 내리눌렀다. 그래서 그는 살인을 했을 때 강탈을 했다. 그는 그의 광기[1]를 수치로 여기고 싶지 않았다.

그리고 이제 그의 죄책의 납덩어리는 다시 그를 내리누르고 그의 빈약한 이성은 몹시 굳어지고 몹시 마비되고 몹시 무거워진다.

그가 머리를 흔들 수만 있다면 그의 무거운 짐은 굴러 떨어졌을 것이다. 그러나 누가 이 머리를 흔들게 할 수 있을까?

이 사람은 무엇인가? 병의 퇴적[2]이다. 병은 정신을 통해서 세계에 손을 뻗친다.[3] 이때 병은 세계에서 먹이를 찾으려고 한다.

이 사람은 무엇인가? 사나운 뱀의 무리다. 뱀이 서로 화목하게 지내는 경우는 드물다. 이때 뱀은 따로따로 떨어져 나가 세계에서 먹이를 찾는다.

이 빈약한 육체를 보라! 이 육체가 고뇌하고 탐냈던 것을 이 빈약한 영혼은 제멋대로 해석했던 것이다. 이 빈약한 영혼은 빈약한 육체의 고뇌와 욕망을 살인의 쾌락으로, 또 단도의 행복으로 해석한 것이다.[4]

지금 병들어 있는 자는 지금 악이라고 여겨지는 악의 습격을 받는다. 그는 자신이 받는 고통을 이용하여 남에게 고통을 주려고 한다. 그러나

---

1 여기서 말하는 광기는 '행위 이전의 광기' 다. 자기의 행위를 부끄러워하는 것은 그 동기가 생의 근원적 충동에 있지 않았다는 것을 자백하는 것이 된다.

2 병은 '병적인 광기' 를 말한다. 이 장에서는 '행위 이전의 광기,' 곧 행위의 진실한 동기가 아니라 그것이 왜곡된 상태를 말하고 있다. 이와 같이 병이 퇴적된 육체를 '빈약한 육체' 라고 부르고 있다.

3 병의 퇴적 중에서 때에 따라 밖으로 나타나는 것이 있다. 이것은 육체가 무엇을 원하는가에 대한 선택이며 해석이다. 그때그때의 사회적 통념에 따라 이러한 선택을 하는 기능을 '정신' 또는 '영혼' 이라고 부른다.

4 삶의 의욕, 곧 육체의 고민을 파괴에의 의지로 곡해했다. 초인이라면 고민을 인류 향상을 위한 노력으로 바꾸었을 것이다.

다른 시대가 있었고 다른 악과 선이 있었다.

예전에 회의는, 그리고 자기(das Selbst)에 대한 의지는 악이었다. 그때는 병든 자는 이단자요 마녀[1]였다. 이단자요 마녀로서 그는 고뇌했고 남을 괴롭히려고 했다.

그러나 이런 말을 그대들은 들으려고 하지 않으리라. 이런 말은 그대들의 착한 자들을 훼손한다고 그대들은 나에게 말한다. 그러나 그대들의 착한 자가 나와 무슨 상관이 있는가!

그대들의 착한 자의 여러 가지 점이 나에게 구토를 일으킨다. 그러나 정녕 그들의 악은 그렇지 않다. 그러나 나는 바라고 있다. 그들이 창백한 범인들처럼 광기를 갖고 파멸하게 되기를!

정녕 나는 바라고 있다. 그들의 광기가 진리, 또는 성실, 또는 정의라고 불리기를. 그러나 그들은 오래 살기 위해서 게다가 가련한 안일 속에서 살기 위해서 그들의 덕을 갖고 있을 뿐이다.

나는 강가에 있는 난간이다. 나를 붙잡을 수 있는 사람은 나를 붙잡아라! 그러나 나는 그대들의 지팡이는 아니다.

차라투스트라는 이렇게 말했다.

독서와 저술에 대하여

모든 책 중에서 나는 오직 피로 쓴 책만을 사랑한다. 피로 쓰라. 그러면 그대는 알게 되리라. 피가 정신임을.[2]

---

1 신에 의지하지 않고 자주적 사고를 하는 자를 말한다.
2 육체와 정신의 관계를 말하는 것으로 '피'는 신체의 활력을 상징한다. 사고 작용으로서의 정신

다른 사람의 피를 이해한다는 것은 쉬운 일이 아니다. 나는 책을 읽는 게으름뱅이들[1]을 미워한다.

독자에 대해 알고 있는 자들은 이미 독자를 위해서 아무런 일도 하지 못한다. 독자가 한 세기를 더 산다면 — 정신 그 자체가 악취를 풍기리라.[2]

모든 사람이 읽을 줄 알게 되면, 오랜 시일에 걸쳐 저술 활동만이 아니라 사고 작용도 부패하리라.

일찍이 정신은 신이었다. 다음에는 정신은 인간이 되었다. 이제는 정신은 천민이 되었다.[3]

피와 잠언으로 쓰는 자는 읽히는 것이 아니라 암송되기를 바라는 것이다.

산맥에서 첩경으로 가려면 산봉우리에서 산봉우리로 가야 한다. 그러나 그러기 위해서는 그대는 발이 길어야 한다. 잠언은 산봉우리라고 할 수 있다. 그리고 잠언을 듣는 사람은 거대한 체구를 가진 사람이다.

희박하고 순수한 공기, 신변의 위험, 즐거운 악의로 가득 찬 정신 — 이런 것은 아주 잘 어울린다.

나는 나의 주위에 요정[4]이 있었으면 한다. 나는 용감하기 때문이다.

은 신체의 활력을 떠나서는 있을 수 없다. 신체의 활력에서 떠난 정신은 형이상학적 정신이요 가상이다.

1 겉으로는 책을 읽지만 정신에는 아무런 능동성이 없다.

2 독자의 천박성, 게으름이 필자와 일반 독자에게 미치는 나쁜 반작용을 말한다.

3 근대 이전의 시대, 곧 형이상학적 사고가 지배적이었던 시대에는 정신의 활동은 신적인 것, 초인간적인 것이었다. 근대에 이르러 인간의 주체성이 확립되어 정신은 인간의 기능일 뿐 신에 의해 주어진 것이 아니라는 것을 자각했다. 그러나 현대에 이르면서 비속한 대중의 의견이 지배권을 장악하게 되었다.

4 '요정'은 자신이 자기 자신에 품는 회의와 아이러니이고 또한 위험한 사상이다. 넓게는 삶의 고양에 부딪치는 저항 전체라고 볼 수 있다.

유령을 쫓아내는 용기는 자기 자신을 위해 요정을 만들어낸다.[1] 용기는 웃고 싶은 것이다.

나는 이미 그대들과 같은 느낌을 가질 수는 없다. 발 밑에 깔린 구름, 내가 비웃는 이 검고 무거운 구름 —— 바로 이것이 그대들에게는 뇌운이다.[2]

그대들은 고양을 열망할 때 위를 쳐다본다. 그러나 나는 이미 높은 곳에 도달했기 때문에 내려다본다.

그대들 중에 웃으면서 동시에 고양된 자가 있는가?

가장 높은 산에 오르는 자는 모든 비극적 유희, 비극적 성실성을 비웃는다.

용감하고 태연하고 비웃고 난폭하라 —— 지혜는 **우리**에게 이렇게 요구한다. 지혜는 여자이며, 언제나 전사만을 사랑한다.

그대들은 나에게 말한다. "삶은 감당하기 어렵다"라고. 그러나 그대들이 아침에는 긍지를, 저녁에는 체념을 갖는 것은 무엇을 위해서인가?[3]

삶은 감당하기 어렵다. 그러나 나에게 이와 같이 연약한 태도를 보이지 마라! 우리는 모두 무거운 짐을 질 수 있는 귀여운 한 쌍의 나귀다.

그 몸에 한 방울의 이슬이 떨어져도 흔들리는 장미의 꽃봉오리와 우리는 어떤 공통점을 갖고 있는가?

우리가 삶을 사랑하는 것은 삶에 익숙해졌기 때문이 아니라 사랑에 익숙해졌기 때문이다 —— 이 말은 옳다.[4]

---

1 '유령'은 과거의 사상이나 관념. 유령이 없을 때에는 용기는 적대자로 요정을 만들어낸다.

2 내가 이미 넘어선 구름(삶의 고뇌)은 그대들에게는 공포의 근원이다.

3 어려운 삶을 살아나가기 위해서이다. 아침과 저녁을 인생의 초기와 만년으로 보라.

4 인간은 자기와 관련되는 것에 대해서는 비록 그것이 싫은 것일지라도 결국은 애정이나 애착을 갖게 된다. 이렇게 해서 고해와 같은 삶을 사랑하게 된다.

사랑에는 언제나 어느 정도의 광기가 있다. 그러나 광기에는 언제나 어느 정도의 이성도 있다.[1]

그리고 삶을 좋아하고 있는 나에게는 나비와 비누 방울과 인간 가운데서 나비나 비누 방울 같은 자들이 행복에 대해 가장 많이 알고 있는 것처럼 보인다.[2]

이 경쾌하고 어리석고 우아하고 활발한 작은 영혼이 날아다니는 것을 보노라면 —— 차라투스트라는 눈물을 흘리게 되고 노래를 부르게 된다.

내가 신을 믿는다면 춤출 줄 아는 신만을 믿으리라.[3]

그리고 나는 나의 악마를 보았을 때 나는 이 악마가 진지하고 철저하고 심원하고 장엄하다는 것을 알았다. 그것은 중력[4]의 요정이었다. 요정으로 말미암아 모든 사물이 낙하한다.

우리는 분노에 의해서가 아니라 웃음에 의해서 죽인다. 자, 중력의 요정을 죽이자!

나는 걷는 법을 배웠다. 그 후로 나는 나를 줄곧 달리게 했다. 나는 나는 법을 배웠다. 그 후로 나는 밀려난 다음에야 움직이기 시작하는 일은 없었다.

이제 나는 가벼워졌고 이제 나는 날고 이제 나는 나 자신을 내려다보

---

1 우리는 삶을 사랑하지만 그 까닭을 알지 못한다. 일종의 광기인지도 모른다. 그러나 이러한 사랑에는 육체의 이성이 움직이고 있다. 우리가 감당하기 어려운 삶을 사랑하게 하는 것은 육체의 이성이다.
2 경쾌하고 우아하고 탄력이 있는 삶에 행복이 있다.
3 가볍게 춤추고 경쾌하게 유희하는 어린애의 경지에 대한 동경을 나타내고 있다. 삶이 감당하기 어렵다고 말한 곳에서부터 끝까지 제1부 '세 가지 변화'가 나타나 있다.
4 중력은 자기 초극의 의지 및 행위에 대한 불가결의 저항력, 곧 삶의 모든 자유 활동을 방해하는 것이다.

고 이제 나를 통해서 신이 춤을 춘다.

차라투스트라는 이렇게 말했다.

산 위의 나무에 대하여

차라투스트라는 어떤 젊은이가 그를 피하는 것을 본 적이 있었다. 그런데 어느 날 저녁, 그는 '얼룩소'라고 부르는 도시를 둘러싸고 있는 산 속을 혼자서 걸어가다가, 보라, 그는 걸어가면서 이 젊은이가 나무에 기대앉아 지친 눈으로 골짜기를 바라보고 있는 것을 발견했다. 차라투스트라는 젊은이가 앉아 있는 나무를 붙잡으며 이렇게 말했다.

"나는 이 나무를 내 두 손으로 흔들고 싶어도 나에게는 그만한 힘이 없을 것이다. 그러나 우리 눈에 보이지 않는 바람은 이 나무를 괴롭히고 원하는 방향으로 구부린다. 우리는 보이지 않는 손에 의해 가장 심하게 구부러지고 괴롭힘을 받는다."[1]

이때 젊은이는 깜짝 놀라서 일어나며 말했다. "차라투스트라의 목소리구나. 방금 나는 그를 생각하고 있었다."

차라투스트라는 대답했다. "그렇지만 왜 그렇게 놀라는가? 인간은 나무와 다름이 없다. 인간이 높고 밝은 곳으로 올라가려고 하면 할수록 그 뿌리는 그만큼 강력하게 땅 속으로, 아래쪽으로, 어둠 속으로, 깊은 곳으로 ── 악 속으로 뻗어 나가려고 한다."[2]

---

1 인간의 정신은 분명한 동기에 의해서가 아니라, 무의식적인 불만, 동경으로 말미암아 괴로움을 받는다.

2 인간이 자유를 지향할수록 충동이 일어나며 따라서 이러한 충동의 승화가 필요하다.

"그렇다, 악 속으로!" 젊은이는 외쳤다. "당신은 어떻게 나의 영혼을 꿰뚫어 볼 수 있었소?"

차라투스트라는 웃으며 말했다. "대체로 우리는 영혼을 꿰뚫어 볼 수는 없네. 오히려 우리는 우선 그 영혼을 꾸며내는 걸세."[1]

"그렇다, 악 속으로!" 젊은이는 다시 한번 외쳤다.

"차라투스트라, 당신은 진리를 말했습니다. 나는 높은 곳으로 올라가려고 한 이후로 나 자신을 믿지 못하고[2] 아무도 나를 신용하지 않습니다. 어째서 이렇게 되었을까요?

나는 너무 빨리 변했습니다. 나의 오늘은 나의 어제를 부정합니다. 나는 올라갈 때 가끔 계단을 뛰어넘습니다. 어떤 계단도 이런 행동을 용서하지 않습니다.[3]

위에 오르면 나는 언제나 혼자입니다. 아무도 나에게 말을 걸지 않고 고독의 혹한이 나를 떨게 합니다. 도대체 나는 높은 곳에서 무엇을 바라고 있을까요?

나의 경멸과 나의 동경은 함께 성장합니다. 내가 높이 올라가면 갈수록 나는 올라오는 자를 더욱더 경멸합니다. 도대체 그는 높은 곳에서 무엇을 바라고 있을까요?

나는 나의 상승과 좌절을 얼마나 부끄러워하는가! 나는 나의 헐떡거리는 숨을 얼마나 비웃고 있는지! 나는 날아다니는 자를 얼마나 미워하는가! 나는 높은 곳에서 얼마나 지쳐 있는가!"

---

1 인간의 정신 구조에 대한 정신분석학적 해석이라고 볼 수 있다. 곧 프로이트처럼 무의식(리비도)을 가정하고 나서야 인간의 정신을 이해할 수 있다는 것이다. '사악한 충동', '들개' 등의 표현도 이러한 무의식을 나타낸다.
2 야심이 앞서기 때문에 자기 자신을 믿지 못한다.
3 자기가 놓인 상황은 결코 무시할 수 없다.

여기서 젊은이는 입을 다물었다. 그리고 차라투스트라는 옆에 서 있는 나무를 바라보며 이렇게 말했다.

"이 나무는 여기, 산봉우리에서 쓸쓸하게 서 있다. 이 나무는 인간과 짐승을 굽어보며 드높이 자랐다. 이 나무가 말을 하고 싶어도 이 나무의 말을 알아듣는 자는 하나도 없으리라. 그처럼 드높게 이 나무는 자란 것이다. 이제 이 나무는 오직 기다리고 또 기다릴 뿐이다. 이 나무는 도대체 무엇을 기다릴까? 이 나무는 구름이 있는 자리에 인접해 있다. 그는 최초의 번개[1]를 기다리고 있을까?"

차라투스트라가 이렇게 말했을 때, 젊은이는 격렬한 몸짓을 하며 외쳤다. "그렇습니다, 차라투스트라, 당신은 진리를 말했습니다. 나는 높은 곳으로 올라가고자 했을 때 나의 몰락을 열망했습니다.[2] 그리고 당신은 내가 기다리던 번개입니다! 보라, 당신이 우리들 앞에 나타난 다음에는 나는 도대체 얼마나 초라해졌는가? 당신에 대한 **질투**가 나를 파멸시켰습니다!" 젊은이는 이렇게 말하고 통곡했다. 그러나 차라투스트라는 그를 안고 그와 함께 떠났다.

그리고 그들은 잠시 함께 걷다가 차라투스트라는 이렇게 말하기 시작했다.

심장을 찢기는 것 같구나. 그대의 말보다도 그대의 눈이 그대의 온갖 위험을 더 잘 나타내고 있구나.

아직도 그대는 자유롭지 못하고 자유를 **모색**하고 있다. 그대의 모색이 그대를 잠들지 못하게 하고 너무 긴장하게 만들었다.

---

1 자기 초극의 의지이고 정열로서의 초인의 사상.
2 높은 곳으로 올라가려고 하는 것은 모험을 감행하려는 의지다. 그러므로 자기 이상의 강자를 만나면 몰락이 불가피하다.

그대는 높은 곳에서 자유롭게 지내려고 한다. 그대의 영혼은 별을 갈망한다. 그러나 그대의 사악한 충동도 자유를 갈망한다.

그대의 들개들은 자유를 바란다. 그대의 정신이 모든 감옥을 파옥하려고 할 때 들개들은 지하실에서 쾌락을 열망하며 짖고 있다.

나에게는 아직도 그대는 자유를 상상하고 있는 죄수에 지나지 않는다. 아, 이러한 죄수의 영혼은 영리해진다. 그러나 동시에 교활하고 비열하게 되기도 한다.

정의와 자유를 획득한 자는 다시 자기 자신을 정화하지 않으면 안 된다. 그에게는 아직도 감옥과 곰팡이가 허다하게 남아 있다. 그의 눈은 좀더 순수해지지 않으면 안 된다.

그렇다, 나는 그대의 위험을 알고 있다. 그러나 나의 사랑과 희망을 기울여 그대에게 간청한다. 그대의 사랑과 희망을 버리지 마라!

그대는 아직도 그대가 고귀하다고 느끼고 있다. 그대를 원망하며 악의에 찬 시선을 던지는 다른 사람들도 아직은 그대가 고귀하다고 느끼고 있다. 고귀한 자는 만인을 방해한다는 것을 잊지 마라.

착한 자들에게도 고귀한 자는 방해물이다. 착한 자들이 고귀한 자를 착한 자라고 부르더라도 그들은 이와 같이 부름으로써 고귀한 자를 제거하려고 하는 것이다.[1]

고귀한 자는 새로운 것, 새로운 덕[2]을 창조하려고 한다. 착한 자는 옛 것을 원하고 옛 것을 간직하려고 한다.

그러나 고귀한 자가 착한 자가 되는 것은 그의 위험이 아니다. 오히려 뻔뻔스러운 자, 비웃는 자, 그리고 부정하는 자가 되는 것이 그의 위험이다.[3]

---

1 통속적인 도덕에 따라 사는 자들은 고귀한 자를 착한 자라고 부름으로써 통속화시킨다.
2 정신의 참된 자유에 도달한 경지, 말하자면 '어린애'의 경지.
3 고귀한 자는 좌절되었을 때 통속화되기보다는 성격 이상자가 될 위험이 크다.

아, 나는 고귀한 자를 알고 있었는데 그는 최고의 희망을 잃었다. 그런데 이때 그들은 모든 높은 희망을 비방하게 되었다.

그때 그들은 덧없는 쾌락에 싸여 뻔뻔스럽게 살았고, 오늘을 사는 것 이외에는 거의 목표가 없었다.

"정신도 쾌락이다."[1] 그들은 이렇게 말했다. 이때 그들의 정신의 날개는 찢겼다. 이제 이 정신은 기어 돌아다니고 이것저것을 물고 더럽힌다.

일찍이 그들은 영웅이 되려고 했다. 이제 그들은 탕아가 되었다. 그들에게 영웅은 원망과 공포의 대상이다.

그러나 나는 나의 사랑과 희망을 기울여 그대에게 간청한다. 그대의 영혼 속의 영웅을 버리지 마라! 그대의 최고의 희망을 신성한 것으로 간직하라!

차라투스트라는 이렇게 말했다.

죽음의 설교자들에 대하여

죽음을 설교하는 자들[2]이 있다. 그리고 대지는 삶을 염오하라는 설교를 들어야 마땅한 자들로 가득 차 있다.

대지는 쓸데없는 자들로 가득 차 있고, 삶은, 많은 너무나 많은 자들[3] 때문에 부패했다. 그들이 '영원한 삶'에 매혹되어 이 삶으로부터 떠나 버린다면 얼마나 좋으랴!

---

1 비웃음, 부정 등 순간적인 정신적 쾌락에 잠기는 자에게 정신은 일종의 쾌락에 지나지 않는다.
2 염세주의자들.
3 쓸데없는 자들, 너무나 많은 자들에 대해서는 제1부 '새로운 우상에 대하여' 참조.

'노란 사람들' ── 사람들은 죽음의 설교자를 이렇게 부른다. 혹은 '검은 사람들'[1]이라고 부른다. 그러나 나는 그대들에게 그들을 다른 빛깔로 보여주리라.

자기 마음속에 야수를 품고 다니면서 쾌락에 빠지든가, 자기 자신을 갈기갈기 찢는 것 이외에는 다른 길을 선택하지 못하는 무서운 사람들이 있다. 그리고 그들의 쾌락은 자기 몸을 찢는 것이다.

그들은 아직도 인간이 되지 못했다.[2] 이 무서운 자들은. 그들이 삶으로부터 떨어져 나가라고 설교하고 스스로도 떠나간다면 얼마나 좋으랴!

여기에 황혼의 결핵 환자들[3]이 있다. 그들은 태어나자마자 이미 죽음을 서두르기 시작하고 피로와 체념의 가르침[4]을 동경한다.

그들은 즐겨 죽은 자의 상태에 있으려고 하며 우리는 그들의 의지를 승인하지 않으면 안 된다. 이 죽은 자들을 깨우지 않도록, 이 살아 있는 관들을 해치지 않도록 조심하자!

그들은 환자나 백발 노인이나 시체에 마주치면 곧 이렇게 말한다. "삶은 부정되었다!"

그러나 오직 그들 자신이 부정되었을 뿐이며, 생존의 일면밖에 보지 못하는 그들[5]의 눈이 부정되었을 뿐이다.

짙은 우수에 싸여 죽음을 몰아오는 보잘것없는 우연을 갈망하면서 그들은 이와 같이 기다리면서 이를 악물고 있다.

---

1 노란 사람들, 검은 사람들은 염세주의자를 의미한다. 노란색은 황달을 앓고 있는 사람의 불쾌함, 검은색은 부정의 욕망과 결부된다고 해석하는 사람도 있다.
2 아직 독립된 자유로운 인격을 갖지 못했다.
3 욕망이 약하고 우울한 사람들.
4 기독교의 수동적인 염세주의.
5 삶에 대해 부정적인 태도만을 취하는 자들.

그렇지 않으면 그들은 과자를 탐내면서[1] 동시에 자신의 유치함을 비웃는다. 그들은 그들의 지푸라기 같은 삶에 집착하면서 그들이 아직도 지푸라기에 매달려 있는 것을 비웃는다.

그들의 지혜는 말한다. "살아 있는 자는 바보다. 따라서 우리도 마찬가지로 바보다! 그리고 이것은 삶에 있어서 가장 엄청난 어리석음이다!"

"삶은 고뇌일 뿐이다." 다른 사람들은 이렇게 말하는데 이 말은 거짓말이 아니다. 그렇다면 이렇게 말하는 **그대들**의 종말을 준비하라!

그리고 덕에 대한 그대들의 가르침은 다음과 같아야 한다. "그대는 자살해야 한다! 그대는 이 세상으로부터 몰래 떠나가야 한다!"

"육욕은 죄다." 죽음을 설교하는 사람들 중에는 이렇게 말하는 자도 있다. "우리는 육욕을 버리고 아이를 낳지 말아야 한다!"

"분만은 노고다." 또 다른 사람들은 이렇게 말한다. "왜 낳는가? 우리는 오직 불행한 자를 낳을 뿐이다! 그들도 역시 죽음을 설교하는 자들이다."

"동정이 필요하다." 또 다른 사람은 이렇게 말한다. "내가 갖고 있는 것을 가져가라! 나로 하여금 나이게 하는 것[2]을 가져가라! 그러면 나를 속박하는 삶의 힘은 그만큼 줄어들 것이다!"

만일 그들이 충심으로부터 동정하는 사람들이라면 그들은 이웃 사람들이 삶을 혐오하도록 만들어야 할 것이다. 사악하다는 것 — 이것이 그들의 참된 선의일까.[3]

그러나 그들은 삶으로부터 벗어나려고 한다. 그들이 그들의 쇠사슬과 선물로써 다른 사람들을 더욱 확고하게 속박하게 되더라도 그것이

---

1 죽음을 기다린다고 하면서 삶의 작은 쾌락을 탐낸다.
2 나 자신의 본질.
3 삶은 고뇌라고 하면서 다른 사람을 삶에 속박하는 것을 참된 선의라고 할 수 있는가.

그들과 무슨 상관이 있는가!

그리고 삶은 심한 노동이며 불안이라고 생각하는 그대들도 삶에 몹시 지친 것이 아닌가? 그대들도 죽음의 설교를 들을 수 있을 만큼 성숙한 것이 아닌가?

심한 노동을 좋아하고 빠른 것, 새로운 것, 이상한 것을 좋아하는 그대들은 모두 그대들 자신을 감당하지 못하며, 또한 그대들의 근면은 도피[1]이고 자기 자신을 망각하려는 의지다.

그대들이 삶을 보다 더 믿었더라면, 순간에 자기 자신을 내맡기는 경우는 적었으련만. 그러나 그대들의 마음속에는 기다리기에 충분한 내용이 없다. 그리고 게으르기에 충분한 내용조차도 없다.[2]

죽음을 설교하는 자들의 목소리가 사방으로 울려 퍼지는구나. 그리고 대지는 죽음에 대한 설교를 들어야 마땅한 사람들로 가득 차 있구나.

혹은 '영원한 삶'에 대한 설교라 하더라도 나에게는 마찬가지다. 그들이 재빨리 떠나버리기만 한다면!

차라투스트라는 이렇게 말했다.

전쟁과 전사에 대하여

우리는 우리의 최선의 적들로부터, 그리고 우리가 충심으로 사랑하는 자들로부터 아낌을 받고 싶지 않다. 그렇다면 나로 하여금 그대들에

---

1 인생의 진실과 직면하는 것이 두려워 부지런히 신기한 것을 찾지만, 그것은 도피에 지나지 않는다.

2 '게으르다'는 말을 '한가하다'는 뜻으로 풀이하면, 이미 자기 마음속에 충실한 의미를 갖고 있는 사람은 삶을 관조하며 미래를 기다릴 수 있다는 뜻이 된다. '충분한 내용'은 초인에의 의지.

게 진리를 말하게 하라!

전쟁을 하고 있는 나의 형제들이여! 나는 충심으로 그대들을 사랑한다. 나는 지금 그대들과 다름이 없고 옛날에도 그러했다. 그리고 나는 그대들의 최선의 적이기도 하다. 그렇다면 나로 하여금 그대들에게 진리를 말하게 하라!

나는 그대들의 마음속에 깃들인 증오와 질투를 알고 있다. 그대들은 증오와 질투를 모를 만큼 위대하지는 않다. 그렇다면 증오와 질투를 부끄러워하지 않을 만큼은 위대해지려무나!

그리고 그대들은 인식의 성인[1]은 될 수 없을지라도 적어도 인식의 전사[2]가 돼라. 인식의 전사는 인식의 성인의 성스러움의 반려이고 선구자다.

나는 많은 병사들을 본다. 나는 많은 전사들을 보고 싶구나! 병사들이 입고 있는 것을 사람들은 '제복'이라고 부른다. 그들이 제복으로 감추고 있는 것은 획일적인 것이 아니기를![3]

그대들은 그대들의 눈으로 언제나 적을 찾는 사람이 되어야 한다. 그대들의 적을. 그리고 그대들 가운데에는 한 번 보자마자 증오[4]를 느끼게 되는 사람들이 있다.

그대들의 적을 그대들은 찾아야 하고 그대들의 전쟁을 그대들은 수행해야 한다.

그대들의 사상을 위해서! 그리고 그대들의 사상이 패배하더라도 그대들의 성실성은 이 패배를 넘어서서 승리의 함성을 질러야 한다!

---

1 최고의 인식에 도달한 사람.
2 여기서 말하는 전쟁은 정신적 투쟁임을 알 수 있다. 따라서 전사는 사상을 위한 전사다.
3 획일적인 사상, 고정된 관념, 기성 조직에 얽매인 조직의 일원은 참된 정신적 투쟁을 할 수 없다.
4 "첫눈에 반한다"는 말을 바꾼 말로 한 번 보자마자 진정한 적을 알아보는 사람도 있다는 것.

그대들은 새로운 전쟁의 수단이 될 때에만 평화를 사랑해야 한다. 그리고 장기간의 평화보다는 잠시 동안의 평화를.

그대들에게 나는 노동이 아니라 전쟁을 권한다. 그대들에게 나는 평화가 아니라 승리를 권한다. 그대들의 노동은 전투이고 그대들의 평화는 승리이기를!

화살과 활을 갖고 있을 때에만 사람들은 말없이 조용히 앉아 있을 수 있다. 그렇지 않으면 사람들은 재잘거리고 말다툼을 한다. 그대들의 평화는 승리이기를!

좋은 구실이 있으면 전쟁조차도 신성해진다고 그대들은 말하는가? 나는 그대들에게 말한다. 훌륭한 전쟁은 모든 구실을 신성화한다고.

전쟁과 용기는 인인애(隣人愛)보다도 위대한 일을 훨씬 많이 이룩해 놓았다. 지금까지 그대들의 동정이 아니라 그대들의 용기가 조난자들을 구해 왔다.

"선은 무엇인가?" 그대들은 묻는다. 용감한 것이 선이다. "선은 아름답고 동시에 감동적인 것이다." 어린 소녀들이 이와 같이 말하게 하라.

사람들은 그대들에게 무정하다고 말한다. 그러나 그대들의 마음은 순수하다. 나는 정감을 나타낼 때 그대들이 수치스럽게 여기는 것을 좋아한다. 그대들은 그대들의 만조를 부끄러워하고 다른 사람들은 그들의 간조를 부끄러워한다.[1]

그대들이 추악하다고? 좋다, 나의 형제들이여! 그렇다면 추악한 것의 외투인 숭고한 것을 입어라.

그런데 그대들의 영혼은 위대해지면 오만해지고, 그대들의 숭고함

---

1 전사는 정감이 없기 때문에 냉정한 것이 아니고 넘칠 듯한 정감이 있으면서도(만조) 이를 밖으로 나타내는 것을 수치로 여긴다. 사실은 정감이 풍부한 듯이 떠들어대는 사람들이 정감이 메마르고 냉정하다(간조).

에는 악의가 나타난다. 나는 그대들을 잘 알고 있다.

악의를 갖는다는 점에서 오만한 자와 허약한 자는 일치한다. 그러나 그들은 서로 오해하고 있다.[1] 나는 그대들을 잘 알고 있다.

그대들은 증오해야 할 적만을 갖고 경멸할 적은 갖지 마라. 그대들은 그대들의 적을 자랑하지 않으면 안 된다. 그러면 그대들의 적의 성공은 그대들의 성공이기도 하다.

반항 —— 그것은 노예의 미덕이다. 그대들의 미덕은 복종이기를! 그대들의 명령 자체가 복종이기를![2]

훌륭한 전사들에게는 "그대는 원한다"보다는 "그대는 마땅히 해야 한다"는 말이 더 달콤하다. 따라서 그대들은 좋아하는 일체의 것을 미리 명령받지 않으면 안 된다.[3]

삶에 대한 그대들의 사랑[4]은 최고의 희망에 대한 그대들의 사랑이어야 한다. 그리고 그대들의 최고의 희망은 삶의 최고의 사상이어야 한다.

그러나 그대들은 그대들의 최고의 사상을 나에게서 명령받아야 한다. 그리고 그 사상은 다음과 같다. 인간은 초극되어야 할 그 무엇이다.

이와 같이 그대들은 복종하고 싸우는 삶을 살아라! 오래 산다는 것에 무슨 보람이 있을 것인가! 아낌받기를 바라는 전사가 있을 것인가!

나는 그대들을 아끼지 않으나 그대들을 충심으로 사랑한다. 싸우고

---

1 오만한 자는 경멸과 조롱이라는 악의를 갖고 있고 허약한 자는 경쟁심과 질투라는 악의를 갖고 있다. 그러나 그 악의의 동기와 질은 다르다.

2 인류의 향상이라는 최고의 이상에 대한 복종.

3 전사는 '세 가지 변화'에서 말하는 낙타에 해당한다. 자유로운 경지에 달한 사자는 아니다. "그러므로 그대는 마땅히 해야 한다"는 도덕 관념, 의무 의식으로부터 행동하는 것을 좋아한다. 여기서 명령은 도덕상의, 또는 의무상의 명령이다.

4 니체의 영원 회귀 사상에는 부정적인 면(극단적인 니힐리즘)과 긍정적인 면(영원에의 사랑, 초인의 의지)이 있는데, 삶에 대한 사랑은 긍정적 사상의 근본적 계기 중의 하나다.

있는 나의 형제들이여!

차라투스트라는 이렇게 말했다.

새로운 우상에 대하여

지금도 어디엔가 민족과 군중이 있으리라. 그러나 나의 형제들이여, 우리에게는 없다. 여기에는 여러 국가가 있을 뿐이다.[1]

국가라고? 국가는 무엇인가? 자! 이제는 내 말에 귀를 기울여라. 이제 나는 그대들에게 여러 민족의 죽음에 대한 나의 말을 하기 때문이다.

국가는 모든 냉혹한 괴물들 중에서 가장 냉혹한 것이다.[2] 이 괴물은 냉혹하게 거짓말을 한다. 그리고 "나, 다시 말하면 국가는 민족이다"라는 거짓말은 이 괴물의 입으로부터 기어 나온다.

이 말은 거짓말이다! 민족을 창조하고 그들이 하나의 신앙과 하나의 사랑에 매달리게 한 것은 창조하는 자[3]들이었다. 따라서 그들은 삶에 이바지했다.

많은 사람들을 잡기 위해 덫을 놓고 이 덫을 국가라고 부른 것은 파괴자[4]들이다. 그들은 많은 사람들을 하나의 칼과 백 가지 욕망에 매달리게 한다.

아직도 민족이 존재하는 곳에서는 민족은 국가를 이해하지 못하고,

---

1 여기서는 민족과 국가가 대비되고 있다. 니체는 민족은 자연적인 기초를 갖고 있으나 국가는 그렇지 않다고 한다.
2 민족은 이상에 대한 신앙을 중심으로 자연적으로 뭉쳐 있으나 근대 국가는 계약에 의해 인위적으로 구성되어 있어서 따뜻한 피가 통하지 않는다.
3 모세, 솔론 등 고대의 입법자를 가리킨다고 해석된다.
4 민족의 가치를 파괴하는 자.

국가를 악의에 찬 시선이며 관습과 법에 대한 죄로 여겨 증오한다.

민족의 표지를 나는 그대들에게 말한다. 모든 민족은 선과 악을 나타내는 고유한 말[1]을 갖고 있으며 이웃 민족도 이 말을 이해하지 못한다. 각 민족은 관습과 법이라는 형태로 그들의 말을 만들어냈다.

그러나 국가는 선과 악에 대한 온갖 말을 동원하여 속인다. 그리고 국가가 무슨 말을 하든, 그것은 거짓말이다. 또한 국가가 무엇을 갖고 있든 그것은 훔친 것이다.

국가에 있어서는 모든 것이 허위다. 국가는 훔친 이빨로 물어뜯는다. 물어뜯는 버릇을 가진 국가는 그 내장조차도 허위다.

선과 악에 대한 말의 혼란. 나는 그대들에게 이것이 국가의 표지라고 말한다. 정녕 이 표지는 죽음에의 의지를 나타낸다! 정녕 이 표지는 죽음을 설교하는 자에게 추파를 던지고 있다![2]

많은 너무나 많은 자들이 태어난다. 이런 쓸데없는 자들[3]을 위해 국가는 고안되었다!

보라, 국가가 어떻게 이들을, 이 너무나 너무나 많은 자들을 유혹하는가를! 국가가 어떻게 그들을 삼키고 씹고 또 되새김질하는가를!

"대지 위에는 나보다 위대한 것은 없다. 나는 질서를 부여하는 신의 손가락이다." 이렇게 이 괴수는 울부짖는다. 그리고 무릎을 꿇는 것은 귀가 큰 자나 근시안적인 자[4]만은 아니다.

아아, 그대들 커다란 영혼들이여, 국가는 그대들의 귀에도 음산한 거

---

1 선악의 기준, 도덕 체계.

2 이해관계에 따라 국가의 선악의 기준은 달라지고 따라서 혼란을 일으킨다. 따라서 기계적, 획일적 도덕을 원하는 죽음의 설교자들이 이러한 목적에 이바지한다.

3 근대 사회의 특징적인 존재적 군중.

4 '귀가 큰 자'는 나귀로 민중을 말하며, '근시안적인 자'는 최후의 인간을 말한다.

짓말을 속삭인다! 아아, 국가는 즐거이 자기 자신을 낭비하는 풍요한 심정을 가진 자들을 간파한다!

그렇다, 그대들 낡은 신의 정복자들이여, 국가는 그대들의 마음속까지도 간파한다! 그대들은 전쟁에 지쳤고 이제 그대들의 피로는 새로운 우상을 섬기고 있다.

국가는 영웅과 존경할 만한 인물들을 과시하고자 한다. 이 새로운 우상은! 국가는 거리낌 없는 양심의 햇볕을 쪼이기를 좋아한다.[1] 이 냉혹한 괴수는!

그대들이 국가를 숭배할 때 국가는, 이 새로운 우상은 **그대들**에게 모든 것을 주려고 한다. 이렇게 해서 국가는 그대들의 덕의 광휘와 그대들의 자랑스러운 시선을 매수한다.

국가는 그대들을 미끼로 많은 너무나 많은 사람들을 유혹한다! 그렇다, 이때 지옥의 곡예가 발명된다. 거룩한 영광으로 장식되고 쩔렁쩔렁 소리를 내는 죽음의 말(馬)[2]이!

그렇다, 이때 많은 자들을 위해 죽음이 발명되며, 이 죽음은 삶이라고 자화자찬된다. 정녕 죽음을 설교하는 자들에 대한 충심으로부터의 봉사다!

착한 자도 악한 자도 예외 없이 독을 마시는 사람이 되는 곳, 여기를 나는 국가라고 부른다. 착한 자도 악한 자도 예외 없이 자기 자신을 상실하는 곳, 여기를 국가라고 부른다. 만인이 서서히 자살을 하고 ── 이것을 '삶'이라고 부르는 곳,[3] 여기를 국가라고 부른다.

---

1 국가는 존경할 만한 인물들로 하여금 국가의 행위를 시인케 함으로써 도덕적 문란과 여기에서 생기는 양심의 가책을 달래고자 한다.
2 트로이의 목마를 가리키는 듯하다. 곧 겉모양은 화려하지만 그 안에는 죽음이 도사리고 있다.
3 국가를 위해서 죽음을 강요하고, 이러한 죽음에 '삶의 성취'라는 미명을 붙인다.

그러나 보라, 이 쓸데없는 자들을! 그들은 발명가들의 여러 가지 작품과 현인의 여러 가지 보물[1]을 훔친다. 그리고 그들의 도둑질을 교양이라고 부른다. 그리고 모든 것은 그들의 병이 되고 재난이 된다.

보라, 이 쓸데없는 자들을! 그들은 언제나 앓고 있으며 그들은 그들의 담즙을 게워내고 이것을 신문이라고 부른다. 그들은 서로 삼켜버리지만 소화시킨 적은 한 번도 없다.[2]

보라, 이 쓸데없는 자들을! 그들은 치부를 했지만 그 때문에 더욱 가난해진다.[3] 그들은 권력을 탐내며 무엇보다도 권력의 모루인 많은 돈을 탐낸다. 이 무능력한 사람들은!

그들이 기어오르는 것을 보라, 이 잽싼 원숭이들이! 그들은 서로 앞을 다투어 기어오르고 따라서 서로를 진흙과 심연 속으로 끌어내린다.

그들은 모두 왕좌에 오르려고 한다. 마치 행복이 왕좌에 앉아 있는 것처럼 생각하는 것 —— 이것이 그들의 광기다! 때로는 진흙이 왕좌에 앉아 있고 또한 때로는 왕좌가 진흙 위에 앉아 있다.

나에게는 그들은 모두 광인이고, 잽싸게 기어오르는 원숭이고, 열에 들뜬 자들이다. 나에게는 그들의 우상, 이 냉혹한 괴수의 악취만이 풍겨온다. 우상 숭배자들도 남김 없이 악취를 풍긴다.

나의 형제들이여, 도대체 그대들은 그들의 입과 욕망의 악취 속에서 질식할 셈인가? 오히려 창문을 깨고 밖으로 뛰어나오라.

악취를 피하라! 쓸데없는 자들의 우상 숭배를 멀리하라!

악취를 피하라! 이 인간 제물들의 입김으로부터 벗어나라!

---

1 민족을 창조한 자들이 남겨놓은 문화적 유산.
2 국가의 병이 신문으로 나타난다. 가리지 않고 섭취하지만 생명 있는 문화를 산출하지는 못한다.
3 부는 권력을 얻기 위해 필요하다. 그런데 권력욕은 한이 없으므로 치부하면 할수록 권력욕도 커져서 현재의 부에 만족하지 못한다.

커다란 영혼들에게는 지금도 대지는 활짝 열려 있다. 혼자서 은거하는 자, 둘이서 은거하는 자[1]를 위해서 많은 자리가 빈 채로 남아 있고 이 자리의 둘레에는 조용한 바다의 냄새가 감돌고 있다.

커다란 영혼들에게는 자유로운 삶이 활짝 열려 있다. 정녕 적게 갖고 있는 자는 그만큼 (다른 사람에게) 소유되는 경우도 적다. 조촐한 가난 (청빈)을 찬양하라!

국가가 종말을 고하는 곳, 여기에서 비로소 쓸데없는 자들이 아닌 인간이 시작된다. 여기에서 없어서는 안 될 자들의 노래, 오직 한 번뿐인 대체할 수 없는 선율이 시작된다.

국가가 **종말**을 고하는 곳 —— 여기에서 나의 형제들이여, 저쪽을 보라! 그대들에게는 저것이, 무지개가, 초인의 다리가 보이지 않는가?

차라투스트라는 이렇게 말했다.

시장의 파리 떼에 대하여

달아나라, 나의 벗이여, 그대의 고독 속으로. 나는 그대가 위인들[2]이 떠드는 소리 때문에 귀머거리가 되고 소인들[3]의 침에 마구 찔리는 것을 본다.

숲과 바위는 그대와 함께 품위 있게 침묵할 줄 안다. 다시 그대가 사

---

1 Einsame und Zweisame. 고독한 자라는 Einsame를 이용해서 Zweisame라는 조어를 썼다. '서설' 9의 16단 참조.

2 명성을 추구하는 저널리스트, 정치가 등.

3 근대의 야비한 군중. 이들이 파리 떼이다. 그러나 위인들도 이러한 군중에 아첨하고 기생하는 자들이므로 역시 파리 떼에 속한다.

랑하는 나무[1]처럼, 넓은 가지를 펼치고 있는 나무처럼 되어라. 말없이 귀기울이며 이 나무는 바다 위에 솟구쳐 있다.

고독이 끝나는 곳에서 시장[2]이 시작된다. 그리고 시장이 시작되는 곳에서 위대한 배우들[3]의 소음과 독파리 떼들의 윙윙거리는 소리가 시작된다.

이 세상에서는 가장 좋은 사물들도 그것을 우선 상연하는 자가 없으면 쓸모가 없다. 이러한 연출자를 민중은 위인이라고 부른다.

민중은 위대한 것, 다시 말하면 창조적인 것[4]을 거의 이해하지 못한다. 그러나 민중은 위대한 일의 모든 연출자와 배우에 대해서는 감수성을 갖고 있다.

새로운 가치의 발명자를 중심으로 세계는 회전한다 —— 눈에 띄지 않게 회전한다. 그러나 배우를 중심으로 민중과 명성은 회전한다. '세상의 움직임'은 이와 같다.

배우는 정신을 갖고 있으나 정신의 양심[5]은 거의 갖고 있지 않다. 그는 가장 강력한 신앙으로 이끌어 주는 것 —— **자기 자신**을 믿게 만드는 것을 항상 믿고 있다!

내일은 그는 새로운 신앙을 갖게 되고, 모레는 보다 새로운 신앙을 갖게 되리라. 그는 민첩한 감수성을 갖고 있다. 민중처럼 변하기 쉬운 날씨와 같이.

전도시키는 것, 그에게 있어서는 이것이 증명이다. 열광시키는 것,

---

1 제1부 '산 위의 나무에 대하여' 2, 14단 참조.
2 군중을 기반으로 하는 근대 사회.
3 사회의 이목을 집중시키는 명사들.
4 고독 가운데서 창조되는 새로운 가치.
5 '정신'은 발명가의 발명의 재능. '정신의 양심'은 이러한 재능을 창조적이고 현실적인 것으로 만드는 확고부동한 신념, 자기 자신에 대한 근원적 신념.

그에게 있어서는 이것이 설득이다.[1] 그리고 피[2]야말로 그에게 있어서는 모든 근거 중에서 가장 좋은 것이다.

섬세한 귀에만 숨어드는 진리를 그는 거짓말, 혹은 허무라고 부른다. 정녕 그들은 이 세상에서 시끄럽게 떠드는 신들만을 믿는다!

시장은 거드름을 떠는 익살꾼들로 가득 차 있다. 그리고 민중은 그들의 위인들을 자랑하고 있다. 그들은 민중에게는 그 시각의 지배자들이다.

그러나 시각은 민중을 재촉한다. 그래서 민중은 그대를 재촉한다. 그리고 민중은 그대로부터도 '예' 또는 '아니오'를 듣고자 한다. 슬프다, 그대는 찬성과 반대 사이에 그대의 의자를 놓으려고 하는가?

이와 같이 무조건적이고 재촉하는 자들 때문에 질투하는 일이 있어서는 안 된다. 그대 진리를 사랑하는 자여! 진리가 무조건적인 자의 팔에 매달린 적은 한 번도 없다.

이 성급한 자들을 피해서 그대의 피난처로 되돌아가라. 오직 시장에서만 사람들은 '긍정이냐?' 또는 '부정이냐?' 하는 공격을 받는다.

모든 깊은 샘에 있어서 체험은 완만하다. 샘물의 밑바닥으로 무엇이 떨어지는가를 알려면 오랫동안 기다려야 한다.[3]

시장과 명성을 떠난 곳에서 모든 위대한 일이 일어난다. 옛날부터 시장과 명성을 떠난 곳에 새로운 가치의 발명자들이 살고 있었다.

달아나라, 나의 벗이여, 그대의 고독 속으로. 나는 그대가 독파리 떼에게 마구 쏘이는 것을 본다. 달아나라, 사납고 강한 바람이 부는 곳으로!

---

1 전도시키거나 열광시키는 것은 정치가나 명성을 추구하는 명사들의 수법.
2 비스마르크의 "쇠와 피"라는 말을 상기하라.
3 위대한 사상은 고독 속에서 서서히 성숙한다.

그대의 고독 속으로 달아나라! 그대는 왜소하고 가련한 자들과 너무 가깝게 살고 있었다. 눈에 보이지 않는 그들의 복수로부터 몸을 피하라! 그들은 그대에게 오직 복수를 획책하고 있을 뿐이다.

다시는 그들을 향해 손을 들지 마라! 그들은 무수하며, 파리채가 되는 것은 그대의 운명이 아니다.

이들 왜소하고 가련한 자들은 무수하다. 빗방울과 잡초 때문에 당당한 건물이 무너진 경우가 얼마나 많은가.

그대는 돌이 아니지만, 그대는 이미 많은 물방울 때문에 움푹 패였다. 앞으로도 많은 물방울 때문에 그대는 파괴되고 쪼개지리라.

나는 그대가 독파리 때문에 지치는 것을 본다. 나는 그대가 백 군데나 상처가 나서 피투성이가 된 것을 본다. 그런데 그대의 긍지는 화를 낸 적이 한 번도 없다.

독파리 떼는 아무런 악의도 없이 그대의 피를 탐낸다. 파리의 핏기 없는 영혼이 피를 요구한다. 따라서 파리 떼는 아무런 악의 없이 쏘는 것이다.

그러나 그대 심오한 자여, 그대는 작은 상처에 대해서도 너무 깊이 고뇌한다. 그래서 상처가 낫기도 전에 똑같은 독충이 그대의 손 위로 기어다녔다.

이 훔쳐 먹는 자들을 죽이기에는 그대는 나에게는 너무나 자랑스러운 존재다. 그러나 그들의 유독한 모든 부정을 참고 견디는 것이 그대의 운명이 되지 않도록 조심하라.

그들은 그대의 주위에서 찬양의 노래를 부르기도 한다. 뻔뻔스러운 것이 그들의 찬양이다. 그들은 그대의 피부와 그대의 피 가까이에 있으려고 한다.

그들은 신이나 악마에게 아첨하듯 그대에게 아첨한다. 그들은 신이

나 악마 앞에서 읍소하듯 그대 앞에서 읍소한다. 무슨 상관이 있는가? 그들은 아첨하는 자며 읍소하는 자일 뿐 그 이상은 아니다.

또한 그들은 때때로 그대에게 애교 있는 얼굴을 보이기도 한다. 그러나 그것은 비겁한 자의 재치였다. 그렇다, 비겁한 자는 영리하다!

그들은 그 편협한 영혼으로 그대에 대해 여러 가지로 생각한다. 그들에게는 그대는 언제나 의심스러운 것이다! 여러 가지로 생각되는 것은 모두 의심스러운 것이다.

그들은 그대의 모든 덕 때문에 그대를 처벌한다. 그들이 진심으로부터 용서하는 것은 오직 —— 그대의 실책뿐이다.

그대는 온화하고 올바른 마음씨를 갖고 있으므로 "그들은 그들의 왜소한 생존에 대해 죄가 없다"고 말한다. 그러나 그들의 편협한 영혼은 "일체의 위대한 생존은 죄다"라고 생각한다.

그대가 그들을 온화하게 대하더라도 그들은 그대에게 경멸을 받았다고 느낀다. 그래서 그들은 은밀한 가해로써 그대의 은혜에 보답한다.

그대의 무언의 긍지는 언제나 그들의 취미에 거슬린다. 가령 그대가 허영심이 강한 자[1]가 될 만큼 겸손해진다면 그들은 기뻐 날뛰리라.

우리가 어떤 사람에 대해 인식하는 것은 우리가 그 사람을 그와 같이 점화하는 것이기도 하다.[2] 따라서 소인을 조심하라!

그대 앞에서는 그들은 스스로 왜소하다고 느낀다. 그래서 그들의 비열함은 눈에 보이지 않는 복수로 변해 그대를 향해서 희미하게 또는 활활 타오른다.

그대가 그들 곁으로 가까이 갔을 때 그들은 자주 입을 다물고, 그리

---

1 제2부 '대인의 재치에 대하여' 20~23단 참조.
2 예컨대 상대방을 교활하다고 생각하고 그렇게 대하면, 그는 더욱더 교활해진다. 따라서 소인들은 소인임이 인식될 때 더욱 비열해진다.

고 꺼져가는 불꽃의 연기처럼 그들의 힘이 그들로부터 사라져버리는 것을 그대는 알아차리지 못했는가?[1]

그렇다, 나의 벗이여, 그대는 그대의 이웃에게는 양심의 가책이 된다. 그들은 그대에게는 가치가 없기 때문이다. 따라서 그들은 그대를 미워하고 그대의 피를 빨고 싶어한다.

그대의 이웃은 언제나 독파리이리라. 그대의 위대한 점 ─ 그것은 반드시 그들을 더욱 유독하게 만들고 더욱더 파리처럼 만든다.

달아나라, 나의 벗이여, 그대의 고독 속으로, 사납고 강한 바람이 부는 곳으로! 파리채가 되는 것은 그대의 운명이 아니다.

차라투스트라는 이렇게 말했다.

순결에 대하여

나는 숲을 사랑한다. 도시에서는 살기 어렵다. 도시에는 음탕한 자들이 너무 많다.

음탕한 여자의 꿈속에 빠지는 것보다는 살인자의 손에 걸리는 것이 더 낫지 않을까?

자, 보라, 이 남자들을. 그들의 눈은 이렇게 말한다. 그들은 이 지상에서 여자와 자는 것보다 더 좋은 일을 전혀 알지 못한다고.

그들의 영혼의 밑바닥에는 진흙이 깔려 있다. 게다가 슬프게도 그들의 진흙이 정신을 갖고 있다면![2]

---

1 안 보는 데서는 열심히 욕을 하지만 본인 앞에서는 아첨하는 것이 소인의 본성이다.
2 향락을 추구할 때에도 인간은 정신을 이용하여 정욕을 미화하고 세련시키고 복잡하게 만든다.

제발, 그대들이 적어도 동물로서라도 완전하다면! 그러나 짐승에게는 순진성이 있다.[1]

나는 그대들의 관능을 죽이라고 권고할까? 나는 그대들에게 관능의 순진성[2]을 권고한다.

나는 그대들에게 순결을 권고할까? 순결은 어떤 사람에게는 덕이지만, 대부분의 사람들에게는 거의 악덕이다.[3]

순결이 악덕이 되는 자들은 자제할 줄 안다. 그러나 그들이 하는 모든 일에는 관능이라는 암캐가 질투의 눈을 번뜩이고 있다.

그들의 덕의 여러 가지 정점에도 심지어 냉철한 정신에까지도 이 짐승과 그 불만이 뒤따르고 있다.

그리고 관능이라는 암캐는 한 조각의 고기가 거부되었을 때 얼마나 상냥하게 한 조각의 정신을 구걸할 수 있는지를 아는가?[4]

그대들은 비극을 사랑하고 모든 비통한 일을 사랑하는가? 그러나 나는 그대들의 암캐를 믿지 않는다.

내가 보기에는 그대들의 눈은 너무 잔인하구나. 또 음란한 눈으로 고뇌하는 사람들을 바라보고 있구나. 그대들의 육욕을 가장해서 동정이라고 부르고 있는 것은 아닌가?

그리고 다음과 같은 비유를 그대들에게 말하리라. 적지 않은 사람들이 그들의 악마를 몰아내려고 하다가 오히려 그들 자신의 암퇘지 떼에

---

1 동물과 같은 순진성도 없으므로 동물 이하다.
2 니체는 순결을 사랑하고 관능의 정화를 요구하지만, 금욕을 강요하지는 않는다. 따라서 관능의 순진성은 성생활을 선도 악도 아닌 상태, 곧 윤리와는 무관한 상태라고 생각하는 것이다. 그러므로 무리하게 억압하거나 병적으로 탐닉하는 것은 좋지 않다. 니체에 있어서는 순진성은 창조적 활동의 한 계기이다. 따라서 적극적으로는 여기서는 생식에의 의지를 말하고 있다.
3 무리하게 금욕을 강요하면 오히려 억압된 성욕은 원한, 질투 등 추악한 것으로 변한다.
4 억압된 성욕은 정신적인 면에서 만족을 얻으려 하지만, 이 경우도 기형이다.

섞이고 말았다.[1]

순결을 지키기 어려운 자에게는 순결을 단념하라고 권고해야 한다. 순결이 지옥 —— 곧 영혼의 진흙과 음탕에의 길이 되지 않도록 하기 위해서.

나는 더러운 일들에 대해 말하고 있는가? 그것은 나에게는 최악의 것이 아니다.

진리가 더러울 때가 아니라 진리가 얕을 때에 인식하는 자들은 진리의 물속으로 들어가기를 꺼린다.[2]

정녕 충심으로부터 순결한 자들이 있다. 그들은 그 마음이 그대들보다 온화하고, 그들은 그대들보다 더 즐겁고 흐뭇하게 웃는다.

그들은 순결조차도 웃어 넘기며 이렇게 묻는다. "순결은 도대체 뭐냐! 순결은 어리석음이 아닌가? 그러나 순결이 우리에게 다가온 것이지, 우리가 순결로 다가간 것은 아니다. 우리는 이 손님들에게 숙소와 마음[3]을 제공했다. 지금 이 손님은 우리들 곁에 살고 있다. 원하는 만큼 오랫동안 머물러 있으려무나!"

차라투스트라는 이렇게 말했다.

---

1 금욕의 고행을 하다가 극단적으로 타락한 예는 허다하다. 암퇘지 떼로 번역한 Säue의 단수 Sau 에는 '음탕한 여자'라는 뜻도 있다.
2 인식을 지향하는 자들은 그것이 진실인 한 더러운 것이라고 해서 피할 수는 없다. 다만 천박한 문제는 도외시한다.
3 우리들의 마음을 숙소로 제공했다는 뜻.

벗에 대하여

"내 곁에는 언제나 여분으로 또 한 사람이 있다." 은둔자는 이렇게 생각한다. "언제나 하나 곱하기 하나이지만 —— 오랜 세월이 지나면 둘이 되는 것이다!"[1]

나는 나를 상대로 언제나 대화에 너무 열중한다.[2] 만일 한 사람의 벗도 없다면 어떻게 견딜 것인가?

은둔자에게는 벗은 언제나 제삼자다. 제삼자는 두 사람의 대화가 깊이 가라앉는 것을 막아주는 코르크로 만든 부표다.[3]

아, 모든 은둔자들에게는 심연이 너무 많구나. 그러므로 그들은 한 사람의 벗과 이 벗의 높이를 동경한다.

다른 사람들에 대한 우리의 신뢰는 우리가 우리 자신의 어떤 점을 신뢰하려 하는가를 드러낸다. 벗에 대한 우리의 동경, 그것은 우리 자신을 폭로한다.

그리고 때때로 사람들은 사랑으로써 오직 질투만을 뛰어넘으려고 한다. 그리고 때때로 사람들은 자신이 공격당할 틈을 갖고 있다는 것을 숨기기 위해 공격을 개시하고 적을 만든다.[4]

---

1 한 사람은 언제나 한 사람이지 두 사람이 될 수 없으나 은둔자는 고독한 생활 속에서 자기 분열을 일으켜 두 개의 자아가 대화를 하게 된다.

2 직역하면 "'나'와 '나를'은 항상 대화에 너무 열중한다." 곧 '나'와 나의 분신이요, 대화 상대인 '나를'의 자문자답이다.

3 제삼자는 보통 말하는 벗, 제삼자인 벗은 지나친 자기 침잠을 방지해준다. 그러므로 다음 구절에서는 벗과 벗의 높이(이상)를 동경한다고 말한다.

4 다른 사람에 대한 질투를 우정에 의해 극복하려고 한다. 그러나 이러한 극복이 힘들 때에는 자신의 약점을 드러내지 않기 위해 공격을 시작해서 적대 관계가 된다. 벗을 적으로 비약시키는 것이다. 다음 구절부터는 벗과 적의 불가분의 관계를 말한다.

"제발, 내 적이 되어주오!" 우정을 애원하지 못하는 참된 외경은 이렇게 말한다.[1]

벗을 원한다면 벗을 위해 전쟁을 수행하는 것도 피하지 말아야 한다. 그리고 전쟁을 수행하기 위해서는 적이 **될 줄** 알아야 한다.

자신의 벗에 대해서도 적으로 존경할 줄 알아야 한다. 그대는 그대의 벗과 친밀하게 사귀면서 그에게 침범당하지 않을 수 있는가?[2]

자신의 벗을 자기 자신의 최선의 적으로 삼아야 한다. 그대의 벗과 적대할 때 그대의 마음은 벗을 가장 가깝게 여겨야 한다.

그대는 그대의 벗 앞에서 어떤 옷도 입지 않으려는가? 적나라한 자신을 벗에게 주는 것이 그대의 벗의 영광일까? 그러나 이때, 벗은 그대를 악마에게 넘겨주고 싶어한다![3]

자기 자신을 조금도 숨기지 않는 자들은 분노를 일으킨다. 그렇다면 그대들이 적나라한 상태를 두려워하는 데에는 상당한 근거가 있다! 그렇다, 만일 그대들이 신이라면 그대들은 그대들의 옷을 부끄러워해도 좋으리라![4]

그대는 그대의 벗을 위해서 아무리 아름답게 치장을 하더라도 충분하지 못하다. 그대는 벗에게는 초인을 지향하는 한 개의 화살, 초인을 그리워하는 동경이 되어야 하기 때문이다.

그대는 그대의 벗이 잠든 것을 본 적이 있는가? 그대의 벗의 잠든 모습이 어떤지를 알아보기 위해서. 잠들지 않았을 때의 벗의 얼굴은

---

1 여기서는 몸을 굽혀 우정을 구걸하지 않고 오히려 벗을 적으로서 존경하는 자기 자신에 대한 외경이다. 제1부 '세 가지 변화에 대하여' 2단 참조.

2 벗과 일대일의 관계(적대 관계)에 있지 않으면 결국 그 우정은 예속 관계가 된다.

3 '적나라한 자기를 보여주는 것'은 일종의 화해를 요구하는 것이다. 그러나 벗은 화해를 좋아하지 않는다.

4 그리스 신화에 나오는 웅장한 신들을 상기하라.

어떠했는가? 그 얼굴은 거칠고 불완전한 거울에 비친 그대 자신의 얼굴이다.[1]

그대는 그대의 벗이 잠든 모습을 본 적이 있는가? 그대의 벗의 그러한 얼굴을 보고 놀라지 않았는가? 오, 벗이여, 인간은 초극되어야 할 그 무엇이다.[2]

벗은 예측과 침묵의 명인이다. 그대는 모든 것을 보려고 해서는 안된다. 그대의 꿈은 그대의 벗이 잠들지 않았을 때에 하는 행동을 그대에게 알려 주어야 한다.[3]

그대의 동정은 예측이어야 한다. 우선 그대의 벗이 동정을 원하는지 그 여부를 알기 위해서. 아마도 벗은 그대의 불굴의 눈과 영원의 안광을 사랑하고 있는지도 모른다.

벗에 대한 동정은 단단한 껍질 밑에 숨겨두고 동정을 깨물면 그대의 이빨 하나쯤 부러져야 한다. 그러면 동정은 섬세하고 감미로운 것이 되리라.[4]

그대는 그대의 벗에게 순수한 공기이자 고독이고, 빵이며 약인가?[5]

자기 자신의 쇠사슬은 풀지 못하면서 벗에게는 구원자가 되는 사람이 허다하다.

그대는 노예인가? 그렇다면 그대는 벗이 될 수 없다. 그대는 폭군인

---

1 벗의 잠든 얼굴은 적나라한 벗의 모습. 그러나 깨어 있을 때의 얼굴은 그대 자신의 투영에 지나지 않는다.
2 벗의 적나라한 모습은 인간의 불완전성을 드러낸다. 그러므로 초극되어야 함을 절실히 깨닫게 된다.
3 '꿈'은 이상을 말한다. 자신의 이상을 통해 벗의 행동을 관찰하라는 것.
4 벗은 벗대로 그대를 자기 완성을 위한 호적수로 여기고 있을지도 모른다. 따라서 동정은 삼가야 할 일이다.
5 겉치레에 지나지 않는 동정을 초월해서 벗을 자극하고 상승시키는 자인가.

가? 그렇다면 그대는 친구를 사귈 수 없다.[1]

너무 오랫동안 여자의 마음속에는 노예와 폭군이 숨어 있었다. 그러므로 여자에게는 아직도 우정을 맺을 능력이 없다. 여자는 오직 사랑을 알 뿐이다.

여자의 사랑에는 여자가 사랑하지 않는 모든 것에 대한 불공평과 맹목성이 있다. 그리고 여자의 지적인 사랑에도 한결같이 빛과 함께 기습과 번개와 밤이 있다.[2]

아직도 여자에게는 우정을 맺을 능력이 없다. 여자들은 여전히 고양이요, 새이다. 혹은 기껏해야 암소다.[3]

아직도 여자에게는 우정을 맺을 능력이 없다. 그러나 그대들 남자들이여, 나에게 말하라, 그대들 중에 우정을 맺을 능력을 갖고 있는 사람은 누구인가?

오, 그대들 남자들이여, 그대들의 영혼은 얼마나 가난하고 인색한가!

그대들이 벗에게 주는 것 정도라면 나는 나의 적에게도 줄 수 있으리라. 또한 그 때문에 더 가난해지지도 않으리라.

동지 관계는 있다. 우정이 있다면 얼마나 좋을 것인가!

차라투스트라는 이렇게 말했다.

---

1 우정은 적으로서 외경하는 동등한 관계에서만 가능하다. 그런데 '노예'는 독립된 자세를 갖지 못하는 사람, '폭군'은 적대자가 아니라 복종하는 자를 원하는 사람이다.

2 '빛'은 사랑의 형안(炯眼). '기습과 번개'는 여자의 당돌성. '밤'은 여자의 감정의 불합리한 측면.

3 '고양이'(조용하면서도 교활하다)와 '새'(경쾌하고 걱정이 없다)는 애완물로서의 여자를, '암소'(우둔하고 인내심이 강하다)는 여자의 인종적 지위를 나타낸다.

천 개의 목표와 하나의 목표에 대하여

차라투스트라는 많은 나라와 많은 민족을 보았다. 따라서 그는 많은 민족의 선과 악을 발견했다. 차라투스트라는 지상에서 선악보다 더 큰 힘을 보지 못했다.

우선 평가를 하지 않는 한 어떤 민족도 생존하지 못하리라. 그러나 민족은 민족 그 자신을 보존하려면 이웃 민족이 평가하듯이 평가해서는 안 된다.[1]

이 민족이 선이라고 여기는 많은 일들을 다른 민족은 웃음거리나 치욕으로 여겼다. 나는 이것을 보았다. 나는 많은 일이 여기서는 악으로 불리고 저기서는 진홍색의 영광으로 장식되는 것을 보았다.

이웃 민족조차도 서로 이해한 적이 없었다. 각 민족의 영혼은 언제나 이웃 민족의 환상과 악의를 이상하게 생각했다.

각 민족은 선악의 표를 내걸고 있다. 보라, 그것은 각 민족이 초극해온 것을 기록한 표다. 보라, 그것은 각 민족의 **권력에의 의지**[2]의 목소리이다.

각 민족이 어렵다고 여기는 것은 찬양할 만한 것이다. 불가결하고 어려운 것을 선이라고 부른다. 최대의 곤경으로부터도 해방시켜주는 것, 희소한 것, 가장 어려운 것 —— 각 민족은 이것을 신성하다고 찬양한다.

---

1 각 민족은 독특한 에토스를 갖고 있으므로, 독자적인 가치 기준과 도덕관이 없으면 유기적 공동체로서의 민족의 생존은 불가능하다.
2 자기를 보존하려는 생명에의 의지는 단지 자기를 보존하는 데 그치지 않고 많은 권력을 획득함으로써 자기 자신을 증대하고 초극하려고 한다. 따라서 생명에의 의지는 곧 권력에의 의지가 아닐 수 없다.

이웃 민족이 두려워하고 시기할 만큼 어떤 민족을 지배와 승리와 영광으로 이끌어주는 것. 이것이 그 민족에게는 드높은 것, 으뜸가는 것, 척도, 만물의 의미다.

정녕 나의 형제여, 그대가 우선 어떤 민족의 곤경과 국토와 하늘과 이웃 민족을 인식한다면 그대는 이 민족이 이룩한 여러 가지 초극의 법칙을 추측할 수 있고, 왜 이 사다리[1]를 통해 이 민족이 그들의 희망을 향해 올라가는가를 알 수 있다.

"언제나 그대는 제1인자여야 하고 다른 사람들보다 뛰어나야 한다.[2] 질투에 불타는 그대의 영혼은 벗 이외에는 아무도 사랑해서는 안 된다." 이것이 그리스인들의 영혼을 전율하게 만들었다. 이렇게 해서 그리스인들은 그들 나름대로 위대한 길을 걸었다.

"진리를 말하고 활과 화살에 숙달될 것." 내 이름이 유래하는 저 민족[3]은 이것을 소중하면서도 동시에 어려운 일이라고 여겼다. 그 이름[4]은 나에게는 소중하면서도 동시에 어려운 것이다.

"어버이를 공경하고 영혼의 뿌리에 이르기까지 어버이의 뜻을 받아들이는 것." 어떤 민족[5]은 이러한 초극의 표를 내걸고 이를 통해 강력하고 영원한 존재가 되었다.

"충성을 바치고 충성을 위해서는 나쁜 일, 위험한 일에도 명예와 피를 걸 것." 어떤 민족[6]은 이와 같이 가르치면서 자기 자신을 억누르고

---

1 초극의 법칙.
2 이것이 고대 그리스인의 경기 정신이었다. 니체는 이 정신과 우정을 고대 그리스인의 최고선이라고 본다.
3 고대 페르시아인. 그들은 진리를 사랑하고 전쟁을 서슴지 않는 것이 장점이었다.
4 니체는 자기 나름대로 차라투스트라라는 이름은 '금으로 만들어진 별'이라는 뜻이라고 해석한다.
5 유대인.
6 고대 게르만인.

이렇게 자제하면서 거대한 희망을 잉태하고 몸이 무거워졌다.

정녕 인간들은 스스로 자기 자신에게 모든 선과 악을 부여했다. 정녕 그들은 선과 악을 받아들이지도 않았고, 선과 악을 찾아낸 것도 아니며, 선과 악이 하늘의 소리로 그들에게 떨어진 것도 아니었다.

인간은 자기 자신을 보존하기 위해서 우선 사물에 가치를 부여했다. 인간은 우선 사물의 의미를 창조했다. 인간적인 의미를! 그러므로 인간은 스스로 '인간,' 다시 말하면 평가하는 자'라고 부른다.

평가하는 것은 창조하는 것이다. 그대들 창조하는 자들이여, 이 말을 들어라! 평가 작용 자체가 평가받는 일체의 사물에 대해서는 보물이며 귀중품이다.

평가 작용을 통해서 비로소 가치가 존재한다. 그리고 평가 작용이 없으면 생존의 호두는 속이 빌 것이다. 이 말을 들어라, 그대들 창조하는 자들이여!

가치의 변화 —— 그것은 창조하는 자의 변화다. 창조하는 자가 되어야 할 자들은 항상 파괴한다.

처음에는 여러 민족들이 창조하는 자였고 후에야 비로소 개인이 창조하는 자가 되었다. 정녕 개인 자체는 아직은 최근의 창조물이다.[2]

일찍이 여러 민족은 각기 선의 목록판을 머리 위에 내걸었다. 지배하고자 하는 열정과 복종하고자 하는 열정이 공동으로 이러한 표를 창조했다.

군중에 대한 애호는 자아에 대한 애호보다 더 오래되었다.[3] 그리고

---

1 "인간(Der Mensch)이라는 말은 사실은 측량하는 자(Der Messende)를 의미한다. 인간은 그 최대의 발견(척도와 계측, 저울의 발견)에 따라 자기를 명명하려고 했다"(《인간적인, 너무나 인간적인》에서). 물론 니체의 독특한 해석이다.

2 개인의 자각은 르네상스 이후의 일이다.

3 도덕은 그 기원이 민족적, 집단적인 것에 있고 다음에 개인이 자각되면서 개인의 인격을 중심으로 하는 도덕이 형성되었다.

거리낌 없는 양심이 군중이라고 불릴 때는 가책받는 양심만이 자아임을 주장한다.

정녕 많은 사람의 이익을 빙자하여 자기 자신의 이익을 도모하려는 교활한 자아, 사랑을 상실한 자아, 그것은 군중의 기원이 아니라 그 몰락이다.[1]

선과 악을 창조한 자는 언제나 사랑하는 자요, 창조하는 자였다. 모든 덕의 이름에서는 사랑의 불과 분노의 불이 활활 타오르고 있다.[2]

차라투스트라는 많은 나라와 많은 민족을 보았다. 차라투스트라는 사랑하는 자들이 이룩해 놓은 성과보다 더 강대한 힘이 지상에 있는 것을 보지 못했다. '선'과 '악'은 이러한 성과들의 이름이다.

정녕 이러한 찬양과 비난의 힘은 괴물이다. 말하라, 그대들 형제들이여, 누가 나를 위해 이 괴물을 정복할 것인가? 말하라, 누가 이 짐승의 천 개의 목에 쇠사슬을 묶을 것인가?

지금까지는 천 가지 목표가 있었다. 천 개의 민족이 있었기 때문이다. 다만 아직도 천 개의 목을 묶을 쇠사슬이 없을 뿐이다. **하나**의 목표가 없을 뿐이다. 아직도 인류는 목표를 갖고 있지 못하다.[3]

그러나 나에게 말하라, 나의 형제들이여, 아직도 인류가 목표를 가지고 있지 못하다면, 마찬가지로 —— 인류 그 자체도 아직은 없는 것이 아닌가?

차라투스트라는 이렇게 말했다.

---

1 다수를 대표한다고 자처하는 이기적인 개인의 출현은 군중을 몰락시킨다. 제1부 '시장의 파리 떼에 대하여' 참조.
2 선악의 기준이 있으므로 이 기준을 어기는 자에 대한 분노도 있다.
3 인류가 참되게 존재하려면 하나의 목표가 있어야 한다. 그 목표는 초인이다.

인인애에 대하여

그대들은 이웃 사람 주위에 몰려들면서 이에 대해 아름다운 말을 한다. 그러나 나는 그대들에게 말한다, 그대들의 인인애는 그대들 자신에 대한 좋지 않은 사랑이라고.[1]

그대들은 자기 자신을 피하여 이웃 사람들 곁으로 달아난다. 그리고 이것을 덕의 하나로 삼으려고 한다. 그러나 나는 그대들의 '몰아(沒我)'를 투시한다.

그대라는 호칭은 나라는 호칭보다 오래되었다. 그대라는 호칭은 신성하다고 일컬어지지만 나라는 호칭은 아직 그렇지 못하다. 그러므로 인간은 이웃 사람들 곁으로 몰려든다.[2]

나는 그대들에게 인인애를 권하는가? 오히려 나는 그대들에게 이웃 사람을 피하고 가장 멀리 있는 사람을 사랑하라고 권한다!

가장 가까이 있는 자들에 대한 사랑보다는 가장 멀리 있는 자들, 미래의 사람[3]들에 대한 사랑이 더 고귀하다. 나에게는 인간에 대한 사랑보다는 일과 유령[4]에 대한 사랑이 더 고귀하다.

그대 앞으로 달려오는 이 유령은, 나의 형제여, 그대보다 더 아름답

---

1 인인애(隣人愛)는 편협한 자기애의 변형이다. 자기에게는 사랑할 만한 가치가 없음을 절감하고 이웃으로부터 호감을 사려는 일종의 위선이다. 니체는 인인애를 부정하는 것은 아니다. 인인애를 위해서는 먼저 자기 자신을 커다란 사랑으로써 사랑하고 자기에게 그만한 가치가 있어야 한다는 것, 이것이 전제 조건이다.

2 앞장에서 말한 것처럼 개인은 근대의 소산이다. 그전에는 '그대,' 곧 민족, 집단, 가족, 동포 등을 신성시하고 개인은 이러한 집단에 봉사해야 한다고 했다.

3 초인.

4 새로운 사상은 처음으로 이 사상을 주장한 사람에게도 두려운 것이다. 그러므로 유령이라고 표현했고, 여기서 '유령'은 초인의 사상을, '일'은 초인이 되려는 노력을 뜻한다.

다. 왜 그대는 그대의 살과 그대의 뼈를 이 유령에게 주지 않는가? 그러나 그대는 자기 자신을 두려워하며 이웃 사람들 곁으로 달려간다.

그대들은 자기 자신을 견뎌내지 못하고 자기 자신을 충분히 사랑하지 못한다. 지금 그대들은 이웃 사람들을 유혹하여 사랑하게 만들고 이웃 사람들의 과오로써 그대들을 도금하려고 한다.

그대들이 온갖 부류의 이웃 사람들과 그들의 이웃을 견뎌내지 못하기를 나는 바라고 있다. 그러면 그대들은 그대들 자신으로부터 그대들의 벗과 이 벗의 넘쳐흐르는 마음을 창조해내지 않으면 안 되리라.[1]

그대들은 자기 자신을 칭찬하고 싶을 때에는 증인을 초대한다. 그대들은 증인을 유혹하여 그대들에게 호감을 갖도록 만든 다음, 그대들 자신이 자기 자신에게 호감을 갖는다.

자신의 지식에 어긋나는 말을 하는 사람만이 거짓말을 하는 것이 아니다. 바로 자신의 무지[2]에 어긋나는 말을 하는 사람도 거짓말을 하는 것이다. 따라서 그대들은 교제를 할 때에도 자기 자신에 대해 이와 같은 거짓말을 해서 자기 자신과 함께 이웃들을 기만한다.

바보는 이렇게 말한다. "사람들과 교제하면 성격을 망친다. 아무런 성격도 없을 때에는 특히 그렇다."

어떤 사람은 자기 자신을 찾기 때문에, 또 어떤 사람은 자기 자신을 상실하고 싶어하기 때문에 이웃 사람들을 찾아간다. 그대들 자신에 대한 그대들의 좋지 못한 사랑은 고독을 그대들의 감옥으로 만든다.[3]

---

1 자기를 자기의 벗으로 삼는다. 곧 자기 창조로서의 가장 멀리 있는 자, 미래의 사람, 곧 초인에의 동경이다.
2 여기서 무지는 자기 자신에 대한 무지다. 무자각적인 자가 자각한 자처럼 말하는 것은 근본적인 허위다.
3 고독을 견뎌내지 못한다.

그대들의 인인애에 대해 보다 멀리 있는 자들이 대가를 지불한다. 따라서 그대들이 다섯 명 모이면 여섯 번째 사람은 언제나 희생되지 않을 수 없다.[1]

나는 그대들의 축제[2]도 좋아하지 않는다. 이때 나는 너무나 많은 배우들을 보게 되고, 관객들도 흔히 배우처럼 행동한다.

이웃 사람이 아니라 벗을 나는 그대들에게 가르친다. 벗은 그대들에게는 대지의 축제요, 초인의 예감이어야 한다.

나는 그대들에게 벗과 이 벗의 넘쳐흐르는 마음을 가르친다. 그러나 넘쳐흐르는 마음을 가진 사람들로부터 사랑을 받고 싶을 때에는 우리는 해면이 될 줄 알아야 한다.[3]

나는 그대들에게 벗을 가르친다. 선(善)의 껍질로서 마음속에 완성된 세계를 갖고 있는 벗을, 언제나 완성된 세계를 선사할 수 있는 창조적인 벗을.

그리고 일찍이 벗에게 세계가 펼쳐진 것처럼, 그에게 세계는 다시 여러 원환(圓環)을 이루며 감긴다. 악에 의한 선의 생성으로서, 우연으로부터의 목적의 생성으로서.[4]

그대에게는 미래와 가장 먼 것이 그대의 오늘의 원인이 되어야 한다. 그대는 그대의 벗의 마음속에 깃들인 초인을 그대의 원인으로서 사랑해야 한다.

나의 형제들이여, 나는 인인애를 그대들에게 권하지 않는다. 나는 그

---

1 여섯 번째 사람은 다섯 사람의 비방의 대상이 된다.
2 자선을 위한 모임 등을 생각해보라.
3 강한 흡수력으로 벗의 우정을 받아들여야 한다.
4 세계가 개별과 보편의 상호 전환에 있어서 원환(영원 회귀)적인 전체적 관련으로서 파악되고 따라서 선과 악의 불가분의 관계, 인간이라는 우연으로부터 생긴 초인이라는 목적의 생성이 인식된다.

대들에게 가장 멀리 있는 자들을 사랑하라고 권한다.

차라투스트라는 이렇게 말했다.

창조하는 자의 길에 대하여

나의 형제여, 그대는 고독해지려는가? 그대는 그대 자신에의 길을 찾으려고 하는가?[1] 잠시 멈춰 서서 내 말을 들어보라.

"추구하는 자는 길을 잃기 쉽다. 모든 고독은 죄악[2]이다." 군중은 이렇게 말한다. 그리고 그대는 오랫동안 군중에 속해 있었다.

군중의 소리는 아직도 그대의 마음속에서 울리고 있으리라. 그리고 그대가 "나는 이미 그대들과 동일한 양심을 갖고 있지 않다"라고 말할 때 그것은 비탄이며 고통이리라.

보라, 고통 자체를 낳은 것도 바로 그 **동일한** 양심이었다. 그리고 이 양심의 마지막 꺼져가는 빛은 아직도 그대의 우수 위에서 빛나고 있다.

그러나 그대는 자기 자신에의 길인 우수의 길을 가려는가? 그렇다면 그렇게 할 수 있는 그대의 권리와 힘[3]을 나에게 보여달라.

그대는 새로운 힘이며 새로운 권리인가? 최초의 운동인가? 스스로 굴러가는 수레바퀴인가? 그대는 별들을 강요하여 그대의 주변을 돌게

---

1 제1부 '산 위의 나무에 대하여'에서와 마찬가지로 고독한 상태 속에서 홀로 살며 가르치려고 하는 자들을 말하고 있다.
2 고독한 상태를 본질적인 결함이 있는 상태, 곧 죄악이라고 보는 것은 고독을 충분히 이해하지 못한 것이다.
3 권리는 자격을 말한다. 고독한 상태에서 우수의 길을 가는 사람은 강자여야 하므로 힘이 있어야 한다.

할 수 있는가?[1]

아아, 드높은 곳을 지향하는 갈망은 얼마나 많은가! 야심가들의 경련은 얼마나 많은가! 나에게 보여달라, 그대는 갈망에 사로잡힌 사람, 야심가는 아니라는 것을!

아, 풀무 이상의 일을 하지 못하는 위대한 사상이 얼마나 많은가. 이 사상은 부풀게 하고 더욱더 공허하게 만든다.

그대는 그대를 자유롭다고 말하는가? 내가 듣고 싶은 것은 그대의 지배하려는 사상이며 그대가 굴레로부터 벗어났다는 것은 아니다.

그대는 굴레로부터 **벗어날 수** 있는 사람인가? 자신의 예속을 포기하자마자 자신의 마지막 가치조차도 포기하는 사람들이 허다하다.[2]

무엇으로부터의 자유인가? 그것이 차라투스트라와 무슨 상관이 있는가! 그러나 그대의 눈은 나에게 명백하게 말해야 한다. **무엇을 위한 자유인가를.**[3]

그대는 자기 자신에게 선과 악을 부여하고 그대의 의지를 그대의 머리 위에 율법처럼 내걸 수 있는가? 그대는 자기 자신에 대해 그대의 율법의 재판관이 되고 복수자가 될 수 있는가?[4]

홀로 자기 자신의 율법의 재판관 및 복수자와 지낸다는 것은 무서운 일이다. 이렇게 해서 황량한 공간에, 그리고 얼음같이 찬 고독의 기식

---

1 '스스로 굴러가는 수레바퀴'는 창조적인 근원적 행동을, '별'은 이 책에서는 대체로 초인, 이상을 말한다. 그대는 위성을 거느린 항성이 될 수 있는가, 곧 여러 가지 사상과 이상을 거느리는 초인이 될 수 있는가?
2 속박으로부터 해방된다고 해서 진정한 자유에 도달하는 것이 아니다. '~으로부터'의 자유는 창조적인 자유는 아니다.
3 무엇을 창조하려는 자유인가를.
4 새로운 가치를 창조하려면 기성의 가치, 낡은 제약, 타율적 도덕으로부터 벗어나 절대적인 자율적 정신을 갖지 않으면 안 된다.

에 하나의 별[1]이 던져진다.

오늘도 그대는 많은 사람들을 위해서 고뇌하고 있다. 그대 유일한 자여, 오늘도 그대는 그대의 용기와 그대의 희망을 남김없이 간직하고 있다.

그러나 언젠가 고독은 그대를 지치게 할 것이며 언젠가 그대의 긍지는 비틀거릴 것이며 그대의 용기는 부서지리라. 언젠가 그대는 외치리라, "나는 혼자 있구나!"

언젠가 그대는 그대의 높이를 보지 못하고 낮음만을 너무 가까이 보게 되리라. 그대의 고상함은 유령처럼 그대를 두렵게 하리라. 언젠가 그대는 외치리라, "모든 것은 거짓이다!"[2]

고독한 자를 죽이려는 여러 가지 감정이 있다.[3] 이 감정은 성공을 거두지 못하면 감정 자체가 죽어야 한다! 그러나 그대는 살해자가 될 수 있는가?

나의 형제여, 그대는 이미 '경멸'이라는 말을 알고 있는가? 그리고 그대를 경멸하는 자들에게조차도 공정하려고 하는 그대의 정의의 고뇌도 알고 있는가?[4]

그대는 많은 사람들에게 억지로 그대를 다시 배우게 했다. 그들은 그대의 이러한 행동을 격렬하게 책망한다. 그대는 그들에게 접근했으면서도 통과했다. 그들은 그대의 이러한 행동을 결코 용서하지 않는다.[5]

---

1 초인의 사상.
2 너무 고독하여 대중과의 거리감(높이), 대중과의 일체감(낮음)을 상실하고 허무를 절감하는 감정에 사로잡힌다.
3 고독한 자는 허무를 절감하는 감정과 사생을 걸고 싸워야 한다.
4 군중은 고독한 자를 경멸한다. 그러나 이러한 군중을 공정하게 대하지 못하면 이미 고독한 자의 우월성은 불가능하다.
5 고독한 자는 향상하는 자이므로 군중은 그를 항상 새로이 인식해야 한다. 따라서 군중은 배반감을 느끼고 용서하지 않는다.

그대는 그들을 넘어서 간다. 그러나 그대가 높이 올라가면 갈수록 질투의 눈은 더욱더 그대를 작은 사람으로 본다. 한편 날아가는 자는 가장 미움을 받는다.[1]

"어떻게 그대들이 나에게 공정할 수 있으랴! 나는 그대들의 불공정을 나의 몫으로 선택한다."

그대는 이렇게 말하지 않을 수 없다.

그들은 불공정과 오물을 고독한 자들에게 던진다. 그러나 나의 형제여, 그대가 하나의 별이 되고자 한다면, 그대는 그들이 이렇게 하더라도 그들을 여전히 비춰 주어야 한다.

그리고 착하고 의로운 자[2]들을 조심하라! 그들은 자기 자신의 덕을 만들어 내는 자들을 십자가에 매달기를 좋아한다. 그들은 고독한 자들을 증오한다.

신성한 단순성[3]도 조심하라! 이러한 단순성에 대해서는 단순하지 못한 것은 모두 신성하지 못하다. 이러한 단순성은 불놀이를 좋아한다. 화형의 장작 더미를.

그리고 그대의 사랑의 여러 가지 발작을 조심하라. 고독한 자는 그를 맞이하는 사람에게 너무 빨리 손을 내민다.

그대는 대부분의 사람들에게는 손이 아니라 앞발을 내밀어야 한다. 그리고 나는 그대의 앞발에 발톱이 있었으면 한다.[4]

그러나 그대가 마주치는 최악의 적은 그대에게는 언제나 그대 자신

---

1 제1부 '산 위의 나무에 대하여' 12단 참조.
2 기독교도.
3 무지한 자들을 말한다. 체코의 종교 개혁가 후스(Jan Hus, 1370~1415)가 화형을 당할 때, 희희낙락하며 장작을 나르는 백성을 보고 "오, 신성한 단순성이여!"라고 외쳤다고 한다.
4 엄격하게 대해야 한다.

이리라. 그대 자신이 동굴과 숲속에서 그대를 기다리며 잠복하고 있다.

고독한 자여, 그대는 그대 자신에의 길을 가고 있다. 그리고 그대의 길은 그대 자신과 그대의 일곱 악마[1]가 있는 곳을 지나간다!

그대는 그대 자신에게 이단자, 마녀, 예언자, 바보, 회의자, 부정한 자, 악한이 되리라.

그대는 그대 자신의 화염으로 그대를 불태워버리려고 해야 한다. 그대가 우선 재가 되지 않는다면 어떻게 그대가 새로워지기를 바랄 것인가!

고독한 자여, 그대는 창조하는 자의 길을 가고 있다. 그대는 그대를 위해 그대의 일곱 악마로부터 하나의 신을 창조하려고 한다.

고독한 자여, 그대는 사랑하는 자의 길을 가고 있다. 그대는 그대 자신을 사랑하고 그러므로 자기 자신을 경멸한다. 사랑하는 자만이 아는 그러한 경멸을.[2]

사랑하는 자는 경멸하기 때문에 창조하고자 한다. 자기가 사랑하는 것을 경멸할 줄 몰랐던 자가 사랑에 대해 무엇을 알 것인가!

그대의 사랑과 함께, 그리고 그대의 창조와 함께 나의 형제여, 그대의 고독 속으로 들어가라. 그 후에 비로소 정의는 절름거리며 그대를 따라오리라.[3]

나의 눈물과 함께 그대의 고독 속으로 들어가라, 나의 형제여. 나는 사랑한다. 자기 자신을 넘어서서 창조하려고 하고, 따라서 파멸하는 자를.

차라투스트라는 이렇게 말했다.

---

1 다음 구절에서 일곱 가지 위험을 말하고 있는데 이것을 가리킨다. '일곱'은 가톨릭의 7대죄(七大罪)를 연상시키는 수식어적 의미를 갖고 있을 뿐이다.
2 자기를 사랑하고 높은 이상을 지향하기 때문에 현실을 경험한다.
3 후세가 되어서야 그 진가를 인정하리라.

늙은 여자와 젊은 여자에 대하여

"왜 그대는 어스름 속을 도망치듯 살금살금 걸어가는가, 차라투스트라여? 그리고 그대의 외투 밑에 조심스럽게 숨긴 것은 무엇인가?

그것은 그대가 선사받은 보물인가? 혹은 그대가 낳은 아이인가? 혹은 그대 악인의 벗이여,[1] 이제 그대는 스스로 도둑의 길에 나섰는가?"

차라투스트라는 말한다. 정녕 나의 형제여! 그것은 내가 선사받은 보물이다. 내가 갖고 다니는 것은 작은 진리다.

그러나 이 진리는 어린애처럼 버릇이 없어서 내가 그 입을 막지 않으면 큰소리로 떠들어댄다.

나는 오늘 해가 지는 시각에 홀로 나의 길을 가다가 노파[2]를 만났고 노파는 나의 영혼에게 이렇게 말했다.

"차라투스트라는 우리 여자들에게도 여러 가지 일을 말해주었으나 여자에 대해서 말한 적은 한 번도 없다."

그래서 나는 노파에게 대답했다. "여자에 대해서는 오직 남자들에게만 말해야 합니다."

"나에게도 여자에 대해 말해주구료. 나는 늙었으므로 무슨 말을 듣든지 곧 잊어버린다네." 노파는 말했다.

그래서 나는 이 노파의 뜻을 좇아 노파에게 이렇게 말했다.

여자에 있어서는 모든 것이 수수께끼다. 그리고 여자에게 있어서는 모든 일은 **한 가지** 해결책을 갖고 있다. 이 해결책은 임신이다.

---

1 약자보다는 강자를 좋아하기 때문에 이렇게 부른 것이다.
2 이 장 전체의 흐름으로 보아 진리 또는 지혜를 지칭하는 듯하다.

남자는 여자에게는 수단이다. 목적은 언제나 어린애에 있다. 그러나 남자에게 있어 여자는 무엇인가?

참된 남자는 두 가지를 원한다. 곧 위험과 유희를. 그러므로 남자는 가장 위험한 장난감으로서 여자를 원하고 있다.

남자는 전쟁을 위한 교육을, 여자는 전사의 휴양에 이바지하는 교육을 받아야 한다. 다른 것은 모두 어리석은 일이다.

너무나 단 과일 —— 전사는 이를 좋아하지 않는다. 그러므로 전사는 여자를 좋아한다. 가장 단 여자조차도 쓰기 때문이다.

남자보다는 여자가 어린애를 더 잘 이해한다. 그러나 여자보다는 남자가 더 어리다.

참된 남자의 내면에는 어린애가 숨어 있다. 이 어린애는 유희를 좋아한다. 자, 그대들 여자들이여, 남자의 내면의 어린애를 찾아내라!

여자는 아직은 존재하지 않는 세계[1]의 여러 가지 덕 때문에 빛나는 보석[2]처럼 순수하고 우아한 장난감이 되어야 한다.

하나의 별[3]의 빛이 그대들의 사랑 속에서 빛나야 한다! 그대들의 희망은 "나는 초인을 낳고 싶다!"는 것이다!

그대들의 사랑에는 용기가 있으라! 그대들의 사랑으로써 그대들은 그대들에게 공포를 일으키는 남자를 향해 돌진하라.

그대들의 사랑에는 그대들의 명예가 있으라! 그렇지 않으면 여자는 명예를 거의 이해하지 못한다. 그러나 사랑받는 것보다는 사랑하는 것을 언제나 더 좋아하고 결코 제2인자가 되지 않는 것 —— 이것이 그대들의 명예가 되게 하라.

---

1 초인의 세계.
2 여자는 초인을 낳고 싶어하므로 미래의 이상 세계의 여러 가지 덕 때문에 빛나는 보석과 같다.
3 초인이라는 이상.

여자가 사랑을 할 때 남자는 여자를 두려워하라. 여자는 사랑할 때 모든 것을 희생하며, 여자에게는 그 밖의 모든 일은 무가치하다.

여자가 증오할 때 남자는 여자를 두려워하라. 남자는 영혼의 밑바닥에 있어서 악할 뿐이지만, 여자는 저열하기 때문이다.[1]

여자는 누구를 가장 미워하는가? 쇠가 자석에게 이렇게 말했다. "그대는 끌어당기기는 하지만 잡아당긴 다음 놓지 않을 만큼 강하지는 못하기 때문에 나는 그대를 미워한다."[2]

남자의 행복은 "나는 원한다"는 데 있다. 여자의 행복은 "그는 원한다"는 데 있다.

"보라, 방금 세계가 완성되었다!" 여자는 완전한 사랑을 갖고 복종할 때 이렇게 생각한다.

따라서 여자는 복종하면서 자신의 표면에 대해 깊이를 발견하지 않으면 안 된다. 여자의 마음은 표면이며 변하기 쉽고 격동하는 얕은 물의 수면이다.[3]

그러나 남자의 마음은 깊고 그 흐름은 땅 속의 동굴 속으로 흘러간다. 여자는 남자의 힘을 어렴풋이 느끼기는 하지만 이해하지는 못한다.

이때 노파는 나에게 대답했다.

"차라투스트라는 여러 가지로 재미있는 말을 했다. 그 말을 재미있어 할 만한 젊은 여자들에게는 특히 그렇다.

이상한 일이구나. 차라투스트라는 여자를 거의 알지 못하건만 여자에

---

1 남자는 강하고 자유롭고 지배적인 입장에서 평가하지만 여자는 노예 도덕을 본능적으로 갖고 있다. '악'은 오만, 경멸을, '저열'은 증오, 질투 등을 말한다.
2 매혹시키기는 하지만 예속시키지 못하는 남자를 여자는 좋아하지 않는다.
3 여성은 복종함으로써 비로소 내면성을 획득한다. 여자의 심리는 감각적이며 따라서 변하기 쉽다.

대한 그의 말은 옳다! 여자에게는 불가능이 없기 때문에 이렇게 된 것일까?[1]

자, 감사의 표시로 작은 진리를 받게! 나는 이 진리를 알 수 있을 만큼 늙었네!

이 진리를 잘 싸고 또 입을 막도록 하게. 그렇지 않으면 이 진리는 큰 소리로 떠들어댄다네, 이 작은 진리는."

"내게 그 작은 진리를 주시오." 나는 말했다. 그러자 노파가 말했다. "자네는 여자에게 가는가? 회초리[2]를 잊지 말게."

차라투스트라는 이렇게 말했다.

살무사가 문 상처에 대하여

어느 날 차라투스트라는 무더웠기 때문에 두 팔로 얼굴을 가린 채 무화과나무 밑에서 잠이 들었다.

이때 살무사가 와서 그의 목을 물었기 때문에 차라투스트라는 아픔을 못 이겨 고함을 질렀다. 그는 얼굴에서 팔을 거두고 뱀을 바라보았다. 이때 뱀은 차라투스트라의 눈을 알아보고 어색하게 몸을 돌려 달아나려고 했다. "도망가지 마라. 아직도 그대는 나의 감사를 받지 않았다! 그대는 알맞은 때에 나를 깨워주었군. 나의 길은 아직도

---

1 "신에게는 불가능이 없다"는 말을 이용했다. 여러 가지로 해석되고 있다. 첫째, 여자는 감각적이고 변하기 쉽기 때문에 어떠한 말이든 그 본질을 표현하게 된다는 것이다. 둘째, 여자는 신비하므로 여자와 가까이 접촉하지 않더라도 저절로 그 본질을 알 수 있다는 것이다. 셋째, 여자와 관계된 경우 남자는 무슨 일이든지 할 수 있다는 것이다.

2 회초리는 엄격한 훈육을 말한다. 한편 회초리를 '여자는 확고하고, 거의 짐승과 같은 의지를 좋아한다'는 뜻으로 해석하는 사람도 있다.

멀다네." 차라투스트라는 말했다.

"그대의 길은 얼마 남지 않았네. 내 독은 치명적일세." 살무사는 슬픈 목소리로 말했다. 차라투스트라는 미소를 지었다. "일찍이 용이 뱀의 독 때문에 죽은 적이 있었나? 하여튼 그대의 독을 도로 가져가게! 그대는 독을 나에게 선사할 만큼 부유하지 못하네." 그는 이렇게 말했다. 그러자 살무사는 다시 그의 목을 감고 그의 상처를 핥았다.[1]

언젠가 차라투스트라가 제자들에게 이 이야기를 했을 때 그들은 물었다. "오, 차라투스트라, 도대체 그 이야기에 담긴 교훈은 무엇입니까?" 차라투스트라는 이 물음에 이렇게 대답했다.

착하고 의로운 자들은 나를 도덕의 파괴자라고 부른다. 나의 이야기는 비도덕적이다.[2]

그러나 그대들에게 적이 있다면 적에게 악을 선으로 갚는 일이 없도록 하라. 그것은 적을 부끄럽게 만들 것이다.[3] 오히려 적이 그대들에게 착한 일을 했다는 것을 입증하라.

따라서 적을 부끄럽게 하기보다는 오히려 화를 내라! 그대들이 저주받을 때 그대들이 축복을 하려고 하는 것은 내 마음에 들지 않는다. 오히려 조금이라도 좋으니 함께 저주하라!

그리고 그대들에게 한 가지의 커다란 부정이 저질러지면 재빨리 다

---

1 차라투스트라는 자기를 문 뱀에 대해 "눈에는 눈으로" 식으로 보복한 것도 아니고 "왼 뺨을 때리거든 오른 뺨을 내놓으라"는 식으로 악에 선으로 보답한 것도 아니다. 차라투스트라는 자기에게 가해진 악을 자기 자신의 선으로 활용한다. 곧 보복에 있어서 철저히 정의를 지향할 것이 아니라 인간적인 방식이 필요함을 이 장에서 역설한다.

2 종래의 도덕과는 다르므로 비도덕적이다. 비도덕적이라고 하는 데에는 새로운 도덕이라는 뜻이 함축되어 있다.

3 악을 선으로 갚는 것은 덕을 가장한 일종의 비열한 보복이다. 상대의 약점을 찔러 그를 부끄럽게 하므로.

섯 가지의 작은 부정으로 대처하라! [1] 부정의 압력을 홀로 감당하는 자는 보기에도 참혹하다. [2]

그대들은 이미 이 일을 알고 있었는가? 분할된 부정은 반분의 정의이다. 그리고 부정을 감당할 수 있는 사람은 부정을 받아들여야 한다. [3]

전혀 복수하지 않는 것보다는 약간이라도 복수하는 것이 훨씬 인간적이다. 그리고 형벌이 위반자에 대해 정의와 명예가 되지 않는 한 나는 그대들의 형벌을 좋아하지 않는다. [4]

정의를 고수하기보다는 부정을 인정하는 것이 훨씬 고상하다. 자신이 올바른 경우에는 특히 그렇다. 다만 그만큼 풍요해야 한다.

나는 그대들의 냉혹한 정의를 좋아하지 않는다. 그리고 내가 보기에는 그대들의 재판관의 눈에서는 언제나 형리와 그의 차가운 칼이 엿보인다.

말하라, 정의는 어디에 있는가? 눈멀지 않은 사랑인 정의는? [5]

그렇다면 사랑을 만들어내라. 모든 형벌만이 아니라 모든 죄도 감당하는 사랑을! [6]

그렇다면 정의를 만들어내라. 재판관을 제외하고는 모든 사람에게 무죄를 선고하는 정의를!

또한 그대들은 이 일에 대해서도 듣고 싶은가? 근본적으로 공정하고

---

1 대등한 입장에서 적에게 보복한다. 그러나 거대한 부정에 대해 다섯 가지 작은 부정으로 보복함으로써 차원의 차이가 드러난다.

2 "너희 원수를 사랑하며 너희를 핍박하는 자를 위해 기도하라"(《마태복음》 5장 44절)는 성경의 도덕과의 대결.

3 부정한 일을 당했을 때에는 상대방에게 이것을 나누어 주는(보복하는) 것이 일종의 정의다.

4 처벌은 위반자의 인격을 존중하는 것이어야 한다.

5 그리스 신화에서 법과 정의의 여신 테미스는 눈을 가리고 다닌다.

6 형벌을 수동적으로 감수하는 데 그치지 않고 세상의 죄에 대해 스스로 책임을 느끼고 창조적 활동을 하는 사람.

자 하는 자에게 있어서는 거짓말조차도 인간에 대한 우애가 된다.[1]

그러나 내가 어떻게 근본적으로 공정하기를 바랄 수 있을 것인가! 어떻게 내가 각자에게 그들의 몫을 나누어 줄 수 있을 것인가![2] 각자에게 나의 몫을 나누어 주는 것으로 나에게는 충분하리라.

끝으로 나의 형제들이여, 모든 은둔자에게 부정을 저지르지 않도록 조심하라! 은둔자가 어떻게 잊을 것인가! 은둔자가 어떻게 보복할 것인가!

은둔자는 깊은 샘과 같다. 그 속으로 돌을 던지기는 쉽다. 그러나 말하라, 돌이 밑바닥까지 가라앉은 다음에는 누가 그 돌을 다시 꺼내려고 할 것인가?

은둔자를 모욕하지 않도록 조심하라! 그러나 그대들이 모욕을 가했을 때에는 차라리 그를 죽여버려라!

차라투스트라는 이렇게 말했다.

어린애와 결혼에 대하여

나의 형제여, 나에게는 그대에게만 묻고 싶은 한 가지 일이 있다. 나는 그대의 영혼이 얼마나 심원한가를 알아보기 위해 이 물음을 측심연(測深鉛)처럼 그대의 영혼 속으로 던진다.

그대는 젊고, 어린애와 결혼을 원하고 있다.[3] 그러나 나는 그대에게

---

1 근본적으로 올바르다는 것은 한 조각의 인간애도 없는 상태로서 이러한 상태에서는 거짓말조차도 인간애의 표현으로 환영을 받는다.
2 배분적 정의가 어떻게 가능한가.
3 어린애를 낳는 것이 결혼의 본질이므로('늙은 여자와 젊은 여자에 대하여' 참조) '결혼과 어린애'라고 하지 않고 '어린애와 결혼'이라고 했다.

묻는다. 그대는 어린애를 원해도 **좋을 만한** 인간인가?

그대는 압도적인 승자, 자기를 극복한 자, 관능의 통치자, 그대의 덕의 지배자인가? 이렇게 나는 그대에게 묻는다.

혹은 그대의 이러한 소원은 짐승과 필요 때문에 생긴 것이 아닌가? 혹은 고독감 때문인가? 혹은 자기 자신에 대한 불만 때문인가?

그대의 승리와 자유가 스스로 어린애를 갈망하기를 나는 바라고 있다. 그대는 그대의 승리와 해방을 위해서 살아 있는 기념비를 세워야 한다.[1] 그대는 그대를 넘어선 곳에 세워야 한다.[2] 그러나 내가 보기에는 우선 그대 자신을 세워야겠구나, 육체도 영혼도 단정하게.

그대는 계속해서 그대 자신을 재배할 뿐 아니라 고양시켜야 한다! 그러기 위해서 결혼이라는 정원이 그대에게 도움이 되기를!

그대는 보다 높은 육체를, 제1운동을, 스스로 굴러가는 수레바퀴를 창조해야 한다. 창조하는 자를 그대는 창조해야 한다.

창조한 자들보다 더 훌륭한 **한 사람**을 창조하려는 두 사람의 의지 —— 이것을 나는 결혼이라고 부른다. 이러한 의지를 의욕하는 자들에 대한 외경으로서의 상호간의 외경을 나는 결혼이라고 부른다.

이것이 그대의 결혼의 의미요 진리이기를. 그러나 많은 너무나 많은 자들, 이 쓸데없는 자들이 결혼이라고 부르는 것, 아, 나는 이것을 무엇이라고 불러야 할까?

아, 두 사람의 영혼의 이러한 가난이여! 아, 두 사람의 영혼의 이러한 더러움이여! 아, 두 사람의 영혼의 이러한 가엾은 자기 만족이여!

그들은 이러한 모든 것을 결혼이라고 부른다. 그리고 그들은 말한다.

---

1 어린애를 갖기를 원할 만한 사람은 자기를 극복하고 정욕으로부터 해방된 강자여야 한다. 어린애는 이러한 승리와 자유의 기념비다.
2 어린애는 그대보다 훌륭해야 한다.

그들의 결혼은 하늘에서 맺어졌다고.[1] 그런데 나는 하늘을 좋아하지 않는다. 쓸데없는 자들이 말하는 이러한 하늘을! 아니, 나는 짐승들을 좋아하지 않는다. 하늘의 그물[2] 속에서 뒤얽힌 이 짐승들을!

자기가 결합시킨 것도 아니면서 축복하기 위해 절뚝거리며 쫓아오는 신은 내 곁에서 멀리 떨어져 있으라.[3]

이러한 결혼을 비웃지 말라! 어버이를 위해 울어야 할 이유를 갖지 않은 어린애가 과연 있을까?

내가 보기에는 이 남자는 품위가 있고 대지의 의미를 알기에 충분할 만큼 성숙했다. 그러나 내가 그의 아내를 보았을 때 나에게 대지는 정신병원처럼 생각되었다.

그렇다, 나는 바라고 있다, 성인과 거위가 짝을 이루었을 때에는 대지가 경련을 일으키기를.

이 남자는 영웅처럼 진리를 찾아 나섰으나 마침내 하나의 작은 치장한 거짓말을 손에 넣었을 뿐이다. 그는 이것을 그의 결혼이라고 부른다.

저 남자는 교제를 삼가고 까다롭게 골랐다. 그러나 그는 한꺼번에 영원히 그의 교제를 망쳐버렸다. 그는 이것을 그의 결혼이라고 부른다.

저 남자는 천사의 덕을 갖춘 시녀를 구했다. 그러나 그는 한꺼번에 한 여자의 시종이 되었고, 게다가 이제 그는 다시 천사가 되어야 할 것이다.

이제 나는 모든 구매인이 조심스럽다는 것을 알았다. 그들은 모두 교활한 눈을 갖고 있다. 그러나 가장 교활한 자조차도 아내를 살 때에는

---

1 하늘은 인습적인 기독교의 신을 말한다.
2 첫 구절의 측심연과 연결되는 비유다.
3 결혼은 육체의 결합에 지나지 않고 따라서 신이 결합시킨 것이 아니다. 신은 그러한 결혼을 교회의 의식, 서약 등으로 속박하려고 하는 것이다.

자루에 넣은 채로 산다.[1]

잠시 동안의 여러 가지 어리석음. 그대들은 이것을 연애라고 부른다. 그런데 그대들의 결혼은 하나의 장기간의 어리석음으로서 잠시 동안의 여러 가지 어리석음을 종결시킨다.

여자에 대한 그대들의 사랑과 남자에 대한 여자들의 사랑. 아아, 제발 이 사랑이 고뇌하며 숨어 있는 신[2]들에 대한 동정이라면! 그러나 대체로 두 짐승은 서로서로 미루어 아는 데 지나지 않는다.[3]

그러나 그대들의 최선의 사랑[4]조차도 한갓 황홀한 비유이고 고통스러운 열화일 뿐이다. 사랑은 그대들에게 보다 높은 길을 비춰주는 횃불이다.

언젠가는 그대들은 그대들을 넘어서서 사랑하지 않으면 안 된다! 그렇다면 우선 사랑하는 것을 **배우라!**

따라서 그대들은 그대들의 사랑의 쓰디쓴 잔을 마시지 않으면 안 되었던 것이다.

최선의 사랑일지라도 그 잔은 쓰디쓰다.[5] 그러므로 이 사랑은 초인에 대한 동경을 일으킨다. 그러므로 이 사랑은 그대 창조하는 자를 목마르게 한다.

창조하는 자의 갈등, 초인을 겨누는 화살과 동경 — 말하라, 나의 형제여, 이것이 결혼에 대한 그대의 의지인가?

---

1 아내를 얻을 때에는 자세히 알아보지도 않는다.

2 인간에게 깃들여 있는 자기 초극의 의지, 곧 초인에의 의지.

3 인간의 사랑은 대체로 관능적인 것이며 따라서 서로 깊은 인식에 도달하지 못한다.

4 '최선의 사랑'은 미래를 포함하는 사랑. 참된 결혼 생활이라 할지라도 종착역은 아니며 보다 높은 단계로 올라가기 위한 과도기다. 따라서 결혼은 보다 높은 단계의 한 비유이다.

5 최선의 사랑에는 자기와 상대자는 불완전하다는 인식이 따르므로.

나는 이미 이러한 의지, 이러한 결혼은 신성하다고 말했다.

차라투스트라는 이렇게 말했다.

자유로운 죽음에 대하여

많은 사람들은 너무 늦게 죽고 소수의 사람들은 너무 일찍 죽는다. "알맞은 때에 죽는다"는 가르침은 아직도 낯설게 들린다.

"알맞은 때에 죽어라." 차라투스트라는 이렇게 가르친다.

물론 알맞은 때를 살지 못한 자들이 어떻게 알맞은 때에 죽을 수 있을 것인가? 차라리 이러한 자들은 태어나지 않았더라면! 나는 쓸데없는 자들에게 이렇게 권고한다.

그러나 쓸데없는 자들조차도 그들의 죽음이 중대한 체하며, 속이 텅 빈 호두조차도 깨뜨려지기를 바란다.

모든 사람들이 죽음을 중요하게 생각한다. 그러나 아직은 죽음은 축제가 아니다. 인간은 아직도 가장 아름다운 축제를 올리는 법을 배우지 못했다.[1]

완전한 죽음을 나는 그대들에게 보여주리라. 산 자에게 자극과 서약이 될 완전한 죽음을.[2]

완성된 자는 희망을 가진 자, 서약하는 자들에게 둘러싸여 승리를 구가하며 죽는다.

---

1 삶을 완성하고 후대에 목표를 남겨주는 사람의 죽음이 훌륭한 죽음이며, 이러한 죽음만이 축제가 될 수 있다.

2 소크라테스의 죽음을 생각해보라. 그의 죽음은 후대의 사람들에게 자극이 되고 목표(서약)가 되었다.

이렇게 죽는 자들이 산 자들의 서약을 정화하지 못하는 곳에서는 축제는 있을 수 없다!

이렇게 죽는 것이 최선이다. 그러나 차선은 싸우면서 죽고 거대한 영혼을 낭비하는 것이다.[1]

그러나 싸우는 자에게나 승자에게나 히죽히죽 웃으며 도둑처럼 살금살금 다가오는 그대들의 죽음은 가증스럽다. 사실은 그대들의 죽음은 지배자로서 다가오는 것이다.[2]

나의 죽음을 나는 그대들에게 찬양하게 한다. **내가** 원하기 때문에 나를 찾아오는 자유로운 죽음을.

그런데 언제 나는 원하게 될까? 목적과 계승자를 갖고 있는 자는 목적과 계승자에게 알맞은 때에 죽기를 바란다.

그리고 목적과 계승자에 대한 외경으로 말미암아 그는 삶의 성전에 시든 화환을 더 이상 걸어 놓지 않으리라.[3]

정녕 나는 밧줄을 꼬는 자들처럼 되지는 않으리라.[4] 그들은 실을 길게 잡아끌며 자신은 항상 뒤로 물러선다.

진리와 승리를 획득하기에는 너무 늙은 자들도 많다. 이가 빠진 입은 이미 어떠한 진리에 대해서도 권리를 상실했다.

그리고 명성을 얻고자 하는 자는 누구든지 알맞은 때에 명예와 작별하고 알맞은 때에 떠나간다는 어려운 재주를 부릴 줄 알아야 한다.

자기의 맛이 가장 좋을 때에도 계속해서 먹혀서는 안 된다. 오랫동안

---

1 훌륭한 영혼을 활동시키지 않는 것은 인간의 사명을 완수하지 못하는 것이다.
2 죽음을 지배하는 허무의 힘을 말한다.
3 '시든 화환'은 창조력의 쇠퇴를 보여주는 여러 가지 업적을 말한다. 곧 빛나는 생애를 창조력이 쇠퇴한 추악한 만년으로 더럽히지는 않을 것이다.
4 공연히 오래 살려고 하는 사람은 되지 않으리라.

사랑받고자 하는 사람들은 이 점을 잘 알고 있다.[1]

물론 가을이 마지막으로 가는 날까지 기다리도록 운명지워진 신 사과도 있다. 그리고 이 사과는 동시에 익고 노랗게 되고 주름살이 진다.[2]

어떤 자는 마음이 먼저 늙고 어떤 자는 정신이 먼저 늙는다. 또 어떤 자는 젊은 시절에 백발이 된다. 그러나 늦게야 청년이 되는 자는 오랫동안 젊음을 간직한다.[3]

삶에 실패하는 자가 허다하다. 독충이 이런 사람의 마음을 파먹는다. 이런 사람은 죽음에 더욱더 성공하도록 조심해야 한다.

단맛이 결코 들지 않는 자들도 허다하다. 이런 자들은 여름에 이미 썩어 버린다. 이런 자들을 나뭇가지에 매달리게 하는 것은 비겁이다.

많은 너무나 많은 자들이 살고 있고 그들은 너무 오랫동안 가지에 매달려 있다. 폭풍우가 닥쳐 이 썩은 열매, 벌레 먹은 열매를 나무에서 떨어뜨렸으면!

재빠른 죽음을 설교하는 자들이 왔으면! 내 생각으로는 이 사람들이 바로 폭풍우이며 삶의 나무를 뒤흔드는 자들이련만! 그러나 나는 다만 천천히 죽고 '지상의' 모든 것을 참고 견디라는 설교[4]를 들을 뿐이다.

아, 그대들은 지상의 것을 참고 견디라고 설교하는가? 이 지상의 것이야말로 그대들에 대해 지나치게 인내하고 있다, 그대들 비방자여![5]

정녕 점진적인 죽음을 설교하는 자들이 존경하는 저 헤브라이 사람은 너무 일찍 죽었구나. 그 후로 그가 너무 일찍 죽었다는 것은 많은 자

---

1 '맛이 가장 좋을 때'는 가장 성숙했을 때. 성숙해서 이미 창조의 정상을 지나쳤다는 것을 알았을 때에는 더 이상 삶에 집착하지 말라는 것이다.
2 만년에 이르러서야 성숙하는 사람도 있다.
3 '짧고 굵게 사는 자'와 '오랫동안 가늘게 살아가는 자'가 대비되고 있다.
4 통속화된 기독교의 도덕. 죽음을 신성시하면서도 삶에 대한 미련이 있다.
5 기독교는 세계를 허무하다고 비방한다.

들의 악운이 되었다.[1]

그가 — 이 헤브라이 사람 예수가 알고 있었던 것은 헤브라이 사람들의 눈물과 우수, 그리고 착하고 의로운 자들[2]의 증오뿐이었다. 그래서 그에게는 죽음에 대한 동경이 엄습해왔다.

그가 어떻게 해서든지 황야에 머물러 있고 착하고 의로운 자들로부터 멀리 떨어져 있었더라면! 어쩌면 그는 사는 것을 배우고 대지를 사랑하는 것을 배웠으련만 — 그리고 웃는 것도!

내 말을 믿으라, 나의 형제들이여! 그는 너무 일찍 죽었다. 그가 내 나이만큼만 살았더라도 자신의 가르침을 철회했으련만! 그는 이와 같이 철회할 수 있을 만큼 고귀한 자였다!

그러나 그는 아직도 설익었다. 젊은이들의 사랑은 미숙하고 그의 인간과 대지에 대한 증오는 미숙하다. 그의 마음과 정신의 날개는 아직도 묶여 있고 무겁다.

그러나 어른의 경우에는 젊은이보다 더 어리고 그 우수도 덜하다. 어른은 죽음과 삶을 더 잘 이해하고 있다.

이미 긍정할 때가 지났을 때에는 거룩한 부정자는 죽음에 대해서도 자유롭고 죽음을 맞이해서도 자유롭다.[3]

그대들의 죽음이 인간과 대지에 대한 비방이 되지 않기를, 나의 벗들이여. 나는 그대들의 영혼의 꿈[4]이 이러하기를 간절히 바라고 있다.

---

1 다음 구절에서도 말하는 바와 같이 니체는 예수가 너무 일찍 죽어서 그의 사상이 성숙하지 못했다고 생각한다. 그러므로 성숙하지 못한 예수의 사상은 후세의 사생관(死生觀)에 잘못된 영향을 미치고 있다.

2 바리새인들.

3 '긍정'은 대지와 삶에 대한 긍정. 창조력이 쇠퇴했음을 알았을 때는 태연히 죽음을 맞이하는(부정하는) 사람들이 거룩하다.

4 성숙한 영혼의 내면적 성과, 곧 지혜.

죽음을 맞이해서도 그대들의 정신과 그대들의 덕이 활활 타올라야 한다. 대지를 둘러싼 저녁놀처럼. 그렇지 않으면 그대들의 죽음은 실패로 끝나리라.

나 자신은 그대들 벗들이 나의 뜻을 이어 대지를 더욱 사랑하도록 이와 같이 죽고 싶다. 그리고 안정을 얻기 위해 나를 낳아준 대지로 되돌아가고 싶다.

정녕 차라투스트라에게는 하나의 목표가 있었다. 그는 그의 공을 던졌다. 이제 그대들 벗들은 나의 목표를 상속해야 한다. 그대들에게 나는 황금의 공[1]을 던진다.

나의 벗들이여, 무엇보다도 나는 그대들이 황금의 공을 던지는 것을 보고 싶구나! 그래서 나는 잠시 동안 대지에 더 머물러 있으련다. 내가 더 머물러 있는 것을 용서하라!

차라투스트라는 이렇게 말했다.

증여하는 덕에 대하여

1

차라투스트라가 마음에 들어하던, '얼룩소'라 불리는 도시를 떠날 때 그의 제자라고 자칭하는 많은 사람들이 그를 배웅하기 위해 따라왔다. 그래서 그들이 어떤 십자로에 이르렀을 때 차라투스트라는 그들에게 앞으로는 혼자 가고 싶다고 말했다. 그는 혼자서 가는 것을 좋아하

---

1 초인의 사상.

는 사람이기 때문이었다. 그러자 그의 제자들은 이별의 표시로 그에게 지팡이를 주었다. 지팡이의 황금 손잡이에는 뱀이 태양을 감고 있는 그림이 있었다. 차라투스트라는 이 지팡이를 보고 좋아하며 지팡이를 짚고 서서 제자들에게 이렇게 말했다.

자, 나에게 말하라, 어떻게 해서 금이 최고의 가치를 갖게 되었는가? 금은 흔하지 않고 비실용적이며 반짝반짝 빛나면서도 그 빛이 부드럽기 때문이다. 금은 언제나 자기 자신을 증여한다.

금은 오직 최고의 덕의 모사로서만 최고의 가치를 가질 뿐이다. 증여하는 자들의 시선은 황금처럼 빛난다. 황금의 광채는 달과 해를 평화로써 연결한다.[1]

최고의 덕은 흔하지 않으며 비실용적이고, 최고의 덕은 반짝반짝 빛나면서도 그 빛은 부드럽다. 증여하는 덕이 최고의 덕이다.

정녕 나는 그대들을 잘 알고 있다. 나의 제자들이여, 그대들이 나와 마찬가지로 증여하는 덕에 뜻을 두고 있다는 것을. 그대들이 고양이나 이리[2]와 어떻게 같을 수 있겠는가?

자기 자신을 희생하고 선물이 되려는 것이 그대들의 갈망이다. 따라서 그대들은 모두 부를 그대들의 영혼 속에 축적할 것을 갈망하고 있다.

그대들의 영혼은 지치지 않고 보물과 보석을 얻으려고 노력한다. 그대들의 덕은 증여하려는 의욕에 지치는 일이 없기 때문이다.

그대들은 만물이 그대들을 향해서, 또 그대들 속으로 흘러들어와 만물이 그대들의 샘으로부터 그대들의 사랑의 선물로서 다시 흘러 나가도록 강요한다.

---

1 태양은 빛을 주고 달은 빛을 받는다. 해와 달을 연결하는 것은 햇빛이다.
2 비열한 이기주의자를 말한다.

정녕 이와 같이 증여하는 사랑은 모든 가치를 강탈하는 자가 되어야 한다. 그러나 나는 이러한 이기심을 건전하고 거룩하다고 말한다.[1]

또 하나의 다른 이기심이 있다. 너무나 가난하고 굶주렸기 때문에 언제나 훔칠 틈을 엿보는 이기심, 저 병든 자들의 이기심, 병든 이기심이 있다.

도둑의 눈으로 이 이기심은 빛나는 모든 것을 바라본다. 굶주린 자의 탐욕으로써 이 이기심은 풍부하게 먹는 자들을 곁눈질한다. 그리고 이 이기심은 언제나 증여하는 자들의 식탁 둘레를 배회하고 있다.

이러한 탐욕으로부터는 질병과 눈에 보이지 않는 퇴화[2]가 생긴다. 이 이기심의 도둑 같은 탐욕은 병든 육체에 대해 말하고 있다.

나에게 말하라, 나의 형제들이여, 우리가 저열한 것, 가장 저열한 것으로 보는 것은 무엇인가? 그것은 **퇴화**가 아닌가? 그리고 증여하는 덕이 없는 곳에서는 우리는 언제나 퇴화가 일어난 것이 아닐까 하는 추측을 하게 된다.

우리의 길은 위쪽으로 종(種)을 넘어서 초종으로 가고 있다. 그러나 "모든 것은 나를 위해서"라고 말하는 퇴화하고 있는 마음은 전율을 일으킨다.[3]

우리의 마음은 위를 향해 날아간다. 따라서 우리의 마음은 우리의 육체에 대한 비유, 향상에 대한 비유다. 여러 가지 덕의 이름은 이와 같은 향상에 대한 비유다.

---

1 증여하기 위해서는 우선 빼앗아야 한다. 이것은 건전한 이기주의이며 창조적인 이기심이다.
2 니체는 다윈의 진화론의 영향을 받았다고 한다. 여기서 퇴화라고 한 것도 진화론적 개념으로 해석할 수 있다.
3 '초종(超種)'은 현재의 종을 초극한 것. 인간의 경우에는 초인. 이러한 초극은 증여하는 덕에 의해서 가능한데, 증여하지 않고 독점하려는 것은 퇴화다.

이렇게 해서 육체는 역사를 뚫고 나간다. 생성하는 자, 싸우는 자로서. 그리고 정신은 —— 육체에 대해서는 무엇인가? 육체의 전투와 승리를 알려주는 전령이며 육체의 동지요 반향이다.

악과 선에 대한 모든 이름은 비유다.[1] 이 이름들은 명백하게 밝히지 않고 오직 암시할 뿐이다. 이러한 이름들로부터 지식을 얻으려는 자는 바보다.

나의 형제들이여, 그대들의 정신이 비유를 통해 말하고자 하는 모든 시각[2]에 주의하라. 여기에 그대들의 덕의 근원이 있다.

이때 그대들의 육체는 향상되고 소생된다. 그대들의 육체는 자신의 환희에 의해 정신을 황홀하게 만들고 정신으로 하여금 창조자, 평가자, 사랑하는 자, 만물에 은혜를 베푸는 자가 되게 한다.[3]

그대들의 마음이 큰 강처럼 넓고 또 물결쳐서 강가에 사는 자들에게 축복이 되고 위험이 될 때 여기에 그대들의 덕의 근원이 있다.[4]

그대들이 찬양과 비난에 대해 초연하고 그대들의 의지가 사랑하는 자의 의지로서 만물에게 명령하려고 할 때[5] 여기에 그대들의 덕의 근원이 있다.

그대들이 쾌적한 것을 경멸하고 따라서 부드러운 잠자리를 경멸하고 연약한 자들로부터 아무리 떨어져 자도 충분하지 못할 때 여기에 그대들의 덕의 근원이 있다.

---

1 덕이나 악덕은 삶을 긍정하는 육체의 의지, 향상하려는 의지에 그 근원이 있다. 그것이 여러 가지 덕의 이름으로 나타난다.
2 정신이 자주성을 획득하고 활동하는 시각.
3 만물의 가치를 판정하고 상응하는 가치를 부여하며 만물의 중심이 된다.
4 그대의 향상하려는 창조적 욕구가 충일할 때 비록 그것이 다른 자에게는 위험이 되더라도 참된 덕의 근원이 된다.
5 주 2와 같은 의미다.

그대들이 **하나의** 의지를 의욕하는 자들이 되고 이렇게 함으로써 모든 곤경으로부터의 전환이 그대들에게 필연을 뜻할 때[1] 여기에 그대들의 덕의 근원이 있다.

정녕 그대들의 덕은 새로운 선이며 악이다! 정녕 새롭고 그윽한 물결소리요, 새로운 샘의 소리다!

그대들의 덕은 권력이다. 이 새로운 덕은. 그대들의 덕은 지배하는 사상이고 이 사상을 현명한 영혼이 둘러싸고 있다. 그것은 황금의 태양이고 이 태양을 인식의 뱀이 둘러싸고 있다.[2]

2

이때 차라투스트라는 잠시 침묵했고 사랑이 어린 시선으로 그의 제자들을 바라보았다. 그리고 나서 그는 다음과 같이 말을 계속했다. 이때 그의 목소리는 전과는 달랐다.

나의 형제들이여, 대지에 충실하라, 그대들의 덕의 힘으로! 그대들의 증여하는 사랑과 그대들의 인식은 대지의 의미에 이바지하라! 이렇게 나는 그대들에게 빌고 간청한다.

그대들의 덕이 지상의 것을 떠나서 날아오르다가 그 날개를 영원한 벽[3]에 부딪치는 일이 없도록 하라! 아아, 지금까지 잘못 날아가버린 덕이 얼마나 많았던가!

나와 마찬가지로 잘못 날아가버린 덕을 대지로 다시 데려오라. 그렇

---

1 하나의 의지로써 모든 곤경(하나의 의지가 아니라 많은 의지를 갈구하는 것)을 가치 있는 것으로 전환시키고 이러한 전환이 필연적인 것일 때.
2 새로운 가치에의 각성이 '태양,' 새로운 가치를 세우려는 인식이 '뱀'이다.
3 관념적인 천국. 그것은 인간의 인식의 한계를 초월한 것이다.

다, 육체와 삶이 있는 곳으로 다시 데려오라. 이 덕이 대지에 그 의미를 부여하도록, 인간적인 의미를!

지금까지 정신도, 덕도 몇백 번씩 잘못 날아갔고 실책을 저질렀다. 아, 우리의 육체에는 지금도 이러한 모든 환상과 실책이 살고 있다. 이 때 환상과 실책은 육체가 되고 의지가 되었다.[1]

지금까지 정신도, 덕도 몇백 번의 시도를 했고 길을 잃었다. 그렇다, 인간은 하나의 시도였다. 아, 수많은 무지와 오류가 우리의 육신이 되었다!

몇천 년 동안 이어 온 이성만이 아니라 —— 그 광기도 우리에게서 돌발한다. 계승자가 되는 것은 위험하다.

아직도 우리는 한 걸음 한 걸음씩 우연이라는 거인과 싸우고 있다. 지금까지는 난센스, 무의미가 전인류를 지배해왔다.[2]

그대들의 정신과 그대들의 덕은 대지의 의미에 이바지하라, 나의 형제들이여! 그리고 만물의 가치는 그대들에 의해 새로이 정립되어야 한다! 그러므로 그대들은 싸우는 자여야 한다. 그러므로 그대들은 창조하는 자여야 한다!

인식하면서 육체는 자기 자신을 정화한다. 지식을 통한 시도에 의해 육체는 자기 자신을 향상시킨다. 인식하는 자들에게 있어서는 모든 충동은 신성화된다. 향상된 자들에게는 영혼은 즐거운 것이다.[3]

---

1 정신과 덕, 환상과 실책은 이론과 실천을 말한다. 이론도 실천도 몇천 년에 걸쳐 과오를 저질렀고, 이러한 과오가 그대로 남아 있다.
2 지금까지 인류는 진화의 목표를 갖지 못하고 우연의 지배를 받아왔으며 따라서 그 삶은 난센스요 무의미다.
3 인식, 지식은 초인의 자각을 말한다. 이러한 자각으로 육체는 향상을 실현하고 이때에는 모든 충동은 신성화되고 영혼은 창백하지 않고 건전하다.

의사[1]여, 그대들 자신을 도우라. 자기 자신을 치유하는 자를 목격하는 것, 이것이야말로 그대의 환자에게는 최상의 도움이다.

아직도 밟아보지 못한 천 개의 오솔길, 천 개의 건강, 천 개의 숨겨진 삶의 섬들이 있다. 아직도 인간과 인간의 대지는 무궁무진하며 발견되지 않았다.

깨어나서 귀를 기울여라, 그대들 고독한 자여! 미래로부터 은밀하게 날개를 퍼덕이며 바람이 불어온다. 그리고 날카로운 귀에는 좋은 소식이 들린다.

그대들 오늘날의 고독한 자여, 그대들 이탈자여, 그대들은 언젠가는 민족이 되어야 한다. 그대들 자신을 선택한 그대들로부터 선택된 민족이 탄생되어야 한다. 그리고 이 민족으로부터 초인이.

정녕 앞으로 대지는 치유의 장소가 되어야 한다! 그리고 이미 대지의 주변에는 새로운 향기[2]가, 쾌유를 초래하는 향기가 감돌고 있다. 그리고 새로운 희망이!

3

차라투스트라는 여기까지 말하고 나서 침묵했다. 그러나 아직은 마지막 말을 하지 못한 사람 같았다. 오랫동안 그는 망설이는 듯이 손에 든 지팡이를 흔들고 있었다. 마침내 그는 다음과 같이 말했다. 이때 그의 목소리는 전과는 달랐다.

이제부터 나는 혼자 가겠다. 나의 제자들이여! 그대들도 이제는 헤

---

1 형이상학적, 종교적 구원을 설교한 자.
2 초인에 대한 예감.

어져서 혼자 가도록 하라! 나는 그것을 바란다.

정녕 나는 그대들에게 권한다. 나를 떠나서 차라투스트라에게 대항하라고! 그리고 그를 부끄럽게 여긴다면 더욱 좋으리라! 어쩌면 그는 그대들을 속였을지도 모른다.[1]

인식하는 자는 적을 사랑할 줄 알 뿐 아니라 벗을 미워할 줄도 알아야 한다.

언제까지나 학생으로 남아 있는 사람은 스승에게 제대로 보답하지 못한다. 왜 그대들은 나의 월계관을 빼앗아 가려고 하지 않는가?

그대들은 나를 존경한다. 그러나 어느 날 그대들의 존경이 무너진다면 어떻게 될까? 입상에 깔려 죽지 않도록 조심하라![2]

그대들은 차라투스트라를 믿는다고 말하는가? 그러나 차라투스트라에게는 어떤 의미가 있는 것인가! 그대들은 나의 신도들이라고 한다. 그러나 도대체 신도란 무엇인가!

그대들은 아직도 그대들 자신을 추구하지 않고 있다. 이때에 그대들은 나를 만났다. 신도는 누구든 이렇다. 그러므로 신앙은 보잘것없는 것이다.

이제 나는 그대들에게 나를 버리고 그대들 자신을 찾으라고 명령한다. 그리고 그대들이 모두 나를 부정하게 되었을 때, 비로소 나는 다시 그대들에게 돌아오리라.

정녕 나의 형제들이여, 그때 나는 전혀 다른 눈으로 나를 버린 자들을 찾으리라. 그때 나는 전혀 다른 사랑으로 그대들을 사랑하리라.

그리고 언젠가는 그대들은 나에게는 벗이 되고 **하나의** 희망의 어린

---

1 '대항'은 동등한 입장을. '부끄럽게 여기는 것'은 상대의 입장보다 고차원의 입장을 말한다. 차라투스트라는 제자와의 관계에서 주종의 관계가 아니라 실존적 관계를 강조하고 있다.
2 신상(神像)이 쓰러져서 과열한 예배자들을 죽였다는 고대의 일화를 연상하고 있다.

애가 되어야 하리라. 그때 나는 세번째로 그대들 곁에 있으리라. 그대들과 함께 위대한 정오[1]를 축복하기 위해서.

그런데 위대한 정오는 인간이 짐승과 초인 사이를 연결하는 길의 중간 지점에 서 있을 때, 그리고 저녁을 향해 가는 그의 길을 그의 최고의 희망으로서 축복하는 때이다. 저녁을 향해 가는 길은 새로운 아침을 향해 가는 길이기 때문이다.

이때 몰락하는 자는 자기가 저 너머로 건너가는 자임을 알고 자기 자신을 축복하리라. 그리고 그의 인식의 태양은 그에게는 정오의 태양이 되리라.

"모든 신들은 죽었다. 이제 우리는 초인이 살기를 바라고 있다……."
이것이 언젠가 위대한 정오에 있어서 우리의 마지막 의지가 되기를!

차라투스트라는 이렇게 말했다.

---

1 "인류의 최고의 자기 성찰의 순간. 인류가 과거를 돌아보고 미래를 바라보며 우연과 성직자들의 지배로부터 벗어나 '왜? 무엇을 위해서?'라는 물음을 처음으로 전체적으로 내세우는 정오……"(니체《이 사람을 보라》에서). 그리고 '세 번째로 그대들 곁에 있으리라'고 한 말은 처음이 책이 구상될 때 현재의 제4부 이외에도 더 계속될 것을 예상하고 한 말이다. 그러나 제4부로 끝난 이 책에서는 실현되지 않았다.

제 2 부

그리고 그대들이 모두 나를 부정하게 되었을 때,
비로소 나는 다시 그대들에게 돌아오리라.
정녕 나의 형제들이여, 그때 나는 전혀 다른 눈으로
나를 버린 자들을 찾으리라.
그때 나는 전혀 다른 사랑으로 그대들을 사랑하리라.

— 제1부 '증여하는 덕에 대하여' 중에서

거울을 가진 어린애

그 후 차라투스트라는 다시 산으로 돌아와 그의 동굴의 고독으로 되돌아와서 사람들을 피했다. 씨를 뿌려 놓고 기다리는 씨 뿌리는 자처럼. 그러나 그의 영혼은 매우 초조해졌고 그가 사랑하는 자들을 갈망하고 있었다. 그는 아직도 그들에게 나누어 주어야 할 것을 많이 갖고 있었기 때문이었다. 다시 말하면 활짝 폈던 손을 사랑하기 때문에 오므리고, 증여하는 자이면서도 수치심[1]을 잃지 않는다는 것은 가장 어려운 일인 것이다.

이렇게 해서 이 고독한 자의 세월은 흘러갔다. 그러나 그의 지혜는 성장했고 그 성숙으로 말미암아 그를 괴롭히게 되었다.

그런데 어느 날 아침, 그는 동트기 전에 일어나 잠자리에서 오랫동안 깊은 생각에 잠겼다가 마침내 자신의 마음을 향해 말했다.

"도대체 왜 나는 꿈속에서 깜짝 놀라 잠이 깨었을까? 거울을 가진 어린애가 나에게 다가오지 않았던가?

'오, 차라투스트라여.' 이 어린애는 나에게 말했다.

'거울에 비친 그대를 보라!'

그러나 내가 거울을 들여다보았을 때 나는 고함을 쳤고 나의 마음은 뒤흔들렸다. 나는 거울 속에서 나를 보지 못하고 악마의 찌푸린 얼굴과 조소를 보았기 때문이었다.

정녕 나는 이 꿈의 조짐과 경고를 너무나 잘 알고 있다. 나의 **가르침**

---

1 증여받을 만한 자격이 있는 사람에게 증여할 때에만 참된 증여다. 그러나 차라투스트라나 증여받는 자나 자기 부정과 자기 초극을 호소하고 받아들이기에는 시기상조이므로 차라투스트라의 증여는 일방적이다. 이러한 미성숙에 대한 수치심이다.

이 위기에 놓여 있고 잡초가 밀을 참칭하고 있다!

나의 적들이 강해졌고 나의 가르침의 초상[1]을 일그러뜨렸다. 따라서 내가 가장 사랑하는 자들조차도 내가 그들에게 준 선물을 부끄럽게 여기지 않으면 안 될 형편이다.

나는 내 벗들을 잃었다. 나의 잃어버린 벗들을 찾아내야 할 때가 왔다!"

이렇게 말하고 차라투스트라는 일어났으나 마음이 답답해서 공기를 찾는 자라기보다는 오히려 영감을 받은 예언자나 성악가 같았다. 그의 독수리와 뱀은 의아한 눈으로 그를 바라보았다. 마치 아침놀처럼 장래의 행복이 그의 얼굴에 어려 있었기 때문이었다.

도대체 나에게 무슨 일이 일어났는가? 나의 짐승들이여 —— 이렇게 차라투스트라는 말했다. 나는 변하지 않았는가? 축복이 폭풍처럼 나를 엄습하지 않았던가?

나의 행복은 어리석다. 따라서 나의 행복은 어리석은 일을 말하리라. 나의 행복은 아직도 너무 젊다. 그러므로 나의 행복을 관대하게 보아달라![2]

나는 나의 행복으로 말미암아 상처입었다. 고뇌하는 자들은 모두 나의 의사가 되어달라![3]

나의 벗들에게로 나는 다시 내려갈 수 있다. 그리고 나의 적들에게도! 차라투스트라는 다시 설교하고 증여하며 사랑하는 사람들에게 가장 큰 사랑을 보여 줄 수 있게 되었다.

나의 조급한 사랑은 넘쳐흘러 분류를 이루며 동쪽으로 서쪽으로 흘

---

1 제자들의 마음에 비친 차라투스트라의 가르침.
2 젊기 때문에 발랄하고 절도가 없으며, 다변이라는 결함을 갖고 있다. 젊다는 것은 미숙하다는 뜻.
3 고뇌하는 사람들은 그의 충일하는 행복을 받아줌으로써 차라투스트라를 도와줄 수 있다.

러내린다. 말없는 산맥으로부터, 고통의 뇌우로부터 나의 영혼은 골짜기로 좔좔 흘러내린다.

너무나 오랫동안 나는 동경에 찬 눈으로 먼 곳을 바라보았구나. 너무나 오랫동안 나는 고뇌에 잠겨 있었구나. 그래서 나는 침묵할 줄 모르게 되었구나.

나의 온몸은 입이 되었고 절벽에서 떨어지는 시냇물의 노호가 되었다. 나는 나의 설교를 골짜기 밑으로 떨어뜨리고 싶구나.

그래서 가령 나의 사랑의 분류가 길이 없는 곳으로 떨어진다 하더라도 어찌 분류가 바다에 이르는 길을 마침내 찾아내지 못하랴!

분명히 나의 내면에는 호수가, 고적하고 자족적인 호수[1]가 있다. 그러나 나의 사랑의 분류는 이 호수의 둑을 허물어 밑으로 흘러가게 한다 —— 바다로![2]

나는 새로운 길을 간다. 나에게는 새로운 설교가 있다. 나는 모든 창조하는 자들과 마찬가지로 낡은 말에 싫증이 났다. 나의 정신은 이미 닳아 빠진 신을 신고 돌아다니려고 하지 않는다.

나에게는 모든 말의 흐름이 너무 더디다. 나는 그대의 수레에 뛰어오르리라, 폭풍이여! 그리고 나는 나의 악의로 그대조차도 채찍질을 하리라!

함성처럼, 환호성처럼 나는 넓은 바다들을 건너가리라. 나의 벗들이 머물고 있는 지복(至福)의 섬들을 발견할 때까지 —— .

그리고 벗들 틈에는 나의 적들도 섞여 있다. 내가 말을 걸 수 있는 자이기만 하다면 그가 누구이든 이제 나는 그를 얼마나 사랑하는가! 나

---

1 자기 자신을 향상시킬 수 있는 의지와 힘.
2 인간 세계로!

의 적들도 나의 지복의 한 부분이다.

그리고 내가 나의 가장 사나운 말을 타려고 할 때 언제나 내가 말에 오르는 것을 가장 잘 도와주는 것은 나의 창이다. 나의 창은 언제나 준비를 갖추고 있는 내 발의 하인이다.[1]

내가 나의 적들에게 던지는 창이여! 내가 마침내 창을 던질 수 있게 된 것을 나는 나의 적들에게 얼마나 감사하는가![2]

나의 구름[3]은 그 전압이 너무나 높다. 나는 번개의 홍소(哄笑) 사이로 우박을 밑바닥으로 던지리라.

이때 나의 가슴은 힘차게 부풀어오르고 나의 가슴은 그 폭풍을 산 너머로 힘차게 몰려가게 하리라. 이렇게 해서 나의 가슴은 가벼워진다.

정녕 폭풍처럼 나의 행복과 나의 자유가 찾아왔다! 그러나 나의 적들은 **사악**이 그들의 머리 위에서 미쳐 날뛴다고 생각하리라.

그렇다, 나의 벗들이여, 그대들도 나의 사나운 지혜 때문에 놀라게 되리라. 그리고 아마도 그대들도 나의 적들과 함께 달아나리라.

아, 내가 그대들을 목자의 피리로 꾀어서 되돌아오게 할 줄 안다면. 아, 나의 지혜라는 암사자가 상냥하게 울부짖을 줄 안다면![4]

게다가 우리는 이미 많은 것을 함께 배우지 않았던가!

나의 사나운 지혜는 쓸쓸한 산 위에서 잉태되었다. 그리고 거친 바위 위에서 나의 지혜는 아이를 낳았다. 마지막 아이를.

이제 나의 지혜는 바보처럼 황량한 황야를 뛰어다니고 부드러운 풀

---

1 '사나운 말'은 지혜, '창'은 의표를 찌르는 잠언, 경구.

2 적이 있으므로 자기의 힘을 발휘할 수 있다. 그러므로 앞에서 '적도 나의 지복의 일부'라고 한 것이다.

3 '나의 구름'은 지혜를 말한다. 오랜 침묵을 통해 나의 지혜는 포화 상태에 이르렀다.

4 사나운 지혜의 밑바닥에 깔린 인간애를 서슴지 않고 보일 수만 있다면!

밭을 찾아 헤맨다 ─ 나의 오래된 사나운 지혜는![1]

그대들의 마음의 부드러운 풀밭 위에, 나의 벗들이여! 그대들의 사랑 위에 나의 사나운 지혜는 가장 사랑하는 아이를 눕히고 싶어한다!

차라투스트라는 이렇게 말했다.

지복의 섬[2]에서

무화과 열매가 나무에서 떨어진다. 무화과 열매는 아름답고 달다. 무화과 열매는 떨어지면서 그 붉은 껍질이 터진다. 나는 익은 무화과 열매를 떨어뜨리는 북풍이다.[3]

이와 같이 무화과 열매처럼 이 가르침은 그대들에게 떨어진다, 나의 벗들이여. 이제 그 과즙과 달콤한 과육을 먹어라! 바야흐로 때는 가을, 맑은 하늘, 그리고 오후다.

보라, 우리들의 주위에는 어떠한 성숙이 있는가! 이러한 충일 가운데서 아득한 바다를 바라보면 아름답기만 하구나.

일찍이 사람들은 아득한 바다를 바라보았을 때 신이라고 말했다. 그러나 이제 나는 그대들에게 초인이라고 말하라고 가르친다.

신은 가상(假想)이다. 그러나 나는 그대들의 가상이 그대들의 창조적

---

1 산속의 쓸쓸한 은둔 생활에서 거둔 지혜의 새로운 성과(앞 구절의 '마지막 아이')는 이 성과를 제대로 받아들일 사람들(풀밭)을 구한다.
2 제1부에서는 차라투스트라는 얼룩소라는 도시에서 활동했고, 제2부에서는 지복의 섬이 활동 무대가 된다.
3 알프스 산으로부터 불어오는 바람이 익은 무화과 열매를 떨어뜨리듯이 나는 나의 성숙한 사상을 전한다.

의지보다 앞서서 달리지 않기를 바란다.[1]

그대들은 신을 **창조**할 수 있을까? 따라서 제발, 모든 신에 대해서는 침묵하라! 그러나 그대들은 초인을 창조할 수 있으리라.

그대들 자신은 불가능할지도 모른다. 나의 형제들이여! 그러나 그대들은 그대들을 초인의 아버지나 선조로 개조할 수는 있으리라. 그리고 이것은 그대들에게는 최상의 창조 활동이다!

신은 가상이다. 그러나 나는 그대들의 가상이 가능한 사고 범위 내에 한정되기를 바라고 있다.[2]

그대들은 신을 **사고**할 수 있을까? 그러나 모든 것을 인간이 생각할 수 있는 것, 인간이 볼 수 있는 것, 인간이 느낄 수 있는 것으로 변화시키는 것을 그대들은 진리에의 의지라고 생각하기를! 그대들은 그대들 자신의 감각을 끝까지 사고해야 한다![3]

그리고 그대들이 세계라고 부르는 것, 이것도 우선 그대들에 의해 창조되어야 한다. 그대들의 이성, 그대들의 심상, 그대들의 의지, 그대들의 사랑은 세계 자체가 되어야 한다! 그리고 정녕 그대들의 지복이 되어야 한다. 그대들 인식하는 자들이여!

그리고 이러한 희망이 없으면 어떻게 그대들은 삶을 참고 견뎌내려는가? 그대들 인식하는 자들이여. 그대들은 파악할 수 없는 것, 비이성적인 것 속에 태어나야 할 까닭이 없지 않은가.

---

1 신은 인간의 허구에 지나지 않는다. 그러나 초인은 인간이 그의 의지에 의해 창조해야 할 것이다. 가상이 이러한 의지를 마비시켜서는 안 된다.

2 인간의 인식 능력의 범위 내에서 철저히 사고할 뿐, 신처럼 인식 능력을 벗어나 있는 허구를 문제로 삼지 말라.

3 신은 가상에 의해 만들어낸 관념이다. 그러므로 감각적 내용이 없다. 그러나 대지를 사랑하는 초인은 자신의 감각에 충실해야 한다. 이것이 인간의 사고의 한계다. 이 한계에 충실한 한 모든 것을 인간의 사고의 한계 내로 환원시킬 수 있다.

그러나 내가 그대들에게 내 마음을 전부 밝힌다면, 나의 벗이여, 만일 신이 존재한다면, 어떻게 내가 신이 아닌 것을 참을 수 있으랴! **그러므로** 신은 존재하지 않는다.[1]

확실히 내가 이러한 결론을 내렸다. 그러나 이제는 이 결론이 나를 끌고 간다.

신은 가상이다. 그러나 이러한 가상의 온갖 고통을 마시고도 죽지 않는 자가 있을까?[2] 창조하는 자로부터 그의 신앙을, 독수리로부터 고공에서 떠도는 재주를 빼앗아야 할까?

신은 모든 직선을 구부러지게 하고, 서 있는 모든 것을 비틀거리게 하는 사상이다. 그렇지 않은가? 시간은 사라져버렸을까? 모든 덧없는 것은 허상에 지나지 않을까?[3]

이러한 것을 생각하면 인간의 온몸은 소용돌이치고 현기증을 느끼고 위장은 구역질을 일으킨다. 정녕 이러한 일을 가상하는 것을 나는 비틀거리는 병이라고 부른다.

일자(一者), 완전자, 부동자, 포만자, 불변자에 대한 이러한 모든 가르침, 이것을 나는 사악이며 인간에 대한 적대라고 부른다.

모든 불변자 ── 그것은 오직 비유일 뿐이다. 그리고 시인은 너무나 많은 거짓말을 한다.[4]

---

1 근원적 창조자인 신을 전제하는 한 인간의 창조적 행동은 불가능하다. '신이 없을 때' 비로소 인간의 참된 창조 활동이 가능하다. '신은 죽었다'고 하는 것은 인간의 창조적 의지의 요청이다.
2 신이 있다는 가상은 창조적인 인간에게는 고통스럽다. 신이 있다면 인간은 자주성과 창조의 능력을 상실한다.
3 니체는 형이상학적 실체를 부정하고 시간, 공간 안에 있는 것이 유일한 실재라고 생각한다. 만일 형이상학적 실체를 인정한다면, 시간, 공간 속에 있는 것은 가상(假象)이요 허상이다(구부러지거나 비틀거리는 것이다). 그렇다면 시간 속에서 변하는 것, 아니 시간조차도 덧없는 것이다.
4 "모든 덧없는 것은 비유에 지나지 않는다"(《파우스트》 제2부)는 괴테의 말에 대한 대구. 시인들은 거짓말을 한다는 말은 괴테를 강하게 의식하고 있는 듯하다.

그러나 최선의 비유는 시간과 생성에 대해 말해야 한다. 이러한 비유는 온갖 무상에 대한 찬양이며 시인이어야 한다.

창조하는 것 ── 이것은 고뇌로부터의 위대한 구원이며 삶을 가볍게 만드는 것이다. 그러나 창조하는 자가 존재하기 위해서는 고뇌와 많은 변신이 필요하다.[1]

그렇다, 그대들의 삶에는 허다한 쓰라린 죽음이 있어야 한다, 그대들 창조하는 자들이여! 이렇게 해서 그대들은 온갖 무상을 대변하고 시인하는 자가 되는 것이다.[2]

창조하는 자 자신이 새로 태어나는 어린애가 되기 위해서는 그는 산부가 되어 산부의 고통을 겪으려고 해야 한다.

정녕 나는 백 개의 영혼을 거치며 그리고 백 개의 요람과 진통을 거치며 나의 길을 걸어왔다. 나는 이미 많은 작별을 겪었다. 나는 가슴을 찢는 듯한 마지막 순간들을 잘 알고 있다.

그러나 나의 창조적 의지, 나의 운명이 이것을 바란다. 혹은 내가 그대들에게 더욱 정직하게 말하면 바로 이러한 운명을 ── 나의 의지는 바라고 있다.[3]

나의 온갖 감정은 언제나 괴로워하고 감옥에 갇혀 있다. 그러나 나의 의욕은 언제나 나를 해방하고 기쁨을 주는 자로서 나를 찾아온다.

---

1 창조는 고뇌로부터 구원되는 길이다. 그러나 향상이나 자기 극복은 고뇌와 이에 따르는 변신을 겪지 않고서는 불가능하다. 창조자와 고뇌는 불가분의 관계에 있다.

2 창조는 낡은 것을 초극하는 것이다. 창조는 낡은 것의 사멸을 의미한다. 그러나 낡은 것의 사멸이 무상한 듯하지만 향상의 한 단계로서 의의를 획득하게 된다.

3 창조하려는 것은 나의 운명이다. 그러나 수동적으로 받아들이는 운명이 아니라 적극적으로 의욕하는 운명이다. 여기서 '운명'이란 말은 많은 함축을 갖고 있다. 야스퍼스가 지적한 바와 같이 키르케고르의 '신에의 귀의'나 니체의 '신은 죽었다'는 사상이 동질적인 것이라면, 여기서 니체는 운명이란 말로 초월적인 것을 암시한다고 볼 수도 있다.

의욕은 해방시켜준다.[1] 이것이 의지와 자유에 대한 참된 가르침이다. 차라투스트라는 이 가르침을 그대들에게 가르친다.

이미 의욕하지 않고 이미 평가하지 않고 이미 창조하지 않는 것! 아, 이 엄청난 피로가 언제나 나에게서 멀리 떨어져 있으면!

또한 인식 작용에 있어서도 나는 오직 나의 의지의 생식욕과 생성욕만을 느낀다.[2] 그리고 나의 인식에 순진성이 있다면 그것은 나의 인식에 생식에의 의지가 있기 때문이다.

이 의지는 나를 유혹하여 신과 신들로부터 떠나게 했다. 도대체 무엇을 창조할 수 있을 것인가, 만일 신들이 존재한다면!

그러나 이 의지는, 나의 열렬한 창조적 의지는 언제나 새로이 나를 인간에게 몰고 간다. 따라서 그것은 망치로 돌을 쪼게 한다.[3]

아, 그대들 인간이여, 내가 보기에는 이 돌 속에는 하나의 상이 잠자고 있다. 내가 구상하는 상 중에서 가장 훌륭한 상[4]이! 아, 그것이 가장 단단하고 가장 보기 흉한 돌[5] 속에서 잠자야 하다니!

이제 나의 망치는 이 상을 가둔 감옥을 잔인하게 때려 부순다. 돌 조각이 흩어진다. 그것이 나와 무슨 관계가 있는가!

나는 이 상을 완성시키려고 한다. 어떤 그림자가 나를 찾아왔기 때문이다. 일찍이 모든 사물 가운데서 가장 조용하고 가장 가벼운 것이 나

---

1 여기서 의욕은 창조적 자유의 절대적 경지라고 해석할 수 있다. 앞의 주 3에서 언급한 바와 같이 운명이 초월적인 것을 암시한다면, 여기서도 의욕은 개인의 주관적 의욕이 아니라 존재의 본질로서 '권력에의 의지'라 할 수 있고 이것은 우선 자기 부정, 자기 파괴로 나타난다.
2 인식은 객관적인 작용이지만 근본적으로는 창조, 향상하려는 의지(생식욕, 생성욕)로부터 나온 것이다.
3 예술가가 돌을 다듬어 아름다운 조각을 하듯 인간을 이상적인 상태로 개조시킨다.
4 초인의 상.
5 현실의 인간.

를 찾아왔던 것이다!¹

초인의 아름다움이 그림자로서 나를 찾아왔다. 아, 나의 형제들이여! 신들은 도대체 나와 무슨 관계가 있는가!

차라투스트라는 이렇게 말했다.

동정하는 자들에 대하여

나의 벗들이여, 그대들의 벗은 조롱하는 소리를 들었다. "차라투스트라를 보렴! 그는 마치 짐승 사이를 돌아다니듯이 우리 사이를 돌아다니지 않느냐?"

그러나 다음과 같이 말했으면 더 좋았을 것이다. "저 인식하는 자는 인간들 사이로 돌아다니면서 짐승 사이로 돌아다니는 것처럼 생각한다."

그러나 인식하는 자에게는 인간 자체가 짐승이다.. 빨간 뺨을 가진.²

어떻게 해서 인간은 뺨이 빨개졌는가? 인간은 너무 자주 부끄러워해야 했기 때문이 아닌가?

오, 나의 벗이여! 인식하는 자는 이렇게 말한다, 수치, 수치, 수치 ── 그것이 인간의 역사다!

따라서 고귀한 자는 남에게 창피를 주지 말라고 자기 자신에게 명령한다. 그는 고뇌하는 자를 볼 때마다 수치를 느끼라고 자기 자신에게 명령한다.³

---

1 제4부 '그림자' 참조. 그림자는 근거를 갖지 못한 자유 정신을 뜻한다.
2 인간은 짐승이다. 그러나 짐승과 다른 점은 수치를 알아 뺨이 빨개진다는 것이다.
3 고귀한 사람은 적에게 창피를 주지 않는다. 수치는 동정과 밀접한 관련을 갖고 있기 때문이다.
 여기서 고뇌하는 사람은 다음에 나오는 '인간은 너무나 즐길 줄 모른다'는 말과 대비되고 있다.

정녕 나는 동정을 베풀면서 행복을 느끼는 자비로운 자들을 좋아하지 않는다. 그들에게는 너무나 수치심이 없다.

나는 반드시 동정을 해야 할 때에도 동정심이 많은 자라는 말은 듣고 싶지 않다. 그리고 내가 동정심이 많은 자가 될 때에는 멀리 떨어져서 동정하고 싶다.

또한 나는 나를 알아보기 전에 얼굴을 가리고 도망치고 싶다. 그리고 나는 그대들에게도 이와 같이 하라고 명령한다, 나의 벗들이여!

나의 운명이 언제나 그대들처럼 고뇌하지 않는 자들이 있는 곳으로 나를 이끌어준다면! 나와 더불어 희망과 식사와 꿈을 함께 나누어 **가질 수** 있는 자들이 있는 곳으로!

정녕 나는 고뇌하는 자들을 위해 여러 가지 착한 일을 했다. 그러나 내가 더 잘 즐길 줄 알게 되었을 때 언제나 나에게는 내가 더 좋은 일을 한 것처럼 생각되었다.[1]

인간이 존재하게 된 이후로 인간은 너무나 즐길 줄 몰랐다. 나의 형제들이여, 이것만이 우리의 원죄다![2]

그리고 우리가 더 잘 즐길 줄 알게 될 때 우리는 다른 사람에게 고통을 주거나 고통을 꾸며내려는 생각[3]을 가장 잘 잊을 수 있을 것이다.

그러므로 나는 고뇌하는 자들을 도와준 나의 손을 씻는다. 그러므로 나는 나의 영혼도 깨끗이 씻는다.

왜냐하면 나는 고뇌하는 자가 괴로워하는 것을 본 것을 그의 수치로

곧 삶을 즐기지 못하는 자에 대해서는 수치를 느끼라는 말이다.

1 즐거움, 환희, 경쾌함을 차라투스트라는 좋아한다.

2 기독교의 금욕적인 윤리를 조롱하고 있다.

3 금욕적인 종교가에게 흔히 나타나는 경향으로 금욕, 절제, 고행 등을 강조하고 강요하는 것을 말한다.

말미암아 부끄러워하게 되었고, 또한 내가 그를 도와주었을 때 나는 그의 긍지에 심한 상처를 입혔기 때문이다.

커다란 은혜는 감사하는 마음이 아니라 복수심을 일으킨다. 그리고 작은 선행은 잊혀지지 않을 때에는 양심의 가책이 된다.[1]

"받아들일 때에는 냉담하라! 그대들이 받아들인다는 것이 특별한 일이 되게 하라!" 나는 다른 사람에게 증여할 것을 갖지 못한 자들에게 이와 같이 권한다.

그러나 나는 증여하는 자다. 나는 벗으로서 벗들에게 증여하고 싶다. 그러나 낯선 자들이나 가난한 자들은 스스로 나의 나무에서 과일을 따라. 그러면 덜 부끄러우리라.

그러나 거지들[2]은 말끔히 몰아내야 한다! 정녕 그들에게 동냥을 주는 것도 화가 나고, 동냥을 주지 않는 것도 화가 난다.

죄인과 양심의 가책을 받는 자들도 마찬가지다. 나의 말을 믿으라, 나의 벗들이여, 양심의 가책을 받으면 남을 물게 된다.

그러나 가장 나쁜 것은 여러 가지 작은 사상들이다. 정녕 작은 생각을 하는 것보다는 악행을 하는 편이 더 좋다![3]

물론 그대들은 말하리라, "여러 가지 작은 악의를 즐김으로써 많은 엄청난 악행을 감소시킨다"고. 그러나 여기서는 절약하려고 해서는 안 된다.

악행은 부스럼 같다. 악행은 근질근질하고 쑤시고 터진다. 악행은 정직한 말을 한다.

"보라, 나는 병들었다." 악행은 이렇게 말한다. 이것이 악행의 정직

---

1 적든 많든 남에게 은혜를 베푸는 것은 상대를 약자로 취급하는 것이며 따라서 복수심을 일으킨다.
2 남의 도움을 부끄럽게 여기지 않는 사람들.
3 악행은 용기가 필요하고 드러난 일이기 때문에 차라리 음흉하지는 않다.

함이다.

그러나 작은 사상은 균과 같다. 균은 기어 다니며 파고들어 소재를 밝히지 않으려고 한다. 작은 균 때문에 온몸이 썩고 시들 때까지.

그러나 악마에게 사로잡힌 자에게는 나는 다음과 같은 말을 속삭이리라. "차라리 그대의 악마를 거대하게 키우는 것이 더 좋으리라! 아직도 그대에게는 위대해지는 길이 남아 있다!"[1]

아, 나의 형제들이여! 우리는 모든 사람들에 대해 너무 많이 알고 있다! 그리고 우리는 많은 사람들을 투시하고 있다. 그러나 그렇다고 해서 우리는 아직은 그들을 무시할 수 없다.[2]

사람들과 함께 산다는 것은 어렵다. 침묵한다는 것[3]이 매우 어렵기 때문이다.

따라서 우리는 우리에게 대항하는 자들이 아니라 우리와 전혀 관계 없는 자들에게 가장 부당한 태도를 취한다.[4]

그러나 그대에게 고뇌하는 벗이 있다면 그의 고뇌에 대해 휴식처가 되라. 그러나 휴식처는 딱딱한 침대, 야전 침대가 되도록 하라. 그러면 그대는 그에게 가장 필요한 자가 되리라.

그리고 벗이 그대에게 나쁜 짓을 했을 때에는 이렇게 말하라. "나는 그대가 나에게 한 행동을 용서한다. 그러나 그대가 그 행동을 **그대 자신에게 했다는 것** — 내가 어떻게 이것을 용서할 수 있는가!"[5]

---

1 악행을 하는 자는 용기가 있고 정직하므로 위대한 일을 할 가능성이 남아 있다.
2 남의 약점을 잘 알기 때문에 동정을 베풀지 않고 무시하기 어렵다.
3 동정을 표시하지 않는다는 것.
4 우리에게 대항하는 자는 용기 있고 대등한 자다. 그러나 관계 없는 자, 곧 평범한 자에게는 부질 없는 동정을 표시한다.
5 남에게 악행을 하는 것은 자기 자신에게 악행을 하는 것이다. 그것을 당사자 아닌 다른 사람이 어떻게 용서할 수 있는가?

모든 커다란 사랑은 이렇게 말한다. 이 사랑은 용서와 동정조차도 초극한다고.[1]

우리는 우리의 마음을 굳게 지켜야 한다. 마음을 제멋대로 가게 내버려 두면 두뇌도 얼마나 빨리 달아나버리는가![2]

아, 동정하는 자들의 어리석은 행동보다 더 어리석은 행동이 이 세계 어디에서 일어날 것인가! 그리고 동정하는 자들의 어리석음보다 더 큰 고뇌가 이 세상에 있을 것인가!

자신의 동정보다 더 높은 것을 아직도 갖지 못한 모든 사랑하는 자들을 슬퍼하라!

일찍이 악마가 나에게 다음과 같이 말했다. "신에게도 지옥이 있다. 그것은 인간에 대한 신의 사랑이다."

또한 나는 최근에 악마가 이런 말을 하는 것을 들었다. "신은 죽었다. 인간에 대한 동정 때문에 신은 죽었다."[3]

그러므로 동정하지 않도록 조심하라. **동정으로부터** 인간들에게는 무거운 구름이 몰려온다. 정녕 나는 뇌우의 전조를 잘 알고 있다!

그러나 이런 말도 마음에 새겨 두라. 모든 커다란 사랑은 동정의 단계를 훨씬 넘어서 있다. 커다란 사랑은 사랑의 대상도 —— 창조하려고 하기 때문이다!

"나는 나 자신을, 그리고 **나와 마찬가지로** 나의 이웃들도 나의 사랑[4]

---

1 커다란 사랑은 신의 인간에 대한 사랑(용서)이나 인인애(동정)와는 달라서 자기를 부정하고 초극하는 가혹한 사랑이다.

2 동정심에 사로잡히면 감정(마음)도 이성(두뇌)도 빗나가게 된다.

3 신은 기독교의 신을 말한다. 기독교의 사랑은 동정을 바탕으로 하는데, 동정은 자각의 개별성과 상호 관계를 그 원리로 한다. 그러나 동정의 모랄이 철저하게 되면 개별성이 우월하게 되어 상호 관계는 사라지고 평등을 전제로 하는 인인애는 쇠퇴한다. 이때 신은 무력해지고 인간에 대한 동정으로 창조력을 잃는다. 창조하지 못하는 신은 이미 신이 아니다.

4 이 사랑은 창조적인 사랑이다.

에 바친다." 이 말은 모든 창조하는 자들의 말이다.

그러나 모든 창조하는 자들은 냉혹하다.

차라투스트라는 이렇게 말했다.

성직자들에 대하여

언젠가 차라투스트라는 제자들에게 손짓을 하며 다음과 같이 말했다.

"여기에 성직자들이 있다. 비록 그들은 나의 적이기는 하지만, 조용히, 칼도 잠재운 채 그들의 곁을 지나가라!¹

그들 가운데에도 영웅들이 있다. 그들은 대부분 너무나 괴로워한 자들이다. 그러므로 그들은 다른 사람들을 괴롭히고 싶어한다.

그들은 악질적인 적들이다. 그들의 겸손보다 더 복수심에 불타는 것은 없다. 따라서 그들을 공격하는 자는 쉽게 더럽혀진다.

그러나 나의 피는 그들의 피와 관련이 있다.² 따라서 나는 나의 피가 그들의 피에 있어서도 존중받기를 바라고 있다."

그리고 그들이 지나가버렸을 때, 차라투스트라는 고통을 받았다. 잠시 동안 이 고통과 싸운 다음 그는 다음과 같이 말하기 시작했다.

나는 저 성직자들을 가엾다고 생각한다. 그들은 나의 취미³에는 맞

---

1 성직자는 금욕적인 기독교의 성직자를 말한다. 그들은 생명과 대지를 부정하므로 차라투스트라의 적이기는 하지만 궁극적인 것을 탐구하려는 의지, 구도자의 용기에 있어서는 존경할 만하다. 그러므로 이 성직자를 공격하지 말라고 하는 것이다.

2 니체 자신도 루터 파의 성직자의 가정에서 태어나 어릴 적부터 성경을 읽었고 초등학교 때는 '작은 목사'라는 별명을 들었다. 따라서 기독교를 맹렬히 공격하면서도 성직자와 인간으로서의 예수에 대한 존경심은 버리지 않았다.

3 니체에 있어서 '취미'라는 개념은 상당히 중요한 뜻을 갖는다. 그것은 육체로서의 자기와 의식의 통일을 나타내는 개념이다.

지 않는다. 그러나 내가 인간들에게 돌아온 이후로 겪었던 것 중에 이것은 나에게는 가장 사소한 일이다.

그러나 나는 그들과 함께 괴로워하고 또 괴로워했다.[1] 내가 보기에는 그들은 죄수이고 낙인찍힌 자들이다. 그들이 구세주라고 부르는 자가 그들을 굴레에 묶어 놓았다.

사이비 가치와 망상적인 말이라는 굴레에! 아, 그들을 그들의 구세주로부터 구출해주는 자가 있었으면!

일찍이 그들은, 바다가 그들을 번롱했을 때 어떤 섬에 상륙했다고 믿었다.[2] 그러나 보라, 그것은 잠든 괴물이었다.

사이비 가치와 망상적인 말들. 그것은 죽어야 할 자들에게는 최악의 괴물이다. 이러한 괴물들 가운데서 액운은 오랫동안 잠을 자며 기다리고 있다.

그러나 드디어 액운이 나타나 잠에서 깨어난 다음에 그 위에 오두막집을 지은 자들을 씹어 삼킨다.

오, 저 성직자들이 지은 오두막집을 보라! 그들은 달콤한 향기로 가득 찬 그들의 동굴을 교회라고 부른다!

오, 이 위조된 빛이여! 이 후텁지근한 공기여! 여기, 영혼이 그의 높이를 향해 날아가는 것을 허용하지 않는 곳이여!

오히려 그들의 신앙은 다음과 같이 명령한다. "무릎은 꿇은 채 계단을 올라오라, 그대들 죄인들이여."[3]

정녕 나는 그들의 수치와 신앙이 깃들인 사팔뜨기 눈보다는 차라리

---

1 삶의 고뇌로부터의 구원을 문제삼았다는 점에서는 같다. 다만 구원의 방법이 차라투스트라는 지상에서의 창조를, 성직자는 저 세상으로의 도피를 말한다는 점에서 다를 뿐이다.
2 '바다'는 인류 또는 인간성을 말한다. 어떤 섬에 상륙했다는 것은 안식처를 얻었다는 것.
3 로마의 스카라 산타 성당이 유명하다. 신자는 기도를 하면서 무릎으로 계단을 기어오른다.

수치를 모르는 자들을 보리라!

이러한 동굴과 속죄의 계단을 만들어 낸 자는 누구인가? 그것은 몸을 숨기고 싶어했던 자들, 맑은 하늘 앞에서는 수치를 느꼈던 자들이 아니었던가?

맑은 하늘이 무너진 천장 사이로 다시 엿보이고 무너진 벽 둘레의 풀과 붉은 양귀비를 굽어볼 때 비로소 —— 나는 이러한 신의 거처에 다시 내 마음을 돌리리라.[1]

그들은 그들에게 반항하고 고통을 주는 것을 신이라고 불렀다.[2] 그리고 정녕 그들의 숭배에는 숱한 영웅심이 깃들여 있었다!

따라서 그들은 인간을 십자가에 못 박는 것 이외에는 그들의 신을 사랑할 줄 몰랐다![3]

그들은 시체로서 살려고 했으며 자신의 시체를 검은 옷으로 감쌌다. 나는 그들의 설교에서 아직도 시체실의 불쾌한 냄새를 맡을 수 있다.

그리고 그들의 곁에서 사는 사람은 두꺼비의 달콤한 우수 어린 노래가 들려 오는 검은 연못가에 살고 있다.[4]

나에게 그들의 구세주에 대한 신앙을 가르치려면 그들은 좀더 좋은 노래들을 들려주어야 하리라. 구세주의 제자들은 내 눈에 보다 더 구원된 자들처럼 보여야 하리라!

나는 그들의 나체를 보고 싶다. 오직 아름다움만이 속죄를 설교해야 하기 때문이다.[5] 그러나 이러한 위장된 우수가 누구를 설득시킬 수 있

---

1 교회가 폐허가 되었을 때 교회를 다시 바라보리라.
2 어떠한 고통도 신의 시련이라고 믿었다.
3 삶을 부정함으로써 신에 대한 사랑을 입증하려고 했다.
4 음산하지만 매혹적인 두꺼비(성직자)의 위선적인 세계(검은 연못)를 말한다.
5 병적이고 추악한 상태로부터 참회하게 하는 것은 건전한 아름다움, 곧 적나라한 생명력뿐이다.

을 것인가!

정녕 그들의 구세주 자신들[1]이 자유로부터, 자유의 제7천국[2]으로부터 온 것은 아니었다! 정녕 그들의 구세주 자신은 인식의 양탄자 위를 걸어 본 적이 없었다!

이러한 구세주의 정신은 빈틈투성이다. 그러나 빈틈마다 그들의 망상, 다시 말하면 그들이 신이라고 불렀던 대용품으로 메워져 있었다.

그들의 정신은 그들의 동정심에 빠져 익사했다. 그리고 그들의 동정심이 부풀어올라 넘치게 되었을 때 언제나 표면에는 커다란 어리석음이 떠돌고 있었다.

그들은 열심히 고함을 지르며 그들의 짐승 떼를 그들의 외나무 다리 위로 건너가게 했다. 마치 미래로 이어지는 외나무 다리는 **하나**밖에 없는 것처럼! 정녕 이 목자들도 양 떼의 일부였던 것이다!

이 목자들은 작은 정신과 광대한 영혼을 갖고 있었다. 그러나 나의 형제들이여, 지금까지는 가장 광대한 영혼조차도 얼마나 작은 땅이었던가![3]

그들은 그들이 가는 길에 혈흔을 남겨 놓았고 그들의 어리석음은 피로써 진리를 증명해야 한다고 가르쳤다.

그러나 피는 진리의 최악의 증인이다. 피는 가장 순수한 가르침조차도 독을 뿌려 마음의 망상과 증오로 바꾸어 놓는다.[4]

그리고 자기 자신의 가르침을 위해 불 속을 뚫고 나가는 자가 있다

---

1 복수로 해서 기독교만이 아니라 모든 종교의 교조를 지칭한다.
2 제7천국은 최고의 천국을 의미한다.
3 '작은 정신'은 자주적 정신의 빈약함을 나타낸다. 이 장의 '빈틈투성이', '차디찬 머리' 등과 관련된다. '광대한 영혼'은 '부풀어오른 동정심', '답답한 가슴' 등과 관련되며 부질없는 동정심에서 나오는 포용력을 말한다. '작은 땅'은 커다란 사랑이 아님을 말한다.
4 순교 등의 유혈 사태가 일어나면 이에 사로잡혀 진리는 맹신과 증오로 변한다.

하더라도 ── 그것이 무슨 증명이 될 것인가! 정녕 자기 자신의 화염으로부터 자기 자신의 가르침이 생기는 것이 더 좋다!

답답한 가슴과 차디찬 머리, 이 두 가지가 일치할 때 '구세주'라는 광풍이 일어난다.

정녕 민중이 구세주라고 부르는 자, 이 매혹적인 광풍보다 더 위대하고 더 고귀하게 태어난 자'가 있었다!

그리고 나의 형제들이여, 그대들은 모든 구세주보다도 더 위대한 자로부터도 구제되어야 한다. 그대들이 자유에의 길을 찾고자 한다면!

지금까지 초인은 한 번도 존재하지 않았다. 나는 가장 큰 인간과 가장 작은 인간을, 양자의 나체를 보았다.

그들은 아직도 너무나 닮았다. 정녕 나는 알았다, 가장 큰 인간도 너무나 인간적임을!

차라투스트라는 이렇게 말했다.

유덕한 자들에 대하여

천둥과 하늘의 불꽃으로써 우리는 게으르게 잠을 자고 있는 마음을 향해 말해야 한다.

그러나 아름다움의 소리는 나직이 속삭인다. 이 소리는 가장 활기 있는 영혼 속으로만 기어든다.

오늘 나의 방패는 나를 향해 가볍게 흔들리며 웃었다. 그것은 아름다움의 신성한 웃음과 흔들림이다.

---

1 광신적이 아닌 진리 탐구자. 예컨대 철인, 예술가 등.

그대들 유덕한 자들이여, 오늘 나의 아름다움은 그대들을 비웃었다. 그리고 나의 아름다움은 나에게 이렇게 말했다. "그들은 아직도 바라고 있다 — 보상받기를!"[1]

그대들은 아직도 보상받기를 바라고 있다. 그대들 유덕한 자들이여! 덕에 대해서는 보답을, 대지에 대해서는 천국을, 그대들의 오늘에 대해서는 영원을 받고자 하는가?

그래서 그대들은 보수를 줄 자도, 지불할 자도 없다고 내가 가르치면 나에게 화를 내려는가? 그런데 정녕 나는 덕이 덕 자체의 보수라고 가르친 적은 없다.

아, 이것이 나의 슬픔이다. 사람들이 사물의 근거에 보답과 형벌이라는 거짓을 끌어들이는 것이. 그리고 이제 그대들의 영혼의 근거에까지도 (끌어들이는 것이), 그대들 유덕한 자들이여!

그러나 멧돼지의 긴 코처럼 나의 말은 그대들의 영혼의 근거를 파헤치리라. 나는 그대들의 보습[2]이 되고 그렇게 불리기를 바란다.

그대들의 근거의 비밀을 모두 드러내리라. 그리고 그대들이 파헤쳐지고 부서져서 햇빛에 드러날 때, 그대들의 허위도 그대들의 진실로부터 분리되리라.

다음과 같은 것이 그대들의 진실이기 때문이다. 그대들은 너무나 **순결**해서 복수, 형벌, 보수, 보복 등 더러운 말은 어울리지 않는다.[3]

그대들은 그대들의 덕을 사랑한다. 마치 어머니가 자기 아이를 사랑하듯이. 그러나 어머니가 이러한 사랑의 대가로 보상받기를 원한다는 말을 들은 적이 있는가?

---

1 통속적인 도덕가는 증여하지 않고 보수를 바란다.
2 니체 특유의 심리학적 폭로 수법의 비유.
3 복수, 형벌 등은 종래의 도덕의 근거가 되고 있다.

그대들의 덕은 그대들이 가장 사랑하는 자기다.[1] 그대들에게는 원환의 갈망이 있다.[2] 자기 자신에게 다시 도달하기 위해서 모든 원환은 몸부림치며 회전한다.

그대들의 덕이 하는 일은 소멸하는 별과 같다. 그 빛은 언제나 도상에 있으며 방랑하고 있다. 그런데 언제 그 빛은 방랑을 그칠 것인가?[3]

이와 같이 그대들의 덕의 빛은 일이 끝난 다음에도 아직도 도상에 있다. 그 일이 이미 잊히고 사멸된다 하더라도 그 빛은 아직도 살아 있고 방랑하고 있다.

그대들의 덕은 그대들의 자기이며, 낯선 것이거나 피부거나 허식이 아니라는 것. 이것이 그대들의 영혼의 근거에 있는 진실이다, 그대들 유덕한 자들이여!

그러나 채찍 밑에서의 몸부림[4]을 덕이라고 일컫는 자들도 있다. 그리고 그대들은 그들의 비명을 너무나 많이 들어왔다!

또한 그들의 악덕이 게을러지는 것을 덕이라고 일컫는 자들도 있다. 그리고 그들의 증오와 질투가 사지를 늘어뜨리자마자 그들의 '정의'는 눈을 뜨고 잠에 취한 눈을 비빈다.[5]

또한 밑으로 끌려 내려가는 사람들도 있다. 그들의 악마가 그들을 잡아끄는 것이다. 그러나 그들이 가라앉으면 앉을수록 그들의 눈과 그들의 신에 대한 갈망은 더욱더 불타오르고 빛난다.[6]

---

1 참된 자기. 제1부 '육체를 경멸하는 자들에 대하여' 참조.
2 참된 덕의 자기 실현의 경지. 영원 회귀 사상이 암시되어 있다.
3 별은 소멸하더라도 그 빛은 우주 속을 진행하고 있다. 참된 도덕도 이 빛과 같아서 쉬지 않고 앞으로 나아간다.
4 강제에 의한 선행.
5 악덕, 방탕의 힘이 쇠퇴한 다음에야 도덕적인 사람이 되려고 하는 사람도 있다.
6 타락할수록 신이나 이상을 말하며 광신적인 태도를 취하는 사람도 있다.

아, 그들이 외치는 소리도 그대들의 귀에 닥친다, 그대들 유덕한 자들이여. "내가 그것이 **아닌** 것, 그것이 바로 나에게는 신이며 덕인 것이다!"[1]

또한 돌을 싣고 내려오는 수레처럼 무겁게 덜거덕거리며 다가오는 자들도 있다. 그들은 품위와 덕에 대해 여러 가지 이야기를 한다. 그들의 제동기를 그들은 덕이라고 부른다![2]

또한 태엽을 감아 놓은 평범한 시계와 같은 자들도 있다. 그들은 똑똑똑딱 소리를 내며 똑딱똑딱 하는 소리를 —— 덕이라고 불러주기를 바란다.[3]

정녕 나는 이러한 자들을 즐기고 있다. 나는 이러한 시계를 찾아내면, 나의 조롱으로써 그 태엽을 감으리라. 그러면 이 시계는 다시 나에게 웅얼거리는 소리를 들려주리라!

또 어떤 자들은 그들의 한줌의 정의를 자랑하고 이 정의 때문에 만물을 침해한다. 이렇게 해서 세계는 그들의 부정에 빠져 익사한다.[4]

아, '덕'이라는 말이 그들의 입으로부터 나올 때 얼마나 불쾌한가! 그리고 그들이 "나는 올바르다"고 말할 때 그것은 언제나 "나는 복수를 했다!"는 말처럼 들린다.[5]

그들의 덕에 의해 그들은 그들의 적의 눈을 뽑아내려고 한다. 그리고 그들이 자기 자신을 높이는 것은 다만 다른 사람을 낮추기 위해서인 것이다.

---

1 자기의 본질과 반대되는 것을 신이나 이상으로 여긴다.
2 외면적인 권위로 자기의 정신을 우둔하게 만드는 것을 덕이라고 하는 사람도 있다.
3 습관과 타성을 덕이라고 하는 사람도 있다.
4 편협한 도덕을 강요함으로써 세계에 해독을 끼치는 사람도 있다.
5 gerecht(올바르다)와 geiächt(복수했다)를 대비한 풍자. 정의를 내세우면서도 밑바닥에는 복수심이 깔려 있는 사람도 있다.

그리고 또한 그들의 늪에 앉아 갈대 사이에서 다음과 같이 말하는 자들도 있다. "덕 — 그것은 아직도 늪에 앉아 있다.[1] 우리는 아무도 물지 않고, 또 물려고 하는 자를 피한다. 그리고 만사에 있어서 우리는 우리에게 주어진 의견을 좇는다."

그리고 제스처를 사랑하고 덕을 일종의 제스처라고 생각하는 자들도 있다.

그들의 무릎은 언제나 숭배를 하고 그들의 손은 덕을 찬양하고 있으나 그들의 가슴은 이러한 행동과는 전혀 관계가 없다.

그리고 "덕은 꼭 필요하다"고 말하는 것을 덕이라고 생각하는 자들도 있다. 그러나 그들은 근본적으로는 경찰이 필요하다고 믿는 데 지나지 않는다.[2]

그리고 인간의 고상함을 보지 못하는 많은 자들은 인간의 저열함을 아주 가까이에서 보고 이것을 덕이라고 부른다. 따라서 그들은 그들의 악의에 찬 시선을 덕이라고 한다.[3]

그리고 어떤 자들은 고상한 마음으로 고양되기를 바라고 그것을 덕이라고 부른다. 또 어떤 자들은 전도되기를 바라고 — 역시 그것을 덕이라고 부른다.[4]

그런데 거의 모든 사람들이 이와 같이 덕에 관계하고 있다고 믿는다. 그리고 적어도 누구든지 '선'과 '악'을 잘 아는 자라고 주장한다.

그러나 차라투스트라는 이러한 거짓말쟁이들과 바보들 모두에게

---

1 모든 진화를 회피하고 침체함으로써 고루한 것을 고집하고 있다.
2 사회의 안전을 도모하는 것이 덕이라고 생각한다.
3 남의 부정이나 잘못을 밝혀내는 것을 덕이라고 한다.
4 고상한 사람이 되었다는 자기 도취를 덕이라고 생각한다. 또는 도착적인 자기 만족을 덕이라고 생각한다.

"그대들은 덕에 대해서 무엇을 아는가! 그대들이 덕에 대해서 무엇을 알 수 있을 것인가!"라고 말하기 위해 찾아온 것은 아니다.

오히려 나의 벗들이여, 그대들이 바보와 거짓말쟁이에게서 배운 낡은 말에 싫증을 내기를 바라고 있다.

'보수', '복수', '형벌', '정의로운 보복' 등의 말에 싫증이 나기를. "착한 행동은 몰아적인 행동이다"라고 말하는 데 싫증이 나기를.

아, 나의 벗이여, 어린애의 내면에 어머니가 있듯이, **그대들의 본래의 자기**가 행위의 내면에 있다는 것,[1] 이것이 덕에 대한 **그대들의** 말이 되게 하라!

정녕 나는 그대들로부터 백 가지 말과 그대들의 덕이 가장 사랑하는 장난감[2]들을 빼앗았다. 그리고 이제 그대들은 어린애들이 화를 내듯이 나에게 화를 낸다.

어린애들은 바닷가에서 놀고 있었다. 그때 파도[3]가 밀려와서 어린애들로부터 그들의 장난감을 빼앗아 해저로 가져갔다. 이제 어린애들은 울고 있다.

그러나 바로 그 파도가 어린애들에게 새로운 장난감을 가져오고 그들 앞에 새로운 가지각색의 조개들을 쏟아 놓으리라!

그래서 어린애들은 위안을 받으리라. 그리고 어린애들과 마찬가지로 나의 벗들이여, 그대들도 그대들의 위안을 찾게 되리라. 그리고 새로운 가지각색의 조개도!

차라투스트라는 이렇게 말했다.

---

1 앞에서는 주로 몰아적, 이타적 도덕을 비판했거니와 참된 덕은 구체적인 결단의 결과이고 따라서 자기를 떠나서는 있을 수 없다.
2 낡은 도덕 관념.
3 초인의 새로운 도덕.

천민에 대하여

삶은 쾌락의 샘이다. 그러나 천민[1]도 함께 마시는 곳에서는 모든 샘에 독이 들어 있다.

나는 깨끗한 것이면 무엇이든지 좋아한다. 그러나 불결한 자들의 이를 드러내고 웃는 입이나 갈증은 보고 싶지 않다.

그들은 샘 속으로 시선을 던진다. 이제 그들의 비위 상하는 웃음이 샘으로부터 나에게로 반사된다.[2]

신성한 샘에 그들은 그들의 정욕의 독을 탄다. 그리고 그들이 그들의 더러운 꿈을 쾌락이라고 불렀을 때 그들은 그들의 말에도 독을 탄다.[3]

그들이 그들의 젖은 심장을 불에 쪼일 때 불꽃은 화를 낸다. 천민이 불 곁으로 다가올 때 정신 자체는 부글부글 끓어오르면서 증기를 내뿜는다.

과일은 그들의 손에서 메스꺼워지고 너무 익는다. 그들의 시선은 과일나무를 바람에 꺾이기 쉽게 만들고 나무 끝을 시들게 한다.

그리고 삶에 등을 돌린 많은 자들은 오직 천민에게 등을 돌렸을 뿐이다. 그들은 샘과 불꽃과 과일을 천민과 함께 공유하는 것을 바라지 않았다.

그리고 사막에 가서 맹수들과 함께 갈증에 시달리는 많은 자들은

---

1 천민은 근대 대중 사회의 저열한 인간을 말한다. 대중은 권력 의지의 창조적 쾌락을 방해하는 자들이다.
2 깨끗한 생명의 샘도 천민의 손이 닿으면 정욕의 근원이 된다.
3 망상과 욕망(더러운 꿈)은 진정한 쾌락이 아니건만, 이를 쾌락이라고 부름으로써 말의 의미가 혼동을 일으킨다.

오직 더러운 낙타몰이꾼[1]들과 함께 물통 둘레에 앉는 것을 싫어했을 뿐이다.

그리고 파괴자처럼, 모든 곡식 밭에 떨어지는 우박[2]처럼 나타난 많은 자들은 오직 그들의 발을 천민의 입에 넣어 그 목구멍을 틀어막기를 바랐을 뿐이다.

그리고 삶 자체가 적의와 죽음과 순교의 십자가를 요구한다는 것을 아는 것,[3] 이것이 내가 가장 삼키기 힘들었던 음식물은 아니다.

오히려 나는 일찍이 다음과 같이 묻고 이 물음 때문에 질식할 뻔했다. 뭐라고? 삶에도 천민이 **필요**한가?[4]

독을 탄 샘, 악취를 풍기는 불, 더러운 꿈, 생명의 빵의 구더기가 필요한가?

나의 증오가 아니라 나의 구역질[5]이 나의 생명을 굶주린 듯이 먹어치웠다! 아, 나는 천민도 재치 있다는 것을 알았을 때[6] 나는 가끔 정신에 싫증이 났다.

그리고 나는 지배자들이 무엇을 지배라고 부르는가를 알았을 때, 지배자들에게서 등을 돌렸다. 그것은 권력을 위한 흥정이며 거래다, 천민을 상대로 하는!

---

1 데마고그들.
2 파괴적, 급진적 개혁가.
3 적의는 인간을 강하게 만들고 죽음은 생성의 계기가 되고 고문 또는 고통은 참된 쾌락의 자극이 된다. 초극을 지향하는 삶에 있어서 이러한 것은 불가결의 요소다.
4 이 물음은 중대하지만 이 장에서는 대답이 주어지지 않고 다음의 '구역질'이라는 말에서 대답이 암시되고 있을 뿐이다.
5 천민의 저열함에 대한 구역질은 삶의 향상을 위한 동기가 된다. 삶의 향상은 인간의 자기 초극에 의해 가능하고 자기 초극을 위해서는 초극되어야 할 인간 존재가 있어야 한다. 천민을 이와 같은 것으로 본다면 단지 증오하고 전멸시킬 것이 아니라, 초극의 대상으로서 게워버려야 한다. 천민도 삶의 필연적인 연쇄의 한 고리인 것이다.
6 지적인 천민이 있다는 것을 알았을 때.

민중 사이에서 나는 말이 통하지 않는 자로서 귀를 막고 살아왔다. 그들의 흥정하는 말이나 권력을 위한 거래와 멀리 떨어져 있기 위해서!

그리고 코를 잡고서 모든 어제와 오늘을 불쾌한 마음으로 거쳐왔다. 정녕 모든 어제와 오늘은 글을 쓰는 천민[1]의 악취를 풍기고 있었다.

귀머거리가 되고 장님이 되고 벙어리가 된 불구자처럼 권력의, 문필의, 쾌락의 천민들과 함께 살지 않기 위해서 나는 이와 같이 오랫동안 살아왔다.

나의 정신은 애를 쓰며 조심스럽게 계단을 올라갔다. 쾌락의 보시는 나의 정신의 청량제였다. 삶은 지팡이에 의지하여 장님과 함께 남몰래 걸어갔다.[2]

도대체 나에게 무슨 일이 일어났는가? 어떻게 나는 구역질로부터 나를 구해냈는가? 누가 나의 눈을 젊게 만들었는가? 어떻게 해서 나는 이미 어떠한 천민도 샘가에 앉아 있지 않는 높이로 날아올랐는가?

나의 구역질 자체가 날개와 샘에 가까이 가는 힘을 만들어낸 것인가? 정녕 나는 쾌락의 샘을 다시 찾기 위해서 가장 높은 곳으로 날아가지 않으면 안 되었던 것이다![3]

오, 나는 그 샘을 찾아냈다, 나의 형제들이여! 여기 가장 높은 곳에서 쾌락의 샘이 나를 위해 솟아오른다! 그리고 어떠한 천민도 함께 마시지 않는 삶[4]이 있다!

---

1 저널리스트를 말한다. 저널리즘에 편승하여 매일매일의 사건을 제멋대로 해석하고 있기 때문이다.
2 인간의 향상하려는 정신은 천민의 방해를 받으며 인생의 각 단계를 지나왔다. 그러나 쾌락을 느낀 적은 드물었다. 그러나 천민(장님)의 방해를 받으면서도 향상의 걸음을 늦추지 않았다.
3 저열한 천민에 대한 구역질 자체가 삶을 고양하는 동기가 된다. 삶의 고양은 인간의 자기 초극인데, 자기 초극을 위해서는 초극될 장해, 대항 세력, 곧 천민이 있어야 한다.
4 초인의 샘, 초인의 삶.

그대는 지나치게 격렬할 정도로 흘러나오는구나, 쾌락의 원천이여! 그리고 자주 그대는 잔을 채우기 위해서 다시 잔을 비우게 하는구나!

그런데 나는 아직도 좀 더 겸손한 태도로 그대 곁으로 가까이 가는 것을 배우지 않으면 안 된다.[1] 나의 마음은 아직도 너무나 격렬하게 그대를 향해 흘러간다.

짧고 무덥고 우울하고 행복에 넘치는 나의 여름이 작열하고 있는 나의 마음 ── 나의 여름의 마음은 얼마나 그대의 시원함을 갈망하는가![2]

나의 봄의 머뭇거리는 우수는 지나갔다! 6월의 나의 눈송이의 악의는 지나갔다! 나의 온몸은 여름이 되고 여름의 정오가 되었다.[3]

시원한 샘과 행복한 고요가 있는 가장 높은 곳의 여름. 오, 오라, 나의 벗들이여, 이 고요가 더욱 행복해지도록!

여기야말로 **우리의** 높이이며 우리의 고향이기 때문이다. 우리는 여기, 모든 불결한 자들과 그들의 갈증에 대해서는 너무나 높고 가파른 곳에 살고 있다.

그대들의 맑은 눈은 나의 쾌락의 샘만을 바라보라, 그대들 벗들이여! 그렇다고 해서 어찌 이 샘이 흐려질 것인가! 샘은 **그** 순결함으로써 그대들에게 웃음을 보내리라.

미래라는 나무 위에 우리는 우리의 보금자리를 짓는다. 독수리는 그 부리로 우리 고독한 자들에게 음식을 날라다 주리라!

---

1 생명의 샘을 발견한 것을 기뻐해서 한꺼번에 샘가로 달려가는 것이 아니라 침착하게 한 단계 한 단계 애써서 올라간다.

2 여름은 창조적 정신의 성숙을 말한다. 그러나 창조적 정신의 활동 기간은 짧으므로 행복하면서도 우울하다. 또한 그만큼 생명의 샘에 대한 갈망도 절실하다.

3 '나의 봄의 머뭇거리는 우수'는 청년 시대의 형이상학에 대한 심취를, '6월의 나의 눈송이'는 냉철하고 회의적이던 실증주의에 경도했던 시기를 말한다. '여름의 정오'는 차라투스트라가 도달한 창조의 높이를 말한다.

정녕 깨끗하지 못한 자들이 함께 먹을 수 없는 음식을! 그들은 불을 먹는 것처럼 생각되어 입을 데게 되리라!

정녕 우리는 여기서 깨끗하지 못한 자들을 위해 집을 준비하고 있는 것은 아니다! 우리의 행복은 그들의 육체와 그들의 정신에 대해서는 얼음의 동굴이 되리라!

그리고 맹렬한 바람처럼 우리는 그들을 넘어서서 살고자 한다. 독수리의 이웃, 눈[雪]의 이웃, 태양의 이웃으로서. 맹렬한 바람은 이렇게 산다.

그리고 언젠가는 나는 바람처럼 그들 사이로 파고들어가 나의 정신으로써 그들의 정신의 호흡을 빼앗으리라. 나의 미래가 이와 같이 바라고 있다.

정녕 차라투스트라는 모든 저지(低地)에 대해서는 맹렬한 바람이다. 그리고 그는 그의 적들과 침을 뱉는 모든 사람들에게 이렇게 충고한다. "바람을 **향해** 침을 뱉지 않도록 조심하라!"

차라투스트라는 이렇게 말했다.

타란툴라에 대하여

보라, 이것이 타란툴라[1]의 구멍이다! 그대는 타란툴라를 보고 싶은가? 여기에 거미줄이 걸려 있다. 이 줄을 건드려서 흔들리게 하라!

저기에 타란툴라가 자진해서 나왔다. 잘 왔다. 타란툴라여! 그대의

---

1 이탈리아의 타란토 지방에 사는 독거미. 이 거미에게 물리면 사람들은 그 독 때문에 미쳐서 춤을 춘다고 한다.

등에는 삼각형의 표식이 검게 나타나 있다.[1] 그리고 나는 그대의 영혼에 무엇이 숨어 있는지도 알고 있다.

복수가 그대의 영혼 안에 숨어 있다. 그대가 물면 검은 딱지가 생긴다. 복수에 의해 그대의 독은 영혼에 현기증을 일으킨다!

이와 같이 나는 영혼에 현기증을 일으키는 그대들에게 비유로써 말한다. 그대들 **평등**을 설교하는 자[2]들이여! 내가 보기에는 그대들은 타란툴라이며 몰래 숨어서 복수심을 불태우고 있는 자들이다!

그러나 나는 그대들의 은신처를 폭로하리라. 그러므로 나는 높은 곳에서 그대들의 얼굴에 나의 폭소를 퍼붓는다.

그러므로 나는 그대들의 거미줄을 찢는다. 그대들의 격노가 그대들을 허위의 동굴 밖으로 꾀어내고 그대들의 복수가 그대들의 '평등'이라는 말의 배후에서 뛰어나오게 하기 위해서.

인간이 복수로부터 구제된다는 것 —— 그것은 나에게는 최고의 희망에 이르는 다리이며 오랜 폭풍우 뒤의 무지개이기 때문이다.[3]

그러나 물론 타란툴라들이 원하는 것은 다른 것이다. "세계가 우리의 복수의 폭풍우로 가득 차는 것이야말로 우리에게 있어서는 정의다." 이렇게 그들은 서로 말한다.

"우리는 우리와 동등하지 못한 모든 자들에게 복수를 하고 모욕을 주리라." 타란툴라의 마음을 가진 자들은 이렇게 맹세한다.

---

1 타란툴라의 등에는 삼각형의 반점이 있다. '검다'는 것은 기독교에 미친 자들을, '삼각형'은 삼위일체를 말한다고 해석하는 학자도 있다. 타란툴라는 기독교의 평등주의, 사회주의적 평등주의를 상징하고 있다.
2 기독교도, 사회주의자.
3 높은 가치를 획득한 사람을 질투하여 끌어내림으로써 복수하지 않고 오히려 그 높이를 순수하게 인정하는 것은 인류 향상의 전제 조건이다. 무지개에는 두 가지 뜻이, 곧 초인으로 옮겨가는 것과 즐거운 약속이라는 뜻이 있다고 해석하는 학자도 있다.

"그리고 '평등에의 의지' —— 이것 자체가 앞으로는 덕의 명칭이 되어야 한다. 그리고 권력을 갖고 있는 모든 자들에게 반대하여 우리는 우리의 함성을 올리리라!"

그대들 평등을 설교하는 자들이여, 무력감에서 나온 폭군의 광기는 이와 같이 그대들의 마음속으로부터 '평등'을 외친다. 그대들의 가장 은밀한 폭군적인 욕망이 이와 같이 덕의 말로 가장한다!

비참해진 자부심, 억제된 질투, 아마도 그대들의 선조의 자부심과 질투, 이것이 그대들의 마음속에서 불꽃이 되고 복수의 광기가 되어 터져 나온다.[1]

아버지가 침묵을 지켰던 일을 아들은 말로 나타낸다. 따라서 나는 가끔 아들이 아버지의 폭로된 비밀임을 발견했다.

그들은 열광한 자들 같다. 그러나 그들을 열광시키는 것은 마음[2]이 아니라 —— 복수심이다. 그리고 그들이 예민하고 냉정해질 때, 그들을 예민하고 냉정하게 만드는 것은 정신이 아니라 질투다.

그들의 질투는 그들을 사상가[3]의 길로 이끈다. 그리고 그들의 질투의 특징은 다음과 같다! 그들은 언제나 너무 멀리 간다. 그래서 결국 그들은 지친 끝에 눈 위에 누워서 자지 않으면 안 된다.

그들의 온갖 비탄에서는 복수심이 울려 퍼지고 그들의 온갖 찬양에는 악의가 깃들여 있다. 그리고 재판관이 되는 것이 그들의 가장 큰 행복인 것 같다.

---

1 자기에게 힘이 있다고 자부하면서도 이를 발휘하지 못하고 사회 도덕으로 말미암아 질투조차도 억제해야 하는 상태는 선조 때부터 누적되어온 것으로 이러한 감정이 폭발하여 복수심이 되고 이 복수심이 평등을 가장한다.
2 양심과 인식의 정신. 평등을 말하는 사람들은 복수심과 질투심에 따라 움직인다.
3 강단의 사회주의자들.

그러나 나는 그들에게 이렇게 권한다. 나의 벗들이여, 처벌하려는 충동이 강한 자는 누구든 신용하지 말라!

그들은 저열한 종족과 혈통에 속하는 자들이다. 그들의 얼굴에는 형리와 탐정의 모습이 드러나 있다.

자신의 정의로움에 대해 말이 많은 자들은 누구든 신용하지 말라! 정녕 그들의 영혼에 결핍된 것은 꿀만이 아니다.[1]

그리고 그들이 '착하고 의로운 자들'이라고 자칭할 때, 잊지 말라, 그들이 바리새인이 되는 데 모자라는 것은 ── 오직 권력뿐임을![2]

나의 벗들이여, 나는 혼합되고 혼동되는 것을 바라지 않는다.

삶에 대한 나의 가르침을 설교하는 자들도 있다. 그런데 동시에 그들은 평등을 설교하는 자들이며 타란툴라들이다.[3]

그들이, 이 독거미들이 그들의 동굴에 앉아 삶에 등을 돌리고 있으면서도 삶의 의지에 맞는 말을 하는 것[4]은 이렇게 함으로써 남에게 해를 입히려고 하기 때문이다.

이렇게 함으로써 그들은 현재 권력을 갖고 있는 자[5]들에게 해를 입히려고 한다. 이 권력가들에게 있어서는 죽음에 대한 설교는 아직도 가장 친숙한 것이기 때문이다.

사정이 달라진다면 타란툴라들은 다른 것을 가르치리라. 그들이야말로 전[6]에는 가장 심하게 세계를 비방하고 이교도를 화형에 처하던 자

---

1 정다운 마음(꿀)이 없을 뿐 아니라 오히려 독이 있다.
2 권력만 있으면 바리새인처럼 형식 논리에 얽매인 특권 계급이 된다.
3 현실의 삶을 존중하라는 차라투스트라와 같은 입장을 취하고 있는 사람(예컨대 사회주의자)도 있으나, 그들도 평등만을 주안점으로 삼는다는 점에서는 다름이 없다.
4 비관주의에 반대하는 것.
5 기독교나 쇼펜하우어 등.
6 르네상스와 같은 생 긍정의 시대.

들이었다.

나는 평등을 설교하는 이러한 자들과 혼합되고 혼동되는 것을 바라지 않는다. 정의는 **나에게는** 이렇게 말하기 때문이다. "인간은 평등하지 않다"고.

또한 인간은 평등해서는 안 된다! 만일 내가 이렇게 말하지 않는다면, 초인에 대한 나의 사랑은 도대체 어떻게 될 것인가?

천 개의 다리와 외나무 다리를 건너서[1] 인간은 미래를 향해 돌진해야 하고 더 많은 전쟁과 불평등을 인간들 사이에 설정해야 한다. 나의 커다란 사랑이 나로 하여금 이렇게 말하게 하는 것이다!

인간은 그들의 적대 관계에 있어서 여러 가지 영상과 유령[2]의 발명자가 되어야 하며, 또한 그들의 영상과 유령으로써 서로 최고의 전쟁을 하지 않으면 안 된다!

선악, 빈부, 상하 및 여러 가지 가치의 모든 이름, 그것은 무기가 되어야 하고, 삶은 항상 자기 자신을 다시 초극하지 않으면 안 된다는 것을 나타내는 절거덕거리는 표지가 되어야 한다!

삶 자체는 기둥과 계단을 만들어서 자기 자신을 높이 세우려고 한다. 삶은 아득히 먼 곳을 지켜보고 지복의 아름다움을 바라보려고 한다. **그러므로** 삶은 높이가 필요하다!

그리고 삶은 높이가 필요하기 때문에 여러 가지 계단이 필요하고 여러 가지 계단과 이 계단을 올라가는 자들의 모순이 필요하다![3] 삶은 올

---

1 초인에의 길은 인간에 따라 각기 다르고 유일하다.
2 여러 가지 이상과 새로운 사상.
3 아무리 높은 계단이라도 보다 높은 계단에 비교하면 그 토대에 지나지 않는다. 아래 계단에 대해서는 '위'이지만 위 계단에 대해서는 '아래'라는 모순이 생긴다. 오르는 자의 입장에서도 초극해서 상승하는 자와 초극하지 못하고 아래에 처져 있는 자 사이에는 모순이 있다.

라가려고 하고 올라가면서 자기 자신을 초극하려고 한다.

그런데 제발 보라, 나의 벗들이여! 여기 타란툴라의 구멍이 있는 곳에 낡은 사원의 폐허가 우뚝 솟아 있다. 제발, 밝은 눈으로 바라보라!

정녕 일찍이 여기에 그의 사상을 돌에 담아 높이 치솟게 한 자는 최고의 현인과 마찬가지로 모든 삶의 비밀을 알고 있었다!

아름다움조차도 그 안에 투쟁과 불평등 그리고 권력과 초권력(超權力)을 위한 전쟁을 내포하고 있다는 것 — 이것을 그는 여기에서 가장 명백한 비유로써 우리에게 가르쳐준다.

여기서 둥근 천장과 아치는 서로 다투면서 얼마나 거룩하게 굴절하고 있는가. 둥근 천장과 아치는, 이 거룩하게 분투하고 있는 것들은 어떻게 빛과 그늘에 의해 서로 대립하여 분투하고 있는가.

이와 같이 태연하고 아름답게 우리들도 서로 적이 되자, 나의 벗들이여! 우리도 거룩하게 서로 **대립하여** 분투하자.

아! 지금 나의 오래된 적, 타란툴라가 나 자신을 물었다. 거룩할 만큼 태연하고 아름답게 타란툴라가 나의 손가락을 물었다.

형벌과 정의가 있어야 한다. 그가 여기서 대가 없이 적대 관계를 존중하는 노래를 부르게 해서는 안 된다!¹ 타란툴라는 이렇게 생각한다.

그렇다, 타란툴라는 복수를 한 것이다! 그리고 아! 이제 타란툴라는 복수로써 나의 영혼에도 현기증을 일으키리라!

그러나 내가 현기증을 일으키지 **않도록** 나의 벗들이여, 나를 여기 이 둥근 기둥에 단단히 묶어 놓으라! 나는 복수심의 소용돌이 속에서 현기증을 일으키기보다는 오히려 기둥에 묶인 성인²이 되고 싶다!

---

1 평등을 주장하면서도 반대하는 자에게는 복수심을 나타내서 형벌을 요구한다.
2 4, 5세기경 둥근 기둥 위에 앉아 고행을 하던 기독교의 성직자들을 말한다.

정녕 차라투스트라는 폭풍이나 선풍은 아니다. 그리고 그는 춤추는 자이기는 하지만 결코 타란툴라의 춤을 추는 자는 아니다!

차라투스트라는 이렇게 말했다.

유명한 현인들에 대하여

그대들은 민중과 민중의 미신에 이바지해왔다. 그대들 유명한 현인[1] 모두가! 따라서 진리에 이바지하지는 **않았다.** 그리고 바로 그 때문에 사람들은 그대들에게 외경심을 나타냈다.

그리고 그대들의 무신앙은 민중에 이르는 기지이고 우회로[2]였기 때문에 사람들은 그대들의 무신앙을 참고 견뎌왔다. 이와 같이 주인은 노예들을 방임하고 그들의 방종조차도 즐긴다.[3]

그러나 이리가 개에게 미움을 받듯이 민중에게 미움을 받는 자, 그러한 자는 자유로운 정신과 속박에 적대하는 자, 숭배하지 않는 자, 숲속에 사는 자다.

이러한 자를 은신처에서 사냥해내는 것 —— 이것을 민중은 언제나 '정의감'이라고 불렀다. 민중은 가장 날카로운 이를 가진 개를 시켜 끊

---

1 유명한 사상가들을 말한다.
2 현인, 곧 사상가들의 본질은 민중을 떠난 척하면서도 결국 민중에게 돌아오는 데 있다. 이러한 의미에서 현인은 민중의 하인이다. 민중을 무시하는 체하는 것은 일종의 인기 전술이다. 신앙으로부터 해방된 것(무신앙)처럼 보이지만 사실은 민중의 인습에 반항하는 것이 아니라 오히려 영합한다. 그러므로 무신앙은 민중에 이르는 기지 내지는 우회로다. 저널리스틱한 문필가에게서 그 전형을 볼 수 있다.
3 고대 그리스에서는 농업의 신을 제사 지내는 기간에는 주인이 노예에게 특별한 자유를 주고 주인에게 무례한 행동을 해도 용서했다. 주인은 이것을 '노예의 자유'라고 부르며 흥겨워했다.

임없이 이러한 자의 뒤를 쫓게 한다.

"진리는 여기에 있다. 민중이 여기에 있지 않은가! 아, 탐구하는 자들에게 재난이 있으라!"[1] 예전부터 이렇게 말해왔기 때문이다.

그대들은 그대들의 민중을 존경함으로써 정당화하려고 했다. 그대들은 이것을 '진리에의 의지'라고 불렀다. 그대들 유명한 현인들이여!

그리고 그대들의 마음은 언제나 자기 자신에게 말한다. "나는 민중 출신이다. 그들로부터 나에게 신의 소리가 들려온다."[2]

그대들은 언제나 민중의 대변자로서 나귀처럼 집요하고 영리했다.

따라서 민중을 교묘하게 몰고 가려는 많은 권력자들은 자기 말[3] 앞에 한 마리의 나귀를 매놓았다, 유명한 현인 한 사람을.[4]

그리고 그대들 유명한 현인들이여, 이제 나는 그대들이 마침내 사자의 가죽을 완전히 벗어버리기를 바라고 있다!

맹수의 가죽을, 얼룩덜룩한 가죽을, 그리고 연구자, 탐구자, 정복자의 변발을!

아, 내가 그대들의 '성실'을 믿게 되려면 그대들은 우선 그대들의 숭배하는 의지를 분쇄해야 한다.[5]

성실하다 ── 나는 신 없는 사막으로 가서 자기의 숭배하는 마음을 분쇄한 자를 이렇게 부른다.

노란 모래밭에서 햇볕에 타면서 그는 정녕 갈증을 이기지 못해 어두

---

1 제3부 '새롭고 낡은 목록판에 대하여' 26의 2단 참조.
2 민중이 현인의 존재와 진리의 근원임을 나타낸다.
3 권력자가 부리는 영웅들.
4 어용 사상가를 말한다.
5 민중을 무시하는 체하면서 민중을 시인하는 현인의 '진리에의 의지'는 가상에 지나지 않는다. 그러므로 그들에게는 진리에 봉사하는 '성실'이 없다. '숭배하는 의지'는 민중의 인습적 가치, 신들을 숭배하는 의지를 말한다.

운 나무 밑에서 생물들이 쉬고 있는 샘물이 풍부한 섬[1]을 곁눈질하리라.

그러나 갈증은 그를 설득하여 이와 같이 편안하게 사는 무리에 섞이지 못하게 한다. 오아시스가 있는 곳에는 우상도 있기 때문이다.[2]

굶주리고 난폭하고 외롭고, 신을 부정하고 — 사자의 의지는 스스로 이렇게 되려고 한다.

노예의 행복으로부터 해방되고, 신들과 숭배로부터 구제되고, 두려움이 없고, 공포의 대상이 되고, 위대하고, 고독하고 — 성실한 자들의 의지는 이와 같은 것이다.

성실한 자들, 자유로운 정신을 가진 자들은 예전부터 사막의 주인으로서 사막에서 살았다. 그러나 도시에는 뚱뚱하고 유명한 현인들이 산다. 수레를 끄는 가축들이.

다시 말하면 그들은 나귀로서 언제나 끌고 있다 — **민중**의 짐마차를!

나는 이 일로 해서 그들에게 화를 내는 것이 아니다. 그러나 내가 보기에 그들은 비록 황금 마구를 번쩍거리고 있더라도, 하인, 마구에 묶인 자다.

그리고 흔히 그들은 좋은 하인, 칭찬할 만한 하인이다. 그들의 덕은 이렇게 말하기 때문이다. "너는 하인의 운명에서 벗어나지 못하므로 너의 봉사가 가장 필요한 사람을 찾아라!

네가 그의 하인이 됨으로써 네 주인의 정신과 덕이 성장해야 한다. 그러면 네 주인의 정신 및 덕과 함께 너 자신도 성장하리라!"

그리고 그대들 유명한 현인들이여, 그대들 민중의 하인들이여, 정녕

---

1 오아시스.
2 오아시스가 있어서 군거(群居)가 가능하면 민중이 생기고 따라서 인습적, 속박적인 가치가 생긴다.

그대들 자신은 민중의 정신 및 덕과 함께 성장했다 — 그리고 민중은 그대들에 의해서! 그대들의 명예를 위해 나는 이 말을 하는 것이다!

그러나 그대들은 내가 보기에는 그대들의 덕에 있어서 한결같이 민중, 시력이 약한 민중이다. **정신**이 무엇인지를 모르는 민중이다.

정신은 스스로 삶 속으로 파고드는 삶이다.[1] 이 삶은 자신의 고통을 통해 자신의 지식을 증대시킨다 — 그대들은 이미 이것을 알고 있었던가?

그리고 정신의 행복은 다음과 같은 것이다. 향유를 뿌리고 눈물로 맑게 하여 산 제물이 되는 것이다[2] — 그대들은 이미 이것을 알고 있었던가?

그리고 장님의 맹목성, 그의 탐구와 모색은 그가 주시했던 태양의 힘을 입증해야 한다[3] — 그대들은 이미 이것을 알고 있었던가?

그리고 인식하는 자들은 산을 재료로 해서 **건축**할 줄 알아야 한다! 정신이 산을 옮기는 것만으로는 보잘것없다 — 그대들은 이미 이것을 알고 있었던가?

그대들은 오직 정신의 불꽃을 알고 있을 뿐이다. 그러나 그대들은 정신 그 자체인 모루를 알지 못하고 망치의 잔인성을 알지 못한다![4]

정녕 그대들은 정신의 긍지를 알지 못한다! 게다가 정신의 겸손이 일단 말을 시작한다면 그대들은 그 겸손함을 견뎌내기 어려우리라![5]

---

1 삶의 거대한 가능성을 파헤쳐 인간의 근본적 존재 방식을 인식하는 것이다.
2 삶의 인식을 위해 헌신하다가 쓰러지는 것은 보람 있는 희생이며 행복이다.
3 장님이 일찍이 보았던 태양을 생생히 기억하듯이 정신은 삶의 위대한 진리를 입증해야 한다.
4 정신의 활동은 모루와 망치의 관계 같아서 불꽃은 부수적 현상에 지나지 않는다.
5 '그대는 이미 이것을 알고 있었던가?'라고 묻고 있는 것은 모두 정신의 긍지다. 그러나 정신은 삶의 지배자가 아니라 삶에 봉사하는 자다. 그러므로 정신에는 한계가 있고 이 한계를 정신이 지각할 때 겸손해지고 자기 자신을 초극하려고 한다. 곧 자기 자신과 자신의 운명을 확인하는 정신의 깊은 인식이 '긍지'요 '겸손'이다. 민중은 이러한 정신의 자기 확인을 견뎌내지 못한다.

사실상 그대들은 그대들의 정신을 눈 구렁에 던져본 적이 없었다. 그대들은 이렇게 할 만큼 충분히 뜨겁지는 못하다! 따라서 그대들은 눈의 냉기의 황홀함을 알지 못한다.

한편 내가 보기에는 그대들은 무슨 일에 있어서든 정신을 너무 믿는다. 그리고 그대들은 흔히 지혜를 저열한 시인을 위한 구빈원과 병원으로 만든다.[1]

그대들은 결코 독수리가 아니다. 그러므로 그대들은 정신의 경악에 따르는 행복을 경험하지 못했다. 그리고 새가 아닌 자는 심연 위에 둥지를 틀어서는 안 된다.[2]

내가 보기에는 그대들은 미온적인 자들이다. 그러나 모든 심원한 인식은 차갑게 솟아오른다. 정신의 가장 심오한 샘은 얼음처럼 차다. 뜨거운 손과 뜨거운 행동을 하는 자들에게는 청량제다.

내가 보기에는 그대들은 의젓하며 뻣뻣하고 꼿꼿하게 서 있다. 그대들 유명한 현인들이여! 아무리 강한 바람, 강한 의지라도 그대들을 쫓아내지는 못한다.

돛이 둥글게 부풀어 사나운 바람에 떨면서 바다를 건너가는 것을 그대들은 한 번도 보지 못했는가?

이 돛처럼 사나운 정신에 떨면서 나의 지혜는 바다를 건너간다, 나의 사나운 지혜는![3]

그러나 그대들 민중의 하인들이여, 그대들 유명한 현인들이여, 그대

---

1 현인은 곧잘 정신을 말하지만, 정신을 값싼 것으로 만들어 삼류 시인의 사상적 근거로 만들 뿐이다.

2 정신의 경악은 정신이 삶의 참 모습을 인식하고 전율과 환희를 동시에 느끼는 상태. 이와 같이 삶을 인식할 때 민중에게서 거대한 가능성(심연)을 볼 수 있다. 그러므로 초인에의 의지를 갖지 않은 자는 심연 위에 둥지를 틀어서는 안 된다.

3 초인을 지향하는 창조적 충동을 말한다.

들이 어떻게 나와 함께 **갈 수** 있을 것인가!

차라투스트라는 이렇게 말했다.

밤의 노래

밤이다. 지금 솟아오르는 모든 샘은 더욱 소리 높여 말한다. 그리고 나의 영혼도 솟아오르는 샘이다.

밤이다. 지금 비로소 사랑하는 자들의 모든 노래가 잠에서 깨어났다. 그리고 나의 영혼도 사랑하는 자의 노래다.

조용해지지 않는 것, 조용하게 만들 수 없는 것이 나의 내면에 있다.

그것이 말하려고 한다. 사랑에의 열망이 내 마음속에 있고 이 열망 자체가 사랑의 언어를 말한다.

나는 빛이다, 아, 내가 밤이라면! 그러나 내가 빛에 둘러싸여 있다는 것, 이것이 나의 고독이다.[1]

아, 내가 어둠이고 밤과 같은 것이라면! 나는 빛의 젖가슴을 얼마나 빨았을 것인가!

그리고 그대들 하늘의 반딧불, 작게 빛나는 별들이여, 나는 그대들도 축복했을 것을. 그리고 그대들의 빛의 선물 때문에 행복해졌을 것을.

그러나 나는 나의 빛 속에서 살고 있고, 나는 나에게서 솟아 나오는 불꽃을 다시 빨아들인다.

나는 받는 자의 행복을 알지 못한다. 그리고 가끔 나는 훔치는 것이

---

1 빛은 빛을 받아들이지 못하므로 고독하다. 고독과 사랑은 상반되는 개념으로 고독할수록 사랑을 열망한다.

받는 것보다 더 행복하리라고 몽상했다.[1]

나의 손이 쉬지 않고 증여하고 있다는 것, 여기에 나의 가난이 있다.

내가 대망에 차 있는 눈들을 보고 밝게 빛나는 동경의 밤들을 본다는 것, 그것이 나의 질투다.[2]

오, 모든 증여하는 자들의 불행함이여! 오, 나의 태양의 일식이여! 오, 갈망에의 열망이여! 오, 포만 속에서의 심한 굶주림이여!

그들은 나에게서 받는다. 그러나 나는 과연 그들의 영혼과 접촉했을까? 주는 것과 받는 것 사이에는 균열이 있다. 그리고 가장 작은 균열에 가장 다리를 놓기 힘든 법이다.[3]

나의 아름다움으로부터 굶주림이 자라난다. 내가 비춰주는 자들에게는 고통을 주고 나의 증여를 받는 자들에게서는 빼앗고 싶구나. 이와 같이 나는 악의에 굶주리고 있다.

상대의 손이 내 손을 향해 이미 펼쳐졌을 때 내 손을 거둬들이고, 격렬하게 쏟아져 내리는 폭포가 주저하듯 주저한다. 이와 같이 나는 악의에 굶주리고 있다.

나의 충만은 이러한 복수를 생각해낸다. 이러한 간계가 나의 고독으로부터 솟아오른다.

증여함으로써 생기는 나의 행복은 증여함으로써 죽었고 나의 덕은 그 과잉으로 말미암아 자기 자신에 싫증을 냈다!

---

1 증여받는 것은 수동적이지만 훔친다는 것은 더욱 심한 결여 상태에 있는 보다 적극적인 수령자의 입장이므로 받는 자의 최고의 행복일 것이다.

2 차라투스트라의 가난은 언제나 증여자가 될 뿐 수령자가 될 수 없다는 가난이다. 그러므로 그 질투도 역설적으로 수령자에 대한 질투로 나타난다.

3 증여는 적극적 행위요, 수령은 수동적 행위이므로 증여와 수령이 일치하는 경우는 드물다. 수령과 증여는 언어상으로는 미소한 차이지만 영혼과 접촉이라는 점에서는 거대한 차이다.

항상 증여하고 있는 자의 위험은 수치[1]를 잃는 것이다. 항상 나누어 주고 있는 자의 손과 가슴에는 오직 분배만 하고 있기 때문에 못이 박혔다.

나의 눈은 이미 구걸하는 자들의 수치 때문에 눈물을 흘리지 않는다. 나의 손은 가득 채워진 손들이 떠는 것을 느끼기에는 너무나 굳었다.

내 눈의 눈물과 내 마음의 솜털은 어디로 갔는가? 오, 모든 증여하는 자들의 고독이여! 오, 모든 빛나는 자들의 침묵이여!

많은 태양들이 황량한 공간을 돌고 있다. 모든 어두운 것을 향해 이 태양들은 빛으로 말하지만 — 나에게는 이 태양은 침묵을 지킨다.

오, 이것이 빛나는 것에 대한 빛의 적의다. 빛은 무자비하게 그 궤도를 돌고 있다.

빛나는 것에 대해서는 불공평하게, 여러 태양에 대해서는 냉혹하게 — 이렇게 모든 태양은 돌고 있다.[2]

폭풍처럼 태양들은 그 궤도를 날아간다. 그것이·태양들의 운행이다. 태양들은 그 가차없는 의지에 따른다. 그것이 태양들의 냉혹함이다.

오, 그대들 어두운 자들이여, 그대들 밤과 같은 자들이여, 그대들이 처음으로 빛나는 것으로부터 열을 만들어낸다! 오, 그대들이 처음으로 빛의 유방으로부터 젖과 위안을 빨아들인다!

아, 얼음이 나를 둘러싸고 있고 나는 차가운 것에 손을 덴다! 아, 나에게는 갈망이 있고, 이 갈망이 그대들의 갈망을 애타게 동경하고 있다!

밤이다. 아, 내가 빛이어야 한다는 것은! 그리고 밤과 같은 자에 대한 갈망이여! 그리고 고독이여!

밤이다. 지금 샘처럼 나의 내면에서 열망이 솟아오른다 —— 말하고

---

1 자기의 무력을 수동적으로 느끼는 감정이 수치다.

2 태양은 권력에의 의지의 권화(權化)로서의 증여하는 자를 상징한다. 증여하는 자는 서로 교섭 없이 자기 길을 간다.

싶어하는 열망이.

밤이다. 이제 솟아오르는 모든 샘들은 더욱 소리 높여 말한다. 그리고 나의 영혼도 솟아오르는 샘이다.

밤이다. 이제 비로소 사랑하는 자들의 모든 노래가 잠에서 깨어났다. 그리고 나의 영혼도 사랑하는 자의 노래다.

차라투스트라는 이렇게 말했다.

춤의 노래

어느 날 저녁 차라투스트라는 제자들과 함께 숲속을 지나갔다. 그리고 그가 샘을 찾고 있을 때, 보라, 그는 어느 초원에 이르렀다.

이 초원은 나무와 덤불에 아늑하게 둘러싸여 있었고, 초원에서는 소녀들이 어울려 춤을 추고 있었다. 소녀들은 차라투스트라를 보자, 춤을 멈추었다. 그러나 차라투스트라는 다정한 태도로 소녀들 곁으로 가서 다음과 같이 말했다.

"춤을 멈추지 마라, 그대들 귀여운 소녀들이여! 그대들을 찾아온 자는 사악한 시선을 번득이는 유희의 방해자, 소녀들의 적은 아니다.

나는 악마에 대해 신[1]을 대변하는 자다. 그런데 악마는 중력의 정령[2]이다. 그대들 경쾌한 자들이여, 내가 어떻게 신성한 춤에 적의를 품을

---

1 기독교의 신은 아니다. 니체의 디오니소스적 신. 직접적으로는 다음에 나오는 큐피드이다.
2 '중력의 정령'은 자기 초극의 의지 또는 행위에 대해서 불가결의 저항력이 되는 것. 물리적으로는 중력, 관성, 정신적으로는 물욕, 야심 등으로 인간을 속박하고 자유로운 활동을 방해하는 것. 다시 말하면 이 정령은 '필연성'으로서 세계를 인과 법칙으로 지배하고 있다. 그러므로 '세계의 주인'이라고 하기도 한다.

수 있을 것인가? 또는 아름다운 복사뼈를 가진 소녀의 발에?

정녕 나는 숲이며 어두운 나무들이 만들어낸 밤이다. 그러나 나의 어둠을 두려워하지 않는 자는 나의 측백나무[1] 밑에서 장미가 피어 있는 비탈을 발견할 것이다.

또한 그는 소녀들이 가장 사랑하는 작은 신도 발견할 것이다. 이 신은 눈을 감고 조용히 샘 옆에 누워 있다.

정녕 이 신은 대낮에 잠이 들었다, 이 게으름뱅이는! 나비를 쫓아서 너무 뛰어다녔기 때문일까?

그대들 아름다운 무희들이여, 내가 이 작은 신을 조금 꾸짖더라도 나에게 화를 내지 마라. 이 신은 비명을 지르고 울어버릴 것이다. 그러나 이 신은 울면서도 웃음거리가 될 것이다!

그리고 이 신은 눈물 고인 눈으로 그대들에게 춤을 청할 것이다. 그리고 나 자신은 이 신의 춤에 맞춰 노래를 부르리라.

사람들이 '세계의 주인'이라고 부르는 나의 최고 최강의 악마, 중력의 정령을 조롱하는 춤의 노래를."

그리고 다음의 노래는 큐피드와 소녀들이 함께 춤을 추었을 때 차라투스트라가 부른 노래다.

요즈음 나는 그대의 눈을 들여다보았다. 오, 삶이여! 그러자 나는 끝없는 심연 속으로 가라앉는 것 같았다.[2]

그러나 그대는 황금 낚싯바늘[3]로 나를 끌어올렸다. 내가 그대를 끝없는 심연이라고 불렀을 때 그대는 비웃는 듯이 웃었다.

"모든 물고기들도 그렇게 말한다." 그대는 말했다. "**물고기는 깊이**

---

1 비애의 상징.
2 삶을 탐구하려 했지만 단서가 잡히지 않았다.
3 생생한 삶의 매력.

를 잴 수 없을 때에는 끝이 없다고 말한다. 그러나 나는 오직 변덕스럽고 사납고, 요컨대 한 여자이며 게다가 덕도 없다.[1] 비록 나는 그대들 남자들로부터 '깊이가 있는 자', '정숙한 자', '영원한 자', '신비로운 자'라고 일컬어지기는 하지만.

그러나 그대들 남자는 우리에게 언제나 그대들 자신의 덕을 증여할 뿐이다. 아, 그대들 유덕한 자들이여!"

이렇게 말하며 그녀는, 이 믿을 수 없는 여자는 웃었다. 그러나 그녀가 자기 자신을 나쁘게 말할 때 나는 그녀의 말이나 그녀의 웃음을 결코 믿지 않는다.[2]

그리고 내가 나의 사나운 지혜와 마주 보며 이야기했을 때 지혜는 화가 나서 나에게 말했다. "그대는 의욕을 갖고 열망하고 사랑한다. 오직 그 때문에 그대는 삶을 **찬양**하는 것이다!"[3]

하마터면 나는 심술궂은 대답을 해서 화를 내고 있는 지혜에게 '진실을 말할' 뻔했다. 그런데 사람들은 자기 자신의 지혜에게 '진실을 말할' 때 가장 심술궂어진다.

다시 말하면 우리 셋 사이는 이렇다.[4] 내가 근본적으로 사랑하는 것은 오직 삶뿐이다. 나는 삶을 증오할 때 정녕 삶을 가장 사랑한다![5]

그러나 내가 지혜에 호의를 갖고 때로는 지나친 호의를 갖는 것은 지혜가 나에게 삶을 절실하게 상기시켜주기 때문이다!

---

1 삶의 본질은 유동과 변화에 있다.

2 삶의 진상을 안 것은 아니다.

3 의욕, 열망, 사랑 등 감정이 판단의 기초가 되어 있다는 비난이다. 그러나 의욕, 열망, 사랑은 삶의 본질이며 이른바 공정한 객관적 기준(지혜는 이것을 요구한다)은 난센스이고 차라투스트라에게 있어서는 지혜도 삶의 한 양상에 지나지 않는다.

4 여기서는 삶도 지혜도 여자로 취급되고 있다. 삼각 관계를 생각하면 된다.

5 증오는 관심의 표시다. 증오한다는 것은 삶과 밀접히 관계되어 있다는 증거다.

지혜는 그 나름의 눈, 그 나름의 웃음, 심지어는 작은 황금 낚싯대까지도 갖고 있다. 양자가 이와 같이 닮은 것을 내가 어떻게 한단 말인가?[1]

그리고 언젠가 삶이 나에게 "저건 무엇이냐? 저 지혜는?"이라고 물었을 때 나는 열심히 말했다.

"아, 그렇다! 저 지혜! 사람들은 지혜를 갈구하여 지치지 않고, 사람들은 몇 겹의 베일을 통해 보고 몇 겹의 그물로 잡으려고 한다.

지혜는 아름다운가? 내가 무엇을 알랴! 그러나 가장 늙은 잉어[2]도 지혜를 미끼로 유혹할 수 있다.

지혜는 변덕스럽고 반항적이다. 가끔 나는 지혜가 입술을 깨물고 난폭하게 머리를 거꾸로 빗는 것을 보았다.[3]

아마도 지혜는 심술궂고 불성실하며 요컨대 여자다. 그러나 지혜가 자기 자신을 나쁘게 말할 때 오히려 지혜는 가장 유혹적이다."

내가 삶에게 이렇게 말했을 때 삶은 심술궂게 웃으며 눈을 감았다. "그대는 누구 얘기를 하고 있지?" 삶은 말했다. "아마 내 얘기지? 비록 그대가 옳다 하더라도 ── **그 말**을 면대해서 나에게 말하다니! 그러나 이젠 그대의 지혜에 대해 말해주게!"

아, 이제 그대는 다시 눈을 떴다. 오, 사랑하는 삶이여! 그리고 나는 다시금 끝없는 심연 속으로 가라앉는 것 같다.

이렇게 차라투스트라는 노래했다. 그러나 춤이 끝나고 소녀들이 사라져버리자 그는 서글퍼졌다.

"벌써 해가 졌구나." 그는 마침내 이렇게 말했다.

---

1 차라투스트라에게는 지혜(인식)도 삶의 본질인 권력에의 의지의 한 양상에 지나지 않는다.
2 경험이 많은 현인.
3 지혜가 비논리적 전개를 나타내는 것을 보았다.

"초원은 축축해지고 숲으로부터 냉기가 닥치는구나.

미지의 것이 나를 둘러싸고 깊은 생각에 잠긴 눈으로 바라보고 있다.

저런! 차라투스트라여, 그대는 아직도 살아 있는가?

왜? 무엇을 위해? 무엇에 의해서? 어디로? 어디서? 어떻게?[1] 아직
도 살아 있다는 것이 어리석지 않은가?

아, 나의 벗들이여, 나의 내면에서 이렇게 묻는 것은 저녁[2]이다. 내가
슬퍼하는 것을 용서하라!

저녁이 되었다. 저녁이 된 것을 용서하렴!"

차라투스트라는 이렇게 말했다.

무덤의 노래

"저기, 무덤의 섬이 있다, 침묵의 섬이. 저곳에는 나의 청춘의 무덤
들도 있다. 나는 삶의 상록의 잎으로 만든 화환을 들고 저쪽으로 가리
라."

이렇게 결심하고 나는 바다를 건너갔다.

오, 그대들 나의 청춘의 환영과 환상들이여! 오, 그대들 사랑의 모
든 시선들이여! 그대들 거룩한 순간들이여![3] 어째서 그대들은 그렇

---

1 이러한 물음은 본질적으로 지혜의 물음이다. 차라투스트라는 삶을 긍정하는데 인식을 통해서
긍정한다. 인식은 삶을 해명하지만 그것은 삶 그 자체는 아니다. 그래서 인식을 포기하고 삶 자
체에 충실하려고 해도 이것만으로는 삶에 충실하다고 할 수 없다는 의혹이 생겨 다시 인식을 끌
어들인다. 이러한 순환 속에서 사는 것이 차라투스트라의 슬픔의 원인이다.
2 저녁은 삶에 지친 상태. '내가 슬퍼하는 것을 용서하라'는 것은 강자 차라투스트라가 이와 같은
슬픔을 말하는 것은 어울리지 않으므로 용서하라고 하는 것이다.
3 청년 시대의 꿈과 이상을 말한다.

게 일찍 죽었는가? 나는 오늘 죽은 벗들을 생각하듯이 그대들을 회상한다.

나의 가장 사랑하는 망인들[1]이여, 그대들에게서 달콤한 향기가, 마음을 녹이고 눈물을 자아내는 향기가 나에게로 풍겨온다. 정녕 이 향기는 외로운 항해자의 마음을 흔들고 녹여주는구나.

아직도 나는 가장 풍요한 자, 가장 선망을 받는 자다. 가장 외로운 자인 내가! 나는 일찍이 그대들을 **소유**하고 있었고 그대들은 아직도 나를 소유하고 있기 때문이다.[2] 말하라, 나 이외의 어느 누구에게 나무에서 이러한 장밋빛 사과가 떨어졌는가?

아직도 나는 그대들의 사랑의 상속인이며 그대들을 회상케 하는 다채로운 야생의 덕이 피어 있는 그대들의 토양이다. 오, 그대들 가장 사랑하는 자들이여!

아, 우리들은 서로 가까이 머물러 있도록 마련되어 있었다. 그대들 사랑스럽고 이상한 기적들이여. 그리고 그대들은 수줍은 새처럼 나와 나의 열망을 찾아오지는 않았다 —— 아니, 신뢰하는 자로서 신뢰하는 자를 찾아왔다!

그렇다, 그대들은 나와 마찬가지로 성실을 위해서, 그리고 다정한 영원을 위해서 만들어졌다.[3] 그런데 나는 지금 그대들을 불성실한 자라고 부르지 **않을 수 없다**, 그대들 거룩한 시선과 순간이여. 나는 아직도 다른 이름을 배우지 못했다.[4]

정녕 그대들은 너무 일찍 죽었다. 그대들 도망자들이여. 그러나 그대

---

1 앞에 나온 환상, 시선, 순간, 곧 젊은 시절의 꿈과 이상.
2 차라투스트라는 젊은 시절에는 이상주의자였고 그 추억은 아직도 마음속에 따뜻하게 남아 있다.
3 성실하게, 그리고 정감을 갖고 영원을 살도록 만들어졌다.
4 영원한 것이지만 불성실하므로 기껏해야 '거룩한 순간'이라고 부를 수 있다는 뜻.

들이 나에게서 달아난 것도 아니고 내가 그대들에게서 달아난 것도 아니었다. 우리는 불성실하지만 서로 책임은 없다.

나를 죽이기 위해 사람들은 그대들의 목을 매달았다. 그대들 나의 희망을 노래한 새들이여! 그렇다, 그대들 가장 사랑하는 자들이여, 악의는 언제나 그대들을 향해 활을 쏘았다, 내 심장에 명중시키기 위해!

그리고 악의는 명중시켰던 것이다! 그대들은 언제나 내가 충심으로 사랑하는 자, 나의 소유, 내가 반한 자들이었다. **그래서** 그대들은 젊어서 죽어야 했다. 너무나 일찍이!

내가 소유하고 있던 가장 연약한 것을 향해 사람들은 활을 쏘았다. 그대들이 바로 그것이었고, 그대들의 피부는 솜털 같았고, 더 나아가 한 번 흘기면 사라져버리는 미소 같았다.

그러나 나는 나의 적들에게 다음과 같이 말하리라. 그대들이 나에게 한 일에 비하면 살인은 보잘것없는 일이다!

그대들은 나에게 온갖 살인보다도 더 나쁜 짓을 했다. 그대들은 나에게서 되찾을 수 없는 것을 빼앗아갔다. 이렇게 나는 그대들에게 말한다, 나의 적들이여!

정녕 그대들은 나의 청춘의 환영과 가장 사랑하는 기적을 죽였다! 그대들은 나에게서 나의 놀이 친구들, 곧 행복한 정령들을 빼앗아갔다. 이 정령들을 회상하면서 나는 이 화환과 이 저주를 여기에 놓는다.

그대들에 대한 이 저주를, 나의 적들이여! 그대들은 차가운 밤 속에서 음향이 사라지듯 나의 영원한 것들을 속절없게 만들지 않았는가! 영원한 것은 오직 거룩한 눈의 섬광처럼 잠시 나를 찾아왔을 뿐이다. 순간으로서!

일찍이 행복했을 때, 나의 순결은 이렇게 말했다. "모든 존재가 나에게는 거룩하기를!"

그때 그대들은 더러운 유령[1]들을 데리고 나를 습격했다. 아, 이제 저 행복한 때는 어디로 달아났을까!

"매일매일이 나에게는 신성하기를!" 일찍이 나의 청춘의 지혜는 이렇게 말했다. 정녕 즐거운 지혜의 말이었다!

그러나 그때 그대들 적들은 나에게서 나의 밤들을 훔쳐내서 잠 못 이루는 고통에 팔아넘겼다. 아, 지금 저 즐거운 지혜는 어디로 달아났는가?

일찍이 나는 새점의 행복한 조짐을 열망했다.[2] 그때 그대들은 나의 길 위에 괴물 부엉이,[3] 하나의 흉조를 날게 했다. 아, 그때 나의 절실한 열망은 어디로 달아났는가?

일찍이 나는 일체의 구역질을 버리기로 맹세했다. 그때 그대들은 나와 가까운 자들, 가장 가까운 자들을 농양으로 바꾸어놓았다. 아, 그때 나의 가장 고상한 맹세는 어디로 달아났는가?

일찍이 나는 장님으로서[4] 행복한 길을 걷고 있었다. 그때 그대들은 장님이 가는 길에 오물을 던졌다. 그래서 나는 지금 일찍이 장님으로서 걸어온 그 길에 구역질을 느낀다.

그리고 내가 가장 어려운 일을 성취하고 나의 초극의 승리를 축하했을 때 그때 그대들은 나를 사랑하는 자들로 하여금 외치게 했다. 내가 그들에게 최대의 고통을 가한다고.

정녕 다음과 같은 일은 언제나 그대들이 하는 짓이었다. 그대들은 나

---

1 형이상학적 정신, 또는 형이상학적 신앙의 대상을 말한다.
2 새점은 고대 그리스에서 행해지던 것으로, 길을 가다가 마주친 새의 종류와 그 날아가는 모양을 보고 길흉을 점쳤다.
3 부엉이는 여신 아테네를 상징하는 새로 아테네에서는 길조로 여겨졌으나 일반적으로는 흉조로 여겨졌다. 여기서도 흉조로 보고 있다.
4 청년으로서 충분한 비판도 없이.

의 최상의 꿀, 나의 최상의 꿀벌의 근면을 고통스러운 것으로 만들었다.

그대들은 언제나 나의 자비심에 가장 뻔뻔한 거지들을 보냈다. 그대들은 나의 동정심에 더할 나위 없이 염치없는 자들을 몰리게 했다. 이렇게 해서 그대들은 나의 덕의 신념에 상처를 냈다.

그리고 내가 나의 가장 신성한 것까지도 희생물로 바쳤을 때, 즉시 그대들의 **경건**은 그대들의 기름진 제물을 그 옆에 놓았다.[1] 이렇게 해서 그대들의 지방의 증기 속에서 나의 가장 신성한 것이 질식하도록.

그리고 일찍이 나는 지금까지와는 다른 방식으로 춤추려 했다. 모든 하늘을 훨훨 날며 나는 춤추려 했다. 그때 그대들은 나의 가장 사랑하는 가수[2]를 설복시켰다.

그래서 이제 이 가수는 무시무시하고 침울한 곡을 노래하기 시작했다. 아, 이 가수는 마치 내 귀에 가장 음산한 뿔피리소리를 들려주는 것 같았다!

살인적인 가수여, 악의의 도구여, 순진한 자여! 나는 이미 최상의 춤을 출 준비를 갖추고 있었다. 그때 그대는 그대의 노래로 나의 황홀경을 죽여버렸다!

나는 오직 춤을 통해서 최고의 사물에 대해 비유로써 말할 수 있었다.[3] 그런데 나의 최고의 비유는 말이 되지 못한 채 그대로 나의 사지에 남아 있었다!

최고의 희망은 말로 표현되지 못한 채, 구제받지 못한 채, 나에게 그대로 남아 있었다! 그래서 나의 청춘의 모든 환영과 모든 위안은 죽어

---

1 어떠한 새로운 주장을 하든 기성 관념(경건은 기독교적 관념)은 불순한 동기를 갖고 끼여든다.
2 바그너를 말하며 그가 기독교적 경향을 나타낸 것을 비난한다.
3 '춤'은 선악의 피안에서의 경쾌하고 자유로운 경지를 나타내기 위해 니체가 즐겨 쓰는 비유다.

버렸다!

도대체 나는 어떻게 이 일을 견뎌냈는가? 나는 어떻게 이러한 상처를 이겨내고 극복했는가? 나의 영혼은 어떻게 이 무덤으로부터 다시 살아났는가?

그렇다. 나에게는 상처 입히지 못하는 것, 묻어버리지 못하는 것, 바위라도 뚫고 나오는 것이 있다. 그것은 **나의 의지**[1]다. 이 의지는 묵묵히 변함없이 세월을 뚫고 걸어간다.

나의 의지, 나의 옛부터의 의지는 내 발을 이용하여 그 걸음을 내딛는다. 나의 의지의 생각은 꿋꿋하고 상처 입지 않는다.

나는 나의 발꿈치만이 상처 입지 않는다.[2] 가장 참을성이 강한 자여, 그대는 언제나 살아 있고 변함이 없다! 그대는 언제나 온갖 무덤을 뚫고 나왔다!

그대 속에는 나의 청춘의 구제받지 못한 것이 살아 있다. 그래서 그대는 삶으로서, 그리고 청춘으로서 희망을 품고 여기 노란[3] 무덤의 폐허 위에 앉아 있다.

그렇다, 그대는 아직도 나에게는 온갖 무덤을 파괴하는 자다. 건강하라, 나의 의지여! 그리고 무덤이 있는 곳에만 부활이 있다.

차라투스트라는 이렇게 노래했다.

---

1 차라투스트라의 권력에의 의지.
2 그리스의 영웅 아킬레우스는 발꿈치를 제외하고는 불사신이었다. 이에 대비해서 한 말.
3 황색은 허위, 오류, 가상의 색이다.

자기 초극에 대하여

그대들 최고의 현인들이여,[1] 그대들을 고무하고 열중시키는 것을 그대들은 '진리에의 의지'라고 부르는가?

모든 존재자를 사유할 수 있는 것으로 만들려는 의지,[2] 나는 그대들의 의지를 이렇게 부른다!

그대들은 우선 모든 존재자를 사유할 수 있는 것으로 **만들려고** 한다. 그대들은 모든 존재자가 원래 사유될 수 있는 것인지를 건강한 불신감을 갖고 회의하고 있기 때문이다.

그러나 모든 존재자는 그대들에게 순응하고 굴복해야 한다![3] 그대들의 의지는 이와 같이 되기를 원하고 있다. 모든 존재자는 매끄럽게 되고 정신의 거울과 영상으로서 정신에 종속되어야 한다.

그대들 최고의 현인들이여, 이것이 권력에의 의지의 일종[4]으로서의 그대들의 의지 전체다. 그리고 그대들의 선과 악, 가치 평가에 대해서 말할 때에도.

게다가 그대들은 그 앞에 그대들이 무릎을 꿇을 수 있는 세계를 창조하려고 한다. 이것이 그대들의 최후의 희망이며 도취다.

물론 현명하지 못한 자, 곧 민중은 —— 한 척의 작은 배가 떠내려가는 시냇물과 같다. 그리고 이 작은 배 속에는 가면을 쓴 가치 평가가 엄

---

1 입법자 내지는 가치 정립자를 말하지만 근본적으로는 플라톤주의의 계보로 이해되는 서양의 전통적 형이상학, 특히 근대 형이상학이 암시되고 있다.
2 세계의 모든 것을 개념화해서 사고하려는 태도.
3 모든 것이 사유하는 자의 개념에 의해 관철되어야 한다.
4 진리 탐구라는 미명하에 세계 만상을 정신에 굴복시키려고 하기 때문에 일종의 권력에의 의지다.

숙하게 앉아 있다.[1]

그대들의 의지와 그대들의 가치를 그대들은 생성의 시냇물에 맡겨놓았다. 민중이 믿고 있는 선과 악에 옛부터의 권력에의 의지가 드러난다.[2]

그대들 최고의 현인들이여, 바로 그대들이 작은 배에 이 손님들을 태웠고 그들에게 화려한 장식과 사랑스러운 이름을 주었다. 그대들과 지배자가 되려는 그대들의 의지가!

시냇물은 이제 그대들의 작은 배를 더 멀리 떠내려 보낸다. 시냇물은 작은 배를 떠내려 보내지 **않을 수 없다**. 물결이 부서져 거품을 뿜고 노해서 용골에 부딪쳐도 소용없는 일이다!

그대들의 위험은 시냇물에 있는 것도 아니고, 그대들의 선과 악의 종말에 있는 것도 아니다, 그대들 최고의 현인들이여. 오히려 저 의지 자체, 권력에의 의지 ── 무진장한 생산적인 삶의 의지가 (그대들의 위험이다).[3]

그러나 그대들에게 선과 악에 대한 나의 말을 이해시키기 위해 나는 그대들에게 삶과 모든 생명 있는 자들의 특성에 대해 나의 말을 하리라.

나는 생명 있는 자들을 추적했다. 그들의 특성을 인식하기 위해 최대의 길도, 최소의 길도 걸어왔다.

생명 있는 자들이 입을 다물고 있을 때에도 그 눈이 나에게 말하도록 나는 백면경으로 그들의 시선을 찾아냈다.[4] 그리고 그 눈은 나에게 말

---

1 민중은 시냇물처럼 말없이 흘러가는데 이 흐름을 지배하는 것은 입법자의 여러 가지 가치 판단이다.

2 시냇물은 생성과 변화의 상징이기도 하지만 생성과 변화를 옛부터 지배해온 것은 입법자의 권력에의 의지다.

3 권력에의 의지에 있어서 참된 위험은 외부로부터 오는 것이 아니라 내부에 있다. 곧 권력에의 의지, 자기 초극의 의지로서 자기 파괴의 힘을 갖고 있는 이 의지 자체에 위험이 있다.

4 생명이 드러나지 않을 때에는 온갖 관점에서 관찰했다.

해주었다.

그러나 생명 있는 자들이 발견될 때마다 나는 복종에 대해 말하는 것을 들었다. 모든 생명 있는 자는 복종하는 자다.[1]

그리고 다음에 말하는 일이 두 번째 것이다. 곧 자기 자신에게 복종할 수 없는 자에게는 명령이 내려진다. 이것이 생명 있는 자의 특성이다.

그러나 다음에 말하는 일이 내가 들은 세 번째 것이다. 곧 명령을 내리는 것은 복종보다 더 어렵다. 명령하는 자가 모든 복종하는 자의 무거운 짐을 지고, 이 짐이 명령하는 자를 짓눌러버리기가 일쑤이기 때문만은 아니다.

내가 보기에는 모든 명령에는 시도와 모험이 따른다. 사실 생명 있는 자는 명령할 때에는 언제나 자기 자신을 건다.

그렇다, 생명 있는 자는 자기 자신에게 명령할 때에도 자신의 명령에 대해 보상해야 한다. 생명 있는 자는 자기 자신의 율법의 심판자, 복수자, 희생물이 되어야 한다.[2]

도대체 어째서 이렇게 되었을까! 나는 이렇게 자문했다. 복종하고 명령하고 명령하면서도 복종하도록 생명 있는 자를 설득하는 것은 무엇인가?

그대들 최고의 현인들이여, 내 말을 들으라! 내가 삶 자체의 심장에, 그리고 삶 자체의 심장의 근저에까지 기어 들어갔는지 진지하게 음미하라!

---

1 강약, 고하라는 점에서 보면 반드시 복종이 있게 마련이다. 최강자도 언제나 강자로 있으려는 의지에 복종하고 있다.

2 자기 자신에게 명령할 때에는 자신의 율법에 따른다. 그러므로 이 율법의 정당성에 대해서는 책임을 져야 한다. 따라서 때로는 율법의 부당성을 판결하기도 하고 율법을 통해 부당한 율법에 보복을 하기도 하고 그릇된 율법의 희생자가 되기도 한다.

나는 생명 있는 자를 발견할 때 권력에의 의지도 발견했다. 그리고 봉사하는 자의 의지에서도 나는 주인이 되려는 의지를 발견했다.

약자가 강자를 섬기도록, 생명 있는 자는 보다 약한 자의 주인이 되려는 자기의 의지를 설득한다. 약자도 이 기쁨만은 버리지 못한다.

그리고 보다 작은 자는 가장 작은 자에 대한 기쁨과 권력을 갖기 위해 보다 큰 자에게 헌신하는 것처럼 가장 큰 자도 권력을 위해 헌신하고 — 생명을 건다.

모험을 하고, 위험을 무릅쓰고, 죽음을 걸고 주사위놀이를 하는 것, 그것도 가장 큰 자의 헌신이다.

그리고 희생, 봉사, 사랑의 눈길이 있는 곳에는 주인이 되려는 의지도 있다. 이때 보다 약한 자는 샛길로 보다 권력 있는 자의 성과 심장으로 몰래 숨어 들어가 — 거기서 권력을 훔쳐낸다.

그리고 다음과 같은 비밀을 삶 자체가 나에게 말해주었다. "보라" 하고 삶은 말했다.

"나는 **항상 자기 자신을 초극해야 하는** 것이다.

물론 그대들은 이것을 생산에의 의지, 또는 목표, 보다 높은 것, 보다 멀리 있는 것, 보다 다양한 것에의 충동이라고 부른다. 그러나 이러한 것들은 모두 한 가지 일이며 동일한 비밀이다.

나는 이 한 가지 일을 단념하기보다는 오히려 몰락할 것이다. 그리고 정녕 몰락이 일어나고 낙엽이 질 때, 보라, 삶은 자기 자신을 희생한다. 권력을 위해서!¹

내가 투쟁, 생성, 목적 그리고 여러 목적 사이의 모순이 되어야 한다

---

1 몰락을 선택하는 것은 체념적인 패배가 아니라 자기 자신을 더욱 고양시키기 위해서다. 이와 같이 자신을 고양시키는 힘이 바로 '권력'이다.

는 것, 아, 나의 이러한 의지를 간파하는 자는 내 의지가 얼마나 **구부러진** 길을 **가야** 하는가도 간파하리라!

내가 무엇을 창조하든, 그리고 내가 그것을 얼마나 사랑하든 — 나는 곧 내가 창조한 것과 내 사랑의 적이 되지 않을 수 없다. 내 의지가 그렇게 원하는 것이다.

그리고 인식하는 자여, 그대도 나의 의지의 오솔길이며 발자국이다. 정녕 나의 권력에의 의지는 그대의 진리에의 의지조차도 발로 삼고 걸어간다.

진리를 향해 생존에의 의지라는 말을 쏜 자[1]는 물론 진리를 적중시키지 못했다. 이러한 의지는 — 존재하지 않는다!

왜냐하면 존재하지 않는 것은 욕구할 수 없고, 한편 이미 현존하는 것은 새삼스레 생존을 욕구하지 않을 것이기 때문이다!

오직 삶이 있는 곳, 거기에 의지도 있다. 그러나 삶에의 의지가 아니라 — 나는 그대에게 이렇게 가르친다 — 권력에의 의지다!

살아 있는 자에 있어서 삶 자체보다도 그 밖의 많은 것이 더 높이 평가된다. 그러나 이러한 평가를 통해서 말하는 것은 — 권력에의 의지다!"

일찍이 나에게 삶은 이렇게 가르쳤다. 그리고 나는 이 가르침을 바탕으로, 그대들 최고의 현인들이여, 그대들에게 그대들의 마음속에 있는 수수께끼를 풀어주리라.

정녕 나는 그대들에게 말한다. 무상하지 않은 선과 악 — 그런 것은 존재하지 않는다! 선과 악은 언제나 스스로의 힘으로 자기 자신을 다시금 초극하지 않으면 안 된다.

---

1 쇼펜하우어를 말한다.

그대들 평가하는 자들이여, 선과 악에 대한 그대들의 평가와 말로써 그대들은 폭력을 휘두른다. 그리고 이것이 그대들의 숨겨진 사랑이며 그대들의 영혼의 광휘, 전율, 범람이다.[1]

그러나 그대들의 가치로부터 보다 강한 폭력, 새로운 초극이 자라난다. 이것에 의해서 알과 알 껍질이 부서진다.

그리고 선과 악의 창조자가 되어야 하는 자는 정녕 우선 파괴자가 되어 여러 가치를 부숴버려야 한다.

이렇게 최고의 악은 최고의 선에 속해 있다. 그러나 최고의 선은 창조적인 선이다.

그대들 최고의 현인들이여, 비록 이렇게 말하는 것이 나쁜 일이라 하더라도 우리는 오직 이에 대해서만 **말하자**. 침묵은 더 나쁘다. 감추어진 모든 진리는 독을 갖게 된다.

그리고 우리의 진리에 의해 부서질 수 있는 것은 모두 부숴버리자! 아직도 지어야 할 집이 허다하다.

차라투스트라는 이렇게 말했다.

숭고한 자들에 대하여

나의 바다 밑은 고요하다. 그 누가 알 것인가, 이 바다 밑에 익살스러운 괴물이 숨어 있다는 것을![2]

나의 깊이는 흔들리지 않는다. 그러나 나의 깊이는 떠돌아다니는 수

---

1 입법자, 평가자들은 스스로 창조한 가치에 의해 타인을 지배한다. 이것은 바로 '권력에의 의지'의 표현이다.
2 나의 정신의 밑바닥에는 조소가 숨어 있다.

수께끼와 홍소로 빛난다.[1]

나는 오늘 숭고한 자, 점잖은 자, 정신의 속죄자[2]를 보았다. 오, 나의 영혼은 그의 추악함 때문에 얼마나 웃었던가!

가슴을 펴고 숨을 잔뜩 들이마신 사람처럼 —— 이렇게 숭고한 자, 그는 서 있었다, 묵묵히.

사냥해서 얻은 추악한 진리들을 주렁주렁 매달았고, 찢어진 옷을 겹겹이 입었고, 몸에는 많은 가시가 붙어 있었다. 그러나 나는 장미는 보지 못했다.[3]

아직도 그는 웃음과 아름다움을 배우지 못했다. 이 사냥꾼은 인식의 숲에서 어두운 얼굴로 돌아온 것이다.

그는 야수들과 싸우다가[4] 돌아왔다. 그러나 그의 엄숙함에는 아직도 한 마리의 야수가 내다보고 있다. 한 마리의 초극되지 않은 야수[5]가!

그는 여전히 마치 덤벼들려는 호랑이처럼 서 있다. 그러나 나는 이와 같이 긴장한 영혼을 좋아하지 않고 나의 취미는 이와 같이 열중한 자들 모두를 싫어한다.

그리고 벗들이여, 그대들은 취미나 기호 때문에 다퉈서는 안 된다고 말하는가? 그러나 모든 삶은 취미와 기호를 둘러싼 싸움이다.[6]

---

1 '나의 깊이'는 정신적 내면의 깊이, '수수께끼와 홍소'는 정신의 다양성을 말하며 상식적으로는 이해하기 힘든 유희 감정이 있다는 것이다.
2 정신의 세계에 있어서 고행하듯 정진하는 사람.
3 "가시 없는 장미는 없다(Keine Rose Ohne Dornen)"라는 격언과 결부시켜 생각할 것.
4 관능, 본능, 충동 등 비정신적인 것과의 싸움.
5 여기서는 진지한 열망을 말하며 '야수'는 '충실한 무의식의 삶'이라는 방향에 있어서의 '인간'을 의미한다. 아름다움이 인식의 금욕적 이상주의에 대립되듯이 야수는 인간성의 도덕적인 이상주의에 대립된다.
6 취미를 둘러싼 싸움은 신앙, 도덕, 철학 등을 도외시하고 능동적이고 원초적인 심미적 관심으로 전회하는 것을 말한다. 모든 도덕적 판단을 개인적, 심미적 욕구에 귀속시키는 것이다.

취미, 그것은 저울추이고 저울판이며 저울을 재는 자이다. 그리고 슬프도다. 싸움과 저울추와 저울판과 계량자[1] 없이 살려고 하는 모든 생물들이여!

그가, 이 숭고한 자가 그의 숭고함에 지치면 그때 비로소 그의 아름다움이 싹트리라. 그리고 그때 비로소 나는 그를 맛보고 그의 좋은 맛을 알게 되리라.

그리고 그는 자기 자신에게 등을 돌릴 때 비로소 자기 자신의 그림자를 뛰어넘고 — 또 정녕! **자신의** 태양 속으로 들어갈 수 있으리라.[2]

너무나 오랫동안 그는 그늘 속에 앉아 있었다. 정신의 속죄자의 뺨은 창백해졌다. 그는 여러 가지 기대 때문에 거의 굶주리게 되었다.

아직도 그의 눈에는 경멸이 깃들여 있다. 그리고 그의 입에는 구역질이 숨겨져 있다. 물론 그는 지금 쉬고 있지만 그의 휴식은 지금껏 햇볕을 쪼인 적이 없다.[3]

그는 황소처럼 행동해야 하고 그의 행복은 대지를 경멸하는 냄새가 아니라 대지의 냄새를 풍겨야 하련만.

나는 그가 흰 황소로서 콧숨을 쉬고 부르짖으며 쟁기를 끌고 가는 것을 보고 싶다. 그리고 그의 부르짖음이 지상의 모든 것을 찬양하는 것이었으면!

그의 얼굴은 아직도 어둡다. 그의 손의 그림자가 얼굴 위에서 춤추고 있다. 그의 눈빛은 아직도 그늘져 있다.

---

1 이 부분은 '저울추와 저울판과 계량자를 둘러싼 싸움'이라고 되어 있는 원서도 있다.
2 '그림자'는 아욕(我慾), '태양'은 인식과 삶의 근원을 상징한다. '자신의 그림자', '자신의 태양'과 같이 '자신의'라는 말을 강조한 것은 주체성을 강조한 것으로 해석된다.
3 정신의 속죄자는 너무나 오랫동안 세상에 등을 돌리고 있었으므로 금욕적인 종교가와 마찬가지로 생명과 세계, 그리고 무엇보다도 자기 자신에 대해 경멸감을 갖고 있다. 그는 정신적인 고투를 통해 그 나름대로 안정된 경지에 이르기는 했지만 그것은 밝은 지상적인 경지는 아니다.

그의 행위 자체가 아직은 그를 가리는 그림자다. 손이 행위하는 자를 어둡게 만든다.[1] 아직도 그는 그의 행위를 초극하지 못했다.

사실 나는 그의 황소의 목을 사랑하지만 지금의 나는 천사의 눈도 보고 싶다.

그는 그의 영웅적 의지도 망각하지 않으면 안 된다. 바라건대 단지 숭고한 자에 그치지 않을 그는 고양된 자가 되어야 하는 것이다. 하늘의 영기 자체가 그를, 의지 없는 자를 고양시켜주기를!

그는 괴수를 정복하고 수수께끼를 풀었다. 그러나 그는 자기 자신의 괴수와 수수께끼도 구제하고 이 괴수와 수수께끼를 그는 하늘의 어린 애로 변화시켜야 한다.[2]

아직도 그의 인식은 웃음과 질투를 갖지 않는 것을 배우지 못했다. 아직도 그의 격렬한 정열은 아름다움 속에서 조용해지지 않았다!

정녕 그의 열망은 포만 속에서가 아니라 아름다움 속에서 침묵하고 침잠하기를! 우아함은 관대한 자의 관대함에 속해 있다.

팔을 머리 위에 얹고[3] ── . 영웅은 이렇게 쉬어야 하고 그는 그의 휴식조차도 이렇게 초극해야 한다.

그러나 영웅에게는 **아름다움**은 무엇보다도 가장 어려운 것이다. 아름다움은 격렬한 의지로써는 획득할 수 없다.

약간의 과다, 약간의 부족, 여기서는 정녕 이것은 많음이며, 여기서

---

1 '손'은 행위를 의미한다. 코몬이 번역한 영역에서는 '그의 행위가 행위자를 어둡게 만든다'고 의역하고 있다. 행위의 중압감, 그 결과에 대한 염려 때문에 자유롭지 못하다는 것이다.

2 기괴한 신앙, 옛부터의 오류와 편견을 극복하여 오이디푸스의 스핑크스 퇴치에 비견할 만한 일을 했으나, 금욕적인 인식 태도로 말미암아 자기 내면에 억압되어 있는 감정도 해방하고 승화시켜야 한다.

3 바티칸 궁정의 '잠자는 아리아드네'를 연상한 듯, 피로한 끝의 휴식이 아니라 충실하고 조용한 휴식을 나타낸다.

는 이것은 최다이다.

근육을 느슨하게 하고 의지의 마구를 풀고 서 있는 것,[1] 이것이 그대들 모두에게는 가장 어려운 일이다, 그대들 숭고한 자들이여!

권력이 자비로워지고 가시적인 것으로 하강해올 때[2] 나는 이러한 하강을 아름다움이라고 부른다.

따라서 나는 어느 누구보다도 그대에게 바로 아름다움을 요구한다, 그대 힘센 자여. 그대의 선의는 그대의 마지막 자기 극복이기를.

나는 그대가 온갖 악을 행할 수 있다고 믿는다. 그러므로 나는 그대에게 선을 요구한다.

정녕 나는 가끔 허약한 자들을 조소했다. 그들은 그들의 손이 마비되었기 때문에 스스로 착하다고 믿는 것이다!

그대는 원주의 덕을 얻기 위해 노력해야 한다. 원주는 높이 올라갈수록 점점 더 아름답고 더 가늘어지지만 그 내부는 더 단단하고 더 힘이 있다.

그렇다, 그대 숭고한 자여, 그대는 언젠가 아름다워져서 그대의 아름다움을 비출 거울을 마련해야 한다.

그때 그대의 영혼은 신적인 욕망 때문에 몸서리치리라. 그리고 그대의 자부심에도 숭배하는 마음이 깃들이리라![3]

바로 다음과 같은 것이 영혼의 비밀이다. 영웅이 영혼을 버렸을 때 비로소 꿈속에서 영혼에 다가오는 것이다, 초영웅[4]이.

차라투스트라는 이렇게 말했다.

---

1 과도한 긴장이나 심한 경직 상태에서는 아름다움이 싹틀 수 없다. 유연성의 회복이 중요하다.
2 예컨대 강자가 초연히 약자를 무시하지 않고 누구나 다 느낄 수 있을 만큼 부드러운 태도를 취할 때.
3 숭고한 자는 초인에 가까워졌음을 느끼고 초인에 대한 욕망 때문에 몸서리친다. 그리고 이 욕망이 한갓 자부심이라 하더라도 여기에는 초인 숭배의 마음이 있다.
4 종래의 기독교적, 도덕적 영웅이 아니라 초인과 영원 회귀의 사상에 투철한 새로운 영웅.

교양의 나라에 대하여

나는 너무 멀리 미래 속으로 날아왔다. 공포가 나를 엄습한다.

그래서 주변을 둘러보니, 보라! 여기서는 시간이 나의 동시대인이었다.[1]

여기서 나는 되돌아서서 고국을 향해 날았다 —— 점점 더 빨리. 이렇게 해서 그대들 현대인들이여, 나는 그대들 곁으로, 교양의 나라로 돌아왔다.

처음으로 나는 그대들을 보려는 눈과 (그대들에 대한) 선의의 열망을 갖고 왔다. 정녕 마음속에 동경을 품고 나는 돌아왔다.

그러나 나에게 무슨 일이 일어났을까? 나는 매우 불안했건만 —— 나는 웃지 않을 수 없었다! 내 눈은 일찍이 이렇게 알록달록한 반점[2]투성이를 본 적이 없었다!

나의 발도 심장도 아직 떨고 있었지만 나는 웃고 또 웃었다. "여기야말로 온갖 페인트 항아리의 원산지구나!" 나는 이렇게 말했다.

50가지 반점으로 얼굴과 손발을 색칠하고, 이렇게 그대들은 여기에 앉아 있어서, 그대들 현대인들이여, 나를 놀라게 하는구나!

그리고 그대들 둘레에는 50개의 거울[3]이 놓여 있고, 이 거울들이 그대들의 색채의 변화에 아첨하고 흉내를 내고 있었다!

---

1 Zeit(시간)과 Zeitgenosse(동시대인)을 대비시킨 것으로 이미 한 사람의 동시대인도 없는 무시무시한 고독의 경지를 말한다. 예외자로서의 고독의 경지다.
2 '반점'은 교양 또는 문화의 혼돈 상태를 말한다. 현대 사회에는 문화의 표지인 '생의 표현의 양식적 통일'이 없다.
3 역사 해석을 말한다.

정녕 그대들은 그대들의 얼굴보다 더 좋은 가면을 쓸 수는 없으리라, 그대들 현대인들이여! 그 누가 할 수 있으랴, 그대들을 —— **식별하는 일을!**

과거의 기호들을 온몸 가득히 적어놓고, 게다가 이 기호들 위에는 새로운 기호들을 그려놓았다. 이와 같이 그대들은 모든 기호 해독자들로부터 교묘하게 자기 자신을 숨기고 있다!¹

신장²을 검사하는 자라고, 그 누가 믿을 수 있을 것인가, 그대들에게 신장이 있다는 것을! 그대들은 페인트와 아교로 붙인 종이 조각을 빚어서 구운 것 같다.

모든 시대와 민족이 그대들의 베일을 통해 알록달록하게 내다보고 있다. 모든 습속과 신앙이 그대들의 몸짓을 통해 알록달록하게 말하고 있다.

그대들의 베일과 겉옷과 색깔과 몸짓을 벗겨내는 자가 있다면, 그에게 남는 것은 간신히 새나 놀라게 할 정도의 것이리라.

정녕 나 자신이 일찍이 색깔이 없는 발가숭이의 그대들을 보고 놀랐던 새다. 그리고 나는 해골이 나에게 사랑의 추파를 보였을 때 날아가버렸다.

차라리 나는 저승에서 과거의 망령들 사이에서 날품팔이꾼이 되리라!³ 사실상 그대들보다는 저승에 있는 자들이 더 살찌고 더 충실하다!

내가 그대들을, 벌거숭이든, 옷을 입었든 견딜 수 없다는 것, 이것이

---

1 과거에 대한 지식으로서의 역사의 과잉은 삶에 중대한 위험을 끼친다. '기호'는 역사에 대한 지식, '기호 해독자'는 역사를 말한다.

2 '신장'은 인간의 정수, 본성을 말한다.

3 호메로스의 《오디세이》에는 오디세우스가 저승에 내려가 망령과 이야기하는 대목이 있는데 이 대목이 아킬레우스의 유명한 한탄, "사자(死者)들의 왕이 되기보다는 차라리 나는 지상에서 가난한 농부의 날품팔이꾼이 되리라"는 구절을 모방한 것이다.

야말로 나의 내장에 대해서는 고통이다, 그대들 현대인들이여![1]

미래의 모든 무시무시함, 그리고 잘못 날아간 새를 전율하게 만드는 것이 정녕 그대들의 **현실**보다는 오히려 은밀하고 아늑하다.

왜냐하면 그대들은 다음과 같이 말하기 때문이다. "우리들은 아주 현실적이며, 신앙도 미신도 갖고 있지 않다." 이렇게 그대들은 가슴을 내민다 —— 아, 가슴조차 없으면서도!

그렇다, 그대들이 어떻게 신앙을 가질 **수 있을** 것인가, 그대들 알록달록한 반점이 있는 자들이여! 그대들은 일찍이 신앙되었던 모든 것의 회화이다![2]

그대들은 신앙 자체의 배회하는 부정이며 모든 사상의 탈구이다. **신앙을 가질 수 없는 자들**, 이렇게 나는 그대들을 부른다. 그대들 현실적인 자들이여!

모든 시대들이 그대들의 정신 속에서 서로 어긋나는 말로 수다를 떨고 있다. 그리고 모든 시대의 꿈과 수다가 그대들의 각성 상태보다는 더욱 현실적이었다!

그대들은 열매를 맺지 못한다. **그러므로** 그대들에게는 신앙이 없다.[3]

그러나 창조하지 않을 수 없었던 자는 언제나 자신의 예언적인 꿈과 별

---

1 현대인에게는 신장이 없다고 한 말과 관련되며, 신체야말로 인간의 근원적인 자기 존재라는 사상이 배경이 되고 있다.

2 니체에 있어서는 신앙과 창조는 동일한 원리, 곧 디오니소스적인 통일화의 원리에 바탕을 두고 있고 이 원리가 현실성의 핵심이다. 그러나 과거의 여러 문화의 잡동사니에 지나지 않는 현대인의 삶은 이러한 원리가 없으므로 열매 맺지 못하는 것, 신앙이 없는 것, 자신의 무신앙을 자랑하는 것이 된다.

3 앞에서도 신앙이라는 말이 쓰였거니와 여기서 말하는 신앙은 초월자로서의 신에 대한 신앙은 아니다. 니체는 이러한 신을 부정하기 때문이다. 그러므로 신앙은 대지에의 충실이라고 볼 수도 있다. 한편 니체가 초월 신을 부정한다고 해서 존재의 초월성까지도 부정하는 것은 아니며 오히려 초월론적 신앙 없이는 참된 창조도 있을 수 없다고 해석되기도 한다.

의 조짐을 갖고 있고 —— 따라서 신앙을 신앙했던 것이다.[1]

그대들은 반쯤 열린 문이고 문 옆에는 무덤 파는 자들이 기다리고 있다.[2] 그리고 다음과 같은 것이 **그대들의** 현실이다. "모든 것은 멸망할 가치가 있다."[3]

아, 그대들은 어떤 모양으로 내 앞에 서 있는가, 그대들 열매 맺지 못하는 자들이여. 갈비뼈는 얼마나 앙상한가! 그리고 그대들 중에는 이러한 사실을 알고 있는 자들도 많았다.

그래서 이러한 자들은 말했다. "내가 잠들어 있는 동안에 어떤 신이 나에게서 몰래 무엇인가 빼앗아 간 것이 아닐까? 정녕 귀여운 여자를 만들어내기에 충분할 만큼![4]

나의 갈비뼈의 빈약함은 놀라운 일이다!" 많은 현대인들이 이미 이렇게 말했다.

그렇다, 나에게는 그대들은 웃음거리다, 그대들 현대인들이여! 그리고 그대들이 그대들 자신을 이상하게 여길 때 특히 그렇다!

그리고 내가 그대들의 놀라움을 웃지 못하고 그대들의 대접에서 구역질 나는 모든 것을 마셔버려야 한다면, 나의 비참함이여!

그러나 나는 **무거운 것**[5]을 짊어져야 하므로 그대들의 일은 가볍게 여기리라. 사실 투구풍뎅이나 떡갈잎풍뎅이가 내 짐 위에 앉는다고 해서 무슨 상관이 있을 것인가!

---

1 니체는 자발적, 창조적인 의지를 '자신의 의지를 의욕한다'고 표현하고 이것을 '스스로 굴러가는 수레바퀴' 또는 '제1운동'이라고 비유하는데(제1부 '세 가지 변화에 대하여' 참조) '신앙을 신앙한다'는 것도 같은 표현으로 자발적, 창조적 신앙을 말한다.
2 '반쯤 열린 문', '무덤 파는 자들이 기다리고 있다' 등은 현대인들이 산송장임을 나타낸다.
3 역사적 지식을 쌓기에만 급급한 교양인은 창조력이 없으므로 멸망에 가치를 둘 뿐이다.
4 아담이 잠들어 있을 때 갈비뼈를 빼내 이브를 만들었다는 것을 말하고 있다. 〈창세기〉 참조.
5 '무거운 것'은 영원 회귀 사상을 말한다.

정녕 이 이상으로 내 짐이 무거워져서는 안 된다! 따라서 그대들 현대인들이여, 그대들 때문에 나에게 커다란 피로가 닥쳐서는 안 된다.

아, 나는 앞으로 나의 동경을 품고 어디로 올라가야 할 것인가! 모든 산으로부터 나는 아버지와 어머니의 나라들[1]을 바라본다.

그러나 나는 어디서도 고향을 찾지 못했다. 나는 어떠한 도시에서도 자리잡지 못하고 어떠한 문에서도 출발한다.

요즈음 내 마음을 끌고 있던 현대인들은 나에게는 낯설고 비웃음거리일 뿐이다. 나는 아버지와 어머니의 나라로부터 쫓겨난 몸이다.

이제 내가 사랑하는 것은 오직 아직 발견되지 않은 채 머나먼 바다에 있는 **어린애**의 나라[2]뿐이다. 나는 나의 돛에 명령하여 이 나라를 찾고 또 찾는다.

내가 나의 조상들[3]의 자손인 데 대해 나는 나의 아이들에게 보상하리라. 그리고 온갖 미래에게도 —— **이** 현재에 대해서도!

차라투스트라는 이렇게 말했다.

깨끗한 인식에 대하여

어제 달이 떴을 때 달이 태양을 낳고자 한다고 나는 상상했다. 그만큼 크게 배가 불러서 달은 지평선 위에 떠 있었다.[4]

그러나 달은 임신한 것처럼 보여 나를 속였다. 따라서 나는 달을 여

---

1 문명의 원류인 과거의 여러 시대.
2 초인의 나라.
3 주 1과 같음.
4 지평선에 떠오르는 달은 빛의 굴절 등으로 계란과 같은 부푼 모양으로 보이고 붉게 보인다.

자라기보다는 오히려 남자로 믿고 싶다.[1]

물론 겁이 많아 밤에만 돌아다니는 이 자는 그다지 남자답지는 못하다. 정녕 그는 좋지 않은 양심을 갖고 지붕 위로 돌아다닌다.

왜냐하면 그는, 달 속의 수도사[2]는 음탕하고 시기심이 많으며[3] 대지에 대해서, 그리고 사랑하는 자들의 모든 기쁨에 대해서 몹시 탐내기 때문이다.

그렇다, 나는 그를 좋아하지 않는다. 지붕 위를 돌아다니는 이 수코양이를! 반쯤 닫힌 창가를 살금살금 기어 다니는 자[4]는 누구든지 나에게는 아니꼽기만 하다!

경건하게 말없이 그는 별의 양탄자 위를 돌아다닌다. 그러나 나는 박차 소리도 내지 않고 몰래 걸어다니는 자의 발소리를 싫어한다.

모든 정직한 사람이 걸을 때에는 소리가 난다. 그러나 고양이는 땅위를 살금살금 걸어서 지나간다. 보라, 달은 고양이처럼 정직하지 못하게 다가온다.

이 비유를 나는 그대들 민감한 위선자들에게 말하는 것이다. 그대들 '순수한 인식을 하는 자들'[5]에게! 나는 그대들을 —— 음탕한 자들[6]이라고 부른다.

그대들도 대지와 지상의 것을 사랑한다. 나는 그대들을 잘 알고 있

---

1 독일어에서는 해는 여성 명사인데 달은 남성 명사다.

2 '수도사'에는 남자이면서도 남자 구실을 못하는 거세된 수도사라는 뜻이 깃들어 있다.

3 대지라는 여성에게 음탕한 마음을 품고 대지에 대한 탁월한 구혼자 태양에게 질투를 한다.

4 반쯤 열린 창가를 기웃거리며 돌아다닐 뿐 문을 열고 들어가지도 못하고 깨끗이 단념하지도 못하는 우유부단한 자.

5 욕망이나 주관적 태도를 버리고 현상을 있는 그대로 관조하려는 자. 쇼펜하우어는 의지를 벗어나 관조하는 것을 아름다움이라고 보았다. 철학자나 그 밖의 학자는 대체로 이러한 자다.

6 사실은 욕망에 사로잡혀 있으면서도 그렇지 않은 척하는 데 지나지 않으므로 음탕하다.

다! 그러나 그대들의 사랑에는 수치와 좋지 않은 양심이 있다.[1] 그대들은 달과 같은 자들이다!

지상의 것을 경멸하도록 설득당한 것은 그대들의 정신이며 그대들의 내장은 아니다. 그러나 이 내장은 그대들에게 있어서 가장 강한 것이다.

따라서 이제 그대들의 정신은 그대들의 내장의 뜻을 좇는 것을 부끄러워하고 자기 자신의 수치심 때문에 샛길과 허위의 길을 걷는다.

"나에게 있어서 최고의 것은," —— 그대들의 유혹당한 정신은 자기 자신에게 이렇게 말한다. "삶을 욕망 없이, 개처럼 혀를 늘어뜨리지 않고 관조하고, 의지를 죽이고 이기심의 음모나 탐욕 없이 관조에 있어서 행복해지는 것이다. 전신이 차갑고 회색이지만 도취한 달의 눈을 갖고서!"

"나에게 있어서 가장 좋은 것은," —— 유혹당한 자는 이렇게 자기 자신을 유혹한다. "달이 대지를 사랑하는 것처럼 대지를 사랑하고 오직 눈으로만 대지의 아름다움을 더듬는 것이다. 그리고 여러 사물 앞에 백 개의 눈을 가진 거울처럼 누워 있을 뿐 내가 사물로부터 그 밖의 것은 바라지 않는다는 것, 이것을 나는 모든 사물에 대한 **깨끗한** 인식이라고 부른다."

오, 그대들 민감한 위선자들이여, 음탕한 자들이여! 그대들의 욕망은 순진하지 못하다.[2] 그러므로 지금 그대들은 욕망을 비방한다!

정녕 그대들은 창조하는 자, 생식하는 자, 생성을 좋아하는 자로서 대지를 사랑하는 것은 아니다!

순진함은 어디에 있는가? 생식에의 의지가 있는 곳에 자기 자신을 넘어서서 창조하고자 하는 자는 내가 보기에는 가장 순수한 의지를 가

---

1 인식하는 자로서 사랑에 사로잡히지 않는다고 말하면서 사실은 사랑에 빠져 있기 때문에.
2 창조적인 욕망만이 순진하다.

진 자다.

아름다움은 어디에 있는가? 내가 모든 의지를 갖고 **의욕**하지 않을 수 없는 곳에, 하나의 상(像)[1]이 단지 상으로 그치지 않도록 내가 사랑하고 몰락하고자 하는 곳에.[2]

사랑하는 것과 몰락하는 것, 그것은 영원한 옛날부터 일치한다. 사랑에의 의지, 그것은 죽음조차도 서슴지 않는 것이다. 이렇게 나는 그대들 비겁한 자들에게 말한다!

그런데 이제 그대들의 거세된 곁눈질은 '관조'로 불리기를 바란다! 그리고 비겁한 눈으로 더듬는 것을 '아름다움'이라고 불러야 한다고 말한다! 오, 그대들 고귀한 이름을 모독하는 자들이여!

그러나 그대들 깨끗한 자들이여, 그대들 순수한 인식을 하는 자들이여, 그대들에 대한 저주는 그대들이 결코 분만하지 못하리라는 것이다.[3]

비록 그대들이 크게 배가 불러서 지평선 위에 떠 있다 하더라도!

정녕 그대들은 그대들의 입을 고상한 말로써 가득 채운다. 그러면 우리가 그대들의 마음이 넘쳐흐른다고 믿을 것인가? 그대들 사기꾼들이여.

그러나 **나의** 말은 왜소하고 경멸받는 듣기 흉한 말이다. 그대들이 식사할 때 식탁 밑에 떨어지는 것을 나는 즐겨 줍는다.[4]

그러나 나는 언제나 이 말을 써서 —— 위선자들에게 진리를 말할 수 있다! 그렇다, 나의 (주운) 물고기의 가시, 조개 껍질, 가시 돋친 잎은 —— 위선자들의 코를 간지럽힐 수 있다!

---

1 초인의 상.

2 몰락은 자기의 고독의 부정이라는 의미에서 자기 부정이다. 차라투스트라의 경우에는 현대의 니힐리즘적 상황을 자각하는 데서 출발하므로 니힐리즘에 철저함으로써 이를 극복하려는 것이다.

3 창조하지 못하리라는 것.

4 시인은 미사여구를 남용하고 사상가들은 심원한 말로 허무를 가장하지만 내가 사용하는 말은 아름답거나 고귀한 말은 아니다. 따라서 그들은 나의 말을 전혀 고려하고자 하지 않는다.

그대들과 그대들의 식탁의 둘레에는 언제나 나쁜 공기가 떠돌고 있다. 그대들의 탐욕스러운 사상들, 그대들의 거짓말과 비밀은 사실상 이 공기 속에 들어 있다!

우선 과감하게 그대들 자신을 믿어라 —— 그대들과 그대들의 내장을! 자기 자신을 믿지 못하는 자는 언제나 거짓말을 한다.

그대들은 어떤 신의 가면을 쓰고 있다, 그대들 '순수한 자들'이여. 어떤 신의 가면 속에 그대들의 징그러운 환형 동물이 기어들었다.

정녕 그대들은 기만하고 있다, 그대들 '관조하는 자들'이여! 차라투스트라도 전에는 그대들의 거룩한 피부에 심취했다.[1] 이 피부에 채워져서 몸을 사리고 있는 뱀을 간파하지 못했다.

나는 일찍이 그대들의 유희에서는 어떤 신의 유희를 볼 수 있다고 망상했다, 그대들 순수한 인식을 하는 자들이여! 전에는 그대들의 학예보다 더 좋은 학예는 없다고 착각했다!

멀리 떨어져 있어서 나에게서는 뱀의 더러움과 악취가 숨겨질 수가 있었다. 그리고 도마뱀의 간사한 지혜가 음탕한 마음으로 여기에서 기어다니고 있는 것도.

그러나 나는 그대들에게 **접근**했다. 그때 나에게 새벽이 왔다. 그리고 이제 새벽은 그대들을 찾아간다. 달의 정사는 끝났다!

자, 저쪽을 보라! 달은 정체가 밝혀져 창백한 채 저기에 서 있다, 아침놀 앞에!

이미 태양이, 저 활활 타오르는 자가 왔기 때문이다. 대지에 대한 **태양의** 사랑이 찾아왔기 때문이다! 순진하고 창조의 욕망에 불타는 것이 모든 태양의 사랑이다!

---

1 니체의 제1기, 곧 예술가적인 형이상학. 특히 쇼펜하우어에게 심취했던 것을 말한다.

자, 저쪽을 보라. 태양이 얼마나 초조하게 바다¹를 건너오는가! 그대들은 태양의 사랑의 갈증과 뜨거운 입김을 느끼지 못하는가?

태양은 바다를 빨고 바다의 깊이를 자기 자신의 높이까지 빨아올리려고 한다. 이때 바다의 욕망은 천 개의 유방을 갖고 부풀어 오른다.

바다는 태양의 갈증에 의해 키스를 받고 흡수되기를 **바라고 있다**. 바다는 공기가 되고 높이가 되고 빛의 길이 되고 스스로 빛이 되기를 **바라고 있다**!

정녕 나는 태양처럼 모든 깊은 바다를 사랑한다.

그리고 **나에게 있어서는** 이것이 인식이다. 모든 깊이를 끌어올리는 것이다 —— 나의 높이까지!²

차라투스트라는 이렇게 말했다.

학자들에 대하여

내가 누워서 잠이 들었을 때, 한 마리의 양이 내 머리에 쓰고 있던, 송악으로 만든 관을 먹어버렸다. 먹어버린 다음에 말했다. "차라투스트라는 이미 학자가 아니다."³

양은 이렇게 말하고 태연하고 자랑스럽게 떠나갔다. 어떤 어린애가 나에게 이 이야기를 해주었다.

---

1 거대한 가능성을 간직한 삶의 상징.
2 관조적인 인식이 아니라 고도의 창조적 행위에 의해 바다와 같은 삶을 생동시키고 자각을 높이는 것이 참된 인식이다.
3 니체의 처녀작 《비극의 탄생》이 출판되었을 때 '종이를 먹는 양,' 곧 전문가들은 이 책을 혹평하고 이 책을 쓴 사람은 학자가 아니라고 했다. 이러한 반박을 니체에게 전해준 것은 니체의 친구였는데 다음에 나오는 '어떤 어린애'는 이 친구를 말한다.

나는 여기, 어린애들이 노는 곳, 무너진 벽 옆, 엉겅퀴와 붉은 양귀비 꽃[1] 사이에 눕기를 좋아한다.

어린애들에게는, 그리고 엉겅퀴와 붉은 양귀비꽃에게는 나는 아직도 학자다.[2] 그들은 악의를 품고 있을 때에도 순진하다.

그러나 양들에게는 나는 이미 학자가 아니다. 나의 운명이 이와 같이 바라고 있다. 나의 운명에 축복 있기를!

사실을 말하면 다음과 같기 때문이다. 나는 학자들의 집을 떠났고[3] 게다가 나온 다음에는 문을 힘껏 닫았던 것이다.

나의 영혼은 너무나 오랫동안 굶주린 채 학자들의 식탁에 앉아 있었다. 그들과는 달라서 나는 호도를 깨뜨리듯이 인식하는 훈련을 받지 못했다.[4]

나는 자유를 사랑하고 신선한 대지를 감싸는 공기를 사랑한다. 나는 학자들의 지위와 권위 위에서 잠들기보다는 오히려 황소 가죽 위에서 잠들고 싶다.

나는 너무나 뜨거워서 자신의 여러 가지 사상에 불타고 있다.[5] 그 때문에 나는 가끔 질식할 것 같다. 따라서 나는 밖으로 나가 먼지투성이의 모든 방으로부터 떠나지 않을 수 없다.

그러나 학자들은 차가운 그림자 속에 차갑게 앉아 있다. 그들은 무슨 일에 있어서나 방관자가 되려고 하며, 태양이 내리쪼이는 계단에 앉지

---

1 생생하고 활기 있는 것을 상징한다.
2 창조적인 마음을 가졌고(어린애들) 생기 있는 사람들(엉겅퀴, 양귀비꽃)에게는 나는 아직도 학자다.
3 니체가 바젤 대학 교수직을 사임한 것을 말한다.
4 고증적, 문헌학적 방법으로 학문을 하는 훈련은 받지 못했다.
5 자기 마음속에는 생생한 주체적 사상이 불타고 있다.

않도록 조심한다.¹

거리에 서서 지나가는 사람들을 우두커니 바라보고 있는 자들처럼 이렇게 학자들도 기다리면서 남들이 생각해낸 사상들을 우두커니 바라보고 있다.

사람들이 손으로 학자들을 잡으면 마치 가루 부대처럼 그 둘레에는 반사적으로 먼지가 일어난다.² 그러나 그들의 먼지가 곡물로부터, 여름 들녘의 황금빛 환희³로부터 생긴 것임을 그 누가 아는가?

그들이 현명한 체하면 나는 그들의 왜소한 잠언과 진리에서 추위를 느낀다. 마치 그들의 지혜는 늪에서 생기기나 한 것처럼 그들의 지혜에서는 흔히 악취가 풍긴다. 그리고 정녕 나는 그들의 지혜로부터 개구리가 우는 소리도 들은 적이 있다!⁴

그들은 솜씨 있고, 그들은 재치 있는 손가락을 갖고 있다. 그들의 복잡함에 비하면 **나의** 단순함은 무슨 소용이 있는가! 그들의 손가락은 실을 꿰고 맺고 짜는 법을 모두 알고 있다. 이렇게 해서 그들은 정신의 양말⁵을 짠다!

그들은 좋은 시계 장치다. 사람들은 다만 올바르게 태엽을 감도록 조심하면 된다! 그러면 그들은 틀림없이 시간을 알려주고 조촐한 소음을 낸다.⁶

---

1 '차가운 그림자'는 서재 속의 자주성, 적극성이 결핍된 세계, '태양이 내리쪼이는 계단'은 서재 밖의 험난한 현실.
2 전문 학자들은 자기 전문 분야에 대해서는 반사적으로 풍부한 학식, 정확한 자료 등을 한꺼번에 제시한다.
3 위대한 사상가의 원숙한 사상.
4 흔히 학자들의 지혜는 더러운 늪에서 생긴 것이고, 맑고 깊은 영혼의 소리가 아니라 고작 개구리 우는 소리와 같다.
5 가치 없는 학문적 세공품.
6 적당한 테마와 자극만 주면 기계적으로 능숙하게 일을 처리한다.

제분기처럼, 절굿공이처럼 그들은 일한다. 사람들은 그들에게 곡물을 던져 넣기만 하면 된다! 그들은 곡물을 잘게 빻아 흰 가루로 만드는 법을 이미 알고 있다.

그들은 서로 감시하고 상대방을 그다지 믿지 않는다. 보잘것없는 책략에는 재주가 있어서 그들은 절름발이 지식을 가진 사람들을 기다리고 있다.[1] 그들은 거미처럼 기다리고 있다.

나는 그들이 언제나 조심스럽게 독을 조제하는 것을 보았다. 그때 그들은 언제나 그들의 손가락에 유리로 만든 장갑을 끼고 있었다.[2]

그들은 또한 속임수 주사위 놀이를 하는 법을 알고 있으며, 그들이 땀투성이가 되어 놀이에 열중하고 있는 것을 나는 보았다.[3]

우리들은 서로 낯설고 그들의 덕은 그들의 속임수나 속임수 주사위보다도 더 내 취미에 맞지 않는다.

따라서 그들과 함께 살고 있었을 때 나는 그들 위에서 살았다.[4] 그 때문에 그들은 나를 미워했다.

그들은 그들의 머리 위를 걸어다니는 자의 소리를 전혀 듣지 않으려고 한다. 그래서 그들은 나와 그들의 머리 사이에 목재와 흙과 쓰레기를 놓았다.[5]

이렇게 해서 그들은 나의 발소리를 들리지 않게 했다. 그래서 나는 최고의 학자들에게는 거의 들리지 않았다.

그들은 모든 인간의 과오와 약점을 그들과 나 사이에 놓았다.[6] 그들

---

1 결함을 지적할 여지가 있는 학문적 업적을 발표하는 자가 나타나기를 기다린다.
2 유리로 만든 장갑은 다른 사람에게 보이지 않으므로 독을 조제하고 있다고 눈치 채지 못한다.
3 논쟁에서 이기기 위해서는 궤변, 강변 등 수단을 가리지 않는다.
4 전문적 시야에 갇혀 메마른 학문을 하고 있는 사람들보다 훨씬 큰 시야를 갖고 있었다.
5 온갖 비열한 수단으로 가로막았다.
6 니체나 차라투스트라도 인간인 이상 약점이나 과오가 있다. 이러한 약점이나 과오를 지적하고,

은 이것을 그들의 집의 '방음판'이라고 불렀다.

그러나 그럼에도 불구하고 나는 나의 사상들을 간직하고 그들의 머리 위를 걸어다닌다. 그리고 비록 내가 나의 과오들을 신발 삼아 걸어다닌다 하더라도¹ 나는 여전히 그들과 그들의 머리 위에 있을 것이다.

왜냐하면 인간은 평등하지 **않기** 때문이다. 정의는 이와 같이 말한다.² 따라서 내가 원하는 바를 **그들은** 원하지 못할 것이다!

차라투스트라는 이렇게 말했다.

시인들에 대하여

"내가 육체를 더 잘 알게 된 다음부터," 차라투스트라는 어떤 제자에게 말했다. "나에게는 정신은 오직 정신처럼 보이는 것에 지나지 않는다.³ 그리고 모든 '불멸의 것' —— 그것도 한갓 비유에 지나지 않는다."⁴

"저는 전에도 선생님이 그런 말씀을 하시는 것을 들었습니다." 제자는 대답했다. "그리고 그때 선생님은 '그러나 시인은 지나치게 거짓말을 한다'고 덧붙이셨습니다. 왜 선생님께서는 시인은 거짓말이 너무 심하다고 말씀하셨습니까?"

폭로하여 창조적 업적을 은폐하려고 했다.

1 비록 내가 말하는 데 간혹 과오가 있다 하더라도.

2 겉으로 보면 인간은 평등한 것 같지만 불평등은 주체적인 사색을 하느냐, 하지 않느냐에 따라 생긴다.

3 정신은 절대적인 것이 아니라 육체를 포함한 미래의 '자기'의 한 표현에 지나지 않는다.

4 《파우스트》의 끝부분에서 "모든 무상한 것은 오직 비유에 지나지 않는다"고 한 말에 대비한 것이다.

"왜냐고?" 차라투스트라는 말했다. "자네는 왜 그러냐고 묻는가? 어떤 사람들에게는 '왜?'라고 물을 수 있지만 나는 그런 사람들과는 다르다.[1] 나의 체험이 과연 어제 시작된 것일까? 내가 나의 의견의 여러 가지 근거를 체험한 것은 훨씬 전의 일이다. 내가 나의 여러 가지 근거를 간직하려고 한다면 나는 기억을 담는 통이 되어야 하지 않는가?

나의 의견 자체를 간직하는 것조차도 나에게는 이미 너무 번거롭다. 사실 날아가버린 새도 적지 않다. 그리고 나는 가끔 나의 비둘기 집에서 다른 곳에서 날아온 낯선 새를 발견하기도 하는데 이 새는 내가 손을 대면 몸을 떤다. 그런데 차라투스트라가 전에 그대에게 무슨 말을 했는가? 시인은 거짓말이 너무 심하다고? 그러나 차라투스트라도 시인이다.[2] 지금 자네는 차라투스트라가 그렇게 말했을 때 진실을 말했다고 믿는가? 왜 자네는 그 말을 믿는가?"

제자는 대답했다. "나는 차라투스트라를 믿습니다." 그러나 차라투스트라는 머리를 흔들며 미소 지었다.

(그는 말했다.) 믿음은 나를 행복하게 만들지 못한다. 특히 나에 대한 믿음은.

그러나 어떤 사람[3]이 가장 진지하게 시인은 거짓말이 너무 심하다고

---

1 논리적 사고를 하는 사람들에게는 '왜?'라고 논리적 근거를 물을 수 있다. 그러나 차라투스트라는 단지 논리적 사고에 머무르지 않고 더 높은 사색, 곧 체험적 사색을 한다. 그의 의견은 이러한 사색의 표현이다. 그러므로 그의 의견에는 근거가 있으나 이 근거의 의식보다 더 근원적인 것에 속하는 체험적 근거이며 따라서 반드시 의식되는 것은 아니다. 중요한 것은 의견이 아니라 근거인데, 근거는 시시각각으로 변화하고 깊어지며 고양되므로 일찍이 근거였던 것도 의미를 잃고 따라서 그 의견도 사라진다('날아가버린 새도 적지 않다'). 또한 체험적 (또는 실존적) 근거는 반드시 의식되는 것은 아니므로 근거 불명의 의견도 있다('다른 곳에서 날아온 낯선 새도 발견한다').

2 차라투스트라도 '밤의 노래' 등을 노래한 시인이므로 여기에는 자책도 포함되어 있다.

3 시인 아닌 다른 사람.

말했다면 그는 옳은 말을 한 것이다. **우리는** 너무 많은 거짓말을 한다.

또한 우리는 아는 것도 별로 없고 잘 배우지도 못한다. 따라서 우리는 거짓말을 하지 않을 수 없다.

그리고 우리 시인 중에서 자신의 포도주를 혼합하지 않은 자가 있을까? 우리의 저장실에서는 흔히 유해한 혼합이 이루어지고 거기서는 말할 수 없는 온갖 일들이 일어났다.[1]

그리고 우리는 아는 것이 별로 없기 때문에 정신적으로 가난한 자들은 우리 마음에 든다, 특히 젊은 여자들인 경우에는.

그리고 늙은 여자들이 밤마다 이야기하는 일[2]들조차도 우리는 열망하고 있다. 그리고 우리 자신은 이것을 우리에게 있어서 영원히 여성적인 것이라고 부른다.

그리고 마치 무엇인가 배우는 자들에게는 **막혀 있는** 지식에 이르는 특별한 비밀의 길이라도 있는 것처럼 우리는 민중과 그들의 '지혜'를 믿는다.[3]

그러나 모든 시인들은 다음과 같이 믿고 있다. 풀밭에, 또는 쓸쓸한 산비탈에 누워서 귀를 기울이는 자는 하늘과 땅 사이에 있는 여러 가지 사물에 대해 무엇인가 알게 된다고.[4]

그리고 그들에게 부드러운 흥분이 생기면 언제나 시인들은 자연 자체가 그들과 서로 반했다고 생각한다.

그리고 자연이 그들의 귀에 은밀한 말과 사랑의 감언을 속삭인다

---

1 《파우스트》 제2부의 종결부의 "말할 수 없는 일이 여기에서 행해졌다"는 말을 모방한 것이다.
2 전설, 신화, 성인 이야기 등, 요컨대 노파들이 이야기하는 통속적인 경신사상(敬神思想)이나 도덕관. 시인은 스스로 사상이 없으므로 남의 모티프를 받아들이는 재주를 부린다.
3 '민중'은 앞의 '노파'와 같다. 곧 학문적으로는 알 수 없는 것을 민중은 직관적, 신비적, 감정적 방법으로 알고 있다고 믿는다.
4 단순한 몽상이나 게으른 관조를 통해 세계를 알 수 있다고 착각한다.

고 (생각한다). 그들은 이 일을 모든 죽어야 할 자들[1] 앞에서 자랑하고 뽐낸다.

아, 하늘과 땅 사이에는 오직 시인들만이 꿈꿀 수 있었던 많은 사물이 있구나![2]

그리고 하늘 **위**에서는 특히 그렇다. 모든 신은 시인들의 비유이며 시인들의 궤변이기 때문이다!

정녕 언제나 우리는 위로 끌려 올라간다.[3] 다시 말하면 구름의 나라로. 이 구름 위에 우리는 알록달록한 껍데기들을 벗어놓고 그 다음에 이 껍데기들을 신이나 초인[4]이라고 부른다.

이것들은 이 자리(구름)에 놓기에 충분할 만큼 가볍다, 이러한 모든 신들과 초인들은.

아, 어디까지나 실제의 일이라고 하는 이러한 모든 불충분한 것들에 나는 얼마나 싫증이 났는가![5] 아, 나는 시인들에게 얼마나 싫증이 났는가!

차라투스트라가 이렇게 말했을 때 그의 제자는 그에게 화가 났으나 침묵을 지켰다. 그리고 차라투스트라도 말이 없었다. 그리고 그의 눈은 마치 머나먼 곳을 바라보는 것처럼 내면으로 돌려졌다. 이윽고 그는 한숨을 쉬고 깊이 숨을 들이마셨다.

그 다음에 그는 말했다. 나는 오늘과 옛날에 속하는 사람이다. 그러

---

1 인간을 말한다.
2 셰익스피어의《햄릿》의 "호레이쇼, 하늘과 땅 사이에는 철학은 꿈꾸지조차 못하는 일이 많다" (제1막 5장)는 대사를 모방한 것이다.
3 괴테의《파우스트》말미에 "영원히 여성적인 것이 우리를 끌어올린다"는 말이 있다.
4 여기서 초인은 상상될 뿐 실현되지 않은 초인을 말한다.
5 《파우스트》제2부의 "불충분한 것이 여기서는 사건이 되었다"(불충분한 것도 영원한 것의 상징으로서 의미가 있다는 뜻)는 말에 대비시킨 것이다.

나 나의 내면에는 내일과 모레와 장래에 속하는 것이 있다.

나는 옛 시인이든 새 시인이든 시인들에게 지쳤다. 나에게는 그들은 모두 껍질이며, 얕은 바다다.[1]

그들의 생각은 충분히 깊지 못했다. 그러므로 그들의 감정은 밑바닥까지 가라앉지 못했다.[2]

다소의 쾌락과 다소의 권태, 이것이 지금까지 그들의 최선의 사색이었다.

그들의 하프 소리는 나에게 모두 유령의 숨소리, 유령이 스치고 지나가는 소리로 들린다. 그들은 지금까지 음향의 열정에 대해 무엇을 알고 있었던가!

내가 보기에는 그들은 충분히 순결하지도 못하다. 그들은 그들의 바다가 깊게 보이도록 물을 흐려놓는다.

이렇게 함으로써 그들은 즐겨 조정자[3]로 행동한다. 그러나 나에게는 그들은 중개인, 혼합자이며 어중간하고 불순한 자에 지나지 않는다!

아, 나는 분명히 나의 그물을 그들의 바다에 던지고 좋은 고기를 잡으려고 했다. 그러나 나는 언제나 어떤 낡은 신의 머리[4]를 끌어올렸다.

이와 같이 바다는 굶주린 사람들에게 돌 하나를 주었다. 그리고 시인들 자신이 아마도 바다에서 태어났으리라.[5]

---

1 '바다'는 무한한 가능성을 간직한 삶을 상징하고, '시인'도 그 시작(詩作)에 있어서 근원적인 삶을 바탕으로 하고 있지만, 그것은 언어 또는 의식의 차원에서의 작업이므로 천박하다.

2 그들의 감정은 삶에 대한 근원적인 고뇌에 잠길 만큼 깊이 침잠하지 못했다. 그들은 삶의 표면만을 보고 있다.

3 현실과 이상, 정신과 육체의 조정자.

4 낡은 이상의 부서진 조각.

5 헤시오도스에 의하면 사랑, 아름다움, 풍요의 여신 아프로디테는 크로노스에 의해 절단된 우라노스의 생식기에서 나온 정액이 바다에 떨어져 생긴 거품에서 태어났다고 한다. '돌'에 대해서는 〈마태복음〉 7장 9절 참조.

분명히 사람들은 그들에게서 진주를 발견한다. 그만큼 그들 자신은 단단한 조개껍데기와 비슷하다. 그리고 나는 흔히 그들에게서 영혼 대신 소금에 절인 점액을 발견했다.

또한 그들은 바다로부터 허영심을 배웠다. 바다는 공작 중의 공작이 아닐까?[1]

모든 물소 중에서 가장 보기 흉한 물소 앞에서도 바다는 긴 꼬리를 펼친다. 바다는 은과 비단의 레이스로 만든 자신의 부채에 결코 싫증을 내지 않는다.

물소는 오만하게 이 모양을 바라보는데 그 영혼은 모래와 비슷하고 덤불과 더욱 비슷하지만 늪과 가장 비슷하다.

물소에게는 아름다움이나 바다나 공작의 장식물 따위가 무슨 소용이 있을 것인가![2] 이 비유를 나는 시인들에게 말한다.

정녕 그들의 정신 자체가 공작 중의 공작이며 허영의 바다다!

시인의 정신은 관객을 원한다. 비록 그것이 물소이더라도!

그러나 나는 이 정신에 싫증이 났다. 그리고 나는 보았다, 이 정신 자체가 자기 자신에게 싫증을 낼 때가 다가오는 것을.

나는 보았다, 시인들이 이미 변해서 자기 자신에게 시선을 돌리는 것을.

나는 정신의 속죄자[3]들이 오는 것을 보았다. 속죄자들은 시인들로부터 성장했다.

차라투스트라는 이렇게 말했다.

---

1 바다의 아름다운 파도를 보고 공작을 연상한 것이다.
2 시인은 민중(물소)이란 관객(현실)을 변화시키지 못한다.
3 보다 높은 경지로 향상하려는 시인들.

대사건에 대하여

바다 가운데에 —— 차라투스트라의 지복의 섬에서 멀지 않은 곳에 —— 끊임없이 화산이 연기를 내뿜는 섬이 있다. 이 섬에 대해 민중은, 특히 민중 속의 노파들은 말한다, 이 섬은 마치 암괴처럼 하계의 문 앞에 놓여 있으나, 바로 화산을 통해 밑으로 좁은 길이 있고 이 길을 따라가면 하계의 문에 이르게 된다고.

차라투스트라가 지복의 섬에 머물고 있었을 당시에 연기를 내뿜는 산이 우뚝 서 있는 이 섬에 한 척의 배가 닻을 내렸다. 그리고 선원들이 토끼 사냥을 위해 상륙했다. 그러나 정오 무렵, 선장과 선원들이 다시 모였을 때였다. 갑자기 어떤 사내가 공중으로 그들을 향해 가까이 오고 있었고,[1] "때가 왔다! 시기가 성숙했다!"[2]고 말하는 소리가 분명하게 들렸다. 그러나 그 모습이 그들에게 가장 가까이 왔을 때 —— 그러나 그 모습은 그림자처럼 재빨리 화산이 있는 방향으로 날아갔지만 —— 그들은 그가 차라투스트라임을 알아보고 깜짝 놀랐다. 선장을 제외하고는 모두 차라투스트라를 본 적이 있었고 그들은 민중과 마찬가지로, 다시 말하면 사랑과 두려움이 반반씩 섞인 채로 그를 사랑하고 있었기 때문이다.

"보라!" 늙은 키잡이는 말했다. "차라투스트라가 지옥에 떨어진다!"

이 선원들이 화산섬에 상륙한 것과 같은 시간에 차라투스트라가 사라졌다는 소문이 퍼졌다. 그래서 사람들이 그의 벗들에게 물어보았을 때, 벗들은 어디로 여행한다는 말도 없이 그가 밤중에 배를 탔다고 말했다.

---

1 갈릴리 바다 위를 걸었다는 예수를 연상한 것인 듯하다.
2 영원 회귀 사상을 전달할 때가 왔다는 뜻이다.

이렇게 해서 불안이 생겼다. 그러나 3일 후에 선원들의 이야기가 이 불안에 덧붙여졌다. 그리고 이제 모든 민중은 악마가 차라투스트라를 잡아갔다고 말했다. 사실 그의 제자들은 이 소문을 웃어넘겼다. 심지어 제자들 중 한 사람은 말했다, "나는 오히려 차라투스트라가 악마를 잡아갔다고 믿는다." 그러나 제자들 모두의 영혼의 밑바닥에는 근심과 동경이 가득 차 있었다. 따라서 5일 후에 차라투스트라가 그들 사이에 나타났을 때 그들의 기쁨은 대단했다.

그리고 다음은 차라투스트라와 불의 개[1]가 나눈 대화에 대한 이야기다.

차라투스트라는 말했다. 대지는 피부[2]를 갖고 있다. 그리고 이 피부는 여러 가지 병에 걸렸다. 예를 들면 이 병 중 하나는 '인간'이라고 불린다.

그리고 또 하나의 병은 '불의 개'라고 불린다. 이 **개**에 대해서 인간들은 허다하게 자기 자신을 속이고 또 속았다.

이 비밀을 파헤치기 위해 나는 바다를 건너왔다. 그리고 나는 그 정체를 적나라하게 보았다. 정녕! 목에 이르기까지 적나라하게.

불의 개의 정체를 이제 나는 알았다. 그리고 마찬가지로 모든 폭발과 전복의 악마[3]에 대해서도. 이 악마 앞에서 두려워하는 것은 노파만이 아니다.

"나오너라, 불의 개야, 그대의 깊이에서!" 나는 외쳤다.

"그리고 이 깊이가 얼마나 깊은지 자백하라! 그대가 콧숨으로 뿜어

---

1 불의 개는 지옥 문을 지키는 개와 관련된 것으로 사회주의적, 폭력적 혁명가를 말한다.
2 니체에 있어서 '대지'는 삶 또는 그 근원적 존재 방식의 상징인데 '대지의 피부'는 대지의 표면적 현상, 곧 유기체, 생물을 의미한다.
3 혁명가.

올리는 것은 어디서 오는 것인가?

그대는 마음껏 바닷물을 마신다. 그대의 소금에 절인 웅변이 이 사실을 말해준다! 정녕 그대는 깊은 곳에 사는 개로서 그대의 영양을 지나치게 표면에서 취했다.[1]

나는 그대를 기껏해야 대지의 복화술사[2]라고 본다. 그리고 전복과 폭발의 악마들이 말하는 것을 들을 때마다 나는 그들이 그대와 비슷하다는 것을 알았다. 곧 짜고 거짓말투성이며 천박하다는 것을.

그대들은 포효할 줄 알고 또 재를 뿌려 어둡게 만들 줄 안다! 그대들은 최상급의 허풍쟁이이며 진흙을 뜨겁게 찌는 기술[3]을 충분히 배웠다.

그대들이 있는 곳, 그 가까이에는 언제나 진흙이 있어야 하고 해면질의 것, 속이 텅 빈 것, 억지로 쑤셔 넣은 것[4]이 허다하게 (있어야 한다). 그것은 자유를 바란다.

그대들은 모두 무엇보다도 즐거이 '자유'라고 포효한다. 그러나 나는 허다한 포효와 연기[5]가 대사건을 둘러싸자마자, 대사건[6]에 대한 신앙을 잊는다.

내 말을 믿으라, 벗이여, 지옥의 소요여! 대사건 —— 그것은 우리의 가장 시끄러운 시간이 아니라 우리의 가장 중요한 시간이다.[7]

새로운 소요의 창안자의 둘레가 아니라 새로운 가치의 창안자의 둘

---

1 제2부 '시인들에 대하여' 23단의 '얕은 바다'라는 상징을 연상하고 있다. 하루하루의 현상들을 추구하고 깊이 생각하지 않는다는 뜻.
2 대지를 대변하는 체하면서도 사실은 대지를 사랑하는 것이 아니라 어리석은 민중을 선동하기에 여념이 없는 자들.
3 어리석은 민중(진흙)을 선동하는 기술.
4 어리석은 민중을 말함. 다른 사람의 사상을 흡수하기만 하는 자, 공허한 자, 억지로 세뇌된 자.
5 연기는 화산의 연기를 말할 뿐 아니라 덧없음, 허풍 등을 말한다.
6 인류에 대해서 참으로 결정적인 사건.
7 제2부 '가장 고요한 시간' 참조.

레를 세계는 돌고 있다. **소리 없이** 세계는 돌고 있다.

자, 이제 고백하라! 그대의 소요와 연기가 사라지면 언제나 거의 아무 일도 일어나지 않았다. 도시가 미라가 되고 입상[1]이 진흙 속에 쓰러졌다고 해서 무슨 뜻이 있는가!

그리고 나는 입상을 전복시키는 사람들에게 다음과 같이 말한다. 소금[2]을 바다에, 입상을 진흙에 던지는 것은 참으로 가장 큰 어리석음이다.

그대들의 경멸의 진흙 속에 입상은 쓰러져 있었다. 그러나 경멸 속에서 입상의 생명과 생생한 아름다움이 되살아난다는 것, 이것이야말로 입상의 법칙이다!

입상은 더욱 거룩한 모습으로, 고뇌에 매력을 갖추고 이제 다시 일어난다. 그리고 정녕! 그대들이 입상을 전복시킨 데 대해 입상은 그대들에게 감사하리라, 그대들 전복자들이여!

그러나 국왕과 교회, 그리고 노쇠하여 덕이 미약해진 모든 것에 대해서는 나는 이렇게 충고하리라. —— 전복당하는 것이 좋다! 그대들이 다시 소생하고 그대들에게 —— 덕이 되돌아오기 위해서!"

이렇게 나는 불의 개 앞에서 말했다. 이때 불의 개는 무뚝뚝하게 내 말을 가로막고 물었다. "교회? 도대체 그건 뭐지?"

나는 대답했다. "교회, 그것은 일종의 국가다. 게다가 가장 잘 속이는 국가다.[3] 그러나 조용하라, 그대 위선적인 개여, 그대는 이미 그대의 동류를 잘 알고 있을 것이다! 그대 자신과 마찬가지로 국가는 위선적인 개다. 그대와 마찬가지로 국가는 연기와 포효로 말하기를 좋아한다, 그대와 마찬가지로 사물의 핵심으로부터 말하고 있다고 믿게 하기 위

---

1 정치적 또는 종교적 권위 등, 일반적으로 권위 있는 것으로 존중되는 것.
2 예수가 제자들에게 '소금'이라고 말한 뜻이 포함되어 있는 듯하다.
3 니체의 교회관 내지는 종교관을 엿볼 수 있다.

해서. 그것은 어디까지나 지상의 가장 중요한 동물이 되고자 하기 때문이다, 국가는. 게다가 사람들은 국가를 그렇게 믿고 있다."

내가 이렇게 말하자 불의 개는 시기심 때문에 미친 듯이 몸부림쳤다. "뭐라고?" 불의 개는 외쳤다. "지상의 가장 중요한 동물이라고? 게다가 사람들이 그렇게 믿고 있다고?" 그러자 불의 개의 목구멍에서 증기와 소름 끼치는 소리가 터져 나왔으므로, 나는 불의 개가 분노와 질투 때문에 질식할 것이라는 생각을 했다.

이윽고 불의 개는 어느 정도 진정되고 헐떡거리던 숨도 가라앉았다. 나는 불의 개가 진정되자마자 웃으면서 말했다.

"그대는 화를 내고 있다, 불의 개여. 그렇다면 나는 그대에 대해 옳은 말을 했구나!

그러면 내가 옳다는 것을 확인하기 위해 다른 불의 개[1]에 대한 말을 들어라. 이 불의 개는 정말로 대지의 심장으로부터 말한다.

그의 숨결은 황금[2]과 황금의 비를 내뿜는다. 그의 심장이 이 일을 원하고 있다. 이제 와서 그에게는 재, 연기, 뜨거운 점액[3]이 무슨 소용이 있는가?

이 불의 개로부터는 웃음이 다채로운 구름처럼 펄럭인다. 그대가 웅얼거리고 침을 뱉고 내장에 통증을 느끼는 것을 그는 싫어한다!

그러나 황금과 웃음 —— 그는 이것을 대지의 심장으로부터 꺼낸다. 그대도 알아둬야 할 일이지만 —— **대지의 심장은 황금으로 만들어졌기** 때문이다."

불의 개는 이 말을 듣자 더 이상 내 말을 참고 들을 수 없었다. 불의

---

1 열렬한 창조적 정신을 갖고 일체의 가치의 전도를 꾀하는 진정한 혁명가, 곧 차라투스트라.
2 황금은 최고의 가치의 상징.
3 화산 폭발 후의 용암(폭력 혁명을 나타냄)을 말한다.

개는 부끄러워 꼬리를 움츠리고 가냘픈 소리로 멍! 멍! 짖으며 동굴 속으로 기어 들어갔다.

이렇게 차라투스트라는 이야기했다. 그러나 그의 제자들은 그의 말에 거의 귀를 기울이지 않았다. 선원들, 토끼, 날아간 사내에 대해서 그에게 이야기하고 싶은 제자들의 욕망이 매우 컸던 것이다.

"나는 그 일을 어떻게 생각해야 할까!" 차라투스트라는 말했다. "도대체 내가 유령이란 말인가? 그러나 그것은 내 그림자였을 것이다. 그대들은 분명히 이미 나그네와 그의 그림자[1]에 대해 어느 정도 들었을 텐데? 그러나 이것만은 분명하다. 나는 그림자를 더 단단히 묶어놓아야 한다. 그렇지 않으면 그림자는 다시 내 명성을 손상시킬 것이다."[2]

그리고 다시 한번 차라투스트라는 머리를 흔들며 의아하게 여겼다. "나는 그 일을 어떻게 생각해야 할까?" 그는 다시 한번 말했다.

"도대체 왜 유령은 '때가 왔다! 시기가 성숙했다!'고 외쳤을까? 도대체 **무엇을 위해서** ── 시기가 성숙했다는 것인가?"[3]

차라투스트라는 이렇게 말했다.

예언자에 대하여

"그리고 나는 커다란 슬픔이 인류를 엄습하는 것을 보았다. 가장 착한 자들도 그들의 일에 지쳤다.

---

1 고독한 나그네인 차라투스트라에게는 그림자만이 동반자다. 《인간적인, 너무나 인간적인》 II의 제2부의 제목이기도 하다.
2 차라투스트라에게서는 위대한 사상(영원 회귀)이 익어가는데 아직 성숙되기도 전에 가볍게 퍼뜨려서는 안 된다.
3 영원 회귀 사상은 아직 성숙하지 않았다.

하나의 가르침[1]이 선포되고 이 가르침과 함께 한 가지 신앙이 퍼졌다. '모든 것은 공허하고, 모든 것은 동일하며, 모든 것은 이미 있던 것이다!'[2]

그리고 모든 언덕으로부터 메아리로 돌아온다. '모든 것은 공허하고, 모든 것은 동일하며, 모든 것은 이미 있던 것이다!'

분명히 우리는 수확[3]을 거두었다. 그러나 왜 모든 열매는 썩고 갈색이 되었는가? 사악한 달로부터 어젯밤 무엇이 떨어졌는가?[4]

모든 노동은 헛된 일이었고 우리의 포도주는 독으로 변했고 사악한 시선이 우리의 밭과 심장을 노랗게 태웠다.[5]

우리는 모두 메말랐다. 그래서 우리에게 불이 떨어지면 우리는 재처럼 흩날린다. 그렇다, 우리는 불 자체를 지치게 만들었다.[6]

모든 샘은 바짝 마르고 바다도 뒤로 물러났다. 땅은 모두 갈라지려고 하지만 땅 밑은 삼키려고 하지 않는다![7]

'아, 우리가 익사할 수 있는 바다는 어디에 남아 있는가.' 이렇게 우리의 비탄은 울려 퍼진다 ─ 얕은 늪들을 넘어서.

정녕 우리는 죽기에는 이미 너무 지쳤다. 이제 우리는 깨어 있는 채 살아가기로 하자 ─ 무덤 속에서!"

---

1 염세 사상을 말한다.
2 구약성서 〈전도서〉 참조. 니힐리즘을 나타내며 영원 회귀 사상에 있어서 초극해야 할 계기를 제시한다.
3 문화적 성과.
4 농부들의 미신에 의하면, 농작물의 병은 밤중에 달에서 내린 유독한 이슬 때문에 생긴다.
5 남유럽의 미신에 의하면, 사악한 시선을 가진 사람을 만나면 재앙이 닥친다.
6 재로 변해서 불조차도 태우지 못한다.
7 심연을 심연으로 느끼지 못하고 대지에 대한 적극적 관심을 잃었으므로 위험이나 초극에 대해서도 아무런 적극성을 갖지 못한다.

차라투스트라는 어떤 예언자가 이렇게 말하는 것을 들었다. 예언자의 예언은 그의 가슴에 사무쳐 그를 변화시켰다. 슬픔에 잠겨서 지친 채 그는 돌아다녔다. 그래서 그는 예언자가 말한 바 있는 자들과 비슷해졌다.[1]

정녕 잠시 후에는 이 기나긴 황혼[2]이 찾아온다. 이렇게 그는 제자들에게 말했다. 아, 나는 어떻게 나의 빛[3]을 구출해낼 수 있을까!

나의 빛이 이 비탄 속에서 질식하지 않기를! 그것은 머나먼 세계를, 그리고 가장 먼 밤들을 비춰주는 빛이 되어야 한다!

이와 같이 마음속으로 근심하면서 차라투스트라는 돌아다녔다. 그리고 3일 동안 그는 마실 것도 먹을 것도 잊었고 쉬지도 않았고 말도 하지 않았다. 마침내 그는 깊은 잠[4]에 빠졌다. 그러나 그의 제자들은 긴 밤을 새우며 그의 둘레에 앉아, 그가 깨어나 다시 말하고 그의 우수로부터 회복될는지를 걱정하며 기다렸다.

그런데 다음은 차라투스트라가 잠에서 깨어나서 한 말이었다. 그러나 제자들에게는 그의 목소리는 머나먼 곳에서 들려오는 것 같았다.

자, 내가 꾼 꿈을 들어보아라, 그대들 벗들이여, 그리고 내가 그 의미를 푸는 것을 도와다오!

이 꿈, 그것은 나에게는 수수께끼다. 그 의미는 꿈속에 감추어지고 갇혀 있어서 아직도 자유로운 날개로 꿈에서 날아오르지 못한다.

모든 삶을 나는 단념했다. 나는 이와 같은 꿈을 꾸었다. 나는 밤과 무

---

1 영원 회귀 사상에 투철하려면 우선 니힐리즘에 철저해야 한다. 니힐리즘에 철저함으로써 니힐리즘을 초극할 수 있고 이러한 초극을 통해 커다란 긍정에 도달할 수 있기 때문이다.
2 일체의 이상이 완전한 이상 상실의 어둠에 차츰 잠겨버리는 것.
3 자신의 이상, 곧 초인의 사상.
4 철저한 니힐리즘을 상징한다.

덤의 파수꾼[1]이 되었다, 저 쓸쓸한 죽음의 산성에서.

이 산성에서 나는 죽음의 관을 지키고 있었다. 답답한 둥근 천장의 방은 이러한 승리의 징표[2]로 가득 차 있었다. 유리로 만든 관[3]들 속에서 극복된 삶이 나를 바라보고 있었다.

먼지를 뒤집어쓴 여러 가지 영원의 냄새[4]를 나는 맡았다. 먼지투성이가 되어 답답하게 나의 영혼은 누워 있었다. 도대체 이러한 곳에서 그 누가 자기의 영혼에 바람을 통하게 할 수 있었을 것인가!

한밤중의 밝음이 언제나 나의 주위에 있었고 그 곁에는 고독이 웅크리고 있었다. 그리고 세 번째로는 나의 여자 친구들[5] 중에서 가장 사악한 친구인 임종의 순간의 죽음의 고요.

나는 온갖 열쇠 중에서 가장 녹슨 열쇠들을 갖고 있었다. 그리고 나는 이 열쇠로 온갖 문 중에서 가장 삐걱거리는 문을 열 줄 알았다.[6]

이 문이 열릴 때 그 소리는 격노해서 끊임없이 울어대는 새소리처럼 긴 낭하에 울려 퍼졌다. 이 새는 징그럽게 울었다. 이 새는 잠에서 깨어나기가 싫었던 것이다.[7]

그러나 다시 침묵이 찾아오고 주위가 조용해졌다. 나는 홀로 음침한 침묵 속에 앉았을 때 더욱 무서워지고 마음이 조마조마해졌다.[8]

---

1 신이 죽은 상태 속에서 아직도 신에 미련을 갖고 있는 신학자.
2 시체.
3 박물관에서 골동품을 유리 상자에 넣어 보관하듯 이 관 속에서는 과거가 표본화되어 있다.
4 지금은 단지 죽은 지식이 돼버린 과거의 위대한 사상(종교까지도 포함해서)과 생전에 위대하다고 추앙되던 인물들.
5 Todesstille(죽음의 고요)는 여성 명사이므로 여자 친구라고 한 것이다.
6 여태껏 생각되지 못한 새롭고 중요한 사상(오래 발견되지 않았으므로 '가장 녹슨 열쇠'라고 한 것이다)으로 새로운 경지의 문을 열 수 있었다. 이 열쇠로 문을 열고 차라투스트라는 영원 회귀 사상을 해명하려는 것이다.
7 영원 회귀 사상은 쉽게 체험되지 않는다.
8 영원 회귀 사상은 무서운 사상이므로 이를 해명하려고 하면 여러 가지 저항을 받지만, 오히려 해

나에게는 이렇게 시간이 지나가고 살금살금 달아났다. 만일 아직도 시간이 존재했다면 아직도 시간이 존재하는지에 대해 내가 무엇을 알랴!¹ 그러나 마침내 나를 잠에서 깨우는 일이 일어났다.

세 번² 문을 두드리는 소리³가 천둥처럼 났다. 둥근 천장의 방은 세 번 메아리치고 울부짖었다. 이때 나는 문 쪽으로 갔다.

알파! 누가 자신의 재를 산으로 날라 가는가! 나는 이렇게 외쳤다. 알파! 알파! 누가 자신의 재를 산으로 날라 가는가?⁴

그리고 나는 열쇠를 밀어 넣고 문을 열려고 애썼다. 그러나 문은 손가락 넓이만큼도 열리지 않았다.

이때 사나운 바람⁵이 문을 열어 제쳤다. 바람은 윙윙 날카롭게 찢는 듯이 울리며 나에게 검은 관을 던졌다.

그리고 사납게 윙윙 날카로운 소리를 내면서 관은 쪼개지고 천 층의 홍소를 토해냈다.⁶

그리고 어린애, 천사, 부엉이, 바보, 어린애만큼 큰 나비들의 천 개의 찡그린 얼굴들⁷이 나를 비웃고 조롱하고 날뛰었다.

명되지 않고 침묵 속에 잠겨 있을 때 더욱 무섭고 비통하다.

1 꿈속의 시간은 한순간이 영원과 통해 일상적인 시간과는 다르다. 시간이 지나간다는 것은 일상적인시간에서만 할 수 있는 말이다.

2 특별한 뜻은 없는 듯하다.

3 영원 회귀 사상을 해명할 때가 왔다는 신비로운 고지(告知).

4 알파(Alpa)는 북유럽의 요귀 Alp, 헤브라이 어의 al-pah(무엇 때문에), 불교의 Kalpa(怯), 그리스 어의 알파(α)와 관련된다는 등 여러 가지 해석이 있다. "자신의 재를 산으로 날라 간다"는 것은 니힐리즘에 철저함으로써 자기 초극을 수행하려는 것을 말한다. 여기서는 차라투스트라 자신을 말한다.

5 차라투스트라의 이른바 '사나운 지혜' 또는 '커다란 동경', 곧 초인을 지향하는 창조적 활동을 말한다.

6 과거의 모든 존재나 이상이 한꺼번에 소생하여 초인에의 지향을 비웃는다.

7 과거의 모든 존재나 이상이 나타내는 무시무시하고 이해할 수 없는 양상들.

그 때문에 나는 깜짝 놀라 몸서리쳤다. 나는 쓰러졌다. 그리고 나는 공포 때문에 어느 때보다도 큰소리로 울부짖었다.[1]

그러나 나 자신의 울부짖음이 나를 깨웠다. 그래서 나는 제정신이 들었다.

이렇게 차라투스트라는 꿈 이야기를 하고 나서 침묵했다. 그는 아직도 해몽을 하지 못했기 때문이었다. 그러나 그의 가장 사랑하는 제자가 급히 일어나 차라투스트라의 손을 잡고 말했다.

"그대의 삶 자체가 우리에게 이 꿈을 설명해줍니다, 오, 차라투스트라여!

그대 자신이 윙윙 날카로운 소리를 내며 죽음의 성에서 문을 열어젖힌 바람이 아닙니까?

그대 자신이 삶의 다채로운 악의와 천사의 찡그린 얼굴로 가득 찬 관이 아닙니까?

정녕 어린애의 천 층의 홍소처럼 차라투스트라는 모든 사자의 방으로 들어갑니다, 저 밤과 무덤의 파수꾼, 그리고 음울한 열쇠 다발을 절렁거리는 그 밖의 자들을 비웃으면서.

그대는 그대의 홍소로 그들을 놀라게 하고 넘어뜨립니다. 기절과 각성은 그들에 대한 그대의 권력임을 입증할 것입니다.

그리고 기나긴 황혼과 죽음의 권태가 닥칠지라도 그대는 우리의 하늘에서 몰락하지 않을 것입니다, 그대 삶의 대변자여!

새로운 별들과 새로운 밤의 장관을 그대는 우리에게 보여주었습니다. 정녕 그대는 웃음 자체를 우리의 머리 위에 마치 다채로운 천막처럼 쳤습니다.

---

1 비열하고 왜소한 것조차도 영원히 회귀하는 것을 보고 경악한 것이다.

이제 어린애의 웃음이 언제나 관들로부터 솟아오를 것입니다. 이제 사나운 바람이 상승의 기세로 언제나 모든 죽음의 권태를 엄습할 것입니다. 우리에게는 그대 자신이 이 일에 대한 보증인이며 예언자입니다!

정녕 **그대는 바로 그자들을 꿈에서 보았습니다**, 그대의 적들[1]을. 그것은 그대의 가장 괴로운 꿈이었습니다.

그러나 그대가 잠에서 깨어나 그들을 떠나 우리에게 돌아온 것처럼 그들 자신도 스스로 잠에서 깨어나 — 그대에게 돌아올 것입니다!"

이렇게 제자는 말했다. 그러자 다른 제자들도 모두 차라투스트라의 곁으로 몰려들어 그의 두 손을 잡고 그가 침상에서 일어나 비애를 버리고 그들에게로 돌아오도록 설득하려고 했다. 그러나 차라투스트라는 멍한 시선으로 그의 그 자리에 꼿꼿이 앉아 있었다. 오랫동안 낯선 고장을 돌아다니다 귀향한 사람처럼 그는 그의 제자들을 바라보고 그들의 얼굴을 찬찬히 살폈다. 그러나 그는 아직도 제자들을 알아보지 못했다. 그러나 제자들이 그를 안아서 일으켜 세웠을 때, 보라, 이때 갑자기 그의 눈빛이 변했다. 그는 그동안 일어났던 일을 파악하고 수염을 만지며 힘찬 목소리로 말했다.

"좋아! 이제 이 일도 끝났다. 그러나 내 제자들아, 유쾌한 잔치를 열도록, 그것도 곧 열도록 준비해라! 이렇게 해서 나는 여러 가지 악몽을 보상하려고 한다! 그러나 저 예언자도 내 옆에서 먹고 마시게 하자. 그리고 정녕 나는 그에게 그가 익사할 수 있는 바다[2]를 보여줄 테다!"

차라투스트라는 이렇게 말했다. 이렇게 말한 다음 그는 해몽자의 역

---

1 삶을 부정하는 자들.
2 '익사'는 니힐리즘에 철저한 것, '바다'는 무서운 심연이면서도 거대한 가능성을 간직한 삶을 말한다.

할을 한 제자의 얼굴을 오랫동안 바라보며 머리를 흔들었다!¹

구제에 대하여

차라투스트라가 어느 날 커다란 다리를 건너갈 때였다. 불구의 거지
들이 그를 둘러싸고 어떤 꼽추가 그에게 이렇게 말했다.

"보라, 차라투스트라여! 민중들도 그대의 가르침을 받고 그대의 가
르침을 믿게 되었소. 그러나 민중이 전적으로 당신을 믿게 되려면 아직
도 한 가지 일이 필요하오. 그대는 우선 우리 불구자들을 설복시켜야
하오! 지금 그대 곁에는 가려 뽑은 멋진 불구자들이 모여 있고 정녕 그
대는 절호의 기회를 맞이했소! 그대는 장님을 고치고 절름발이를 달리
게 할 수 있소. 그리고 등에 너무 많은 것을 짊어지고 있는 자에게서는
약간쯤 덜어줄 수도 있소. 내가 생각하기에는 이것이야말로 불구자로
하여금 차라투스트라를 믿게 하는 정당한 방법일 것이오!"

그러나 차라투스트라는 이렇게 말한 사람에게 다음과 같이 대답했다.

"꼽추에게서 혹을 떼어내면 그에게서 정신을 떼어내는 것이 된다.²

이렇게 민중은 가르친다. 그리고 장님의 눈을 뜨게 하면, 그는 지상
의 나쁜 일을 너무 많이 보고 따라서 그는 그를 고쳐준 자를 저주하게
된다. 그러나 절름발이를 달리게 만든 자는 그에게 최대의 해를 가하게
된다. 그가 달리게 되자마자 그의 악덕도 그와 함께 달리기 때문이다.

---

1 차라투스트라는 제자의 해석을 부인한다. 제자는 그의 꿈을 그의 삶과 관련시킨 점에서는 올바
르나 그가 영원 회귀를 가르치는 자임을 알지 못하고 있다.

2 불구자는 불구라는 사실에 중점을 두고 생활하며 자기를 강화해간다. 따라서 불구가 고쳐지면
중심이 없는 인간이 된다.

불구자에 대해서 민중은 이렇게 가르친다. 그리고 민중이 차라투스트라에게서 배운다면 차라투스트라가 민중에게서 배우지 못할 까닭도 없지 않은가?

그러나 내가 인간들 사이에 온 이후로 다음과 같은 일을 보는 것은 나에게는 가장 사소한 일이다. '이 사람은 눈 하나, 저 사람은 귀 하나, 세 번째 사람은 다리 하나가 없고, 혀나 코나 머리가 없는 다른 사람들도 있다.'

나는 더 나쁜 일을 보고 있으며 또 보아왔다. 그것은 매우 끔찍한 여러 가지 일이므로 나는 이에 대해서 일일이 말하고 싶지 않으며, 그중 몇 가지에 대해서는 침묵을 지키고 싶지도 않을 정도다. 다시 말하면 한 가지를 너무 많이 갖고 있을 뿐 그 밖의 모든 것은 갖고 있지 못한 자들 —— 하나의 커다란 눈, 하나의 커다란 입, 하나의 커다란 배, 혹은 그 밖의 커다란 것 이외에는 아무것도 갖지 못한 자들 —— 나는 이런 자들을 전도된 불구자'라고 부른다.

그리고 내가 나의 고독으로부터 나와서 처음으로 이 다리를 건넜을 때 나는 내 눈을 믿지 못하고 여러 번 바라보다가 마침내 말했다. '저것은 하나의 귀다! 인간만큼 큰 귀다!' 나는 더 자세히 바라보았다. 그리고 사실상 이 귀 밑에서 가련할 만큼 작고 빈약하고 마른 것이 움직이고 있었다. 그리고 정녕 이 거대한 귀는 작고 가는 손잡이에 얹혀 있었다. 그런데 이 손잡이가 인간이었다! 안경을 쓴 자의 시기심에 찬 작은 얼굴도, 그리고 또 보잘것없는 부푼 영혼이 이 손잡이에 매달려 있는 것도 알아볼 수 있었다. 그러나 민중은 나에게 이 거대한 귀는 인간일 뿐 아니라 위대한 인간, 곧 천재라고 말했다. 그러나 민중이 위대한 인

---

1 너무나도 전문에 편중된 자들.

간에 대해 말할 때 나는 결코 민중을 믿지 않았다. 그래서 이 커다란 귀는 모든 것에 있어서는 너무나 적고 한 가지만은 너무 많이 갖고 있는 전도된 불구자라는 나의 신념을 고수했다."

차라투스트라는 꼽추에게, 그리고 꼽추를 대변자로 내세운 자들에게 이렇게 말하고 나서 그는 깊은 불만을 갖고 제자들을 바라보며 말했다.

"정녕 나의 벗들이여, 나는 마치 인간의 조각들과 수족 사이를 돌아다니듯 인간 사이를 돌아다닌다.[1]

인간이 분쇄되어 싸움터나 도살장에서처럼 흩어져 있는 광경을 보는 것은 나의 눈에는 무서운 일이다.

그리고 내 눈이 현재로부터 과거로 달아나도 언제나 동일한 광경을 발견한다. 조각과 수족과 무시무시한 우연[2] —— 그러나 인간은 없다.

지상의 현재와 과거 —— 아, 나의 벗들이여! —— 이것이 **내가** 가장 참기 어려운 것이다. 따라서 반드시 찾아올 것[3]을 예언하는 자가 아니었다면, 나는 살 수 없었을 것이다.

예언자, 의욕하는 자, 창조하는 자, 미래 자체, 미래에의 다리 —— 아, 마치 이 다리 곁에 서 있는 불구자 같구나. 차라투스트라는 이러한 모든 것이다.[4]

그리고 그대들은 가끔 자문한다. '우리에게 있어 차라투스트라는 누구인가? 우리는 그를 어떻게 불러야 하는가?' 그리고 나 자신과 마찬가지로 그대들은 물음을 통해 대답을 스스로 제시했다.

---

1 전인적인 인간을 보지 못했다.
2 종래의 인간은 진화의 목표가 없어서 발전의 필연성을 갖지 못하고 우연의 지배를 받았다.
3 미래의 인간상, 곧 초인.
4 차라투스트라는 모든 가능성을 간직한 바다와 같은 인간이며 완성된 인간은 아니다. 불구자와 같다고 한 것도 이러한 뜻에서 한 말이다.

그는 약속을 하는 자인가? 혹은 성취하는 자인가? 정복자인가? 혹은 상속자인가? 가을인가? 혹은 보습인가? 의사인가? 혹은 치유된 자인가?

그는 시인인가? 혹은 성실한 자인가? 해방자인가? 혹은 속박하는 자인가? 착한 자인가? 혹은 나쁜 자인가?[1]

나는 미래의 내가 직시하는 미래의 조각으로서 사람들 사이를 돌아다닌다.

그리고 조각이고 수수께끼이며 무시무시한 우연인 것을 하나로 압축하고 수집하는 것, 이것이 나의 모든 창작이며 노력이다.

만일 인간이 시인, 수수께끼를 푸는 자,[2] 우연을 구제하는 자[3]가 아니라면, 나는 인간인 것을 어떻게 참을 수 있을 것인가!

과거의 것을 구제하고 일체의 '그러했다'를 '그렇게 되기를 내가 바랐다'로 개조하는 것 —— 이것을 나는 처음으로 구제라고 부른다![4]

의지 —— 해방시키고 기쁨을 주는 자는 이렇게 불린다. 나는 그대들에게 이렇게 가르친다, 나의 벗들이여! 그러나 이제 이에 덧붙여 배워라, 의지 자체는 아직도 수인임을.

---

1 모든 물음은 동시에 답이기도 하다. 곧 어떠한 물음도 차라투스트라의 일면을 나타내기는 하지만, 이것으로 그의 정체가 다 밝혀진 것은 아니다. 그 자신이 수수께끼다. 이 물음은 두 개씩 짝을 이룬 점에 주의할 것. 곧 차라투스트라의 양극성을 나타내고 있다.
2 하이데거는 이 말을 좀 더 근본적으로 받아들여 삶 자체의 수수께끼를 푸는 자로 보아야 한다고 지적했다.
3 우연은 수동적으로 일어나는 일이어서 적극성이 없으므로 우연에 적극적 의의를 부여하는 자를 말한다.
4 니체에 있어서 존재의 본질은 권력에의 의지다. 따라서 존재하는 것은 모두 이 의지의 소산이다. 따라서 존재와 대립하는 나의 주관적 의지에서 본다면, 나의 의지는 존재와 일체가 된 근원적, 창조적 의지, 곧 권력에의 의지이므로 사실로서 주어져 있는 '과거의 것'도 나의 의지의 소산임을 자각할 수 있다. 이것은 '과거의 구제'다. 과거의 구제는 과거를 무로 보려는 정신(원한) 또는 과거를 무로 만들어버리려는 정신(복수의 정신)과는 정반대되는 것이다.

의욕은 해방시킨다.[1] 그러나 이 해방시키는 자조차도 사슬에 묶어놓는 것을 무엇이라고 부를까?

'그러했다.' 의지의 절치(切齒)와 외로운 우수는 이렇게 불린다. 이루어진 일에 대해서는 무력한 채로 —— 의지는 모든 과거의 것에 대해 악의를 품은 방관자다.

의지는 되돌아가서 의욕할 수는 없다. 의지가 시간과 시간의 욕망[2]을 부수지 못한다는 것 —— 이것이 의지의 가장 외로운 우수다.

의욕은 해방시킨다. 의욕 자체는 그의 우수로부터 벗어나려고, 그의 감옥을 비웃기 위해서 어떤 수단을 짜냈는가?

아, 모든 수인은 바보가 된다! 감금된 의지도 바보 같은 수단으로 자기 자신을 구제한다.

시간은 역행하지 않는다는 것, 이것이 의지의 원한이다. '과거에 있었던 것' —— 의지가 굴리지 못하는 돌은 이렇게 불린다.

그래서 의지는 원한과 불만으로 말미암아 돌들을 굴리고 의지와 마찬가지로 원한과 불만을 느끼지 않고 있는 것에 복수를 한다.[3]

이렇게 해서 해방시키는 자인 의지는 가해자가 된다. 그리고 고뇌할 수 있는 모든 것에 대해 의지는 되돌아갈 수 없는 데 대한 복수를 한다.

시간과 '그러했다'에 대한 의지의 적의, 이것이, 그렇다, 이것만이 복수 그 자체다.

정녕 우리의 의지 속에는 커다란 어리석음[4]이 살고 있다. 그리고 이

---

1 제2부 '지복의 섬에서' 26단 참조.
2 시간이 끊임없이 경과하고 사라져 가려는 것.
3 과거는 바꿀 수 없으므로 도덕적인 면에서 보상을 받으려고 한다. 과거의 불평등에 통분한 사람이 열렬한 평등주의자가 되는 것처럼.
4 원한과 불만과 복수.

어리석음이 정신을 배운 것[1]이 모든 인간적인 것들에 대해서는 저주가 되었다.

복수의 정신, 나의 벗들이여, 이것이 지금까지는 인간의 최선의 성찰이었다. 그리고 고뇌가 있는 곳에는 또한 언제나 형벌이 있게 마련이었다.[2]

다시 말하면 복수 자체가 '형벌'이라고 자칭한다. 복수는 거짓말로써 양심을 가장한다.

의욕하는 자는 되돌아가서 의욕할 수 없기 때문에, 의욕하는 자 자신에게 고뇌가 있고, 그렇기 때문에 의욕 자체와 모든 삶은 —— 형벌인 것이다![3]

그래서 정신 위에는 차례차례 구름이 쌓이고 마침내 광기[4]가 설교하게 되었다. '모든 것은 사라진다. 따라서 모든 것은 사라질 가치가 있다!'[5]

'그리고 시간은 자기 자식을 먹어치워야 한다[6]는 시간의 법칙, 이것이 바로 정의다.' 이렇게 광기는 설교했다.

'사물들은 정의와 벌에 따라 도덕적인 질서를 갖고 있다. 오, 사물의 흐름으로부터의, 그리고 '생존'이라는 벌로부터의 구제는 어디에 있는가?' 이렇게 광기는 설교했다.

'영원한 정의가 존재한다면, 구제가 있을 수 있는가? 아, '그러했다'

---

1 기독교적 세계관의 성립, 곧 도덕적 설교로 동기가 되고 있는 복수심을 위장하는 것.
2 현재의 고뇌는 자업자득이라는 것.
3 도덕적 세계관이 철저한 데서 생기는 염세주의. 불교의 업고, 기독교의 원죄 사상 등을 말한다.
4 쇼펜하우어의 철학 등 염세 사상.
5 존재로부터 당위를 이끌어내는 오류를 범하고 있다.
6 그리스 신화에서 시간의 신, 크로노스는 지배권을 빼앗기지 않기 위해 자기 자식을 잡아먹었다. 일체의 일은 시간의 소산이면서도 시간에 의해 말살된다는 것.

는 돌은 굴릴 수 없다. 따라서 모든 형벌도 영원하지 않을 수 없다!'[1]

이렇게 광기는 설교했다.

'어떠한 행위도 말살될 수 없다. 어떻게 형벌에 의해서 행위가 행위 되지 않은 것으로 될 수 있는가! 생존도 영원히 되풀이하여 행위와 죄책이 된다는 것, 이것이야말로 '생존'이라는 형벌에 있어서 영원한 것이다!

마침내 의지가 자기 자신을 구제하고 의욕이 비의욕이 되지 않는 한 — 그러나 나의 형제들이여, 이것이 광기의 터무니없는 노래임을 그대들은 잘 알고 있다!

내가 그대들에게 "의지는 창조하는 자다"라고 가르쳤을 때 나는 그대들을 이 터무니없는 노래로부터 끌어냈다.

일체의 '그러했다'는 조각이고 수수께끼이고 무시무시한 우연이다.

창조적 의지가 덧붙여서 "그러나 그렇게 되기를 내가 바랐다"고 말할 때까지는.

창조적 의지가 덧붙여서 "그러나 그렇게 되기를 내가 바라고 있다! 그렇게 되기를 나는 바랄 것이다!"라고 말할 때까지는.[2]

그러나 의지는 이미 이렇게 말했는가? 그리고 언제 이런 일이 일어날 것인가?[3] 의지는 이미 자기 자신의 어리석음이라고 하는 굴레에서 벗어났는가?

의지는 이미 자기 자신에 대해 구제하는 자, 기쁨을 주는 자가 되었는가? 의지는 복수와 온갖 절치의 정신을 잊었는가?

그리고 누가 의지에게 시간과의 화해를, 그리고 모든 화해보다도 더

---

1 염세적 사상가들은 우주의 도덕적 질서를 말하고 궁극적으로는 이 질서와 일치하기를 주장하면서도, 삶 자체는 영원한 형벌이라는 모순된 설교를 하고 있다.
2 제2부 '구제에 대하여' 20단 참조.
3 이런 일이 일어났을 때가 '위대한 정오'다.

높은 것을 가르쳤는가?[1]

권력에의 의지인 의지는 모든 화해보다 더 높은 것을 의욕해야 한다. 그러나 의지에게는 어떻게 이러한 일이 일어나는 것인가? 누가 의지에게 되돌아가서 의욕하는 것조차도 가르쳤는가?"

—— 그러나 그의 말이 여기에 이르자, 차라투스트라는 갑자기 말을 멈추었다. 그는 몹시 놀란 사람처럼 보였다. 놀란 눈으로 그는 제자들을 바라보았다. 그의 눈은 화살처럼 제자들의 생각과 이 생각의 이면을 꿰뚫어 보았다. 그러나 잠시 후 그는 다시 웃으며 온화하게 말했다.

"인간들과 함께 사는 것은 어려운 일이다. 침묵을 지키기가 매우 어렵기 때문이다. 특히 수다스러운 자에게는 그렇다."

차라투스트라는 이렇게 말했다. 그런데 꼽추는 이야기에 귀를 기울이며 얼굴을 가리고 있었다. 그러나 차라투스트라의 웃음소리를 듣자 꼽추는 호기심 어린 눈으로 바라보며 천천히 말했다.

"그러나 차라투스트라는 왜 우리에게는 자기 제자들에게 하는 말과 다른 말을 하는가?"

차라투스트라는 대답했다. "조금도 이상하지 않은 일이다! 꼽추에게는 꼽추에게 어울리는 말로 말해도 좋다!"

"좋다." 꼽추는 말했다. "따라서 제자들과는 마음을 터놓고 이야기해도 좋다. 그러나 차라투스트라는 왜 제자들에게는 —— 자기 자신에게 하는 말과 다른 말을 하는가?"[2]

---

1 시간과의 화해는 복수의 정신과 온갖 절치를 잊는 것을 말하지만 이것은 아직도 소극적이다. 적극적으로 '과거의 구제'로 높일 때 '시간과의 화해보다 더 높은 것'이 된다. '누가……가르쳤는가?'라고 했지만 사실은 아직도 가르쳐준 사람이 없다는 뜻이다.
2 영원 회귀 사상을 생각하고 있으면서도 왜 제자들에게는 말하지 않는가? 그러나 사실은 앞에서

대인의 재치에 대하여

높이가 아니라 비탈이 무서운 것이다!

눈은 **아래쪽으로** 떨어지고 손은 **위쪽을** 붙잡는 비탈. 여기서의 마음은 스스로의 이중의 의지 때문에 현기증을 일으킨다.

아, 벗들이여, 그대들은 나의 마음의 이중의 의지[1]도 잘 알고 있을 테지?

나의 시선은 높은 곳으로 치솟고 내 손은 —— 깊이를 꽉 잡고 의지하고 싶어 하는 것, 이것이 **나의** 비탈이며 나의 위험이다!

나의 의지는 인간에게 매달린다. 나는 나 자신을 쇠사슬로 인간에게 묶어놓는다. 나는 초인을 향해 위쪽으로 끌어당겨지기 때문이다. 나의 또 하나의 의지는 그쪽으로 가려고 하므로.

따라서 나의 손이 확고한 것에 대한 신념을 완전히 상실하지 않도록 하기 **위해** 나는 인간들 사이에서, 마치 인간들을 알지 못하는 것처럼 장님으로 살고 있다.[2]

나는 그대들 인간을 알지 못한다는, 이러한 어둠과 위안이 때때로 나의 주위에 퍼져 있다.

나는 모든 악한에게 열려진 통용문 옆에 앉아서 묻는다, 누가 나를 속이려 하는가?

나를 기만에 맡겨두고 사기꾼을 경계하지 않는다는 것, 이것이 나의

갑자기 차라투스트라가 말을 멈춘 것도 아직 성숙하지 못한 영원 회귀 사상을 제자들 앞에서 말하고 있었기 때문이었다.

1 '긍지'와 '현명'이라는 이중의 덕. '서설' 참조.

2 삶과 인식의 모순에 대처하기 위한 일종의 대인의 재치.

첫 번째 대인의 재치다.

아, 내가 인간을 경계한다면, 어떻게 인간은 나의 기구의 닻이 될 수 있을 것인가. 나는 너무 가볍게 위로 끌어당겨질 것이다![1]

나는 반드시 조심하고 있어야 한다는 것, 이러한 섭리가 나의 운명을 지배하고 있다!

따라서 인간들 사이에서 쇠약해지고 싶지 않은 자는 어떠한 잔으로든지 마실 줄 알아야 한다. 그리고 인간들 사이에서 깨끗하게 남아 있고 싶은 자는 더러운 물로도 몸을 씻을 줄 알아야 한다.[2]

따라서 나는 가끔 다음과 같이 말해서 나 자신을 위로한다. "자! 기운을 내자! 옛날 그대로의 마음이여! 그대는 한 가지 불행을 면했다. 이 불행을 그대의 —— 행복으로 즐겨라!"[3]

긍지를 가진 자들보다는 **허영심이 강한 자들**을 아끼는 것, 이것이 나의 또 하나의 대인의 재치다.

상처받은 허영심은 모든 비극의 모태가 아닌가? 그러나 긍지가 상처를 입은 곳에서는 긍지 이상으로 좋은 것[4]이 자라날 것이다.

삶이 보기 좋은 것이 되기 위해서는 삶의 연극은 훌륭하게 상연되어야 한다. 그러나 그러기 위해서는 좋은 배우가 필요하다.

나는 허영심이 강한 자들이 모두 좋은 배우임을 알았다. 그들은 연기를 하며 즐거운 마음으로 그들을 구경해주기를 바란다. 그들의 모든 정신이 이러한 의지에 담겨져 있다.

그들은 스스로 연출을 하고 스스로 꾸며낸다. 그들 가까이에서 삶을

---

1 이상에만 끌려서 쉽게 현실을 떠난다.
2 소심해서는 안 된다는 뜻.
3 불행을 불행으로 여기지 말고 행복으로 여겨라.
4 정신의 겸손. 정신의 긍지와는 표리의 관계에 있다.

구경하는 것을 나는 좋아한다 — 그것은 우수를 고쳐준다.

그들은 나에게는 나의 우수를 고쳐주는 의사들이고 연극에 집착하듯이 나를 인간에게 집착하게 만들기 때문에 나는 허영심이 강한 자들을 아낀다.

또한 허영심이 강한 자들의 겸손의 완전한 깊이를 그 누가 잴 수 있는가! 나는 그들의 겸손 때문에 그들에게 호감을 갖고 동정한다.

그대들로부터 허영심이 강한 자는 자기 자신에 대한 신뢰를 배우려고 한다. 그는 그대들의 시선을 먹이로 삼고 그대들의 손에서 찬양을 폭식한다.

그대들의 거짓말이 그를 칭찬하는 것이라면, 그는 그대들의 거짓말조차도 믿는다. 그는 마음속 가장 깊은 곳에서 "도대체 **나**는 무엇인가!" 하고 탄식하고 있기 때문이다.

그리고 자신이 유덕함을 모르는 것이 참된 덕[1]이라면, 허영심이 강한 자는 자신의 겸손을 알지 못한다.[2]

그러나 그대들의 비겁으로 말미암아 **악인들**을 보는 것을 싫어하게 되지 않는 것,[3] 이것이 나의 세 번째의 대인의 재치다.

뜨거운 태양이 부화시키는 기적들, 곧 호랑이나 야자나무나 방울뱀을 보면 나는 지극히 행복하다.[4]

인간들 사이에도 뜨거운 태양의 아름다운 새끼들이 있고 악인에게도

---

1 예컨대 18세기의 영국의 모랄리스트들은 자연 발생적인 덕이 참된 덕이라고 생각했다.
2 허영심이 강한 사람은 마음속으로 자기의 보잘것없음을 알고 있다. 따라서 아무런 자기 확신도 없고 이런 의미에서 '나'가 없기 때문에 겸손하다고 한다. 앞에서 겸손한 자의 겸손의 완전한 깊이를 잴 수 없다고 한 것도 이러한 의미에서 한 말이다.
3 일반 사람들이 악인을 외면하는 것은 비겁 때문이다.
4 뒤에 나오는 남국과 관련된다.

경탄할 만한 것이 허다하다.[1]

사실 그대들의 최고의 현인[2]들이 나에게는 그다지 현명하게 보이지 않았던 것처럼 인간의 악의도 평판에 미치지 못한다는 것을 알았다.

그래서 나는 가끔 머리를 흔들면서 물었다. 그대들 방울뱀들이여, 왜 그대들은 아직도 딸랑딸랑거리는가?

정녕 악에도 아직은 미래가 있다! 그리고 인간에게는 가장 뜨거운 남국은 아직 발견되지 않았다.[3]

겨우 폭이 12피트, 생후 3개월밖에 되지 않은 것이 벌써부터 극악한 악으로 불리는 것이 현재 얼마나 많은가! 그러나 언젠가 보다 큰 용[4]이 세상에 나타나리라.

초인이 그의 용을, 그에게 어울리는 초룡(超龍)을 갖기 위해서는 아직도 뜨거운 해가 습기 찬 원시림을 흠씬 작열시켜야 하기 때문이다![5]

우선 그대들의 살쾡이가 호랑이로, 그대들의 독 두꺼비가 악어로 변하지 않으면 안 된다. 훌륭한 사냥꾼은 훌륭한 사냥을 해야 하기 때문이다!

그리고 정녕 그대들 착하고 의로운 자들이여! 그대들에게는 우스운 점이 허다한데 특히 지금까지 '악마'라고 불려온 것에 대한 그대들의 공포란!

그대들의 영혼을 갖고서는 그대들은 위대한 것과는 매우 소원하므로

---

1 범인들보다는 악인에게 특색이 있다.
2 서양의 전통적 형이상학자들.
3 악은 그 강렬함 때문에 퇴폐적인 도덕보다는 오히려 훨씬 많은 가능성을 갖고 있다. 그러나 인간은 아직도 남국과 같은 강렬함, 야성에는 도달하지 못한다.
4 제1부 '세 가지 변화에 대하여' 13~17단 참조.
5 초인의 출현을 위해서는 초인에 알맞은 적도 불가결하다.

그대들은 초인이 선의를 갖고 있을 때라도 **무서울** 것이다![1]

그리고 그대들 현인과 지자들이여, 그대들은 지혜의 뙤약볕으로부터 달아나리라, 그 속에서 초인이 즐겨 맨몸으로 목욕하는 지혜의 뙤약볕으로부터!

내 눈과 마주친 그대들 최고의 인간들이여! 그대들에 대한 나의 의혹과 나의 은밀한 웃음은 다음과 같다. 그대들은 나의 초인을 — 악마라고 부르리라고 나는 짐작하는 것이다!

아, 나는 이 최고 최선의 자들에게 싫증이 났다. 그들의 '높이'에서 나는 위로, 밖으로, 저쪽으로, 초인에 이르기를 열망했다!

내가 이 최선의 자들의 맨몸을 보았을 때 전율이 나를 엄습했다. 이때 나에게는 먼 미래를 향해 날아갈 날개가 돋쳤다.

지금까지 어떤 예술가가 꿈꾼 것보다도 훨씬 더 미래를 향해, 훨씬 남쪽의 남국을 향해, 신들이 모든 옷을 부끄럽게 여기는 저쪽을 향해 (날아갈)!

그러나 나는 가장한 **그대들**을 보고 싶다, 그대들 이웃들이여, 동포들이여, 솜씨 있게 치장을 하고 허풍을 떨고 '착하고 의로운 자'로서 거드름 부리는 것을.

그리고 나 자신도 가장을 하고 그대들 사이에 앉아 있고 싶다.[2] 내가 그대들과 나를 오인하기 위해서, 이것이 바로 나의 마지막 대인의 재치다.

차라투스트라는 이렇게 말했다.

---

1 《이 사람을 보라》의 '왜 나는 운명인가?'에도 인용되어 있는데 거기에는 다음과 같은 주석이 붙어 있다. "차라투스트라가 무엇을 바라고 있는가를 이해하려면, 바로 이 글에서 이해해야 하며…… 그가 구상하고 있는 인간은 실재를 '있는 그대로' 포용한다. 그는 그렇게 할 수 있을 만큼 강하다."
2 여기서 '가장'은 민중들과 어울려 살겠다는 것을 뜻하는데, 예외자가 자신을 극복하고 가면을 쓰고 민중 속에 들어가야만 민중은 그들의 본질적인 가상성(假象性)을 파악할 수 있다.

가장 고요한 시간

나에게 무슨 일이 일어났는가? 나의 벗들이여. 그대들이 보다시피 나는 당황하고 쫓겨서 어쩔 수 없이 떠나기로 작정했다. 아, **그대들로부터 떠나기로**!

그렇다, 다시 한번 더 차라투스트라는 그의 고독 속으로 되돌아가야 한다. 그러나 이번에는 곰은 마지못해서 자신의 동굴로 되돌아가야만 하는 것이다.[1]

나에게 무슨 일이 일어났는가! 누가 이런 명령을 하는가? 아, 나의 성미 급한 여주인[2]이 그것을 원한다. 그녀가 나에게 말했던 것이다. 나는 지금까지 그녀의 이름을 그대들에게 말한 적이 있는가?

어제 저녁 무렵 **나의 가장 고요한 시간**이 나에게 말했다. 이것이 나의 무서운 여주인의 이름이다.

그래서 다음과 같은 일이 일어났다. 갑자기 떠나가는 사람에 대해 그대들의 마음이 굳어지지 않도록 나는 모든 것을 말하지 않을 수 없기 때문에 하는 말이다!

그대들은 잠들려고 하는 자에게 닥치는 경악을 알고 있는가?

발밑의 땅이 무너지고 꿈이 시작되기 때문에 그는 발가락까지 깜짝 놀란다.

이것이 내가 그대들에게 말하는 비유다. 어제 가장 고요한 시각에 내

---

1 영원 회귀 사상의 성숙을 위해 돌아간다. 곰은 '불평가'를 뜻함.
2 '가장 고요한 시간'이 주인이다. 그런데 die Stunde(시간)는 여성 명사이므로 여주인이라고 한 것이다.

발밑의 땅이 무너졌다. 꿈이 시작된 것이다.[1]

시계 바늘은 움직이고 나의 삶의 시계는 숨을 들이마셨다.[2] 나는 지금까지 나의 주위에서 이러한 고요를 경험해본 적이 없었다. 따라서 나의 심장은 깜짝 놀랐다.

이때 소리 없이 나에게 말하는 자가 있었다. "차라투스트라, **그대는 그것**[3]**을 알고 있지?**"라고.

그래서 이런 속삭임을 듣고 나는 깜짝 놀라 소리를 쳤고, 얼굴에서는 핏기가 가셨다. 그러나 나는 묵묵히 있었다.

이때 다시 한번 소리 없이 나에게 말하는 자가 있었다. "그대는 그것을 알고 있다. 차라투스트라여. 그러나 그대는 그것을 말하지 않는다!"

그래서 마침내 나는 마치 반항하는 자처럼 대답했다.

"그렇다, 나는 그것을 알고 있다. 그러나 나는 그것을 말하고 싶지 않다!"

그때 다시금 소리 없이 나에게 말하는 자가 있었다. "**그대는 원하지 않는다고?** 차라투스트라여. 그게 정말인가? 그대의 반항심에 숨지 마라!"

그래서 나는 어린애처럼 울며 덜덜 떨면서 말했다. "아, 나는 이미 원하기는 했지만, 어떻게 내가 그렇게 할 수 있을 것인가! 제발, 용서해다오! 그것은 내 힘이 미치지 못하는 일이다!"

이때 다시금 소리 없이 나에게 말하는 자가 있었다. "걱정할 것 없지 않은가, 차라투스트라여! 그대의 말을 하고 부서져버려라!"

그래서 나는 대답했다. "아, 그것이 **나의** 말일까? 나는 누구인가? 나

---

1 이제 새로운 사상으로 말미암아 현실을 떠나 깊은 사색에 빠졌다.
2 결정적인 시각이 다가오기를 기다리고 있으므로.
3 영원 회귀 사상.

는 보다 품위 있는 자[1]를 기다리고 있다. 나는 이 사람에 의해서 부서질 만한 가치도 없다."

이때 다시금 소리 없이 나에게 말하는 자가 있었다. "무엇을 걱정하는가? 나로서는 그대가 매우 겸손하다고 말할 수는 없다. 겸손은 가장 단단한 가죽을 갖고 있다."[2]

그래서 나는 대답했다. "지금까지 나의 겸손의 가죽이 견뎌내지 못한 것이 무엇인가! 나는 나의 높이의 기슭에 살고 있다. 나의 정상은 얼마나 높은가? 아직도 그것을 나에게 말해준 사람은 없다. 그러나 나는 나의 골짜기들을 잘 알고 있다."[3]

이때 다시금 소리 없이 나에게 말하는 자가 있었다. "오, 차라투스트라여, 산을 옮겨놓은 자는 골짜기와 저지도 옮겨놓는다."[4]

그래서 나는 대답했다. "아직껏 내 말은 산을 옮겨놓은 적이 없고 내가 말하는 것은 인간을 움직이지 못했다. 나는 분명히 인간들에게 접근하기는 했지만 아직도 나는 그들에게 도달한 적은 없다."

이때 다시금 소리 없이 나에게 말하는 자가 있었다. "그대가 **그것에 대해** 무엇을 알랴! 밤이 가장 조용해졌을 때 이슬은 풀 위에 내려앉는다."[5]

---

1 초인.
2 영원 회귀 사상의 교사라는 자기 운명을 받아들이고 현실의 저열한 민중을 묵묵히 감내하며 민중의 자각과 자기 부정을 촉구하는 난공불락의 태도(가장 단단한 가죽)를 갖지 못했으므로 그의 겸손이 충분하다고는 할 수 없다는 것이다.
3 높은 이상(나의 높이)에 살고 있으나 아직은 그 둘레(기슭)를 맴돌고 있을 뿐이다. 그러나 인간들의 저열함(나의 골짜기들)은 잘 알고 있다.
4 산을 옮긴다는 것은 인간이 지금까지 도달한 위대한 사상들과 겨루어 그 의미를 바꿔놓는 것을 말한다. 따라서 지금까지의 위대한 사상들은 민중의 무자각, 저열함을 드러내는 것에 지나지 않는다. 이러한 의미에서 위대함과 왜소함, 고귀함과 저열함은 사실은 동일한 차원에 속하는 것이다. 그러므로 위대한 사상들의 의미를 바꿔놓는 자는 동시에 민중의 자각과 자기 부정도 달성시킬 수 있다.
5 그대가 그대 자신을 어떻게 평가할 수 있는가? 이슬이 내려 만물을 적셔주는 것은 밤조차도 자

그래서 나는 대답했다. "내가 나의 길을 찾아내고 그 길을 갔을 때 인간들은 나를 비웃었다. 그리고 사실은 그때 나의 두 발은 떨렸다. 그 래서 그들은 나에게 다음과 같이 말했다. 그대는 길을 잊어버렸다. 이 제 그대는 보행조차도 잊어버렸다!"[1]

이때 다시금 소리 없이 나에게 말하는 자가 있었다. "그들의 조롱이 무슨 상관이 있는가! 그대는 복종을 잊어버린 자다.[2] 이제 그대는 명령 해야 하는 것이다! 만인에게 가장 필요한 자가 **누구인지**, 그대는 모르 는가? 위대한 일을 명령하는 자다. 위대한 일을 수행한다는 것은 어렵 다. 그러나 더욱 어려운 것은 위대한 일을 명령하는 것이다.[3] 그대는 권 력을 갖고 있으면서도 지배하려고 하지 않는데, 이것이 그대의 가장 용 서받지 못할 점이다."

그래서 나는 대답했다. "나에게는 명령하기 위한 사자[4]의 소리가 없다."

이때 다시금 속삭이듯이 나에게 말하는 자가 있었다. "폭풍을 몰고 오는 것은 가장 조용한 말이다. 비둘기 걸음으로 걸어오는 사상이 세 계를 지배한다. 오, 차라투스트라여, 그대는 반드시 다가올 자[5]의 그림 자로서 걸어가야 한다. 그러면 그대는 명령할 것이고 명령하면서 선도 할 것이다."

그래서 나는 대답했다. "나는 나 자신이 부끄럽다."[6]

각하지 못하는 사이에 이루어지는 일이다.

1 그대의 사상은 건전하지 못하다.
2 모든 가치가 전도된 다음에야 초인이 가능하므로 기성의 가치 체계에 대해 복종하지 않는다.
3 명령하는 자는 그 수행조차도 책임져야 한다. 명령의 수행은 복종의 차원에서도 가능하다.
4 제1부 '세 가지 변화에 대하여' 참조. 정신의 세 가지 변화에 있어서 '사자'는 자기 긍정을 위한 자기 부정의 가혹한 정신을 상징하고 그 밑의 단계가 '낙타,' 그 위의 단계가 '어린애'다.
5 초인.
6 차라투스트라는 아직 자기 확신이 확고하지 못하고 스스로 원하는 자에 이르지 못했으므로 수치

이때 다시금 소리 없이 나에게 말하는 자가 있었다. "그대는 앞으로 어린애가 되어 수치를 몰라야 한다. 그대에게는 아직도 젊음의 긍지가 남아 있고 그대는 늦게야 젊어졌다. 그러나 어린애가 되고자 하는 자는 자신의 젊음조차도 초극해야 한다."

그래서 나는 오랫동안 숙고하며 덜덜 떨었다. 그러나 마침내 나는 처음에 말한 것과 같은 말을 했다. "나는 바라지 않는다."

이때 나의 주위에서 웃음[1]이 터졌다. 아, 이 웃음소리가 얼마나 나의 내장을 찢고 나의 심장을 도려냈는가!

그리고 소리 없이 나에게 말하는 자는 마지막으로 다음과 같이 말했다. "오, 차라투스트라여, 그대의 과일은 익었으나 그대는 그대의 과일에 어울릴 만큼 익지 못했구나![2] 그렇다면 그대는 고독으로 되돌아가야 한다. 그대는 앞으로 무르익어야 하기 때문이다."

그리고 그것은 다시 웃고 나서 달아났다. 나의 주위는 마치 이중의 고요에 둘러싸인 것처럼 조용해졌다. 그러나 나는 땅바닥에 누워 있었고 온몸에 땀이 흐르고 있었다.

이제 그대들은 모든 이야기를 들었다. 그리고 내가 왜 나의 고독으로 되돌아가야 하는가도. 나는 그대들에게 아무것도 숨기지 않았다, 나의 벗들이여.

그러나 그대들은 나에게서 이것도 들었다. 곧 **누가** 모든 인간 중에서 한결같이 가장 과묵한가를, 또 그렇게 되기를 원하는가를!

를 느낀다.

1 '소리 없이 말하는 자'의 웃음이다. 소리 없이 말하는 자는 차라투스트라의 분신으로서 이 웃음은 '현실의 자기'와 '본래의 자기' 사이의 모순에서 터져 나온 웃음이다.

2 영원 회귀 사상은 성숙했지만 차라투스트라의 영원 회귀 사상의 교사로서의 자기 확신이 아직도 흔들리고 있다.

아, 나의 벗들이여! 나는 아직도 그대들에게 말할 것이 있고 나는 아직도 그대들에게 줄 것[1]이 있건만! 왜 나는 그것을 그대들에게 주지 않고 있는가? 과연 내가 인색하기 때문인가?

그러나 차라투스트라가 이 말을 했을 때 맹렬한 고통과 함께 그의 벗들과의 이별이 가까워졌다는 생각이 그를 엄습했다. 그래서 그는 큰 소리로 울었다. 그리고 아무도 그를 달랠 수 없었다. 그러나 그날 밤, 그는 홀로 길을 떠나 그의 벗들과 헤어졌다.

---

1 영원 회귀 사상을 말한다.

제3부

그대들은 고양을 열망할 때 위를 쳐다본다.
그러나 나는 이미 높은 곳에 도달했기 때문에 내려다본다.
그대들 중에 웃으면서 동시에 고양된 자가 있는가?
가장 높은 산에 오르는 자는 모든 비극적 유희, 비극적
성실성을 비웃는다.

— 제1부 '독서와 저술에 대하여' 중에서

나그네

한밤중, 차라투스트라는 아침 일찍 저쪽 해변에 닿고자 섬의 산등성이를 넘어갔다. 거기서 배를 타기 위해서였다. 곧 그곳에는 외국 배들도 즐겨 정박하는 좋은 부두가 있었던 것이다. 이 배들은 지복의 섬을 떠나 바다를 건너가려는 많은 사람들을 태우고 갔다. 그래서 차라투스트라는 이렇게 산을 오르는 도중에 젊은 시절부터 거듭된 외로운 방랑을 회상하고 이미 얼마나 많은 산과 산등성이와 산꼭대기에 올라갔었는가를 생각했다.

나는 나그네이며 산을 오르는 자다, 이렇게 그는 그의 마음을 향해 말했다. 나는 평지를 사랑하지 않고, 나는 오랫동안 조용히 앉아 있지를 못하는 것 같다.

따라서 앞으로 나에게 운명과 체험으로서 어떠한 일이 닥치든 —— 거기에는 방랑과 등산이 있을 뿐이다. 인간은 결국 오직 자기 자신을 체험할 수 있을 뿐이다.[1]

나에게 우연한 일이 일어날 수 있는 때는 지나갔다. 따라서 이미 나 자신의 것이 되지 않은 것으로서 이제 나에게 어떠한 일이 **일어날 수** **있을** 것인가!

다만 되돌아올 뿐이다 —— 나 자신의 자기는, 그리고 이러한 자기로부터 떠나 오랫동안 낯선 곳을 떠돌고 모든 사물과 우연 사이에 흩어져 있던 것은.

그리고 나는 또 한 가지 일을 알고 있다. 곧 나는 이제 마지막 정상

---

1 인간의 타자와의 모든 체험은 본래의 자기를 체험하는 우회로일 뿐이다.

앞에, 나에게 가장 오랫동안 보류되었던 것[1] 앞에 서 있다. 아, 나의 가장 험한 길을 나는 올라가야 한다! 아, 나는 나의 가장 외로운 방랑을 시작한 것이다!

그러나 나와 같은 성질을 가진 자는 이러한 시간을 피하지 못한다, 자기 자신에게 이렇게 말하는 시간을. "이제 비로소 그대는 위대함으로 통하는 그대의 길을 간다! 정상과 심연 —— 그것은 이제 하나로 뭉쳤다."[2]

그대는 위대함으로 통하는 그대의 길을 간다. 지금까지 그대의 최후의 위험[3]이라고 불리던 것이 이제는 그대의 마지막 피난처가 되었다!

그대는 위대함으로 통하는 그대의 길을 간다. 그대의 배후에는 이미 어떠한 길도 없다는 것, 이것이 이제는 그대의 최상의 용기여야 한다!

그대는 위대함으로 통하는 그대의 길을 간다. 여기에는 몰래 그대의 뒤를 따르는 자는 한 사람도 없어야 한다! 그대의 발이 스스로 그대가 걸어온 길을 지워 버리고 그 길 위에 '불가능'이라고 써서 계시한다.[4]

그리고 그대에게는 앞으로는 어떠한 사다리도 없다면, 그대는 그대 자신의 머리를 딛고 올라갈 줄 알아야 한다![5] 그렇지 않으면 그대는 어떻게 위로 올라갈 수 있는가?

그대 자신의 머리를 딛고, 그대 자신의 심장을 넘어가라! 이제 그대의 가장 부드러운 것도 가장 준엄한 것이 되어야 한다.

---

1 영원 회귀 사상을 고지하는 사람으로 성숙하는 것.
2 차라투스트라는 심연의 사상, 곧 영원 회귀 사상을 사색하고 이를 자기 것으로 체득함으로써 그의 마지막 정상에 도달하여 영원 회귀 사상의 고지자가 될 수 있는 것이다.
3 영원 회귀 사상의 고지. 이것은 동시에 본래의 자기가 되는 것이다.
4 차라투스트라가, 따라서 모든 사람이 본래의 자기에 도달하는 길은 독자적인 것이며 누구도 모방할 수 없다. '불가능'은 통행 불가능이라는 뜻.
5 자기 자신의 지성을 사다리로 삼는 동시에 스스로 자기의 지성을 초극해야 한다.

언제나 자기 자신을 너무 아끼는 자는 결국 너무 아낀 끝에 병들고 만다. 준엄하게 만드는 것을 찬양하자! 버터와 꿀이 ── 넘쳐흐르는 땅[1]을 나는 찬양하지 않는다!

많은 것을 보기 위해서는 자기 자신을 **도외시**할 줄 알아야 한다.[2] 산을 오르는 모든 사람들에게는 이러한 준엄함이 필요하다.

그러나 인식하는 자로서 건방진 눈을 가진 자[3]가 어떻게 만사에 있어서 겉에 나타나 있는 근거 이상의 것을 볼 수 있을 것인가!

그러나 오, 차라투스트라여, 그대는 모든 사물의 근거와 배경을 보려고 했다. 따라서 그대는 그대 자신을 넘어서 올라가지 않을 수 없다. 위로, 위쪽으로 그대의 별들이 그대의 발**밑에** 놓일 때까지![4]

그렇다! 나 자신을, 그리고 나의 별들조차도 내려다보는 것, 이것을 나는 비로소 나의 정상이라고 부른다. 이것은 나에게 남겨진 나의 **마지막** 정상이다!

차라투스트라는 올라가면서 자기 자신에게 이렇게 말하고 준엄하고 짧은 잠언으로 자기 마음을 위로했다. 그는 어느 때보다도 마음의 상처가 컸기 때문이었다. 그리고 그가 산등성이의 꼭대기에 이르렀을 때, 보라, 그의 눈앞 저쪽에는 바다가 펼쳐져 있었다. 그는 오랫동안 말없이 조용히 서 있었다. 그러나 이 꼭대기에서는 밤이 차갑고 쌀쌀했으

---

1 〈출애굽기〉 3장 8절 및 17절, 33장 3절 참조.
2 본래의 자기가 되기 위해서는 우선 자기를 벗어나 타자를 경험해야 한다. 자기 자신을 벗어나 시야를 넓혀야 한다.
3 자기 자신에게 편협하게 사로잡혀 허심탄회하게 사물을 보지 못하고 자기의 관점을 대상에 강요하는 자.
4 자기 자신과 자신의 여러 이상을 넘어서서 고양되는 곳, 그래서 자기 초극이 가능한 곳에 차라투스트라의 마지막 정상이 있다. 여기서는 시간의 본질은 동일한 것의 영원 회귀로 체득된다.

며, 맑고 별빛으로 밝았다.

나는 나의 운명을 인식한다. 마침내 그는 구슬프게 말했다. 자! 나는 각오가 되었다. 방금 나의 마지막 고독이 시작되었다.

아, 나의 발밑의 이 검고 슬픈 바다여! 아, 이 몸이 무겁고[1] 음울한 싫증이여! 아, 운명과 바다여! 그대들에게로 나는 **내려가지 않으면 안 된다.**[2]

나의 가장 높은 산 앞에, 나의 가장 긴 방랑 앞에 나는 서 있다. 그러므로 나는 우선 내가 일찍이 내려갔던 것보다도 더 깊이 내려가지 않으면 안 된다. 내가 일찍이 내려갔던 것보다 더 깊이 고통 속으로, 고통의 가장 검은 만조에까지! 나의 운명이 이와 같이 원한다. 자! 나는 각오가 되었다.

가장 높은 산들은 어디서 오는가? 일찍이 나는 이렇게 물었다. 그때 나는 이 산들은 바다로부터 온다는 것을 배웠다.

그 증거는 산의 바위와 산 정상의 암벽에 쓰여져 있다. 가장 높은 것은 가장 깊은 것으로부터 그 높이에 도달하지 않으면 안 된다.[3]

차라투스트라는 쌀쌀한 산꼭대기에서 이렇게 말했다. 그러나 그가 바다 가까이 와서 마침내 홀로 절벽 밑에 섰을 때 그는 도중에 지쳐서 어느 때보다도 더 동경을 느꼈다.

지금은 아직 만물이 잠들어 있다. 그는 이렇게 말했다. 바다도 잠들

---

1 임신했다는 뜻. 다음 단의 '가장 검은 만조'와 관련된다.
2 차라투스트라는 마지막 정상에 오르기 위해 우선 바다로 내려간다. 바다는 인간성의 비유(니우만은 바다를 영원 회귀 사상으로 본다).
3 '가장 높은 산'은 자기 초극이 이루어진 곳이다. 그런데 가장 높은 산에 도달하기 위해서는 영원 회귀 사상을 체득해야 한다. 따라서 자기의 가장 높은 곳에 오르기 위해서는 가장 깊은 곳으로 내려가는 것이 가장 높은 곳에 도달하는 길이라는 역설이 성립된다.

어 있다. 바다의 눈은 잠에 취해 서먹서먹하게 나를 바라본다.

그러나 바다의 숨결은 따뜻하다. 나는 그것을 느낀다. 그리고 나는 바다가 꿈꾸고 있다는 것도 느낀다. 바다는 딱딱한 베개 위에서 꿈을 꾸면서 꿈틀거린다.

들어라! 들어라! 여러 가지 나쁜 추억 때문에 바다가 얼마나 신음하는가를! 혹은 여러 가지 나쁜 기대 때문일까?

아, 그대 어두운 괴물이여, 나는 그대와 더불어 슬프고 그대 때문에 나 자신을 원망한다.

아, 나의 손이 충분히 강하지 못하다니! 정녕 즐거이 나는 그대를 여러 가지 나쁜 꿈에서 구해주고 싶건만!

그런데 차라투스트라는 이렇게 말하면서 우수와 쓰라림 때문에 자기 자신을 비웃었다. 차라투스트라여! 그대는 바다에게도 위로의 노래를 부르려는가! 이렇게 그는 말했다.

아, 그대 친절한 바보, 차라투스트라여, 그대 지나친 맹신자여! 그러나 그대는 언제나 그러했다. 언제나 그대는 신뢰하는 마음으로 일체의 무서운 것에 접근했다.

온갖 괴물을 그대는 애무하려고 했다. 따뜻한 숨결, 앞발의 약간의 부드러운 털――그러면 그대는 곧 그것을 사랑하고 유혹하려고 한다.[1]

사랑은 가장 고독한 자의 위험이다, **살아 있는 것이면** 무엇이든 사랑하려는 사랑은. 정녕 사랑에 있어서의 나의 바보스러움, 나의 겸손[2]은

---

1 차라투스트라의 마음은 사랑에 차 있기 때문에 극복되어야 할 인간성에 대해서도 신뢰와 애착을 갖는다. 사랑의 유혹을 받는 것은 그의 최대의 위험이다. 이 사랑은 일종의 동정이다. 이것은 제4부의 주제가 된다.
2 진정한 사랑은 준엄해짐으로써 상대를 고양시킨다. 따라서 동정은 사랑에 있어서의 바보스러움, 겸손이다.

우습구나!

차라투스트라는 이렇게 말하고 다시 한번 웃었다. 그러나 이때 그는
두고 온 그의 벗들을 생각했다 —— 그리고 마치 그의 상념으로 그들에
게 죄를 짓기라도 한 것처럼 그는 그의 상념 때문에 자기 자신에게 화
를 냈다. 그리고 이렇게 되자마자 곧 웃던 사람이 울기 시작했다 ——
분노와 동경 때문에 차라투스트라는 애처롭게 울었다.

환영과 수수께끼에 대하여

1

차라투스트라가 배에 탔다는 소문이 선원들 사이에 퍼지자 —— 지복
의 섬에서 온 어떤 남자가 그와 함께 승선했기 때문이었다 —— 커다란
호기심과 기대가 생겼다. 그러나 차라투스트라는 이틀 동안 말이 없었
고[1] 비애 때문에 쌀쌀하고 귀머거리가 되어 눈짓에도, 물음에도 대답하
지 않았다. 그러나 이틀째 되는 날 저녁, 그는 여전히 아직 말이 없었지
만 그의 귀를 다시 열었다. 먼 곳에서 와서 다시 먼 곳으로 가는 이 배
에서는 경청할 만한 진기한 일, 위험한 일이 많았기 때문이었다. 그런
데 차라투스트라는 먼 여행을 하고 위험 없이는 살아가지 못하는 모든
사람들의 벗이었다. 그리고 보라! 듣고 있는 동안에 드디어 그의 혀가

---

1 하이데거는 선원들이 대해(大海)로 나가기까지 기다렸다가, 또 선원들이 알아들을 만한 사람인
가를 시험해보고 나서 말하기 시작했음을 뜻한다고 해석한다.

풀리고 그의 가슴의 얼음이 부서졌다. 그래서 그는 다음과 같이 말하기 시작했다.

그대들 대담한 탐구자들, 탐험자들에게, 그리고 일찍이 교활한 돛을 달고 위험한 여러 바다를 항해한 적이 있는 자들에게.[1]

그대들, 그 영혼이 피리소리를 듣고 어떤 미궁 같은 골짜기로 끌려 들어가는, 수수께끼에 취한 자들, 어스름을 기뻐하는 자들에게.[2]

왜냐하면 그대들은 벌벌 떠는 손으로 한 오라기의 실을 찾는 것[3]을 바라지 않고 또 그대들은 **추측**할 수 있는 경우에는 **연역**하는 것을 좋아하지 않기 때문에[4] ── .

그대들에게만 내가 **본** 수수께끼를 말한다 ── 가장 고독한 자의 환영을.

요즈음 나는 시체와 같은 빛깔의 황혼[5] 속을 우울한 기분으로 걸었다. 우울하고 냉정하게 입술을 굳게 다물고. 나에게는 단지 하나의 태양이 진 것만은 아니었다.[6]

자갈 사이로 대담하게 위로 뻗친 오솔길, 이미 잡초도, 관목도 깃들이지 않는 심술궂고 쓸쓸한 오솔길, 이러한 산속의 오솔길이 나의 대담한 발밑에서 달그락달그락 소리를 냈다.

---

1 제2부 '유명한 현인들에 대하여' 36~37단 참조. 또한 이 절의 2단부터 4단까지는 《이 사람을 보라》에 그대로 인용되어 있다.
2 새 모양을 한 바다의 요녀 세이렌이 아름다운 노랫소리로 선원들을 유혹한다는 호메로스의 《오디세이》를 연상시킨다.
3 테세우스가 미궁에 사는 미노타우로스를 없앨 때 실을 더듬으며 전진했다는 이야기가 연상된다.
4 논리적으로 보편에서 특수로 연역적인 추론을 하는 것이 아니라 '추측'이라는 불안전하고 모험적인 방법을 즐긴다. 곧 구태의연한 삶이 아니라 새롭고 모험적인 삶을 추구한다.
5 일체의 이상이 완전한 이상 상실의 어둠 속으로 차츰 잠겨버리는 것을 말한다. 태양은 삶과 육체를 긍정하는 의지를 상징한다.
6 모든 이상이 사라졌다.

비웃는 듯이 달그락거리는 소리를 내는 자갈 위를 말없이 걷고 발을 미끄러뜨리는 돌을 짓밟으면서 나의 발은 억지로 위로 걸어 올라갔다.

위로 — 나의 발을 아래로 끌어내리고 심연으로 끌어내리는 정령, 나의 악마이며 대적인 중력의 정령[1]에게 반항하면서.

위로 — 반쯤 난쟁이고 반쯤 두더지고[2] 절름거리고 절름거리게 하는[3] 이 정령이 나의 귓속으로 납을, 나의 뇌 속으로 방울방울 납과 같은 사상[4]을 떨어뜨리며 내 어깨 위에 걸터앉아 있다 하더라도.

"오, 차라투스트라여." 정령은 한 마디 한 마디를 비웃는 듯이 속삭였다.

"그대 지혜의 돌이여! 그대는 그대를 높이 던졌으나 던져진 돌은 모두 반드시 — 떨어지게 마련이다![5]

오, 차라투스트라여, 그대 지혜의 돌이여, 그대 투석기의 돌이여, 그대 별의 파괴자여! 그대 자신을 그대는 이렇게 높이 던졌다. 그러나 던져진 돌은 모두 — 반드시 떨어진다!

자기 자신에게 돌아와 자기 자신을 돌로 때려 죽이도록 단죄되었다면, 오, 차라투스트라여, 그대는 돌을 멀리 던지기는 했지만 — 그러

---

1 어린애의 경지에 이르려는 자기 초극의 의지 내지는 행위에 대해 불가결한 저항력이 되는 것, 또는 이러한 저항력의 총칭.
2 《이 사람을 보라》의 '비극의 탄생'에 다음과 같은 구절이 있다. "디오니소스적 상징에 있어서는 '긍정'의 극한이 달성되어 있는 데 대해 기독교는 가장 깊은 의미에서 니힐리즘적이다. 기독교의 성직자들이 '음험한 난쟁이', '지하적인 자들'이라는 풍자를 받고 있는 곳이 있다."
3 생명력 내지는 실행력의 위축을 말한다.
4 니힐리즘적 사상을 말한다.
5 무한히 올라간다는 것은 불가능하다. 인간의 모든 투기는 결국 다시 하강하지 않을 수 없다. 유한한 시간이 무한히 올라가는 것을 방해하기 때문이다. 무한한 시간 앞에서는 모든 의미는 무의미해지고, 모든 모험은 헛수고로 그치고, 위대함은 위축되는 것이다. 이 경우 '중력의 정령'은 시간의 무한성에 대한 인식으로 해석된다.

266

나 돌은 **그대** 위에 다시 떨어지리라."

이렇게 말하고 난쟁이는 침묵했다. 그리고 침묵은 오래 계속되었다. 그러나 그의 침묵은 나를 답답하게 만들었다. 이렇게 해서 사람들은 정녕 둘이 있으면 혼자 있을 때보다 더 외롭다.

나는 오르고 또 오르고, 꿈꾸고 생각했다. 그러나 모든 것이 나를 답답하게 만들었다. 나는 심한 가책에 지치고 다시금 악몽 때문에 잠에서 깨어나는 병자와 같았다.

그러나 나에게는 내가 용기¹라고 부르는 것이 있다. 이것이 지금까지 나의 모든 낙담을 죽여버렸다. 이 용기가 마침내 나에게 명령했다. 멈춰 서서 "난쟁이여! 그대인가! 그렇지 않으면 나인가!"라고 말하라고.

다시 말하면 용기는 최상의 살해자다 —— **공격하는** 용기는. 모든 공격에는 울려 퍼지는 군악이 있기 때문이다.

그러나 인간은 가장 용감한 동물이다. 이러한 동물이므로 인간은 모든 동물을 초극했다.² 군악을 울리면서 인간은 모든 고통도 초극했다. 그러나 인간의 고통은 가장 깊은 고통이다.

용기는 심연에서 느끼는 현기증도 살해한다. 그리고 인간은 어느 곳에서나 심연 앞에 서 있지 않는가! 본다는 것 자체가 —— 심연을 보는 것이 아닌가?³

용기는 최상의 살해자다. 용기는 동정도 살해한다. 그러나 동정은 가장 깊은 심연이다. 인간은 삶을 깊이 통찰하는 것만큼 고뇌도 깊이 통

---

1 이 용기는 영원 회귀 사상에 포함된 니힐리즘을 극복하는 주체적 노력의 전제가 된다.
2 자기 초극에 의해 높은 존재자로 고양되면 될수록 고통을 느끼는 능력도 커진다. 그러나 모험적인 용기에 의해 상쇄된다.
3 본다는 것, 곧 인식한다는 것 자체가 세계는 본래 인간에게는 파악되지 않는 심연과 같다는 것을 이해하는 것이다.

찰한다.[1]

그러나 용기는 최상의 살해자다, 공격하는 용기는. 이 용기는 죽음조차도 살해한다. 용기는 "**그것**이 삶이었던가? 자! 그럼 다시 한번!"[2]이라고 말하기 때문이다.

그러나 이러한 말에서는 많은 군악[3]이 울려 퍼진다. 귀가 있는 자는 들어라.

2

"잠깐! 난쟁이여!" 나는 말했다. "나인가! 그렇지 않으면 그대인가! 그러나 우리 둘 중에서는 내가 더 강자다. 그대는 나의 심연의 사상을 알지 못한다! **이 사상**을 ── 그대는 감당하지 못할 것이다!"

이때 내 몸을 가볍게 해주는 일이 일어났다. 난쟁이가, 이 호기심 많은 자가 내 어깨로부터 뛰어내렸기 때문이었다! 그리고 난쟁이는 내 앞에 있는 돌 위에 웅크리고 앉았다. 그러나 바로 우리가 멈춰 선 곳에 출입구가 있었다.

"이 출입구를 보라! 난쟁이여!" 나는 계속해서 말했다. "이 출입구는 두 개의 얼굴을 갖고 있다. 두 길이 여기서 만난다. 아무도 아직은 이

---

1 동정은 강하게 살려는 자에게 현기증을 일으켜 그 힘을 약화시킨다는 면에서 일종의 심연이다. 그러나 삶의 고뇌를 깊이 통찰할수록 고뇌라는 삶의 근본적 사실을 회피하려는 태도, 곧 동정은 더욱 깊어지지만 용기는 이러한 동정도 초극하고 강하게 살게 한다.

2 스스로 용기에 의해서 영원 회귀 사상에 포함된 니힐리즘을 초극하고 이 사상을 자기 것으로 받아들인 자만이 죽음을 맞이하여 '그것이 삶이었던가? 자! 그럼 다시 한번!'이라고 말할 수 있다. 죽음에 대해 이렇게 말하는 것은 일체의 종말로서의 죽음의 의미를 무의미하게 만든다. 죽음을 맞이하여 이렇게 말할 수 있도록 삶의 각 순간을 사는 것이 영원 회귀 사상의 실천적, 윤리적 의의다.

3 승리를 알리는 군악이다.

두 길의 끝까지 가보지 못했다. 뒤로 뻗친 이 기나긴 오솔길, 그것은 영원에 이어진다. 그리고 저 밖으로 나가는 기나긴 오솔길 —— 그것은 또 하나의 영원이다.[1] 그들은 서로 모순된다, 이 길들은. 이 길들은 서로 정면으로 맞부딪친다. 그리고 여기, 이 출입구는 두 길이 마주치는 곳이다. 출입구의 이름은 위에 쓰여 있다, '순간'[2]이라고. 그러나 이 두 길 중 하나를 따라 앞으로 —— 더욱 앞으로, 더욱 멀리 가는 자가 있다면, 그대 난쟁이여, 그래도 이 길이 영원히 서로 모순된다고 믿는가?"[3]

"모든 직선은 속인다." 난쟁이는 비웃는 듯이 중얼거렸다. "모든 진리는 곡선이고 시간 자체가 원환이다."[4]

"그대 중력의 정령이여!" 나는 화를 내며 말했다. "너무 쉽게 생각하지 마라! 그렇지 않으면 나는 그대를 지금 웅크리고 앉아 있는 곳에 웅크리고 앉은 채로 내버려둘 테다, 이 절름발이야. 사실 내가 그대를 **높은 곳**으로 데려온 것이다!"

나는 계속해서 말했다. "보라, 이 순간을![5] 이 순간이라는 출입구로부터 하나의 기나긴 영원의 오솔길이 **뒤로** 뻗쳐 있다. 우리들 뒤에는 하나의 영원이 있다.[6]

---

1 한 길은 '과거', 또 한 길은 '미래'를 의미한다.

2 현재라는 '순간', 그러나 이 순간은 계시적인 의미의 현재는 아니다.

3 '과거에의 영원과 미래에의 영원이 결코 서로 만나지 않는다고 믿는가?' 난쟁이에 대한 첫 번째 물음.

4 상식적으로는 과거는 미래를 결정하고, 따라서 과거는 미래 속에 살아 있다고 생각되어 양자는 원환(圓環) 관계에 있다고 본다.

5 하이데거는 니체가 '순간'과 '니힐리즘의 초극'이라는 관점에서 영원 회귀 사상을 사색한다고 본다. 영원성을 사색하기 위해서는 자기 존재의 순간을 생각해야 하고, 한편 동일한 것의 회귀를 사색하기 위해서는 모든 것은 동일하다는 니힐리즘과의 대결이 불가피하다.

6 이하에서 영원 회귀 사상의 주요한 세 전제가 암시되어 있다. 곧 첫째, 미래 및 과거에 있어서의 시간의 무한성, 그 시간의 현실성, 둘째, 여러 사물과 그 경과의 유한성이다. 이러한 전제 밑에서는 존재할 수 있는 모든 것은 이미 존재자로서 존재하지 않으면 안 된다. 무한한 시간 속에서는

모든 사물 가운데서 달릴 **줄 아는** 것은 이미 언젠가 이 오솔길을 달렸음에 틀림이 없지 않은가? 모든 사물 가운데서 일어날 **수 있었던** 일은 이미 언젠가 일어났고 이루어졌고 달려가버렸음에 틀림이 없지 않은가?

그리고 모든 것이 이미 있었다면 그대 난쟁이는 이 순간을 어떻게 생각하는가? 이 출입구도 이미 있었음에 틀림이 없지 않은가?

그리고 이 순간의 **모든** 미래의 사물을 야기시키는 방식에 따라 모든 사물은 굳게 결합되어 있지 않은가? 따라서 —— 자기 자신도 (야기시키는 것이 아닌가)?

왜냐하면 모든 사물 가운데서 달릴 **줄 아는** 것은 이 **밖으로 나가는** 기나긴 오솔길을 —— 언젠가는 **반드시** 달릴 것이기 때문이다!

그리고 달빛 속에 기어다니는 이 느린 거미, 그리고 달빛 자체, 그리고 함께 속삭이면서, 영원한 사물들에 대해 속삭이면서 출입구에 있는 나와 그대 —— 우리는 모두 이미 있었음에 틀림이 없지 않은가?

그리고 회귀하고 밖으로 나가는 우리 앞에 있는 저 다른 길을, 이 기나긴 소름 끼치는 오솔길을 달리고 —— 우리는 영원히 회귀함에 틀림이 없지 않은가?"

이렇게 나는 말했다, 점점 낮은 목소리로. 나는 나 자신의 여러 가지 사상과 배후의 사상이 두려웠기 때문이었다. 이때 갑자기 나는 가까운 곳에서 한 마리의 개가 **짖는 것**을 들었다.

일찍이 개가 이렇게 짖는 것을 나는 들은 적이 있었던가? 나의 생각은 옛날로 달려갔다. 그렇다! 내가 어린애였던 시절로, 머나먼 어린

유한한 세계의 경과는 이미 완료되어 있기 때문이다(하이데거). 셋째, 따라서 현재의 모든 일은 과거의 것의 회귀이고 또한 현재의 일은 미래에 있어서도 회귀한다.

시절로.

그때 나는 개가 이렇게 짖는 것을 들었다. 그리고 개들조차도 유령을 믿는 고요한 한밤중에 털을 곤두세우고, 머리를 위로 치켜들고 떨고 있는 것을 보았다.

이런 모양을 보고 나는 연민을 느꼈다. 바로 그때 만월(滿月)이 죽음처럼 묵묵히 집 위에 떠올랐기 때문이었다.[1] 바로 그때 둥근 작열체인 만월은 정지했다. 마치 남의 소유지에 멈춰 선 것처럼 편편한 지붕 위에 조용히.

이 때문에 그때 개는 놀랐던 것이다. 개들은 도둑과 유령의 존재를 믿기 때문이다.[2] 그리고 내가 다시 이렇게 짖는 소리를 들었을 때 나는 다시금 연민을 느꼈다.

지금 난쟁이는 어디로 갔는가? 그리고 출입구는? 그리고 거미는? 그리고 모든 속삭임은? 도대체 나는 꿈을 꾸었는가? 나는 깨어 있었던가? 갑자기 험한 절벽 사이에 나는 홀로 서 있었다. 쓸쓸하게, 가장 쓸쓸한 달빛 속에.

그러나 거기에는 인간이 누워 있었다! 그리고 거기에서는! 개가 날뛰며 털을 곤두세우고 킹킹거리다가 —— 이제 개는 내가 오는 것을 보고 —— 다시 짖었다. 이때 개는 **부르짖었던** 것이다. 일찍이 나는 개가 이렇게 도움을 구해서 울부짖는 것을 들은 적이 있었던가?

그리고 정녕 내가 본 것, 그러한 것을 나는 본 적이 없었다. 나는 젊

---

1 개가 달을 보고 짖는 것은 잘 알려진 사실이다.
2 여기서의 개는 유령의 존재를 믿는다는 점에서 죽음의 세계와 관련된 것으로 파악된다. 그러나 니체에 있어서의 죽음의 세계는 삶의 세계와 대립되는 것이기보다는 오히려 삶의 세계의 일면, 곧 그 암흑면이다. 도둑은 유령과 마찬가지로 영원 회귀 사상의 암흑면과 관련이 있는 상징으로 만월의 비유와 관련하여 어둠 속을 숨어다니는 도둑을 말한다.

은 목자[1]가 꿈틀거리고 캑캑거리고 경련하며 얼굴을 찡그리고 있는 것을 보았다. 그의 입에는 한 마리의 검고 무거운 뱀[2]이 매달려 있었다.

일찍이 나는 한 얼굴에서 이렇게 많은 구역질과 창백한 공포를 본 적이 있었던가? 그는 자고 있었던 것일까? 그때 뱀은 그의 목 속으로 기어 들어가 — 거기를 꽉 문 것이다.

나의 손은 뱀을 잡아당기고 또 잡아당겼다. 소용없었다![3] 나의 손은 뱀을 목에서 떼어내지 못했다. 그때 나의 내면에서 외치는 것이 있었다.[4] "물어라! 물어라!

머리를 물어뜯어라![5] 물어라!" 이렇게 나의 내면에서 외치는 것이 있었다. 나의 공포, 나의 증오, 나의 구역질, 나의 연민, 나의 모든 선과 악이 한결같은 절규로서 나의 내면에서 외쳤다.

그대들 나를 둘러싼 대담한 자들이여! 그대들 탐구자들, 탐험자들이여, 그리고 그대들 가운데서 교활한 돛을 달고 아직 탐험되지 않은 여러 바다를 항해한 적이 있는 자들이여! 그대들 수수께끼를 즐기는 자들이여!

그때 내가 본 수수께끼를 풀어다오, 가장 고독한 자의 환영을 해명해다오!

그것은 환영이며 예견이었기 때문이다. 그때 나는 비유 속에서 **무엇**

---

1 젊은 목자는 어린 시절 개가 짖는 것을 들었던 사람, 곧 차라투스트라 자신이다. 여기서 목자는 착하고 의로운 자로서의 민중의 지배자를 말하며, 차라투스트라는 목자가 되기보다는 오히려 목자로부터 강탈자로 불리기를 바란다('서설' 참조).

2 영원 회귀 사상의 암흑면. 곧 니힐리즘의 무의미성, 무목표성, 다시 말하면 니힐리즘 자체의 상징.

3 니힐리즘은 남의 힘을 빌려서 초극할 수 있는 것이 아니다. 니힐리즘은 영원 회귀를 긍정하는 초인적 의지에 의해서만, 따라서 주체적으로만 극복된다.

4 하이데거는 차라투스트라의 일체의 선과 악, 그의 본질 전체와 경력 전체가 뭉쳐서 외치는 것이라고 해석한다.

5 머리를 물라는 것은 니힐리즘을 근원적으로 초극하라는 것이다.

272

을 보았는가? 그리고 언젠가 반드시 올 자는 **누구**인가?

이렇게 뱀이 목 속으로 기어 들어간 목자는 **누구**[1]인가? 이렇게 가장 무거운 것, 가장 검은 것이 모두 목 속으로 기어 들어가게 될 인간은 누구[2]인가?

그러나 목자는 내 절규가 권한 대로 물어뜯었다. 그는 단숨에 잘 물었다! 그는 뱀 대가리를 멀리 토해버렸다. 그리고 벌떡 일어났다.

이미 목자도 아니고 이미 인간도 아닌 —— 변화한 자, 빛에 둘러싸인 자로서 그는 **웃었다!** 일찍이 지상에서 그가 웃는 것처럼 웃어본 사람은 한 명도 없었다!

오, 나의 형제들이여, 나는 인간의 웃음 같지 않은 웃음[3]을 들었다. 그리고 이제 갈증이, 결코 조용해지지 않는 동경이 나를 갉아먹는다.

이러한 웃음에 대한 나의 동경이 나를 갉아먹는다. 오, 나는 더 이상 살아가는 것을 어떻게 참을 것인가! 그리고 지금 죽는다는 것, 그것도 나는 어떻게 참을 것인가![4]

차라투스트라는 이렇게 말했다.

뜻에 거슬리는 지복에 대하여

이와 같은 여러 가지 수수께끼와 쓰라림을 가슴에 간직한 채 차라투

---

1 차라투스트라 자신이다.
2 차라투스트라와 함께 영원 회귀 사상을 스스로 사색하게 될 사람들이다.
3 영원 회귀 사상을 체득하여 삶의 의미를 알고 삶을 달관하는 (니힐리즘을 초극한) 자의 웃음. 그러므로 '인간의 웃음 같지 않은 웃음'이다.
4 나는 아직 웃는 자는 못 되었다. 따라서 삶을 견딜 수 없다. 그러나 웃는 자가 되지 않고 죽는 것, 그것도 견딜 수 없다.

스트라는 항해를 계속했다. 그러나 그가 나흘 동안의 여행으로 지복의 섬들과 그의 벗들로부터 멀리 떨어졌을 때 그는 그의 모든 고통을 초극했다. 상승의 기세로써 군건한 발로 다시 그의 운명을 밟고 섰다. 그리고 이때 차라투스트라는 그의 기뻐 날뛰는 양심을 향해 이렇게 말했다.

나는 다시 홀로 있고, 맑은 하늘과 광활한 바다와 함께 홀로 있으며, 홀로 있기를 바라고 있다. 그리고 나의 둘레는 다시 오후다.

나는 일찍이 처음으로 나의 벗들을 발견했던 것도 오후였고 두 번째도 오후였다. 모든 빛이 더욱 조용해지는 시간이었다.

왜냐하면 아직도 하늘로부터 땅으로 내려오고 있는 행복[1]은 지금도 역시 숙소로서 밝은 영혼을 찾고 있기 때문이다. **행복한 나머지** 모든 빛은 지금 더욱 조용해졌다.

오, 나의 삶의 오후여! 일찍이 **나의** 행복도 숙소를 찾기 위해 골짜기로 내려갔다.[2] 거기서 나의 행복은 흉금을 열고 손님을 반기는 이 영혼들을 찾아냈다.

오, 나의 삶의 오후여! 나는 한 가지를, 곧 나의 사상들의 생생한 식수(植樹)[3]와 나의 최고의 희망[4]의 이 아침놀을 얻기 위해서는 무엇인들 포기하지 못했을 것인가!

일찍이 창조하는 자는 길동무와 **자기 자신**의 희망의 어린애들을 찾아다녔다. 그런데 보라, 창조하는 자는 우선 어린애들을 창조하지 않고

---

1 '서설' 1에서 차라투스트라는 인간이 있는 곳으로 몰락하는 자신의 경지를 태양의 행복에 비유하고 있다. 따라서 여기서는 태양의 행복을 말한다.
2 인간 세계로 내려갔다.
3 사상을 전달할 인간들.
4 초인이 되는 것.

서는 그들을 찾아낼 수 없다는 것을 알았다.

이렇게 해서 나는 나의 어린애들에게 가거나 어린애들로부터 되돌아오면서 나의 사업에 몰두하고 있다. 자기 자신의 어린애들을 위해서 차라투스트라는 자기 자신을 완성하지 않으면 안 된다.

사람들은 근본적으로는 오직 자기 자식과 사업만을 사랑하기 때문이다. 그리고 자기 자신에 대한 커다란 사랑이 있는 경우, 이 사랑은 임신의 징조다.[1] 나는 이와 같이 깨달았다.

나의 어린애들은 아직도 그들의 첫봄을 맞이해서 푸르고 나란히 서서 함께 바람에 흔들리고 있다. 나의 정원과 최선의 토양의 나무들은.

그리고 정녕! 이러한 나무들이 나란히 서 있는 곳, 거기에 지복의 섬들이 **있다!**

그러나 언젠가 나는 이 나무들을 뽑아내서 제각기 따로따로 심을 것이다. 각각의 나무가 고독과 반항과 조심을 배우도록.

따라서 불굴의 삶의 생생한 등대로서 나무는 마디가 굵고 휘어진 채 부드러우면서도 견고하게 바닷가에 서 있어야 한다.

폭풍이 바다로 추락하고 산맥의 코가 물을 마시는 곳, 거기서 각각의 나무는 언젠가 낮과 밤을 경계해야 한다, **자기 자신**을 시험하고 인식하기 위해서.

각각의 나무는 나의 종족, 나의 혈통인지 식별되고 시험되어야 한다. 각각의 나무가 유장한 의지의 소유자여서 말할 때에도 과묵하고, 줄 때에도 받아들이면서 주는 방식을 취할 만큼 관대한지.[2]

---

1 니체는 "우리들 자신이 창작한 존재자를 가장 사랑한다. 작품이나 자녀에 대해서는 사랑을 명령할 필요는 없다"고 했다. 따라서 자녀나 작품(사업)에 대한 참된 사랑이 자신의 내면에 움트게 되면 자기 자신에 대한 사랑이 커진다.
2 어떤 사상을 체득하기 위해서는 사상을 전파하는 자로서 이 사상을 말할 때가 오기까지는 오랫

각각의 나무가 언젠가 나의 길동무가 되고 차라투스트라와 함께 창조하고 함께 축제를 벌이는 자 —— 모든 사물의 보다 완전한 완성을 위해서 나의 의지를 목록판 위에 기록하는 자가 될는지.

그리고 이러한 자 및 이러한 자와 동등한 자를 위해서 나 자신은 나를 완성하지 않으면 안 된다. 그러므로 나는 이제 나의 행복을 피하고 나를 모든 불행에 내맡긴다, **나 자신의** 마지막 시험과 인식을 위해서.

그리고 정녕 내가 떠나야 할 때였다. 그리고 나그네의 그림자[1]와 극단적인 지루함[2]과 가장 고요한 시간[3]은 —— 모두 나에게 권했다, "때가 성숙했다!"[4]라고.

바람은 열쇠 구멍으로 불어 들어와 나에게 "오라!"고 말했다. 문은 재치 있게 활짝 열리며 "가라!"고 말했다.

그러나 나는 나의 어린애들에 대한 사랑의 사슬에 묶여 누워 있었다. 열망이 나에게 이러한 덫을 씌웠다, 내가 나의 어린애들의 희생물이 되고 그들을 위해 나 자신을 상실하려는 사랑에 대한 열망이.

열망한다는 것 —— 그것은 나에게는 이미 나 자신의 것을 의미한다. **나는 그대들을 소유하고 있다, 나의 어린애들이여!** 이러한 소유에 있어서는 모든 것이 확보되어야 하고 갈망하는 것이 있어서는 안 된다.[5]

그러나 나의 사랑의 태양은 찌는 듯이 내려쬐며 내 머리 위에 있었고

동안 자기 완성에 정진해야 하고, 자기 자신이 완성되기까지는 다른 사람에게 사상을 전달할 뿐 아니라 다른 사람의 사상을 받아들이기도 해야 한다.

1 제2부 '대사건에 대하여' 2단 참조.
2 제2부 '예언자에 대하여' 참조.
3 제2부 '가장 고요한 시간' 참조.
4 영원 회귀 사상을 전달할 때가 성숙했다는 것.
5 확실히 소유하는 경우에는 더 이상의 열망은 필요하지 않으며, 아직도 열망이 남아 있다면 불완전한 소유이다.

차라투스트라는 자기 자신의 체액 속에서 끓고 있었다.[1] 그때 그림자와 회의는 내 머리 위로 날아갔다.

나는 이미 혹한과 겨울을 갈망하고 있었다. "오, 혹한과 겨울이 나를 다시금 부러뜨리고 삐걱거리게 만들었으면!" 하고 나는 탄식했다. 그 때 얼음처럼 찬 안개가 내 몸에서 솟아올랐다.

나의 과거는 그 무덤들을 파헤쳤고 생매장된 많은 고통[2]이 소생했 다. ─ 이 고통은 수의에 싸여서 잠들어 있었을 뿐이었다.[3]

이와 같이 모든 것이 나에게 징후로서 외쳤다. "때가 성숙했다!"라 고. 그러나 나는 ─ 듣지 않았다, 마침내 나의 심연이 흔들리고 나의 사상이 나를 물 때까지.[4]

아, 그대 **나의** 사상인 심연과 같은 사상이여![5] 그대가 파헤치는 소리 를 들어도 더 이상 떨지 않을 만한 힘을 나는 언제 찾아낼 것인가?

그대가 파헤치는 소리를 들으면 나의 심장은 목까지 두근거린다! 그 대의 침묵도 내 목을 조르리라, 그대 심연처럼 침묵하는 자여!

나는 아직 한 번도 그대에게 **올라오라**고 감히 부른 적이 없었다. 내 가 그대를 나의 몸에 ─ 갖고 있는 것으로 충분했다! 나는 아직도 궁 극적인 사자의 자부심과 방자함[6]에 이를 만큼 강하지는 못했다.

---

1 어린애들에 대한 사랑에 사로잡혀 아직도 열망에서 벗어나지 못했다.

2 주로 고독으로 말미암아 생기는 고통을 말한다.

3 어린애들에 대한 사랑 때문에 잃었던 고통이 되살아났다. '바람은……'으로부터 여기까지는 차 라투스트라가 영원 회귀 사상의 고지자로서 성숙하기 위해 제자들에 대한 사랑을 단념하고 고독 에 잠길 때가 왔다는 것을 나타내고 있다.

4 제3부 '환영과 수수께끼에 대하여'에서 젊은 목자를 문 검고 무거운 뱀(영원 회귀 사상)과 관련 하여 생각할 것.

5 영원 회귀 사상. 여기서 '심연과 같은 사상'이라고 하는 경우의 심연은 카오스(Chaos)와 관련된 개념인데 니체는 세계 전체를 카오스로 파악한다. 그런데 카오스로서의 세계는 법칙이나 필연성 이 없는 것이 아니라 그 나름의 필연성을 갖고 있고 이것이 영원 회귀인 것이다.

6 절대적인 부정의 정신으로 영원 회귀 사상에 포함된 니힐리즘과 대결하는 것.

나에게는 언제나 그대의 무게가 이미 충분히 두려운 것이었다. 그러나 언젠가는 나는 그대를 올라오라고 부를 힘과 사자의 목소리를 찾아내고야 말리라!

내가 우선 이 점에서 나 자신을 초극한다면, 나는 보다 위대한 것[1]에 있어서도 나 자신을 초극하리라. 그리고 하나의 **승리**를 나의 완성의 봉인으로 삼으리라!

그때까지는 나는 불안한 바다 위를 떠돈다. 우연이, 구변이 좋은 우연이[2] 나에게 아첨을 한다. 앞으로 뒤로 나는 바라보지만 ─ 아직 어떠한 끝도 보이지 않는다.

아직도 나에게는 마지막 결전의 시간이 오지 않았다. 혹은 이 시간이 방금 나에게 온 것일까? 정녕 음침한 아름다움을 갖고 바다와 삶이 둘레에서 나를 바라보고 있다!

오, 나의 삶의 오후여! 오, 저녁 전의 행복이여! 오, 대양 위의 항구여! 오, 불안 속의 평화여![3] 나는 그대들 모두를 얼마나 불신하는가!

정녕 나는 그대들의 음침한 아름다움을 믿지 않는다! 나는 비로드처럼 너무 매끄러운 미소를 믿지 않는 사랑하는 자와 같다.

사랑하는 자, 이 질투심 많은 자가 냉혹하면서도 깊은 사랑을 품고 가장 사랑하는 이를 밀어내는 것처럼 ─ 이렇게 나는 이 지복의 시간을 밀어낸다.

가거라, 그대 지복의 시간이여! 그대와 함께 나에게는 뜻에 거슬리

---

1 '보다 위대한 것'은 절대적인 긍정의 정신으로 일체의 영원 회귀의 현실을 긍정하는 것. 곧 '운명애.' 이것은 제1부 '세 가지 변화에 대하여'에서 '사자'의 입장을 초극하고 '어린애'의 입장이 되는 것이며, 또한 차라투스트라의 최후의 승리이며 완성이다.
2 눈앞의 유혹적인 현실적 행복.
3 대해(大海)에서 느끼는 안정감.

는 지복이 찾아왔다! 나의 가장 깊은 고통[1]을 감수하고자 나는 여기에 서 있다. 그대는 나쁜 때에 찾아왔다!

가거라, 그대 지복의 시간이여! 오히려 저쪽 — 나의 어린애들이 있는 곳에 숙소를 마련하라! 서둘러라! 그리고 저녁이 되기 전에 **나의** 행복으로 그들을 축복하라!

이미 저녁이 가까워졌다. 해는 진다. 가라 — 나의 행복이여!

차라투스트라는 이렇게 말했다. 그리고 그는 밤을 새워 그의 불행을 기다렸으나 기다려도 소용이 없었다. 밤은 여전히 맑고 고요했으며 행복 자체는 점점 더 가까이 왔다. 그러나 아침 무렵, 차라투스트라는 자신의 마음을 향해 웃고 그리고 비웃듯이 말했다. "행복이 내 뒤를 쫓아온다. 내가 여자 뒤를 쫓아다니지 않기 때문에 이렇게 되는 것이다. 그런데 행복은 여자다."

해 뜨기 전에

오, 내 머리 위의 하늘[2]이여, 그대 청명한 자여! 심원한 자여! 그대 빛의 심연이여! 그대를 바라보면서 나는 여러 가지 신성한 욕망으로 떤다.

---

1 영원 회귀 사상을 체득하기 위한 자기 초극의 고통.
2 여기서 하늘은 대지와 관계되는 상징이다. 대지는 삶의 유한성을 상징하고, 하늘은 삶의 무한성을 상징한다. 그러나 대지로 상징되는 삶의 유한성은 무한성에 대립되는 단순한 유한성은 아니다. 동일한 것의 영원 회귀라는 의미의 삶의 무한성을 내포한 유한성이다. 다시 말하면 하늘이라는 관념은 대지라는 관념에 포섭되어 있다.

그대의 높이로 나를 던지는 것 —— 그것이 나의 깊이다! 그대의 청명함에 나를 숨기는 것 —— 그것이 나의 순진함이다!

신의 아름다움은 신을 가린다. 이와 같이 그대는 그대의 별들을 숨긴다. 그대는 말하지 않는다. 이와 같이 그대는 그대의 지혜를 나에게 알린다.[1]

그대는 오늘 사나운 바다 위로 말없이 나에게 떠올랐고 그대의 사랑과 그대의 수치[2]는 나의 사나운 영혼에 계시를 말한다.

그대가 그대의 아름다움에 숨어서 나에게 아름답게 왔다는 것, 그대가 그대의 지혜를 드러내면서 말없이 나에게 말한다는 것.

오, 어떻게 내가 그대의 영혼의 온갖 부끄러움을 짐작하지 못할 것인가! 태양[3]에 **앞서서** 그대는 나를, 가장 고독한 자를 찾아왔다.

우리는 처음부터 벗이다. 원한도, 공포도, 바탕도 우리에게는 공통된 것이다.

우리는 너무나 많은 것을 알고 있기 때문에 서로 말하지 않는다. 우리는 서로 침묵을 지키고 우리는 서로 우리의 지식에 미소를 보낸다.

그대는 나의 불[4]에 대해 빛이 아닌가? 그대는 나의 통찰에 대해서 자매의 영혼을 갖고 있지 않은가?

우리는 함께 모든 것을 배웠다. 우리는 함께 자기를 넘어서 자기 자신에게 오르고 구름 없이 미소하는 것을 배웠다.

---

1 '그대의 지혜'는 영원 회귀를 말한다. '그대의 별들'은 이러한 지혜, 곧 존재의 신비의 상징으로 합리화될 수 없는 존재의 우연성을 나타낸다.
2 '사랑과 수치'는 하늘이 동트는 것을 말하며 동시에 영원 회귀 사상의 계시를 상징한다.
3 디오니소스의 상징. 디오니소스는 인식과 삶의 근원을 표시하는 것으로서 니체의 근본적 사상의 통합을 나타내는 상징이다.
4 자기 초극의 정열.

우리 밑에서 강제와 목적과 죄책[1]이 비처럼 자욱할 때 밝은 눈으로 훨씬 먼 곳에서 밑을 내려다보며 구름 없이 웃는 것을.

그리고 나는 홀로 방황했다. 나의 영혼은 밤마다 미로에서 **누구**를 갈구했는가? 그래서 나는 산에 올랐다. 내가 산 위에서 찾은 것이 그대가 아니라면 그 **누구**일 것인가?

따라서 나의 방랑과 등산은 모두 오직 불가피한 일이었고 무력한 자의 미봉책이었다. 오직 **날아가는 것**만을 나의 의지 전체는 바랄 뿐이다. 그대 안으로 날아가는 것을!

그리고 떠도는 구름[2]과 그대를 더럽히는 모든 것 이상으로 내가 미워한 자가 있었을까? 그리고 나는 나 자신의 증오조차도 미워했다. 나 자신의 증오도 그대를 더럽혔기 때문이다![3]

떠도는 구름을, 이 살금살금 돌아다니는 도둑 고양이[4]를 나는 원망한다. 이 고양이들은 그대와 나로부터 우리가 공유하고 있는 것을 **빼앗아**가는 것이다. 막대하고 한없는 '그렇다'와 '아멘'이라는 발언을.[5]

이러한 중개인과 혼합자를 나는 원망한다, 떠도는 구름을, 축복하는 것도, 근본적으로 저주하는 것도 배우지 못한 이 엉거주춤한 자들을.

그대 빛의 하늘이 떠도는 구름 때문에 더럽혀지는 것을 보기보다는 오히려 나는 닫혀진 하늘 밑에서 큰 통 속에 앉아 있고 싶다.[6] 오히려 하늘 없이 심연 속에 앉아 있고 싶다!

따라서 가끔 나는 톱니 모양의 번개의 황금 철사로 떠도는 구름을 묶

---

1 기독교의 도덕적 세계관.
2 삶에 철저하지 못하고 회의적이고 엉거주춤한 기독교적 세계관.
3 구름을 미워한다는 것은 구름을 인식하고 있는 것이 되기 때문이다.
4 기독교의 성직자, 수도자들.
5 삶에 대한 절대적 긍정.
6 통 속에서 산 디오게네스를 연상하고 있다.

어두기를 갈망했다. 내가 천둥처럼 구름의 가마 같은 배를 난타하기 위해서.

노한 고수(鼓手)로서. 왜냐하면 떠도는 구름은 나에게서 그대의 '그렇다!'와 '아멘!'을 빼앗아 가기 때문이다. 그대 내 머리 위의 하늘이여! 그대 청명한 자여! 빛나는 자여! 그대 빛의 심연이여! 왜냐하면 떠도는 구름은 그대로부터 **나의** '그렇다!'와 '아멘!'을 빼앗아 가기 때문이다.

왜냐하면 이 신중하고 의심 많은 고양이의 고요함보다는 오히려 나는 소음, 천둥, 그리고 폭풍우와 저주를 바라기 때문이다. 그리고 인간들 가운데서도 나는 살금살금 걸어다니는 자, 엉거주춤한 자, 회의하고 주저하는 떠도는 구름 모두를 가장 미워하기 때문이다.

따라서 "축복할 줄 모르는 자는 저주하는 것을 **배워야 한다!**" 이 밝은 가르침은 밝은 하늘로부터 나에게 내려왔다. 이 별은 칠흙의 밤중에도 나의 하늘에 떠 있다.

그러나 그대 청명한 자여! 빛나는 자여! 그대 빛의 심연이여! 그대가 나의 둘레에 있기만 하면, 나는 축복하는 자이며 '그렇다'라고 말하는 자이다. 이때에는 나는 어떤 심연 속으로도 나의 '그렇다'라는 축복하는 말을 가지고 간다.

나는 축복하는 자, '그렇다'라고 말하는 자가 된 것이다. 따라서 언젠가 축복하기 위해 두 손의 자유를 획득하고자 나는 오랫동안 고투했고 고투하는 자였다.

그런데 이것이 나의 축복이다. 다시 말하면 모든 사물 위에 사물 자체의 하늘로서, 그 둥근 지붕으로서, 하늘색의 종[1]으로서, 영원한 보증으로서 (있는 것이다). 그리고 이렇게 축복하는 자는 행복하다!

---

1 제4부 '취가' 등에 나오는 '한밤중의 종'과 관련되는 것으로 영원 회귀 사상의 고지를 나타낸다.

왜냐하면 모든 사물은 영원이라는 샘에서, 그리고 선악의 피안에서 세례를 받기 때문이다. 그러나 선악 자체는 오직 어중간한 그림자, 축축한 우수, 떠도는 구름일 뿐이다.[1]

"모든 사물 위에는 우연이라는 하늘, 순진이라는 하늘, 불의라는 하늘, 오만이라는 하늘이 있다"고 내가 가르칠 때, 정녕 그것은 축복이며, 모독은 아니다.[2]

'불의' —— 이것이야말로 세계의 가장 오래된 고귀함이다. 이 고귀함을 나는 모든 사물에 돌려주었고 나는 모든 사물을 목적에 예속된 상태로부터 구제해주었다.

어떠한 '영원의 의지'[3]도 모든 사물을 지배하고 꿰뚫기를 —— 바라지 않는다고 내가 가르칠 때 나는 이 자유와 하늘의 청명함을 하늘색의 종처럼 모든 사물 위에 놓는다.

"모든 일에 있어서 한 가지만은 불가능하다. 곧 합리성이다!"라고 내가 가르칠 때 나는 이 오만과 이 어리석음으로 저 의지를 대신한다.

사실 **약간의** 이성, 별에서 별로 흩어져 있는 지혜의 종자 —— 이 효모는 모든 사물에 혼합되어 있다. 어리석음을 위해서 지혜가 모든 사물에 혼합되어 있는 것이다![4]

---

1 우주는 합리적 계획에 의해 만들어지고 만물은 도덕적 목적에 따라 생멸하는 것은 아니다. 따라서 선악은 상대적 입장에서의 상대적 평가에 지나지 않는다. 모든 존재는 그 본연의 모습에 있어서는 영원히 회귀하는 것이며 절대적으로 긍정되어야 할 것이다.
2 합리적, 도덕적인 우주의 질서가 있는 것이 아니라 만물은 우연과 비합리의 지배를 받고 있다. 따라서 합리적인 우주의 질서를 믿는 자에게는 모독적인 발언이 된다.
3 형이상학적 내지 신학적 원리로서의 합리적이고 목적론적인 의지. 신의 섭리, 헤겔의 절대정신 등.
4 세계는 일체의 사물이 있는 그대로 영원 회귀하는 곳으로 합리적 해석이 불가능하다. 물론 여기에는 부분적으로 이성이 존재하지만 세계를 통일하고 있는 원리는 아니며 세계의 본연의 모습을 드러내거나 자각시키는 것은 아니다. 어리석음은 비합리적인 입장을 말한다.

물론 약간의 지혜는 가능하다. 그러나 나는 모든 사물에서 다음과 같은 축복받은 확신을 발견했다. 곧 모든 사물은 오히려 우연이라는 발로 ── **춤추려고** 한다.

오, 내 머리 위의 하늘이여, 그대 청명한 자여! 높은 자여! 나에게 있어서 그대의 청명함은 영원한 이성이라는 거미도, 거미줄[1]도 없다는 것이다.

그대는 나에게는 신성한 우연들의 무도장이다. 그대가 나에게는 신성한 주사위와 주사위 놀이를 하는 자를 위한 신의 도박대[2]이다! 나에게 있어 이것이 바로 그대의 청명함이다!

그러나 그대는 얼굴을 붉히는가?[3] 내가 말할 수 없는 것을 말했는가? 나는 그대를 축복하고자 했으면서 오히려 모독했는가?

혹은 그대가 얼굴을 붉힌 것은 둘이 함께 있다는 수치 때문[4]인가? 이제 ── **낮**이 오기 때문에 그대는 나에게, 가라, 침묵하라고 명령하고 있는가?[5]

세계는 깊다. 게다가 일찍이 낮이 생각한 것보다도 더 깊다.[6] 모든 것이 낮 앞에서 발언할 수는 없는 것이다.[7] 그러나 낮이 온다. 그러므로 이제 우리는 헤어지자!

오, 내 머리 위의 하늘이여, 그대 수줍어하는 자여! 작열하는 자여!

---

1 제3부 '배반자들에 대하여' 2의 11단 참조.
2 세계의 현상은 비합리적이고 우연적이라는 비유.
3 하늘이 아침놀에 붉게 물든 것을 말한다.
4 둘이 너무 대담하게 신비로운 사상을 말했기 때문에.
5 낮은 모든 것을 드러낸다. 곧 합리화시킨다.
6 일상적인 또는 합리적인 세계로부터 각성을 통해 벗어나서 시간의 본질을 통찰하고 영원 회귀를 인식하면 세계의 수수께끼, 그 깊이는 더욱 헤아리기 어려워진다.
7 모든 것이 합리화될 수 없다.

오, 그대 해 뜨기 전의 나의 행복이여! 낮이 온다. 그러므로 이제 우리는 헤어지자!

차라투스트라는 이렇게 말했다.

작게 만드는 덕에 대하여

1

차라투스트라는 다시 육지에 올라왔을 때 곧바로 그의 산과 그의 동굴로 향하지 않고 여기저기 여행하고 여러 가지를 묻고 이것저것 탐색했다. 그래서 그는 자신에 대해 "여러 번 구불거리며 원천으로[1] 되돌아 흘러가는 강을 보라!"고 농담을 할 정도였다. 그는 그가 없는 동안에 **인간**에게 무슨 일이 일어났는지, 다시 말하면 인간이 더 커졌는지 더 작아졌는지를 체험하고 싶었던 것이다. 그런데 그는 가지런히 서 있는 새로운 집들을 보자 이상하게 여기며 말했다.

"이 집들은 무엇을 의미하는가? 정녕 이 집들은 거대한 영혼이 자신의 비유로서 지은 것은 아니다!

어리석은 아이가 장난감 상자에서 이 집들을 꺼낸 것일까? 그렇다면 다른 아이가 이 집들을 자기 상자에 집어넣으면 좋으련만!

그리고 이 방과 침실들은, **어른들**이 출입할 수 있을까? 이 방들은 비단옷을 입은 인형을 위해서 또는 자기 자신을 집어먹게 하면서 스스로

---

1 초인으로.

도 슬쩍 집어먹는 자를 위해서 만든 것처럼 생각된다."[1]

그리고 차라투스트라는 멈춰 서서 생각에 잠겼다. 마침내 그는 슬픈 목소리로 말했다. "모두가 더 작아졌구나![2] 어디서나 나는 더 낮아진 문을 본다. **나**와 같은 자는 아직 이 문으로 들어갈 수 있으나 — 허리를 굽히지 않으면 안 된다! 오, 내가 이미 허리를 굽힐 필요가 없는 — 이미 **작은 자들 앞에서** 허리를 굽히지 않아도 되는 나의 고향[3]으로 나는 언제 되돌아가는가?" 차라투스트라는 탄식하며 먼 곳을 바라보았다.

그러나 같은 날 그는 작게 만드는 덕에 대해 말했다.

2

나는 눈을 뜨고서 이러한 민중 사이를 가고 있다. 그들은 내가 그들의 덕을 시기하지 않는 것을 용서하지 않는다.

그들은 나를 문다. 나는 작은 자들에게는 작은 덕이 필요하다고 그들에게 말하기 때문이다. 그리고 작은 자들이 **필요**하다는 것을 나는 이해하기 어렵기 때문이다!

여기에서는 나는 낯선 농가로 들어간 수탉과 같고 암탉들조차도 이 수탉을 문다. 그러나 나는 이 암탉들을 나쁘게 생각하지 않는다.

나는 암탉들에 대해 일체의 사소한 분노에 대해서와 마찬가지로 공손하다. 작은 것에 대해 가시 돋친 짓을 하는 것은 나에게는 고슴도치를 위한 지혜로 생각된다.

---

1 '비단옷을 입은 인형', '슬쩍 집어먹는 자' 등은 공연히 여럿이 모여 회식을 하는 등 안이한 생활로 허약해진 신사, 숙녀를 말한다.
2 초인으로부터 더 멀어졌구나.
3 철저한 고독의 경지. 작게 만드는 덕은 차라투스트라에게는 고향 상실과 같다.

그들은 모두 저녁에 불을 둘러싸고 앉았을 때 나에 대해 말한다. 그들은 나에 대해 말하지만 아무도 —— 나를 생각하지는 않는다![1]

이것이 내가 배운 새로운 고요함이다. 그들을 둘러싼 소음은 나의 사상을 망토로 덮어버리는 것이다.[2]

그들은 서로 떠든다. "이 음산한 구름은 우리에게 무엇을 하려고 하지? 이 구름이 우리에게 전염병을 퍼뜨리지 못하도록 조심하자!"

최근 어떤 여자가 나에게 오려고 하는 자기 아이를 잡아당겼다. "애들을 숨겨요!" 그 여자는 외쳤다.[3] "이런 눈은 어린애의 영혼을 불태운답니다."[4]

내가 이야기할 때 그들은 기침[5]을 한다. 그들은 기침이 강풍에 대한 이의라고 생각한다. 나의 행복이 불어 닥쳐도 그들은 전혀 알지 못한다!

"우리에게는 차라투스트라에게 할당할 시간이 없다." 그들은 이렇게 항의한다. 그러나 차라투스트라를 위해서는 '조금도 시간이 없는' 시간 따위가 도대체 무엇인가?

그리고 그들이 나를 칭찬할 때에도 어떻게 내가 **그들의** 칭찬에 업혀 잠들 수 있는가? 가시 돋친 띠[6]가 나에게는 그들의 칭찬이다. 이 띠를 풀었을 때에도 이 띠는 나를 할퀸다.

그리고 나는 그들 사이에서 다음과 같은 것도 배웠다. 칭찬하는 자는 보답을 하는 것처럼 보이지만 사실은 더 많은 선물을 받기를 바라고 있는 것이다!

---

1 나를 이해하는 사람은 하나도 없다.
2 주위의 소음은 오히려 고독을 촉구한다.
3 〈마태복음〉 19장 13절 참조.
4 "사악한 시선은 재앙을 불러온다"는 남유럽의 미신이 있다.
5 무력하게 항변한다.
6 옛날에 기독교의 고행자는 자신을 괴롭히기 위해 가시가 달린 띠를 둘렀다.

내 발에 물어보라,[1] 그들의 칭찬과 유혹의 선율이 마음에 드는가를! 정녕 내 발은 이러한 박자, 이러한 똑딱거리는 소리에 맞춰 춤추는 것도, 가만히 서 있는 것도 바라지 않는다.

그들은 나를 유혹하고 칭찬해서 작은 덕으로 끌어들이고 싶어 한다. 그들은 작은 행복의 똑딱거리는 소리에 따르도록 나의 발을 설득시키고자 한다.

나는 눈을 뜨고서 이런 민중 사이를 가고 있다. 그들은 **더 작아졌고** 점점 더 작아지고 있다. **그러나 행복과 덕[2]에 대한 그들의 가르침 때문에 이렇게 된 것이다.**

다시 말하면 그들은 덕에 있어서도 신중한 것이다. 그들은 안일을 바라기 때문이다. 그러나 오직 신중한 덕만이 안일과 조화된다.

물론 그들은 그들 나름대로 보행과 전진을 배운다. 그것을 나는 그들의 **절름거림**이라고 부른다. 따라서 그들은 모든 급히 가는 자들의 장애물이 된다.

그리고 그들 중의 대부분은 전진하고 전진하면서 뻣뻣한 목으로 뒤를 돌아본다.[3] 나는 이러한 자와 서슴지 않고 몸으로 충돌한다.

발과 눈은 거짓말을 해서는 안 되고 서로 거짓말을 했다고 꾸짖어서도 안 된다.[4] 그러나 작은 자들에게는 많은 거짓말쟁이가 있다.

그들 중 약간은 의욕하지만 대부분은 의욕당할 뿐이다. 그들 중의 약간은 순수하지만 대부분은 서투른 배우다.[5]

---

1 신체를 통해 체험하는 것이 가장 근본적인 인식임을 나타내기 위한 말이다.
2 제1부 '덕의 강좌에 대하여' 참조.
3 미래지향적이 아니라 과거지향적인 보수적 태도.
4 발(행위)과 눈(인식)은 일체를 이루고 행위에는 목표의 인식이 따라야 한다.
5 '순수하다'는 것은 스스로 의욕하는 독창적인 자유 정신을 가졌다는 것을 말하고, '배우'는 순수한 자들을 모방하는 자들을 말한다.

그들 가운데서는 부지중에 배우가 된 자, 마지못해 배우가 된 자가 있다. 순수한 자는 언제나 드물고 순수한 배우[1]는 특히 그렇다.

여기에는 남자다운 자는 적다. 그러므로 그들의 여자들이 남성화된다. 충분히 남성적인 자만이 여자 속에 있는 **여자를 구제할 것**이기 때문이다.[2]

그리고 나는 그들 사이에서 다음과 같은 최악의 위선을 찾아냈다. 곧 명령하는 자조차도 봉사하는 자의 덕으로 가장하는 것이다.[3]

"나는 봉사하고, 그대는 봉사하고, 우리는 봉사한다." 지배하는 자의 위선도 이와 같이 기도한다. 그리고 슬프구나, 만일 첫째 주인이 **오직 첫째의 봉사자**[4]일 뿐이라면!

아, 나의 눈의 호기심은 분명히 그들의 위선 속으로 날아 들어갔다. 그리고 양지 바른 유리창가에서 그들의 온갖 파리의 행복과 윙윙거리는 소리[5]를 잘 알게 되었다.

선의가 있는 곳에는 그만큼의 약점이 있음을 나는 본다. 정의와 동정이 있는 곳에는 그만큼의 약점이 있음을.[6]

그들은 서로 원만하고 정직하고 친절하다, 마치 작은 모래알과 모래알들이 원만하고 정직하며 친절하듯이.

작은 행복을 신중하게 얼싸안는 것 —— 이것을 그들은 '인종(忍從)' 이라고 부른다! 그리고 이때 이미 그들은 신중하게 새로운 작은 덕을

---

1 스스로 의욕하는 자각적인 배우, 곧 자유 정신의 소유자.
2 현대의 여성이 남성화된 것은 충분히 남성다운 남성, 곧 커다란 자기애를 가진 독립적인 남성이 없기 때문이다. 참된 여성미는 참된 남성미에 의해서만 드러나기 때문에 여자를 구제한다고 한 것이다.
3 중우(衆愚)를 지향하는 현대의 데모크라시에 있어서는 강자(지배자)조차도 겸양을 위장한다.
4 "군주는 첫째 관리"라고 한 프리드리히 대왕의 말을 생각한 것이리라.
5 보잘것없는 평범한 행복에 파리처럼 몰려들어 윙윙거리는 자기 상실자들.
6 선의, 정의, 동정 등 종래의 미덕을 약점으로 본다.

곁눈질한다.

그들은 근본적으로 한결같이 한 가지 일을 가장 원하고 있다. 아무도 그들에게 고통을 주지 않는 것을. 그러므로 그들은 누구보다도 앞질러서 모든 자들에게 친절을 베푼다.

그러나 이것은 **비겁**이다. 비록 그것이 이미 덕이라고 불릴지라도.

그리고 그들이, 이 작은 자들이 거칠게 말할 때가 있더라도, **나는** 여기서 오직 그들의 목쉰 소리를 들을 뿐이다. 다시 말하면 모든 통풍은 그들의 목소리를 쉬게 한다.

그들은 영리하고 그들의 덕은 영리한 손가락을 갖고 있다. 그러나 그들에게는 주먹이 없고 그들의 손가락은 주먹 뒤로 기어들어 숨는 것을 알지 못한다.

그들에게는 덕은 신중하고 길드는 것이다. 따라서 그들은 이리를 개로 만들고 인간 자체를 인간의 최상의 가축으로 만든다.

"우리는 우리 의자를 **한가운데**에 놓았다." 나에게 그들의 미소는 이렇게 말했다. "빈사의 검술사로부터도, 만족한 돼지로부터도[1] 멀리 떨어져서."

그러나 이것은 —— **범용**이다. 비록 그것을 이미 중용이라고 부르고 있을지라도.

3

나는 이러한 민중 사이를 가며 많은 말을 떨어뜨렸다. 그러나 그들은 받아들일 줄도, 간직할 줄도 모른다.

---

1 영웅주의로부터도, 쾌락주의로부터도.

그들은 정욕과 악덕을 비방하기 위해 내가 오지 않았나 의심한다. 그런데 정녕 나는 소매치기들에게 경고하려고 온 것은 아니다.[1]

그들은 내가 그들의 영리함을 더욱 영리하게 하고 더욱 날카롭게 해줄 마음이 없지 않을까 의심한다. 석필의 박박 긁는 소리처럼[2] 거슬리는 목소리를 가진, 영리한 척하는 자들만으로는 그들에게는 아직도 충분하지 못한 것처럼!

그리고 내가 "애소(哀訴)하고 합장하고 숭배하기를 좋아하는 그대들의 마음속의 비겁한 악마들을 저주하라"고 외칠 때 그들은 "차라투스트라는 신을 부정한다"고 외친다.

그리고 특히 인종을 가르치는 그들의 교사들[3]이 이렇게 외친다. 그러나 나는 바로 이러한 교사들의 귀에 외치고 싶다. 그렇다, 나는 신을 부정하는 자인 차라투스트라**이다!**라고.

인종을 가르치는 이 교사들! 작고 병들고 딱지가 덕지덕지 앉은 곳이면 어디든지 그들은 이처럼 기어간다. 그리고 오직 나의 구역질이 방해하기 때문에 나는 그들을 눌러 죽이지 않을 뿐이다.

자! **그들의** 귀에 들려줄 나의 설교는 다음과 같다. 나는 "신을 부정하는 자, 내가 즐거이 그 가르침을 받을 만큼, 나보다 더 신을 부정하는 자는 누구인가?"[4]라고 말하는 자인 차라투스트라다.

나는 신을 부정하는 자인 차라투스트라다. 나는 어디서 나와 같은 자를 찾을 수 있을까? 그런데 자기 자신에게 자신의 의지를 부여하고 모

---

1 선악의 피안에 서 있는 차라투스트라에게는 인간의 현실적인 선악관은 너무나 왜소해서 마치 소매치기의 사소한 행위와 같다.
2 단지 말초신경을 간지럽히는 것처럼.
3 기독교의 설교자들.
4 제4부 '실직' 참조.

든 인종을 포기하는 자들은 모두 나와 같은 자다.

나는 신을 부정하는 자인 차라투스트라다. 나는 **나의** 냄비 속에서 모든 우연을 끓인다. 그리고 우연이 거기서 잘 익었을 때 비로소 나는 우연을 **나의** 음식으로서 환영한다.[1]

그리고 허다한 우연이 오만하게 나에게 왔다. 그러나 우연에 나의 **의지**는 더욱 오만하게 말했다. 이때 이미 우연은 애원하면서 무릎을 꿇었다.

나의 곁에서 숙소와 인정을 얻게 되기를 애원하면서, 그리고 알랑거리며 "자, 보라, 차라투스트라여, 오직 벗만이 벗을 찾아온다는 것을!" 하고 조르면서.

그러나 아무도 **나의** 귀를 갖지 못한 곳에서 내가 무슨 말을 할 것인가! 따라서 나는 사방의 바람을 향해 다음과 같이 외치리라.[2]

그대들은 점점 더 작아진다, 작은 자들이여! 그대들은 가루처럼 부서진다, 그대들 안일한 자들이여! 그대들은 마침내 멸망하리라.

그대들의 허다한 작은 덕들 때문에, 그대들의 허다한 작은 태만 때문에, 그대들의 허다한 작은 인종 때문에!

너무나 부드럽고, 너무나 유순한 ── 그대들의 토양은 이렇다! 그러나 나무가 **크려면** 나무는 굳은 바위들을 뚫고 단단히 뿌리를 내려야 한다.

그대들이 무슨 일을 태만히 하든 모든 인간의 미래라는 직물에 짜넣어진다.[3] 그대들의 무위도 거미줄이며, 미래의 피를 빨아먹고 사는 거미다.

---

1 차라투스트라는 그의 권력 의지에 의해 어떠한 우연도 자신의 본래적인 체험으로 만들며 우연에 지배당하는 것이 아니라 우연을 동화시켜 긍정한다. '냄비'는 차라투스트라의 상징.
2 황야에서 외친 기독교의 선지자들처럼 언젠가는 누군가가 들어주리라고 자위하며 외친다.
3 인간의 모든 행위는 미래를 결정하는 요인이어서 아무것도 하지 않거나 태만한 것은 일종의 부작위(不作爲)의 행위로서 그만큼의 대가를 미래에 있어서 치러야 한다.

그리고 그대들이 빼앗을 때 그것은 마치 훔치는 것과 같다, 그대들 작은 유덕자들이여. 그러나 악한들 사이에서도 **명예심**은 말한다. "강탈할 수 없을 때에만 훔쳐야 한다"[1]고.

"저절로 주어진." 이것도 역시 인종의 가르침이다. 그러나 그대들 안 일한 자들이여, 나는 그대들에게 말한다. **저절로 빼앗기며** 더욱더 많은 것을 그대들로부터 빼앗게 되리라고![2]

아, 그대들이 모든 **엉거주춤한** 의욕을 단념하고 태만이든 행위이든 결심을 한다면!

아, "그대들이 의욕하는 바를 항상 행하라. 그러나 우선 **의욕할 수 있는** 자가 되라!"라는 내 말을 그대들이 이해한다면!

"자기 자신을 사랑하듯이 언제나 이웃을 사랑하라. 그러나 내가 보기에는 우선 **자기 자신을 사랑하는** 자가 돼라!"

"커다란 사랑으로 사랑하고 커다란 경멸[3]로 사랑하라!" 신을 부정하는 자인 차라투스트라는 이렇게 말한다.

그러나 아무도 **나의** 귀를 갖지 못한 곳에서 내가 무슨 말을 할 것인가! 여기서는 내가 말하기에는 아직 한 시간쯤 이르다.

이러한 민중 사이에서 나는 나 자신의 선구자이며 어두운 골목길에서의 나 자신의 닭 울음소리이다.[4]

그러나 **그대들의** 시간이 다가온다! 그리고 나의 시간도 다가온다![5]

---

1 충분히 남성적인 자는 빼앗을 때 당당히 강탈해야 하며 소매치기처럼 살짝 훔쳐서는 안 된다. 이러한 간사한 태도는 권력 의지의 약화를 초래할 뿐이다.
2 신에 귀의하면 신은 저버리지 않을 것이라고 하는 기독교의 가르침은 기만이다. 창조적 의지를 갖고 스스로 획득하지 않는 자는 점점 더 빈약한 존재가 될 뿐이다.
3 현재의 자기를 크게 경멸하는 것.
4 영원 회귀 사상의 선구자이며 선지자다.
5 '그대들의 시간'은 현대의 민중, 곧 기독교적인 작은 이상이나 원리에 사로잡힌 자들이 멸망할 때이고 동시에 이 시간은 차라투스트라가 영원 회귀 사상을 알릴 수 있는 시간이다.

그대들은 시시각각 더 작아지고 더 가난해지고 더 메말라간다. 가엾은 잡초여! 가엾은 토양이여!

그리고 곧 그대들은 마른풀과 황야같이 되어서 나의 앞에 서야 한다. 그리고 정녕! 그대들 자신에게 지쳐서 —— 물보다도 오히려 **불**을 갈망하면서![1]

오, 축복받은 번개[2]의 시간이여! 오, 정오 이전의 비밀이여! 나는 언젠가 그들을 달리는 불로 만들고 불꽃의 혀를 가진 고지자로 만들리라.

그대들은 언젠가 불꽃의 혀로 알려야 한다. "다가오고 있다. 가까이 오고 있다. **위대한 정오가!**"라고.[3]

차라투스트라는 이렇게 말했다.

올리브 산에서

심술궂은 손님인 겨울이 나의 집에 앉아 있다. 내 손은 그의 우정 어린 악수로 파래졌다.

나는 이 손님을 존경하지만 그를 혼자 앉혀두기를 좋아한다. 나는 이 손님으로부터 달아나는 것을 좋아한다. 그리고 **잘** 달리는 자는 이 손님으로부터 달아날 수 있다![4]

---

1 소생시키는 물이 아니라 기독교적인 작은 덕들을 한꺼번에 불태워버리는 (부정하는) 불인 새로운 사상, 곧 영원 회귀 사상을 갈망하면서.
2 마른풀에 불을 붙게 하는 번개를 말하며, 이것은 초인을 상징한다.
3 그들의 멸망 자체가 위대한 정오를 알리는 것이다. '위대한 정오'에 대해서는 제1부 '증여하는 덕에 대하여' 3의 11단 참조.
4 다음 줄의 '따뜻한 발과 따뜻한 사상으로'라는 말과 관련되는 것으로 추운 겨울에 뛰어다니면 땀이 나서 추위를 피할 수 있듯이 아무리 가혹한 상황에 놓였더라도 자유분방한 사색을 잃지 않으면 된다는 것이다.

따뜻한 발과 따뜻한 사상으로 나는 바람이 잔잔한 곳, 나의 올리브 산[1]의 양지바른 곳으로 달려간다.

거기서 나는 나의 엄격한 손님에 대해 웃지만 그러면서도 그에게 호감을 갖는다. 그는 나의 집에서 파리를 쫓아버리고 허다한 작은 소란을 가라앉혀주기 때문이다.

다시 말하면 그는 한 마리의 모기라도 웽웽거리면 참지 못한다. 하물며 두 마리가 웽웽거려서야. 또한 그는 거리도 조용하게 만들어서 밤이면 그곳의 달빛도 무서워한다.

그는 까다로운 손님이다. 그러나 나는 그를 존경하며, 나약한 남자처럼 배가 불룩한 불의 우상[2]에 기도하지는 않는다.

우상에 기도하기보다는 오히려 약간 이를 덜덜 떠는 것[3]이 낫다! 나의 성질은 이와 같이 바란다. 그리고 특히 나는 발정하여 김이 무럭무럭 나는 후텁지근한 모든 불의 우상을 싫어한다.

내가 사랑하는 자를 나는 여름보다는 겨울에 더 잘 사랑한다. 나는 이제, 겨울이 나의 집에 앉은 다음부터 나의 적들을 더 잘, 그리고 더욱 대담하게 비웃는다.[4]

정녕 내가 잠자리로 **기어 들어갈 때**[5]조차도 더욱 대담하게. 이때에도 나의 은밀한 행복은 웃고 장난치며 나의 거짓 꿈조차도 웃는다.[6]

---

1 예루살렘의 올리브 산과 대립되는 것으로 '나의 올리브 산의 양지바른 곳'은 삶의 인식의 근원을 상징한다.
2 직접적으로는 난로를 말한다. 기도한다는 것은 불을 쪼이는 것. 한편 불의 우상은 기독교적 동정의 모랄, 또는 이 원리를 바탕으로 성립된 국가를 상징한다.
3 의혹과 고독에 시달리는 것.
4 상황이 가혹해지면 그만큼 차라투스트라의 생명력은 사랑에 의해서든 조소에 의해서든 더욱더 분방해진다.
5 상황이 감당하기 어려울 만큼 가혹할 때.
6 자유분방하게 이상(특히 초인의 이상)을 즐기는 것을 말한다.

나는 —— 기어 다니는 자인가? 생애를 통해서 나는 권력자 앞에서 긴 적은 한 번도 없다. 그리고 내가 일찍이 거짓말을 했다면 나는 사랑으로 말미암아 거짓말을 했던 것이다.[1]

그러므로 나는 겨울의 잠자리 속에서도 즐겁다.

나는 사치한 잠자리보다도 조촐한 잠자리에서 따뜻함을 느낀다. 나는 나의 가난을 시기하기 때문이다. 그리고 겨울에는 나의 가난은 나에게 가장 충실하다.[2]

나는 매일매일을 악의[3]로써 시작하고 냉수욕으로 겨울을 조롱한다. 이 때문에 나의 엄격한 단골손님은 불평을 한다.

또한 나는 작은 초로 그를 간질이기를 좋아한다. 그가 마침내 회색의 여명으로부터 하늘을 내놓도록.[4]

다시 말하면 나는 아침에, 우물가에서 두레박 소리가 나고 말이 따뜻한 입김을 뿜으며 회색의 거리에서 우는 이른 시간에, 특히 악의에 차 있다.

이때 나는 초조하게 기다린다. 밝은 하늘, 백발 노인인 흰 수염을 단 겨울 하늘이 마침내 내 앞에 나타나기를.

말없는, 가끔은 자신의 태양조차도 숨겨버리는 겨울 하늘이!

정녕 나는 이 하늘로부터 오랫동안의 밝은 침묵[5]을 배웠을까? 혹은 우리가 각기 스스로 고안해냈을까?

---

1 앞의 '거짓 꿈'과 관련되는 것으로, 초인의 이상으로 사람들을 속인 일이 있다 하더라도 그것은 대지에의 사랑, 삶에의 사랑 때문이다.
2 주고 싶지만 받아줄 사람이 없는 창조적 증여자의 고독(가난)은 가장 가혹한 상황일수록 절실하다.
3 적극적인 자기 확대의 욕망.
4 작은 초로 간질인다는 것은 불꽃이 흔들리는 모양이며 촛불을 켜놓고 밤을 새우는 것을 말한다.
5 영원 회귀 사상에 대한 침묵.

모든 좋은 사물들의 근원은 천 겹이다. 모든 좋고 분방한 사물들은 즐거움에 겨워 생존으로 뛰어든다. 어떻게 이 사물들이 이러한 도약을 —— 단 한 번으로 그칠 것인가!¹

오랜 침묵도 또한 좋고 분방한 사물이며, 겨울 하늘처럼 둥근 눈을 가진 밝은 얼굴로 바라본다.

겨울 하늘처럼 자신의 태양을, 자신의 불굴의 태양의 의지²를 숨기는 것은 (좋고 분방한 것이다). 정녕 이러한 기술과 이러한 겨울의 분방함을 나는 **잘** 배웠던 것이다!

나의 침묵이 침묵을 통해 자기 자신을 누설하지 않는 것³을 배운 것, 이것이 나의 가장 사랑하는 악의이고 기술이다.

말과 주사위로 시끄러운 소리를 내면서⁴ 나는 점잖은 감시인들⁵을 속인다. 나의 의지와 목적은 이러한 모든 엄격한 감시인들로부터 몰래 달아나야 한다.

아무도 나의 근거와 마지막 의지⁶를 엿보지 못하도록 —— 나는 오랫동안의 밝은 침묵을 생각해냈다.

영리한 자들을 나는 허다하게 발견했다. 이 자들은 아무도 그들을 투시하거나 엿보지 못하도록 베일로 얼굴을 가리고 그들의 물을 흐려놓았다.

그러나 바로 이 자들에게 더욱 영리하고, 의심 많은 자와 호두 까는

---

1 일체의 사물은 무수히 회귀한다. 그리고 이 회귀 가운데서도 삶의 환희는 있다. 이와 같이 밝은 면에서 영원 회귀를 보았기 때문에 '모든 좋은 사물', '모든 좋고 분방한 사물'이라는 표현을 썼다.
2 '태양'은 최고의 이상, '태양의 의지'는 이상 실현의 의지.
3 침묵이 비탄으로 끝나지 않고 침묵을 통해 자기를 충실히 한 것.
4 과장된 수사를 사용하면서.
5 전통적 철학을 고수하는 자들.
6 앞의 '불굴의 태양의 의지'와 마찬가지로 최고의 이상(영원 회귀 사상의 고지)을 실현하려는 의지.

자¹가 찾아와서 바로 그들로부터 그들이 가장 숨기고 있던 고기를 낚아 냈다!

이러한 자들이 아니라 밝은 자, 정직한 자, 투명한 자 — 내가 보기에는 이 자들이 가장 영리하게 침묵하는 자들이다. 그들에게 있어서는 그 근거가 매우 **깊기** 때문에 가장 맑은 물조차도 그 근거를 — 드러내지 못한다.

그대 하얀 수염이 난 말 없는 겨울 하늘이여! 그대 내 머리 위에 있는 둥근 눈을 가진 백발 노인이여! 오, 그대 나의 영혼과 나의 영혼의 분방함의 천상의 비유여!

따라서 나는 금을 삼킨 자²처럼 나 자신을 숨기지 않으면 안 되는가. 사람들이 나의 영혼을 베어 젖히지 못하도록?

그들이, 나의 둘레에 있는 이러한 모든 시기심이 많고 비방하는 자들이 나의 긴 다리를 **간과**하도록, 나는 대말〔竹馬〕을 신지 **않으면** 안 되는가?³

이러한 연기투성이며 빈들빈들 지내고 낡아빠지고 시들고 슬픔에 지친 영혼들 — 그들의 질투가 어떻게 나의 행복을 감당할 **수** 있을 것인가?

그러므로 나는 그들에게 오직 나의 정상의 얼음과 겨울만을 보여준다. 그리고 나의 산이 또한 모든 태양의 띠로 휘감겨 있다는 것도 보여주지 **않는다**.

그들은 오직 나의 휘몰아치는 겨울의 폭풍 소리만을 듣는다. 그리고 내가 동경에 찬 무겁고 뜨거운 남풍처럼 따뜻한 바다를 건너가는 소리

---

1 천착을 일삼는 학자들.
2 금은 최고의 덕인 증여하는 덕의 상징.
3 사상적 성숙을 감추기 위해 분장을 해야 하는가?

는 듣지 **못한다**.

그들은 나의 여러 가지 재난과 우연을 불쌍히 여기기도 한다. 그러나 나는 말한다. "우연으로 하여금 나에게 오도록 하라. 우연은 갓난애처럼 순진하다."[1]

그들이 어떻게 나의 행복을 감당할 **수** 있을 것인가. 만일 내가 재난과 겨울의 궁핍과 백곰 가죽의 모자와 눈 내리는 하늘의 외투로[2] 나의 행복을 둘러싸지 않는다면!

만일 내가 그들의 **동정**을 불쌍히 여기지 않는다면, 이러한 질투 많은 자들과 비방하는 자들의 동정을!

만일 내가 그들 앞에서 탄식하고 혹한에 덜덜 떨고 끈기 있게 그들의 동정에 감겨 **들지** 않는다면!

나의 영혼이 그 겨울과 엄동의 폭풍을 숨기지 **않는다**는 것, 이것이 나의 영혼의 현명한 분방함이며 호의다. 나의 영혼은 동상도 숨기지 않는다.

어떤 자에게는 고독은 병자의 도피다. 다른 자에 있어서는 고독은 병자들로부터의 도피다.[3]

그들이 내가 겨울 추위에 덜덜 떨고 탄식하는 소리를 **들었으면**, 나를 둘러싼, 이 모든 가엾은 사팔뜨기 녀석들이! 이와 같이 탄식하고 덜덜 떨면서도 나는 그들의 따뜻한 방으로부터 달아난다.

그들이 나의 동상을 함께 동정하고 함께 탄식했으면. "인식의 얼음

---

1 제3부 '나그네' 3~5단 참조.

2 모자, 외투 등은 고독, 고독에 둘러싸여 있음을 위장하는 것.

3 전자는 기독교의 수도사들처럼 영원히 인간으로부터 도피하는 것이고, 후자는 일시적으로 자유로운 인식자가 되기 위한 도피다. 물론 후자의 고독도 참으로 자유로운 인식자의 고독은 아니다. 참된 인식자의 고독은 현실을 파고 들어가는 것이어야 하기 때문이다.

으로 그는 우리까지도 **얼게 한다!**" 그들은 이렇게 탄식한다.[1]

그동안에 나는 따뜻한 발로 나의 올리브 산을 종횡으로 달린다. 나의 올리브 산의 양지바른 곳에서 나는 노래하며 모든 동정을 비웃는다.

차라투스트라는 이렇게 말했다.

통과에 대하여

이렇게 여러 민중과 여러 도시를 천천히 거치면서 차라투스트라는 우회하여 산과 그의 동굴을 향해 돌아갔다. 그리고 보라, 그때 그는 뜻밖에 **대도시**[2]의 문에 이르렀다. 그런데 여기서 입에 거품을 문 바보[3]가 두 손을 벌리고 그를 향해 뛰어나와 그의 길을 가로막았다. 그런데 이 사람은 민중이 '차라투스트라의 원숭이'라고 부르는 바보였다. 이 바보는 차라투스트라의 화법 중에서 약간의 표현과 억양을 익히고 또한 즐겨 그의 해박한 지혜를 빌려 썼기 때문이었다. 그런데 바보는 차라투스트라에게 이렇게 말했다.

"오, 차라투스트라여, 여기는 대도시입니다. 여기서는 당신은 아무것도 찾지 못하고 모든 것을 잃을 뿐입니다.

왜 당신은 이 진창을 건너려고 합니까? 당신의 발을 동정하셔야죠!

---

1 차라투스트라의 인식의 냉혹성만을 보고 그의 삶에 대한 긍정을 알지 못한다.
2 《이 사람을 보라》에 다음과 같은 말이 있다. "독일의 대도시, 이 건축된 악덕, 거기에서는 아무것도 성장하지 못하고 선과 악을 비롯하여 모든 것이 반입된다……." 나우만은 니체가 베를린을 염두에 두고 있다고 해석한다.
3 차라투스트라와 마찬가지로 삶의 가치를 긍정하고 사랑을 강조하지만 그 원리는 정반대인 자. 그러므로 '차라투스트라의 원숭이,' 곧 모방자라고 한다. 나우만은 니체가 듀링을 염두에 두고 있다고 해석한다.

오히려 이 문에 침을 뱉고 —— 돌아가십시오! 여기는 은둔자의 사상에 대해서는 지옥입니다. 여기서는 위대한 사상이 산 채로 삶아지고 작게 요리됩니다.

여기서는 모든 위대한 감정이 부패합니다. 여기서는 오직 덜그럭덜그럭할 만큼 메마른 작은 감정만이 덜그럭거리는 소리를 낼 수 있을 뿐입니다.

당신은 이미 정신의 도살장과 음식점의 냄새를 맡지 못합니까? 이 도시는 도살된 정신의 증기로 자욱하지 않습니까?

당신은 영혼들이 축 늘어진 더러운 누더기처럼 매달려 있는 것을 보지 못합니까? 그리고 사람들은 이 누더기로 신문[1]을 만듭니다.

당신은 여기서 정신이 말장난이 되었다는 것을 듣지 못했습니까? 정신은 욕지기 나는 말의 개숫물을 토해냅니다! 그리고 사람들은 이 말의 개숫물로 신문을 만듭니다.

그들은 서로 뒤쫓지만 어디로 가는지도 모릅니다. 그들은 서로 흥분시키지만 그 까닭을 알지 못합니다. 그들은 그들의 생철판을 두드리고 그들의 금화를 절렁거립니다.

그들은 차가워서 화주로 몸을 데우려고 합니다. 그들은 열이 올라서 얼어붙은 정신에서 서늘함을 찾으려고 합니다. 그들은 모두 병들었고 여론에 전염되어 있습니다.[2]

여기에는 모든 욕정과 악덕이 있습니다. 여기에는 많은 유덕자도 있고 고용된 유능한 덕도 있습니다.[3]

---

1 신문은 현대 사회의 질환의 수동적 표현으로 창조적인 역할은 하지 못한다.
2 대도시의 사람들은 냉혈한도 되지 못하고 열혈한도 되지 못한다. 결국 행동에 있어서나 판단에 있어서나 저널리즘의 여론을 수동적으로 받아들일 뿐이다.
3 선량한 소시민도 있다.

글씨 쓰는 손가락과 앉아서 기다리느라 굳어진 살을 가진 유능한 덕들이 있고 게다가 이 덕들은 별 모양의 훈장과 박제된 엉덩이 없는 딸들로 축복을 받았습니다.[1]

또한 여기에는 만군의 주[2]인 신에 대한 허다한 경건성과 침이라도 핥을 허다한 신앙심 깊은 아첨도 있습니다.

'위로부터' 별과 자비로운 침이 뚝뚝 떨어졌습니다. 별을 달지 못한 가슴들은 모두 위를 동경합니다.

달[3]은 궁전을 갖고 있고 궁전은 귀태[4]를 갖고 있습니다. 그러나 궁전에서 나오는 모든 자들에게 거지 같은 민중과 모든 유능한, 거지 같은 덕은 기도를 드립니다.

'나는 봉사한다, 그대는 봉사한다, 우리는 봉사한다.' 모든 유능한 덕은 왕후에게 이렇게 빕니다. 마침내 공을 세워 받은 별이 야윈 가슴에 달라붙도록!

그러나 달은 여전히 지상적인 것의 둘레를 돕니다. 따라서 왕후도 역시 모든 가장 지상적인 것의 둘레를 돕니다. 그런데 그것은 소상인들의 황금입니다.[5]

만군의 주인 신은 금 막대기의 신[6]은 아닙니다. 왕후는 생각하지만 ── 결정하는 것은 소상인입니다![7]

당신 마음속의 밝고 강하며 착한 모든 것에 맹세코 말합니다. 오, 차

---

1 앉아서 글씨나 끄적거리다가 훈장이나 받으면 희희낙락하는 소시민적 관리들은 그 비굴한 태도의 대가로 빈약한 육체를 가진 딸을 낳는다.
2 여호와를 말한다. 여기서는 왕권의 상징.
3 왕을 말한다. 달빛은 태양의 반사이듯이 왕의 권력은 소상인들의 금력의 반영이기 때문이다.
4 궁전에서 권력을 농하는 고위층.
5 회전의 힘은 소상인의 금력과 결탁함으로써 생긴다.
6 마몬(부의 신)을 말한다.
7 "생각은 인간이 하지만 결정은 신이 한다"는 말을 이용한 것.

라투스트라여! 이 소상인들의 도시에 침을 뱉고 돌아가십시오!

여기서는 모든 피가 썩고 미지근해져서 거품투성이가 되어 모든 혈관 속을 흘러갑니다. 모든 찌꺼기가 모여 거품을 내고 있는 거대한 쓰레기 더미인 대도시에 침을 뱉으십시오!

짓눌린 영혼과 야윈 가슴, 튀어나온 눈, 끈적끈적한 손가락이 들끓는 이 도시에 침을 뱉으십시오!

추근추근한 자, 염치없는 자, 문필과 절규로 호언장담하는 자, 과열한 야심가들의 도시에.

모든 썩은 것, 더러운 것, 음탕한 것, 음산한 것, 너무 익은 것, 곪아 터진 것, 선동하는 것이 뭉쳐 곪아 터지는 곳에 —— .

이 대도시에 침을 뱉고 돌아가십시오!"

그러나 여기서 차라투스트라는 거품을 내뿜고 있는 바보의 말을 가로막고 그의 입을 막았다.

"그쯤 해 두게!" 차라투스트라는 외쳤다.

"그대의 말과 그대의 방식에 나는 벌써부터 구역질을 느끼고 있다!

왜 그대는 그대 자신이 개구리와 두꺼비가 되어야 할 만큼 오랫동안 늪에서 살았는가?

이젠 그대 자신의 혈관 속으로는 썩고 거품이 이는 늪의 피가 흐르고 있고, 그래서 그대는 꽥꽥거리며 욕을 하는 것을 배웠는가?

왜 그대는 숲으로 가지 않았는가? 혹은 대지를 갈지 않았는가? 바다는 푸른 섬들[1]로 가득 차 있지 않은가?

나는 그대의 경멸을 경멸한다. 그리고 그대는 나에게 경고하면

---

1 지복의 섬들.

서 —— 왜 그대 자신에게는 경고하지 않는가?

나의 경우에는 나의 경멸과 나의 경고하는 새는 오직 사랑으로부터 날아올라야 하고 —— 늪으로부터 날아올라서는 안 된다!

사람들은 그대를 나의 원숭이라고 부른다. 그대 거품을 내뿜고 있는 바보여. 그러나 나는 그대를 나의 투덜거리는 돼지라고 부르리라. 투덜거림으로써 그대는 나의 어리석음에 대한 예찬조차도 망쳐버린다.[1]

처음 그대를 투덜거리게 만든 것은 무엇인가? 누구도 그대에게 충분히 **아첨**하지 않았다는 것이다. 그래서 그대는 많은 불평의 근거를 얻기 위해 이 쓰레기 더미에 앉았던 것이다.

허다한 **복수**를 할 근거를 얻기 위해서! 다시 말하면 그대 허영심 많은 바보여, 그대가 내뿜고 있는 온갖 거품은 복수다.[2] 나는 그대를 잘 알고 있다!

그러나 그대의 바보스러운 말은 그대가 올바른 말을 할 때조차도 **나에게** 상처를 입힌다! 그러나 차라투스트라의 말이 백 배나 **올바르더라도 그대**는 내 말을 이용하여 —— 부정을 **저지를** 것이다!"

차라투스트라는 이렇게 말했다. 그리고 대도시를 바라보며 한숨을 쉬고 오랫동안 말이 없었다. 마침내 그는 이렇게 말했다.

이 대도시도 나에게 역겹다. 이 바보만이 아니다. 여기에도 저기에도 개선할 만한 것이나 개악할 만한 것은 없다.[3]

슬프다, 이 대도시여! 사실 나는 이 대도시를 불태워버릴 불기둥을

---

1 어리석음, 곧 조소나 자조를 차라투스트라는 예찬한다. 그러나 바보의 어리석음은 다른 것이다. 차라투스트라의 어리석음은 사랑과 긍지의 소산이지만, 바보의 그것은 허영심과 복수심의 소산이기 때문이다.
2 제2부 '타란툴라에 대하여' 3단 이하 참조.
3 선악이라고 부를 만한 것조차도 없다.

보았으면 하고 벌써부터 생각해왔다.

이 불기둥이 위대한 정오보다 앞서 와야만 하기 때문이다. 그러나 이 일에도 그 때가 있고 스스로의 운명이 있다!

그러나 그대 바보여, 헤어지기에 앞서 나는 그대에게 다음과 같이 가르친다. 더 이상 사랑할 수 없는 곳에서는 — **통과하지** 않으면 안 된다!

차라투스트라는 이렇게 말하고 바보와 대도시를 통과했다.

배반자들에 대하여

1

아, 조금 전만 해도 이 초원에 푸르고 알록달록하게 서 있던 모든 것이 벌써 시들어 회색이 되었는가? 나는 사실 얼마나 많은 희망의 꿀을 여기서 나의 벌통으로 날라 갔던가?

이들 젊은 심장을 가진 자들은 모두 이미 늙어버렸다. 그런데 늙은 것도 아니구나! 오직 지치고 천해지고 안일하게 되었을 뿐이다. 그들은 이것을 "우리는 다시 경건해졌다"고 말한다.[1]

조금 전까지도 나는 그들이 아침 일찍 대담한 발걸음으로 뛰어나가는 것을 보았다. 그러나 그들의 인식의 발은 지쳤고 이제 그들은 그들의 아침의 대담성조차도 비방한다!

---

1 차라투스트라는 자유 정신을 갖고 자기의 인식과 의지에 의해 살라고 하므로 그의 가르침은 안일을 허용하지 않는다. 그러나 신의 인도를 믿고 사는 것은 안일한 삶이다. 이것을 다시 경건해졌다고 한 것이다.

정녕 그들 중의 많은 자들이 일찍이 춤추는 자[1]처럼 발을 들었고 나의 지혜에 깃들인 웃음[2]이 그들에게 눈짓을 보냈다. 이때 그들은 생각에 잠겼다. 방금 나는 그들이 몸을 굽히고 —— 십자가 쪽으로 기어가는 것을 보았다.

그들은 일찍이 모기와 젊은 시인처럼 빛과 자유를 찾아 펄펄 날아다녔다. 조금 나이가 들고 약간 열이 식자 이미 그들은 속이 검은 자, 음모를 꾸미는 자, 난로 옆에 쪼그리고 앉아 있는 자[3]가 되었다.

고독이 고래처럼 나를 삼켜버렸기 때문에 그들의 마음이 절망한 것일까? 그들의 귀는 갈망에 시달리며 오랫동안 나와 나팔과 전령의 외침에 귀 기울였으나 **보람이 없었던 것일까?**[4]

아! 그들 중에는 마음에 유장한 용기와 분방함을 가진 자들이 언제나 적구나. 그리고 이러한 자들의 정신[5]은 끈기 있다. 그러나 나머지는 **비겁**하다.

나머지 그것은 언제나 대다수의 사람들, 범인, 잉여, 너무나 많은 자들이다 —— 이 자들은 모두 비겁하다!

나와 동류인 자는 또한 나와 동일한 체험을 겪게 되리라. 따라서 그의 최초의 반려는 틀림없이 시체와 익살꾼이리라.[6]

그러나 그의 두 번째 반려는 —— 그의 **신자**라고 자칭하리라. 사랑과

---

1 선악의 피안에 있는, 경쾌한 자유의 경지에서 사는 사람들을 상징한다.
2 제2부 '무덤의 노래' 19~20단에 나오는 '즐거운 지혜'라는 표현의 변형.
3 '올리브 산에서'에도 난로에 대한 비유가 나오거니와 여기서도 역시 기독교적 동정에 의지하고 있는 자를 말한다.
4 고래가 삼켰다는 것은 구약에서 요나가 고래에 먹힌 것과 연관되고 '나와 나팔과 전령의 외침'은 제3부 '작게 만드는 덕에 대하여' 3의 24단 '민중 사이에서 나는 나 자신의 선구자이며 어두운 골목길에서의 나 자신의 닭 울음소리이다'라는 구절과 관련된다.
5 인식의 정신을 말한다.
6 무력한 자와 자기 반성이 없는 자를 말한다. '서설' 7의 1단 이하 참조.

어리석음과 덜 익은 숭배로 가득 찬 살아 있는 무리들이리라.

인간 사이에서 나와 동류인 자는 이러한 신자에게 그의 마음을 허락해서는 안 된다. 무상하고 비겁한 인간성을 아는 자는 이러한 봄과 알록달록한 초원을 믿지 말아야 한다!

만일 그들이 다른 행동을 **할 수 있었다면** 그들은 다른 행동을 **원했을 것이다.**[1] 엉거주춤한 자들은 모든 전체를 망쳐버린다. 나뭇잎[2]이 시들었다는 것 —— 여기에 슬퍼할 일이 있을 것인가!

나뭇잎으로 하여금 떨어져 흩어지게 하라, 오, 차라투스트라여, 그리고 슬퍼하지 마라! 오히려 나뭇잎 사이로 산들바람이 불게 하라 —— 이 나뭇잎 사이로 바람이 불게 하라, 오, 차라투스트라여. 모든 시든 것이 더 빨리 그대로부터 달아나도록!

2

"우리는 다시 경건해졌다." 이 배신자들은 이렇게 고백한다. 그런데 그들 중의 많은 자들은 너무나 비겁하여 이렇게 고백하지 못한다.

나는 그들의 눈을 바라본다. 나는 그들을 마주 보며 그들의 뺨이 붉어지는 것도 무릅쓰고, "그대들은 다시 **기도하는** 자가 되었노라"고 말한다!

그러나 기도한다는 것은 수치다! 만일에 대해서는 아니지만 그대와 나, 그리고 머리에 양심[3]을 갖고 있는 자에 대해서는! **그대**에 대해서는

---

1 일찍이 차라투스트라의 설교를 듣고 그를 숭배했으나 일시적인 열광일 뿐 철저한 주체적 결단은 아니었다.
2 배신자들.
3 고매한 정신과 깊은 양심의 긴장 가운데 나타나는 진리를 인식하려고 하는 지적 양심.

기도한다는 것은 수치다!

그대도 잘 알고 있다시피, 합장하기를 좋아하고 손을 무릎에 얹고 편안하게 살고 싶어 하는, 그대 마음속의 비겁한 악마 — 이 악마가 그대에게 "하나의 신이 **있다!**"고 말한다.

그러나 **이렇게 됨으로써** 그대는 빛 속에서는 결코 쉬지 못하는, 빛을 두려워하는 자들에게 속하게 된다. 이제 그대는 매일 그대의 머리를 밤과 안개 속에 깊숙이 밀어 넣어야 한다!

그리고 정녕 그대는 때를 잘 골랐다. 방금 밤새들이 다시 날아오르기 시작했기 때문이다. 빛을 두려워하는 모든 족속들에게 그 때가 찾아왔다 — '축제'가 없는 저녁의 축제의 시간이.[1]

나는 소리와 냄새로 안다. 사냥과 배회를 할 시간,[2] 물론 사나운 사냥이 아니라 길들고 절뚝거리고 킁킁거리고 조용히 걷고 조용히 기도하는 자들이 사냥할 시간이 온 것이다.

다감한 위선자들을 사냥할 시간이. 마음속의 모든 쥐덫이 다시 장치된 것이다! 그리고 내가 커튼을 들어올릴 때마다 한 마리의 작은 나비가 날아오른다.[3]

이 작은 나비는 다른 작은 나비와 함께 거기에 웅크리고 있었던 것일까? 나는 도처에서 숨겨진 작은 교단의 냄새를 맡았기 때문에 하는 말이다. 그리고 작은 방이 있는 곳에는 그 안에 완고한 신자와 완고한 신자의 악취가 있다.

그들은 저녁마다 오랫동안 나란히 앉아서 "우리로 하여금 다시 갓난애가 되어 '사랑하는 신이여'라고 말하게 해주소서!"라고 말한다 —

---

1 모든 이상이 상실되는 황혼.
2 기독교가 전도할 시간.
3 신이 죽은 현대 사회에서도 그 이면에는 기독교적 신앙에 의지하려는 자들이 아직도 남아 있다.

과자를 만들어내는 그 경건한 자[1]들 때문에 입과 위를 상한 채로.

혹은 그들은 저녁마다 교활하게 잠복해 있는 한 마리의 십자 거미[2]를 오랫동안 구경한다. 이 십자 거미는 거미들에게 재치를 설교하고 이렇게 가르친다. "십자가 밑은 거미줄 치기에 알맞다!"

혹은 그들은 하루 종일 낚싯대를 들고 늪가에 앉아 있고, 이렇게 함으로써 그들 자신이 **깊다**고 믿는다. 그러나 고기 한 마리 없는 곳에서 낚시질하는 자는 나를 천박하다고 부르기조차 힘들다![3]

혹은 그들은 가요 시인[4]에게 경건하고 즐겁게 하프를 켜는 것을 배운다. 이 가요 시인은 하프로 젊은 여인들의 마음을 사로잡기를 좋아한다. 그는 늙은 여자와 늙은 여자들의 칭찬에는 싫증이 났기 때문이다.

혹은 그들은 박식한 반미치광이[5]에게서 전율을 배운다. 이 반미치광이는 어두운 방 안에서 귀신이 그를 찾아오고 —— 정신은 완전히 달아나버리기를 기다리고 있다.

혹은 그들은 투덜투덜 불평을 하며 피리를 불고 돌아다니는 늙은이[6]에게 귀를 기울인다. 이 피리 부는 사람은 음울한 바람으로부터 음울한 곡조를 배웠다. 이제 그는 바람에 맞춰 피리를 불고 음울한 곡조로 우수를 설교한다.

그리고 그들 중 몇 사람은 야경꾼[7]이 되기조차 했다. 이제 그들은 뿔

---

1 달콤한 기독교 교리를 전도하는 자들.
2 신자들을 생계의 밑천으로 삼는 기독교의 교직자들.
3 신이 죽은 현대 사회(고기 한 마리 없는 곳)에서 기독교적 입장에서 심오한 사색을 하려는 자(낚싯대를 들고 있는 자)는 천박하다고 하기도 어려울 만큼 어리석다.
4 슈피타(Spitta)라는 찬송가 작사자를 빈정거린 것. 그에게는 《시편과 하프》라는 저서가 있다. 관능적이고 감상적인 찬송가로 신자를 매혹하려는 자들을 가리킨다.
5 심령술로 영계(靈界)에 정통하다고 하는 자들.
6 현대의 염세주의적 허무주의 풍조.
7 신학자.

피리를 불며 밤중에 여기저기 돌아다니면서 벌써 오래전에 잠들어버린 낡은 일들을 깨울 줄 안다.

어젯밤 나는 정원의 돌담에서 낡은 일에 대한 다섯 가지 말을 들었다. 이 말들은 이러한 늙고 우울하고 메마른 야경꾼들이 한 말들이었다.

"그¹는 아버지로서 자식들을 충분히 돌보지 않는다. 인간의 아버지들이 훨씬 더 잘 돌본다!"

"그는 너무 늙었다! 그는 이미 자식들을 더 이상 돌보려고 하지 않는다." 이렇게 다른 야경꾼이 대답했다.

"도대체 그에게 자식이 **있는가**? 그 자신이 이 점을 증명하지 않으면 아무도 증명하지 못한다!² 나는 그가 이 점을 한번 철저하게 증명해주기를 오랫동안 바라고 있었다."

"증명한다고? 마치 **그 자**가 일찍이 무엇인가 증명한 적이 있는 것 같은 말투군! 증명한다는 것은 그에게는 어려운 일이야. 그는 사람들이 그를 **믿는다는** 데 중점을 두고 있어."

"그래! 그래! 신앙이, 그에 대한 신앙이 그를 행복하게 만든다. 이것이 늙은 사람들의 방식이다! 우리들도 마찬가지야!"

이렇게 두 늙은 야경꾼들, 빛을 무서워하는 자들은 서로 말했고 그 후 우울하게 뿔피리를 불었다. 이것이 어젯밤 정원의 돌담에서 생긴 일이었다.

그러나 나의 심장은 우스워서 꿈틀거리다 터질 것 같았고 어디로 가야 할지 알지 못해서 횡격막 속으로 가라앉았다.

정녕 나귀가 술에 취한 것을 보고 야경꾼이 이와 같이 신을 의심하

---

1 신.
2 신의 인간 창조에 대한 회의.

는 것을 듣고서 우스운 나머지 내가 질식하는 것은 이윽고 나의 죽음이 되리라.[1]

사실 이러한 모든 회의에 대해 때는 이미 **오래전에** 지나가버리지 않았을까? 이제 누가 이러한 낡고 잠들고 빛을 무서워하는 일들을 깨울 수 있을 것인가!

정녕 낡은 신들[2]은 벌써 오래전에 최후를 맞이했다. 그리고 정녕 낡은 신들은 착하고 즐거운 신들로서 최후를 맞이했던 것이다.[3]

낡은 신들이 '황혼 속으로' 사라져버린 것은 아니다.[4] 그것은 거짓말이다! 오히려 낡은 신들은 일찍이 죽을 만큼 **웃었던 것이다!**

그것은 신을 가장 부정하는 말이 하나뿐인 신 자신의 입으로부터 나왔을 때 일어났다 —— 그 말은 "신은 유일하다. 그대는 나 이외의 다른 신을 섬겨서는 안 된다!"는 것이다!

늙은 수염투성이의 분노의 신, 질투 많은 신[5]은 이만큼 자기 자신을 잊었던 것이다!

그리고 그때 모든 신들은 웃었고 그들의 의자 위에서 몸을 흔들며 외쳤다. "신들은 존재하지만 하나의 신은 존재하지 않는다는 것, 이것이야말로 거룩하지 않은가?"

귀가 있는 자는 들어라.

차라투스트라는 그가 사랑하고 '얼룩소'라고 별명을 붙인 도시에서

---

1 어리석은 민중이 지배하는 현대 사회('나귀가 술에 취했다')에서 신을 의심하면서도 신의 죽음을 인정하지 않는 신학자들이 있다는 것은 가소롭기 그지없다.

2 기독교 이전의 고대 그리스의 다신교적 신들.

3 그리스 신화에 나오는 신들의 영웅적이고 화려한 죽음을 말한다.

4 바그너가 〈니벨룽겐의 반지〉의 '신들의 황혼'에서 노래한 것처럼 신들은 참혹한 멸망을 한 것은 아니다.

5 여호와.

이렇게 말했다. 다시 말하면 그가 다시 그의 동굴과 그의 짐승 곁으로 돌아가려면 여기서부터는 이틀만 가면 되는 것이다. 한편 그의 귀향이 다가옴에 따라 그의 영혼은 끊임없이 기쁨에 날뛰었다.

귀 향

오, 고독이여! 그대 나의 고향인 고독이여! 나는 눈물 없이는 귀향할 수 없을 만큼 너무나 오랫동안 거친 타향에서 거칠게 살았구나!

자, 어머니가 겁을 주듯 제발, 손가락으로 나를 위협해다오. 자, 어머니가 미소 짓듯 나에게 미소를 보내다오. 자, 제발 말해다오. "그런데 일찍이 마치 폭풍처럼 나에게서 달아나버린 자[1]는 누구였던가?

그는 헤어지면서 외쳤다, '나는 너무나 오랫동안 고독의 곁에 앉아 있었기 때문에 침묵하는 것을 잊었다!'라고.[2] **침묵하는 것**을 —— 그대는 이제 배웠겠지?[3]

오, 차라투스트라여, 나는 모든 것을 알고 있다, 그대 유일한 자여, 그대는 많은 사람들 사이에 있었지만 내 곁에 있을 때보다 더 **버림받았다**[4]는 것을!

버림받은 것과 고독은 다른 것이다. **그것**을 —— 이제 그대는 배웠다! 그리고 그대는 인간들 사이에서는 언제나 거칠고 낯설게 되리라는 것을.

---

1 제2부 '거울을 가진 어린애' 21~22단 참조.
2 제2부 '거울을 가진 어린애' 17단 참조.
3 제2부 '가장 고요한 시간' 35단 참조.
4 인간 사이에 있으면서도 어떠한 인간과도 관계가 없었다는 것을 말한다.

인간들이 그대를 사랑할 때조차도 거칠고 낯설게 되리라는 것을. 그들은 무엇보다 **아낌받기를** 바라기 때문이다!

그러나 그대는 여기 그대의 고향, 그대의 집에 있다. 여기서는 그대는 모든 말을 할 수 있고 마음속을 모두 털어놓을 수 있다. 여기서는 감추어지고 굳어진 감정도 부끄러운 것이 아니다.

여기서는 모든 사물이 상냥하게 그대의 말(언어)로 다가와서 그대에게 아첨한다. 모든 사물은 그대의 등에 업히고 싶어 하기 때문이다. 여기서는 그대는 모든 비유에 업혀 모든 진리를 향해 간다.

여기서는 그대는 모든 사물을 향해 솔직하고 정직하게 말해도 된다. 그리고 정녕 누구든 모든 사물과 —— 솔직하게 이야기하면 그것은 모든 사물의 귀에는 칭찬처럼 들린다!

그러나 버림받은 것은 다르다. 오, 차라투스트라여, 그대는 아직도 기억하고 있는가? 그대가 숲 속에서 결심을 하지 못하고 어디로 갈지 몰라 시체 옆에 서 있을 때, 그대의 새가 그대의 머리 위에서 외치던 그때를.[1]

—— '내 짐승들이 나를 인도해주었으면! 인간들 사이에 있는 것이 짐승들 사이에 있는 것보다 더 위험하다는 것을 나는 알았다'라고 그대가 말하던 때를.[2] **그것**이 버림받은 것이었다!

그리고 오, 차라투스트라여, 그대는 아직도 기억하는가? 그대가 텅빈 나무통 사이에서 솟아오르는 포도주의 샘으로서 베풀어주고 나누어주면서, 목마른 자들에게 증여하고 쏟아주면서 그대의 섬에 앉아 있던 때를.[3]

---

1 '서설' 8의 8단 및 10의 1단 참조.
2 '서설' 10의 4단 참조.
3 제2부 '밤의 노래' 참조.

마침내 그대 혼자만이 취한 자들 사이에 목마른 채 앉아서 밤마다 '받는 것이 주는 것보다 더 행복하지 않은가? 그리고 훔치는 것이 받는 것보다 훨씬 행복하지 않은가?'라고 탄식하던 때를.[1] **그것**이 버림받은 것이었다!

그리고 오, 차라투스트라여, 그대는 아직도 기억하는가? 그대의 가장 고요한 시간이 와서 그대를 그대 자신으로부터 내쫓던 때를, 그대의 가장 고요한 시간이 '말하라, 그리고 부숴버려라!'라고 사악하게 속삭이던 때를.

가장 고요한 시간이 그대로 하여금 그대의 모든 기다림과 침묵을 후회하게 하고 그대의 겸손한 용기를 저해하던 때를.[2] **그것**이 버림받은 것이었다!"

오, 고독이여! 그대 나의 고향인 고독이여! 그대의 목소리는 얼마나 행복하고 상냥하게 나에게 말하는가!

우리는 서로 묻지 않고, 우리는 서로 탄식하지 않고, 우리는 함께 열린 문을 자유롭게 출입한다.

왜냐하면 그대 곁에서는 모든 것이 열려 있고 밝아지기 때문이다. 그리고 여기서는 시간도 더욱 가벼운 걸음으로 달려간다. 곧 사람들은 빛 속에서보다는 어둠 속에서 시간을 더 무겁게 여기는 것이다.

여기서는 모든 존재의 말과 그 말의 상자가 나를 위해 활짝 열린다. 여기서는 모든 존재가 말이 되려고 하며, 여기서는 모든 생성이 말하는 것을 나에게서 배우려고 한다.[3]

그러나 저 밑에서는 —— 거기서는 모든 말이 소용없다! 거기서는 망

---

1 제2부 '밤의 노래' 8단 참조.
2 제2부 '가장 고요한 시간' 10단 참조.
3 고독 속에서는 모든 존재와 그 생성(사물과 그 변화 · 발전)이 가장 참되게 파악되고 표현된다.

각과 통과가 최선의 지혜다.[1] **그것을** —— 이제 나는 배웠다!

인간들 사이에서 모든 것을 파악하고자 하는 자는 모든 것에 손을 대야 한다. 그러나 그렇게 하기에는 내 손은 너무나 깨끗하다.

나는 이미 그들의 숨조차 들이마시려 하지 않는다. 아, 내가 그렇게 오랫동안 그들의 소요와 사악한 숨결 속에서 살았다니!

오, 나를 둘러싼 복된 고요함이여! 오, 나를 둘러싼 깨끗한 향기여! 오, 이 고요함은 깊은 가슴으로부터 얼마나 깨끗한 숨을 쉬는가! 오, 얼마나 조용히 귀기울이는가, 이 복된 고요함은!

그러나 저 밑에서는 —— 거기서는 모든 것이 말하고 모든 것이 건성으로 들린다. 사람들이 종을 울려 그들의 지혜를 알리려 해도 시장의 소상인들의 동전 소리[2]가 이 소리를 지워버리리라!

그들 사이에서는 모든 것이 말하고 이미 아무도 이해할 줄 모른다. 모든 것은 물속으로 떨어지고 깊은 샘 속으로 떨어지는 것은 하나도 없다.[3]

그들 사이에서는 모든 것이 말하며 이미 아무것도 이루어지지 않고 아무것도 종결되지 않는다. 모든 것이 꺅꺅 울지만 누가 지금도 둥지에 조용히 앉아서 알을 품으려 할 것인가?

그들 사이에서는 모든 것이 말하고 모든 것이 입씨름을 한다. 그래서 어제까지는 시대 자체와 그 이빨에 대해 아직도 너무나 딱딱하던 것이, 오늘은 씹히고 물어뜯겨 현대인의 입에 매달려 있다.

그들 사이에서는 모든 것이 말하고 모든 것이 누설된다. 그래서 일찍

---

1 제3부 '통과에 대하여' 39단 참조.
2 제3부 '통과에 대하여' 8단 참조.
3 천민(물)이 지배하는 곳에서는 모든 것이 소문이 되지만 깊은 이해(깊은 샘)에 도달하는 것은 없다.

이 심오한 영혼의 비밀이며 비사(秘事)라고 일컬어지던 것이 오늘은 거리의 나팔수와 나비들[1]의 것이 된다.

오, 인간 존재여, 그대 기묘한 자여! 그대 어두운 거리의 소요[2]여! 이제 그대는 다시 내 뒤에 있다. 나의 최대의 위험은 내 뒤에 있다!

아끼는 것과 동정에는 언제나 나의 최대의 위험이 있다. 그리고 모든 인간 존재는 아낌받고 연민을 받기를 바라고 있다.

억압된 진리와 바보의 손[3]과 바보가 된 마음을 갖고, 그리고 동정으로 말미암아 사소한 거짓말을 허다하게 하면서 —— 언제나 나는 이렇게 인간들 사이에서 살았다.

나는 가장을 하고 그들 사이에 앉아 있었다. 내가 **그들을** 참고 견디고 있다고 **나 자신이** 오해받을 것을 각오[4]하며 즐거이 나 자신에게 "너, 바보야, 너는 인간을 알지 못한다!"고 타이르면서.

사람들은 사람들 사이에서 살면 인간을 잊어버린다. 모든 인간에게는 너무나 많은 겉치레가 있다. 거기서는 먼 곳이 바라보이니 먼 곳을 갈망하는 눈이 무슨 소용이 있는가!

그래서 그들이 나를 오해했을 때 바보인 나는 이러한 오해에 대해서 나보다는 오히려 그들을 위로했다. 나에 대한 가혹함에 익숙해지고 때로는 이러한 관용 때문에 나 자신에게 복수를 하면서.

독파리에게 물리고 여러 가지 악의로 말미암아 마치 돌처럼 움푹 패이면서, 이렇게 나는 그들 사이에 앉아 여전히 "모든 작은 것은 자기 자신의 왜소함에 대해 죄가 없다"고 나를 타일렀다.[5]

---

1 과대한 선전가와 경박한 유행 사학가.
2 군중.
3 "바보의 손은 책상과 벽을 더럽힌다"는 속담이 있다.
4 제2부 '대인의 재치에 대하여' 41단 참조.
5 제1부 '시장의 파리 떼에 대하여' 21~23단 참조.

특히 '착한 자'라고 자칭하는 자들이야말로 가장 독이 많은 파리임을 나는 알았다. 그들은 아주 순진하게 물고 아주 순진하게 거짓말을 한다. 그들이 나에 대해 어떻게 —— 공정**할 수 있을 것인가!**

착한 자들 사이에서 사는 자는 동정심으로 말미암아 거짓말을 배운다. 동정심은 모든 자유로운 영혼에 대해서는 공기를 무겁게 만드는 것이다. 다시 말하면 착한 자들의 어리석음은 헤아릴 수 없는 것이다.

나 자신과 나의 부를 감추는 것 —— **그것을** 나는 저 밑에서 배웠다. 나는 모든 사람의 정신이 가난하다는 것을 알았기 때문이다. 내가 모든 사람에 대해서 알았다고 한 것은 나의 동정심의 거짓말이었다.

—— 다시 말하면 그들에게는 어느 정도의 정신으로 **충분하고**, 그들에게는 어느 정도의 정신이면 이미 **과다한지**를 간파하고 냄새 맡았다고 한 것은!

그들의 경직한 현인[1]들, 나는 그들을 현명하다고 말했고 굳어졌다고 말하지는 않았다. 이와 같이 나는 말을 삼켜버리는 것을 배웠다. 그들의 무덤 파는 자들,[2] 나는 그들을 연구가이며 음미가라고 불렀다. 이와 같이 나는 말을 혼동하는 것을 배웠다.

무덤 파는 자들은 무덤을 파다가 병에 걸린다. 낡은 기와 조각 밑에는 악취가 고여 있다. 수렁을 휘저어서는 안 된다.[3] 산 위에서 살아야 하는 것이다.

축복받은 콧구멍으로 나는 다시금 산의 자유를 호흡한다! 마침내 나의 코는 모든 인간 존재의 냄새로부터 구제되었다!

---

1 제2부 '유명한 현인들에 대하여' 특히 8단 참조.
2 지혜는 있지만 창조적인 지혜는 갖지 못한 평범한 학자들, 특히 역사학자들.
3 니체는 과거에 사로잡힌 학자들, 특히 역사학자는 쓸데없는 지식의 축적을 위해 창조적 능력을 낭비한다고 말한 바 있다.

마치 거품 나는 포도주가 간지럽히는 것처럼 강렬한 공기가 간지럽혀서 나의 영혼은 **재채기를 한다.**[1] 재채기를 하고 자신을 향해 환성을 지른다. 건강을 빈다!라고.

차라투스트라는 이렇게 말했다.

세 가지 악에 대하여

1

꿈속에서, 오늘 아침의 꿈속에서 나는 오늘 어떤 곳 위에 서 있었다. 세계의 저쪽에서 나는 저울을 들고 세계를 **달고** 있었다.

오, 아침놀이 너무 일찍 나를 찾아왔구나! 아침놀은 벌겋게 타오르면서 나를 깨웠다. 이 시기심 많은 자는! 아침놀은 언제나 나의 아침의 꿈의 작열을 시기한다.

시간이 있는 자에 대해서는 측정할 수 있는 것, 재치 있는 계량자에 대해서는 달 수 있는 것, 억센 날개가 있는 자에 대해서는 날아 넘을 수 있는 것, 거룩한 호두 까는 자[2]들에 대해서는 추측할 수 있는 것. 나의 꿈속에서의 세계는 이러한 것이었다.[3]

반은 배이고 반은 선풍이며 나비처럼 말이 없고 독수리처럼 성미 급한 대담한 항해자인 나의 꿈, 이 꿈이 오늘은 어떻게 세계를 달아볼 끈

---

1 고대 그리스인은 재채기를 길조로 보았거니와 차라투스트라도 재채기를 길조로 생각하고 있다.
2 사물의 핵심을 파악하는 자.
3 니체는 세계는 무척 거대하지만 유한한 힘에 지나지 않는다고 보았다. 곧 시간은 무한하지만 힘으로서의 세계의 총량은 유한하다는 것이다. 그러므로 "무한한 과정은 주기적인 것으로만 생각할 수 있다."

기와 틈을 갖게 되었을까!

나의 지혜가 은밀하게 나의 꿈에게 말한 것일까, 모든 '무한한 세계들'을 비웃는 나의 미소 짓고 깨어 있는 낮의 지혜가? 이 지혜는 "힘이 있는 곳에서는 수(數)가 주인이 되고 수는 보다 많은 힘을 갖는다"[1]고 말하기 때문이다.

얼마나 확실하게 나의 꿈은 이 유한한 세계를 바라보는가, 호기심도 없이, 회고심도 없이, 두려워하지도 않고, 애걸하지도 않으면서.[2]

마치 완숙한 사과가, 서늘하고 부드러운 껍질을 가진 금사과[3]가 나의 손에 제공되어 있는 것처럼 —— 이렇게 세계는 나에게 제공되었다.

마치 나무가, 여행에 지친 나그네가 기댈 뿐 아니라 발을 얹어놓을 수 있도록 휘어진, 가지가 무성하고, 의지가 강한 나무가 나에게 눈짓을 하는 것처럼 이렇게 세계는 나의 곳 위에 서 있었다.[4]

마치 부드러운 손이 나에게 작은 상자[5]를 —— 수줍어하고 숭배하는 눈을 황홀하게 만들기 위해 열려진 상자를 —— 날라 오는 것처럼 이렇게 오늘 세계는 나에게 제공되었다.

인간애를 위협해서 몰아낼 만한 수수께끼가 아니고 인간의 지혜를 잠재울 만한 해답이 아니고[6] —— 오늘 나에게는 사람들이 비방하는 세

---

1 세계 전체는 '힘'으로서는 한정되어 있다. 여기서 '수'는 이와 같이 한정하는 작용을 상징하고 있다. 한정하는 것 자체도 힘이지만 이 힘은 양적인 의미의 힘이 아니라 질적인 의미의 힘이다. 곧 니체에 있어서의 힘은 양적인 것이 아니라 오히려 질적인 것에 있다. 그러므로 "기계론적 세계관은 양 이외의 아무것도 바라지 않으나 힘은 질에 있는 것이다. 그러므로 기계론은 사상(事象)을 기술할 뿐 설명하지는 못한다"(《권력에의 의지》에서).

2 낮의 지혜(자각적인 지혜)가 세계를 있는 그대로 측량했다는 뜻.

3 제2부 '대사건에 대하여' 34단 참조.

4 제3부 '뜻에 거슬리는 지복에 대하여' 13~14단 참조.

5 제3부 '귀향' 20단 참조.

6 세계는 인간이 알 수 없는 불가지의 세계도 아니고 인간의 자각적 정신을 부정하고 종교적 해답에 의존해야 할 만큼 신비한 세계도 아니다.

계는 인간적으로 좋은 것이었다.[1]

나는 오늘 이렇게 일찍 세계를 달아본 것을 얼마나 아침의 꿈에 감사하고 있는가! 인간적으로 좋은 것으로서 아침의 꿈은 나를 찾아왔다, 이 꿈, 이 마음의 위안자는!

따라서 나는 낮[2]에 이 꿈과 경쟁하여 이 꿈의 가장 좋은 점을 모방하고 배우기 위해 이제 세 가지 가장 나쁜 것을 저울에 달아 인간적으로 좋은 것으로 측정하고자 한다.[3]

축복하는 것을 가르친 자는 저주하는 것도 가르쳤다.[4] 이 세계에서 가장 저주받은 세 가지는 무엇인가? 이 세 가지를 나는 저울에 달아보고자 한다.

육욕, 지배욕, 아욕. 이 세 가지는 지금까지 가장 저주받아왔고 가장 나쁜 평판을, 그것도 왜곡된 평판을 받아왔다. 이 세 가지를 나는 인간적으로 좋은 것으로 측정하고자 한다.

자! 여기에는 나의 곳, 저기에는 바다가 있다. 내가 사랑하는 충실하고 나이 많은 백 개의 머리를 가진 괴견(怪犬), 저 바다[5]는 털투성이가 되어 알랑거리며 나에게 굴러온다.

자! 여기서 나는 굴러오는 바다를 굽어보며 저울을 들고 있으리라. 그리고 입회할 증인으로 선택하리라, 그대 은둔자인 나무여, 내가 사랑

---

1 인간이 인식할 수 있는 세계를 말한다.
2 낮의 지혜, 곧 '자각적 반성에 있어서'라는 뜻.
3 세 가지 가장 나쁜 것, 곧 육욕(肉慾), 지배욕, 아욕(我慾)은 기독교의 전통적 가치인 순결, 겸허, 몰아와 대립되는 것이다. 니체는 기독교의 세 가치를 가치의 전도라고 본다. 따라서 전도된 가치를 바로 세우는 것이 '저울에 달아 인간적으로 좋은 것으로 측정하는 것'이다.
4 축복을 가르치는 기독교는 반면 악에 대한 저주도 가르쳤다.
5 인류 및 인간의 무한한 가능성의 상징. '백 개의 머리'는 직접적으로 파도를 가리키나 인간의 가능성을 말하며 '털투성이'는 밀려와서 부서지는 물결을 나타내는 한편 인간성을 상징한다.

하는, 향기가 강하고 가지가 넓게 퍼진 그대를!¹

어느 다리를 건너서 현재는 미래로 가는가? 어떠한 강제에 못 이겨 높은 것은 억지로 낮은 것에로 가는가? 그리고 가장 높은 곳에서조차도 —— 더 높이 자라나라고 명령하는 것은 무엇인가?

지금 저울은 수평으로 멈춰 있다. 내가 세 가지 무거운 물음을 던져 넣었더니 세 가지 무거운 대답²이 다른 쪽 저울판에 올랐던 것이다.

2

육욕. 참회복을 입은 모든 육체의 경멸자들³에게는 그들의 바늘이 되고 가시가 되며, 배후세계론자⁴들로부터는 '속세'로서 저주받는 것. 육욕은 혼란과 오류를 가르치는 모든 교사들을 비웃고 우롱하기 때문이다.

육욕. 천민들에게는 천민들을 불태워버릴 천천히 타는 불. 벌레먹은 모든 재목과 악취를 풍기는 모든 누더기⁵에 대해서는 언제든지 발정하여 김을 낼 수 있는 난로.

육욕. 자유로운 마음을 가진 자들에게는 순진하고 자유로운 것, 지상에 있어서의 낙원의 행복,⁶ 모든 미래가 현재에 바치는⁷ 넘쳐흐르

---

1 '굴러오는 바다'는 인간의 삶을, '은둔자인 나무'는 초인을 상징한다.
2 세 가지 무거운 대답은 첫째, '육욕'이라는 다리를 통해서 현재는 미래에 이어진다는 것이다. 둘째, '지배욕'의 강제 때문에 강자는 약자에게 간섭한다. 셋째, 최고의 것에게도 더 성장하라고 요구하는 것은 '아욕'이다.
3 제1부 '육체를 경멸하는 자들에 대하여' 참조.
4 제1부 '배후세계론자에 대하여' 참조. 배후세계론자는 형이상학적, 종교적인 피안의 세계를 인정하고 이를 동경하는 자들이다.
5 데카당을 말한다. '벌레먹은'이라고 한 데 대해서는 제1부 '자유로운 죽음' 20단, 제4부 '보다 높은 인간에 대하여' 8의 3단, '누더기'에 대해서는 제3부 '통과에 대하여' 7단 참조.
6 제1부 '어린애와 결혼에 대하여' 7단 참조.
7 '모든 생식될 것이 생식자에게 바치는'이라는 뜻.

는 감사.

육욕. 오직 시들어버린 자들에게만은 달콤한 독, 그러나 사자의 의지를 가진 자들에게는 엄청난 강장제, 그리고 외경심을 갖고 아껴온 포도주 중의 포도주.

육욕. 보다 높은 행복과 최고의 희망에 대한 비유적 행복. 다시 말하면 많은 사람들에게 결혼과 결혼 이상의 것이 약속되어 있다.[1]

남자와 여자보다도 더 낯선[2] 많은 사람들에게. 그런데 남자와 여자가 **얼마나 낯선가**를 완전히 파악한 자는 누구인가!

육욕. 그러나 나는 나의 사상의 둘레에, 또한 나의 말의 둘레에도 담을 쌓으리라.[3] 돼지나 탕아가 나의 정원으로 침입하지 못하도록.

지배욕. 가장 냉혹한 마음을 가진 자들을 때리는 새빨갛게 달아오른 채찍, 가장 잔인한 자 자신을 위해 남겨놓은 무서운 고문, 산 채로 불태워 죽이는 화형의 장작더미의 음침한 불꽃.

지배욕. 가장 허영심 많은 민족들에게 달라붙은 짓궂은 등에, 모든 애매한 덕을 비웃는 자, 어떤 말(馬)이나 어떤 자랑도 타고 가는 조소자.[4]

---

1 남녀의 가장 깊은 사랑은 결국 보다 높은 것에 대한 비유에 지나지 않는다. 다시 말하면 이 사랑은 보다 높은 것, 곧 초인에의 동경을 불러일으키며 이러한 동경을 '보다 높은 행복' 또는 '결혼'이라고 부르고, 초인을 '최고의 희망', '결혼 이상의 것'이라고 부른 것이다.

2 니체에 의하면 남녀의 사랑의 궁극적 목적은 자기들보다 훌륭한 아이를 낳는 것이고 따라서 남자는 철저히 남자답고(능동적인 권력 의지의 소유), 여자는 철저히 여자다움(수동적인 헌신)으로써 철저한 양극성이 성립되어야 한다. 이러한 뜻에서 남녀는 서로 낯설다. 한편 초인을 지향하는 사람들은 서로 다른 사람에 의해서는 대체될 수 없는 주체성 또는 독자성을 가져야 하므로 더욱 낯설다.

3 육욕에 대해서는 말을 중단하라는 소극적인 의미와 함께 자신의 독자적인 상상력을 지키겠다는 적극적인 의미도 있다.

4 '등에'니 '말'이니 한 것은 플라톤의 《소크라테스의 변명》에 의거한 것이다. 곧 소크라테스는 "이 사람은 익살스럽게 말하면 신이 이 나라에 보낸 일종의 등에인 것입니다. 이 나라는 거대하고 기품 있는 군마(軍馬)와 같아서, 바로 거대하기 때문에 운동이 둔하고 따라서 각성이 필요한 것입니다"라고 변명한다. 다시 말하면 경박한 민중이나 천박한 도덕 관념을 조소하며 보다 높은 것

지배욕. 썩고 속이 빈 모든 것을 부수고 깨뜨리는 지진, 뒹굴고 으르렁거리며 벌을 주면서 회칠한 무덤을 파헤치는 자, 시기상조의 대답에 붙는 번개 같은 의문 부호.[1]

지배욕. 그 시선 앞에서는 인간은 기어 다니고 허리를 굽히고 심부름을 하며 뱀이나 돼지보다도 더 저열하다. 마침내 커다란 경멸이 인간으로부터 외쳐질 때까지.[2]

지배욕. 커다란 경멸의 무서운 여교사, 이 여교사는 여러 도시와 여러 나라에 면대하여 "그대는 물러가라!"고 외친다. 마침내 도시와 나라 자신으로부터 "**나는 물러가리라!**"는 외침이 터질 때까지.[3]

지배욕. 그러나 지배욕은 사람들의 마음을 매혹하면서 순결한 자, 고독한 자에게, 그리고 그 위쪽의 자족한 높은 자들에게 올라간다. 마치 매혹하면서 대지의 하늘에 보랏빛 지복을 그리는 사랑처럼 불타오르면서.[4]

지배욕. 그러나 높은 것이 밑으로 내려와 권력을 갈망할 때 그 누가 그것을 **탐욕**이라고 부를 것인가! 정녕 이러한 갈망과 하강에는 병적인 것, 탐욕스러운 것은 없다!

외로운 높이가 영원한 고독을 피하고 자족하지 않으려는 것, 산이 골짜기로, 높은 곳의 바람이 낮은 곳으로 오려고 하는 것.

을 지향하는 것이 지배욕이다.

1 활력을 잃은 과거의 사상을 분쇄하고 피상적이고 보수적인 해답(회칠한 무덤)을 부정하며 과거의 권위에 도전한다.

2 지배욕 때문에 인간은 저열해지기도 하지만 이에 대한 저항으로서 자기 경멸에 철저한 창조적 인간이 되기도 한다('서설' 3의 13~14단 참조).

3 근대적인 도시나 국가를 부정한다(제1부 '새로운 우상에 대하여' 참조).

4 지배욕은 창조적인 정신을 가진 사람들도 사로잡는다. 높은 자의 낮은 자에 대한 사랑처럼. 차라투스트라의 사랑은 우매한 인간을 지배하여 초인으로 이끌어 가려는 것이다. 그러므로 차라투스트라의 창조욕은 '하늘에 보랏빛 지복을 그리는 사랑'이라고 말할 수 있다.

오, 이러한 동경에 대한 올바른 세례명과 덕의 이름을 그 누가 찾아낼 것인가! '증여하는 덕' —— 일찍이 이름 붙일 수 없는 것을 차라투스트라는 이렇게 불렀다.[1]

그때 다음과 같은 일이 일어났다.[2] 그리고 정녕 처음으로 일어난 일이었다! 다시 말하면 그의 말은 **아욕**을, 건전하고 건강하며 강력한 영혼으로부터 솟아나오는 아욕을 복된 것으로 찬양했던 것이다.

고상한 육체, 둘레의 모든 사물에 대해 거울이 될 만큼 아름답고 불가항력적이며 싱싱한 육체가 속해 있는 강력한 영혼으로부터.

그 비유와 정수가 자기 향락적 영혼이기도 한 부드럽고 설득력 있는 육체, 곧 춤추는 자가 (속해 있는 강력한 영혼으로부터 솟아나오는 아욕을) 이러한 육체와 영혼의 자기 향락은 '덕'이라고 자칭한다.[3]

이러한 자기 향락은 우량과 열악[4]에 대한 말로써 마치 거룩한 숲으로 자신을 감싸듯 자신을 지킨다.[5] 스스로의 행복에 대한 여러 이름으로써 자기 향락은 자기 자신으로부터 경멸할 만한 모든 것을 추방한다.

자기 향락은 자기 자신으로부터 온갖 비겁을 추방한다. 자기 향락은 말한다, 영악하다는 것 —— **그것**은 비겁이다! 자기 향락에 있어서는 항상 걱정하고 한숨짓고 슬퍼하는 자, 그리고 최소의 이익을 주워 모으는 자는 경멸할 만한 자로 **여겨진다**.

또한 자기 향락은 슬픔에 탐닉하는 모든 지혜를 경멸한다. 정녕 어둠속에서 꽃피는 지혜, 밤그늘 같은 지혜도 있기 때문이다. 이러한 지혜

---

1 제1부 '증여하는 덕에 대하여' 참조.
2 제1부 '증여하는 덕에 대하여' 1의 9단 참조.
3 제1부 '증여하는 덕에 대하여' 1의 15단 참조.
4 니체의 저서 《도덕의 계보》 제1논문('선과 악', '우량과 열악') 참조.
5 독자적인 판단으로써 우열을 가린다.

로서 "모든 것은 덧없다!"고 항상 탄식하는 것이다.[1]

자기 향락에 있어서는 소심한 불신, 그리고 시선이나 손[2] 대신 맹세를 바라는 자는 천대받는다. 또한 너무나 불신하는 모든 지혜도.[3] 이러한 지혜는 비겁한 영혼의 특성이기 때문이다.

자기 향락에 있어서 더욱 천대받는 것은 재빨리 영합하는 자, 곧장 드러누워버리는 개 같은 자, 비굴한 자다. 그리고 비굴하고 개 같고 경건하고 재빨리 영합하는 지혜[4]도 있다.

자기 향락에 있어서 증오스럽고 구역질을 일으키는 것은 자기 자신을 지키려고 하지 않는 자, 유독한 침이나 사악한 시선을 삼켜버리는 자, 너무나 참을성이 많은 자, 모든 것을 참고 견디는 자, 모든 일에 만족하는 자다. 왜냐하면 이것은 노예의 특성이기 때문이다.

신들과 신들의 발길질에 굴종하든, 인간들과 인간들의 어리석은 의견에 굴종하든, **모든** 노예의 특성에 복된 아욕은 침을 뱉는다!

열악. 아욕은 기가 죽고 소심하게 굴종하는 모든 것, 부자유스럽게 깜빡거리는 눈,[5] 억눌린 마음, 두텁고 비겁한 입술로 입맞춤하는[6] 저 허위의 타협적인 태도를 이렇게 부른다.

그리고 사이비 지혜. 아욕은 노예, 노인, 지친 자가 말하는 온갖 익살을 이렇게 부른다. 그리고 특히 불량하고 미치광이 같고 익살이라고도 할 수 없는 성직자들의 어리석음 전체를!

그러나 사이비 현인들, 모든 성직자들, 이 세계에 지친 자들, 그 영혼

---

1 종교적, 철학적 염세주의를 말한다.
2 결의와 행동.
3 쇼펜하우어의 철학 등 관념론을 말한다.
4 강단 철학을 말한다.
5 '눈을 깜빡거린다'는 것은 근시안적이고 평범하면서도 속이 검은 천민의 심정을 나타낸다.
6 위선자의 뻔뻔스럽고 소심한 태도를 말한다.

이 여자나 노예의 특성을 가진 자들 — 오, 옛날부터 이들의 장난이 얼마나 아욕을 괴롭혔던가!

그리고 아욕을 괴롭히는 것, 바로 **이것이** 덕으로 여겨지고 덕으로 불리어왔던 것이다! 그리고 '몰아' — 세계에 지친 모든 비겁자와 십자거미들[1]은 이와 같이 원했고 여기에는 충분한 이유가 있었다.

그러나 이러한 모든 자들에게 이제 낮이, 변화가, 목 베는 칼이, **위대한 정오**[2]가 다가온다. 이때 반드시 많은 일이 밝혀지리라!

그리고 자아를 건전하고 거룩하다고 말하며 아욕을 복되다고 말하는 자, 그는 또한 예언자로서 그가 알고 있는 것을 말한다. "**보라, 다가온다, 가까워지고 있다. 위대한 정오가!**"라고.

차라투스트라는 이렇게 말했다.

중력의 정령에 대하여

1

나의 입은 — 민중의 입이다. 내 말은 앙고라 토끼들[3]에게는 너무나 거칠고 솔직하다. 그리고 모든 잉크 물고기들과 펜 여우들[4]에게는 내 말은 더욱 낯설게 들린다.

나의 손은 — 바보의 손이다. 슬프구나, 모든 테이블과 벽, 그리고

---

1 기독교의 설교자들.
2 제1부 '증여하는 덕에 대하여' 3의 11단 참조.
3 빈약한 내용을 아름다운 형식으로 호소하려는 자.
4 잉크 물고기와 펜 여우는 잔재주만 피우는 문필가와 저널리스트.

아직도 바보가 장식하거나 바보가 낙서할 여지를 갖고 있다는 것은![1]

나의 발은 —— 말(馬)의 발이다. 이 발로 나는 저돌적으로 들판을 종횡으로 발을 구르며 달리고, 빨리 달릴 때에는 언제나 즐거움에 미칠 듯하다.

나의 위는 —— 아마도 독수리의 위일까? 나의 위는 어린 양의 고기를 좋아하기 때문이다. 어쨌든 나의 위가 새의 위인 것은 확실하다.

순진한 것을, 그것도 조금 먹고, 날아가려고 날아가버리려고 언제나 조바심하는 —— 이것이 이제 나의 성질이다. 어찌 이것이 새의 성질이 아닐 것인가!

그리고 특히 내가 중력의 정령에 적의를 품고 있다는 것,[2] 이것이야말로 새의 성질이다. 그리고 정녕 불구대천의 원수에 대한, 최대의 적에 대한, 숙적에 대한 적의인 것이다! 오, 나의 적의가 이미 날아가보지 않은 곳, 잘못 날아가보지 않은 곳이 있을 것인가!

나는 이미 이에 대해 노래할 수도 있으리라[3] —— 그리고 노래**하고자** 하는 것이다. 비록 내가 마치 혼자 빈 집에 있는 것 같아서 내 귀에 대고 노래를 하지 않을 수 없더라도.

분명히 다른 가수들이 있고 그들은 청중이 많아야 비로소 목이 부드러워지고 손이 수다스러워지며 눈이 빛나고 마음이 잠을 깬다. 나는 그들과는 다르다.

---

1 "바보의 손은 책상과 벽을 더럽힌다"는 속담이 있다.
2 어린애의 경지에 이르려고 하는 자기 초극의 의지 또는 행위에 대한 불가결의 저항력.
3 어느 정도 중력의 정령을 극복했음을 나타낸다.

2

언젠가 인간에게 처음으로 나는 법을 가르치는 자는 모든 경계석을 옮겨버리리라.[1] 그에게 있어서는 모든 경계석 자체가 공중으로 날게 될 것이고 그는 대지를 새로 세례하리라 —— '가벼운 것'[2]이라고.

타조는 가장 빠른 말보다도 더 빠르게 달리지만, 타조는 아직도 머리를 무거운 대지에 무겁게 처박고 있다.[3] 아직도 날지 못하는 인간도 마찬가지다.

이러한 인간에게는 대지와 삶은 무겁게 여겨진다. 그리고 중력의 정령은 이렇게 되길 **바라고 있다!** 그러나 가벼워져서 새가 되기를 바라는 자는 자기 자신을 사랑하지 않으면 안 된다 —— **나는** 이렇게 가르친다.

물론 병들고 탐욕스러운 자들의 사랑으로 (사랑해서는) 안 된다. 이러한 자들에게 있어서는 자기애조차도 악취를 풍기기 때문이다![4]

인간은 건전하고 건강한 사랑으로써 자기 자신을 사랑하는 것을 배워야 한다 —— 나는 이렇게 가르친다. 자기 자신을 참고 견디며 방황하지 않기 위해서.

이러한 방황은 '인인애'라는 세례명으로 불린다. 이 말을 이용하여 지금까지 최대의 사기와 위선이 행해졌다. 게다가 특히 온 세계를 괴롭혀온 자들[5]에 의해서.

그리고 정녕 자기 자신을 사랑하는 것을 **배우는 것**은 오늘이나 내일

---

1 고정된 가치 체계를 무너뜨리리라.
2 대지는 낡은 가치로 무거워졌기 때문이다.
3 위험을 직시하지 않음을 나타낸다.
4 병들고 탐욕스러운 자에게 있어서의 자기애는 인인애에 의지한다. 자기 자신에게는 사랑할 만한 가치가 없음을 알고 인인애에 의해 보충하려고 하기 때문이다.
5 종교적, 도덕적 계율로 사람들을 압박한 자들.

을 위한 계율은 아니다. 오히려 이것은 모든 기술 중에서 가장 정교하고 가장 교묘하고 궁극적이고 가장 참을성이 필요한 기술이다.

다시 말하면 그 소유자에 대해서 모든 소유물은 잘 숨겨져 있는 것이다. 그리고 모든 지하의 보고 중에서 자기 자신의 것은 가장 늦게 발굴되는 것이다. 중력의 정령이 이렇게 만든 것이다.

요람 속에 있을 무렵부터 우리에게는 무거운 말과 가치가 지참금으로 주어진다. '선'과 '악' —— 이 지참금은 이렇게 불린다. 이 지참금 때문에 사람들은 우리가 사는 것을 허락한다.

그리고 어린애들이 자기 자신을 사랑하는 것을 적시에 막기 위해 사람들은 어린애들을 자기 곁으로 부른다. 중력의 정령이 이렇게 만든 것이다.

그리고 우리는 —— 우리는 사람들이 우리에게 지참금으로 준 것을 충실하게 딱딱한 어깨에 메고 험준한 산 너머로 헐떡거리며 간다! 그리고 우리가 땀을 흘리면 사람들은 우리에게 말한다. "그렇다, 삶은 짊어지기엔 무거운 것이다!"

그러나 오직 인간만이 인간 자신에게는 짊어지기에 무거운 것이다! 인간은 남의 것을 너무나 많이 어깨에 짊어지고 헐떡거리며 가기 때문이다. 낙타처럼 인간은 무릎을 꿇고 마음대로 짐을 싣게 하는 것이다.

특히 외경심이 깃들여 있는 억세고 끈기 있는 자 —— 그는 **다른 사람의** 무거운 말과 가치를 너무나 많이 짊어지고 있다. 이제 이 사람에게는 삶은 사막으로 여겨진다![1]

그리고 정녕! **자기 소유의** 많은 것도 짊어지기에 무거운 것이다! 그리고 인간의 내면에 있는 것은 대체로 굴과 같다. 다시 말하면 구역질

---

1 앞의 '낙타와 억세고 끈기 있는 자'에 대해서는 제1부 '세 가지 변화에 대하여' 참조.

이 나며 미끈미끈하고 잡기 어렵다.[1]

따라서 고상한 장식을 한 고상한 껍질이 중재를 하지 않으면 안 된다. 그러나 사람들은 껍질과 아름다운 겉모양과 현명한 맹목의 상태를 갖는 기술도 배우지 않으면 안 된다![2]

한편 많은 껍질은 빈약하고 애처롭고 또 너무나 껍질다우므로 인간 내면의 여러 가지 점에 대해 기만을 한다. 많은 숨겨진 선의와 힘은 결코 알려지지 않는다. 가장 훌륭한 맛이 그 미식가를 찾지 못한다!

여자들, 가장 섬세한 자들은 이것을 알고 있다. 약간 살이 쪘거나 약간 마른 것 —— 오, 이 약간에는 얼마나 많은 운명이 깃들어 있는가![3]

인간은 밝혀내기 어렵고 인간 자신에게는 가장 어렵다.[4] 흔히 정신은 영혼에 대해 거짓말을 한다.[5] 중력의 정령이 이렇게 만든 것이다.

그러나 이것이 **나의** 선과 악이라고 말하는 자는 자기 자신을 밝혀낸 자다. 이렇게 말함으로써 그는 '만인에 대한 선, 만인에 대한 악'을 말하는 두더지와 난쟁이[6]를 침묵시킨다.[7]

정녕 나는 모든 사물을 선하다고 하고 이 세계를 최선의 세계라고 하는 자들[8]을 좋아하지 않는다. 나는 이러한 자들을 완전히 만족한 자라고 부른다.

---

1 자기 자신의 정신에도 숨겨지고 자각되지 않은 약점이 허다하다.
2 제1부 '벗에 대하여' 11단, 제2부 '대인의 재치에 대하여' 6, 40단 참조.
3 여자들에게 있어서는 약간 살이 찌거나 마른 것이 운명의 변화에 심각한 영향을 미치는 경우도 있다.
4 인간은 본질이 확정되지 않은 심연임을 말한다.
5 영혼은 육체로서의 근원적인 자기 존재의 상징이고, 정신은 인간의 인식 또는 자기 인식의 기능이다. 따라서 우리가 우리의 본능적인 정체에 대해 내리는 지적인 판단은 반드시 적중한다고 할 수 없다(나우만).
6 제3부 '환영과 수수께끼에 대하여' 1의 10단 참조.
7 자신의 선악을 가진 자, 곧 주체적인 윤리를 가진 자는 만인을 가족으로 하는 윤리를 타파한다.
8 낙천주의자들. 반대로 염세주의자들은 이 세계를 최악의 세계라고 본다.

모든 것의 맛을 아는 완전한 만족감, 이것이 최선의 취미는 아니다! '나'와 '그렇다'와 '아니다'를 말할 줄 아는 반항적이고 까다로운 혀와 위를 나는 존경한다.

그러나 모든 것을 씹고 소화하는 것 —— 이것은 바로 돼지의 특성이다! 언제나 이-아 하고 말하는 것 —— 나귀와 나귀와 같은 정신을 가진 자만이 이것을 배운다.[1]

짙은 노랑과 강렬한 빨강, 이것이 **나의** 취미가 원하는 것이다. 나의 취미는 모든 색깔에 피를 섞는다. 그러나 자기 집을 희게 칠한 자는 나에게 흰색을 칠한 정신을 드러낸다.[2]

어떤 자는 미라에게 반하고 어떤 자는 유령에게 반한다. 그리고 양자는 마찬가지로 모든 살과 피에 적의를 품는다 —— 오, 양자는 얼마나 나의 취미에 거슬리는가! 나는 피를 사랑하기 때문이다.[3]

그리고 누구나 침을 뱉고 토하는[4] 곳에서는 나는 살거나 머물고 싶지 않다. 이것이 지금 **나의** 취미다. 오히려 도둑과 거짓 맹세를 하는 자들[5] 사이에서 살고 싶다. 아무도 입에 황금을 물고 있지 않기 때문이다.[6]

그러나 나에게 더욱 역겨운 것은 모든 추종자들이다. 그리고 내가 발견한 가장 역겨운 인간 짐승을 나는 기생충이라는 세례명으로 부른다.

---

1 '이-아(I-A)'는 나귀의 울음소리를 나타내고 '야(Ja : 그렇다)'와 통한다. 나귀는 민중을 말한다.
2 노랑은 허위, 오류, 가상의 색이고 빨강은 정열, 창조의 색이다. 그런데 '오류'는 진리의 본질을 이루는 것으로 권력에의 의지에 불가결한 것이다. 한편 짙은 노랑은 '삶이라는 이름의 뱀의 황금빛 광채'(《권력에의 의지》)와 관련시켜 황금으로 해석될 수도 있고 이 경우에는 '짙은 노랑'은 영원 회귀의 색, '강렬한 빨강'은 권력 의지의 색이다. 어느 경우든 니체에 있어서는 사색된 존재자의 존재의 본질적 통일을 가리킨다(하이데거의 해석). 흰색은 슬픔을 나타내는 색이다.
3 '미라'는 무미건조한 역사적 고찰 방법, '유령'은 세속을 등진 사변적 고찰 방법, '피'는 육체의 활력의 상징이다.
4 중상한다는 뜻.
5 선량한 민중이나 종교가, 도덕가로부터 부도덕하다는 중상을 받는 자들.
6 고귀한 말을 하는 자는 하나도 없다.

이 짐승은 사랑하려고 하지는 않으면서 사랑에 의해 살기를 원했다.

나쁜 짐승이 되든가 나쁜 짐승을 길들이는 훈련자[1]가 되든가, 오직 한 가지 선택만을 할 수 있는 모든 자들을 나는 가련하다고 말한다. 이러한 자들 곁에 나는 나의 작은 오두막집을 짓지는 않으리라.

또한 항상 **기다리지** 않으면 안 되는 자들[2]도 나는 가련하다고 말한다 —— 이러한 자들은 나의 취미에 거슬린다. 세리, 소상인, 왕, 그 밖의 나라와 상점의 감독자 모두가.

정녕 나도 기다리는 것을 배웠다, 그것도 근본적으로. 그러나 **나 자신**을 기다렸을 뿐이었다.[3]

그리고 무엇보다도 나는 서는 것, 걷는 것, 달리는 것, 뛰어오르는 것, 춤추는 것을 배웠다.

그러나 나의 가르침은 다음과 같다. 언젠가 나는 것을 배우고자 하는 자는 우선 서는 것, 걷는 것, 달리는 것, 기어오르는 것, 춤추는 것을 배우지 **않으면 안 된다.** 사람은 한꺼번에 나는 것을 배우지는 못한다!

나는 여러 가지 밧줄 사다리로 많은 창문으로 기어오르는 것을 배웠고 재빠른 다리로 높은 돛대에 기어올랐다. 인식의 높은 돛대 위에 올라앉는 것은 나에게는 적지 않은 지복으로 생각되었다.

높은 돛대 위에서 마치 작은 불꽃처럼 가물거리는 것은, 물론 희미한 빛이지만 표류하는 선원이나 난파자들에게는 커다란 위안이다!

---

1 기생충적 인간을 감시하고 지배하는 자, 예컨대 정치가. 이러한 자는 인간을 동물로 생각한다.
2 권세 있는 자를 찾아가 그 처분을 기다리는 무리들.
3 모든 행위에는 동기가 있으나 의식적인 동기는 오히려 무수한 무의식적 동기의 말초에 지나지 않는다. 따라서 행위의 근본에는 많은 무의식적 동기가 작용하고 있음을 각오하고 끈기 있게 호기를 기다려야 한다. 참으로 유효한 행동은 개인의 행위이기보다는 오히려 개인을 통해 삶 전체가 실현되는 것이기 때문이다. 《선악의 피안》 참조.

여러 가지 길과 방법으로 나는 나의 진리에 이르렀다. 나는 사다리 하나만으로 나의 눈이 나의 먼 곳을 방황하는 이 높이로 올라온 것은 아니다.

그리고 언제나 오직 마지못해 나는 길을 물어보았을 뿐이었다 — 이것은 언제나 나의 취미에 거슬렸던 것이다! 오히려 나는 길 자체를 물어보고 시도해보았다.

시도와 물음은 모두 나의 걸음이었다. 그리고 정녕 사람들은 이러한 물음에 대답하는 것을 **배우지** 않으면 안 된다! 그런데 이것이 — 나의 취미다.

좋은 취미도 나쁜 취미도 아니고, 내가 더 이상 부끄러워하지도 숨기지도 않는 **나의** 취미다.

"이것이 — 지금 나의 길이다. 그대들의 길은 어디 있는가?" 라고 나는 나에게 '길을' 묻는 자들에게 대답했다. 다시 말하면 그 길은 존재하지 않는 것이다.[1]

차라투스트라는 이렇게 말했다.

---

1 취미에 따른다는 것은 신앙, 철학, 도덕 등을 제외하고 순수하게 신체의 이성으로부터 평가하는 것을 말한다. 다시 말하면 능동적, 원초적인 활력의 원천으로 되돌아가는 것을 말한다. 이와 같이 본다면 '내가 더 이상 부끄러워하지도 숨기지도 않는 나의 취미', '나의 길'을 말하고 길을 묻는 사람들에게 '그' 길 — 곧 모든 사람에게 통용이 되는 일반적인 길 — 이 없다고 한 것은 니체에게 있어서는 '취미'라는 개념이 주체성을 말한다는 것을 뚜렷이 보여준다.

새롭고 낡은 목록판에 대하여

1

나의 둘레에는 낡고 부서진 목록판과 반쯤 쓰여진 새로운 목록판이
있고 나는 여기에 앉아서 기다리고 있다. 나의 시간은 언제 오는가?

나의 하강, 몰락의 시간은. 나는 다시 한번 인간들에게 가고 싶기 때
문이다.[1]

나는 지금 그때를 기다리고 있다. 우선 나에게 **나의** 시간임을 알리는
조짐 —— 다시 말하면 비둘기 떼를 거느린, 웃는 사자[2]가 반드시 올 것
이기 때문이다.

그동안 나는 한가한 자로서 나 자신에게 말한다. 아무도 나에게 새
로운 것을 이야기해주지 않는다. 그러므로 나는 나 자신에게 말하는
것이다.

2

내가 인간들에게 갔을 때[3] 나는 인간들이 낡은 자만 위에 앉아 있는
것을 보았다. 모든 사람들이 인간에 있어서의 선과 악이 무엇인가를 오

---

1 제3부 '쾌유하고 있는 자에 대하여' 2의 66단 참조.
2 '웃는 사자'는 웃는 것이 세 가지 변화에 있어서 어린애의 단계를 상징하므로 어린애가 된 사자
  라고 볼 수 있다.
3 '서설'에서 말한 하산. 차라투스트라는 10년간 동굴 속에서 고독하게 지내며 사상의 성숙을 기다
  리다가 '지혜'와 '긍지'를 갖고 그의 가르침을 펴기 위해 하산한다.

래전부터 알고 있다고 자부하고 있었다.[1]

덕에 대한 모든 논의는 그들에게는 낡고 싫증난 일로 여겨졌다. 따라서 숙면하고 싶은 자는 잠자리에 들기 전에 흔히 '선'과 '악'에 대해 이야기했다.[2]

내가 다음과 같이 가르쳤을 때 나는 이 잠을 방해했다. 곧 무엇이 선이고 악인지는 **아무도 알지 못한다** —— 창조하는 자를 제외하고는![3]

그런데 창조하는 자는 인간의 목표를 창조하고 대지에 의미와 미래를 부여하는 자다.[4] 이 창조하는 자가 비로소 선과 악이라는 **것을 창조한다.**

그리고 그들의 낡은 강좌, 저 낡은 자만이 앉아 있을 뿐인 곳을 뒤집어엎으라고 나는 그들에게 명령했다. 나는 그들에게 그들의 위대한 덕의 교사들, 성인들, 구세주들을 비웃으라[5]고 명령했다.

그들의 음울한 현인들, 그리고 검은 허수아비[6]로서 경고를 하면서 삶의 나무 위에 앉아 있을 뿐인 자들을 비웃으라고 나는 그들에게 명령했다.

나는 그들의 묘지의 거리에, 심지어 썩은 고기와 독수리 옆에도 앉아 있었다. 그리고 나는 그들의 모든 과거와 푸석푸석 썩어서 무너지는 과거의 영광을 비웃었다.[7]

---

1 제2부 '유명한 현인들에 대하여' 5단 참조.
2 제1부 '덕의 강좌에 대하여' 참조. 잠을 청하기 위해서 선과 악을 이용하는 데 지나지 않는다.
3 제1부 '천 개의 목표와 하나의 목표에 대하여' 23단 및 제2부 '자기 초극에 대하여' 참조.
4 초인은 지상적인 자기 초극의 의지로부터 탄생하며, 이 철저히 지상적인 자기 초극의 창조적 의지로 말미암아 대지는 의미를 갖게 된다.
5 비웃음에 대해서는 제1부 '독서와 저술' 23단 참조.
6 '검은 허수아비'는 기독교적 도덕, 염세주의적 체념의 도덕의 설교자들을 말한다.
7 '묘지의 거리'는 고대 로마의 유명한 '아피아 거리'를 연상하고 쓴 말인 듯하다. 어쨌든 여기서는 과거의 역사적 지식에 집착하는 자들을 비판하고 있다.

정녕 참회를 설교하는 자처럼, 바보처럼, 나는 그들의 온갖 큰 일과 작은 일에 대해 노해서 소리쳤다.[1]— 그들의 최선이 이렇게 작다니! 그들의 최악이 이렇게 작다니![2]— 이렇게 나는 웃었다.

산에서 태어났고, 정녕 사나운 지혜[3]인 나의 현명한 동경은 마음속으로부터 이렇게 외치고 웃었다 — 날개를 펄럭거리는 나의 커다란 동경은.

그리고 흔히 이 동경은 신나게 웃으면서 나를 앞으로, 위로, 저쪽으로 잡아당겼다. 그때 나는 정녕 전율하면서 화살처럼 햇빛에 취한 황홀경으로 날아갔다.

어떠한 꿈도 꾼 적이 없는 아득한 미래로, 조각가들이 꿈꾸어온 것보다 더욱 뜨거운 남쪽으로, 신들이 춤추면서 모든 옷을 부끄러워하는 저쪽으로.[4]

다시 말하면 나는 비유로 말하고 시인처럼 절뚝거리고 말을 더듬을 수밖에 없는 것이다. 그리고 정녕 나는 아직도 시인일 **수밖에 없다는 것**을 부끄러워한다!

나에게는 모든 생성이 신들의 춤, 신들의 분방함으로 생각되고, 세계는 해방되어 제멋대로 자기 자신에게 다시 도망치는 것으로 생각되는 곳에서는.[5]

많은 신들이 영원히 서로 달아나고 다시 찾고 많은 신들이 서로 복된

---

1 '서설' 5의 2단 참조.
2 제3부 '작게 만드는 덕에 대하여' 참조.
3 초인을 지향하는 창조적 지혜로 여기서는 '커다란 동경'과 동일시되고 있다.
4 제2부 '대인의 재치에 대하여' 37~39단 및 '교양의 나라에 대하여' 1~2단 참조.
5 여기서 제2절 끝까지는 선구자가 고독의 경지에서 체험하는 생성의 밝은 면을 말하고 있다. 영원 회귀 사상의 체험은 소극적으로는 생성 그 자체, 곧 대지의 영원성을 삶의 공허한 심연으로 무서워하는 절대 감정의 체험이고, 적극적으로는 대지의 영원성을 모든 삶의 근원으로서 사랑하는 (니힐리즘의 극복) 절대 감정의 체험이다.

모순을 일으키고 다시 서로 귀를 기울이고 서로 다시 귀속하는 것으로 (생각되는 곳에서는)[1] ─ .

나에게는 모든 시간이 순간에 대한 복된 조롱처럼 생각되고, 필연이 자유 자체로서 자유의 가시를 희롱하는 행복을 누렸던 곳에서는.[2]

또한 내가 나의 늙은 악마요, 불구대천의 원수인 중력의 정령과 이 정령이 창조한 모든 것, 다시 말하면 강제, 규정, 필요와 귀결, 목적과 의지, 선과 악을 다시 찾아낸 곳에서는.[3]

과연 춤추며 **넘어설** 수 있는 것, 춤추며 저쪽으로 건너갈 수 있는 것이 현존하지 않아도 될 것인가? 가벼운 자, 가장 가벼운 자를 위해서 ─ 두더지와 무거운 난쟁이들이 현존하지 않아도 될 것인가?

3

내가 '초인'이라는 말을 길에서 주운 곳도 그곳이었고, 인간은 초극되어야 할 그 무엇이라는 것,

인간은 다리이고 목적이 아니며, 따라서 새로운 아침놀에 이르는 길로서 자신의 정오와 저녁 때문에 스스로 지복을 찬양한다는 것,

위대한 정오에 대한 차라투스트라의 말, 그 밖에 진홍색의 제2의 저녁놀[4]처럼 내가 인간들의 머리 위에 내건 것을 (주운 곳도 그곳이었다).

---

1 제3부 '쾌유하고 있는 자에 대하여' 2의 9~24단 참조.
2 모든 순간은 영원히 회귀하므로 순간을 순간으로만 생각하지 않고 영원히 회귀하는 것(필연)으로 긍정하는 것이 의지의 자유이다.
3 삶의 고양을 위해서는 저항(중력의 정령)이 필요하다.
4 차라투스트라는 제3부 '새롭고 낡은 목록판에 대하여'에서 자기를 예수와 대비하여 두 번째 사람이라고 부르고 있다. 그런데 저녁놀은 사랑의 상징이므로 제2의 저녁놀은 예수와 대비되는 차라투스트라의 사랑이다.

정녕 여러 가지 새로운 별도 새로운 밤들과 함께 나는 그들에게 보여 주었다. 그리고 구름과 낮과 밤 위에 나는 알록달록한 천막처럼 웃음을 쳤다.

나는 그들에게 **내가** 혼신의 노력을 기울이고 있는 것을 가르쳤다. 곧 인간에게 있어서 단편이며 수수께끼이며 무서운 우연인 것을 하나로 압축하고 총괄하는 것을.

시인, 수수께끼를 푸는 자, 우연의 구제자로서 나는 그들에게 미래에 창조적으로 관여하고 **과거의** 모든 것을 —— 창조적으로 구제할 것을 가르쳤다.

인간에 있어서의 과거를 구제하고 모든 "있었다"를 개조하여 마침내 의지가 "그러나 이렇게 되기를 나는 바라고 있었다! 이렇게 되기를 나는 바랄 것이다!"라고 말하게 하는 것을.

이것을 나는 그들에게 구제라고 일컬었고 이것만을 구제라고 부르라고 나는 그들에게 가르쳤다.

이제 나는 나의 **구제**[1]를 기다리고 있다 —— 내가 마지막으로 그들에게 가는 것을,

나는 다시 한번 인간들에게로 가고자 하기 때문이다. 인간들 **사이에서** 나는 몰락하고 싶고 죽어가면서[2] 그들에게 나의 가장 풍성한 선물을 주고 싶은 것이다!

태양이, 이 넘쳐흐르는 것이 질 때 나는 이것을 태양으로부터 배웠다. 이때 태양은 무진장한 부로부터 황금을 바다에 뿌린다.

가장 가난한 어부조차도 **황금의** 노로 저을 만큼! 일찍이 나는 이 광

---

1 영원 회귀 사상의 참된 체득에 의해 오랜 고독과 침묵 상태로부터 벗어나는 것.
2 니체는 차라투스트라의 죽음을 그릴 생각이었으나 실현되지 않았다.

경을 지치지 않고 바라보며 눈물을 흘렸다.

태양과 마찬가지로 차라투스트라도 몰락하고 싶다. 지금 그는 그의 둘레에 낡고 부서진 목록판과 새로운 목록판 —— 반쯤 쓰여진 —— 을 놓고 여기 앉아서 기다리고 있다.

4

보라, 여기에 새로운 목록판이 있다. 그러나 이 목록판을 나와 함께 골짜기로, 살의 심장 속으로 날라 갈 형제들은 어디 있는가?

가장 멀리 있는 자에 대한 나의 커다란 사랑은 이렇게 요구한다. 곧 **그대의 이웃을 아끼지 말라**고. 인간은 초극되어야 할 그 무엇이다.

여러 가지 초극의 길과 방법이 있다. 그것을 그대는 찾아내야 한다! 그러나 오직 익살꾼만은 "**인간은 뛰어넘게 될 수도 있다**"고 생각한다.[1]

그대의 이웃 사이에서도 그대 자신을 초극하라. 그리고 그대가 그대 힘으로 빼앗을 수 있는 권리를 남이 그대에게 주는 일이 없도록 하라![2]

그대가 하는 일을 아무도 그대에게 다시 되풀이할 수 없다. 보라, 보복은 있을 수 없다.[3]

자기 자신에게 명령하지 못하는 자는 복종하지 않으면 안 된다. 그리고 많은 사람들은 자기 자신에게 **명령할 수는** 있지만 더 나아가 자기 자신에게 복종하기[4]에는 부족한 점이 많다.

---

1 '서설'의 6의 1단 및 9의 17단 참조.

2 앞에서 여러 가지 초극의 길과 방법이 있으나 그것은 각자가 찾아내야 한다고 말한 것과 관련되는 것으로 모든 가치 창조는 주체적인 것임을 말하고 있다.

3 광정(匡正)의 정의는 해를 입은 만큼 보복하는 것을 원칙으로 한다. 그러나 여기서는 각자의 주체성이 강조되고 있으므로 양적으로 균등한 보복은 성립될 수 없다.

4 자기 자신의 명령에 그 책임을 지는 것. 제2부 '자기 초극에 대하여' 15~20단 참조.

5

고귀한 영혼의 특성은 다음과 같이 바란다. 고귀한 영혼은 **공짜로** 얻고자 하지 않는다. 적어도 삶에 대해서는 그렇다.

천민에 속하는 자는 공짜로 살려고 한다. 그러나 삶이 스스로를 내맡겨 놓은 우리 다른 사람들은 — 우리는 언제나 **이에 대해 무엇으로** 가장 잘 보답할 수 있는가를 생각한다![1]

그리고 정녕 "삶이 **우리에게** 약속한 것 — 그것을 우리는 삶에 대해 이행하리라!"고 말하는 것은 고귀한 말이다.[2]

향락할 만한 것을 제공하지 못하는 곳에서는 향락하고자 해서는 안 된다. 그리고 — 향락하기를 **바라서는** 안 된다.[3]

향락과 순진은 가장 부끄러움을 타는 것이기 때문이다. 어느 것이나 추구되는 것을 원하지 않는다. 사람들은 향락과 순진을 **소유해야** 하고 — 오히려 죄책과 고통을 **추구해야** 한다.[4]

6

오, 나의 형제들이여, 첫아들은 언제나 제물로 바쳐진다.[5] 그런데 지

---

1 삶은 우리에게 말하자면 운명으로 주어진 것이다. 따라서 수동적으로 (공짜로) 빈둥빈둥 살지 않고 삶의 고양을 위해 노력해야 한다.
2 삶은 우리에게 창조와 사랑의 기쁨을 약속하고 있다. 이것을 노력하여 실현한다는 것은 고귀한 일이다.
3 보다 높은 것을 창조하려는 의지에 의해 보다 높은 것을 실현할 때 비로소 향락이 허용된다. 향락을 위한 향락을 추구해서는 안 된다.
4 "행복을 추구하는 자로부터는 행복이 달아난다"는 말이 있듯이 향락과 순진도 직접 추구함으로써 획득되는 것이 아니라, 창조적 의지의 필연적 장애물인 죄책과 고통을 초극할 때 스스로 찾아오는 것이다.
5 〈창세기〉 33장 참조.

금 우리는 첫아들[1]이다.

우리는 모두 비밀의 제단에서 피를 흘리고 우리는 모두 낡은 우상의 영광을 위해 불에 구워진다.[2]

우리의 가장 좋은 것은 아직 젊다는 것이다. 이것이 노인들의 구미를 돋운다. 우리의 살은 연하고 우리의 가죽은 새끼양의 가죽에 지나지 않는다. 우리가 어떻게 우상을 섬기는 늙은 성직자들의 구미를 돋우지 않을 것인가!

우리 속에도 그가, 저 우상을 섬기는 늙은 성직자가 살고 있고, 그는 우리의 가장 좋은 것을 향연을 위해 굽는다.[3] 아, 나의 형제들이여, 첫아들이 어떻게 제물이 되지 않을 수 있을 것인가!

그러나 이것은 우리의 천성이 바라는 것이다. 그리고 나는 자기 자신을 보존하려고 하지 않는 자들을 사랑한다. 나는 몰락하는 자들을 나의 모든 사랑을 기울여 사랑한다. 그들은 저쪽으로 넘어가기 때문이다.

7

진실하다는 것 —— 이렇게 **될 수 있는** 자는 적다. 그리고 이렇게 될 수 있는 자는 아직 이렇게 되기를 바라지 않는다! 그러나 이렇게 되기가 가장 어려운 자들은 선량한 자들이다.

오, 이 선량한 자들! **선량한 자들은 결코 진리를 말하지 않는다.** 정

---

1 선각자라는 뜻.
2 제1부 '창조하는 자의 길에 대하여' 24~25단 참조. 선각자는 다수성에 지배를 받는 정신적 노예인 현대 민중에 의해 희생당한다.
3 선각자에게도 낡은 도덕관이나 가치관은 남아 있다. 낡은 가치관은 이만큼 뿌리 깊으므로 선각자는 희생당하지 않을 수 없다.

신에게는 이와 같이 착하게 되는 것은 일종의 병이다.

그들은, 이 선량한 자들은 양보하고 인종하며, 그들의 마음은 흉내를 내고, 그들의 근거는 복종한다. 그러나 복종하는 자는 **자기 자신에게 귀기울이지 않는다.**[1]

하나의 진리가 탄생하기 위해서는 선량한 사람들이 악이라고 부르는 모든 것이 모여야 한다. 오, 나의 형제들이여, 그대들은 **이러한** 진리에 어울릴 만큼 악한가?

무모한 모험, 오랜 불신, 잔인한 부정, 싫증,[2] 살아 있는 것 속으로 파고드는 것[3] — **이런 것**은 얼마나 드물게 모이는가! 그러나 이러한 씨앗으로부터 — 진리가 탄생되는 것이다!

지금까지 모든 **지식**은 양심의 가책[4]과 함께 성장했다! 부숴버려라. 제발, 부숴 버려라, 그대들 인식하는 자들이여, 낡은 목록판을!

8

물 위에 교각이 있을 때,[5] 판자 다리와 난간이 흐름을 뛰어넘었을 때,

---

1 선량한 사람들은 진리를 희생시키고 자신의 안일만을 추구한다. 그러므로 자기 자신에게 귀기울이지 않는다는 것은 자기 자신에 대한 성실성, 자기 부정의 정신이 결여되어 있다는 것이다. 그러나 니체에게 있어서는 자기 부정(사자의 단계)을 통한 절대적인 자기 긍정(어린애)은 초인에 이르는 길이다.
2 계속적인 고립과 회의로부터 생기는 상태로 선각자는 이러한 상태를 견뎌 내야 한다. 한편 종래에 타당한 것, 전통적인 것에 대한 싫증이라고 해석하는 사람도 있다.
3 제2부 '유명한 현인들에 대하여' 25단 및 주 참조. 민중의 거대한 가능성을 파헤친 것을 말하며 민중은 경멸의 대상에 그치지 않고 초인 실현의 터전이기도 하다.
4 종래의 낡은 가치관이나 도덕, 사고 방식에 위배됨으로써 생기는 가책.
5 '물 위에 교각이 있을(Das Wasser hat Balken) 때'라는 것은 "물 위에 교각 없다(Das Wasser hat keine Balken) — 헤엄칠 줄 모르면 물에 들어가지 마라. 군자는 위험을 피한다"는 말의 반어(反語).

정녕 이때에는 아무도 "만물은 유전한다"[1]고 이 자리에서 말하는 자를 믿지 않는다.

오히려 멍청이조차도 그를 반박한다. "뭐라고?" 멍청이는 말한다. "만물은 유전한다고? 교각과 난간이 흐름 **위에** 있는데? 흐름 **위에서는** 모든 것은 고정되어 있다. 사물의 모든 가치, 여러 가지 다리, 여러 가지 개념, 모든 '선'과 '악,' 이러한 모든 것은 고정되어 있다!"

맹수를 부리는 곡예사처럼 흐름을 제지하는 매서운 겨울[2]이 오면, 가장 재치 있는 자조차도 불신을 배운다. 그리고 정녕 다음과 같이 말하는 것은 멍청이만이 아니다. "**만물은 ── 정지해 있지 않은가?**"

"근본적으로 모든 것은 정지해 있다." ── 이것은 바로 겨울의 가르침이며 불모의 시기[3]에 알맞은 것이고, 겨울잠을 자는 자들과 난로에 붙어 있는 게으름뱅이들에게는 좋은 위안이다.

"근본적으로 모든 것은 정지해 있다." ── 그러나 얼음을 녹이는 따뜻한 바람[4]은 **이와는 반대되는** 설교를 한다!

따뜻한 바람은 황소. 그러나 땅을 가는 황소[5]가 아니고 사납게 날뛰는 황소, 분노한 뿔로 얼음을 깨뜨리는 파괴자다! 그러나 부서진 얼음은 ── **판자 다리를 부숴버린다!**

오, 나의 형제들이여, **지금** 만물은 **유전**하지 않는가? 모든 난간과 판자 다리가 물 속에 빠지지 않았는가? 그 누가 아직도 '선'과 '악'에 **의**

---

1 고대 그리스 철학자 헤라클레이토스의 말.
2 도덕적 권위가 퇴락하여 일체의 가치 평가가 정지된 상태를 말한다.
3 문학적으로 창조성이 정체된, 다시 말하면 과거의 문화적 유산만으로 살아가는 시기. 특히 도덕 관념의 영속성을 믿는 시기.
4 구도덕, 구질서의 파괴자.
5 제2부 '숭고한 자들에 대하여' 15~16 및 19단 참조.

지하려고 하는가?"¹

"재앙이구나! 행운이구! 따뜻한 바람이 분다!" ── 제발, 이렇게 설교하라, 나의 형제들이여, 모든 거리를 누비며!

9

선악이라고 일컬어지는 낡은 환상이 있다. 지금까지 이 환상의 수레바퀴는 예언자와 점성가의 둘레를 돌고 있었다.²

일찍이 사람들은 예언자와 점성가를 **믿었다. 그러므로** 사람들은 "모든 것은 운명이다. 그대는 반드시 해야만 하기 때문에 하지 않으면 안 된다!"고 믿었다.

다음에 사람들은 모든 예언자와 점성가들을 다시 믿지 않게 되었다. **그러므로** 사람들은 "모든 것은 자유다. 그대는 바라고 있기 때문에 할 수 있다!"고 믿었다.

오, 나의 형제들이여, 별들과 미래에 대해서 지금까지는 망상을 품었을 뿐 알려지지는 않았다. "**그러므로** 선악에 대해서 지금까지는 망상을 품었을 뿐 알려지지는 않았다.³

10

"강탈하지 마라! 죽이지 마라!"⁴ ── 일찍이 사람들은 이런 말들을

---

1 모든 도덕 관념은 가변적인 것이다.
2 예언자는 염세주의자, 점성가는 관념적 이상주의자를 가리킨다.
3 운명론도 자유 의지설도 잘못이다. 영원 회귀하는 세계의 실상을 모르기 때문이다.
4 〈출애굽기〉 2장 15절 참조. 여기서는 기독교 도덕 및 종래의 도덕의 대표적 예로 들고 있다.

신성하다고 말했다. 이러한 말들 앞에서 사람들은 무릎을 꿇고 머리를 숙이고 신을 벗었다.

그러나 나는 그대들에게 묻는다. 이 신성한 말보다 더 나은 강도나 살인자가 이 세상에 있었던가?

모든 삶 자체에 —— 강탈과 살해가 있지 않은가?[1] 그리고 이러한 말들을 신성하다고 함으로써 **진리** 자체가 —— 살해되지 않았는가?

혹은 모든 삶에 대해 모순되고 간지하는 것을 신성하다고 부른 것은 죽음의 설교[2]였던가? 오, 나의 형제들이여, 부숴버려라, 제발 낡은 목록판을 부숴버려라!

11

지나가버린 것이 모두 버림받는 것을 보고 나는 모든 지나가버린 것을 동정하지 않을 수 없다.[3]

—— 차례차례 다가오고 과거의 모든 것을 그들의 다리로 해석해버리는 모든 세대의 자비와 정신과 광기에 내맡겨지는 것이다.[4]

엄청난 폭군, 재치 있는 괴물[5]이 나타나 그의 자비와 무자비로써 모든 지나가버린 것을 강제하고 억압하여 마침내 모든 지나가버린 것을 그들의 다리, 조짐, 전령, 닭 울음소리로 만들지도 모른다.[6]

그러나 또 하나의 위험, 나의 또 한 가지 동정은 다음과 같다. 천민에

---

1 니체에 있어서는 삶의 본질은 권력에의 의지이며, 자기 창조를 위해서는 자기 파괴가 불가피하다.
2 제1부 '죽음의 설교자들에 대하여' 참조.
3 역사적 과거의 진상은 알 수 없다. 니체의 역사관.
4 후세 사람들은 과거의 역사를 제멋대로 고친다.
5 나폴레옹 같은 폭군을 염두에 두고 있다.
6 권력자에 의해 과거의 역사가 왜곡되고 교묘하게 이용된다.

속하는 자의 추억은 할아버지까지 거슬러 올라가지만 — 할아버지와 함께 시간이 멈추어버리는 것이다.[1]

이렇게 모든 지나가버린 것은 버림받는다. 천민이 주인이 되고 얕은 물속에서 모든 시간이 익사하는 일[2]이 언제 일어날지 모르기 때문이다.

그러므로 오, 나의 형제들이여, 모든 천민과 모든 폭군적인 것에 적대자가 되고 새로운 목록에 '고귀하다'는 말을 새로이 써 넣을 새로운 귀족이 필요하다.

다시 말하면 귀족이 존재하기 위해서는 많은 고귀한 자와 여러 유형의 고귀한 자가 필요하다! 혹은 내가 일찍이 비유로써 말한 것처럼 "신들은 존재하지만 하나의 신은 존재하지 않는다는 것, 이것이야말로 거룩하다!"[3]

12

오, 나의 형제들이여, 나는 그대들을 새로운 귀족으로 서품하고 임명한다. 그대들은 미래를 낳는 자, 미래를 기르는 자, 미래의 씨를 뿌리는 자[4]가 되어야 한다.

— 정녕 그대들은 소상인들처럼 소상인의 돈으로 살 수 있는 귀족

---

1 민중(천민)의 역사적 회고는 기껏해야 조부 때에서 멈춘다.
2 역사에 대한 통찰이 없는 민중에 의한 혁명 정권(예컨대 파리 코뮌)의 천박한 교조에 의해 인간의 자유로운 발전 가능성이 저지된다.
3 니체는 민족적 감정을 표현하고 있는 한, 각 민족에 고유한 민족 신의 의의를 인정하고 있다. 그러나 민족과의 일체성을 잃은 신(예컨대 이스라엘의 여호와)은 삶으로부터 유리되고 삶에 적대되는 신이다. 이것이 기독교의 유일신관이다. 니체는 이와 같이 생각하므로 초인 사상에 있어서도 "다수의 초인이 존재해야 한다"고 말한다. 이미 신이 죽은 현대에 있어서는 "나는 신을 사랑한다"는 말은 자신의 이상으로서 자기 자신의 신, 곧 초인을 창조하는 자에게만 허용되는 것이다.
4 선각자를 말한다.

이 되어서는 안 된다.[1] 그 값이 매겨진 것은 어느 것이나 가치가 적기 때문이다.

앞으로는 그대들이 어디서 왔는가 하는 것이 아니라 어디로 가는가 하는 것을 그대들의 명예로 삼아라! 그대들 자신을 넘어서려는 그대들의 의지와 그대들의 발[2] ── 이것을 그대들의 새로운 명예로 삼아라!

정녕 그대들이 어떤 왕을 섬겼다는 것은 명예가 아니다. 이제 왕이 무슨 소용이 있는가! 혹은 서 있는 것을 더욱 확고하게 세우기 위해 보루가 됐다는 것[3]은 (명예가 아니다)!

그대들의 일족이 궁정의 생활에 익숙해지고 그대들이 홍학처럼 알록달록한 옷을 입고 얕은 못[4]에 오래 서 있는 것을 배웠다는 것도.

왜냐하면 **서 있을 수** 있다는 것은 조신들에게는 공적이기 때문이다. 그리고 모든 조신들은 사후의 복에는 ── 앉아도 **좋다는 것**이 포함되어 있다고 믿는다!

또한 사람들이 신성하다고 부르는 정령이 그대들의 조상을 약속된 땅으로 인도했다는 것도 (명예는 아니다). 나는 이러한 약속된 땅을 찬양하지 않는다. 모든 나무 중에서 가장 나쁜 나무, 곧 십자가가 자란 곳, 그 땅에는 찬양할 만한 것이 하나도 없기 때문이다!

그리고 정녕 이 '성령'이 그 기사를 어디로 인도하든 이러한 행렬에서는 언제나 ── 염소와 거위가, 십자가에 미쳐 머리가 돈 자들이 **선두**에 서 있다.[5]

---

1 제1부 '새로운 우상에 대하여' 25단 참조.
2 자기 초극의 의지와 행위.
3 왕에게 충성을 다하는 것.
4 천박한 궁정 생활을 상징한다.
5 십자군에 대한 풍자. 성령이 십자군을 인도했다는 전설이 있다.

오, 나의 형제들이여, 그대들의 귀족다움은 뒤가 아니라 **앞을** 바라보아야 한다! 그대들은 모든 아버지의 땅, 선조의 땅으로부터 추방된 자들이어야 한다!

그대들의 **자손들의 땅**[1]을 그대들은 사랑해야 한다. 이 사랑이 그대들의 새로운 귀족다움이기를, 아득히 먼 바다에 있는 아직 발견되지 않은 땅을 (사랑하는 것이)! 나는 그대들의 돛에 이 땅을 찾고 또 찾으라고 명령한다.

그대들이 그대들의 조상의 자손인 것을 그대들은 그대들의 자손에게 **보상해야** 한다.[2] 이렇게 해서 그대들은 모든 지나가버린 것을 구제해야 한다! 이 새로운 목록판을 나는 그대들의 머리 위에 내건다.

13

"무엇을 위해 사는가? 모든 것은 덧없다! 삶 ── 그것은 밀짚을 터는 것이다.[3] 삶 ── 그것은 자기 자신을 불태우면서도 따뜻해지지 않는 것이다."

이러한 구태의연한 수다는 여전히 '지혜'로 여겨진다. 한편 낡고 곰팡냄새를 풍기기 **때문에** 더욱 존중된다. 곰팡이조차도 고귀해지는 것이다.

어린애라면 이렇게 말할 수도 있으리라. 어린애는 불에 덴 적이 있기 때문에 불을 **무서워한다!** 낡은 지혜의 책[4]에는 여러 가지로 어린애 같

---

1 초인의 나라. 제2부 '교양의 나라에 대하여' 25단 참조.
2 일체의 미래를 바람직한 것으로 만들어서 일체의 과거를 구제해야 한다. 곧 과거를 바람직한 미래의 필연적 계기로 만들어야 한다.
3 헛수고를 한다는 것.
4 예컨대 〈전도서〉 따위.

은 점[1]이 있다.

그리고 언제나 '밀짚을 터는' 자가 어떻게 타작을 비방할 것인가! 사람들은 이러한 바보들의 입을 묶어놓아야 마땅할 것이다.

이러한 자들은 식탁에 앉을 때에도 아무것도 갖고 오지 않는다. 심지어 왕성한 식욕조차도 갖고 오지 않는다.[2] 게다가 그들은 "모든 것은 덧없다!"고 비방하는 것이다.

그러나 잘 먹고 마시는 것은, 오, 나의 형제들이여, 정녕 덧없는 솜씨는 아니다. 부숴버려라, 제발 결코 즐거워하지 않는 자들의 목록판을 부숴버려라!

14

"순결한 자에게는 모든 것이 순결하다." 민중은 이렇게 말한다. 그러나 나는 그대들에게 돼지에게는 모든 것이 돼지로 보인다고 말한다.[3]

그러므로 머리만이 아니라 심장까지도 숙이고 있는 광신자[4]들은 "세계 자체가 더러운 괴물"이라고 설교한다.

이러한 자들은 모두 더러운 정신을 갖고 있기 때문이다. 한편 세계를 **뒤로부터** 보지 않는 한 안심하고 쉬지 못하는 자들 —— 배후세계론자[5]는 특히 그렇다!

비록 언짢게 들릴지라도 나는 **그들에게** 정면으로 다음과 같이 말하

---

1 우연한 체험을, 예컨대 우연히 체험한 공허감을 보편화, 일반화하여 인생은 덧없다고 단정하는 것.
2 이 장의 5의 2단 및 4단 참조.
3 돼지는 염세주의자의 비유. 유대교에서는 돼지를 불결하다고 해서 제사에 쓰지 않았는데 이에 비유한 것이다.
4 열렬한 염세주의자.
5 종교상의 피안을 믿는 자들.

리라. "세계는 배후를 갖고 있다는 점에서는 인간과 비슷하다." **여기까지는 참말이다!**

세계에는 많은 오물이 있다. **여기까지는 참말이다!** 그러나 그렇다고 해서 세계 자체가 더러운 괴물이 되는 것은 아니다!

세계에는 악취를 풍기는 것이 많이 있다는 말에는 지혜가 있다. 구역질 자체가 날개와 샘을 알아내는 힘을 만들어낸다![1]

최선의 자에게도 구역질을 일으키는 것이 있다. 그리고 최선의 자도 초극되어야 할 그 무엇이다.

오, 나의 형제들이여, 세계에는 많은 오물이 있다는 말에는 숱한 지혜가 있다.

15

나는 경건한 배후세계론자들이 그들의 양심을 향해 정녕 악의도 기만도 없이, 다음과 같은 잠언을 말하는 것을 들었다 —— 세계에는 (이 잠언보다도) 더 기만적이고 악의에 찬 것이 없음에도 불구하고.

"세계로 하여금 세계이게 하라! 이에 반대하여 손가락 하나라도 들지 마라!"[2]

"원하는 자에게는 마음대로 사람들을 목 졸라 죽이고 찔러 죽이고 가죽을 벗기고 살을 도려내게 하라. 이에 반대하여 손가락 하나라도 들

---

1 삶의 고양은 인간의 자기 초극이고 인간의 자기 초극을 위해서는 인간 세계의 존재가 전제되어야 한다. 따라서 인간 세계가 더럽다 하더라도 그것으로 끝나는 것은 아니다. 따라서 삶의 저열한 면은 삶의 고양을 위한 불가결의 요소이고 저열한 면에 대한 구역질은 새로운 삶의 원천을 갈구하는 계기가 된다.

2 여기서 손가락을 드는 자는 '이성'이다. 곧 이성에 의해 합리화하지 말라는 것.

지 마라! 이렇게 함으로써 사람들은 세계를 단념하는 것을 배운다."

"그리고 그대 자신의 이성은 —— 그대 자신이 이 이성을 목 졸라 죽여야 한다! 왜냐하면 그것은 이 세계의 이성이기 때문이다. 이렇게 함으로써 그대 자신은 세계를 단념하는 것을 배운다."[1]

부숴버려라, 제발 부숴버려라, 오, 나의 형제들이여, 경건한 자들의 이 낡은 목록판을! 제발, 세계를 중상하는 자들의 잠언을 논박하라.

16

"많이 배우는 자는 모든 격렬한 욕망을 잊는다."[2] 사람들은 오늘 모든 어두운 거리에서 속삭인다.

"지혜는 싫증나게 하고 —— 아무런 보상도 되지 않는다. 그대는 욕구해서는 안 된다!"[3] 이러한 새로운 목록판[4]이 공공의 시장에 내걸려 있는 것을 나는 보았다.

제발 부숴버려라, 나의 형제들이여, 제발 이 **새로운** 목록판도 부숴버려라! 세계에 싫증난 자, 죽음을 설교하는 자,[5] 그리고 간수들이 이 목록판을 내건 것이다. 왜냐하면 보라, 그것은 예속을 설교하는 것이 아닌가!

그들은 제대로 배우지 못했고 최선의 것을 배우지 못했으며 너무 일

---

1 배후세계론자들은 육체적, 본능적 생활을 억압할 뿐 아니라 그들의 정신적 능력조차도 버리려고 한다. 정신적 능력, 곧 이성도 결국은 지상적인 것이기 때문이다. 불합리하기 때문에 믿는다, 이것이 그들의 최후의 구원이다.
2 역사적 지식에 안주하는 자에게는 자발적 의욕이 없다.
3 너무 많은 지혜를 갖게 되면 싫증이 나고 의욕을 잃게 되는 경우도 있다. 이러한 체념을 비약적으로 일반화해서 아무것도 욕구하지 말라는 모랄을 세우는 것이다.
4 쇼펜하우어의 염세 철학을 염두에 두고 있으므로 새로운 목록판이라고 했다.
5 죽음을 구원이라고 설교하는 염세주의자들.

찍, 그리고 너무 빨리 모든 것을 배웠다는 것, 그들이 잘 씹어서 **먹지** 못했다는 것, 이 때문에 그들의 위장은 병든 것이다.

다시 말하면 그들의 정신은 병든 위장이다. **이 위장이** 죽음을 권유한다. 왜냐하면 오, 나의 형제들이여, 정신은 정녕 위장**이기** 때문이다.[1]

삶은 쾌락의 샘이다.[2] 그러나 우수의 아버지인 병든 위장이 말하는 데 지나지 않는 자들에게는 모든 샘에 독이 들어 있다.

인식하는 것, 그것은 사자의 의지[3]를 가진 자에게는 **쾌락**이다! 그러나 지친 자는 오직 '의욕당할'[4] 뿐이고 모든 물결이 그를 희롱한다.

따라서 언제나 다음과 같은 것이 약한 인간들의 특성이다. 그들은 도중에서 망연자실하는 것이다. 그래서 마침내 그들의 피로는 묻는다. "무엇 때문에 우리는 지금까지 길을 걸어왔는가! 모든 것은 동일하다!"

그들의 귀에는 "보람 있는 것은 아무것도 없다! 그대들은 욕구해서는 안 된다!"는 설교가 귀에 솔깃하다. 그러나 이것은 예속을 설교하는 것이다.

오, 나의 형제들이여, 차라투스트라는 길에 지친 모든 사람들에게 신선하고 사나운 바람으로서 온다. 그는 많은 사람들의 코를 자극해 재채기를 하게 만들 것이다![5]

나의 자유로운 숨은 벽을 꿰뚫고 감옥과 갇혀 있는 정신 속으로 들어간다.

---

1 정신을 인식 내용의 소화에 관련시켜 위장이라고 비유한 것이다. 물론 이 비유의 배경이 되는 것은 육체가 인간의 근원적 존재라는 사상이다.
2 제2부 '천민에 대하여' 1단 참조.
3 철저한 자기 부정의 의지.
4 제3부 '작게 만드는 덕에 대하여' 2의 20단 및 주 참조.
5 제3부 '귀향' 44단 참조. 재채기는 길조를 의미한다.

의욕은 해방시킨다.[1] 의욕하는 것은 창조하는 것이기 때문이다. 나는 이렇게 가르친다. 그리고 **오직** 창조하기 위해서만 그대들은 배워야 한다!

그리고 배우는 것, 잘 배우는 것도 그대들은 우선 나에게서 **배워야** 한다! 귀가 있는 자는 들어라!

17

여기에 작은 배가 있다. 저 너머에는 아마도 커다란 무(無)로 가는 길이 있으리라.[2] 그러나 그 누가 이 '아마도'에 올라타려고 할 것인가?

그대들 중에는 죽음의 작은 배에 올라타려고 하는 자는 하나도 없을 것이다. 그렇다면 어떻게 그대들은 **세계에 지친 자**로 자처할 수 있는가!

세계에 지친 자들! 그렇지만 그대들은 아직은 한 번도 대지에 등을 돌린 자가 되지는 않았다. 그대들은 여전히 대지를 탐내며 자기 자신의 대지에 대한 권태에 연연하고 있다는 것을 나는 알고 있다.

그대들의 입술이 처져 있는 것은 무리가 아니다. 아직도 입술 위에 작은 지상의 소망이 앉아 있는 것이다! 그리고 눈에는 —— 잊을 수 없는 지상의 쾌락의 한 조각 구름이 떠돌고 있지 않은가?

지상에는 많은 훌륭한 창작품이 있다. 그중 어느 것은 유용하고 어느 것은 쾌적한 것이다.[3] 그러므로 대지는 사랑스럽다.

---

1 절대 자유의 창조적 경지.
2 염세주의자들의 주장.
3 이 장 14의 5단과 반대되는 말이다. 창조적 욕구로부터의 산출(특히 생식적인 면에서의 산출)은 항상 발전을 가능하게 하므로 유용하고, 삶에 자극을 주므로 쾌적하다. 삶의 창조적 측면을 말한다.

그리고 여기에는 썩 잘 만들어져서 여자의 가슴처럼 유용하고 동시에 쾌적[1]한 것이 허다하다.

그러나 그대들 세계에 지친 자들! 그대들 지상의 게으른 자들! 사람들은 그대들을 채찍으로 때려야 마땅하다! 채찍으로 때려서 사람들은 그대들의 발을 다시 팔팔하게 만들어야 한다!

왜냐하면 그대들이 대지에 지친 병자나 노쇠한 녀석들이 아니라면, 그대들은 교활한 게으름뱅이거나 훔쳐 먹기 좋아하고 살금살금 돌아다니는 쾌락의 고양이[2]이기 때문이다. 그리고 다시 쾌활하게 **달릴** 생각이 없다면 그대들은 마땅히 —— 사라져야 한다!

그러나 결말을 맺기 위해서는 새로운 시구를 짓는 것보다 더 큰 **용기**가 필요하다. 의사나 시인은 모두 이 점을 알고 있다.

18

오, 나의 형제들이여, 피로가 만들어낸 목록판과 게으름, 부패한 게으름이 만들어낸 목록판이 있다. 비록 이 두 목록판은 같은 말을 전하더라도 같은 말로 들리지 않기를 원한다.[3]

여기 이 초췌한 자를 보라! 그는 그의 목표에서 한 뼘쯤 떨어졌을 뿐인데도 지쳐서 여기 먼지 속에 완강하게 누워 있다, 이 용감한 자는!

지친 끝에 그는 길과 대지와 목표와 자기 자신을 향해 하품을 한다. 그는 한 걸음도 앞으로 나가려고 하지 않는다, 이 용감한 자는!

---

1 여자의 젖가슴은 어린애에게는 유용하고 남자에게는 성적 쾌락의 대상으로서 쾌적하다.
2 제1부 '증여하는 덕에 대하여' 1의 5단 및 11~13단 참조.
3 같은 염세주의적 주장이라도 만성적인 피로에서 생긴 주장과 영웅적 인간의 일시적 피로 때문에 생긴 주장은 구별되어야 한다.

이제 태양은 그의 머리 위에서 불타고 개는 그의 땀을 핥는다. 그러나 그는 여기에 완강하게 누워서 오히려 초췌해지기를 바라고 있다.

그의 목표에서 한 뼘쯤 떨어져서 초췌해지기를 바라고 있는 것이다! 정녕 그대들은 그의 머리를 잡아끌어 그의 천국으로 데려가지 않으면 안 되리라.[1] 이 영웅을!

더 좋은 것은 위안자인 잠이 차갑고 살랑거리는 비와 함께 찾아오도록, 그를 그가 누운 곳에 내버려두는 것이다.[2]

그를 누워 있게 하라, 그가 스스로 잠이 깰 때까지 — 일체의 피로와, 피로가 그의 입을 빌려 가르친 것을 그가 스스로 취소할 때까지!

다만, 나의 형제들이여, 그대들은 그에게서 개들을, 저 게으른 잠행자들을 쫓아내라. 그리고 떼를 지어 몰려드는 온갖 구더기를.

'교양 있는 자들'[3]이라는 떼를 지어 몰려드는 구더기를 — 이 구더기는 모든 영웅의 땀을 — 즐긴다!

19

나는 나의 둘레에 원을 그려 성스러운 경계선으로 삼는다. 점점 높은 산을 오를수록 나와 함께 올라가는 자는 적어진다. 나는 점점 더 성스러워지는 산으로 산맥을 이룬다.[4]

그러나 그대들이 나와 함께 어디로 올라가든, 오, 나의 형제들이여,

---

1 회교에서는 경건한 신자가 죽으면 천사 가브리엘이 사자의 머리를 잡아끌어 천국으로 데려간다고 말한다.

2 피로가 풀리도록 휴식시킨다.

3 교양 있는 속물. 니체의 《반시대적 고찰》에 자주 언급되어 있다.

4 "영웅은 어디에 가든, 언제나 황야를, 그리고 사람들의 출입을 금지한 성역을 갖고 있는 자다"(《인간적인, 너무나 인간적인》에서).

식객들이 그대들과 함께 오르지 못하도록 조심하라!

식객. 이것은 벌레, 기어 다니는 연한 벌레로, 그대들의 병들고 상처 난 구석구석에서 살찌려고 한다.

그리고 올라가는 영혼들의 피로한 곳을 알아내는 것, **이것이** 식객의 기술이다. 그대들의 원한과 불만에, 그대들의 예민한 수치에 식객은 구역질 나는 둥지를 튼다.

강한 자의 약한 곳, 고귀한 자의 너무나 부드러운 곳 ── 그 안에 식객은 구역질 나는 둥지를 튼다. 위대한 자의 보잘것없는 상처가 난 구석에서 식객은 산다.[1]

모든 존재자의 최고의 종류[2]는 무엇이고 최저의 종류는 무엇인가? 식객이 최저의 종류다. 그러나 최고의 종류에 속하는 자는 가장 많은 식객을 기른다.

다시 말하면 가장 긴 사다리를 갖고 가장 깊이 내려갈 수 있는 영혼.[3] 어떻게 이 영혼에 가장 많은 식객이 모이지 않을 것인가?

가장 광범하게 자기 자신의 내면을 달리고 길을 잘못 들어 방황할 수 있는 가장 관대한 영혼.[4] 쾌락 때문에 우연 속으로 돌진하는 가장 필연적인 영혼.[5]

생성 속으로 가라앉는, 존재하는 영혼.[6] 의욕과 갈망 속으로 **가라앉으려는** 소유하는 영혼.[7]

---

1 식객은 당대의 위대한 인물을 비판함으로써 (창조적인 면은 전혀 없으면서) 위대한 인물보다 더 중요한 인물임을 과시하려고 한다.
2 '최고의 종류'는 증여하는 덕을 갖춘 창조하는 자.
3 제1부 '산 위의 나무에 대하여' 4단 참조.
4 복잡하고 시행착오를 거듭하는 창조하는 자의 영혼.
5 자신의 내적 필연성에 따라 세계의 합리성을 넘어서는 영혼.
6 기존의 영혼으로 항상 발전을 멈추지 않는 영혼.
7 소유한 것에 자족하지 않고 더 많은 의욕을 갖는 영혼.

자기 자신으로부터 달아나버리고 가장 넓은 원을 그리며 자기 자신을 뒤따라잡는 영혼.[1] 어리석음이 가장 달콤하게 말을 거는, 가장 현명한 영혼.[2]

그 안에서 만물이 그 흐름과 역류, 간조와 만조를 맞이하고, 자기 자신을 가장 사랑하는 영혼.[3] 오, **최고의 영혼**이 어떻게 최악의 식객을 거느리지 않을 것인가?

20

오, 나의 형제들이여, 과연 나는 잔인한가? 그러나 나는 말한다. 떨어지는 것, 그것을 밀어내라![4]

오늘의 모든 것 —— 그것은 떨어지고 쇠퇴한다. 누가 그것을 떠받칠 것인가! 그러나 나는 —— 나는 그것을 다시 **밀어내기를 바란다!**

그대들은 돌을 가파른 골짜기로 굴리는 즐거움을 아는가? 오늘의 이러한 인간들, 그들이 어떻게 나의 골짜기로 굴러 떨어지는가를 보라!

나는 보다 나은 연주자의 등장을 알리는 전주곡이다, 오, 나의 형제들이여! 하나의 선례다. 나의 예에 따라 **행하라!**[5]

그리고 그대들은 나는 법을 가르치지 않는 자[6]에게는 제발 가르쳐라, **보다 빨리 떨어지는 것을!**

---

1 자기 세계에 안주하지 않고 모든 것을 받아들이지만 다시 자기 자신으로 돌아오는 영혼.
2 현인에게는 어리석음도 지혜가 된다.
3 커다란 자기애를 갖고 있으나 만물의 변화에 개방되어 있고 작은 일에 구애되지 않는 영혼.
4 제1부 '자유로운 죽음에 대하여' 22~23단 참조.
5 전주곡, 또는 선례는 더 큰 파괴의 시각이 다가온다는 것을 알린다는 뜻이다.
6 제3부 '중력의 정령에 대하여' 2의 1~8단 참조.

나는 용감한 자들을 사랑한다. 그러나 양쪽에 날이 있는 칼이 되는 것으로는 불충분하다. 사람들은 **누구를 상대로** 칼질을 할 것인가도 알아야 한다.

그리고 때로는 자기 자신을 억제하고 통과하는 데에 더 큰 용기가 있다. **이렇게 함으로써** 그는 보다 어울리는 적을 위해 자기 자신을 아끼는 것이다!

그대들은 증오할 적을 가질 뿐 경멸할 적을 가져서는 안 된다. 그대들은 그대들의 적을 자랑하지 않으면 안 된다. 나는 이미 이렇게 가르친 적이 있다.[1]

보다 어울리는 적을 위해서, 오, 나의 벗들이여, 그대들은 자기 자신을 아껴야 한다. 그러기 위해서 그대들은 많은 사람들의 곁을 통과해야 한다.

특히 그대들의 귀에 민중과 여러 민족에 대해 떠들어대는 많은 천민의 곁을.

그들의 찬반 때문에 그대들의 눈이 흐려지지 않게 하라! 여기에는 많은 올바름과 부정이 있다. 이것을 보는 자는 화를 낸다.

그 안을 바라보는 것, 그 안으로 칼을 들고 쳐들어가는 것[2] —— 여기서는 이것은 동일하다. 그러므로 숲 속으로 가서 그대들의 칼을 잠재우라!

그대들의 길을 가라! 그리고 민중과 여러 민족으로 하여금 그들의

---

1 제1부 '전쟁과 전사에 대하여' 18단 참조.
2 상대를 보자마자 상대를 확인하고 자신을 억제할 틈도 없이 달려드는 것을 말한다.

길을 가게 하라! — 정녕 더 이상 한 줄기 희망의 번개[1]도 치지 않는 어두운 길을!

아직도 번쩍거리고 있는 모든 것은 — 소상인의 금뿐인 곳에서는 소상인들이 지배해도 좋다! 이미 왕들의 시대는 아니다. 오늘날 민중으로 자칭하는 자는 왕이 될 값어치가 없다.

이 민족들이 지금 스스로 소상인처럼 행동하는 것을 보라. 그들은 온갖 쓰레기로부터 최소의 이익이라도 주워 모은다!

그들은 서로 엿보고, 서로 탐지한다. 이것을 그들은 '선린(善隣)'이라고 부른다. 오, 민중이 스스로 "나는 여러 민족의 — **지배자**가 되고자 한다"고 말한, 복된 머나먼 시대여.

왜냐하면 나의 형제들이여, 최선의 자들이 지배해야 하고[2] 최선의 자는 지배하기를 **바라기** 때문이다! 그리고 다르게 가르치는 곳[3]에는 — 최선의 자가 **없다.**

22

만일 **그들이** — 빵을 공짜로 얻으려고 한다면, 슬픈 일이구나! 그들은 무엇을 위해 외치는가! 그들의 생계 — 그것은 바로 그들의 오락이다. 따라서 그들이 곤경을 겪는 것은 당연하다![4]

그들은 약탈하는 맹수다. 그들의 '노동'에는 — 여기에도 약탈이 있

---

1 초인을 말한다.
2 그리스어 'aristokratia(귀족 정치)'의 어원은 'aristos(최선의 자)의 kratien(지배)'이다.
3 데모크라시나 사회주의를 주장하는 곳.
4 고대 로마의 최하층 계급인 노동자 계급은 "빵과 오락을!"이라는 구호를 외쳤다. 이 말을 이용하여 현대의 노동자 문제를 이 장에서 다룬다. 애써 땀 흘려 노동하지 않는, 다시 말하면 삶의 전부에 직면하지 않는 자들에게는 곤경이 필연적인 것이다.

고 그들의 '벌이'에는 —— 여기에도 책략이 있다! 그러므로 그들이 곤경을 겪는 것은 당연하다!

그렇다면 그들은 보다 나은 맹수가 되어야 한다. 더욱 세련되고 더욱 영리하고 **더욱 인간을 닮은** 맹수가 **되어야 한다**. 다시 말하면 인간은 최상의 맹수다.[1]

인간은 이미 모든 맹수로부터 그 덕을 빼앗았다.

모든 짐승 중에서 인간이 가장 어렵게 지내왔기 때문이다.

오직 새들만이 아직도 인간의 머리 위에 있을 뿐이다. 그리고 인간이 나는 법조차도 배우게 된다면, 슬프구나! **어느 만큼 높이** —— 인간의 강탈욕이 날아갈 것인가![2]

23

나는 남자와 여자에게 다음과 같이 바란다. 전자는 전쟁을 잘하고 후자는 애를 잘 낳고, 한편 양자가 머리와 발로 춤을 잘 추기를.[3]

따라서 한 번도 춤을 추지 않은 날은 잃어버린 날로 치자! 한 번의 홍소도 일으키지 못한 진리는 모두 거짓이라고 하자!

24

그대들의 결혼, 나쁜 **결합**이 되지 않도록 조심하라! 그대들은 너무나 빨리 맺어졌다. 그러므로 결혼의 파괴[4]가 **뒤따른다!**

---

1 맹수의 존재 방식을 더욱 세련되게 하고 정신적인 것으로 만들 때 비로소 인간답게 된다.
2 제2부 '대인의 재치에 대하여' 34단 참조.
3 인식과 행위에 있어서 자유로운 경지에 있기를.
4 '결혼의 파괴'로 번역한 Ehebrechen은 '간통'이라는 뜻도 있다. 따라서 나쁜 결합을 한 결혼은

그리고 왜곡된 결혼, 위장된 결혼보다는 결혼의 파괴가 낫다! 어떤 여자가 나에게 다음과 같이 말했다. "물론 나는 결혼을 파괴했습니다. 그러나 결혼이 최초로 파괴한 것은 ── 나 자신이었습니다."

맞지 않은 부부는 언제나 최악의 복수심을 가진 자들임을 나는 알았다. 그들은 이미 혼자 지낼 수 없게 된 데 대해 세상 모든 사람들에게 보복을 한다.

그러므로 나는 정직한 자들이 이렇게 말하기를 바란다. "우리는 서로 사랑한다. 우리는 서로 사랑을 지속하도록 **조심**하자! 혹은 우리의 약속은 실수일까?"

"우리가 위대한 결혼에 적합한지를 알아보기 위해 어떤 기간 동안 작은 결혼을 해보자! 언제나 둘이 같이 있다는 것은 엄청난 일이다!"[1]

이와 같이 나는 모든 정직한 자들에게 권고한다. 내가 다른 권고를 하고 말을 한다면 초인에 대한, 그리고 장차 반드시 오게 될 모든 것에 대한 나의 사랑은 어떻게 될 것인가!

단지 계속해서 그대들을 증가시킬 뿐 아니라 **높이는 것** ── 그러기 위해서 오, 나의 형제들이여, 결혼의 정원이 그대들에게 도움이 되기를!

25

옛 원천에 대해 잘 알고 있는 자[2]는, 보라, 결국 미래의 수원과 새로운 원천을 찾으리라.

결국 간통이며 따라서 결혼의 파괴라고 할 수 있다.
1 시험 결혼의 제창이다.
2 낡은 가치관의 근원을 잘 아는 자. 그는 낡은 가치관이 쓸데없음을 알게 된다.

오, 나의 형제들이여, **새로운 민족이 발생하여**[1] 새로운 샘이 새로운 골짜기로 콸콸 흘러내릴 날은 멀지 않았다.

다시 말하면 지진은 — 많은 샘을 파묻고 목말라 초췌해진 자들을 허다하게 만들어 낸다. 또한 지진은 여러 가지 내적인 힘과 은밀한 일을 드러낸다.[2]

지진은 새로운 샘을 드러낸다. 낡은 민족들의 지진 속에서 새로 샘이 용솟음친다.

그리고 이때 "보라, 여기에 갈증 나는 많은 자들을 위한 하나의 샘, 동경에 찬 많은 자들을 위한 하나의 마음, 많은 도구를 위한 하나의 의지가 있다"고 외치는 자, 그의 둘레에 한 민족이, 다시 말하면 많은 시도자가 모인다.

누가 명령할 수 있는가, 누가 복종해야 하는가 — **이것이 여기서 시도되는 것이다!** 아, 얼마나 오랜 추구와 모색과 실패와 학습과 새로운 시도에 의해서인가!

인간 사회, 그것은 시도다, 이렇게 나는 가르친다 — 장구한 추구인 것이다. 그런데 인간 사회는 명령자를 구하는 것이다!

하나의 시도다. 오, 나의 형제들이여, 그리고 결코 **계약**[3]**은 아니다!** 부숴버려라, 제발 마음이 약한 자들, 엉거주춤한 자들의 이러한 말을 부숴버려라!

---

1 제1부 '증여하는 덕에 대하여' 2의 14단 참조.
2 예컨대 전쟁 같은 대변동(지진)은 구도덕을 파괴하고 민족의 저력을 드러낸다.
3 사회계약설을 말한다.

오, 나의 형제들이여! 인간의 모든 미래에 대한 최대의 위험은 도대체 어떤 자들에게 있는가? 착하고 의로운 자[1]들에게 있지 않은가?

곧 "착하고 의로운 것이 무엇인가를 우리는 이미 알고 있고 또한 우리는 이를 체득하고 있다. 아직도 이를 추구하는 자들은 가엾구나!"라고 말하고 마음속으로 느끼는 자들에게.

그리고 악한 자들이 어떠한 해를 끼치든, 착한 자들이 끼치는 해야말로 가장 해로운 해다.

그리고 세계를 중상하는 자들이 어떠한 해를 끼치든, 착한 자들이 끼치는 해야말로 가장 해로운 해다.

오, 나의 형제들이여, 일찍이 어떤 사람[2]이 착하고 의로운 자의 마음속을 꿰뚫어 보고 '그들은 바리새인들'이라고 말했다. 그러나 사람들은 그의 말을 이해하지 못했다.

착하고 의로운 자들 자신은 그의 말을 이해할 수가 없었다. 그들의 정신은 그들의 양심의 만족에 사로잡혀 있었다. 착한 자의 우둔함은 헤아릴 수 없을 만큼 영리하다.[3]

그러나 다음과 같은 것은 사실이다. 곧 착한 자는 바리새인이 되지 **않을 수 없다** —— 그들에게는 선택의 여지가 없는 것이다.

착한 자들은 독자적인 덕을 만들어낸 자를 십자가에 못 박지 **않을 수 없다!** 이것이 **진실**이다.

---

1 도덕적 또는 종교적 전통성을 고수하는 자.
2 예수.
3 착한 사람은 그들이 사실은 위선자임을 자각하지 못하므로 어리석으나 이 어리석음은 가장 현명한 보신술이기도 한 것이다.

그러나 그들의 땅, 곧 착하고 의로운 자들의 땅과 마음과 토양을 발견한 두 번째 사람[1]은 바로 "그들은 누구를 가장 미워하는가?"라고 물은 사람이었다.

창조하는 자를 그들은 가장 미워한다. 목록판과 낡은 가치를 부수는 자, 파괴하는 자를 ── 이 사람을 그들은 범죄자라고 부른다.

다시 말하면 착한 자들은 ── 창조할 수 없다. 그들은 언제나 종말의 발단이다.

그들은 새로운 가치를 새로운 목록판에 써 넣는 자를 십자가에 못 박고 그들은 **스스로** 미래를 제물로 바치고 ── 그들은 인간의 모든 미래를 십자가에 못 박는다!

착한 자들 ── 그들은 언제나 종말의 발단이었다.

27

오, 나의 형제들이여, 그대들은 이 말을 이해했는가? 그리고 내가 일찍이 '최후의 인간'에 대해 말한 것도?

인간의 모든 미래에 대한 최대의 위험은 어떤 자들에게 있는가? 착하고 의로운 자들에게 있지 않은가?

부숴버려라, 제발 착하고 의로운 자들을 부숴버려라! ── 오, 나의 형제들이여, 그대들은 과연 이 말을 이해했는가?

---

1 예수 다음의 사람, 곧 차라투스트라.

그대들은 나에게서 도망치는가? 그대들은 놀랐는가? 그대들은 이 말에 벌벌 떠는가?

오, 나의 형제들이여, 내가 그대들에게 착한 자들과 착한 자들의 목록판을 부숴버리라고 명령했을 때, 그때 비로소 나는 인간을 그의 높은 바다로 출항시켰다.

따라서 이제 비로소 인간에게는 커다란 놀라움, 커다란 전망, 커다란 병, 커다란 구역질, 커다란 배멀미가 닥친다.

착한 자들은 가짜 해안과 가짜 안전을 그대들에게 가르쳤다. 그대들은 착한 자들의 거짓말 속에서 태어나 보호를 받았다. 모든 일은 착한 자들에 의해 근본적으로 위장되고 왜곡되었다.

그러나 '인간'이라는 땅을 발견한 자는 '인간의 미래'라는 땅도 발견했다.[1] 이제 그대들은 제발 항해자가 돼라, 야무지고 끈기 있는 항해자가!

제발 때를 놓치지 말고 똑바로 서서 걸어라, 오, 나의 형제들이여, 똑바로 서서 걷는 것을 배워라! 바다는 사납다. 많은 사람들이 그대들의 도움으로 다시 똑바로 서려고 한다.

바다는 사납다. 모든 것은 바다 속에 있다.[2] 자! 기운을 내라! 그대들 옛부터 배를 탄 뱃사람의 마음이여!

조상의 땅이 무슨 소용이냐! 우리의 키는 우리의 **자손들의 땅**이 있는 **곳으로** 가려고 한다! 그곳을 향해 바다보다도 더 사납게 우리의 커다란 동경은 돌진한다!

---

1 제1부 '증여하는 덕에 대하여' 2의 12~14단 참조.
2 바다는 인간의 가능성의 상징으로 사용되어왔으므로, 결국 모든 가능성은 인간의 삶에 있다는 뜻이다. 초인은 초월적인 것이 아니라 인간의 삶 속에서 실현되는 것이다.

29

"왜 그렇게 단단한가?" 언젠가 숯이 다이아몬드를 향해 말했다. "도 대체 우리는 가까운 친척이 아니란 말인가?"

왜 그렇게 연한가? 오, 나의 형제들이여, **나는** 그대들에게 이렇게 묻는다. 그대들은 — 나의 형제들이 아니란 말인가?

왜 그렇게 약하고 그렇게 회피하고 양보하는가? 왜 그대들의 마음속에는 그렇게 많은 부정과 극기가 있는가? 왜 그대들의 시선에는 그렇게 적은 운명밖에 없는가?

그리고 그대들이 운명과 가차없는 자가 되고자 하지 않는다면, 어떻게 그대들은 나와 함께 — 승리할 수 있는가?

그리고 그대들의 단단함이 빛나고 베어내고 조각 내려고 하지 않는다면, 어떻게 그대들은 언젠가 나와 함께 — 창조할 수 있을 것인가?

다시 말하면 창조하는 자들은 단단하다. 따라서 마치 밀랍에 찍듯이 그대들의 손을 몇천 년 위에 찍는 것을 그대들은 지복으로 생각해야 한다.

마치 청동에 써 넣듯이 몇천 년의 의지에 — 청동보다도 더 단단하게 청동보다도 더 고귀하게 써 넣는 지복으로. 가장 고귀한 자만이 완전히 단단하다.

단단해지라! 이 새로운 목록판을, 오, 나의 형제들이여, 나는 그대들의 머리 위에 내건다.

30

오, 그대 나의 의지여! 그대 모든 곤경의 전회(轉回)여! 그대 **나의** 필연[1]이여! 모든 사소한 승리로부터 나를 지켜달라!

내가 운명이라고 부르는, 그대 나의 영혼의 섭리여! 그대 나의 내부에 있는 자여! 그대 내 위에 있는 자여! 커다란 운명을 위해 나를 지키고 나를 아껴달라!

그리고 그대의 마지막 위대성[2]을, 나의 의지여, 그대의 궁극적인 것을 위해 아껴라 —— 그대의 승리에 있어서 그대가 가차없이 행동하도록! 아, 그 누가 자신의 승리에 굴복하지 않았던가!

아, 이 도취의 어스름 속에서 누구의 눈이 흐려지지 않았던가! 아, 누구의 발이 승리를 맞이하여 비틀거리지 않고 서는 것을 잊어버리지 않았던가!

내가 언젠가 위대한 정오를 맞이할 때 준비를 갖추고 성숙해 있기 위해서 —— 작열하는 청동처럼, 번개를 간직한 구름처럼, 부풀어오른 젖가슴처럼 준비를 갖추고 성숙하기 위해서.

나 자신에 대해, 그리고 나의 가장 은밀한 의지에 대해 준비를 갖추기 위해서, 자기의 화살을 찾아 욕정에 불타는 활, 자기의 별을 찾아 욕정에 불타는 화살로서.[3]

자신의 정오를 맞이하여 준비를 갖추고 성숙한 별로서, 다시 말하면 섬멸시키는 햇빛의 화살로 말미암아 불타오르고 꿰뚫리고 복된 별로서.

승리에 있어서 섬멸[4]을 서슴지 않는 태양 자체와 가차없는 태양의 의지로서!

---

1 의지는 곤경에 대해 수동적으로 괴로워할 뿐 아니라 이를 적극적으로 긍정함으로써 스스로 의욕하여 필연으로 만든다. 제1부 '증여하는 덕에 대하여' 1의 23단 참조.

2 절대적인 긍정의 정신으로 영원 회귀를 있는 그대로 희구하는 것.

3 활(자기)에는 화살(의욕)과 목표(별, 이상)가 불가결하므로 불가분의 관계에 있다.

4 여기서는 섬멸하는 자나 섬멸되는 자나 차라투스트라 자신이다. 그가 자유 의지에 따라 생애의 절정에 있어서 자기 자신을 파멸시키는 것을 말한다.

오, 의지여, 모든 곤경의 전회여, 그대 **나의** 필연이여! 하나의 커다란 승리를 위해 나를 아껴달라!

차라투스트라는 이렇게 말했다.

쾌유하고 있는 자에 대하여

1

동굴로 돌아온 지 얼마 되지 않은 어느 날 아침, 차라투스트라는 잠자리에서 미친 사람처럼 벌떡 일어나 무서운 목소리로 소리치며, 마치 다른 사람이 아직도 잠자리에 누워서 일어나려고 하지 않는 것 같은 몸짓을 했다. 그런데 차라투스트라의 목소리가 너무 컸기 때문에 그의 동물들이 깜짝 놀라 찾아오고 차라투스트라의 동굴 가까이에 있는 모든 동굴과 은신처에서는 모든 동물들이 달아났다. 각 동물에게 주어진 다리와 날개의 성질에 따라 날거나 날개를 퍼덕거리거나 기거나 뛰어서. 그러나 차라투스트라는 다음과 같이 말했다.

심연 같은 사상이여, 나의 깊이로부터 올라오라! 나는 그대의 수탉이며 새벽이다, 잠꾸러기 벌레여.[1] 일어나라! 일어나라! 나의 목소리는 닭 울음소리처럼 그대를 깨우고 말리라!

그대의 귀의 사슬을 풀고 귀 기울여라! 나는 그대의 목소리를 듣고 싶기 때문이다. 일어나라! 일어나라! 여기서는 무덤들조차도 들을 만

---

1 차라투스트라의 마음속에 있으면서도 분명히 자각되지 않는 사상, 곧 영원 회귀 사상.

한 천둥이 치고 있다!

그리고 그대의 눈에서 졸음과 온갖 근시와 맹목을 씻어내라! 그대의 눈으로도 내 말을 들어라. 나의 목소리는 장님으로 태어난 자들조차도 고치는 약이다.

그리고 일단 깨어나면 그대는 영원히 깨어 있어야 한다.[1] 증조모들을 깨우고 증조모들에게 — 더 자라고 명령하는 것은 **나의** 방식이 아니다![2]

그대는 움직이고 기지개를 켜고 웅얼거리는가! 일어나라! 일어나라! 웅얼거리지만 말고 — 그대는 나에게 말해야 한다! 신을 부정하는 차라투스트라가 그대를 부르고 있다!

나, 차라투스트라, 삶의 대변자, 고뇌의 대변자, 원환의 대변자 — 내가 그대를 부르는 것이다. 나의 가장 심연적인 사상을![3]

기쁘구나! 그대가 온다 — 나는 그대의 목소리를 듣는다! 나의 심연이 **말하고** 나는 나의 마지막 깊이를 빛 속에 드러냈다!

기쁘구나! 이리 오라! 악수를 하자 — 앗! 놓아라! 앗! — 구역질, 구역질, 구역질 — 슬프구나![4]

---

1 일단 진리를 자각하면 이 진리를 고수하겠다는 결의를 나타낸다.

2 《파우스트》 제2부에는 파우스트가 메피스토펠레스의 힘을 빌려 헬레네를 구해내는 장면이 있고, 바그너의 《지크프리트》 제3막 제1장에는 나그네에게 몸을 망친 보단이 지혜의 신을 깨워 신의 운명을 묻고 다시 잠재우는 장면이 있다.

3 삶, 고뇌, 원환(순환)은 서로 분리되어 있는 것이 아니라 하나의 전체로서 존재하고 이것은 원환을 이루며 회귀하는 한에서만 존재한다(하이데거의 해석). 요컨대 차라투스트라는 이 세 가지이면서도 하나인 것의 대변자로서 가장 심연적인 사상, 곧 영원 회귀 사상과 정면으로 진지하게 대결하려고 하는 것이다.

4 영원 회귀 사상에 직면하자, 차라투스트라는 이 사상의 추악한 면을 보고 실신하게 된다. 이 사상의 추악한 면이란, 영원 회귀 사상에 의하면, 이 세상의 일체의 추악한 것도 역시 불변의 회귀를 거듭한다는 것이다.

2

차라투스트라는 이렇게 말하자마자 갑자기 시체처럼 쓰러졌고, 시체처럼 오랫동안 움직이지 않았다. 그가 다시 정신을 차렸지만 그는 창백한 채 몸을 벌벌 떨며 그대로 누워 있었고 오랫동안 먹고 마시려 하지 않았다. 이런 상태가 7일간 계속되었다. 독수리가 먹이를 구하러 날아간 것을 제외하고는, 밤낮을 가리지 않고 그의 짐승들은 그의 곁을 떠나지 않았다.[1]

그리고 독수리는 날아가서 빼앗아 모은 것을 차라투스트라의 잠자리 위에 놓았다. 따라서 마침내 차라투스트라는 노랗고 빨간 딸기,[2] 포도, 들장미 열매, 향기로운 푸성귀, 솔방울에 묻히게 되었다. 게다가 그의 발밑에는 독수리가 애써서 목자로부터 빼앗아 온 두 마리의 새끼 양이 쓰러져 있었다.

마침내 7일 후에 차라투스트라는 잠자리에서 몸을 일으켜 들장미 열매를 손에 들고 냄새를 맡으며 그 냄새를 즐겼다. 이때 그의 짐승들은 그와 이야기할 때가 왔다고 믿었다.

"오, 차라투스트라여." 그의 짐승들은 말했다.

"그대는 지금까지 7일 동안 눈을 꽉 감고 그렇게 누워 있었다. 이제 그대 발로 다시 일어나는 게 어떻겠는가?

그대의 동굴로부터 걸어 나오라. 세계는 마치 화원[3]처럼 그대를 기다

---

1 차라투스트라는 영원 회귀 사상에 압도당해 쓰러지고 뱀(지혜)은 그를 걱정해주지 않아 완전한 자각에 도달하지는 못했지만, 그는 그의 긍지만은 지키려고 한 것이다(하이데거의 해석).
2 노란색은 영원 회귀의 빛깔이고 빨간색은 권력에의 의지의 빛깔이다. 제3부 '중력의 정령에 대하여' 2의 23단 참조.
3 화원 같은 세계는 질서 있는 세계를 말한다. 차라투스트라의 세계관에 있어서는 이러한 세계는 가상에 지나지 않고 세계는 끊임없는 투쟁의 장소다(하이데거).

리고 있다. 바람은 그대를 애모하는 무거운 향기를 희롱하고 있다. 그리고 시냇물은 모두 그대를 뒤쫓아 흐르고 싶어 한다.

그대는 7일 동안 혼자 있었기 때문에 만물이 그대를 동경하고 있다. 그대의 동굴에서 걸어 나오라! 만물이 그대의 의사가 되고 싶어 한다!

새로운 인식이 그대를 찾아온 것일까, 시고 무거운 인식이? 시어진 반죽처럼 그대는 누워 있었고 그대의 영혼은 모든 가장자리를 넘어서 부풀어올랐다."

차라투스트라는 대답했다.

"오, 나의 짐승들이여, 그렇게 지껄이는 소리를 더 듣고 싶구나! 그대들이 지껄이면 나는 기운이 난다. 지껄이는 소리가 들리는 곳이라면 나에게는 이미 세계는 화원 같다.

말과 소리가 있다는 것은 얼마나 즐거운 일인가. 말과 소리는 영원히 분리되어 있는 것 사이에 걸쳐진 무지개이고 가상의 다리가 아닌가?[1]

각 영혼에는 각기 다른 세계가 속해 있다. 각 영혼에 대해서는 다른 영혼은 각기 배후세계[2]다.

가장 비슷한 것 사이에서 가상은 가장 아름다운 거짓말을 한다. 가장 작은 틈이야말로 가장 다리를 놓기 어렵기 때문이다.[3]

---

1 인간 각자의 영혼은 영원히 융합될 수 없는 고독한 것이다. 그러나 이 영혼을 이어주는 것은 말이며 이 말은 가상에 지나지 않지만 즐거운 것이다. 이 가상의 최고의 형식이 예술이다. 니체의 예술론이다.

2 여기서 말하는 배후세계는 배후세계론자들의 배후세계와는 그 의미가 다르다. 타인의 정신 세계, 남이 엿볼 수 없는 주체적인 세계를 가리킨다.

3 하이데거에 의하면 가장 작은 틈에 의해 갈라진 가장 비슷한 것은 영원 회귀 사상에 대한 두 가지 경지다. 하나는 이 사상에 포함된 무서운 니힐리즘을 타산지석처럼 방관하는 경지이고 또 하나는 니힐리즘을 초극함으로써 도달하는 경지다. 전자에 있어서는 영원 회귀 사상은 '모든 것은 덧없다, 모든 것은 가치가 없다, 보람 있는 것은 하나도 없다'는 뜻이 되지만 후자에 있어서는 '모든 순간이 문제다, 어떻게 되든 상관없는 것은 하나도 없다. 모든 것이 문제다'라는 의미가 된

나에게 어떻게 나의 밖이 있을 것인가? 밖은 존재하지 않는다![1] 그러나 우리는 온갖 소리를 들을 때 이 점을 잊는다. 우리가 잊는다는 것은 얼마나 즐거운 일인가!

인간이 사물로부터 기운을 얻기 위해 사물에 이름과 소리를 선사한 것이 아닌가? 말한다는 것은 아름다운 바보짓이다. 말을 함으로써 인간은 모든 사물을 넘어 춤추며 간다.

무릇 말한다는 것은, 그리고 소리의 온갖 거짓말은 얼마나 즐거운 일인가! 소리에 의해 우리의 사랑은 알록달록한 무지개 위에서 춤춘다."[2]

"오, 차라투스트라여." 이에 대해 짐승들은 대답했다.

"우리처럼 생각하는 자들에게 있어서는, 모든 사물 자체가 춤춘다. 만물은 다가와서 손을 내밀고 웃고 달아났다가 다시 되돌아온다.

모든 것은 가고 모든 것은 되돌아온다. 존재의 수레바퀴는 영원히 회전한다. 모든 것은 죽고 모든 것은 다시 꽃핀다. 존재의 해〔年〕는 영원히 흐른다.

모든 것은 꺾이고 모든 것은 새로이 이어진다. 존재의 동일한 집이 영원히 세워진다. 모든 것은 헤어지고 모든 것은 다시 인사를 나눈다. 존재의 원환은 영원히 자기 자신에게 충실하다.[3]

모든 순간에 존재는 시작된다. 모든 **여기**를 중심으로 저기의 공〔球〕은 회전한다. 중심은 어디에나 있다.[4] 영원의 오솔길은 곡선이다."[5]

다. 전자의 경지를 초극하여 후자의 경지로 들어가는 것이 니힐리즘의 극복이며 이때 비로소 영원 회귀 사상을 체득할 수 있다.

1 자기와 세계가 일체를 이룬 경지, 제3부 '나그네' 3단 참조.

2 가상 위에서 춤춘다.

3 '모든 것은 가고……'부터 여기까지는 제3부 '새롭고 낡은 목록판에 대하여' 2의 15단 참조.

4 순간순간이 영원한 시간의 중심점이고 세계 창조의 시각이라고 할 수 있다. 공간적으로도 세계의 모든 역사(저기)는 내가 있는 '여기'를 중심으로 엮어진다.

5 곡선은 순환을 의미한다. 영원은 결국 원환, 곧 순환이다.

"오, 그대들 어릿광대여, 손풍금이여!"[1] 차라투스트라는 대답하며 다시 웃었다.

"그대들은 얼마나 잘 알고 있는가, 7일 동안에 성취되었어야 했을 일을[2] ──.

그리고 저 괴물이 어떻게 나의 목구멍으로 기어 들어와 나를 질식시켰는가! 그러나 나는 이 괴물의 머리를 물어뜯어서 뱉어버렸다.[3]

그런데 ── 그대들은 ── 그대들은 벌써 이 일을 하프 반주로 부르는 노래로 만들었는가? 그러나 지금 나는 물어뜯어 뱉는 데 지치고, 나를 구제하다가 병이 들어 여기에 누워 있다.

그런데 그대들은 이러한 모든 일을 구경하기만 했는가? 오, 나의 짐승들이여, 그대들은 잔인한가? 그대들은 인간들처럼 나의 커다란 고통을 구경만 했단 말인가? 인간은 가장 잔인한 짐승이다.[4]

비극이나 투우나 십자가에 못 박는 것을 보고 인간은 지금까지 지상에서 최대의 즐거움을 맛보았다. 그리고 인간이 지옥을 꾸며냈을 때, 보라, 그것은 인간의 지상 천국이었다.

위대한 인간이 비명을 지를 때 ── 왜소한 자는 나는 듯이 달려든다. 그리고 그의 목에서는 욕정 때문에 혀가 나온다. 그러나 그는 이것을 그의 '동정'이라고 부른다.

왜소한 인간, 특히 시인 ── 그는 얼마나 열심히 말로써 삶을 고발하는가! 그의 말을 들으라, 그러나 온갖 고발에 깃들어 있는 쾌락을 들어

---

1 짐승들이 말하는 것은 차라투스트라의 사상이지만, 단지 차라투스트라의 주체적인 체험을 반복하는 데 지나지 않으므로 이렇게 부른 것이다.
2 신이 7일 동안에 세계를 창조했다는 말과 대비된다.
3 제3부 '환영과 수수께끼에 대하여' 2의 20~23단 참조.
4 제3부 '새롭고 낡은 목록판에 대하여' 22의 3단 참조.

넘기는 일이 없도록 하라!¹

삶의 이러한 고발자들, 삶은 눈 깜빡할 사이에 이러한 자들을 초극한다. '그대는 나를 사랑하나요?' 이 뻔뻔한 여자는 말한다. '잠시 기다려요. 지금은 당신을 상대할 시간이 없어요.'

인간은 자기 자신에 대해서 가장 잔인한 짐승이다. 따라서 **죄인, 십자가를 짊어진 자, 속죄자**라고 자칭하는 자를 만났을 때 그가 누구이든 간에 이러한 불평과 고발에 깃들인 육욕을 들어 넘기지 마라!

그리고 나 자신인데 —— 나는 이런 말을 함으로써 인간의 고발자가 되려고 하는 것일까? 아, 나의 짐승들이여, 지금까지 내가 배운 것은 오직 인간에게는 최선을 위해서는 최악이 필요하다는 것이다.²

모든 최악의 일은 인간의 최선의 **힘**이고 창조하는 자에게는 가장 단단한 돌이라는 것이다. 그리고 인간은 더욱 착해지면서 **또한** 더욱 약해져야 한다는 것이다.

인간이 악하다는 것을 아는 것, 나는 **이러한** 고문대에 묶여 있었던 것은 아니다. 오히려 아직 어느 누구도 외쳐본 적이 없을 만큼 외쳤다.

'아, 인간의 최악이 이렇게 작다니! 아, 인간의 최선이 이렇게 작다니!'

인간에 대한 커다란 싫증 —— **그것**이 나를 질식시켰고 나의 목으로 기어 들어왔다.³ 그리고 예언자가 예언한 것, 곧 '모든 것은 동일하다. 보람 있는 것은 하나도 없다. 지식은 질식시킨다'는 말이."⁴

오랜 황혼⁵이 치명적으로 피로하고 치명적으로 취한 슬픔이 나의 앞

---

1 시인의 삶에 대한 비탄도 결국은 삶에 대한 미련에서 생긴 것이다.
2 제2부 '자기 초극에 대하여' 43단, '숭고한 자들에 대하여' 29~30단, 제4부 '보다 높은 인간에 대하여' 5의 1~2단 참조.
3 제3부 '환영과 수수께끼에 대하여' 2의 20~21단 참조.
4 제2부 '예언자에 대하여' 1~3단, 제3부 '새롭고 낡은 목록판에 대하여' 16의 12단 참조.
5 모든 이상이 이상 상실의 완전한 어둠 속에 잠기는 것.

에 서서 절름거리며 걸어갔다. 이 슬픔이 하품을 하며 말했다.

"그대가 싫증을 낸 인간, 왜소한 인간이 영원히 회귀하는 것이다."
나의 슬픔은 이렇게 하품을 하고 발을 질질 끌며 걸어가 잠을 이루지
못했다.

나에게는 인간의 대지는 동굴로 변했고 이 대지의 가슴은 함몰했
고, 나에게는 모든 생명 있는 것은 인간의 부패물, 뼈, 썩어빠진 과거
가 되었다.

나의 탄식은 모든 인간의 무덤 위에 앉아서 이미 일어설 수 없었다.
나의 탄식과 물음은 밤낮을 가리지 않고 투덜거리고 질식하고 갉아먹
고 탄식했다.

"아, 인간이 영원히 회귀하다니! 왜소한 인간이 영원히 회귀하다니!"
나는 일찍이 최대의 인간과 최소의 인간의 나체를 본 적이 있었다.
서로 너무나 닮았고 최대의 인간조차도 너무나 인간적이었다.[1]

최대의 인간도 너무나 작았다! 이것이 인간에 대한 나의 싫증이었
다! 그리고 최소의 인간조차도 영원히 회귀한다는 것! —— 이것이 모
든 생존에 대한 나의 싫증이었다!

아, 구역질! 구역질! 구역질! 차라투스트라는 이렇게 말하고 한숨을
쉬고 몸서리쳤다. 그는 그의 병을 상기했던 것이다. 그러나 이때 그의
짐승들이 그의 말을 막았다.

"더 이상 말하지 마라, 그대 쾌유하고 있는 자여!" 이렇게 그의 짐승
들은 그에게 대답했다.

"오히려 밖으로 나가라, 세계가 마치 화원처럼 그대를 기다리는 곳
으로.

---

1 제2부 '성직자들에 대하여' 36~37단 참조.

밖으로 나가, 장미와 꿀벌과 비둘기 떼[1]가 있는 곳으로 가라! 특히 노래하는 새들이 있는 곳으로. 그대가 이 새들로부터 **노래하는 법**을 배우기 위해!

노래하는 것은 쾌유하고 있는 자에게는 어울리는 일이기 때문이다.[2]

건강한 자라면 이야기해도 좋으리라. 그리고 건강한 자는 노래를 원하더라도 쾌유하고 있는 자와는 다른 노래를 원한다."

"오, 그대들 어릿광대여, 손풍금이여, 제발 입을 다물라!" 차라투스트라는 대답하고 그의 짐승들을 향해 미소 지었다. "그대들은 얼마나 잘 아는가, 내가 7일 동안 어떠한 위안을 꾸며냈는가를! 내가 다시 노래하지 않으면 안 된다는 것 —— **이러한** 위안과 **이러한** 쾌유를 나는 나를 위해 꾸며냈다. 그대들은 이러한 일도 곧 하프 반주로 부르는 노래로 만들려는가?"

"더 이상 말하지 마라." 다시 그의 짐승들은 그에게 말했다.

"오히려 그대 쾌유하고 있는 자여, 우선 그대를 위해 하프를 준비하라, 새로운 하프를!"

"자, 보라, 오, 차라투스트라여, 그대의 새로운 노래에는 새로운 하프가 필요하기 때문이다.

노래하라, 떠들어라, 오, 차라투스트라여, 여러 가지 새로운 노래로 그대의 영혼을 치유하라. 지금까지 그 누구의 운명도 아니었던 그대의 커다란 운명을 짊어지기 위해서!

왜냐하면 오, 차라투스트라여. 그대가 누구이며 또 어떤 사람이 되어야 하는가를 그대의 짐승들은 잘 알고 있기 때문이다. 보라, **그대는 영**

---

1 '장미'는 사랑, '꿀벌'은 노동, '비둘기'는 경쾌한 지혜를 말한다.
2 어느 정도 구역질을 극복했기 때문이다.

원 회귀의 교사다 ── 이것이 지금 **그대의** 운명이다.

그대가 첫 번째 사람으로서 이 가르침을 가르쳐야 한다는 것 ── 이 커다란 운명이 어떻게 그대의 최대의[1] 위험이며 병이 되지 않을 수 있겠는가!

보라, 우리는 그대가 무엇을 가르치는지 알고 있다. 만물이, 그리고 만물과 함께 우리 자신도 영원히 회귀하며 우리는, 그리고 우리와 함께 만물도 이미 무한한 횟수에 걸쳐 현존하고 있었다는 것을 (가르친다는 것을).

생성의 커다란 해〔年〕, 커다란 해라는 괴물이 존재한다고 그대는 가르친다. 이 해는 새로이 흘러가고 흘러나오기 위해서는 모래시계처럼 언제나 다시 새로이 역전되지 않으면 안 된다.

그러므로 이 해 자체는 최대의 것에 있어서나 최소의 것에 있어서나 동일하고, 그러므로 우리 자신은 모든 커다란 해에 있어서 최대의 것에 있어서나 최소의 것에 있어서나 우리 자신과 동일하다.

따라서 그대가 지금 죽기를 바란다면,[2] 오 차라투스트라여, 보라, 그때 그대가 그대에게 무슨 말을 할 것인지도 우리는 알고 있다. 그러나 그대의 짐승들은 그대에게 아직은 죽지 말라고 간청한다!

그때 그대는 떨지 않고 오히려 크게 기뻐서 안도의 숨을 쉬면서 말하리라. 커다란 무게와 무더위가 그대로부터 제거될 것이기 때문이다. 그대 가장 인내심이 강한 자여!

'지금 나는 죽어서 사라진다.' 그대는 말하리라. '그리고 나는 당장 무가 된다. 영혼은 육체와 마찬가지로 죽는 것이다.[3]

---

1 영원 회귀 사상의 철저한 고지.
2 니체의 원래의 구상으로는 차라투스트라는 위대한 정오에 영원 회귀 사상을 설교하고 죽게 된다.
3 니체는 내세를 인정하지 않는다.

그러나 내가 얽혀 있는 여러 가지 원인의 매듭은 영원히 회귀하고[1] — 이 매듭은 나를 다시 창조하리라! 나 자신이 영원 회귀의 여러 원인에 속해 있다.

나는 다시 온다, 이 태양과 함께 이 대지와 함께, 이 독수리와 함께, 이 뱀과 함께, 새로운 삶, 혹은 보다 좋은 삶, 또는 비슷한 삶으로 영원히 돌아오는 것은 아니다.

— 최대의 것에 있어서나 최소의 것에 있어서나 똑같은 이 삶으로 나는 영원히 되돌아오는 것이다. 다시 모든 사물에 영원 회귀를 가르치기 위해서 — .

— 다시 대지와 인간의 위대한 정오에 대한 말을 하기 위해서, 그리고 다시 사람들에게 초인을 알리기 위해서.

나는 나의 말을 했고 나는 나의 말 때문에 부서진다. 나의 영원한 운명이 이와 같이 원한다 — 고지자로서 나는 파멸하는 것이다!'

이제 몰락하는 자가 자기 자신을 축복할 때가 왔다. 이렇게 해서 — 차라투스트라의 몰락은 **끝난다**."

짐승들은 말을 마치고 차라투스트라가 그들에게 무슨 말을 하기를 묵묵히 기다리고 있었다. 그러나 차라투스트라는 짐승들이 침묵한 것을 알지 못했다. 오히려 그는 아직 잠이 들지 않았으면서도, 마치 잠자는 자처럼 두 눈을 감고 조용히 누워 있었다. 그는 그때 그의 영혼과 이야기하고 있었던 것이다.[2] 그러나 뱀과 독수리는, 그가 이와 같이 말이 없는 것을 보자, 그를 둘러싼 커다란 고요를 존중하여 조심스럽게 그 자리를 떠났다.

---

1 현재의 나를 형성케 한 여러 원인은 영원히 회귀한다.
2 차라투스트라는 자기의 사명을 자각한 것이다. 영혼과의 대화는 다음 장에 나온다.

커다란 동경에 대하여

오, 나의 영혼이여, 나는 '장차'와 '예전에'를 말하는 것과 마찬가지로 '오늘'이라고 말하는 것을 그대에게 가르쳤고, 모든 여기와 거기와 저기를 넘어서 윤무(輪舞)로 춤추며 가는 것을 가르쳤다.[1]

오, 나의 영혼이여, 나는 그대를 모든 구석에서 구제했고 나는 그대에게서 먼지와 거미와 어스름을 몰아냈다.

오, 나의 영혼이여, 나는 그대에게서 사소한 수치와 구석진 덕을 씻어냈고 태양의 눈앞에 나체로 서도록 그대를 설득했다.

'정신'이라고 불리는 폭풍으로서 나는 그대의 파도치는 바다 위로 갔다. 나는 모든 구름을 바다 위에서 날려버리고 '죄'라고 하는 교살자조차도 목 졸라 죽였다.[2]

오, 나의 영혼이여, 나는 그대에게 폭풍처럼 '아니다'라고 말하고 맑게 갠 하늘이 말하듯이 '그렇다'라고 말하는 권리를 주었다. 그대는 빛처럼 조용히 서 있는가 하면 이번에는 부정의 폭풍을 뚫고 나간다.

오, 나의 영혼이여, 나는 그대에게 창조된 것과 아직 창조되지 않은 것에 대한 자유를 되돌려주었다.[3] 따라서 장차의 일에 대한 즐거움을 그대만큼 알고 있는 자가 그 누구인가?

---

1 영원 회귀의 입장에서 본다면 오늘은 과거의 회귀이고 또 미래에도 회귀한다. 따라서 오늘을 말하는 것은 어제와 내일을 말하는 것이 된다. 제2부 '시인들에 대하여' 22단, 제3부 '쾌유하고 있는 자에 대하여' 2의 20단 참조.

2 제2부 '유명한 현인들에 대하여' 37단, '구제에 대하여' 35단 이하 참조. 제3부 '해 뜨기 전에' 11단 참조. 새로운 인식으로 영혼을 정화했다는 의미.

3 창조된 것(과거)과 창조되지 않은 것(미래)에 대한 자유를 주었다. 곧 의지에 의해 오늘의 세계를 긍정함으로써 과거와 미래도 긍정하게 된다.

오, 나의 영혼이여, 나는 그대에게 벌레가 갉아먹듯 닥치는 것이 아닌 경멸, 가장 경멸할 때에 가장 사랑하는, 커다란 경멸, 사랑하면서의 경멸을 가르쳤다.[1]

오, 나의 영혼이여, 바다조차도 설득하여 그 높이에 이르게 하는 태양처럼 그대가 그대의 근거 자체를 설득하여 그대의 것이 되게 하라고 나는 그대를 가르쳤다.[2]

오, 나의 영혼이여, 나는 그대로부터 모든 복종, 무릎을 꿇는 것, "주여"라고 말하는 것을 제거했다. 나는 그대 자신에게 '곤경의 전회'[3] 및 '운명'이라는 이름을 부여했다.[4]

오, 나의 운명이여, 나는 그대에게 새로운 이름과 알록달록한 장난감[5]을 주었고 나는 그대를 '운명', '여러 포괄의 포괄', '시간의 탯줄', '하늘색의 종'이라고 불렀다.[6]

---

1 커다란 경멸은 인간의 존재 방식이 '서설'에서 말한 바와 같이 '더러운 흐름'과 같다는 사실을 자각하고 자포자기하는 것이 아니라 창조적으로 자기를 초극하는 계기가 되는 경멸을 말한다. '서설' 3의 13단 참조. 커다란 경멸과 사랑, 존경 등과의 관련은 제1부 '창조하는 자의 길에 대하여' 33~34단, 제3부 '작게 만드는 덕에 대하여' 3의 21~22단, 제3부 '통과에 대하여' 30단 참조.

2 제2부 '깨끗한 인식에 대하여' 32~37단 참조.

3 제1부 '증여하는 덕에 대하여' 1의 23단, 제3부 '새롭고 낡은 목록판에 대하여' 30의 1단 참조.

4 영원 회귀를 자각함으로써 인간이 초인이 되면 인간이 굴복하여 "주여" 하고 부르던 신은 사라지고 인간의 예속 상태는 종말을 고한다. 인간은 자유로워지는 것이다. 인간은 세계의 생성을 고향으로 삼게 되기 때문이다. 따라서 인간은 '곤경의 전회'를 이룩한다. 의지가 자유롭게 의욕하는 것도 필경은 영원 회귀의 형태로 생성되기 때문에 의지와 필연의 구별은 근거가 없기 때문이다. 따라서 '운명'은 필연을 인종하는 것이 아니라 인간(영혼)이 영원 회귀를 자각함으로써 스스로 세계의 생성에 참여하는 것이 되고 이러한 생성의 공연자가 되는 것이다. 이렇게 함으로써 자유와 필연의 분리는 지양된다. 자유 속에 필연이 있고 필연 속에 자유가 있는 것이다. 니체의 독특한 운명론이다.

5 니체에게서 중요한 역할을 하고 있는 유희 관념을 나타내고 있다. 유희는 긍정적, 창조적 자유의 본질을 나타내는 것으로 자유와 필연의 일치를 말하며 도덕적으로 선악의 피안에 있는 자유로운 경지를 나타낸다.

6 영혼은 일체를 포괄하는 세계의 생성에 참여함으로써 그 자체가 세계적인 것이 되며 이러한 의미에서 '여러 포괄의 포괄'이 되고, 일체를 지배하는 전체적 시간과 결부되어 있으므로 '시간의

오, 나의 영혼이여, 나는 그대의 토양에 모든 지혜, 모든 새로운 포도주, 그리고 언제 빚은 것인지 알 수 없을 만큼 오래된 강한 지혜의 포도주[1]를 쏟아 부어 마시게 했다.

오, 나의 영혼이여, 나는 그대에게 모든 태양과 모든 밤과 모든 침묵과 모든 동경을 쏟아 부었다. 그러자 그대는 포도나무처럼 자랐다.

오, 나의 영혼이여. 이제 그대는 넘칠 만큼 풍요하고 무겁게 거기에 서 있다. 부풀어오른 젖가슴[2]과 탐스러운 갈색의 황금 포도송이가 달린 포도나무처럼.

그대의 행복으로 말미암아 밀리고 눌리면서, 과잉 때문에 기다리면서, 그러나 그대의 기다림을 부끄러워하면서.[3]

오, 나의 영혼이여, 더욱 사랑이 넘치고 더욱 포괄적이고 더욱 광대한 영혼은 이제 어디에도 없을 것이다! 미래와 과거가 그대에게 있어서처럼 밀접하게 결합되어 있는 곳이 어디에 있을 것인가?

오, 나의 영혼이여, 나는 그대에게 모든 것을 주었고 나의 두 손에는 그대 때문에 아무것도 없다. 그런데 지금! 지금 그대는 나에게 미소하면서 우수에 가득 차서 말한다. "우리들 중에 누가 감사해야 하는가? 받아들이는 자에게 받아들인 데 대해, 주는 자가 감사해야 마땅하지 않은가? 증여는 필수적인 일이 아닌가? 받아들이는 것은 — 연민 때문이 아닌가?"[4]

오, 나의 영혼이여, 나는 그대의 우수의 미소를 이해한다. 그대의 넘쳐흐르는 풍요 자체가 이제 동경의 손을 뻗치고 있다.[5]

탯줄'이고 일체의 사물 위에 걸려 있는 '종'과 같은 것이 된다.

1 헤라클레이토스, 엠페도클레스 등 고대 그리스의 철학 사상. 그들의 사상은 니체의 영원 회귀 사상과 일맥상통하는 바가 있다.
2 제3부 '새롭고 낡은 목록판에 대하여' 30의 5단 참조.
3 제2부 '거울을 가진 어린애' 2단 참조.
4 제2부 '밤의 노래' 9단 참조.

그대의 충만이 사나운 바다들 너머로 저쪽을 바라보며 구하고 기다리고 있다.[1] 넘쳐흐르는 충만의 동경은 그대의 미소 짓는 눈(眼)의 하늘에서 내다보고 있다!

그리고 정녕 오, 나의 영혼이여! 그대의 미소를 보고 눈물을 흘리지 않는 자가 있었던가? 천사들조차도 그대의 미소에 넘치는 선의를 보고 눈물을 흘린다.

그대의 선의, 넘쳐흐르는 선의는 불평하거나 눈물을 흘리지 않으려고 한다. 그러나 오, 나의 영혼이여, 그대의 미소는 눈물을, 그대의 떨리는 입은 흐느낌을 동경한다.

"우는 것은 모두 불평하는 것이 아닌가? 그리고 불평하는 것은 모두 고발하는 것이 아닌가?" 그대는 그대 자신에게 이렇게 말하고, 따라서 그대는, 오, 나의 영혼이여, 고뇌를 쏟아 놓기보다는 오히려 웃는다.[2]

그대의 충만에 대한, 그리고 포도 따는 자와 전지가위를 기다리는 포도나무의 온갖 궁핍에 대한 그대의 고뇌[3] 전부를 걷잡을 수 없는 눈물로 쏟아 놓기보다는!

그러나 그대가 울지 않으려고 한다면, 그대의 진홍색 우수를 눈물로 달래 보려고 하지 않는다면, 그대는 **노래하지** 않을 수 없을 것이다.[4] 오, 나의 영혼이여! 보라, 그대에게 이렇게 예언하는 나 자신이 웃고

---

5 증여하는 자로서 충실하면서도 증여받을 자를 찾지 못한 데서 오는 우수이며, 증여받을 자를 찾고 있는 것이다.

1 증여하기 위해 받아들일 자를 찾고 있다. '바다'는 인류를 말한다.

2 탄식하고 슬퍼하는 것은 삶에 대한 부정적 태도다.

3 수확을 기다리는 성숙한 자의 고통.

4 인간은 무한한 것을 알면서 유한한 것 속에 머물러 있다. 세계의 무한대를 자각함으로써 인간은 자신의 유한성을 경험한다. 따라서 세계에 열려 있는 충일의 상태에서만 인간은 다시 세계로 복귀할 수 있다. 이러한 고뇌에서 세계에 대한 노래가 탄생한다.

있다.

격렬한 노래를 부르지 않으면 안 되리라. 모든 바다가 조용해져서 그대의 동경에 귀기울일 때까지.

조용하고 동경에 찬 바다들 위에 황금의 기적[1]인 작은 배가 떠돌고 그 황금의 둘레에서 모든 좋고 나쁜 놀라운 사물들이 깡총거릴 때까지.

또한 크고 작은 많은 짐승들과, 보랏빛 오솔길을 달릴 수 있을 만큼 가볍고 놀라운 발을 가진 모든 것이 깡총거릴 때까지.

황금의 기적, 자유 의지의 작은 배, 그리고 작은 배의 주인[2]을 향해서, 그러나 이 주인은 다이아몬드로 된 전지가위를 갖고 기다리는 포도 따는 자다.

그대의 위대한 해방자다, 오, 나의 영혼이여, 이름이 없는 자다! 미래의 여러 가지 노래들이 이 사람의 이름을 찾아낼 것이다! 그리고 정녕 이미 그대의 순결에는 미래의 노래의 향기가 깃들어 있다.

그대는 이미 열중해 있고, 꿈꾸고 있으며, 그대는 이미 그윽한 소리를 내며 솟아오르는 모든 위안의 샘물을 허겁지겁 마시고 있고, 이미 그대의 우수는 미래의 노래의 지복 속에서 쉬고 있다!

오, 나의 영혼이여, 나는 그대에게 모든 것을, 그리고 나의 마지막 것까지도 주었고 나의 두 손에는 그대 때문에 아무것도 없다. **내가 그대에게 노래하라고 명령한 것**, 보라, 그것이 나의 마지막 것이다.[3]

내가 그대에게 노래하라고 말한 만큼, 이제 말하라, 이제 우리들 중

---

1 제2부 '대사건에 대하여'에서 '대지의 심장은 황금으로 되어 있다'고 했으므로 '황금의 기적'은 존재의 중심을 의미한다.
2 '작은 배의 주인'은 영원 회귀 사상의 체현자인 미지의 위대한 구원자, 디오니소스다.
3 자기 부정의 입장을 초극하여 어린애의 경지에 이르는 것. 곧 일체의 현실의 있는 그대로의 영원 회귀를 희구하는 운명애.

에서 **누가** —— 감사해야 하는가? 그러나 더 좋은 일은 나에게 노래를 들려달라.[1] 노래를 들려달라, 오, 나의 영혼이여! 그래서 나로 하여금 감사하게 하라!

차라투스트라는 이렇게 말했다.

두 번째 춤의 노래

1

"요즈음 나는 그대의 눈을 들여다보았다, 오, 삶이여.[2] 나는 그대의 밤의 눈[3] 속에서 황금이 번쩍거리는 것을 보았다. 나의 심장은 이 즐거움 때문에 멈췄다.

밤의 수면 위에 황금의 작은 배[4]가 번쩍거리는 것을 나는 보았다. 가라앉아서 물에 잠기는가 하면 다시 손짓하듯 흔들거리는 황금의 작은 배를!

춤에 열광한 나의 발에 그대는 시선을 던졌다. 웃는 듯한, 묻는 듯한, 녹이는 듯한 흔들리는 시선을.[5]

오직 두 번, 그대는 작은 손으로 그대의 캐스터네츠를 쳤다. 그때 이미 나의 발은 춤에 열광하여 흔들렸다.

---

1 다음의 '두번째 춤의 노래'와 '일곱 개의 봉인'은 일종의 삶의 찬가다.
2 제2부 '춤의 노래' 10단 참조.
3 삶의 비밀을 말한다.
4 존재의 중심. 제3부 '커다란 동경에 대하여' 25단 참조.
5 삶의 유혹을 말한다. 이후로 삶을 여자에 비유하고 있다.

나의 발꿈치는 들리고 나의 발가락은 그대의 뜻을 헤아리기 위해 귀 기울였다. 그런데 춤추는 자는 그 귀가 —— 발가락에 있는 것이다.[1]

나는 그대 쪽으로 도약했다. 그때 그대는 나의 도약을 피해 달아났다. 그리고 달아나면서 휘날리는 그대의 머리털의 혀가 나를 향해 날름거렸다.[2]

나는 그대로부터, 그대의 뱀[3]으로부터 뛰어서 비켜났다. 그때 그대는 반쯤 몸을 돌리고 섰는데 그 눈은 욕망으로 가득 차 있었다.

구불구불한 시선으로 —— 그대는 나에게 구불구불한 길을 가르친다.[4] 구불구불한 길에서 나의 발은 —— 여러 가지 간계를 배운다!

그대가 가까이 있으면 나는 그대를 두려워하고 그대가 멀리 있으면 나는 그대를 사랑한다. 그대가 달아나면 나는 이끌리고 그대가 찾으면 나는 멈춘다. 나는 괴로워한다. 그러나 그대를 위해서 온갖 괴로움을 즐거이 참아오지 않았던가!

그대가 냉담하면 마음에 불이 붙고 그대가 증오하면 유혹을 받고 그대가 달아나면 묶여버리고 그대가 조롱하면 —— 감동한다.

누가 그대를 미워하지 않을 것인가, 엄청난 속박자, 농락자, 유혹자, 탐구자, 발견자인 그대라는 여자를! 누가 그대를 사랑하지 않을 것인가, 순진하고 참을성 없고 질풍 같고 어린애 같은 눈을 가진 여죄수인 그대를!

그대 전형적인 장난꾸러기여, 지금 그대는 나를 어디로 끌고 가는

---

1 직관력이 있다는 뜻.
2 머리털이 휘날리는 모양에 대한 묘사. 삶을 지나치게 추구하면 그 암흑면이 드러난다는 것을 말하고 있다.
3 앞의 머리털의 혀가 날름거렸다고 한 것을 뱀이라는 말로 받았다.
4 제3부 '쾌유하고 있는 자에 대하여' 2의 20단 참조.

가? 그리고 지금 그대는 다시 나에게서 달아나는구나, 그대 어리광부리는 장난꾸러기, 은혜를 모르는 자여.

나는 춤추며 그대를 뒤쫓고 희미한 발자국이라도 있으면 그대의 뒤를 따른다. 그대는 어디 있는가? 나에게 손을 내밀라, 아니면 제발 손가락 하나라도!

여기에는 많은 동굴과 숲이 있다. 우리는 길을 잃을 것이다. 멈춰라! 서라! 부엉이와 박쥐가 날아다니는 것을 그대는 보지 못하는가![1]

그대 부엉이여! 그대 박쥐여![2] 그대는 나를 놀릴 셈인가! 우리는 어디 있는가? 그대는 이렇게 울고 짖는 것을 개들한테서 배웠다.

그대는 화가 나서 나에게 흰 이빨을 귀엽게 드러내고 악의에 찬 그대의 눈은 텁수룩한 곱슬머리 속에서 나에게 덤벼든다!

이것은 저돌적인 춤이다. 나는 사냥꾼이다, 그대는 나의 개가 되려는가, 혹은 나의 영양이 되려는가![3]

지금은 내 옆에 있다! 그러나 그대 악의에 찬 도약자여, 그대는 잽싸게 이젠 위로! 저 너머로! ── 슬프구나! 이때 나 자신도 도약하려고 하다가 쓰러졌다!

오, 그대 거만한 자여, 내가 쓰러져서 자비를 애걸하는 것을 보라! 나는 그대와 함께 사랑스러운 오솔길을 가고 싶다.

조용하고 알록달록한 덤불을 뚫고 나가는 사랑의 오솔길을! 혹은 저기 호수를 끼고 있는 (오솔길을). 호수에서는 황금의 고기들이 헤엄치고 춤춘다!

---

1 삶을 추구하다 보면 형이상학적 세계(동굴과 숲)에 빠져 생기를 잃는 경우도 있다. 형이상학적 세계는 부엉이나 박쥐와 같은 것이다.
2 이것은 삶을 부르는 것이다.
3 어떠한 고난도 무릅쓰는 추구(사냥)에 있어서 그대는 조수(개)인가, 아니면 사냥한 것(영양)인가.

그대는 이제 지쳤는가? 저 너머에 양 떼와 저녁놀이 있다. 목자들의 피리 소리를 들으며 잠드는 것은 멋있지 않은가?

그대는 그렇게 몹시 지쳤는가? 내가 그대를 저쪽으로 날라 가리라, 자, 팔을 내려라! 그리고 갈증이 난다면, 내가 갖고 있는 것[1]이 있으나, 그대의 입은 이것을 마시려고 하지 않을 것이다!

오, 이 저주받은 재빠르고 연한 뱀이여, 미끄러운 자녀여! 그대는 어디로 갔는가? 그러나 나는 그대의 손 때문에 얼굴에 두 개의 반점, 붉은 얼룩[2]이 생긴 것을 느낀다.

언제나 양처럼 순한 목자로 있는 것에 나는 정녕 지쳤다! 그대 마녀여, 지금까지는 내가 그대를 위해 노래했으므로 이제는 그대가 나를 위해 ── 외쳐야 한다!

나의 채찍 소리에 맞추어 그대가 나를 위해 춤추고 외쳐야 한다! 그런데 나는 채찍을 갖고 오는 것을 잊지는 않았는가? ── 천만에!"[3]

2

이때 삶은 나에게 다음과 같이 대답하며 예쁜 귀를 막고 있었다.

"오, 차라투스트라여, 제발 그대의 채찍을 그렇게 무섭게 휘두르지 마라! 소동은 사상을 죽인다는 것을 그대는 잘 알고 있다. 그런데 방금 나에게 사랑스러운 사상이 떠올랐다.

우리는 둘 다 착한 일도 하지 않고 나쁜 일도 하지 않는 자다. 선악의

---

1 영원 회귀 사상.
2 익살꾼이 두 볼에 빨간 칠을 한 것을 말한다. 나는 익살꾼이 되었다는 뜻. 익살꾼에 대해서는 '서설' 참조.
3 제1부 '늙은 여자와 젊은 여자에 대하여' 33단 참조.

피안에서 우리는 우리의 섬과 우리의 푸른 초원을 찾아냈다. 우리 둘이 서만! 그러므로 우리는 서로 호의를 갖지 않으면 안 된다!

그리고 우리는 서로 마음속 깊이 사랑하지는 않더라도 ── 그렇다고 해서 사람들이 서로 마음속 깊이 사랑하지 않으면 반드시 서로 미워해야 하는가?

그리고 내가 그대에게 호의를 갖고 있고 때로는 너무 잘해준다는 것을 그대는 알고 있다. 그리고 그 이유는 내가 그대의 지혜를 시샘하고 있다는 데 있다. 아, 지혜라는, 늙고 미친 바보여![1]

그대의 지혜가 언젠가 그대에게서 달아난다면, 아! 그때는 나의 사랑도 재빨리 그대에게서 달아나리라."

이렇게 말하고 삶은 깊은 생각에 잠겨 뒤와 둘레를 바라보고 낮은 목소리로 말했다.

"오, 차라투스트라여, 그대는 나에게 충분히 충실하지는 않다!

그대는 그대가 말한 만큼 나를 사랑하지 않는다. 그대가 곧 내 곁을 떠날 생각을 하고 있다는 것을 나는 알고 있다.[2]

낡고 무겁고 무거운, 웅얼거리는 종이 있다. 이 종이 웅얼거리는 소리는 밤에 그대의 동굴까지 들려온다.

한밤중에 이 종이 시간을 알리는 것을 들으며 하나부터 열둘 사이에서 그대가 생각하는 것은 ── .

오, 차라투스트라여, 나는 잘 알고 있다. 그대가 곧 나를 버리고 떠날

---

1 삶과 지혜(인식)는 일면에 있어서는 인식하는 대상과 인식하는 자라는 구별이 있으나 인식과 삶은 불가분의 것이다. 인식되지 않고는 삶의 자각이 불가능하고 삶이 없으면 인식도 불가능한 것이다. 삶이 차라투스트라에게 호의를 갖는 것은 차라투스트라가 삶을 인식하는 자이기 때문이다.
2 니체의 구상으로는 영원 회귀 사상을 설교하고 차라투스트라가 죽는 것으로 이 책을 끝내려고 했다. 따라서 여기서는 차라투스트라가 영원 회귀 사상을 알리고 목숨을 버리려고 한다는 것을 알고 있다는 뜻이다.

생각을 하고 있다는 것을!"

"그렇다." 나는 주저하면서 대답했다. "그리고 그대는 이 일도 알고 있다." 그리고 나는 그녀의 헝클어진 노랗고 멍청한 머리카락 사이로 그녀의 귀에 뭔가 속삭였다.[1]

"그대는 그것을 **알고 있는가**, 오, 차라투스트라여? 아무도 그것을 모른다."

그리고 우리는 서로 쳐다보고 때마침 서늘한 저녁 기운이 퍼지고 있는 푸른 초원을 바라보며 함께 울었다. 그러나 이때 나에게는 삶이 일찍이 나의 모든 지혜가 사랑스러웠던 것보다도 더 사랑스러웠다.

차라투스트라는 이렇게 말했다.

3

하나![2]

오, 인간이여, 조심하라!

둘!

깊은 한밤중은 무엇을 말하는가?

셋!

"나는 잠자고 있었다.

넷!

나는 깊은 꿈에서 깨어났다.

---

1 차라투스트라가 무엇을 속삭였는지 밝히지 않았으나 그 다음에 '그대는 그것을 알고 있는가'라고 삶이 되묻는 것으로 보아 영원 회귀에 대해, 즉 그가 곧 죽게 되더라도 회귀의 원환에 따라 다시 돌아온다는 것을 말한 것으로 짐작된다.

2 시계의 종소리에 따라 전개되는 이 노래는 제4부 '취가'에서 다시 상세히 설명된다.

다섯!

세계는 깊다,

여섯!

그리고 낮이 생각했던 것보다도 더 깊다.

일곱!

세계의 슬픔은 깊다,

여덟!

쾌락은 ── 마음의 고뇌보다도 더 깊다.

아홉!

고통은 말한다, 사라져! 가라!

열!

그러나 모든 쾌락은 영원을 원한다,[1]

열하나!

── 깊고 깊은 영원을 원한다!"

열둘!

---

1 염세주의는 세계의 종말을 원하지만 삶을 긍정하고 찬양하는 자는 영원 회귀를 원한다.

일곱 개의 봉인

(혹은 '그렇다'와 '아멘'의 노래)

1

내가 예언자이고[1] 두 바다 사이의 높은 산등성이를 방랑하는,[2] 저 예언자적 정신으로 가득 차 있다면[3] ——,

무거운 구름처럼 과거와 미래 사이를 방랑하는 (예언자적 정신으로 가득 차 있다면) —— 무더운 저지대와 지쳐서 죽지도 살지도 못하는 모든 것에 적의를 품으면서 ——.

어두운 가슴속에서 번개와 구제하는 광선을 마련하면서, 그렇다!라고 말하고, 그렇다!라고 웃으며 예언자적 광선을 준비하는 번개를 잉태하면서 ——.

그러나 이렇게 잉태한 자는 행복하다! 그리고 정녕 언젠가 미래의 빛을 밝힐 자는 오랫동안 무거운 뇌우로서 산에 걸려 있어야 한다!

오, 어떻게 내가 영원을, 원환 중의 원환인 결혼반지 —— 회귀의 원환을 몹시 탐내지 않을 수 있을 것인가!

나는 아직 한 번도 내 아이를 낳게 하고 싶은 여자를 만나본 적이 없다, 내가 사랑하는 이 여자를 제외하고는.[4] 나는 그대를 사랑하기 때문

---

1 제2부 '구제에 대하여' 11~12단, 제4부 '절규' 27단, 제4부 '보다 높은 인간에 대하여' 18의 3단, 제4부 '취가' 10의 2단 참조.
2 제3부 '나그네' 참조.
3 〈고린도전서〉 13장 2절 참조.
4 영원을 가리킨다.

이다, 오, 영원이여!

나는 그대를 사랑하기 때문이다, 오, 영원이여![1]

2

일찍이 나의 분노가 무덤들을 파헤치고 경계석들을 옮기고[2] 낡은 목
록판들을 험한 골짜기로 굴러 떨어뜨렸다면,

일찍이 나의 조소가 곰팡이 난 말들[3]을 날려버렸고, 내가 십자 거미
들[4]에게는 빗자루로서, 낡고 답답한 묘혈[5]에 대해서는 쓸고 닦아내는
바람으로서 왔다면,

일찍이 내가 낡은 세계 중상자들의 기념비 옆에서 세계를 축복하고
세계를 사랑하면서, 옛 신들이 묻혀 있는 곳에 앉아 기뻐했다면,

왜냐하면 하늘이 그 순결한 눈으로 부서진 천장 사이로 바라보기만
한다면, 나는 교회와 신들의 무덤조차도 사랑하기 때문이다. 나는 즐겨
풀이나 붉은 양귀비꽃처럼 폐허가 된 교회에 앉는다.[6]

오, 어떻게 내가 영원을, 원환 중의 원환인 결혼반지 ─ 회귀의 원
환을 몹시 탐내지 않을 수 있을 것인가!

나는 아직 한 번도 내 아이를 낳게 하고 싶은 여자를 만나본 적이 없
다, 내가 사랑하는 이 여자를 제외하고는. 나는 그대를 사랑하기 때문

---

1 영원 회귀 사상의 체험은 영원에 대한 사랑의 의미를 체험하는 것이기도 하다. 그리고 이 영원
 은 대지의 영원성, 동일한 것의 영원 회귀로서의 영원성이다.
2 제3부 '중력의 정령에 대하여' 2의 1단 및 제4부 '그림자' 17단 참조.
3 형이상학적 및 종교적 관념들.
4 기독교의 설교자들.
5 배후세계, 곧 형이상학적 세계.
6 제2부 '성직자들에 대하여' 18단, '학자들에 대하여' 3단 참조.

이다. 오, 영원이여!

나는 그대를 사랑하기 때문이다, 오, 영원이여!

3

일찍이 창조적인 입김으로부터, 그리고 여러 우연으로 하여금 별의 윤무를 추도록 강요하는, 저 하늘의 필연으로부터 한 줄기 입김이 나를 찾아왔다면,[1]

일찍이 행위의 오랜 천둥이 불평을 하면서도 온순하게 뒤따르는, 저 창조적인 번개의 웃음으로써 내가 웃었다면,

일찍이 내가 대지라는 신의 도박대에서 대지가 흔들리고 무너지고 불의 흐름이 용솟음쳐 오를 만큼 신들과 주사위 놀이를 했다면,

왜냐하면 대지는 신들의 도박대이고, 창조적인 새로운 말과 신들의 주사위 놀이 때문에 벌벌 떨고 있기 때문이다.[2]

오, 어떻게 내가 영원을, 원환 중의 원환인 결혼반지 —— 회귀의 원환을 몹시 탐내지 않을 수 있을 것인가!

나는 아직 한 번도 내 아이를 낳게 하고 싶은 여자를 만나본 적이 없다, 내가 사랑하는 이 여자를 제외하고는. 나는 그대를 사랑하기 때문이다, 오, 영원이여!

나는 그대를 사랑하기 때문이다, 오, 영원이여!

---

1 의지에 의해 우연을 필연으로 받아들이는 것을 말한다. 다시 말하면 영원 회귀의 관점에서 보면 모든 것은 필연적 회귀이므로 우연은 있을 수 없는 것이다. 따라서 우리가 의지에 의해 영원 회귀를 바라는 것은 모든 것이 우연한 것이 아니라 필연적인 것임을 긍정하는 것이 된다. 제2부 '지복의 섬에서' 30단 참조.

2 제3부 '해 뜨기 전에' 33단 참조.

4

일찍이 내가 모든 것이 잘 섞이는, 저 거품이 이는 양념 섞는 항아리[1]에서 실컷 마셨다면,[2]

일찍이 나의 손이 가장 먼 것을 가장 가까운 것에, 불을 정신에, 쾌락을 고뇌에, 가장 악한 것을 가장 착한 것에 쏟아 부었다면,[3]

나 자신이 섞는 항아리 속에서 모든 사물을 잘 섞이게 하는, 저 구제하는 한 알의 소금[4]이라면,

왜냐하면 선과 악을 결합하는 소금이 있기 때문이다. 그리고 최악의 것도 양념이 될 만하고 마지막 거품을 넘쳐흐르게 할 만한 것이다.[5]

오, 어떻게 내가 영원을, 원환 중의 원환인 결혼반지 —— 회귀의 원환을 몹시 탐내지 않을 수 있을 것인가!

나는 아직 한 번도 내 아이를 낳게 하고 싶은 여자를 만나본 적이 없다, 내가 사랑하는 이 여자를 제외하고는. 나는 그대를 사랑하기 때문이다, 오, 영원이여!

나는 그대를 사랑하기 때문이다, 오, 영원이여!

5

내가 바다[6]와 바다의 성격을 가진 모든 것[7]에 호의를 갖고, 게다가 그

---

1 포괄적인 전체로서의 세계를 상징한다.
2 세계를 있는 그대로 전부 받아들였다면.
3 선과 악, 고통과 쾌락 등의 구별을 버리고 세계를 있는 그대로 맛보았다면.
4 혼합의 매체.
5 철저한 부정(사자의 단계)은 철저한 긍정(어린애의 단계)의 전제 조건이다.
6 인간.
7 무한한 가능성을 가진 것.

것이 노해서 나에게 항거할 때 가장 호의를 갖는다면,

아직 발견되지 않은 것을 향해 돛을 올리게 하는, 저 탐구의 쾌락이 나에게 있다면, 항해자의 쾌락이 나에게 있다면,[1]

일찍이 나의 환희가 외쳤다면, "해안은 사라졌다. 이제 나의 마지막 쇠사슬이 풀렸다. 무한한 것이 내 둘레에서 물결치고 저 멀리까지 나를 위해 공간과 시간이 빛난다. 자, 오라! 옛 마음이여……"라고.

오, 어떻게 내가 영원을, 원환 중의 원환인 결혼반지 —— 회귀의 원환을 몹시 탐내지 않을 수 있을 것인가!

나는 아직 한 번도 내 아이를 낳게 하고 싶은 여자를 만나본 적이 없다. 내가 사랑하는 이 여자를 제외하고는. 나는 그대를 사랑하기 때문이다. 오, 영원이여!

나는 그대를 사랑하기 때문이다, 오, 영원이여!

6

나의 덕이 춤추는 자의 덕이고 내가 가끔 두 발로 황금과 에메랄드의 황홀경에 뛰어든다면,

나의 악의가 웃는 악의이고, 장미의 비탈과 백합꽃의 울타리에 자리 잡고 있다면,

왜냐하면 웃음 속에는 모든 악이 나란히 있지만 이 악은 악 자체의 지복에 의해서 신성해지고 사면받기 때문이다.

그리고 무거운 것이 모두 가벼워지고 모든 육체가 춤추는 자가 되고 모든 정신이 새가 되는 것, 그것이 나의 알파요 오메가라면, 그리고 정

---

1 제3부 '새롭고 낡은 목록판에 대하여' 28절 참조.

넝 이것은 나의 알파요 오메가다!

오, 어떻게 내가 영원을, 원환 중의 원환인 결혼반지 —— 회귀의 원환을 몹시 탐내지 않을 수 있을 것인가!

나는 아직 한 번도 내 아이를 낳게 하고 싶은 여자를 만나본 적이 없다, 내가 사랑하는 이 여자를 제외하고는. 나는 그대를 사랑하기 때문이다, 오, 영원이여!

나는 그대를 사랑하기 때문이다, 오, 영원이여!

7

일찍이 내가 내 머리 위에 고요한 하늘을 펼치고 나 자신의 날개로 나 자신의 하늘을 날아다녔다면,

내가 희롱하면서 깊은 빛의 원격 속으로 헤엄쳐 가고 나의 자유에 새의 지혜가 찾아왔다면,

그러나 새의 지혜는 말한다. "보라, 위도 밑도 없다! 그대를 던져라, 둘레에, 위에, 뒤로, 그대 가벼운 자여! 노래하라! 더 이상 말하지 마라!

모든 말은 무거운 자들을 위해서 만들어진 것이 아닌가? 가벼운 자들에게는 모든 말은 거짓말이 아닌가? 노래하라! 더 이상 말하지 마라!"

오, 어떻게 내가 영원을, 원환 중의 원환인 결혼반지 —— 회귀의 원환을 몹시 탐내지 않을 수 있을 것인가!

나는 아직 한 번도 내 아이를 낳게 하고 싶은 여자를 만나본 적이 없다, 내가 사랑하는 이 여자를 제외하고는. 나는 그대를 사랑하기 때문이다, 오, 영원이여!

나는 그대를 사랑하기 때문이다, 오, 영원이여!

제4부 및 최종부

아, 동정하는 자들의 어리석은 행동보다 더 어리석은 행동이 이 세계 어디에서 일어날 것인가? 그리고 동정하는 자들의 어리석음보다 더 큰 고뇌가 이 세상에 있을 것인가? 자신의 동정보다 더 높은 것을 아직도 갖지 못한 모든 사랑하는 자들을 슬퍼하라!

일찍이 악마가 나에게 다음과 같이 말했다.

"신에게도 지옥이 있다. 그것은 인간에 대한 신의 사랑이다." 또한 나는 최근에 악마가 이런 말을 하는 것을 들었다. "신은 죽었다. 인간에 대한 동정 때문에 신은 죽었다."

— 제2부 '동정하는 자들에 대하여' 중에서

꿀의 제물

그리고 다시금 세월이 차라투스트라의 영혼 위로 흘러갔으나 그는 세월의 흐름에 개의하지 않았다. 그러나 그의 머리는 백발이 되었다. 어느 날 그가 그의 오두막집[1] 앞에 있는 돌 위에 앉아 말없이 먼 곳을 바라보고 있을 때 —— 그런데 거기서는 구불구불한 심연 너머로 멀리 바다가 보인다. 그의 짐승들[2]은 생각에 잠겨 그의 둘레를 돌다가 마침내 그의 앞에 앉았다.

"오, 차라투스트라여." 그의 짐승들은 말했다. "그대는 아마도 그대의 행복을 기다리고 있는 모양이군?" "행복이 무슨 소용이 있는가!"라고 그는 대답했다. "오래전부터 나는 행복을 위해 노력하지 않고 나의 일[3]을 위해 노력하고 있다."

"오, 차라투스트라여." 다시 짐승들은 말했다. "그대는 좋은 일을 지나칠 만큼 충분히 갖고 있는 자로서 그런 말을 하는 것이다. 그대는 행복의 하늘색 호수에 누워 있지 않은가?"

"그대들 익살꾼이여." 차라투스트라는 대답하며 웃었다. "그대는 얼마나 좋은 비유를 골라냈는가! 그러나 그대들은 나의 행복이 무겁고,[4] 흐르는 물의 물결 같지는 않다는 것도 알고 있다. 나의 행복은 나를 압박하고 나에게서 떠나지 않으려고 하여 마치 녹아버린 역청[5] 같다."

---

1 '오두막집'이 아니고 '동굴'로 되어 있는 독일어판도 있다.
2 뱀과 독수리, 곧 지혜나 긍지. '서설' 참조.
3 영원 회귀 사상을 알리는 일을 말한다.
4 영원 회귀 사상의 교사로 성숙해야 행복해지기 때문에 '무겁다'고 한 것이다. 제2부 '교양의 나라에 대하여' 29단 참조.
5 Pech(역청)에는 속어로서 곤경 또는 불운이라는 뜻도 있다.

그러자 짐승들은 다시 생각에 잠겨 그의 둘레를 돌다가 다시 그의 앞에 앉았다. "오, 차라투스트라여." 짐승들은 말했다. "**그 때문에** 그대의 머리는 백발이 되어 아마처럼 보이건만 그대 자신은 더욱 노래지고 더욱 어두워지는 것인가? 자, 보라, 그대는 그대의 역청 속에 앉아 있다!"

"그대들은 도대체 무슨 말을 하는가, 나의 짐승들이여?"차라투스트라는 말하며 웃었다. "정녕 내가 역청에 대해 말한 것은 지나친 말이었다. 나에게 일어난 것과 같은 일이 익은 과일에도 일어난다. 나의 피를 더욱 짙게 만들고 나의 영혼을 더욱 조용하게 만드는 것은 나의 혈관 속을 흐르는 **꿀**이다."[1]

"그럴지도 모른다. 오, 차라투스트라여." 짐승들은 대답하고 그의 곁으로 다가갔다. "하여튼 오늘은 높은 산에나 올라가는 게 어떨까? 공기가 맑아서 오늘은 세계를 어느 때보다도 더 잘 볼 수 있다."

"그렇다, 나의 짐승들이여." 그는 대답했다. "그대들의 권고는 적절하여 내 마음에 든다. 나는 오늘 높은 산에 오르기로 하겠다! 그러나 거기서도 내가 꿀을 갖고 있도록 배려해달라, 더욱 노랗고 더욱 희고 더욱 좋고 얼음처럼 신선한, 벌집의 황금 꿀을. 알아 두어야 할 일이지만, 나는 산 위에서 꿀을 제물로 바치려고 하기 때문이다."

그러나 차라투스트라라는 산꼭대기에 이르자, 그를 따라온 짐승들을 집으로 돌려보내고 간신히 혼자 있게 되었다. 이때 그는 마음껏 웃으며 주위를 둘러보고 다음과 같이 말했다.

내가 제물에 대해서, 꿀을 제물로 바치는 데 대해서 말한 것은 나의

---

1 과일이 조용히 노랗게 익어갈수록 단맛이 더하듯이 나의 영혼도 조용한 가운데 꿀(성숙)이 익어가고 있다.

이야기의 술책에 지나지 않았고 정녕 유용한 어리석음이었다! 여기 산 위에서는 나는 이미 은둔자의 동굴 앞이나, 은둔자의 짐승들 앞에서 보다 더욱 자유롭게 말할 수 있다.

제물을 바치다니! 나는, 천 개의 손을 가진 낭비자인 나는 나에게 증여되는 것을 낭비한다. 어떻게 내가 여전히 그것을 —— 제물을 바친다고 말할 수 있을 것인가!¹

그리고 내가 꿀을 갈망할 때 나는 오직 불평투성이의 곰²과 이상하고 무뚝뚝하고 사악한 새³조차도 혀를 핥는 미끼, 달콤한 즙과 점액을 갈망했을 뿐이다.

사냥꾼이나 어부들에게 필요한 최상의 미끼를. 왜냐하면 세계가 짐승이 사는 어두운 숲과 같고 모든 거친 사냥꾼들에게는 유원지와 같은 것이라면,⁴ 나에게는 오히려, 그리고 더욱더 세계는 밑을 알 수 없는 풍요한 바다처럼 생각되기 때문이다.

고기와 갑각류로 가득 차 있어서, 신들조차도 거기서 낚시꾼이 되고 그물을 던지는 자가 되기를 열망하고 있는 바다처럼. 이와 같이 세계는 크고 작은, 기묘한 것으로 가득 차 있다!

특히 인간의 세계, 인간의 바다가 그렇다. 이 **바다**에 이제 나는 나의 황금 낚싯대를 던지고 말한다. 열려라, 그대 인간의 심연이여!

열려라, 그래서 그대의 고기와 번쩍거리는 갑각류를 나에게 던져라! 나는 오늘 나의 최상의 미끼로 인간이라는 이상한 고기를 나에게로 꾀

---

1 신에게 제물을 바치는 것은 보상을 바라고 하는 일이다. 그러나 차라투스트라는 증여하기만 할 뿐 보상을 바라지는 않는다. 그러므로 제물을 바친다고 할 수 없다.
2 염세주의자.
3 생명을 부정하는 자들.
4 제2부 '숭고한 자들에 대하여' 5~7단 참조.

어낸다!¹

나의 행복 자체를 나는 한껏 널리, 그리고 멀리, 동쪽과 남쪽과 서쪽 사이로 던진다, 많은 인간이라는 고기들이 나의 행복을 잡아당기며 버둥거리는 것을 배우지 않을까 해서,

마침내 이 고기들이 나의 감추어진 뾰족한 낚싯바늘을 물고 **나의** 높이로 올라오지 않을 수 없지 않을까 해서. 다시 말하면 심연의 밑바닥에 사는, 가장 알록달록한 것들이 인간을 낚는 모든 어부 중에서 가장 악의에 찬 자에게로 올라올 때까지.

다시 말하면 나는 근본적으로 처음부터 **그러한** 어부다, 잡아끌고 끌어당기고 끌어올리면서, 일찍이 자기 자신에게 "오늘의 그대처럼 되라!"고 말했고,² 그것이 부질없는 일이 아니었던 잡아끄는 자, 사육자, 엄격한 교사다.

그렇다면 이제부터는 인간들이 나에게로 **올라**오는 것이 좋다. 나는 아직도 나의 하강의 때가 왔다고 알리는 조짐을 기다리고 있기 때문이다. 아직은 나 자신은 그렇게 될 수밖에 없는 일이지만, 인간들 사이로 몰락하지는 않을 것이다.

몰락하기 위해 나는 교활하게 비웃으며 여기 높은 산 위에서 기다리고 있다, 참을성이 없는 자도 아니고 참을성이 많은 자도 아니고 오히려 인내를 잊어버린 자로서. 왜냐하면 이미 '인내' 따위는 소용없기 때문이다.³

다시 말하면 나의 운명이 나에게 시간을 준 것이다. 운명은 나를 잊은 것일까? 혹은 운명은 커다란 바위 뒤의 그늘 속에 앉아서 파리를 잡

---

1 현대의 정신적 귀족이라고 할 수 있는 차라투스트라는 민중의 지도자가 아니라 민중을 꾀어내서 자각에 이르게 하는 선각자에 지나지 않는다.
2 제3부 '나그네' 3~5단 참조.
3 인종을 말하는 기독교적 도덕은 이미 버렸다.

고 있는 것일까?[1]

그리고 운명은 나를 재촉하지도 않고 몰아치지도 않고 나에게 장난을 하고 짓궂은 짓을 할 시간을 주었고, 따라서 나는 오늘 고기를 잡으러 이 높은 산에 올라왔기 때문에 정녕 나는 나의 영원한 운명에 호의를 갖는다.

일찍이 높은 산에서 고기를 잡은 인간이 있었을까? 그리고 여기 산 위에서 내가 바라고 있고, 하고 있는 일이 어리석다 하더라도 오히려 이것이 더 좋다, 내가 저 밑에서 기다림에 지쳐 엄숙해지고 얼굴빛이 창백하고 노랗게 되는 것보다는.

기다림에서 지쳐 뻐기며 노여움에 헐떡거리는 자가 되고, 여기저기 산에서 울부짖는 신성한 폭풍이 되고, 골짜기 밑을 향해 "들어라, 그렇지 않으면 나는 신의 채찍으로 그대들을 때리리라!"고 외치는 참을성 없는 자가 되는 것보다는.

그렇다고 해서 내가 이렇게 화가 나 있는 사람들을 싫어하는 것은 아니다. 나에게는 그들은 고작 웃음거리인 것이다. 이들 커다란 비상용 북들은 오늘 발언하지 못하면 결코 발언할 기회를 얻지 못하므로 초조하지 않을 수 없는 것이다!

그러나 나와 나의 운명은 —— 우리는 오늘을 향해 말하는 것도 아니고 결코 오지 않을 날을 향해 말하는 것도 아니다. 우리는 말하기 위해서 인내와 시간과 초시간을 갖고 있다. 언젠가는 그것은 반드시 올 것이고 그것은 통과하지는 않을 것이기 때문이다.

언젠가 반드시 오고 통과하지는 않을 것은 무엇인가? 우리의 커다란 하짜르,[2] 다시 말하면 우리들의 크고 먼 인간의 왕국, 차라투스트라의

---

1 파리를 잡는다는 것은 쓸데없는 일을 하고 있다는 뜻.
2 하짜르(Hazar)는 고대 페르시아 어의 Hazâra(千)에서 유래한 말이다. 모든 예언자는 각각 자기가 지배할 천년왕국을 갖고 있다는 것이다.

천년왕국이다.

이 '멀다'는 것은 얼마나 멀까? 그것은 나에게는 조금도 중요하지 않다.[1] 그렇다고 해서 나의 확신이 조금이라도 흔들리는 것은 아니다. 두 발로 나는 이 토대 위에 확고히 서 있다.

영원의 토대 위에, 굳은 원시암 위에, 이 가장 높고 가장 굳은 원시의 산맥 위에.[2] 기상의 경계가 되고 있는 이 산맥으로, 어디에? 어디로부터? 어디로?라고 물으며 모든 바람이 불어온다.

여기서 웃어라, 웃어라, 나의 밝고 건전한 악의여! 높은 산들로부터 그대의 번쩍거리는 조롱의 홍소를 던져라! 그대의 번쩍거림으로 가장 아름다운 인간이라는 고기들을 나에게로 꾀어내라!

그리고 모든 바닷속에서 **나에게** 속하는 것, 모든 사물에 있어서의 나의 즉자대자[3] —— **그것**을 나에게로 낚아 올려라, **그것**을 나에게로 끌어올려라, 모든 어부 중에서 가장 악의에 찬 어부인 나는 그것을 기다리고 있다.

밖으로, 밖으로, 나의 낚싯바늘이여! 안으로, 밑으로, 나의 행복이라는 미끼여! 그대의 가장 달콤한 이슬을 내리게 하라, 나의 마음속의 꿀이여! 물어라, 나의 낚싯바늘이여, 모든 검은 우수의 배(腹)[4]를!

밖으로, 밖으로, 나의 눈이며! 오, 얼마나 많은 바다가 나의 둘레를 둘러싸고 있는가, 밝아오는 어떠한 인간의 미래가! 그리고 나의 머리 위에서 —— 어떠한 장밋빛 고요가! 어떠한 구름 한 점 없는 침묵이!

---

1 차라투스트라는 '영원한 오늘'이라는 토대 위에 서 있기 때문이다.
2 제3부 '나그네' 22~23단 참조.
3 본래의 자기를 말한다.
4 삶의 무의미, 슬퍼하는 자들의 본질을 말한다.

절 규

다음날, 차라투스트라는 다시 동굴 앞의 그의 돌 위에 앉아 있었고, 한편 짐승들은 밖에서 세계 안을 헤매고 있었는데 새로운 식량을 가져오기 위해서였다 —— 새로운 꿀도 포함해서. 차라투스트라는 낡은 꿀을 마지막 한 방울까지 써버리고 낭비했기 때문이었다. 그러나 그가 이와 같이 앉아서 손에 지팡이를 들고 땅 위에 비친 그의 모습의 그림자를 그리며 깊은 생각에 잠겨 있을 때, 정녕! 자기 자신과 자기 자신의 그림자에 대해서는 아니었지만 —— 그때 그는 갑자기 깜짝 놀라서 몸을 움츠렸다. 그는 그의 그림자 옆에 또 하나의 그림자가 있는 것을 보았기 때문이었다. 그리고 그가 재빨리 둘레를 둘러보고 일어섰을 때, 보라, 그때 그의 옆에는 저 예언자가 서 있었다. 전에 그의 식탁으로 초대하여 음식을 대접한 적이 있는 바로 그 예언자, "모든 것은 동일하다, 보람 있는 것은 하나도 없다, 세계는 무의미하다, 지식은 질식시킨다"고 가르치던 커다란 피로의 고지자[1]가. 그러나 그동안 예언자의 얼굴은 변했다. 따라서 차라투스트라가 그의 눈을 들여다보았을 때 그의 마음은 다시 한번 놀랐다. 그만큼 많은 고지와 회색의 섬광이 이 얼굴 위로 달려갔던 것이다.

차라투스트라의 영혼 속에서 무슨 일이 일어났는가를 안 예언자는 마치 얼굴을 씻어서 없애버리려는 듯이 손으로 자기 얼굴을 문질렀다. 차라투스트라도 똑같이 했다. 그리고 두 사람은 말없이 마음을 가라앉히고 기운을 차린 다음 서로 구면임을 인정하려는 표시로 악수를 했다.

---

1 제2부 '예언자에 대하여' 참조.

"잘 왔네." 차라투스트라는 말했다. "그대 커다란 피로의 예언자여, 전에 나의 식탁에 정다운 손님으로 왔던 일을 헛되게 만들고 싶지는 않다. 오늘도 나와 함께 먹고 마시며, 유쾌한 늙은이[1]가 그대와 함께 식탁에 앉는 것을 용서하라!"

"유쾌한 늙은이라니?" 머리를 흔들며 예언자는 대답했다. "그러나 그대가 누구이든, 또 어떤 자가 되려고 하든, 오, 차라투스트라여, 그대는 너무 오랫동안 그러한 자로서 이 산 위에 있었다. 그대의 작은 배는 곧 마른 땅에는 있지 못하게 될 것이다!"[2]

"그렇다면 나는 마른 땅에 앉아 있단 말인가?" 차라투스트라는 웃으면서 물었다.

"그대의 산을 둘러싼 물결이," 예언자는 대답했다. "점점 높이 올라오고 있다, 커다란 곤경과 우수의 물결이. 이 물결은 곧 그대의 배를 밀어 올려서 그대를 싣고 가게 할 것이다."

차라투스트라는 이 말을 듣고 말을 멈추고 이상하게 여겼다. "그대는 아직도 듣지 못하는가?" 예언자는 말을 계속했다. "시끄러운 소리와 노호가 깊은 곳으로부터[3] 올라오지 않는가?"

차라투스트라는 다시 침묵하며 귀를 기울였다. 이때 그는 길고 긴 절규를 들었다. 이 절규는 심연이 서로 부르며[4] 차례차례 이 소리를 넘겨주는 소리였다. 어느 심연이나 이 절규를 간직해두고 싶지 않았기 때문이었다. 그만큼 이 절규는 불길하게 들렸다.

"그대, 사악한 고지자여." 마침내 차라투스트라는 말했다. "저것은

---

1 차라투스트라는 염세주의자, 비관주의자가 아니므로 유쾌한 늙은이라고 자칭한 것이다.
2 잠시 후에는 고독 속의 행복도 사라질 것이다.
3 〈시편〉 130장 1절 참조.
4 '집어 던지며(zuwerfen)'로 되어 있는 원문도 있다.

구원을 청하는 절규며 인간의 절규다. 아마도 어딘가 검은 바다¹로부터 들려오는 소리이리라. 그러나 인간의 곤경이 나와 무슨 상관이 있는가! 나에게 유보되어 있는 나의 마지막 죄² ―― 그대는 이 죄를 뭐라고 부르는지 알고 있을 텐데?"

"**동정**이다!" 예언자는 넘쳐흐르는 마음으로 대답하고 두 손을 높이 들었다. "오, 차라투스트라여, 나는 그대를 그대의 마지막 죄로 유혹하기 위해 왔다."

그리고 이 말이 끝나자마자 다시 한번 절규가 그것도 전보다 더 길고 더 불안하게, 더 가까운 곳에서 울려 퍼졌다. "들리는가? 들리는가? 오, 차라투스트라여!" 예언자는 외쳤다. "저 절규는 그대와 관계가 있는 것이다. 그대를 부르는 것이다, 오라, 오라, 오라, 때가 왔다, 때가 성숙했다!"

이 말을 듣고 차라투스트라는 침묵하며 마음이 산란해지고 동요를 일으켰다. 마침내 그는 마치 마음속으로 주저하고 있는 사람처럼 물었다. "그런데 저기서 나를 부르고 있는 자는 누구인가?"

"그대는 알고 있을 텐데?" 예언자는 사나운 목소리로 대답했다. "왜 그대는 자기 자신을 숨기는가? 그대를 향해 외치고 있는 것은 **보다 높은 인간**³이다!"

---

1 고뇌의 바다.

2 보다 높은 인간에 대한 차라투스트라의 동정이 마지막 죄이거니와, 이것이 마지막 죄가 되는 까닭은 보다 높은 인간들의 고뇌를 차라투스트라도 어느 정도는 함께 겪어야 한다는 데 있다. 곧 그들의 고뇌는 그의 고뇌이기도 한 것이다. 한편 보다 높은 인간들은 차라투스트라와 대비되는 인간상이 아니라 바로 그의 '그림자,' 그의 영혼의 여러 가지 가능성이다. 차라투스트라는 보다 높은 인간에 대한 동정을 초극함으로써 마지막 성숙에 도달하게 된다.

3 보다 높은 인간은 커다란 피로의 예언자, 그리고 다음에 나오는 두 명의 왕, 마술사, 신이 죽자 실직한 교황, 가장 추악한 인간, 자진하여 거지가 된 자 등이다. 이들은 일찍이 신을 믿고 그들의 정열과 동경을 피안에 기울였다. 그러나 신은 죽었다. 신은 죽었지만 그들의 동경, 그들의 열정은 아직 남아 있다. 그들은 아직도 자기를 넘어선 피안을 바라고 있으나 부딪치는 것은 오직 공허뿐이다. 신이 있던 곳에는 이제 허무가 있는 것이다. 물론 차라투스트라처럼 완전히 자각한 자

"보다 높은 인간?" 차라투스트라는 두려움으로 몸서리치며 외쳤다. "그자는 뭘 바라는가? 그자는 뭘 바라는가? 보다 높은 인간은? 그자는 여기서 뭘 바라는가?" 그리고 그의 피부는 땀으로 덮였다.

그러나 예언자는 차라투스트라의 불안에는 대답하지 않고 깊은 곳으로 더욱더 귀를 기울이었다. 그러나 오랫동안 그곳은 조용했으므로 시선을 뒤로 돌려 차라투스트라가 서서 떨고 있는 것을 보았다.

"오, 차라투스트라여." 그는 슬픈 목소리로 말하기 시작했다.

"그대가 거기 서 있는 모양은 그대의 행복 때문에 현기증을 느끼는 사람 같지는 않구나. 그대는 쓰러지지 않으려면 춤을 추어야만 할 것이다.

그러나 그대가 내 앞에서 춤을 추고 그대의 온갖 가로뛰기¹를 뛰려고 해도 나에게 '보라, 여기에 마지막 즐거운 사람이 춤추고 있다!'고 말할 사람은 하나도 없을 것이다.

이렇게 말할 사람을 구해서 이 높이에 왔다면 부질없는 일이다. 여러 가지 동굴과 배후의 동굴과 숨어서 사는 자들의 은신처는 찾아내겠지만, 행복의 수갱, 보고, 새로운 행복의 금 광맥은 찾아내지 못할 것이다.

행복 —— 어떻게 이와 같이 묻혀버린 자들, 은둔자들에게서 행복을 찾아낼 것인가! 나는 마지막 행복을 역시 지복의 섬에서, 그리고 잊혀진 여러 바다 사이에서 구하지 않으면 안 될 것인가?

그러나 모든 것은 동일하고 보람 있는 것은 하나도 없으며 찾아 헤매도 소용이 없다. 이미 지복의 섬들은 존재하지 않는다."

는 아니고 따라서 초인과 대비하면 아무것도 아니지만 천민과 대비하면 천민보다는 위대하다. 이러한 의미에서 보다 높은 인간이라고 하는 것이다.

1 차라투스트라는 제4부 '보다 높은 인간에 대하여'에서 자신을 '도약과 가로뛰기를 사랑하는 자'라고 부르거니와 가로뛰기는 자기 자신에 대한 뜻밖의 이의, 자유분방한 시도라고 해석된다. 니체는 《선악의 피안》에서 "이의를 말하는 것, 탈선하는 것, 즐거운 불신, 조소의 욕망 등은 건강의 표시다. 일체의 무조건적인 것은 병리학에 속한다"고 말한다.

이와 같이 예언자는 탄식했다. 그러나 그의 마지막 탄식을 듣고 차라투스트라는 마치 깊은 나락에서 빛 속으로 나오는 자처럼 다시 명랑해지고 확신을 갖게 되었다. "아니다! 아니다! 세 번째로 아니다!" 그는 힘찬 목소리로 외치고 수염을 만졌다.

"**그 일은 내가 더 잘 알고 있다!** 지금도 지복의 섬들은 존재한다. **그 일에 대해서는** 말하지 마라, 그대 탄식하는 비애의 자루[1]여!

그 일에 대해서는 더 이상 종알거리지 마라, 그대 오전의 비구름이여! 나는 이미 그대의 우수에 젖어서, 개처럼 물에 흠뻑 젖어 여기에 서 있지 않는가?

이제 나는 다시 몸을 말리기 위해 몸을 털고 그대에게서 '달아난다.' 이것을 그대는 이상하게 생각하지 마라! 내가 그대에게 무례한 짓을 한다고 생각하는가? 그러나 여기는 **나의** 궁전이다.

그러나 그대가 말하는 보다 높은 인간에 대해서는 좋다! 나는 즉시 저기 있는 여러 숲속에서 그를 찾아내겠다. **저곳으로부터** 그의 절규가 들려온 것이다. 아마도 저기서 나쁜 짐승이 그를 쫓고 있는 모양이다.

그는 **나의** 영역 안에 있다. 내 영역 안에서 그가 해를 입는 일이 있어서는 안 된다! 그리고 정녕 내 곁에는 나쁜 짐승들[2]이 많이 있다."

이 말을 마치고 차라투스트라는 돌아서서 가려고 했다. 그때 예언자가 말했다. "오, 차라투스트라여, 그대는 나쁜 사람이구나! 나는 벌써부터 알고 있었다. 그대는 나에게서 떠나고 싶어 한다! 차라리 숲속으로 달려가 나쁜 짐승들을 쫓는 것이 더 낫다고 그대는 생각한다! 그러나 그것이 그대에게 무슨 도움이 되는가? 저녁때에는 그대는 어쨌든

---

1 나우만은 Trauersack(비애의 자루)의 Sack을 단조로운 멜로디를 내는 Dudelsack(風笛)으로 해석하고 있고 이 해석에 따르는 번역도 많다.
2 인간의 밝은 인식을 저해하는 것들, 예컨대 중력의 정령 등.

나를 다시 만나게 될 것이다. 나는 그대 자신의 동굴 속에 통나무처럼 끈기 있고 묵직하게 앉아서 —— 그대를 기다리겠다!"

"마음대로 하렴!" 차라투스트라는 떠나가면서 뒤를 향해 외쳤다.

"그리고 나의 동굴 속에 있는 나의 것은 나의 다정한 손님인 그대의 것이기도 하다!

그런데 동굴 안에서 다시 꿀을 찾아내거든 좋다! 제발 꿀을 핥으려무나, 그대 불평투성이의 곰이여,[1] 그래서 그대의 영혼을 달콤하게 만드려무나! 저녁에는 우리 둘 다 유쾌해지고 싶은 것이다.

오늘 하루가 끝났기 때문에 유쾌하고 즐겁고 싶은 것이다! 그러나 그대 자신은 내가 길들인 춤추는 곰으로서 나의 노래에 맞추어 춤추게 될 것이다.

그대는 이것을 믿지 않는가? 그대는 머리를 흔드는가? 좋다! 좋아! 늙은 곰이여! 그러나 나도 —— 예언자다."

차라투스트라는 이렇게 말했다.

왕들과의 대화

1

차라투스트라는 산과 숲 속을 한 시간도 가지 못해서 갑자기 기묘한 행렬을 보았다. 그가 내려가려고 하는 바로 그 길을 두 명의 왕이 왕관을 쓰고 진홍색 띠를 두르고 마치 홍학처럼 알록달록하게 치장하고 걸

---

1 제4부 '꿀의 제물' 12단 참조.

어왔다. 그들은 짐을 진 한 마리의 나귀[1]를 앞세워 몰면서 걸어왔다. '이 왕들은 나의 영토에서 무슨 일을 하려는 것일까?' 깜짝 놀라서 차라투스트라는 자기 마음에 말하고 재빨리 숲속으로 숨었다. 그러나 왕들이 그가 있는 곳에 이르렀을 때 그는 마치 혼자 중얼거리는 사람처럼 낮은 목소리로 말했다. "이상하다! 이상해! 어떻게 하면 이런 일의 앞뒤를 맞춰볼 수 있을까? 나는 두 명의 왕을 보는데 —— 나귀는 한 마리뿐이니!"

그러자 두 왕은 멈춰 서서 웃으면서 소리가 들려온 곳을 바라보았고, 그 다음에는 서로 얼굴을 마주 보았다. "우리 중에도 이렇게 생각하는 자가 있지만," 오른쪽의 왕이 말했다. "그러나 말로 나타내는 사람은 없다."

그러나 왼쪽의 왕은 어깨를 움츠리며 대답했다. "그런 말을 한 자는 아마 염소 치는 자일 거야. 혹은 너무 오랫동안 바위와 나무 사이에서 살아온 은둔자일 거야. 전혀 사교를 하지 않고 살다 보면 좋은 풍습도 나빠지기 때문이지."

"좋은 풍습이라니?" 다른 왕은 퉁명스럽고 신랄하게 대답했다.

"도대체 우리는 무엇을 피해 달아나고 있지? '좋은 풍습'으로부터가 아닌가? 우리의 '상류 사회'로부터가 아닌가?

정녕 우리의 도금한, 사이비의, 겉치레한 천민[2]과 함께 살기보다는 오히려 은둔자들이나 염소 치는 사람들 사이에서 사는 것이 낫다. 가령 천민이 '상류 사회'라고 자칭하더라도,

가령 천민이 '귀족'이라고 자칭하더라도. 그러나 거기서는 오래된 나

---

1 창조력과 판단력이 없고 선악의 경계가 분명하지 못한 민중.
2 정신적 차원의 천민을 말한다. 일반적으로 니체는 현대의 유럽인을 그 불순한 잡종적 정신 때문에 천민으로 본다.

뿐 병과 보다 나쁜 의사들 때문에 모든 것이 거짓이고 썩었으며, 특히 피가 그렇다.[1]

오늘날 나에게 가장 좋고 가장 사랑스러운 자는 거칠고 교활하고 완고하고 참을성 있는 건강한 농부다. 농부는 오늘날 가장 고귀한 종족이다.

농부는 오늘날 가장 좋은 자다. 그리고 농부의 종족이야말로 지배자가 되어야 하거늘! 그러나 있는 것은 천민의 왕국뿐이다. 나는 다시는 속지 않겠다. 그런데 천민은 곧 잡동사니다.

잡동사니인 천민. 그 안에서는 모든 것이 모든 것에, 성인과 사기꾼, 귀공자와 유대인, 노아의 방주에서 나온 온갖 가축이 섞여 있다.

좋은 풍습! 우리에게 있어서는 모든 것이 거짓이고 썩었다. 이미 아무도 존경할 줄 모른다. 우리는 **이러한 자들로부터** 달아나고 있다. 그들은 달콤하고 뻔뻔스러운 개들[2]이며, 그들은 종려나무 잎에 도금을 한다.[3]

우리 왕 자신들도 사이비가 되고 낡고 노랗게 변한 선조들의 화려한 옷과 더불어 가장 어리석은 자들, 가장 교활한 자들, 오늘날 권력과 결탁하여 폭리를 추구하는 자 모두를 위해 만들어진 메달[4]을 걸치고 가장하고 있다는 데 대한 구역질이 나를 질식시킨다!

우리는 제1인자는 **아니다** ── 그러나 우리는 제1인자인 **척해야** 한다. 마침내 우리는 이러한 사기에 싫증이 나서 구역질을 하게 되었다.

---

1 혈통의 문란을 가리킨다.
2 인간의 의미를 알지 못하고 따라서 인간을 존중할 줄 모르는 추종배. 그들은 추종(달콤하다)과 존경(뻔뻔하다)을 혼동하고 있다.
3 종려나무 잎은 자연의 가장 아름다운 것의 한 예로 아무리 훌륭한 것이라도 자연 상태에 두지 않고 쓸데없는 장식을 한다는 것이다.
4 제3부 '통과에 대하여' 15단 참조.

우리는 천민들로부터 도망쳐 나왔다, 이러한 모든 부르짖는 자, 글을 쓰는 쇠파리,[1] 소상인의 악취,[2] 공명심의 몸부림, 나쁜 숨결로부터 ── 퉤, 천민 사이에서 살다니.

퉤, 천민 사이에서 제1인자인 척하다니! 아 구역질! 구역질! 구역질! 이제 우리 왕들이 무슨 소용이 있는가!"

"그대의 오래된 병이 그대를 습격하는구나." 왼쪽의 왕이 말했다. "구역질이 그대를 습격하는구나, 나의 가엾은 형제여. 그러나 누군가 우리의 말을 듣고 있다는 것을 그대도 알고 있을 텐데."

이 말에 귀와 눈을 집중시키고 있던 차라투스트라는 곧 숨었던 곳에서 일어나 왕들 쪽으로 걸어가서 말하기 시작했다.

"그대들의 말을 듣고 있는 자, 그대들의 말을 즐겁게 듣고 있는 자는, 그대들 왕들이여, 차라투스트라라고 하는 자다.

내가 전에 '왕들이 무슨 소용이 있는가!'라고 말한 차라투스트라다.[3] 용서해라, 내가 그대들이 서로 '우리 왕들이 무슨 소용이 있는가!'라고 말했을 때 기뻐한 것을.

그러나 여기는 나의 영토이고 내가 지배하는 곳이다. 도대체 그대들은 나의 영토에서 무엇을 찾고 있는가? 그러나 아마도 그대들은 도중에 내가 찾고 있는 자를, 다시 말하면 보다 높은 인간을 찾아냈을 것이다."

왕들은 이 말을 듣자 자기 가슴을 치며 이구동성으로 말했다. "우리는 간파당했구나!"

"이러한 말의 칼로써 그대는 우리 가슴의 가장 짙은 어둠을 베어낸

---

1 저널리스트, 잡문가(雜文家) 등.
2 왕권과 소상인의 결탁에서 오는 부패, 타락. 제1부 '새로운 우상에 대하여' 25단 참조.
3 제3부 '새롭고 낡은 목록판에 대하여' 12의 4단 참조.

다. 그대는 우리의 곤경을 알아냈다. 왜냐하면 보라! 우리는 보다 높은 인간을 찾으러 가는 길이기 때문이다.

비록 우리가 왕이기는 하지만 우리보다 더 높은 인간을, 그러한 인간에게 우리는 이 나귀를 끌고 가는 길이다. 최고의 인간은 또한 지상에서 최고의 지배자가 되어야 하기 때문이다.

인간의 모든 운명 가운데서 대지의 권력자들이 동시에 제1급의 인간이 아닌 경우보다 더 가혹한 불행은 없다. 이런 경우에는 모든 것이 거짓이 되며 비뚤어지고 괴상해진다.

게다가 이 권력자들이 최하의 인간이고, 인간이라기보다는 오히려 가축인 경우에는 천민의 값은 점점 더 오르고 마침내 천민의 덕은 '보라, 나만이 덕이다!'라고 말하게 된다."

"방금 나는 무슨 말을 들었는가?" 차라투스트라는 말했다.

"왕들에게 이러한 지혜가 있는가, 나는 황홀해졌고 정녕 이에 대해 한 편의 시를 짓고 싶은 갈망을 이미 느끼고 있다.

비록 그것이 어느 누구의 귀에도 쓸모가 없는 시가 되더라도. 나는 벌써 오래전부터 긴 귀[1]에 대한 고려를 잊고 있었다. 자! 자아!"

(그런데 여기서 나귀도 말참견을 하게 되었다. 그러나 나귀는 분명하게 악의를 품고 "이아아"[2]라고 말했다.)

옛날 —— 기원 일 년의 일이라고 믿거니와 술도 마시지 않고 취한 무당이 말했다.

"슬프구나, 비뚤어져가는 세상이여!

---

1 나귀, 곧 민중.
2 나귀의 울음소리인 동시에 Ja(그렇다)와 통한다.

타락! 타락! 세계가 이렇게 깊이 가라앉은 적은 없었다!

로마는 가라앉아 창부가 되고 창가가 되었고

로마 황제는 가라앉아 가축이 되고 —— 신 자신이 유대인이 되었다!"[1]

2

차라투스트라의 이 시를 듣고 왕들은 흥겨워했다. 그러나 오른쪽의 왕은 말했다.

"오 차라투스트라여, 우리가 그대를 만나려고 떠난 것은 얼마나 잘한 일인가!

우리가 길을 떠난 것은 그대의 적들이 그들의 거울에 비친 그대의 모습을 우리에게 보여주었기 때문[2]이다. 그때 그대는 악마의 찡그린 얼굴로 조소하는 것처럼 보였다. 그래서 우리는 그대를 무서워했다.

그러나 그것이 무슨 상관이 있는가! 그대는 그대의 잠언으로 되풀이해서 우리의 귀와 마음을 찔렀다. 그래서 우리는 마침내 말했다.

그의 외모가 어떻든 무슨 상관인가!

우리는 그의 말을, '그대들은 새로운 전쟁의 수단이 될 때에만 평화를 사랑해야 한다. 그리고 장기간의 평화보다는 잠시 동안의 평화를!'[3] 이라고 가르치는 그대의 말을 듣지 **않으면 안 된다.**

'무엇이 좋은가? 용감한 것이 좋다. 훌륭한 전쟁은 모든 구실을 신

---

1 로마 시대의 이교의 신전의 폐허에 유대인의 신 여호와가 들어서서 영혼의 구제를 시작했다. 한편 예수가 하나님의 아들로서 유대인 사이에 태어났다는 의미도 들어 있다. 이 시는 기독교의 성립이 노예 도덕의 승리의 원인임을 풍자하고 있다.

2 제2부 '거울을 가진 어린애' 6단 참조.

3 제1부 '전쟁과 전사에 대하여' 9단 참조.

성하게 만든다'¹라는 호전적인 말을 한 자는 일찍이 한 번도 없었다.

오, 차라투스트라여, 이러한 말을 듣고 우리 몸속에는 우리의 조상의 피가 들끓었다. 이것은 낡은 포도주 통에게 말하는 봄의 말과도 같았다.

칼들이 마치 붉은 반점이 있는 뱀들²처럼 난무했을 때 우리의 조상은 삶에 호의를 가졌다. 모든 평화의 햇빛은 그들에게는 나른하고 미지근한 것으로 생각되었고 한편 장기간의 평화는 수치가 되었다.

그들은, 우리의 조상들은 번쩍번쩍 빛나는 건조한 칼들이 벽에 걸려 있는 것을 보았을 때 얼마나 탄식했던가! 이 칼들과 마찬가지로 그들은 전쟁을 갈망했다. 다시 말하면 칼은 피를 마시고 싶어 하고 욕망 때문에 번쩍거리는 것이다."

왕들이 이와 같이 열심히 그들의 조상의 행복에 대해 말하고 재잘거렸을 때 차라투스트라에게는 그들의 열의를 조롱하고 싶은 적지 않은 욕망이 일어났다. 그의 눈앞에 있는 자들은 명백히 몹시 평화를 사랑하는 왕들, 늙고 우아한 얼굴을 한 왕들이었기 때문이다. 그러나 그는 자제했다. "자!" 그는 말했다.

"길은 저쪽으로 통해 있고 거기에는 차라투스트라의 동굴이 있다. 그리고 오늘은 천천히 저녁을 즐기기로 하자! 그러나 지금은 구원을 요청하는 절규가 빨리 그대들 곁을 떠나라고 나를 부르고 있다.

왕들이 나의 동굴에 앉아서 기다린다면 나의 동굴의 영광이 될 것이다. 그러나 분명히 그대들은 오랫동안 기다리지 않으면 안 될 것이다!

어쩔 수 없는 일이다! 대단한 일이 아니지 않은가! 기다리는 것을 잘

---

1 제1부 '전쟁과 전사에 대하여' 12단 참조.
2 피로 물든 칼을 묘사한 것이다.

배우는 데 있어서 오늘날 궁전보다 더 좋은 곳이 있는가? 그리고 오늘날 왕들에게 있어서 그들에게 남은 덕의 전부는 —— 기다릴 **수 있다는 것**이 아닌가?"[1]

차라투스트라는 이렇게 말했다.

거머리

그리고 차라투스트라는 깊은 생각에 잠겨 숲을 거쳐 늪 지대를 지나서 보다 멀리, 보다 깊은 곳으로 갔다. 어려운 일을 심사숙고하는 자는 누구나 겪는 일이거니와 이때 그는 부지중에 한 인간을 밟았다. 그러자 보라, 갑자기 하나의 비명과 두 개의 저주와 스무 개의 욕설이 그의 면전으로 튀어왔다. 따라서 그는 깜짝 놀라 지팡이를 쳐들고 짓밟힌 자를 다시 때렸다. 그러나 그 후 곧 그는 사려를 되찾았다. 그리고 그의 마음은 그가 방금 저지른 어리석은 짓을 웃었다.

"용서하라." 그는 짓밟힌 자에게 말했다. 짓밟힌 자는 격노해서 이미 몸을 일으키고 앉아 있었다.

"용서하라, 그리고 우선 하나의 비유를 들어라. 머나먼 것을 꿈꾸던 나그네가 부지중에 쓸쓸한 거리에서 잠자는 개에, 양지에 누워 있는 개에 부딪치는 일이 있는 것처럼.

---

1 제3부 '중력의 정령에 대하여' 2의 28단 참조. 모든 행위에 동기가 있다는 것은 사실이지만 의식적인 동기만이 동기가 아니며 오히려 무수한 무의식적 동기의 첨단인 것이다. 따라서 우리의 행위의 근저에는 비록 의식적인 동기는 아니더라도 많은 무의식적인 동기가 있다는 것을 각오하는 것이 중요하다. 각오한다는 것은 끈기 있게 호기를 기다리는 것이다. 참으로 유효한 행위는 개인의 행위이기보다는 개인을 통해서 인간 존재가 실현된다는 점에서 성립하므로 기다리는 것이 중요한 것이다.

그래서 둘 다, 죽을 듯이 깜짝 놀란 양자가 격분하여 불구대천의 원수같이 대드는 것처럼 그런 일이 우리에게 일어났다.

그렇지만! 그렇지만 ── 사정이 조금만 달랐더라도 서로 애무했을 것이다. 이 개와 이 고독한 자는! 사실 그들은 둘 다 ── 고독한 것이다!"

"그대가 누구이든 간에," 여전히 화가 나서 짓밟힌 자는 말했다.

"그대는 그대의 비유로써 나를 너무나 짓밟고 있다, 그대의 발로 밟은 것으로 그친 것이 아니다! 자, 보라, 도대체 내가 개란 말인가?" 이렇게 말하면서 앉아 있던 자는 일어나 그의 벌거벗은 팔을 늪에서 뽑아냈다. 다시 말하면 처음에는 그는 사지를 내뻗고 땅 위에 누워 있었던 것이다. 마치 늪의 야수를 기다리고 있는 사람처럼 몸을 숨겨 알아보지 못하게 하고.

"그러나 도대체 그대는 무엇을 하고 있는가!" 차라투스트라는 깜짝 놀라서 외쳤다. 그는 벌거벗은 팔에 많은 피가 흐르고 있는 것을 보았기 때문이었다. "그대에게 무슨 일이 일어났는가? 그대 불행한 자여, 나쁜 짐승이 그대를 물었는가?"

피를 흘리고 있는 자는 여전히 화가 난 채 웃었다. "그대와 무슨 상관이 있는가!" 하며 그는 떠나려고 했다. "여기는 나의 집, 나의 영역이다. 묻고 싶은 자는 누구든지 나에게 물어보아라, 그러나 무례한 자에게는 나는 쉽게 대답하지는 않을 것이다."

"그대는 잘못 생각하고 있다." 차라투스트라는 동정 어린 목소리로 말하고 그를 꽉 붙잡았다.

"그대는 잘못 생각하고 있다. 그대가 있는 이곳은 그대의 영역이 아니라 나의 영토다. 그리고 나로서는 이 영토 안에서 아무도 해를 입지 않게 해야 하는 것이다. 그러나 그대 마음대로 나를 부르라. 나는 나 이외의 아무것도 아니다.[1] 나 자신은 나를 차라투스트라라고 부르고 있다.

자, 저 위로 뻗친 길은 차라투스트라의 동굴에 이른다. 동굴은 멀지 않다. 그대는 내가 있는 곳에서 상처를 치료하지 않으려는가?

그대 불행한 자여, 그대는 이 삶 속에서 부당한 경우를 당했다. 처음에는 짐승이 그대를 물고, 다음에는 ── 인간이 그대를 밟았다!"[2]

그러나 짓밟힌 자는 차라투스트라의 이름을 듣자 그 태도가 바뀌었다. "도대체 나에게 어떤 일이 일어났는가!" 그는 절규했다.

"이 사람, 다시 말하면 차라투스트라와 피를 먹고 사는 저 짐승, 다시 말하면 거머리[3] 이외에 이 삶 속에서 나와 관계가 있는 자가 있을 것인가?

거머리 때문에 나는 어부처럼 여기, 이 늪가에 누워 있었고, 이미 나의 축 처진 팔을 열 번이나 물렸고, 이때 더욱 멋진 고슴도치, 곧 차라투스트라 자신이 나의 피를 탐내 다시 물었다!

오, 행복하구나! 오, 기적이구나! 나를 이 늪으로 꾀어낸 이 날은 찬양받으라! 오늘날 살아 있는, 가장 좋고 가장 생생한 방혈기는 찬양받으라, 커다란 양심의 거머리인 차라투스트라는 찬양받으라!"

짓밟힌 자는 이렇게 말했다. 그리고 차라투스트라는 그의 말과 그의 우아하고 경건한 태도에 기뻐했다. "그대는 누구인가?" 그는 이렇게 묻고 손을 내밀었다. "우리 사이에는 해명해야 할 일, 맑게 해놓아야 할 일이 많이 남아 있다. 그러나 나에게는 이미 더 맑고 더 밝은 날이 되는 것 같구나."

---

1 제4부 '꿀의 제물' 20단 참조.
2 처음에는 논리적 탐구로 애를 쓰고 이제는 인간적인 요구의 시달림을 받는다는 뜻이다.
3 거머리는 사람의 몸에 달라붙으면 배가 부를 때까지 떨어지지 않는다. 여기서 거머리는 논리적으로 철저하게 따지는 상태를 상징하고 있다.

"나는 정신의 양심적인 자[1]다." 질문을 받은 자는 대답했다.

"그리고 정신의 일에 있어서 나보다 더 엄격하고 더 정확하고 더 냉정한 자는 거의 없으리라. 내가 그것을 배운 사람, 곧 차라투스트라 자신을 제외하고는.

애매하게 많은 것을 아는 것보다는 오히려 아무것도 모르는 것이 좋다! 다른 사람의 의견에 따라 움직이는 현인보다는 오히려 자기 힘에 의지하는 바보가 좋다! 나는 —— 근거로 육박한다.

이 근거가 크든, 작든 무슨 상관인가? 이 근거가 늪이라고 일컬어지든, 하늘이라고 일컬어지든 (무슨 상관인가?) 한 손에 가득 차는 근거만 있으면 나에게는 그것으로 충분하다. 그 근거가 현실적으로 근거이고 기반이기만 하다면!

한 손에 가득 차는 근거. 사람들은 그 위에 설 수도 있다. 참된 양심적 인식 태도에 있어서는 대소는 전혀 존재하지 않는다."[2]

"그렇다면 그대는 거머리를 잘 알고 있는 자가 아닐까?" 차라투스트라는 물었다. "그리고 그대는 거머리를 그 마지막 근거까지 추구하려고 하는가, 그대 양심적인 자여?"

"오, 차라투스트라여." 짓밟힌 자는 대답했다.

"그건 엄청난 일일 것이다. 내가 어떻게 감히 그런 일을 시도할 것인가?

그러나 내가 대가로서 잘 알고 있는 것은 거머리의 두뇌다. 그것은

---

1 '정신의 양심적인 자'는 인식의 참된 모험에서 얻은 지식만을 존중한다. 곧 근거가 확실하지 않은 지식은 경멸하는 자다. 따라서 그는 오직 하나의 특수 분야만을 연구하며 극단적인 전문화에 빠지기는 하지만 겉치레만 번드르한 이른바 교양 따위는 경멸한다. 실증 과학의 일면성에 철저한 자, 하찮은 논리적 비약도 허용하지 않고 철저한 논리적 인식을 추구하는 자 등이다.
2 논리적 인식이나 실증적 연구에 있어서는 그 근거와 기반이 확실하기만 하면 대소의 문제는 있을 수 없다.

나의 세계[1]다!

그리고 그것도 하나의 세계다! 그러나 여기서 나의 긍지가 발언하는 것을 용서하라. 여기에는 나와 동일한 자가 없기 때문이다. 그러므로 나는 '여기는 나의 집이다'라고 말했던 것이다.

나는 이미 얼마나 오랫동안 이 한 가지 일, 곧 거머리의 뇌를 추구했던가, 매끄러운 진리가 다시는 나에게서 미끄러져 나가지 못하도록! 여기는 **나의** 영토다!

그렇기 때문에 나는 다른 모든 것을 버렸고, 그렇기 때문에 나는 다른 모든 것에는 무관심해졌다. 그리고 나의 지(知)의 바로 옆에는 나의 검은 무지[2]가 누워 있다.

나의 정신의 양심[3]은 내가 한 가지만을 알고 그 밖의 것은 전혀 알지 못하기를 나에게 바라고 있다. 엉거주춤한 모든 정신, 애매하고 부동적이고 열광적인 모든 것은 나에게 구역질을 일으킨다.

나의 정직함이 사라지는 경우에는 나는 장님이 되고 또 장님이 되기를 바란다. 그러나 내가 알고자 하는 경우에는 나는 정직하고자 한다.[4] 다시 말해 냉정하고 엄격하고 정확하고 잔인하고 가차없이 되려고 한다.

오, 차라투스트라여, 그대가 일찍이 '정신은 스스로 삶 속으로 파고드는 삶이다'[5]라고 말했다는 것, 그것이 나를 그대의 가르침으로 이끌

---

1 논리적 세계, 실증적 영역에 전체적으로 정통한다는 것은 힘든 일이며, 한 특수 분야에 정통한 데 지나지 않지만 이 분야도 독립된 영역임에는 틀림이 없다.
2 전문 분야 이외의 문제에 대한 무지.
3 '정신의 양심'은 허구력으로서의 정신을 참으로 창조적이고 현실적인 것으로 만드는 확고부동한 신념을 말한다. 제1부 '시장의 파리 떼에 대하여' 7단 참조.
4 여기서 말하는 '정직'은 논리적, 실증적인 자들의 덕인 지적 성실성을 말한다.
5 제2부 '유명한 현인들에 대하여' 25단 참조.

고 유혹했다. 그리고 정녕 나는 나 자신의 피로써 나 자신의 지식을 증대시킨다!"

"겉모양 그대로군." 차라투스트라가 말을 가로막았다. 양심적인 자의 벌거벗은 팔에서는 여전히 피가 흘러내리고 있었기 때문이었다. 다시 말하면 열 마리의 거머리가 팔에 매달려 물고 있었던 것이다.

"오, 그대 이상한 사나이여, 여기서 이러한 겉모양은, 곧 그대 자신은 나에게 얼마나 많은 것을 가르쳐주는가! 그리고 나는 아마도 그대의 엄격한 귀에 모든 것을 쏟아 넣어서는 안 될 것이다!¹

자! 그럼 우리는 여기서 헤어지자! 그러나 나는 그대를 다시 만나면 기쁘리라. 저 위로 뻗친 길은 나의 동굴에 이른다. 오늘 밤 그대는 거기서 나의 친밀한 손님이 될 것이다!

또한 나는 차라투스트라가 발로 그대를 짓밟은 데 대해 그대의 육체에 보상하고자 한다. 이에 대해서 나는 깊이 생각했다. 그러나 지금은 구원을 청하는 절규가 급히 그대의 곁을 떠나라고 외치고 있다."

차라투스트라는 이렇게 말했다.

---

1 제4부 '왕들과의 대화'에서도 차라투스트라는 조롱하고 싶은 기분을 자제한다. 여기서도 이러한 자제를 하고 있는 것이다. 두 명의 왕이나 정신의 양심적인 자는 보다 높은 인간이기는 하지만 세 가지 변화에 있어서 차라투스트라처럼 어린애의 단계에 도달한 자가 아니라 사자의 단계에 도달한 자들이다. 따라서 회의와 자기 부정이 결국은 삶과 창조에 해로운 것임을 말해도 소용이 없는 것이다. 그러므로 자제를 한 것이다. 그러나 차라투스트라는 정신의 양심적인 자의 특수성을 인정하고 있다. 곧 논리적, 실증적 인식의 한계를 간파했지만 그 한계 내에서 의의는 인정하는 것이다.

마술사

1

그러나 차라투스트라가 어떤 바위를 돌아섰을 때, 아래쪽 멀지 않은 곳의 같은 길 위에서 한 사람을 보았는데, 그는 마치 미친 사람처럼 손발을 휘두르다가 마침내 땅에 넘어져 배를 깔고 엎드렸다. 이때 차라투스트라는 자기 마음을 향해 "기다려라!"라고 말했다. "저기 있는 저 사람[1]은 보다 높은 인간임에 틀림이 없을 것이며 구원을 청하는 저 불길한 절규도 그가 질렀을 것이다. 저 사람을 도와줄 수 있는지 알아보기로 하자." 그러나 그 사람이 땅에 엎드려 있는 곳으로 그가 달려갔을 때, 그는 응시하는 눈으로 떨고 있는 노인을 보았다. 그리고 차라투스트라가 이 노인을 일으켜 세워 다시 자기 발로 서게 하려고 아무리 애를 써도 소용이 없었다. 불행한 자는 누군가 자기 곁에 있다는 것도 알지 못하는 것 같았다. 오히려 세상 사람 모두로부터 버림받아 고독해진 사람처럼 애처로운 몸짓을 하며 끊임없이 주위를 둘러보았다. 그러나 마침내 더 심하게 떨고 경련을 하며 몸을 뒤튼 다음 그는 다음과 같이 한탄하기 시작했다.

누가[2] 아직도 나를 따뜻하게 해주는가,
누가 나를 사랑하는가?

---

1 나우만은 바그너를 염두에 두고 있다고 본다. 바그너를 자신을 분장하는 마술사로 보는 것이다.
2 이 시에는 니체의 시 《디오니소스 송가》의 하나인 〈아리아드네의 슬픔〉이 인용되고 있다. 다만 약간의 첨삭이 있다.

뜨거운 손을 다오!

마음의 화로를 다오!

쓰러져서, 무서움에 떨면서,

사람들이 발을 따뜻하게 해주고 있는 반은 죽은 사람처럼 ——

덜덜 떨면서, 아! 알지 못할 열병 때문에,

날카롭고 얼음 같은 서리의 화살에 맞아서[1] 덜덜 떨면서,

사상이여, 그대에게 쫓기면서,

이름 붙일 수 없는 자여! 숨어 있는 소름이 끼치는 자여!

그대 구름 뒤에 있는 사냥꾼이여!

그대의 번개 때문에 쓰러져서.

그대, 어둠 속에서 나를 바라보고 있는, 조소하는 눈이여 —— 나는

이렇게 누워서,

몸을 굽히고, 몸부림친다,

 모든 영원한 고문에 시달리면서,

그대의 화살에 맞으면서

가장 잔인한 사냥꾼이여,

그대 미지의 —— 신이여![2]

더 깊이 맞혀라!

다시 한번 맞혀라!

이 마음을 꿰뚫고 부숴버려라!

촉이 무딘 화살에 의한

1 제4부 '취가' 4의 4단 참조.
2 〈사도행전〉 17장 23절 참조.

이 고문은 무엇을 위해선가?

왜 그대는 다시 바라보는가,

인간의 고통에 싫증이 나지 않고,

(인간이) 해를 입는 것을 기뻐하는 신들의 번개의 눈으로?

그대는 죽이려고 하지는 않고,

오직 고문에 고문을 거듭하는가?

무엇 때문에 —— **나를** 고문하는가,

그대 (인간이) 해를 입는 것을 기뻐하는 미지의 신이여?

하하! 그대는 살금살금 다가오는가?[1]

이런 한밤중에

그대는 무엇을 하려고 하는가? 말하라!

그대는 나를 억누르고 나를 압박한다 ——

하! 벌써 너무 가까이 왔구나!

물러가라! 물러가라!

그대는 나의 숨소리를 듣고,

그대는 나의 가슴에 귀를 기울인다,

그대 질투심이 강한 자여 ——

도대체 무엇을 질투하는가?

물러가라! 물러가라! 사다리는 무엇에 쓰려는가?

그대는 **들어오려고** 하는가,

나의 마음속으로,

올라타려고 하는가, 나의 가장 은밀한

---

1 제4부 '취가' 3의 5단 참조.

사상에 올라타려고 하는가?

염치없는 자여! 알려지지 않은 —— 도둑이여![1]

그대는 무엇을 훔치려고 하는가?

그대는 무엇을 도청하려고 하는가?

그대는 고문에 의해 무엇을 얻으려고 하는가,

그대 고문하는 자여?

그대 —— 형리인 신이여!

그렇지 않으면, 내가 개처럼,

그대 앞에서 뒹굴어야만 하는가?

헌신적으로 자기를 잊을 만큼 도취하여,

그대에게 —— 꼬리를 흔들어 사랑을 보이라는 것인가?

부질없는 일이다! 계속 찔러라,

가장 잔인한 가시여! 아니,

나는 개가 아니라 —— 다만 그대가 사냥해서 잡은 짐승일 뿐이다.

가장 잔인한 사냥꾼이여!

그대의 가장 자랑스러운 죄수다,

그대 구름 뒤에 있는 강도여!

마지막으로 말하라!

노상 강도여, 그대는 나에게서 무엇을 바라는가?

그대 번개에 숨어 있는 자여! 미지의 자여! 말하라,

그대는 무엇을 **바라는가**, 미지의 —— 신이여?

---

1 제3부 '환영과 수수께끼에 대하여' 2의 17단 참조. 도둑은 영원 회귀 사상의 암흑면, 부정적인 면
과 관련되는 상징으로 몸서리치게 하는 존재의 상징이다. 〈아리아드네의 슬픔〉에서는 디오니소
스 신(충일하는 삶의 상징이면서 명부의 신과도 일체가 되어 있는 신)의 상징으로 사용된다.

뭐라고? 몸값?

그대는 얼마나 많은 몸값을 바라는가?

많이 요구하라 ── 나의 긍지가 이렇게 권한다!

그리고 짧게 말하라 ── 나의 다른 긍지가 이렇게 권한다!

하하!

나를 ── 그대는 원하는가, 나를?

나를 ── 전부?……

하하!

그대는 바보로구나, 그래서 나를 고문하고,

나의 긍지를 고문으로 부숴버리려 하는가?

나에게 **사랑**을 다오 ── 지금 누가 나를 따뜻하게 해줄 것인가?

지금 누가 나를 사랑하는가? ── 따뜻한 손을 다오!

마음의 화로를 다오,

나, 가장 고독한 자에게,

얼음을 다오, 아! 일곱 겹의 얼음은

적 자신을,

적을 애타게 그리워하는 것을 가르친다,

어서 다오, 그렇다, 맡겨다오,

가장 잔인한 적이여,

나에게 ── 그대를! ──

그가 없어졌다!

바로 그가 달아났다,

나의 마지막 유일한 친구,
나의 커다란 적,
나의 미지의 자,
나의 형리인 신이!

아니다! 돌아오라,
그대의 모든 고문과 함께!
고독한 모든 자 중의 가장 마지막 사람에게
오, 돌아오라!
모든 나의 눈물의 시내는 흐른다,
그대를 향해 흐른다!
그리고 나의 마지막 마음의 불꽃은 ──
그대를 향해 불타오른다!
오, 돌아오라,
나의 마지막 신이여! 나의 고통이여! 나의 마지막 ── 행복이여!

2

그러나 여기서 차라투스트라는 더 이상 참을 수 없어서 지팡이를 들어 한탄하는 자를 힘껏 쳤다. "그만!" 차라투스트라는 노기등등하게 웃으면서 한탄하는 자에게 말했다. "그만, 그대 배우여! 그대 위조자[1]여! 그대 철두철미한 거짓말쟁이여! 나는 그대를 잘 알고 있다! 나는 이미

---

1 제4부 '보다 높은 인간에 대하여' 8의 2단 참조. 니체가 바그너의 배우적 성격을 비난했다는 점도 참작할 것.

그대의 말을 따뜻하게 만들어주고 싶다. 그대 귀찮은 마술사[1]여, 나는 그대와 같은 자들을 ── 뜨겁게 만드는 법을 잘 알고 있다!"

"그만" 하고 늙은이는 땅 위에서 뛰어 일어났다. "더 이상 때리지 마라, 오, 차라투스트라여! 나는 오직 이렇게 연기를 하고 있었을 뿐이다! 이런 것은 나의 솜씨 중의 하나다. 내가 그대에게 이런 시연을 보여주었을 때 나는 그대 자신을 시험해보고 싶었던 것이다! 그리고 정녕 그대는 나를 썩 잘 꿰뚫어 보았다! 그러나 그대도 ── 나에게 그대에 대해서 적지 않은 시연을 보여주었다. 그대는 가혹하다, 그대 현명한 차라투스트라여! 그대는 그대의 **여러 가지 진리**로써 가혹하게 때린다. 그대의 곤봉이 나에게 강요한다 ── **이러한** 진리를!"

"아첨하지 마라." 차라투스트라는 한결같이 흥분하여 흘겨보면서 대답했다. "그대 철두철미한 배우여! 그대는 사이비다. 그대가 무슨 말을 할 것인가 ── 진리에 대해서. 그대 공작 중의 공작이여, 그대 허영의 바다[2]여, 그대는 내 앞에서 무슨 연기를 하는가, 그대 귀찮은 마술사여. 그대가 이러한 모습으로 한탄했을 때 나는 **누구**를 보고 있다고 믿어야 했을 것인가?"

"**정신의 속죄자**[3]다." 늙은이는 말했다. "이 속죄자를 ── 나는 연기로 보여주었다. 그대 자신이 일찍이 이 말을 꾸며냈다.

이 속죄자는 마침내 자기의 정신을 자기 자신에게 적대시키는 시인과 마술사이고, 일변하여 자기의 나쁜 지식과 양심[4] 때문에 얼어붙는

---

1 능숙한 배우가 마술사다. 마술사는 진짜로 살지는 못하고 진짜처럼 분장하고 가면에 의해 살고 있다.

2 제2부 '시인들에 대하여' 32단, 36단 참조.

3 제2부 '숭고한 자들에 대하여' 3단 및 '시인들에 대하여' 40단 참조.

4 정신과 양심의 관련에 대해서는 제1부 '시장의 파리 떼에 대하여' 7단 참조.

자이다.

그리고 자백하라, 오, 차라투스트라여, 그대는 한참 만에야 나의 솜씨와 거짓말을 간파했다는 것을! 그대가 두 손으로 내 머리를 받쳐주었을 때 **그대**는 나의 곤경을 믿고 있었다.

나는 그대가 '사람들은 이 사람을 너무나 적게 사랑했다, 너무나 적게 사랑했다!' 하고 한탄하는 소리를 들었다. 내가 그대를 이만큼 속인 것을 나의 악의는 마음속으로 기뻐했다."

"그대는 나보다 더 섬세한 자들도 속였을 것이다." 차라투스트라는 냉정하게 말했다.

"나는 기만자들을 경계하지 않는다, 나는 조심해서는 **안 되는 것이다.** 나의 운명이 이와 같이 바라고 있다.[1]

그러나 그대는 —— 속이지 **않으면 안 된다.** 나는 이만큼 그대를 잘 알고 있다. 그대는 언제나 일의적, 이의적, 삼의적, 사의적, 오의적이어야 한다! 또한 그대가 방금 고백한 것도 내가 보기에는 충분히 진실하지도 못하고, 또 충분히 허위도 아니다!

그대 사악한 위조자여, 그대가 어떻게 달라질 수 있을 것인가! 그대는 그대의 의사에게 그대를 나체로 보일 때에도 그대의 병을 분장하리라.

이와 마찬가지로 그대는, '나는 **오직** 이렇게 연기를 하고 있었을 뿐이다!' 라고 말했을 때에도, 내 앞에서 그대의 거짓말에 분장을 했다. 이 말 속에는 **진실**도 있었다. 그대는 어느 정도는 정신의 속죄자인 **것이다!**

나는 그대를 잘 알고 있다. 그대는 모든 사람을 속이는 마술사가 되었으나 그대에 대해서는 어떠한 거짓말도, 술책도 이미 남아 있지 않

---

1 제2부 '대인의 재치에 대하여' 9~11단 참조.

다 —— 그대 자신이 그대의 마술에서 풀려난 것이다.

그대는 그대의 하나의 진리로서 구역질을 수확했다. 그대에게는 어떠한 말도 이미 진짜가 아니지만 그대의 입은, 다시 말하면 그대의 입에 달라붙어 있는 구역질은 진짜다."[1]

"도대체 그대는 누구인가?" 여기서 늙은 마술사는 반항적인 목소리로 외쳤다. "오늘날 살아 있는 가장 위대한 자인 **나에게** 감히 이와 같이 말하는 자는 누구인가?" 그리고 푸른 번개가 그의 눈으로부터 차라투스트라를 향해 튀어나왔다.[2] 그러나 그는 곧 일변하여 슬픈 목소리로 말했다.

"오, 차라투스트라여, 나는 지쳤다, 나의 여러 가지 솜씨는 구역질을 일으킨다, 나는 위대하지 않다. 내가 어떤 연기를 하든 무슨 소용이 있는가![3] 그러나 그대는 잘 알고 있다 —— 내가 위대함을 추구하고 있다는 것을!

나는 위대한 인간을 연기로 보여주려고 했고 많은 사람들을 설득했다. 그러나 이러한 거짓말은 나의 힘에 겨웠다. 이러한 거짓말 때문에 나는 부서진다.

오, 차라투스트라여, 나에게 있어서는 모든 것이 거짓말이다. 그러나 내가 부서진다는 것 —— 이러한 나의 파멸은 **진짜다!**"

"그것은 그대의 영광이다." 차라투스트라는 음울하게 옆을 보면서 말했다.

---

1 말은 진짜가 아니지만 입에 달라붙어 있는 구역질은 진짜라고 하는 것은, 신체야말로 인간의 근원적 존재임을 나타낸다. 유일한 진리는 "진리는 지적인 방법에 의해서만 획득되는 것은 아니다"라는 진리를 말한다.

2 푸른 눈으로 질투심에 차서 바라보았다는 뜻.

3 연기로 다른 사람은 속이지만 자기 자신은 속지 않는다. 그러므로 구역질, 자기염오를 느낀다. 이 때문에 마술사는 연기자면서도 보다 높은 인간이 될 수 있다.

"그대가 위대함을 추구한다는 것은 그대의 영광이다. 그러나 그것은 그대를 드러내기도 한다. 그대는 위대하지 않다.

그대 사악하고 늙은 마술사여, 그대가 그대에게 싫증을 내고 '나는 위대하지 않다'고 털어놓는 것, **그것이야말로** 그대의 최선이며 그대의 가장 정직한 점이다.

이러한 점에서 나는 한 사람의 정신의 속죄자로서 그대를 존경한다. 그리고 그것이 숨 한 번 쉬는 동안, 한 번 움직이는 동안에 불과했다 하더라도 이 한순간에는 그대는 —— 진짜였다.

그러나 말하라, 그대는 여기, **나의** 숲과 바위에서 무엇을 찾고 있는가? 그리고 내가 가는 길에 그대가 누워 있었을 때, 그대는 나에게 어떤 시험을 해보려고 했는가?

어떠한 일에 대해서 그대는 **나를** 시험했는가?"

차라투스트라는 이렇게 말했고 그의 눈은 번쩍거렸다. 늙은 마술사는 잠시 침묵했다가 말했다.

"내가 그대를 시험해보다니! 나는 —— 오직 찾고 있을 뿐이다.

오, 차라투스트라여, 나는 진짜, 올바른 자, 단순한 자, 일의적인 자, 전적으로 정직한 자, 지혜의 그릇, 인식의 성인,[1] 위대한 인간을 찾고 있다!

도대체 그대는 알지 못하는가, 오, 차라투스트라여? **나는 차라투스트라를 찾고 있다.**"

그리고 여기서 둘 사이에는 오랫동안 침묵이 흘렀다. 그러나 차라투스트라는 자기 자신 속에 깊이 침묵하여 눈을 감고 있었다. 그러나 이윽고 그는 그의 이야기 상대에게 되돌아와서 마술사의 손을 잡고 예의

---

1 초인을 인식한 자, 곧 차라투스트라.

와 교지를 다 기울이며 말했다.

"자! 저기에 위로 올라가는 길이 있고 거기에는 차라투스트라의 동굴이 있다. 그 동굴 안에서 그대는 그대가 찾고 싶은 자를 찾을지도 모른다.

그리고 나의 짐승들, 곧 나의 독수리와 나의 뱀에게 조언을 구하라. 나의 짐승들은 그대가 찾는 것을 도와줄 것이다. 그러나 나의 동굴은 크다.[1]

물론 나 자신은 —— 나는 아직도 위대한 인간을 보지 못했다. 위대한 것에 대해서는 오늘날 가장 섬세한 자들의 눈조차도 조잡하다. 지금 있는 것은 천민의 왕국이다.

기지개를 켜며 뽐내는 자들이라면 나는 이미 많이 찾아냈고, 이 민중은 '자, 보라, 위대한 인간을!'[2]이라고 외쳤다. 그러나 풀무 따위가 도대체 무슨 도움이 될 것인가! 결국 바람이 새어 나올 뿐이다.[3]

너무 오랫동안 몸을 부풀리면 개구리는 결국 터져 버린다. 그때 공기가 새어 나오는 것이다. 부풀어 오른 자의 배를 찌르는 것, 그것을 나는 건전한 심심풀이라고 부른다. 이 말을 잘 들어두라. 그대들 소년들이여![4]

이 오늘은 천민의 것이다. 여기서 그 누가 무엇이 크고, 무엇이 작은지를 알 것인가! 여기서 그 누가 성공적으로 위대함을 찾을 것인가! 오직 바보[5]뿐이다, 바보들이 성공하는 것이다.

---

1 차라투스트라의 영혼, 그의 고독은 넓고 깊다.
2 저널리스트, 잡문가, 선동가 등을 말한다.
3 천민(민중)은 풀무 같아서 군중 심리에 따라 위대한 인간을 만들어내고 '위대하다'고 공치사를 한다.
4 개구리가 황소를 보고 황소처럼 되려다 배가 터져 죽었다는 이솝의 우화와 소년들의 짓궂은 장난이 연상되고 있다.
5 시대에 알맞지 않고 더 나아가 시대에 반항하는 자들을 말한다.

그대는 위대한 인간을 찾는다고? 그대 이상한 바보여. 누가 그대에게 그런 일을 **가르쳤는가?** 지금이 그런 일을 할 때인가? 오, 그대 사악한 탐구자여, 무엇 때문에 그대는 나를 시험하는가?"

마음이 편안해져서 차라투스트라는 이렇게 말하고 웃으면서 자기의 길을 걸어갔다.

실 직

그러나 차라투스트라가 마술사에게서 풀려난 후 얼마 되지 않아, 그는 그가 가는 길에 누군가 앉아 있는 것을 보았다. 이 사람은 검은 옷을 입은 키가 큰 사람으로 얼굴이 초췌하고 창백했다. 이 남자는 차라투스트라를 몹시 불쾌하게 만들었다. "슬프다." 그는 자기 마음을 향해 말했다. "저기에 가장한 우수가 앉아 있다, 내 생각으로는 성직자인 것 같구나. 성직자들이 나의 영토에서 무엇을 바라고 있는 것일까?

어떻게 된 거냐! 저 마술사에게서 간신히 벗어나자마자 다시 또 다른 마술사가 나의 길을 가로막다니.

안수로 요술을 부리는 마술사, 신의 은총을 빙자하여 괴상한 기적을 보여주는 자, 성유로 축성된 세계 중상자,[1] 이런 자는 악마가 잡아가는 게 좋아!

그러나 악마는 있어야 할 곳에 있은 적이 없다. 그는 언제나 너무 늦게 온다, 이 저주받은 다리가 굽은 난쟁이는[2] ― ."

---

1 현실 세계를 부정하는 성직자들은 염세주의, 허무주의로 세계를 중상하는 자다.
2 '악마'는 기독교의 신을 중력의 정령으로 생각하고 지칭한 것이며, '다리가 굽은 난쟁이'는 생명력 및 실천력이 없는 자를 말한다.

차라투스트라는 조바심이 나서 마음속으로 이렇게 저주하고 어떻게 하면 시선을 돌리고 검은 옷을 입은 남자 곁을 살짝 지나갈 수 있을까, 곰곰 생각해보았다. 그러나 보라, 사정은 달라졌다. 다시 말하면 같은 순간에, 앉아 있는 사람은 이미 그를 보았던 것이다. 그리고 생각지도 않던 행복에 부딪친 사람과 다르지 않게 그는 벌떡 일어나 차라투스트라를 향해 돌진해왔다.

"그대가 누구이든, 나그네여." 그는 말했다. "길을 잃은 사람을, 찾고 있는 사람을, 자칫하면 여기서 해를 입게 될 늙은이를 도와달라!

여기 이 세계는 나에게는 낯설고 먼 곳이고 게다가 나는 야수[1]가 울부짖는 소리를 듣는다. 그리고 나를 보호해줄 수 있는 사람[2]은 이미 죽었다.

나는 최후의 경건한 사람, 홀로 숲 속에 있어서, 오늘날 세상 사람들이 다 알고 있는 일에 대해 전혀 듣지 못한 성인이요, 은둔자를 찾고 있었다."

"오늘날 세상 사람이 다 알고 있다는 것은 **무슨** 일인가?" 차라투스트라는 물었다. "그것은 일찍이 세상 사람들 모두가 믿고 있던 늙은 신이 이제는 살고 있지 않다는 것일까?"

"그대는 바로 맞혔다." 늙은이는 우울하게 대답했다. "그리고 나는 이 늙은 신에게 임종의 시각까지 봉사했다.

그러나 지금의 나는 실직을 해서 주인이 없지만, 그래도 자유롭지는 못하고 추억에 잠기는 것 이외에는 잠시도 즐겁지 않다.

내가 이 산으로 올라온 것은 마침내 나를 위해, 늙은 교황[3]이요 교부

---

1 니체에 있어서 '야수'는 무의식적인 충실한 삶으로 고양된 인간을 나타내고 인간성의 도덕적 이상주의와 대립되는 것이다. 제2부 '숭고한 자들에 대하여' 7단 참조.
2 '서설'에 나오는 숲 속의 성인.

에 어울리는 축제를 다시 베풀기 위해서다. 왜냐하면 알아둬야 할 일이거니와 나는 마지막 교황이기 때문이다! ─── 경건한 추억과 예배를 위한 축제를 올리려는 것이다.

그러나 바로 그 사람, 가장 경건한 사람, 노래와 웅얼거림으로써 그의 신을 끊임없이 찬양하던, 숲 속의 저 성인은 지금은 이미 죽었다.

내가 그의 오두막집을 찾아냈을 때 나는 그 사람 자신은 보지 못했다. 다만 두 마리의 이리가 오두막집 안에서 그의 죽음을 슬퍼하며 울부짖고 있었다. 왜냐하면 모든 짐승들이 그를 사랑했기 때문이었다.[1] 그래서 나는 그곳에서 도망쳐 나왔다.

그렇다면 내가 이 숲과 산으로 온 것은 쓸데없는 일이었던가? 그래서 나는 다른 사람, 신을 부정하는 모든 사람들 가운데서 가장 경건한 자[2]를 찾기로 결심했다. 차라투스트라를 찾기로!"

늙은이는 이렇게 말하고 자기 앞에 서 있는 사람을 날카로운 눈으로 바라보았다. 그러나 차라투스트라는 늙은 교황의 손을 잡고 경탄하며 오랫동안 그 손을 바라보고 있었다.

"자, 보라, 그대 존경할 만한 자여." 이윽고 그는 말했다. "얼마나 아름답고 긴 손인가! 이것은 항상 축복을 나누어 주던 자의 손이다. 그러나 지금 이 손은 그대가 찾고 있는 자를, 나를, 차라투스트라를 꼭 잡고

---

3 늙은 교황은 죽은 신을 사랑하며 슬픔에 잠겨 있어서, 신으로부터 해방된 인간이 되지는 못했지만, 신이 죽은 다음 비속한 오락을 추구하기에 여념이 없는 대중보다는 위대하다. 그러므로 보다 높은 인간이다.

1 숲 속의 성인은 진실한 경건성을 갖고 있었기 때문에 짐승, 심지어 이리와 같은 맹수들(호전적인 자유 정신)도 경의를 표하지 않을 수 없었다. 한편 이기주의자들(이리)이 그들을 침해하지 않는 이타주의자(숲 속의 성인)를 애도한다고 해석하는 사람도 있다. 그러나 이타주의자라는 해석은 은둔자로서 자신의 구원만을 염원했던 숲 속의 성자를 이타주의자로 해석하는 데 무리가 있다.

2 가장 경건한 자라는 말은 주목할 만하다. 차라투스트라는 초월자로서의 신은 무정하지만, 신 없이도 성실하고 경건하게 살려고 하기 때문이다.

있다. 내가 바로 신을 부정하는 차라투스트라, '내가 즐거이 그 가르침을 받을 만큼, 나보다 더 신을 부정하는 자는 누구인가?'라고 말하는 차라투스트라다."

차라투스트라는 이렇게 말하고 그의 시선으로 늙은 교황의 사상과 배후 사상을 꿰뚫어 보았다. 마침내 교황은 말하기 시작했다.

"신을 가장 많이 사랑하고 소유했던 자야말로 지금은 신을 가장 많이 잃어버렸다. 보라, 우리 둘 중에서 나 자신이 지금 더욱 신을 믿지 않는 자일까? 그러나 누가 그것을 기뻐하랴!"

"그대는 마지막까지 신에게 봉사했으므로," 깊은 침묵 후에 생각에 잠겨 차라투스트라는 물었다. "그대는 그가 **어떻게** 죽었는지 알고 있겠지? 동정이 그를 목 졸라 죽였다[2]고 사람들이 말하는 것이 사실인가?

그는 인간이 십자가에 매달리는 것을 보고 이를 견디지 못했고, 인간에 대한 사랑이 그의 지옥이 되고, 결국은 그의 죽음이 되었다는 것이?"

그러나 늙은 교황은 대답하지 않고 수줍어하며 고통스럽고 음울한 표정으로 옆을 보았다.

"신으로 하여금 가게 하라." 차라투스트라는 심사숙고한 후에 여전히 늙은이의 눈을 똑바로 바라보면서 말했다. "신으로 하여금 가게 하라. 그는 사라졌다. 그리고 그대가 이 죽은 자에 대해 좋은 말만 하는 것은 그대의 명예가 되기도 하지만, 그대도 나와 마찬가지로 그가 **누구**

---

1 제3부 '작게 만드는 덕에 대하여' 3의 7단 참조.
2 여기서 말하는 신은 물론 기독교의 신이며, 결국은 기독교 자체다. 기독교가 설교하는 사랑은 동정이고 동정은 개별적인 개인들의 상호 관계 위에서 성립된다. 따라서 동정의 모랄이 보편화되면 개별화의 원리가 우월해지고 통일의 원리는 희박해져서 인륜성이 해체된다. 따라서 서구의 인륜성의 기본인 기독교가 쇠퇴하게 된다. '서설'의 3의 18단, 제2부 '동정하는 자들에 대하여' 36~37단 참조.

였는가를, 그리고 그가 기묘한 길을 걸어왔다는 것을 잘 알고 있다."

"세 눈 밑에서[1] 하는 말이지만," 늙은 교황은 쾌활하게 말했다(그는 한 눈이 멀었기 때문이다). "신의 일에 대해서는 나는 차라투스트라보다 더 밝다. 또 당연한 일이다.

나의 사랑은 기나긴 세월에 걸쳐 그를 섬겼고 나의 의지는 그의 모든 의지에 따랐다. 그러나 좋은 하인은 모든 것을 알고 있고, 그의 주인이 자기 자신에게도 숨기고 있는 여러 가지 일조차도 알고 있다.

그는 비밀로 가득 찬 숨은 신이었다. 정녕 그는 독생자에게도 샛길로만 올 줄 알았다. 그의 신앙의 문턱에는 간통이 있다.[2]

그를 사랑의 신이라고 찬양하는 자는 사랑 자체를 충분히 높이 평가하지 않는다. 이 신은 심판자가 되고자 했던 것이 아닐까?[3] 그러나 사랑하는 자는 보상과 보복의 피안에서 사랑한다.

동방 출신인 이 신, 그는 젊었을 때 냉혹하고 복수심이 강하며 그의 마음에 드는 자들을 즐겁게 하기 위해 지옥을 만들었다.[4]

그러나 마침내 그는 늙고 쇠약해지고 연약해지고 동정심이 많아져서 아버지보다는 할아버지와 비슷하게, 게다가 비틀거리는 늙은 할머니와 가장 비슷하게 되었다.

그래서 그는 시들어서 난로 구석에 앉아, 자기 발에 힘이 없는 것을

---

1 독일어에서 unter vier Augen(네 눈 밑에서)은 '둘이서', '은밀히'라는 뜻이다. 교황이 한쪽 눈이 멀었기 때문에 '세 눈 밑에서'라고 한 것이고 그것은 교황의 종교적 편견을 나타내는 듯하다.
2 예수는 요셉의 아내 마리아에게 성령에 의해 수태되었다고 한다.
3 여호와는 구약이나 신약에 있어서 심판자적인 요소가 다분하다.
4 기독교 성립 이후 몇 세기가 지나는 동안, 벌을 내리는 하나님이라는 성격을 감추려는 시도가 있었기는 했지만 근원적으로는 이 성격은, 원시 기독교의 문헌에서 볼 수 있듯이 기독교도들의 일차적인 사상으로서 증오에 의해 비로소 단결할 수 있었던 것이다. 최초의 기독교도들은 '신의 형벌'이라는 말에 전체적인 의미를 부여하지 않을 수 없었던 것이다. 또한 중세에 이르러서는 공식적으로 소름 끼치는 지옥을 말했다.

한탄하며 세상에 지치고 의욕에 지쳐서, 어느 날 그의 너무나 큰 동정 때문에 질식했다."

"그대 늙은 교황이여." 여기서 차라투스트라가 끼어들었다.

"그대는 그 일을 목격했는가? 어쩌면 그렇게 되었을지도 모르고 **또 는** 달랐을지도 모른다. 신들은 죽을 때, 언제나 여러 종류의 죽음을 맞이한다.[1]

그러나 좋다, 이렇게 됐든, 저렇게 됐든 —— 그는 사라졌다! 그는 나의 귀와 눈의 취미에도 거슬렸고,[2] 나는 그에 대해 더 이상 험담을 하고 싶지 않다.

나는 밝은 눈으로 정직하게 말하는 모든 것을 사랑한다. 그러나 그는 —— 그대도 잘 알고 있다시피 그대 늙은 성직자여, 그에게는 그대와 비슷한 점, 성직자와 비슷한 점이 있었다 —— 그는 다의적이었다.

그는 또한 명확하지 못했다.[3] 그는, 이 격노한 자[4]는 우리가 그의 말을 잘못 이해했을 때 우리에게 얼마나 화를 냈던가! 그런데 그는 왜 좀 더 정연하게 말하지 못했던가?

그리고 우리들의 귀 탓이었다면, 왜 그는 그의 말을 잘못 듣는 귀를 우리에게 주었던가? 우리의 귀에 진흙이 있었다면, 좋다! 누가 이 진흙을 집어넣었던가?[5]

---

1 신의 죽음의 원인은 단일하지 않다. 회의, 부정, 신앙 등, 신자의 태도 여하에 따라 신의 사인도 다양한 것이다.

2 '취미'라는 개념은 니체에 있어서 독특하다. 신체와 의식의 통일을 나타내는 개념, 이른바 '몸으로 안다'는 경지를 어느 정도 실현시킨 단계를 말한다. 따라서 논리보다도 더 근원적인 것이 취미다.

3 다기다양한 성서 해석과 이에 따르는 논쟁은 결국 기독교적 언어의 부정확성에 있고 이 부정확성은 고의적인 것이다라는 뜻.

4 제4부 '꿀의 제물' 19단 참조.

5 이것은 신의론 내지는 변신론의 문제다.

그는, 수업을 마치지 못한 이 도공은 너무나 많은 실패를 저질렀다! 그러나 그가 그의 항아리[1]와 피조물에 이것들이 잘못 만들어졌다고 해서 복수를 한 것 — 그것은 **좋은 취미**에 어긋나는 죄다.

경건함에도 좋은 취미는 있다. 마침내 **이 취미**가 말했다. "**이 따위** 신은 가라! 오히려 신이 없는 게 낫고, 오히려 혼자 힘으로 운명을 만드는 게 낫고, 오히려 바보[2]가 되는 게 낫고, 오히려 스스로 신이 되는 게 좋다!"[3]

"나는 무슨 말을 들었는가!" 여기서 귀를 날카롭게 하고 있던 늙은 교황은 말했다.

"오, 차라투스트라여, 그대는 이와 같이 신앙이 없으면서도 그대 자신이 생각하는 것보다는 훨씬 경건하구나! 그대 마음속의 어떤 신[4]이 그대를 그대의 신 상실로 개종시켰다.[5]

그대로 하여금 이미 하나의 신을 믿지 못하게 하는 것, 그것이 그대의 경건함이 아닌가? 그리고 그대의 너무나 큰 정직함은 그대를 다시 선악의 피안으로 데려가리라!

자, 보라, 그대를 위해 쓰지 않고 남겨놓은 것은 무엇인가? 그대는 영원한 옛날부터 축복을 주도록 예정되어 있는 눈과 손과 입을 갖고 있다.[6] 사람은 손만으로 축복을 주는 것은 아니다.[7]

---

1 제3부 '작게 만드는 덕에 대하여' 3의 9단 참조. 여기서는 피조물, 특히 인간을 비유하고 있는 것 같다.
2 신의 섭리나 인도를 무시하고 혼자의 힘으로 운명을 개척하는 자.
3 제2부 '지복의 섬에서' 12단 참조. 참으로 창조적인 인식은 신의 죽음이 전제되어야 한다. 다시 말하면 신이 죽을 때 비로소 인간의 창조적 행위가 가능한 것이다. 신을 근원적 창조자로 인정하는 한, 인간의 창조적 행위는 불가능하기 때문이다.
4 디오니소스 신.
5 차라투스트라는 삶의 궁극적 의의를 탐구하므로 일종의 절대의 탐구자로서 종교와 유사한 점이 있다. 곧 영원 회귀에 대한 절대적 긍정을 요구하는 것이다.
6 '눈과 손과 입'은 곧 보고 행하고 말한다는 뜻. 곧 초인과 영원 회귀 사상으로 축복을 한다.
7 이 장의 17단 참조.

그대의 곁에 있으면, 비록 그대가 신을 부정하는 자가 되려고 하지만 기나긴 축복의 싱싱하고 성스러운 향기[1]를 맡는다. 이때 나는 즐거워지고 또 슬퍼진다.[2]

나를 손님으로 맞이해달라, 오, 차라투스트라여, 단 하룻밤만! 지금 나에게는 지상에서 그대의 곁보다 더 아늑한 곳은 없다!"

"아멘![3] 그렇게 하자!" 차라투스트라는 매우 의아하게 생각하며[4] 말했다.

"저기에 위로 올라가는 길이 있고 거기에 차라투스트라의 동굴이 있다.

사실 나는 그대 자신을 즐거이 그곳으로 안내하고 싶다, 그대 존경할 만한 자여, 나는 경건한 모든 사람들을 사랑하기 때문이다. 그러나 지금은 구원을 요청하는 절규가 빨리 그대의 곁을 떠나라고 나를 부른다.

나의 영토에서는 나는 아무도 해를 입지 않게 해야 한다. 나의 동굴은 좋은 항구다.[5] 그리고 그가 누구이든 슬퍼하는 사람을 다시 확고하게 땅 위에, 확고하게 발로 서게 하는 것은 내가 가장 바라고 있는 일이다.

그러나 **그대의** 우수를 그대의 어깨에서 내려줄 사람은 누구인가? 그렇게 하기에는 나는 너무 약하다. 정녕 그대를 위해 누군가가 그대의 신을 다시 깨우기까지는 우리는 오랫동안 기다려야 할지도 모른다.

---

1 초인에 대한 조짐.
2 즐거워지는 것은 교황이 죽은 주님을 대신할 후계자를 보았기 때문이며, 슬퍼지는 것은 축복하는 자로서의 교황의 사명이 완전히 끝났기 때문이다.
3 '아멘'이라는 교회 용어를 쓴 것은 교황에 대한 예의이고 동시에 교황의 말에 대한 강한 긍정을 나타낸다.
4 신의 비밀을 폭로하고 차라투스트라의 축복을 말하는 교황의 태도를 의아하게 여기는 것이다.
5 교회가 구원과 위안을 주는 곳으로서 이와 같이 불리고 있는 것을 이용한 것이다.

이 늙은 신은 이미 살아 있지 않기 때문이다. 이 신은 근본적으로 죽었다."

차라투스트라는 이렇게 말했다.

가장 추악한 인간

그리고 차라투스트라의 발은 산과 숲 속을 다시 달리고 그의 눈은 찾고 또 찾았으나 그의 눈이 보고 싶어 한 사람, 곧 곤경에 빠져서 구원을 요청하는 절규를 외친 사람은 어디서도 볼 수 없었다. 그러나 길을 걸으면서 줄곧 그의 마음은 기쁨을 가누지 못했고 감사하고 있었다. "얼마나 좋은 일들을," 그는 말했다. "오늘은 나에게 선사하는가, 시작이 좋지 않았던 대가로! 나는 얼마나 이상한 이야기 상대들을 만났던가! 나는 이제 그들의 말을 좋은 낟알을 씹듯이 오랫동안 씹고 싶다. 그들의 말이 젖처럼 나의 영혼으로 흘러 들어올 때까지 나의 이빨로 작게 씹고 부서뜨려야 한다!"[1]

그러나 길이 다시 어떤 바위를 돌아섰을 때 갑자기 풍경은 일변하고 차라투스트라는 죽음의 나라에 들어섰다. 여기에는 검고 붉은 절벽들이 우뚝 솟아 있었고, 풀도 없고, 나무도 없고, 새소리도 들리지 않았다. 다시 말하면 모든 짐승들, 심지어 맹수들조차도 피하는 골짜기였다. 다만 일종의 추악하고 굵은 녹색의 뱀들만이 늙으면 이곳으로 와서 죽었다. 그러므로 목자들은 이 골짜기에 뱀의 죽음이라는 이름을 붙였다.

---

1 그들이 할 말은 절망적인 말이지만 잘 소화하면 자기 초극의 양식이 된다. 곧 차라투스트라는 그들과 나눈 대화에서 교훈을 찾으려고 한다.

그러나 차라투스트라는 검은 추억에 잠겼다. 언젠가 이 골짜기에 서 있었던 일이 있는 것처럼 생각되었기 때문이었다.[1] 그리고 많은 무거운 것이 그의 마음을 내리눌렀기 때문에 그의 걸음은 느려지고 점점 더 느려지다가 마침내 그는 멈춰 섰다. 그러나 그때 그가 눈을 뜨자, 길에 무엇인가 앉아 있는 것이 보였다. 그것은 인간 비슷한 모양을 하고 있었으나 거의 인간처럼 보이지 않았고, 말로 표현하기 어려운 것이었다. 그리고 이러한 것을 눈으로 보았기 때문에 차라투스트라에게는 갑자기 커다란 수치가 엄습해왔다.[2] 백발까지 붉어질 만큼 얼굴을 붉히고 그는 시선을 비키고 이 불길한 장소를 떠나려고 다리를 들었다. 그러나 그때 죽은 황야가 소리를 질렀다. 다시 말하면 마치 밤중에 물이 막힌 수도관을 지나갈 때 꼬르륵꼬르륵 콸콸 하는 소리를 내는 것처럼 땅으로부터 꼬르륵꼬르륵 콸콸 하는 소리가 솟아올랐다. 그리고 드디어 이 소리는 인간의 목소리가 되고 인간이 말하는 소리가 되었다. 그 소리는 다음과 같이 말했다.

"차라투스트라여! 차라투스트라여! 나의 수수께끼를 풀라! 말하라, 말하라! **목격자에 대한 복수**는 어떤 것인가?

나는 그대를 꾀어서 돌아오게 한다. 여기에는 미끄러운 얼음이 있다! 조심하라, 그대의 긍지가 여기서 다리를 부러뜨리지 않도록 조심하라!

그대는 스스로 현명하다고 생각한다, 그대 긍지 높은 차라투스트라여! 그렇다면 제발, 이 수수께끼를 풀라, 그대 엄격한 호두까기[3]여, 내

---

1 제3부 '환영과 수수께끼에 대하여'에서 젊은 목자의 입에 뱀이 기어 들어갔던 것, 다시 말하면 영원 회귀 사상의 암흑면(니힐리즘)을 상기하고 있다.
2 추악한 인간에게 동정하고 있는 자기 자신에게 수치를 느낀 것이다.
3 "eine harte Nuß knacken(딱딱한 호두를 깬다)"이라는 말은 어려운 문제나 수수께끼를 해결한다는 뜻을 갖고 있다.

가 바로 수수께끼다! 따라서 제발, **내가** 누구인가를 말하라!"

그러나 차라투스트라가 이 말을 들었을 때 그대들은 그의 영혼에 어떤 일이 일어났다고 생각하는가? **동정이 그를 엄습했던 것이다.** 그리고 오랫동안 많은 벌목꾼들에게 저항해오던 참나무[1]가 — 무겁게, 갑자기, 나무를 쓰러뜨리려고 하던 사람들을 놀라게 하며 쓰러지듯이 그는 갑자기 쓰러졌다. 그러나 그는 곧 땅에서 일어났고 그의 얼굴은 엄격했다.[2]

"나는 그대를 알고 있다." 그는 무쇠 같은 목소리로 말했다. "**그대는 신을 죽인 자다!** 나를 가게 해다오. 그대는 그대를 본 자 — 그대를 끊임없이 구석구석 본 자를 **참고 견디지 못했다**, 그대 가장 추악한 인간이여! 그대는 이 목격자[3]에게 복수를 했다!"[4]

차라투스트라는 이렇게 말하고 떠나려고 했다. 그러나 말로는 표현할 수 없는 자는 그의 옷 끝을 붙잡고 다시 꼬르륵거리며 말을 찾기 시작했다. "멈춰라!" 마침내 그는 말했다.

"멈춰라! 통과하지 마라! 나는 어떠한 도끼가 그대를 땅에 쓰러뜨렸는지 알고 있다.[5] 오, 차라투스트라여, 그대가 다시 일어서다니, 만세!

---

1 힘, 자유, 독립 등을 상징하는 나무다.
2 추악한 자에 대한 동정을 극복했다.
3 여기서 목격자는 신이며 신을 목격자로 생각하는 태도는 고대 그리스의 소피스트들에게서도 볼 수 있다. 곧 사회 질서를 유지하기 위해 법의 감시가 소홀할 때에도 늘 인간을 감시, 목격하고 있는 자가 있다고 함으로써 인간을 위협하기 위해 신을 안출해냈다는 것이다.
4 신을 만들어낸 이상, 이 신은 전지전능하지 않을 수 없다. 곧 구석구석까지 끊임없이 보는 자여야 한다. 따라서 신은 인간의 추악한 면도 철저히 알고 있다. 그러므로 인간의 추악함을 보고 뻔뻔스럽게 동정하고 있는 신을 인간은 용서할 수 없었고 따라서 복수로 그를 죽인 것이다. 다시 말하면 신은 인간에게 동정하는 사랑의 신인데, 이 신은 인간이 만들어낸 것이므로 모순에 빠지게 되고 따라서 신은 죽지 않을 수 없다. 제4부 '실직'에서 동정 때문에 신이 죽었다는 말도 여기서 그 의미가 분명해진다.
5 차라투스트라를 쓰러뜨린 도끼는 바로 동정이다.

그를 죽인 자 ── 신을 죽인 자가 어떤 기분을 갖고 있는지, 그대가 알고 있다는 것을 나는 잘 알고 있다. 멈춰라! 내 곁에 앉아라! 그것은 부질없는 일이 아니다!

그대에게 가려고 하지 않았다면, 나는 누구에게 가려고 했던가? 멈춰라, 앉아라! 그러나 나를 바라보지 마라! 이렇게 해서 경의를 나타내라, 나의 추악함에!¹

사람들은 나를 뒤쫓는다. 이제 그대는 나의 마지막 피난처다. 그들은 증오로써 (뒤쫓는 것도) **아니고** 그들은 포리로서 (뒤쫓는 것도) **아니다.** 오, 이런 추적이라면 나는 비웃고 자랑하고 기뻐하리라!

모든 성공은 지금까지는 잘 쫓기는 자의 것이 아니었던가?² 그리고 잘 쫓는 자는 쉽게 **추종**을 배운다. 뒤쫓는 자는 분명히 ── 뒤에서 쫓아오기 때문이다! 그러나 그들의 **동정** 때문에 ── 그들의 동정 때문에 나는 도망쳐 나와 그대에게 피난하는 것이다. 오, 차라투스트라여, 나를 보호해다오, 그대 나의 마지막 피난처여, 나를 알고 있는 유일한 사람이여.

그³를 죽인 자의 기분이 어떤 것인지, 그대는 잘 알고 있다. 멈춰라! 그대도 떠나고 싶다면, 그대 성급한 자여, 내가 온 길로 가지 마라. 그 길은 위험하다.

그대는, 내가 더듬거리며 너무 오랫동안 이야기해서 화가 났는가? 게다가 내가 충고까지 한다고 해서? 그러나 알아둬야 할 일이거니와, 나는 가장 추악한 인간⁴이다.

---

1 가장 추악한 자의 추악함을 방관하지 말고 오히려 자기 자신의 추악함, 더 나아가 인간의 추악함에 눈을 돌리고 이를 초극하려고 하는 것이 경의를 나타내는 것이 된다.
2 역사상의 위인은 모두 박해를 받았다.
3 신.
4 가장 추악한 인간은 자기 자신에 대해 구역질을 하는 인간이다. 곧 인간이 단편적이고 불구임을

가장 크고 가장 무거운 발을 가진, **내가** 가는 곳에선 길이 험해진다. 나는 모든 길을 밟아 죽이고 밟아 뭉갠다.

그러나 그대가 나의 곁을 묵묵히 통과했다는 것, 그대가 얼굴을 붉혔다는 것, 나는 그것을 잘 알고 있었다. 그래서 나는 그대를 차라투스트라라고 알아본 것이다.

다른 사람이라면 누구든지 그의 보시[1]를, 그의 동정을 시선과 말로써 나에게 던졌을 것이다. 그러나 그러기에는 —— 나는 거지라고 할 수 없는 자이고,[2] 이 점을 그대는 알고 있었다.

—— 그러기에는 나는 너무나 **풍부**하다, 위대함에, 무서운 것에, 추악함에, 가장 말로 표현하기 어려운 것에 풍부하다![3] 그대의 수치는, 오, 차라투스트라여, 나의 **영광**이었다!

나는 동정하는 군중들로부터 간신히 빠져 나왔다. 오늘 '동정은 뻔뻔스러운 것이다'[4]라고 가르치는 유일한 자를 찾기 위하여 —— 그대를 찾기 위하여, 오, 차라투스트라여!

—— 신의 동정이든, 인간의 동정이든 동정은 수치에 어긋나는 것이다. 그리고 도와주지 않으려고 하는 것이 도와주려고 뛰어오는 덕보다 더 고귀할 수도 있다.

그러나 **그것**은, 곧 동정은 오늘날 모든 작은 사람들[5]에 의해 덕이라고 불린다. 작은 사람들은 커다란 불행에 대해서도, 커다란 추악함에

자각하고 자기 자신에 염오를 느끼고 자기 자신을 떠나려 하고 보다 높은 것을 의욕한다. 이러한 점에서 아무런 희망도, 만족도 없이 하루살이처럼 사는 인간들보다는 더 높은 인간이다.

1 동정, 기독교의 인인애. '서설' 2의 10~11단 참조.
2 동정에 매달려 있을 만큼 평범하지는 않다.
3 신을 죽인 자의 절망적인 고뇌는 다른 사람이 함께 감당하기에는 너무 크고 길고 추악하고 무섭다는 것을 나타낸다.
4 제1부 '전쟁과 전사에 대하여' 12, 14단, 제2부 '동정하는 자들에 대하여' 7단 참조.
5 제3부 '작게 만드는 덕에 대하여' 참조.

대해서도, 커다란 실패에 대해서도 외경심[1]을 품지 않는다.

마치 개가 몰려 있는 양 떼의 등 너머로 먼 곳을 바라보듯, 나는 이러한 모든 자들 너머로 먼 곳을 바라본다. 그들은 작고 호의적이며 털이 부드러운 회색의 사람들인 것이다.

왜가리[2]가 머리를 뒤로 젖히고 경멸하듯, 얕은 연못 너머로 먼 곳을 바라보듯 나는 회색의 작은 물결과 의지와 영혼 너머로 먼 곳을 바라본다.

너무나 오랫동안 사람들은 그들의, 이 작은 사람들의 권리를 인정해 주었다. 그래서 마침내 사람들은 그들에게 권력까지도 주었다. 이제 작은 사람들은 '작은 사람들이 선이라고 부르는 것만이 착하다'고 가르친다.

그 자신이 작은 사람 출신인 설교자, 자기 자신에 대해 '내가 —— 진리다'라고 증언하는, 저 이상한 성자요, 작은 사람들의 대변자[3]가 말하는 것이 오늘날 '진리'라고 일컬어지고 있다.

이 불손한 자는 이미 오랫동안 작은 사람들의 볏을 높이 치켜들게 했다.[4] '내가 —— 진리다'라고 가르칠 때 적지 않은 오류를 가르친 이 불손한 자는.

불손한 자로서 그보다 더 정중한 응답을 받은 자가 있었을까?[5] 그러나 그대는, 오, 차라투스트라여, 그의 곁을 통과하며 말했다. '아니다!

---

1 제1부 '세 가지 변화에 대하여' 1, 2단 참조.
2 번역의 대본에는 Reiter(기사)로 돼 있으나 다른 판에는 Reiher(왜가리)로 되어 있다. 글의 뜻으로 보아서는 왜가리가 옳은 듯하여 이에 따랐다.
3 예수를 말한다. 예수는 "나는 길이요 진리"라고 말한 바 있다.
4 자만심을 갖게 했다는 뜻. 다만 나우만은 직접 공산주의자들의 인터내셔널을 암시하고 있다고 해석하고 있다. 이렇게 해석하면 위의 주 3의 예수라고 한 주도 다르게 해석되어야 한다.
5 인간은 진리를 소유할 수는 없다. 이 점을 총독 빌라도는 정중한 문답 형식을 통해 탁월한 아이러니로써 밝힌 바 있다. 〈마태복음〉 27장 11절 이하 참조.

아니다! 세 번째로 아니다!'¹

그대는 그의 오류를 조심하라고 경고했고, 그대는 그들의 동정에 조심하라고 경고한 첫 번째 사람이었다 ── 만인에 대해서도 아니고, 어느 누구에게도 아니고² 그대와 그대의 동류들에게.

그대는 커다란 고뇌를 갖고 있는 자들의 수치에 대해 수치를 느낀다. 그리고 정녕 그대가 '동정으로부터 무거운 구름이 몰려온다, 조심하라, 그대들 인간들이여!'³라고 말할 때,

그대가 '모든 창조하는 자들은 냉혹하다, 모든 커다란 사랑은 동정을 초월해 있다'⁴고 가르칠 때, 오 차라투스트라여, 나에게는 그대가 뇌우의 조짐을 얼마나 잘 배운 것으로 생각되는가!

그러나 그대 자신은 ── 또한 그대 자신에게 **그대의** 동정을 조심하도록 경고하라! 왜냐하면 많은 사람들이 그대에게 오는 도상에 있기 때문이다, 고뇌하고 회의하고 절망하고 물에 빠지고 추위에 언 많은 자들이.

나는 그대에게 나 자신도 조심해야 한다고 경고한다. 그대는 나의 가장 불길한 수수께끼,⁵ 곧 나 자신과 내가 한 행동을 알고 있다. 나는 그대를 쓰러뜨리는 도끼를 알고 있다.

그러나 그⁶는 죽지 **않으면 안 되었다.** 그는 **모든 것**을 보는 눈으로 보았다. 그는 인간의 깊이와 근거를, 인간의 숨겨진 모든 치욕과 추악함을 보았다.

---

1 나우만은 기독교를 교의적, 윤리적, 미학적인 면에서 부정한 것이라고 해석한다.
2 이 책의 부제와 상통한다.
3 제2부 '동정하는 자들에 대하여' 38단 참조.
4 제2부 '동정하는 자들에 대하여' 39~41단 참조.
5 나의 본질.
6 신.

그의 동정은 수치를 알지 못했다. 그는 나의 가장 더러운 구석까지 기어들어 왔다. 이 가장 호기심이 많고 지나치게 뻔뻔스럽고 지나치게 동정하는 자는 죽지 않으면 안 되었다.

그는 끊임없이 나를 보았다. 이러한 목격자에게 나는 복수하고 싶었다. 그렇지 않으면 나 자신이 더 이상 살지 않든가.

모든 것을, **따라서 인간을** 보던 신, 이 신은 죽지 않을 수 없었다! 인간은 이러한 목격자가 살아 있는 것을 **참을 수** 없었다."[1]

가장 추악한 인간은 이렇게 말했다. 그러나 차라투스트라는 몸을 일으켜 떠나가려고 했다. 왜냐하면 그는 내장 속까지 오한을 느꼈기 때문이었다.

"그대 말로 표현할 수 없는 자여." 차라투스트라는 말했다.

"그대는 그대가 걸어온 길에 대해 경고했다. 이에 대한 감사로 나는 그대에게 나의 길을 권고하겠다. 보라, 저 위로 올라가면 차라투스트라의 동굴이 있다.

나의 동굴은 크고 깊고 많은 구석을 갖고 있다. 거기서는 가장 잘 자신을 감추는 자조차도 은신처를 찾을[2] 수 있다.

그리고 동굴 바로 옆에는 기어 다니거나, 날개를 퍼득이거나, 도약하는 짐승들을 위한 백 개의 구석과 샛길이 있다.

그대가 그대 자신을 쫓아낸 추방된 자여, 그대는 인간과 인간의 동정 사이에서 살고 싶지 않은가? 자, 그렇다면 나와 마찬가지로 행동하라![3] 그렇다면 나한테 배우라! 오직 행위하는 자만이 배운다.

---

1 신을 자기 고뇌의 철저한 목격자로서 자각할 때 인간의 윤리적 자각도 깊어져 인간의 주체성이 확립되고 따라서 신은 죽지 않을 수 없다.
2 나의 영원 회귀 사상에서는 어떠한 추악함도 긍정된다.
3 관념의 세계가 아니라 실천에 의해 삶의 근원에 부딪쳐라.

그리고 우선 처음에는 나의 짐승들과 이야기하라! 가장 긍지 높은 짐승과 가장 영리한 짐승 —— 이 짐승들은 우리 두 사람에게는 가장 올바른 충고자일 것이다!"

차라투스트라는 이렇게 말하고 전보다 더 깊은 생각에 잠겨서, 그리고 더 천천히 걸어갔다. 왜냐하면 그는 여러 가지로 자문해보았으나 쉽게 대답을 찾을 수 없었기 때문이었다.

"도대체 인간은 얼마나 가난한가?" 그는 마음속으로 생각했다.

"얼마나 추악하고 얼마나 쪼르륵거리며, 숨겨진 수치로 얼마나 가득 차 있는가!

사람들은 나에게 인간은 자기 자신을 사랑한다고 말한다. 아, 이 자기애는 어느 정도로 커야 하는가! 이 자기애는 얼마나 많은 자기 경멸을 내포하고 있는가!

저기 있는 저 사람도 자기를 경멸하는 것과 마찬가지로 자기를 사랑하고 있다. 내가 보기에는 그는 크게 사랑하는 자이며 크게 경멸하는 자이다.

저 사람보다 더 깊이 자기를 경멸하는 자를 나는 아직껏 만나본 적이 없다. **그것도** 높이다. 슬프다, 어쩌면 **저 사람**은 내가 그 절규를 들은, 보다 높은 인간이 아닐까?

나는 크게 경멸하는 자들을 사랑한다. 그러나 인간은 초극되어야 할 그 무엇이다."

자진해서 거지가 된 자

차라투스트라는 가장 추악한 인간과 헤어지자 몸이 어는 듯했고 외

로움을 느꼈다. 곧 많은 추위와 외로움이 마음속을 오갔기 때문에 그의
손발이 차가워졌던 것이다. 그러나 올라갔다 내려갔다 하며 앞으로 앞
으로 나아가고 때로는 푸른 목장을 지나치고 때로는 전에는 성급한 시
내의 하상이었던 것 같은 돌투성이의 황무지를 지나가는 동안, 그의 마
음은 갑자기 다시 더 따뜻해지고 더 쾌활해졌다.

"도대체 나에게 무슨 일이 일어났던가?" 그는 자문했다. "뭔가 따뜻
한 것, 생생한 것이 나의 활기를 돋우어준다. 그것은 틀림없이 나의 가
까이에 있는 것 같구나. 이미 나는 나 혼자가 아니다. 알지 못하는 길동
무와 형제들이 나의 둘레에 서성대고 있어서 그들의 따뜻한 숨결이 나
의 영혼에 닿는다."

그러나 그가 둘레를 살피며 그의 고독을 달래 줄 자들을 찾았을 때,
보라, 거기에는 언덕에 나란히 서 있는 암소[1]들이 있었다. 암소들이 가
까이 있어서 그 냄새 때문에 그의 마음이 따뜻해졌던 것이다. 그러나
이 암소들은 어떤 사람의 이야기에 열심히 귀를 기울이고 있어서 다가
오고 있는 자에게는 주의하지 않았다. 그러나 차라투스트라가 암소들
곁으로 아주 가까이 갔을 때 그는 암소 떼 한가운데서 이야기하고 있는
사람의 목소리를 분명히 들었다. 그리고 암소들이 모두 이야기하는 사
람 쪽으로 머리를 돌리고 있는 것이 분명하게 보였다.

그래서 차라투스트라는 급히 뛰어 올라가 짐승들을 헤쳐놓았다. 여
기서 누군가가 암소들의 동정으로는 제거할 수 없는 해를 입고 있는 것
이 아닐까 하고 그는 걱정했기 때문이었다. 그러나 안으로 들어가서야
그는 속은 것을 알았다. 왜냐하면 보라, 거기에는 한 사람이, 곧 평화를
사랑하는 자, 그 눈에서는 선의 자체가 설교를 하고 있는 산상수훈자가

---

1 암소는 온순한 기독교 신자의 비유.

앉아서 짐승들에게 그를 무서워할 필요가 없다고 설득하고 있는 듯했기 때문이다. "그대는 여기서 무엇을 찾고 있는가?" 차라투스트라는 이상히 여기며 외쳤다.

"내가 여기서 무엇을 찾느냐고?" 그는 대답했다.

"훼방꾼이여! 그대가 찾고 있는 것과 같은 것이다. 다시 말하면 지상의 행복을.

그러나 그러기 위해서 나는 이 암소들로부터 배우고자 하는 것이다. 왜냐하면 잘 알아둬라, 나는 한나절의 반을 암소들을 설득하는 데 바쳤고 방금 암소들은 나에게 가르쳐주려던 참이었기 때문이다. 그런데 왜 그대는 암소들을 훼방하는가?

따라서 우리가 마음을 돌려서 암소처럼 되지 않으면 우리는 천국에 들어가지 못한다. 다시 말하면 우리는 암소들로부터 한 가지 일, 곧 반추하는 것[1]을 배워야 한다.

그리고 정녕 인간이 전세계를 얻었더라도 이 한 가지, 곧 반추하는 것을 배우지 못했다면, 무슨 도움이 될 것인가? 그는 그의 우수로부터 풀려나지 못할 것이다.[2]

그의 커다란 우수로부터. 그런데 이 우수는 오늘날 구역질이라고 불린다. 오늘날 마음과 입과 눈에 구역질이 가득 차지 않은 자가 있는가? 그대도 마찬가지다! 그대도 마찬가지다! 그러나 자, 이 암소들을 보라!"

산상수훈자는 이렇게 말하고 그 자신의 시선을 차라투스트라에게 돌렸다. 왜냐하면 지금까지는 그의 시선은 애정을 담고 암소들에게 쏠려 있었기 때문이었다. 그러나 이때 그의 태도는 일변했다. "나는 누구와

---

1 창조하는 자로서 사는 것을 단념한 자들의 생활이 바로 반추하는 생활이다. 다시 말하면 보잘것없는 소극적 도덕이나 몇 가지 지혜를 반복하는 데 지나지 않는다.
2 〈마태복음〉 16장 26절 참조.

이야기하고 있는가?" 그는 깜짝 놀라 외치고 땅에서 펄쩍 뛰어올랐다.

"이것은 구역질을 하지 않는 인간이다, 이것은 바로 차라투스트라, 커다란 구역질을 초극한 자다, 이것은 차라투스트라 자신의 눈이고 입이고 마음이다."

그리고 이렇게 말하면서 그는 눈에 눈물이 가득 고이며 그와 이야기하고 있는 자의 두 손에 입맞춤을 하고 마치 뜻밖에 하늘에서 떨어지는 귀중한 선물과 보석을 받은 사람처럼 행동했다. 그러나 암소들은 이런 모든 일들을 구경하며 이상하게 여기고 있었다.

"나에 대해서는 말하지 마라, 그대 이상한 자여! 사랑스러운 자여!" 차라투스트라는 상대방의 상냥한 말을 제지했다. "우선 그대에 대해 나에게 들려달라! 그대는 일찍이 스스로 거대한 부를 버리고 자진해서 거지가 된 자[1]가 아닌가? 자신의 부와 부자를 부끄럽게 여기고, 가장 가난한 자들에게 자신의 충만과 자신의 마음을 선사하기 위해 가장 가난한 자들이 있는 곳으로 도망친 자가 아닌가? 그러나 가장 가난한 자들은 이 사람을 받아들이지 않았다."

"그러나 그들은 나를 받아들이지 않았다." 자진해서 거지가 된 자는 말했다. "그대는 그 일을 잘 알고 있다. 그래서 마침내 나는 짐승들에게, 이 암소들에게 있다."

"그렇다면 그대는 배웠구나." 차라투스트라는 이야기하는 자를 가로막았다. "올바르게 주는 것이 올바르게 받아들이는 것보다 얼마나 어려운가를, 그리고 제대로 선사하는 것은 하나의 **기술**이며 선의라는, 최후의 가장 교활한 명장의 솜씨라는 것을."

"요즘은 특히 그렇다." 자진해서 거지가 된 자는 말했다.

---

1 스스로 재산을 버리고 산속으로 헤매 다니며 평화를 설교하는 이 거지는 아직도 탐구심과 동경에 불탄다는 점에서 무위도식하는 자들보다는 우월하고 따라서 보다 높은 인간이다.

"다시 말하면 저열한 모든 것이 폭동을 일으키고 비뚤어지고 자기 나름대로, 다시 말하면 천민[1]의 방식에 따라 교만해진 오늘날에는.

왜냐하면 그대도 잘 알다시피 거대하고 불길하고, 장기적이며 완만한 천민과 노예의 반란이 일어나는 때가 왔기 때문이다. 이 폭동은 점점 더 확대되고 있다!

이제는 모든 자선이나 사소한 희사는 저열한 자들을 분개시킨다. 따라서 과도한 부자는 조심하는 게 좋다!

오늘날 배가 불룩한 병처럼 너무 가는 목으로부터 물방울을 떨어뜨리는 자들 —— 사람들은 오늘날 이런 병의 목을 부러뜨리기를 좋아한다.

탐욕스러운 욕망, 노기 띤 질투, 원망 어린 복수심, 천민의 자부심. 이런 모든 것이 면전으로 튀어오는 것이다. 가난한 자가 행복하다는 것은 이미 진실이 아니다. 오히려 천국은 암소들 곁에 있다."

"그러면 왜 부자들에게는 천국이 없는가?"[2] 차라투스트라는 평화를 사랑하는 자에게 친밀하게 다가와 거칠게 숨을 내뿜는 암소들을 제지하면서 시험하듯이 물었다.

"왜 그대는 나를 시험하는가?" 이 사람은 대답했다.

"그대는 이 일에 대해 나보다 더 잘 알고 있다. 도대체 무엇이 나를 가장 가난한 자들에게 몰고 갔는가? 오, 차라투스트라여, 우리 가장 부유한 자들에 대한 구역질이 아니었던가?

차가운 눈〔目〕과 음탕한 사상으로써 온갖 쓰레기로부터 그들의 이익을 주워 모으는 부[3]의 죄수에 대한, 하늘을 향해 악취를 풍기는 이 천민

에 대한, 그들의 조상이 즐거이 추종한, 쉽게 잊는, 음란하고, 아내들 — 곧 그들은 모두 창녀와 별로 다름이 없었다 — 을 거느리고, 소매치기였거나 송장을 먹는 새였거나 쓰레기 줍는 자들이었던, 이 도금되고 위장된 천민에 대한 (구역질이 아니었던가?)

위에도 천민, 아래에도 천민! 오늘날 '가난하다'는 것과 '부유하다'는 것에는 무슨 뜻이 있는가! 나는 이러한 구별을 잊어버렸다. 그래서 나는 달아났다, 멀리, 더 멀리, 마침내 이 암소들이 있는 곳에 이르기까지."

평화를 사랑하는 자는 이렇게 말하고 말을 하는 동안 숨을 거칠게 내뿜으며 땀을 흘렸다. 그래서 암소들은 다시 이상하게 여겼다. 그러나 차라투스트라는 평화를 사랑하는 자가 이렇게 냉혹하게 말하고 있는 동안, 줄곧 얼굴에 웃음을 띠고 상대를 바라보았고 동시에 침묵한 채 머리를 흔들었다.

"그대가 이렇게 냉혹한 말을 사용할 때, 그대 산상수훈자여, 그대는 그대에게 폭행을 가하는 것이다. 그대의 입도, 그대의 눈도 이러한 냉혹함에 어울릴 만큼 성장하지는 못했다.

또한 내가 생각하기에는 그대의 위장 자체도 마찬가지다. 이러한 모든 분노나 증오나 격앙은 **그대의 위장에** 거슬린다. 그대의 위장은 보다 부드러운 것을 원한다. 그대는 육식을 하는 자가 아니다.

오히려 내가 생각하기에는 그대는 채식을 하는 자이며 뿌리[1]를 채집하는 자다.[2] 아마도 그대는 낟알도 깨물어 부수리라. 그러나 분명히 그대는 육식의 기쁨을 싫어하고 꿀을 좋아한다."

"그대는 나를 잘 알아맞혔다." 마음이 가벼워져서 자진하여 거지가

---

1 뿌리는 은둔자의 상식으로 알려져 있다.
2 적극적이고 정복욕에 불타는 자(육식을 하는 자)가 아니라 소극적으로 안전을 도모하는 자다.

된 자는 대답했다.

"나는 꿀을 좋아하고 낟알도 깨물어 부순다. 왜냐하면 나는 구미에 맞고 숨을 맑게 하는 것을 찾았기 때문이다.

또한 시간이 오래 걸리는 것, 연약한 한인(閑人)과 게으름뱅이에게 어울리는 하루하루의 씹을 것을 찾았기 때문이다.

물론 이 암소들이 가장 철저하게 이 일을 이용했다. 암소들은 반추와 햇볕 쪼이기를 고안해냈다. 또한 암소들은 가슴을 부풀게 하는 모든 무거운 사상을 멀리한다."[1]

"자!" 차라투스트라는 말했다.

"그대는 **나의** 짐승들, 곧 나의 독수리와 나의 뱀도 만나보는 것이 좋을 것이다. 이 짐승들과 같은 것은 오늘날 지상에는 존재하지 않는다.

보라, 저 길은 나의 동굴로 가는 길이다. 오늘밤은 이 동굴의 손님이 돼라. 그리고 짐승의 행복에 대해 나의 짐승들과 이야기하라.[2] 나 자신이 돌아갈 때까지.

왜냐하면 지금은 구원을 요청하는 절규가 빨리 그대의 곁을 떠나라고 나를 부르고 있기 때문이다. 또한 그대는 내가 있는 곳에서 새로운 꿀을, 얼음처럼 신선한 금빛의 봉방의 꿀을 찾을 것이다. 이 꿀을 먹어라!

그러나 지금은 빨리 그대의 암소들과 작별하라, 그대 이상한 자여! 사랑스러운 자여! 비록 작별하는 것이 이미 어렵게 되었더라도 암소들은 그대의 가장 따뜻한 벗이며 스승이었기 때문에 하는 말이다!"

"내가 더욱 사랑하는 한 사람을 제외하고는," 자진해서 거지가 된 자는 대답했다. "바로 그대가 좋은 사람이며 암소보다도 훨씬 좋다, 오,

---

1 제1부 '덕의 강좌에 대하여' 8단 참조.
2 니체에 있어서는 짐승은 인간성의 한 측면을 상징하는 데 사용되고 있다. 따라서 짐승의 행복에 대해 말하라는 것은 인간성의 행복한 측면에 대해 말하라는 뜻이 된다.

차라투스트라여!"

"가라, 떠나가라! 그대 사악한 아첨꾼이여!" 차라투스트라는 악의를 품고 외쳤다. "왜 그대는 이러한 칭찬과 아첨의 꿀로 내 기분을 망쳐놓는가?"

"가라, 나에게서 떠나가라!" 그는 다시 한번 외치고 상냥한 거지를 향해 지팡이를 휘둘렀다. 그러자 거지는 급히 도망쳤다.

그림자

그러나 자진해서 거지가 된 자가 달아나고 차라투스트라가 다시금 혼자 있게 되자마자, 그의 등 뒤에서는 새로운 목소리가 들려왔다. 이 목소리는 "멈춰라, 차라투스트라여! 제발 기다려라! 나란 말이다, 오, 차라투스트라여, 나다, 그대의 그림자다!"[1]라고 외쳤다. 그러나 차라투스트라는 기다리지 않았다. 그의 산속으로 군중이 쇄도하여 붐볐기 때문에 갑작스러운 불쾌감이 그를 엄습했던 것이다. "나의 고독은 어디로 갔는가?" 그는 말했다.

"정녕 이건 나에게는 너무 많은 것이다. 이 산맥에는 사람들로 우글거리고 나의 영토는 이미 **이** 세상의 것이 아니다.[2] 나에게는 새로운 산

---

1 차라투스트라의 부정적인 가능성이다. 이 그림자는 대담하게 일체의 확실한 것을 버리고 모든 것을 부정하고 공격하며 실험적으로 살며, 사악하고 위험한 것조차도 추구하지만, 자신의 궁극적 근거, 곧 모든 부정의 배후에 있는 확고한 기반이 없다. 따라서 어디에 있어도 타향에 있는 것 같은 자유 정신이다. 그러나 이것은 차라투스트라의 그림자에 지나지 않는다. 차라투스트라는 근거가 있어서 독자적인 근원적 통찰에 따라 공격하고 부정하는 것이다.
2 〈요한복음〉 18장 36절의 "내 나라는 이 세상에 속한 것이 아니라"는 구절을 흉내 낸 것이다. 그러나 '이미 ~이 아니다'라는 시간적 한정이 붙어서 예수의 말과는 그 의미가 다르다.

이 필요하다.

나의 그림자가 나를 부르는가? 나의 그림자가 무슨 소용이 있는가! 나를 쫓아오고 싶으면 그렇게 하려무나! 나는 —— 그림자로부터 달아난다."

차라투스트라는 자신의 마음을 향해 이렇게 말하고 달아났다. 그러나 그의 등 뒤에 있는 자는 그의 뒤를 쫓아왔다. 그래서 곧 세 명의 달아나는 자가 앞뒤로 늘어서게 되었다. 곧 맨 앞에는 자진해서 거지가 된 자, 다음에는 차라투스트라, 맨 뒤에는 그의 그림자. 그들이 이렇게 달린 지 얼마 되지 않아서 차라투스트라는 자신의 어리석음을 깨닫고 모든 불쾌감과 싫증을 일거에 떨어버렸다.

"무슨 짓이냐!" 그는 말했다. "옛부터 우리 은둔자와 성인들에게는 우스꽝스럽기 짝이 없는 일이 일어나지 않았던가? 정녕 산속에서 나의 어리석음[1]은 높이 자랐다! 이제 나는 늙은 바보들의 여섯 개의 다리가 앞뒤로 서서 시끄러운 소리를 내는 것을 듣는다! 그러나 차라투스트라가 그림자 따위를 두려워해도 괜찮을까? 게다가 내 생각으로는, 결국은 그림자가 나보다 더 긴 다리를 가진 것 같다."[2]

차라투스트라는 눈과 내장으로 웃으며 이렇게 말하고 멈춰 서서 재빨리 뒤돌아보았다. 그런데 보라, 이때 그는 하마터면 그의 뒤를 쫓아오는 그림자를 땅에 쓰러뜨릴 뻔했다. 그림자는 이만큼 그의 발꿈치를 바짝 쫓아왔고 또 이만큼 약했다.[3] 곧 그는 그림자를 눈으로 자세히 살펴보고 마치 갑자기 나타난 유령을 본 것처럼 깜짝 놀랐던 것이다. 뒤

---

1 너무 오래 산속에서 살아 세상 사람들과 어울리지 못하고, 따라서 세상 사람의 웃음거리가 되고 이해를 받지 못하는 상태. 제4부 '왕들과의 대화' 1의 3단 참조.
2 에피고넨은 원조(元祖)보다 더 영향력이 있는 유행 사상가가 되기 쉽다.
3 에피고넨은 원조의 뒤를 바짝 따라오지만 선구자가 전환을 이루면 그대로 쓰러지고 만다.

를 쫓아온 자는 이만큼 얇고 검고 텅 비었고 지쳐 있는 것처럼 보였다.

"그대는 누군가?" 차라투스트라는 격렬한 목소리로 물었다. "그대는 여기서 무엇을 하고 있는가? 그리고 어째서 그대는 나의 그림자라고 자칭하는가? 그대는 내 마음에 들지 않는다."

"용서하라." 그림자는 대답했다.

"내가 그러한 자인 것을. 그리고 내가 그대의 마음에 들지 않아도 좋다! 오, 차라투스트라여! 그러한 점 때문에 나는 그대와 그대의 좋은 취미를 찬양한다.

나는 벌써 오래전부터 그대의 발꿈치를 따라다니던 나그네[1]다. 언제나 도상에 있었고 목적지도 없고 고향도 없다. 정녕 나에게는 영원한 유대인이 되기에 부족한 점은 거의 없다. 내가 영원하지 못하고 유대인이 아니라는 점을 제외하고는.

뭐라고? 나는 언제나 도상에 있을 수밖에 없다고? 온갖 바람결을 따라 맴돌며 정처 없이 떠돈다고? 오, 대지여, 그대는 나에게는 너무나 둥근 것이었다![2]

나는 이미 모든 표면에 앉아보았고[3] 지친 먼지처럼 거울과 유리창 위에서 잠을 잤다. 모든 것이 나에게서 빼앗아 갈 뿐, 아무것도 주지 않아서 나는 얇아졌다. 나는 거의 그림자와 같다.[4]

그러나 오, 차라투스트라여, 나는 가장 오랫동안 그대를 따라 날았고,

---

1 제3부 '나그네' 참조.
2 그림자에게는 대지는 굴러가는 공과 같아서 발붙일 곳이 없었다. 차라투스트라는 제4부 '정오'에서 세계를 '황금의 둥근 공'이라고 찬미하고 이때 영원 회귀 사상을 상기한다. 이와 관련해서 생각하면 '너무 둥글다'는 것을 악무한(惡無限), 곧 방랑의 끝이 없음을 말하고 있는 것으로 보인다.
3 그림자는 사물의 표면에 나타난다. 곧 주체성 없는 그림자의 천박성을 말한다.
4 온갖 경험을 쌓았으나 주체성이 없으므로 체험으로 바뀌지는 못하고 오히려 부정적인 효과만 일어났다. 그림자가 '거의 그림자와 같다'고 한 아이러니가 재미있다.

이동했으며, 나는 그대의 눈에 띄지 않도록 숨기는 했지만 그대의 최상의 그림자였다. 그대가 앉아 있는 곳이면 어디든지 나도 앉아 있었다.

그대와 함께 나는 가장 멀고 가장 추운 세계[1]를 헤맸다. 자진해서 겨울의 지붕과 눈 위를 달리는 유령처럼.

그대와 함께 나는 온갖 금지된 것, 가장 사악한 것, 가장 먼 것 속으로 뚫고 들어갔다.[2] 그리고 나에게 어떤 덕이 있다면, 그것은 내가 어떠한 금지도 두려워하지 않는다는 것이다.

그대와 함께 나는 나의 마음이 일찍이 존경하던 것을 부숴버렸고[3] 모든 경계석과 우상을 쓰러뜨렸으며[4] 여러 가지 가장 위험한 소망을 뒤쫓았다. 정녕 나는 어떠한 범죄든지 한 번은 그 위를 달려갔다.[5]

그대와 함께 나는 말과 가치와 위대한 명칭에 대한 신앙을 잊어버렸다. 악마가 껍질을 벗을 때에는 그의 이름도 벗겨지지 않는가? 다시 말하면 이름도 껍질인 것이다. 어쩌면 악마 자신도 껍질이리라.[6]

'어느 것도 참되지 못하고 모든 것이 허용된다.' 나는 나 자신에게 이렇게 말했다. 가장 차가운 물 속으로 나는 머리와 마음과 함께 뛰어들었다.[7] 아, 그 때문에 나는 얼마나 자주 빨간 게처럼 벌거벗은 몸을 드러냈던가!

---

1 추상적인 형이상학의 세계.
2 제3부 '통과에 대하여' 참조.
3 제2부 '유명한 현인들에 대하여' 13단 참조.
4 제3부 '중력의 정령에 대하여' 2의 1단, '일곱 개의 봉인' 2의 1단 참조.
5 어떠한 범죄든지 서슴지 않고 저질렀다는 뜻. 모험 정신을 나타낸다.
6 선악의 명칭은 —— 차라투스트라에 있어서는 —— 모두 비유에 지나지 않는다. 곧 권력 의지에 대한 비유다(제2부 '자기 초극' 5단 참조). 따라서 종래에는 악 자체로 여겨왔던 악마도 한 껍질 벗기면 권력 의지에 지나지 않는다. 오히려 악 자체는 피상적인 것에 지나지 않고 그 내실은 권력 의지다. 따라서 가치 정도에 의해 낡은 신은 새로운 악마가 되고 낡은 악마는 새로운 신이 되는 것이다. 악 자체가 하나의 허구인 것이다.
7 제2부 '유명한 현인들에 대하여' 31, 34단 참조.

아, 나의 모든 선, 모든 수치, 착한 자들에 대한 모든 신앙은 어디로 갔는가! 아, 일찍이 내가 갖고 있던, 저 거짓 순진함, 착한 자들과 그들의 고상한 거짓말의 순진함은 어디 갔는가![1]

정녕 나는 너무 자주 진리의 발을 바짝 쫓아갔다. 그때 진리는 내 머리를 찼다. 때로 나는 거짓말을 하려고 했다. 그런데 보라! 그때 비로소 나는 진리를 명중시켰다.[2]

나에게는 너무나 많은 것이 해명되었다. 이제는 아무것도 나의 관심을 끌지 못한다. 내가 사랑하는 것은 이미 하나도 살고 있지 않다, 어떻게 내가 아직도 나 자신을 사랑할 수 있을 것인가?

'내가 좋아하는 대로 살자, 그렇지 않으면 전혀 살지 말자.' 나는 이렇게 원했고 최고의 성인도 이렇게 원했다. 그러나 슬프다! 어떻게 **내가** 아직도 ── 기호를 가질 수 있을 것인가?

나는 갖고 있는가 ── 아직도 하나의 목적지를? **나의** 돛이 그곳으로 달려가는 항구를?

알맞은 바람을? 아, 오직 자기가 **어디로** 가고 있는지 알고 있는 자만이 어떤 바람이 좋고 어떤 바람이 자신의 순풍인가를 알고 있다.

아직도 나에게 남아 있는 것은 무엇인가? 지치고 뻔뻔스러운 마음, 불안정한 의지, 파닥거리는 날개, 부서진 척추다.

'나의 고향에 대한' 이러한 추구. 오, 차라투스트라여, 그대는 잘 알고 있거니와, 이러한 추구는 **나의** 재앙이었고 그것이 나를 먹어버린다.

'어디에 있는가 ── **나의** 고향은?' 나는 나의 고향을 물어보았고 지

---

1 여기에 열거된 것은 선량한 일상적 사회의 신앙, 전통적 관습. 이러한 사회에서는 거짓을 간파하지 못하고 위대한 사상처럼 떠들어 대는 거짓 순진함이 있다.
2 진리는 직접 획득되는 것이 아니라, 허위나 오류를 매개로 해서 드러나는 것이다. 이러한 의미에서 허위나 오류는 진리 추구의 불가결의 요소다.

금도 찾고 있고 전에도 찾았으나 찾아내지 못했다. 오, 영원히 도처에서 찾고, 오, 영원히 어디서도 찾지 못하는, 오, 영원한 —— 헛수고여!"

그림자는 이렇게 말했고 그림자의 말을 듣고 차라투스트라의 얼굴은 슬픈 기색을 띠었다. "그대는 나의 그림자구나!" 마침내 그는 슬픈 목소리로 말했다.

"그대의 위험[1]은 작은 것이 아니다, 그대 자유로운 정신이여, 나그네여! 그대에게 오늘은 불길한 하루였다. 그대에게 더 불길한 저녁이 찾아오지 않도록 조심하라!

그대처럼 정처 없는 자들은 결국 감옥조차도 행복한 곳이라고 생각하게 된다. 갇힌 죄수들이 잠자는 모습을 그대는 본 적이 있는가? 그들은 편안히 잠들고 그들은 그들의 새로운 안전을 즐긴다.

그대는 마침내 편협한 신앙, 딱딱하고 엄격한 망상에 사로잡히는 일이 없도록 주의하라! 이제부터는 편협하고 확고한 것은 무엇이든지 그대를 유혹하고 시험해볼 수 있기 때문이다.

그대는 목적지를 잃었다. 슬프다, 어떻게 해서 그대는 이러한 상실을 농담으로 삼고 단념하려고 하는가? 이 손실과 함께 —— 그대는 길을 잃어버린 것이다!

그대 가엾은 방황자여, 떠도는 자여, 그대 지친 나비여! 그대는 오늘밤 휴식과 집을 갖고 싶은가? 그렇다면 나의 동굴로 올라가라!

저 길은 나의 동굴로 가는 길이다! 그리고 지금의 나는 다시 재빨리 그대로부터 달아나고 싶다. 이미 그림자 같은 것이 나의 몸 위에 누워 있다.

나의 둘레가 다시 밝아지게 하기 위해 나는 혼자 달리고 싶다. 그러기 위해서는 나는 아직도 오랫동안 쾌활하게 다리에 의지하지 않으면

---

1 확고한 주체성이 결여된 자유 정신의 위험.

안 된다. 그러나 저녁에는 내가 있는 곳에서 ── 춤을 추게 될 것이다!"

차라투스트라는 이렇게 말했다.

정오에

그리고 차라투스트라는 달리고 또 달려 더 이상 아무도 만나지 않고 혼자 갔으며 언제나 다시금 자기 자신을 발견했고 그의 고독을 즐기고 맛보았고 좋은 일들을 생각했다 ── 몇 시간에 걸쳐서. 그러나 시간이 정오 무렵이 되어 태양이 바로 차라투스트라의 머리 위에 있을 때, 그는 구불구불하고 울퉁불퉁한 노목을 통과하게 되었는데, 이 노목은 한 그루 포도나무의 풍요한 사랑에 휘감겨서 자기 자신을 숨기고 있었다.[1] 즉 나무에는 노란 포도송이가 무성하게 매달려서 나그네를 맞이했던 것이다. 그래서 나는 조촐한 갈증을 풀기 위해 포도 한 송이를 따고 싶었다. 그러나 그가 포도송이를 따려고 이미 손을 뻗쳤을 때, 그는 더 강렬한 다른 욕망을 느꼈다. 다시 말하면 때는 완전한 정오였으므로 이 나무 옆에 누워서 잠을 자고 싶었던 것이다.

차라투스트라는 그렇게 했다. 그는 땅 위에, 알록달록한 풀들의 고요와 은밀함 속에 눕자마자, 자신의 조촐한 갈증은 벌써 잊어버린 채 잠이 들었다. 왜냐하면 차라투스트라의 잠언 그대로, 한 가지 일은 다른 일보다도 더 필요했기 때문이다.[2] 다만 그의 눈은 뜬 채로 ── 다시 말

---

1 노목에 포도나무가 엉켜 있는 상태를 묘사한 것으로 특별한 뜻은 없는 것 같다.
2 〈누가복음〉 10장 42절의 "몇 가지만 하든지 혹 한 가지만이라도 족하니라"를 참조할 것.

하면 그의 눈은 노목과 포도나무의 사랑을 바라보며 칭찬하는 데 싫증이 나지 않았던 것이다. 그러나 잠이 들면서 차라투스트라는 그의 마음을 향해 다음과 같이 말했다.

"조용해! 조용해![1] 세계는 방금 완성되지 않았는가? 도대체 나에게 무슨 일이 일어났는가?

부드러운 바람이 눈에 띄지 않게 평탄한 바다 위에서 가볍게, 털처럼 가볍게 춤추듯이, 그렇게 — 잠이 내 위에서 춤추고 있다.

이 잠은 나의 눈을 감기게 하지 않고 나의 영혼을 깨어 있게 한다. 이 잠은 가볍다, 정녕! 털처럼 가볍다.

이 잠은 나를 설득하는데, 어떻게 할 셈인가? 나는 알지 못한다. 잠은 내면에서 쓰다듬는 듯한 손으로 나를 가볍게 건드린다. 잠은 강요한다. 그렇다, 잠은 나의 영혼이 스스로 늘어지기를 강요한다.

나의 영혼은 얼마나 길게 늘어지고 지쳤는가, 나의 이상한 영혼은! 제7일의 저녁[2]이 바로 정오에 나의 영혼을 찾아왔는가? 나의 영혼은 벌써 너무 오랫동안 좋고 성숙한 사물들 사이를 행복에 넘치며 방황했는가?

나의 영혼은 길게 늘어졌다, 길게 — 점점 더 길게! 영혼은 조용히 누워 있다, 나의 이상한 영혼은. 나의 영혼은 이미 좋은 것을 너무 많이 맛보았고, 이 황금의 슬픔이 나의 영혼을 억눌러서 나의 영혼은 입을 찡그린다.

고요한[3] 포구에 들어선 배처럼 — 이제 배는 오랫동안의 여행과 불

---

1 고요는 영원 회귀 경험의 가장 기본적인 분위기다.
2 신이 천지창조를 마치고 휴식을 취한 날. 구약성서 〈창세기〉 참조.
3 '가장 고요한'으로 되어 있는 원문도 있다.

확실한 바다에 지쳐서 대지에 기대고 있다. 대지가 더 충실하지 않은가?

이러한 배가 육지에 기대고 달라붙는 것처럼 —— 이때에는 한 마리의 거미가 육지로부터 배에 거미줄을 치는 것으로 충분하다. 이때에는 더 강한 밧줄은 필요하지 않다.

이와 같이 지친 배가 가장 고요한 포구에서 쉬는 것처럼, 나도 지금 가장 가느다란 실로 대지에 묶여서 대지 가까이에서 충실하게 신뢰하고 기다리면서 쉰다.

오, 이 행복! 오, 이 행복! 그대는 노래하고 싶은가, 오, 나의 영혼이여? 그대는 풀 속에 누워 있다. 그러나 지금은 목자도 피리를 불지 않는, 은밀하고 엄숙한 시각이다.[1]

조심하라! 뜨거운 정오가 초원 위에서 잠자고 있다. 노래하지 마라! 조용히! 세계는 완전하다.

노래하지 마라, 그대 풀밭의 벌레들이여, 오, 나의 영혼이여! 결코 속삭이지 마라! 자, 보라 —— 조용히! 늙은 정오[2]가 잠자고 있고 늙은 정오가 입을 움직이고 있다. 늙은 정오는 방금 한 방울의 행복을 마시고 있지 않는가.

황금의 행복의, 황금의 포도주의, 낡은 갈색의 한 방울을? 그의 얼굴 위로 스쳐 지나가는 것이 있다. 그의 행복이 웃고 있다. 이렇게 —— 신이 웃는다. 조용히!

'행복해지는 데에는 아주 적은 것으로 충분하구나, 행복해지는 데에는!'[3] 나는 일찍이 이렇게 말하고 내가 현명하다고 생각했다. 그러나 그

---

1 목양신 판은 정오에는 나무 그늘에서 잠을 잤는데, 방해를 받으면 화가 나서 인간과 짐승을 위협했다. 따라서 고대인에게는 정오는 조용히 해야 할 시각이었다.

2 목양신 판.

3 제1부 '독서와 저술에 대하여' 20단 참조.

것은 대단한 모독이었다. **그것을** 나는 지금 배운 것이다. 영리한 바보[1]
들은 더 좋은 말을 한다.

정녕 가장 적은 것, 가장 가는 것, 가장 가벼운 것, 도마뱀의 살랑거
림, 숨 한 번 쉬는 동작, 한 동작 한 순간 —— **적은 것**이야말로 **최상의**
행복의 본성이 된다. 조용히!

나에게 무슨 일이 일어났는가, 들어라! 시간이 날아가버렸는가? 나
는 떨어지는 것이 아닌가? —— 귀 기울여라! 영원의 샘 속으로 나는 떨
어져버린 것이 아닌가?[2]

나에게 무슨 일이 일어났는가? 조용히! 나를 찌르는 것이 있다 ——
슬프게도 —— 심장을. 심장을![3] 오, 부숴버려라, 부숴버려라, 심장이
여, 이렇게 행복해진 다음에는, 이렇게 찔린 다음에는!

뭐라고? 세계는 방금 완성되지 않았는가? 둥글게 되고 성숙해지지
않았던가? 오, 황금의 둥근 굴렁쇠[4]여 —— 도대체 이 굴렁쇠는 어디로
날아가버리는가? 나는 굴렁쇠의 뒤를 쫓아간다! 재빨리! 조용히!" (그
리고 여기서 기지개를 켜고 그는 자기가 잠자고 있다는 것을 느꼈다.)

"일어나라!" 그는 자기 자신에게 말했다.

"그대 잠자는 자여! 그대 낮잠을 자는 자여![5] 자, 자아, 그대들 늙은
다리여![6] 때가 왔다, 때가 지났다.[7] 아직도 갈 길은 상당히 멀다.

---

1 평범한 가치판단에 사로잡히지 않는 바보들은 가장 적은 것으로 만족하는데, 사실은 여기에 현
  명함의 극치가 있다.
2 제2부 '예언자에 대하여' 24단, 제4부 '취가' 4의 1단 참조.
3 영원 회귀 사상. 곧 영원 회귀 사상을 일깨워주는 자가 있다는 뜻이다.
4 동일한 것의 영원 회귀로서의 세계의 과정이 한 순환을 완성했음을 의미한다. '세계는 완성되었
  다'도 같은 뜻이다. 니체에 있어서 황금은 일반적으로 최고의 가치를 상징한다. Reif(굴렁쇠)는
  형용사로는 '성숙한'이라는 뜻을 갖고 있다.
5 영원 회귀를 꿈꾸는 자라는 뜻도 함축되어 있다.
6 제4부 '그림자' 5~6단 참조.
7 영원 회귀 사상을 알려줄 때.

이제 그대들은 충분히 잤겠지, 도대체 얼마나 오랫동안 잤을까? 영원의 반만큼! 자, 자아, 이젠, 나의 늙은 심장이여! 이만큼 잤으니 이제 그대는 얼마나 오랫동안 깨어 있을 수 있는가?" (그러나 이때 그는 이미 다시 잠이 들었고 그의 영혼은 그에게 항의하고 저항하며 다시 누웠다.)

"나를 내버려두게! 조용히! 세계는 방금 완성되지 않았는가? 오, 황금의 둥근 공¹이여!"²

"일어나." 차라투스트라는 말했다. "그대 작은 도둑이여, 그대 게으름뱅이여!³ 뭐라고! 한결같이 늘어져서 하품을 하고 탄식을 하고 깊은 샘 속으로 떨어지는가? 도대체 그대는 누구냐! 오, 나의 영혼이여!" (그리고 여기서 그는 깜짝 놀랐다. 한 줄기 햇빛이 하늘로부터 그의 얼굴을 비추고 있었기 때문이다.)

"오, 나의 머리 위의 태양이여." 그는 탄식하며 말하고 일어나 앉았다.

"그대는 나를 바라보는가? 그대는 나의 이상한 영혼에 귀를 기울이고 있는가?

언제 그대는 지상 만물에 내린 이 이슬 방울을 마시는가? 언제 그대는 이 이상한 영혼을 마시는가?

언제, 영원의 샘이여! 그대 맑고 소름 끼치는 정오의 심연⁴이여! 언제 그대는 나의 영혼을 그대 속으로 되마셔 버리려는가?"⁵

차라투스트라는 이렇게 말하고 이상한 취기에서 깨어나듯이 나무 옆

---

1 세계를 가리킨다.
2 이것은 영혼이 하는 말이다.
3 Tagediebin(게으름뱅이)는 글자 그대로는 '낮을 훔치는 자' 라는 뜻이다.
4 차라투스트라에 있어서는 소름 끼치는 허무의 심연은 동시에 모든 삶이 샘솟아 오르는 한없이 열려진 사랑스러운 근원이기도 하다.
5 영원 회귀는 동일한 것의 순환이다. 따라서 언젠가는 현존하는 모든 것이 이 과정 속으로 되돌아 가는 것이다.

의 그의 잠자리에서 일어났다. 그런데 보라, 이때 태양은 변함없이 바로 그의 머리 위에 있었다. 그러나 누군가가 차라투스트라는 이때 오래 자지는 않았다고 추측하더라도 당연한 일이리라.[1]

인 사

차라투스트라는 오랫동안 찾아 헤맸으나 헛수고여서 늦은 오후에야 비로소 그의 동굴로 되돌아왔다. 그러나 그가 그의 동굴로부터 스무 걸음도 떨어지지 않은 곳에서 동굴을 향해 섰을 때 이제는 거의 기대하지 않고 있던 일이 일어났다. 그는 다시 **구원을 요청하는** 커다란 **절규**를 들은 것이다. 그리고 놀랍게도! 이번에는 이 절규가 자기 자신의 동굴로부터 들려왔다. 그러나 그것은 여러 소리가 겹친 길고 기묘한 절규였고, 멀리서 들으면 마치 한 입에서 나오는 절규처럼 들렸을 것이지만, 차라투스트라는 여러 소리가 겹친 것임을 분명하게 알아들었다.

그래서 차라투스트라는 그의 동굴로 달려갔고, 보라! 이러한 귀로 듣는 연극을 듣자마자 눈으로 보는 어떠한 연극이 그를 기다리고 있었던가! 거기에는 그가 낮에 지나쳤던 자들이 모두 나란히 앉아 있었기 때문이다. 오른쪽의 왕과 왼쪽의 왕, 늙은 마술사, 교황, 자진해서 거지가 된 자, 그림자, 정신의 양심적인 자, 우수에 잠긴 예언자, 그리고 나귀 등이었는데 가장 추악한 인간은 한 개의 관을 쓰고 두 개의 진홍색 띠를 두르고 있었다. 가장 추악한 인간은 모든 추악한 자들과 마찬

---

1 차라투스트라가 잠을 잔 시간은 물리적 시간을 초월해 있는 것이다. 그러나 물리적 시간만을 헤아리는 자가 잠깐 잤다고 추측해도 할 수 없는 일이 아닌가.

가지로 가장을 하고 아름답게 꾸미는 것을 좋아했기 때문이다. 그러나 이 음울한 모임의 한가운데에 차라투스트라의 독수리가 털을 곤두세우고 불안하게 서 있었다. 독수리는 그의 긍지로써는 대답할 바 없는 너무나 많은 일에 대답하지 않을 수 없었기 때문이었다. 그러나 영리한 뱀은 독수리의 목에 감겨 있었다.[1]

이러한 모든 것을 보자 차라투스트라는 깜짝 놀랐다. 그러나 곧 그는 그의 손님 하나하나를 상냥한 호기심을 갖고 살펴보고 그들의 영혼을 판독하고 새삼스럽게 놀랐다. 그동안에 모여 있는 자들은 그들의 자리에서 일어나 외경심을 갖고 차라투스트라가 이야기하기를 기다리고 있었다. 그러나 차라투스트라는 다음과 같이 말했다.

"그대들 절망한 자들이여! 그대들 이상한 자들이여! 그렇다면 내가 들은 것은 **그대들이** 구원을 요청하는 절규였던가? 이렇게 해서 이제 나는 알게 되었다. 내가 오늘 헛되이 찾아다닌 자, 곧 보다 높은 **인간**을 어디서 찾아야 하는가를.

나 자신의 동굴 속에, 그는, 보다 높은 인간은 앉아 있구나! 그러나 내가 놀랄 까닭이 있는가! 내가 꿀의 제물과 나의 행복의 교활한 감언[2]으로 그들을 나에게로 꾀어내지 않았던가?

그러나 내 생각으로는 그대들이 모임을 갖는 것은 너무나 어울리지 않는다. 그대들 구원을 요청하며 절규하는 자들이여, 그대들은 여기에 나란히 앉아서 서로의 마음을 언짢게 하고 있지 않는가? 우선 한 사람이 와야 한다.

그대들을 다시 웃게 만드는 자, 선량하고 쾌활한 익살꾼, 춤추는 자

---

1 '서설' 10의 1단 참조.
2 제4부 '꿀의 제물' 참조.

로서 허풍을 떨고 난폭한 자, 누군가 늙은 바보[1]가. 그대들은 어떻게 생각하는가?

그대들 절망한 자들이여, 내가 그대들 앞에서 정녕 이런 손님들에게는 알맞지 않은 보잘것없는 말로써 이야기하는 것을 제발 용서하라! 그러나 그대들은 **무엇이** 내 마음으로 하여금 대답하게 만들었는지를 알지 못한다.

그대들 자신과 그대들의 모습 때문이다. 그렇더라도 나를 용서하라! 절망한 자를 보면 누구든지 대담해지기 때문이다. 절망한 자를 격려하는 데 있어서는 —— 누구든지 충분히 강하다고 생각한다.

나 자신에게도 그대들은 이러한 힘을 주었다. 참으로 좋은 선물이다, 그대들 훌륭한 손님들이여! 상당한 선물이다! 그러므로 자, 내가 그대들에게 내가 가진 것을 제공하더라도 화를 내지 마라.

여기는 나의 영토이고 내가 지배하는 곳이다. 그러나 오늘 저녁과 오늘밤에는 나의 것은 그대들의 것이다. 나의 짐승들이 그대들에게 봉사할 것이다. 나의 동굴이 그대들의 휴식처가 되기를!

나와 함께 있고 나의 집에 머무는 한, 누구든 절망할 필요가 없다. 나의 영역에서는 나는 누구든지 그 자신의 맹수로부터 보호해준다. 그리고 이것이, 곧 안전이 내가 그대들에게 제공하는 첫 번째 것이다!

그러나 두 번째 것은 나의 작은 손가락이다. 그리고 그대들은 우선 **손가락**을 잡은 다음에는, 좋다! 손 전부와 마음까지도 덧붙여서 가져라![2]

---

1 차라투스트라 자신을 가리키고 있다.
2 "손가락을 주면 손 전체를 잡는다"는 말이 있는데, 이 말을 풀어서 이렇게 표현한 것이다. 한편 손가락은 지도, 원조 등을 의미한다고 볼 수 있다. 이 경우 '작은 손가락'이라는 말에는 '꼭 필요한 도움', '상대가 부담을 느끼지 않을 조촐한 도움'이라는 뜻이 포함되어 있다고 볼 수 있다. 차라투스트라는 자각, 주체성을 강조함으로써 개개인의 독립성을 존중하기 때문이다.

여기에 온 것을 환영한다, 환영한다, 나의 정다운 손님들이여!"

차라투스트라는 이렇게 말하고 사랑과 악의가 넘치는 웃음을 웃었다. 이러한 인사가 끝나자 그의 손님들은 다시 한번 머리를 숙이고 외경심을 갖고 침묵했다. 그러나 오른쪽의 왕이 그들을 대표해서 차라투스트라에게 대답했다.

"오, 차라투스트라여, 그대가 우리에게 손과 인사를 주는 것을 보고 우리는 그대가 차라투스트라임을 알았다. 그대는 우리 앞에서 몸을 굽혔다. 그대는 거의 우리의 외경심을 손상시켰다.

그러나 그 누가 그대처럼 이렇게 긍지를 갖고 몸을 굽힐 수 있을 것인가? **그것은** 우리 자신의 기운을 **돋우어**준다. 그것은 우리의 눈과 마음에는 위안이 된다.

단지 이것만 보고도 우리는 이 산보다 더 높은 산도 즐거운 마음으로 올라가리라. 즉 우리는 호기심이 강한 자로서 왔고 우리는 흐린 눈을 밝게 해주는 것을 보고 싶었다.

그리고 보라, 이미 우리의 구원을 요청하는 절규는 모두 사라졌다. 이미 우리의 감정과 기분은 활짝 열렸고 황홀해졌다. 조금만 더 있으면 우리의 기분은 방자해지리라.

오, 차라투스트라여, 지상에서 자라나는 것 중에서 높고 강한 의지보다 더 즐거운 것은 없다. 이 의지야말로 대지의 가장 아름다운 식물이다. 이 나무 하나로 해서 풍경 전체에 생기가 돋는다.

그대처럼 자라나는 자를, 오, 차라투스트라여, 나는 소나무에 비유한다. 크고 묵묵하고, 엄격하고 홀로 있고, 가장 좋고 가장 잘 휘는 목재이고 장엄하고 ── , 그러나 마침내는 **자신의** 지배권을 확보하기 위해 강한 푸른 가지들을 뻗치고, 바람이나 뇌우나 그 밖의 높이에 살고 있는 것에 여러 가지 강한 질문을 하면서,

명령하는 자, 승승장구하는 자로서 강하게 대답하는. 오, 이러한 식물을 보고자 산에 오르지 않을 자가 있을 것인가?

여기 있는 그대라는 나무로 말미암아, 오, 차라투스트라여, 그대의 모습을 보고 음울한 자, 불구자도 활기를 회복하고, 정처 없는 자도 안심하고 그의 마음이 치유된다.

그리고 정녕 그대의 산과 그대라는 나무에 오늘날 많은 사람들의 눈이 쏠려 있다. 어떤 커다란 동경이 일어났고 '차라투스트라가 누구인가?' 라고 묻는 것을 배운 자가 허다하다.

그리고 일찍이 그대가 그대의 노래와 꿀을 귓속으로 방울방울 떨어뜨렸던 자들, 곧 모든 숨어 있는 자들,[1] 혼자서 사는 은둔자들, 둘이서 사는 은둔자들[2]은 갑자기 자기 마음을 향해 말했다.

'차라투스트라가 아직도 살아 있는가? 산다는 것은 이미 보람 없는 것이고 모든 것은 동일하고 모든 것은 헛되다.[3] 혹은 —— 우리는 차라투스트라와 함께 살지 않으면 안 되는가!'[4]

'그렇게 오랫동안 예고해놓고 왜 그는 오지 않는가?' 많은 사람들이 이렇게 묻는다. '고독이 그를 삼켜버렸는가? 혹은 우리가 그에게 가야 하는가?'

이제는 고독 자체가 푸석푸석해져서 부서졌고, 부서져서 사자를 더 이상 보존하지 못하는 무덤과 같다. 도처에 부활한 자들이 보인다.[5]

이제 그대의 산 둘레의 물결이 점점 높이 올라오고 있다, 오, 차라투

---

1 제4부 '가장 추악한 인간' 44단 참조.
2 '서설' 9의 16단 참조.
3 이 말은 니힐리즘의 사상으로서, 영원 회귀 사상의 암흑면으로서 초극해야 할 계기이다. 이 말은 여러 곳에서 반복되고 있다.
4 허무주의자들이 차라투스트라의 삶의 긍정에 동조하게 된 것을 나타낸다.
5 고독 속에서 자각한 자가 많아졌음을 나타낸다.

스트라여. 그리고 그대의 높이가 아무리 높더라도, 많은 물결이 반드시 그대에게 올라올 것이다. 그대의 작은 배는 더 이상 오랫동안 마른 땅에 놓여 있지 못할 것이다.[1]

그리고 우리 절망한 자들이 지금 그대의 동굴에 와서, 지금은 절망하지 않고 있다는 것은 보다 나은 자들이 그대에게로 오는 도상에 있다는, 참된 전조에 지나지 않는다,

왜냐하면 인간 사이에서 신의 마지막 잔재[2]라고 할 수 있는 자, 다시 말하면 커다란 동경, 커다란 구역질, 커다란 싫증을 가진 모든 자들이 그대에게 오는 도상에 있기 때문이다.

다시 **희망**을 배우지 않는 한 ── 오, 차라투스트라여, 그대로부터 **커다란** 희망[3]을 배우지 않는 한 더 이상 살려고 하지 않는 모든 자들이!"

오른쪽의 왕은 이렇게 말하고 차라투스트라의 손을 잡고 입을 맞추려고 했다. 그러나 차라투스트라는 그의 경의를 물리치고 깜짝 놀라서 마치 먼 곳으로 달아나는 것처럼 묵묵히 갑자기 뒤로 물러났다. 그러나 잠시 후에 그는 다시 손님들 곁으로 와서 밝고 천착하는 듯한 눈으로 그들을 바라보며 말했다.

"나의 손님들이여, 그대들 보다 높은 인간들이여, 나는 그대들에게 독일식으로 분명하게 말하고 싶다. 나는 여기 이 산속에서 **그대들을** 기다리고 있었던 것은 아니다."

("독일식으로 분명하게? 맙소사!" 여기서 왼쪽의 왕은 옆을 보며 말했다. "그는 친애하는 독일인을 모르는 것 같다, 동방에서 온 이 현인

---

1 제4부 '절규' 4~6단 참조.
2 신이 죽었음에도 불구하고 피안을 동경하고 있는 자. 여기서는 교황, 거지 등 보다 높은 인간을 지칭한다.
3 초인에 대한 희망.

은! 그러나 그는 '독일식으로 노골적으로'[1]라고 말하려고 했으리라 ─ 좋아! 그것은 오늘날 최악의 취미는 아니니까!")

"그대들은 모두 정녕 보다 높은 인간일지 모른다." 차라투스트라는 말을 계속했다.

"그러나 나에 대해서는 ─ 그대들은 충분히 높거나 강하지 못하다.

나에 대해서는, 다시 말하면 나의 내면에서 침묵하고 있으나 언제까지나 침묵을 지킨다고 할 수는 없는 용서 없는 자[2]에 대해서는, 그리고 그대들이 나에게 속해 있다 하더라도, 나의 오른팔로서는 아니다.

다시 말하면 그대들처럼 병들고 화려한 다리로 서 있는 자는 그가 알고 있든 또는 자기 자신에게 숨기고 있든, 무엇보다도 **아낌받기**를 바라고 있다.

그러나 나는 나의 팔과 나의 다리를 아끼지 않는다, **나는 나의 전사들을 아끼지 않는다.** 어떻게 그대들이 **나의** 전쟁에 도움이 될 것인가?

그대들과 함께 있으면 나는 모든 승리조차도 망쳐버릴 것이다. 그리고 그대들은 대부분 나의 여러 북의 요란한 소리[3]를 듣기만 해도 쓰러질 것이다. 또한 내가 보기에는 그대들은 충분히 아름답지도 못하고[4] 고귀한 태생도 아니다. 나는 나의 가르침을 위해 맑고 매끄러운 거울이 필요하다. 그대들의 표면 위에서는 나 자신의 영상조차도 일그러진다.

많은 짐, 많은 추억이 그대들의 어깨를 내리누르고 있다. 많은 불길한 난쟁이들[5]이 그대들의 몸 구석구석에 웅크리고 있다. 그대들의 몸

---

1 앞에서는 '독일식으로 분명하게'라고 했는데, deutlich(분명하게)에는 '노골적'이라는 뜻도 있다. 일반적으로 '독일식'은 명상적이고 불명료한 것을 말한다.
2 영원 회귀 사상의 고지자가 되어야 할 차라투스트라의 운명.
3 제3부 '환영과 수수께끼에 대하여' 1의 19단 참조.
4 제2부 '숭고한 자들에 대하여' 25단 참조.
5 중력의 정령, 곧 초극에 대항하는 전체.

속에도 숨겨진 천민[1]이 있는 것이다.

그리고 그대들이 높고 또 더 높은 종족에 속한다 하더라도 그대들은 많은 점에서 구부러졌고 기형이다. 세계에는 나를 위해 그대들을 두드려서 곧바로 펴줄 대장장이는 없다.

그대들은 다리일 뿐이다. 보다 높은 자들이 그대들을 밟고 건너가기를! 말하자면 그대들은 계단이다. 그러므로 그대들을 밟고 넘어서서 **자신의** 높이로 올라가는 자들에게 화내지 마라!

언젠가 나의 적자와 완전한 상속자가 그대들의 종자로부터 자라난다 하더라도, 그러나 이것은 먼 후일의 일이다. 그대들 자신은 나의 유산과 이름이 상속될 자들이 아니다.

나는 여기, 이 산속에서 그대들을 기다리고 있었던 것은 아니다. 나는 그대들과 함께 마지막으로 산을 내려갈 수는 없다.[2] 그대들은 다만 그대들보다 훨씬 더 높은 자들이 나에게로 오는 도상에 있다는 전조로서 나에게 왔을 뿐이다.

(그들은) 커다란 동경, 커다란 구역질, 커다란 싫증을 가진 인간들이나 그대들이 신의 잔재라고 부른 자들은 **아니다**.

아니다! 아니다! 세 번째로 아니다! 나는 여기, 이 산속에서 **다른 자들**을 기다리고 있고 그들이 오지 않는 한, 나의 발을 여기서 들어 올리지 못할 것이다.

훨씬 더 높은 자들, 더 강한 자들, 더 많은 승리를 거두는 자들, 더 쾌활한 자들, 육체와 영혼이 단정한 자들을 (기다리고 있다). 반드시 **웃는 사자**[3]가 올 것이다.

---

1 정신적 차원에 있어서의 천민을 말한다.
2 제3부 '새롭고 낡은 목록판에 대하여' 1의 1~3단 참조.
3 웃는 사자는 세 가지 변화에 있어서의 제2단계의 사자가 자기 초극을 달성한 상태, 따라서 초인

오, 나의 정다운 손님들이여, 그대들 이상한 자들이여 — 그대들은 나의 어린애들에 대해 아직 아무것도 듣지 못했는가? 그리고 이 어린애들이 나에게 오는 도상에 있다는 것도?

제발 나의 여러 정원, 나의 지복의 섬들, 나의 새롭고 아름다운 종족에 대해서 말해달라. 왜 그대들은 이런 것에 대해서는 나에게 말하지 않는가?

나는 이러한 선물, 곧 그대들이 나에게 나의 어린애들에 대해 말해줄 것을 그대들의 사랑에 호소한다. 그 애들 때문에 나는 부유하고 그 애들 때문에 나는 가난해졌다.[1] 나는 모든 것을 주지 않았던가,

나는 뭣인들 주지 못하랴, 한 가지를 얻기 위해서라면, 이 어린애들, 이 싱싱한 모종, 나의 의지와 나의 최고 희망의 이 싱싱한 생명의 나무를 위해서라면!"

차라투스트라는 이렇게 말하고 갑자기 말을 멈췄다. 그의 동경이 엄습해왔기 때문이었다. 그래서 그는 그의 마음이 흥분을 이기지 못해 눈을 감고 입을 다물었던 것이다. 그리고 그의 손님들도 모두 말없이 조용히 멍청하게 서 있었다. 다만 늙은 예언자만은 손과 몸짓으로 신호를 하고 있었다.

만 찬

곧 여기서 예언자는 차라투스트라와 그의 손님들의 인사를 중단시켰

의 상징이라고 볼 수 있다.

1 차라투스트라의 부는 그의 창조하고 증여하는 덕인데, 이 덕 때문에 그는 가난해진다. 그는 모든 것을 미래를 위해 주어버리기 때문이다.

던 것이다. 그는 마치 잠시의 틈도 없는 자처럼 앞으로 밀고 나와 차라투스트라의 손을 잡고 외쳤다.

"그러나 차라투스트라여! 한 가지 일은 다른 일보다 더 필요하다고 그대 자신이 말한 바 있다.[1] 자, 지금 나에게는 다른 모든 일보다도 더 필요한 한 가지 일이 있다.

제때에 한마디한다면, 그대는 나를 **잔치**에 초대하지 않았는가?[2] 그리고 여기에는 먼 길을 걸어온 자들이 많이 있다. 그대는 설마 우리들을 말만으로 대접하고 쫓아낼 셈은 아니겠지?

또한 그대들은 모두 동사[3]라든가, 익사[4]라든가, 질식[5]이라든가, 그밖의 신체의 곤경에 대해서는 너무 많이 말했으나, 아무도 **나의** 곤경, 곧 허기에 대해서는 생각하지 않았다."

(예언자는 이렇게 말했다. 그러나 차라투스트라의 짐승들은 이 말을 듣자 놀라서 달아났다. 낮에 얼마나 많이 갖다 두었든 간에, 그것으로는 예언자 한 사람을 배부르게 하는 데에도 충분하지 않다는 것을 차라투스트라의 짐승들은 알고 있었기 때문이었다.)

"갈증도 포함되어 있다." 예언자는 말을 계속했다. "그리고 여기에는 지혜로운 말처럼, 다시 말하면 풍요하게 끊임없이, 물이 찰랑거리는 소리가 들리지만[6] 나는 ── **포도주를** 원한다! 누구나 다 차라투스트라처럼 태어날 때부터 금주자는 아니다. 또한 물은 지치고 시든 자에게는 알맞은 것이 아니다. **우리에게는** 포도주가 제격이다. **포도주야말로** 돌

1 제4부 '정오에' 2단 참조.
2 제4부 '절규' 3단 및 제2부 '예언자에 대하여' 45단 참조.
3 제4부 '마술사' 1의 2단 및 제4부 '가장 추악한 인간' 33단 참조.
4 제4부 '가장 추악한 인간' 33단 및 제2부 '예언자에 대하여' 8단 및 45단 참조.
5 제4부 '실직' 33단 참조.
6 동굴 옆에는 폭포가 있다.

연한 회복과 즉석의 건강을 주는 것이다!"

예언자가 포도주를 요구하는 이 기회에 말이 없던 왼쪽의 왕도 발언하게 되었다. "포도주라면," 그는 말했다. "**우리가**, 곧 나와 나의 형제인 오른쪽의 왕이 준비해두었다. 우리는 포도주를 충분히 갖고 있다. 나귀에 가득 실어놓았다. 모자라는 것은 빵뿐이다."

"빵이라고?" 대답하면서 차라투스트라는 웃었다.

"빵만은 은둔자들이 갖고 있지 않다. 그러나 인간은 빵만으로 사는 것이 아니라 좋은 새끼 양의 고기로도 산다. 나는 두 마리의 어린 양을 갖고 있다.

이 **양들**을 서둘러 잡고 샐비어를 양념으로 맛있게 요리하자. 이것은 내가 좋아하는 것이다. 또 근채류[1]나 과일도 부족하지 않다. 미식가나 식도락가에게도 충분할 만큼 있다. 또한 깨뜨려 먹는 호두와 그 밖의 수수께끼들도 부족하지 않다.[2]

그러므로 우리는 곧 흥겨운 잔치를 벌이기로 하자. 그러나 함께 먹을 자는 손을 빌려줘야 한다. 왕들도 마찬가지다. 즉 차라투스트라가 있는 곳에서는 왕도 요리사가 되어야 한다."

이 제안은 모두의 마음에 들었다. 자진해서 거지가 된 자가 고기와 포도주와 양념에 반대했을 뿐이었다.

"자, 이제 미식가 차라투스트라의 말을 들어라!" 그는 농담조로 말했다. "높은 산에 올라오고 동굴에 들어온 것은 이러한 잔치를 벌이기 위해선가? 그가 일찍이 '조촐한 가난을 찬양하라!'라고 가르치고[3] 거지들

---

1 은둔자의 상식.
2 독일어로 "eine harte Nuß knacken(딱딱한 호두를 깨뜨린다)"이라는 말에는 어려운 문제를 해결한다는 뜻이 있는데, 여기에서 이러한 표현이 나온 것이다.
3 제1부 '새로운 우상에 대하여' 32단 참조.

을 쫓아버리려고 한[1] 까닭을 나는 이제야 이해하게 되었다."

"기분을 내게." 차라투스트라는 그에게 말했다.

"나처럼. 그대의 관습을 지키라, 뛰어난 자여, 그대의 낟알을 씹고 그대의 물을 마시고 그대의 요리를 찬양하라, 그것이 그대를 기쁘게 만든다면![2]

나는 나에게 속하는 자들에 대해서만 율법일 뿐, 만인에 대한 율법은 아니다. 그러나 나에게 속한 자는 강한 뼈를 갖고 있어야 하고 가벼운 발을 갖고 있어야 한다.

전쟁과 축제를 즐기고 음울한 자나 몽상가가 되어서는 안 되며, 마치 그의 축제에 대해서처럼 가장 어려운 일에 대처하고 건강하고 건전해야 한다.

가장 좋은 것은 나에게 속하는 자와 나의 것이다. 사람들이 그것을 우리에게 주지 않으면 우리는 그것을 빼앗는다, 가장 좋은 음식, 가장 맑은 하늘, 가장 강한 사상, 가장 아름다운 여자를!"

차라투스트라는 이렇게 말했다. 그러나 오른쪽의 왕이 대답했다. "괴이한 일이다! 일찍이 현인의 입으로부터 이렇게 영리한 말을 들은 자가 있는가?

그리고 정녕 현인들에게 있어서 가장 괴이한 것은 이러한 현인들이 현명하면서도 영리하고 나귀가 아니라는 것이다."[3]

오른쪽 왕은 이렇게 말하고 의아하게 여겼다. 그러나 나귀는 오른쪽 왕의 말에 대해 악의를 품고 이아아 하고 말했다.[4] 그러나 이것이 여러

---

1 제2부 '동정하는 자들에 대하여' 19단 참조.
2 제4부 '자진해서 거지가 된 자' 30~33단 참조.
3 철학자(현인)이면서도 동시에 실천적인 사람으로서 처세의 지혜에도 뛰어나다는 뜻. 세상의 이른바 현인들은 민중(나귀)의 대변자이고, 참된 현인은 아니라는 것을 나타내고 있다.
4 나귀(민중)가 왕의 말에 동조했다는 뜻이다. 여기서 '악의를 품고'라고 한 것은 민중의 현인에 대한

가지 사서들에서 '만찬'[1]이라고 부르고 있는, 저 기나긴 잔치의 시작이었다. 그러나 이 잔치에서는 오직 **보다 높은 인간에 대해서** 이야기했을 뿐이었다.

보다 높은 인간에 대하여

1

내가 처음 인간에게 왔을 때 나는 은둔자다운 어리석음, 커다란 어리석음[2]을 저질렀다. 나는 시장으로 갔던 것이다.[3]

그리고 내가 만인에게 이야기했을 때 사실은 나는 아무에게도 이야기하지 않았던 것이다. 그러나 그날 저녁 줄 타는 자들과 시체들이 나의 길동무가 되었다. 그리고 나 자신도 거의 시체 같았다.[4]

그러나 새로운 아침과 함께 나에게는 새로운 진리가 찾아왔다.[5] 그때 나는 "시장이나 천민이나 천민의 소음이나 천민의 긴 귀[6]가 나와 무슨 상관이 있는가!"라고 말하는 것을 배웠다.

그대들 보다 높은 인간들이여, 이것을, 시장에서는 아무도 보다 높은

질투심을 나타낸다. 이아아는 나귀 울음소리로 Ja(그렇다)와 발음이 비슷한 점에서 긍정을 나타내고 있다.

1 예수와 열두 제자의 최후의 만찬을 염두에 두고 있다.
2 오래 세상과 떨어져 살아서 세상 사람들의 이해를 받지 못하는 것.
3 '서설' 3의 1단 참조.
4 '서설' 7 참조. 여기서 '줄타는 자들', '시체들'이라고 복수로 한 것은 사건 자체보다도 그 상징적 의미를 취했기 때문이다.
5 '서설' 9의 1~4단 참조.
6 천민을 나귀에 비유하고 그 귀를 길다고 한 것이다.

인간을 믿지 않는다는 것을 나에게서 배워라. 그러나 그대들이 거기서 말하고 싶다면, 그것도 좋은 일이다! 그러나 천민은 눈을 깜빡거리며[1] 말한다. "우리는 모두 평등하다."

"그대들 보다 높은 인간들이여." 이렇게 천민은 눈을 깜빡거리며 말한다. "보다 높은 인간은 존재하지 않는다, 우리는 모두 평등하다, 인간은 인간이다. 신 앞에서는 우리는 모두 평등하다!"

신 앞에서는! — 그런데 이제 이 신은 죽었다. 그러나 천민 앞에서는 우리는 평등하고 싶지 않다. 그대들 보다 높은 인간들이여, 시장에서 떠나라!

2

신 앞에서는! — 그런데 이제 이 신은 죽었다. 그대들 보다 높은 인간들이여, 이 신은 그대들의 가장 큰 위험이었다.

그가 무덤 속에 누운 다음 그대들은 비로소 부활했다. 이제 비로소 위대한 정오[2]가 오고 이제 비로소 보다 높은 인간은 — 주인이 된다!

그대들은 이 말을 이해했는가, 오, 나의 형제들이여? 그대들은 놀란다. 그대들의 심장이 현기증을 일으켰는가? 심연이 거기서 그대들에게 입을 벌렸는가? 지옥의 개[3]가 여기서 그대들을 향해 짖는가?

자! 자아! 그대들 보다 높은 인간들이여! 이제 비로소 인간의 미래라

---

1 근시안적이고 평범하지만 뱃속에 검은 저의가 도사리고 있는 천민의 심정을 암시한다.
2 인류가 최고의 자기 성찰을 하고 과거와 미래를 바라보면서 우연과 성직자의 지배로부터 벗어나는 때.
3 열렬한 창조적 정신을 갖고 모든 가치의 전도를 시도하며 대지를 사랑하여 대지의 대변자가 되려는 자. 제2부 '대사건에 대하여' 30단 참조.

는 산이 진통을 일으키고 있다. 신은 죽었다. 이제 **우리는** — 초인이
살게 되기를 바라고 있다.

3

가장 근심하는 자들은 오늘날 "어떻게 인간이 보존되는가?"라고 묻
는다. 그러나 차라투스트라는 유일한 자로서, 그리고 첫 번째 사람으로
서 "어떻게 인간은 **초극**되는가?"라고 묻는다.

초인은 나의 마음을 사로잡는다. **초인**은 나의 으뜸이고 유일한 관심
사이나 — 인간은 **아니다**. 이웃도 아니고 가장 가난한 자도 아니고 가
장 고뇌하는 자도 아니고 가장 착한 자도 아니다.

오, 나의 형제들이여, 내가 인간에게서 사랑하는 것, 그것은 인간이
과도이고 몰락이라는 것이다.[1] 그리고 그대들에게도 나로 하여금 사랑
하게 하고 희망을 품게 하는 많은 면이 있다.

그대들이 경멸하고 있었다는 것, 그대들 보다 높은 인간들이여, 그것
이 나로 하여금 희망을 품게 한다. 다시 말하면 크게 경멸하는 자들은
크게 존경하는 자들이다.[2]

그대들이 절망했다는 것, 거기에는 존경할 만한 점이 많다. 그대들은
어떻게 그대들을 인종시키는가를 배우지 않았고 그대들은 작은 재치를
배우지 않았기 때문이다.

다시 말하면 오늘날은 작은 자들[3]이 주인이 되었다. 그들은 모두 인종과

---

1 '서설' 4의 4단 참조.
2 자기 경멸은 자기의 현실적인 존재 방식에 대한 철저한 인식이므로 이러한 인식에 도달한 자는
  자기 초극을 할 수 있다.
3 제3부 '작게 만드는 덕에 대하여' 참조.

겸손과 재치와 근면과 조심과 그 밖의 동일한 많은 작은 덕을 설교한다.

여자의 성품을 가진 자, 노예 출신인 자,[1] 특히 천민이라는 잡동사니,[2] **이런 자**들이 이제 모든 인간의 운명의 주인이 되고자 한다. 오, 구역질! 구역질! 구역질!

이런 자들은 묻고 또 묻고 지치지 않는다. "어떻게 해서 인간은 가장 좋게, 가장 오랫동안, 가장 즐겁게 보존되는가?" 이렇게 물음으로써 그들은 오늘의 주인이 된다.

제발 오늘의 이 주인들을 초극하라, 오, 나의 형제들이여 ── 이 작은 자들을. 그들은 초인의 가장 큰 위험이다!

제발 초극하라, 그대들 보다 높은 인간들이여, 작은 덕들을, 작은 재치를, 모래알 같은 조심을, 개미 떼 같은 잡동사니를, 가엾은 자기만족[3]을, '최대 다수의 행복'[4]을!

그리고 인종하느니 차라리 절망하라. 그리고 정녕 나는 그대들이 오늘을 살 줄 모른다는 점 때문에 그대들을 사랑한다, 그대들 보다 높은 인간들이여! 다시 말하면 그렇기 때문에 **그대들은** ── 가장 잘 살고 있는 것이다.

4

그대는 용기가 있는가, 오, 나의 형제여? 그대는 대담한가? 목격자[1] 앞에서의 용기가 **아니라** 이미 목격하고 있는 신도 없는 은둔자의 용기,

---

1 제3부 '세 가지 악에 대하여' 2의 29단 참조.
2 제4부 '왕들과의 대화' 1의 9~10단 참조.
3 '서설' 3의 15~17단 참조.
4 영국의 공리주의자 벤담의 행복관이다.

독수리의 용기를 갖고 있는가?

내가 대담하다고 부르는 것은 냉정한 영혼, 나귀, 장님, 취한 자는 아니다. 공포를 알지만 공포를 **극복하는** 자가 대담하다. 심연을 보는 자, 그러나 **긍지**를 갖고 보는 자다.

심연을 보는 자, 그러나 독수리의 눈으로 보는 자, 독수리의 발톱으로 심연을 **붙잡는 자**, 그가 용감한 자다.[1]

5

"인간은 사악하다." 모든 최고의 현인[2]들이 나를 위로하기 위해 이렇게 말했다. 아, 이 말이 오늘날도 참되기만 하다면! 악은 인간의 최상의 힘이기 때문이다.[3]

"인간은 더욱 좋아지고 동시에 더욱 사악해지지 않을 수 없다." **나는** 이렇게 가르친다. 초인의 최선에는 최악이 필요하다.[4]

인간의 죄 때문에 괴로워하고 인간의 죄를 짊어지는 것은, 저 작은 자들의 설교자[5]에게는 어울리는 일이었다. 그러나 나는 커다란 죄[6]를 나의 커다란 **위안**으로서 즐긴다.

---

1 독수리는 '긍지'의 상징, 곧 초인을 지향하는 자랑스러운 의지를 상징한다. 그러므로 민중과는 거리가 있다. 그러나 초인을 지향하는 긍지는 민중을 끌어올리려고 한다. 따라서 심연은 민중의 커다란 가능성을 암시하고 있고, 독수리의 발톱으로 심연을 붙잡는다는 것은 민중이 진리의 참된 근원임을 통찰하는 것이라고 할 수 있다.
2 참된 철학자.
3 세상에서 선이라고 하는 것보다는 악으로 여기는 것에 보다 큰 권력에의 의지가 숨어 있다. 세상에서 말하는 착한 자는 오히려 인간의 최대의 자기 상실이다.
4 제2부 '대인의 재치에 대하여' 29~36단 참조.
5 예수.
6 예수의 사상과 대비하여 '죄'라고 했으나 내용상으로는 '악'을 말한다.

그러나 긴 귀를 향해 이런 말을 한 것은 아니다. 모든 말이 모든 입에 적합한 것은 아니다. 그것은 미묘하고 먼 일이다. 양의 발톱[1]으로는 이런 일을 잡아서는 안 된다!

6

그대들 보다 높은 인간들이여, 그대들은 그대들이 망쳐놓은 것을 바로잡기 위해 내가 여기에 있다고 생각하는가?

혹은 이제부터 나는 그대들 고뇌하는 자들을 더 편안하게 잠재우려 한다고 생각하는가? 혹은 그대들 정처 없는 자들, 길을 잃은 자들, 잘못 올라온 자들에게 더 편한 새로운 길을 보여주려고 한다고 생각하는가?

아니다! 아니다! 세 번째로 아니다! 그대들의 종족 중의 더욱더 많은 자들, 더욱더 좋은 자들이 파멸하지 않으면 안 된다 —— 그대들은 더욱더 험악하고 더욱더 가혹한 상태에 놓여야 하기 때문이다. 이렇게 됨으로써만,

—— 이렇게 됨으로써만 인간은 번개[2]에 맞아 부서질 만한 높이로 성장한다. 번개를 맞기에 충분한 높이로!

나의 마음과 동경은 작은 것, 긴 것, 먼 것과 관계한다. 그대들의 작고 많고 짧은 불행이 나와 무슨 관계가 있는가!

내가 보기에는 그대들은 아직 충분히 고뇌한 것은 아니다! 그대들은 그대들 때문에 고뇌하고, 아직은 **인간들** 때문에 고뇌하지는 않기 때문

---

1 속물적인 학자의 능력.
2 자기 초극의 정열.

이다. 그대들이 그렇지 않다고 말한다면, 그대들은 거짓말을 하는 것이리라! 그대들은 **내가** 고뇌했던 것 때문에 괴로워하지는 않는다.[1]

7

번개가 이미 해를 입히지 않는다는 것만으로는 나에게는 충분하지 않다. 나는 번개를 딴 곳으로 돌리고 싶지는 않다. 번개는 **나를 위해** —— 일하는 것을 —— 배워야 한다.

나의 지혜는 이미 오래전부터 구름처럼 모여 있고 나의 지혜는 더 조용해지고 더 어두워진다. 언젠가 **번개를** 낳게 될 지혜는 모두 이와 같이 되는 것이다.[2]

나는 오늘날의 인간들에게 **빛**이 되고 싶지 않고 빛으로 불리고 싶도 않다. **오늘날의 인간들**을 —— 나는 장님으로 만들고 싶다. 나의 지혜의 번개여! 그들의 눈을 뽑아내라!

8

그대들의 능력이 미치지 못하는 것은 바라지 마라. 자기 능력 이상의 일을 바라는 자들에게는 흉악한 속임수가 있다.

특히 그들이 위대한 것을 원할 때에는! 왜냐하면 그들은 위대한 것에 대한 불신에 눈뜨기 때문이다.[3] 이 교묘한 위조자들, 배우들은.[4]

---

1 이것이 차라투스트라와 보다 높은 인간의 차이다. 차라투스트라는 인간 전체를, 인간의 미래를 위해 고뇌하는 것이다. 그러나 보다 높은 인간들은 자기 자신을 위해 괴로워하고 있다.
2 제3부 '일곱 개의 봉인' 1의 1~3단 참조.
3 능력이 미치지 못하는 자가 손을 대면 위대한 것도 불신을 받게 된다.

그래서 마침내 그들은 강한 말과 주렁주렁 매달린 덕과 찬연한 거짓 작품으로 장식을 하고 자기 자신에게 속임수를 쓰고 곁눈질을 하고[1] 겉을 흰색으로 칠한[2] 벌레에 먹힌 자가 된다.

이 점을 특히 조심하라, 그대들 보다 높은 인간들이여! 다시 말하면 오늘날 나에게는 정직보다 더 고귀하고 진귀한 것은 없다.

이 오늘은 천민들의 것이 아닌가? 그러나 천민들은 무엇이 크고 무엇이 작고 무엇이 곧고 무엇이 정직한지 알지 못한다. 천민은 부지중에 구부러지고 천민은 항상 거짓말을 한다.

9

오늘날 건전한 불신감을 갖도록 하라, 그대들 보다 높은 인간들이여, 그대들 대담한 자들이여! 그대들 솔직한 자들이여! 그리고 그대들의 근거를 비밀에 붙여라![3] 이 오늘은 천민의 것이기 때문이다.

천민이 일찍이 근거 없이 믿게 된 것을, 그 누가 천민에게 근거를 보여줌으로써 ── 전복시킬 수 있을 것인가?[4]

그리고 시장에서는 사람들은 몸짓으로 설득을 한다. 그러나 근거는 천민으로 하여금 불신하게 만든다.[5]

그리고 시장에서 진리가 승리를 거둔다 하더라도 그대들은 건전한

---

4 제4부 '마술사' 2의 1단 참조. 니체는 바그너를 염두에 두고 있다.

1 자기가 야기한 결과를 항상 염두에 두고 있고 인기에 급급하다.

2 〈마태복음〉 23장의 27절 참조. 곧 겉은 번지르르하지만 속은 죽은 것을 가리킨다.

3 천민을 설득하려고 하지 마라.

4 천민은 정당한 근거가 아니라, 이해관계, 편견, 질투 때문에 믿게 되었으므로 아무리 근거를 보여주어도 소용이 없다.

5 제1부 '시장의 파리 떼에 대하여' 9단 참조.

불신감을 갖고 "얼마나 강한 오류가 이 진리를 위해 싸웠는가?"라고 자문하라.

또한 학자들을 조심하라! 그들은 그대들을 미워한다. 그들은 열매를 맺지 못하기 때문이다! 그들은 냉정하고 메마른 눈을 가졌으며 새들은 모두 그들 앞에 털이 뜯긴 채 누워 있다.[1]

이러한 자들은 거짓말을 하지 않는 것을 뽐낸다. 그러나 거짓말[2]에 대한 무력은 이미 진리에 대한 사랑이라고 할 수는 없다. 조심하라!

열병으로부터 자유는 이미 인식이라고 할 수 없다! 나는 냉각된 정신을 믿지 않는다. 거짓말을 할 줄 모르는 자는 진리가 무엇인지를 알지 못한다.

10

그대들은 높이 올라가고 싶거든 자기 자신의 다리를 사용하라! 그대들을 위로 **운반해가는** 일이 없도록 하라, 낯선 자의 등이나 머리에 올라타지 마라!

그러나 그대는 말을 타고 올라왔는가? 그대는 이제 말을 타고 그대의 목적지로 서둘러 가는가? 좋다, 나의 벗이여! 그러나 그대의 절름거리는 다리도 함께 말을 타고 있구나!

그대가 그대의 목적지에 닿아 그대의 말로부터 뛰어내릴 때 바로 그대의 **높이**에서, 그대 보다 높은 인간이여 ── 그대는 비틀거릴 것이다!

---

1 학자는 분석에만 능하여 모든 대상을 갈기갈기 찢어놓아 전체적인 아름다움이나 생명을 빼앗는다.

2 정신은 창안하고 허구하는 능력이다. 여기서 거짓말은 이러한 정신의 능력을 말한다.

그대들 창조하는 자들이여! 그대들 보다 높은 인간들이여! 사람들은 오직 자기 아이만을 임신한다.[1]

곧이듣거나 설득당하지 마라! **그대들의** 이웃은 도대체 누군가? 그리고 그대들이 '이웃을 위해' 행동하는 일이 있더라도 —— 그대들은 이웃을 위해 창조하지는 마라![2]

제발, 이 '위해서'를 잊어버려라, 그대들 창조하는 자들이여. 그대들의 덕은 그대들이 '위해서', '목적으로', '때문에' 어떤 일을 하는 일이 없도록 바라고 있다. 이런 속임수의 작은 말들에 대해서는 그대들은 그대들의 귀를 막아야 한다.

'이웃을 위해서'는 단지 작은 자들의 덕일 뿐이다. 작은 자들에게 있어서는 '끼리끼리'라든가, '초록은 동색'[3]이라는 말을 한다. 작은 자들에게는 **그대들의** 이기심에 대한 권리도 힘도 없다!

그대들의 이기심에는, 그대들 창조하는 자들이여, 임신한 자의 조심과 선견지명이 있다! 아무도 아직 눈으로 보지 못한 것, 곧 과일,[4] 이것을 그대들의 모든 사랑이 감싸고 아끼고 기른다.

그대들의 모든 사랑이 있는 곳에, 곧 그대들의 어린애 곁에 그대들의

---

1 이 절은 창조하는 자의 이기주의, 곧 니체의 '커다란 이기심'을 다루고 있다. 이것을 임신으로 비유한 데 대해서는 다음을 참조할 것. "대망되고 있는 것이 사상이든, 행위이든 —— 우리는 모든 본질적인 성취에 대해 임신 이외의 관계를 갖고 있지 않으며…… 우리의 임신 능력이 유종의 미를 거두도록 언제나 배려하고 깨어 있고 영혼을 조용하게 해두는 것, 이것이 참된 '이상적 이기심'이다"(니체, 《아침놀》에서).
2 창조는 창조 자체를 목적으로 해야 한다.
3 원문은 '손을 씻는다'이다.
4 임신과 대비된 태아, 곧 창조의 성과.

모든 덕도 있다! 그대들의 일, 그대들의 의지가 **그대들의** '이웃'이다. 거짓 가치에 속지 마라!

12

그대들 창조하는 자들이여, 그대들 보다 높은 인간들이여! 아이를 낳아야 할 자는 병들었고, 한편 이미 아이를 낳은 자는 불결하다.[1]

여자들에게 물어보라. 아이를 낳는 것이 즐거워서 아이를 낳는 자는 없다. 고통 때문에 수탉과 시인들은 꽥꽥 운다.

그대들 창조하는 자들이여, 그대들에게도 불결한 것이 많이 있다. 그것은 그대들이 어머니[2]가 되지 않을 수 없었기 때문이다.

새로운 어린애. 오, 동시에 얼마나 많은 새로운 더러움이 세계에 태어났는가! 옆으로 비켜라! 그리고 아이를 낳은 자는 자신의 영혼을 깨끗이 씻어야 한다!

13

그대들의 능력 이상으로 유덕한 자가 되려고 하지 마라! 그리고 가능하지 않은 일은 바라지 마라!

이미 그대들의 조상의 덕이 걸어간 발자취[3]를 따라 걸어가라! 그대들의 조상의 의지가 함께 올라가지 않는다면 어떻게 그대들이 높이 올라가려고 할 수 있을 것인가?

---

1 창조의 어려움을 말한다.
2 창조자.
3 혈통을 말하고 있다.

그러나 첫아들이 되려고 한다면 막내가 되지 않도록 조심하라![1] 그리고 그대들의 선조의 악덕이 있는 곳에서 그대들은 성인인 체하지 마라!

여자와 강한 포도주와 멧돼지 고기를 좋아한 조상을 가진 자, 그가 자신의 순결을 원한다면 어떻게 될 것인가?[2]

그것은 바보 같은 짓이리라! 내가 생각하기에는 이러한 자가 한 여자, 또는 두 여자, 또는 세 여자의 남편이라면 정녕 큰일이구나!

그리고 이러한 자가 수도원을 세우고 그 문에 '성인에의 길'이라고 써 붙인다면 — 나 역시 말하리라. "어디로 가는 길이냐! 이것도 새로운 바보짓이다!" 라고.

그는 자기 자신을 위해 형무소 내지는 피난처를 세운 것이다. 제발 유익하기를! 그러나 나는 유익하리라고 믿지 않는다.

고독 속에서는 이 고독 속에서 끌려 들어온 자도 성장하고 내면의 짐승[3]도 성장한다. 이렇게 해서 많은 사람들은 고독을 단념하게 된다.

지금까지 사막의 성인[4]들보다 더 불결한 것이 땅 위에 있었던가? **이 성인들**의 둘레에는 악마뿐만이 아니라 — 돼지도 돌아다닌다.

---

1 창조적 혈통을 이어받으려면 퇴폐적인 에피고넨이 되어서는 안 된다.

2 제1부 '순결에 대하여' 7~14단 참조.

3 제4부 '과학에 대하여' 18단에서 "맹수에 대한 공포 — 이것이 가장 오랫동안 인간의 마음속에서 배양되었고 여기에는 인간이 자신의 마음속에 숨겨두고 두려워하고 있는 짐승도 포함되어 있다. 차라투스트라는 이것을 '내면의 짐승'이라고 부른다"고 했다.

여기서 공포는 무엇인가? 니체는 고대 국가에 있어서 지배자 도덕과 노예 도덕을 구별한다. 지배자 도덕은 피지배자가 두려워해야 할 도덕이지만 노예 도덕은 지배자에 대한 공포심의 도덕이다. 피지배자가 지배자에게 복종하는 것은 지배자의 권력이 두려워 부득이 복종하는 것으로 그들의 복종은 예속이다. 공포를 이와 같이 보면 '내면의 짐승'은 인간의 예속을 강요하는 면이라고 볼 수 있다.

4 성 안토니우스를 염두에 두고 있는 듯하다. 성 안토니우스는 45년간 사막에서 살았다.

도약에 실패한 호랑이[1]처럼 수줍어하고 부끄러워하며 어색하게, 그대들 보다 높은 인간들이여, 이렇게 그대들이 살금살금 옆길로 달아나는 것을 나는 자주 보았다. 그대들은 (주사위를) 잘못 **던졌던** 것이다!

그러나 그대들 주사위 놀이를 하는 자들이여, 그것이 무슨 상관이 있는가! 그대들은 사람들이 반드시 따라야 할 놀이와 조롱의 방법으로써 놀이를 하고 조롱을 하는 것을 배우지 못했던 것이다! 우리는 언제나 커다란 조롱과 놀이의 테이블에 앉아 있지 않는가?[2]

그리고 비록 그대들이 커다란 일에 실패했다 하더라도, 그렇다고 해서 그대들 자신도 —— 실패작인가? 그리고 그대들 자신이 실패작이라 하더라도, 그렇다고 해서 —— 인간도 실패작인가? 그러나 인간이 실패작이라 하더라도, 좋다! 자아![3]

<h2 style="text-align:center">15</h2>

사물은 높은 종류에 속하는 것일수록 잘 만들어지는 경우가 더욱 드물다. 그대들 여기에 있는 보다 높은 인간들이여, 그대들은 모두 —— 실패작이 아닌가?

용기를 내라, 그것이 무슨 상관인가! 얼마나 많은 일이 아직도 가능한가![4] 사람들이 웃을 때 반드시 따라야 할 방식으로 그대들 자신을 넘

---

1 호랑이는 늠름한 생명력을 상징한다. 도약에 실패한 호랑이는 시들어버린 생명력이다.
2 제1부 '독서와 저술에 대하여' 12~14단 참조.
3 '초인에로!' 라는 뜻이 함축되어 있다.
4 니체는 인간의 본질은 확정되어 있지 않고 거대한 가능성을 갖고 있다고 본다.

어서서 웃는 것을 배워라!

그대들이 실패작이고 반쯤밖에 성공하지 못한 자일지라도, 무엇이
이상한가, 그대들 반쯤 부서진 자들이여! 그대들 속에서 치열하게 살
아나려 하지 않는가 —— 인간의 **미래**가?

인간의 가장 먼 것, 가장 깊은 것, 별처럼 가장 높은 것, 인간의 막대
한 힘, 이러한 모든 것이 서로 그대의 항아리¹ 속에서 거품을 내고 있지
않는가?

많은 항아리가 부서진다 하더라도 무엇이 이상한가! 사람들이 웃을 때
반드시 따라야 할 방식으로 그대들 자신을 넘어서서 웃는 것을 배워라!
그대들 보다 높은 인간들이여, 오, 얼마나 많은 일이 아직도 가능한가!

그리고 정녕 얼마나 많은 일에 이미 성공했는가! 이 대지는 작고 좋
고 완전한 사람들에 대해서는, 잘 만들어진 것에 대해서는 얼마나 풍요
한가!²

그대들의 둘레에 작고 좋고 안전한 사물들을 두라, 그대들 보다 높은
인간들이여! 이러한 사물들의 황금의 성숙³은 마음을 치유한다. 완전
한 것은 희망을 가르친다.

16

여기, 대지 위에서 지금까지 가장 큰 죄는 어떤 죄였던가? 그것은 "재
화 있을진저, 너희 이제 웃는 자여!"⁴라고 말한 자의 말이 아니었던가.

---

1 차라투스트라 자신을 상징한다.
2 제3부 '새롭고 낡은 목록판에 대하여' 17의 5~6단 참조.
3 제4부 '정오에' 20 및 24단 참조.
4 〈누가복음〉 6장 25절에 나오는 예수의 말.

그는 대지 위에서 웃어야 할 근거를 조금도 찾아내지 못했던가? 그렇다면 그가 찾는 방법이 서툴렀을 뿐이었다. 어린애조차도 여기서 그러한 근거를 찾아내지 않는가.

그는 ─ 충분히 사랑하지 않았던 것이다. 그렇지 않다면 그는 우리 웃는 자들도 사랑했을 것이다! 그러나 그는 우리를 미워하고 비웃었고, 그는 우리에게 울부짖고 이를 가는 것을 가르쳐주겠다고 약속했다.

사랑하지 않는 경우에는 곧장 저주해야만 하는가? 이것은 ─ 내 생각으로는 나쁜 취미다. 그러나 그는, 이 무조건적인 자는 그렇게 했다. 그는 천민 출신이었다.[1]

그리고 그 자신의 사랑이 불충분했을 뿐이었다. 그렇지 않으면 그는 사람들이 그를 사랑하지 않는다고 해서 그렇게 화를 내지는 않았을 것이다. 모든 커다란 사랑은 사랑을 원하지 않는다 ─ 커다란 사랑은 그 이상의 것을 원한다.[2]

이러한 모든 무조건적인 자들을 피하라! 그들은 빈약하고 병든 종족, 천민의 종족에 속하는 자들이다. 그들은 악의를 품고 이 삶을 바라보며 이 대지에 대한 그들의 시선은 사악하다.

이러한 모든 무조건적인 자들을 피하라! 그들의 발은 무겁고 그들의 마음은 무겁다. 그들은 춤[3]출 줄 모른다. 이러한 자들에게 어떻게 대지가 가벼울 것인가!

---

1 예수를 청년 특유의 결함을 나타내고 있다고 비판하고 있다. 니체에 의하면 청년은 아직 참된 자유 정신에 도달하지 못했다. 청년의 정신은 아직 미숙하기 때문이다. 미숙한 정신을 가진 자, 특히 청년은 '무조건적인 것'을 좋아한다. 곧 긍정이냐, 부정이냐, 존경이냐, 대항이냐 하는 대립적, 2치적(二値的) 논리의 지배를 받는다.
2 창조하는 자의 '커다란 사랑'은 일종의 강압적인 구애로서 상대의 사랑을 구하는 것이 아니라 오히려 사랑의 대상을 창조하려고 한다.
3 춤은 선악의 피안에 있는 자유로운 경지를 나타낸다.

모든 좋은 사물들은 곡선을 그리며 목표에 접근한다.[1] 좋은 사물들은 고양이처럼 등을 구부리고 가까이 있는 행복 앞에서 마음속으로 가르릉거린다 —— 모든 좋은 사물들은 웃고 있다.[2]

어떤 자가 **자신의** 길을 걷고 있는지 그 여부는 걸음걸이에서 드러난다. 자, 내가 걸어가는 것을 보라![3] 그러나 자신의 목표에 접근한 자는 춤을 춘다.

그리고 정녕 나는 입상[4]이 된 적이 없었고 지금도 나는 딱딱하고 무디게, 돌처럼 기둥으로 여기에 서 있는 것은 아니다. 나는 질주를 좋아한다.

그리고 비록 대지 위에 늪과 짙은 우수가 있더라도, 발이 가벼운 자는 진흙 위를 달리고 마치 깨끗이 쓸어놓은 얼음 위에서처럼 춤을 춘다.

그대들의 마음을 고양하라, 나의 형제들이여, 높이! 높이! 그리고 제 발 다리도 잊지 마라![5] 그대의 다리도 들어올려라, 그대들 멋지게 춤을 추는 자[6]들이여, 그리고 더 좋은 것은 물구나무를 서는 것이다![7]

---

1 제3부 '작게 만드는 덕에 대하여' 1의 1단, 제3부 '통과에 대하여' 1단, 제4부 '나귀 축제' 1의 21단, 제3부 '환영과 수수께끼에 대하여' 2의 4단, 제3부 '쾌유하고 있는 자에 대하여' 2의 20단 참조.
2 유희의 정신은 차라투스트라에게는 중요한 것이다. 특히 어린애의 유희의 정신이 그렇다. 여기서도 공리주의적인 일직선의 이익 추구가 아니라, 즐거이 유희하며 목적을 추구하는 것을 말하고 있다.
3 '서설' 2의 4단, 9의 17단, 제1부 '독서와 저술에 대하여' 24~25단, 제3부 '중력의 정령에 대하여' 2의 29~38단 참조.
4 정치적 또는 종교적 권위 등 일반적으로 권위를 갖고 있는 것.
5 의식보다는 신체가 인간의 근원적인 것임을 잊지 말라.
6 제4부 '취가' 5의 3단 참조.
7 통상적인 지성의 입장을 역전시키고 일체의 가치를 전도시키는 것.

웃는 자의 이 면류관, 이 장미로 만든 관, 나 자신이 이 관을 내 머리 위에 올려놓았다.[1] 나 자신이 나의 홍소가 신성하다고 선언했다.[2] 오늘 날 나는 이렇게 할 수 있을 만큼 강한 다른 자를 보지 못했다.

춤추는 자 차라투스트라, 날개로 신호하는 가벼운 자 차라투스트라, 모든 새들에게 신호를 보내는 자, 날아갈 준비가 된 자, 각오와 준비를 갖춘, 행복하고 마음이 가벼운 자[3] ── .

예언자 차라투스트라, 참된 웃음을 웃는 자 차라투스트라, 성급한 자 도 아니고 무조건적인 자도 아니고 도약과 가로뛰기[4]를 사랑하는 자, 나 자신이 이 관을 내 머리 위에 올려놓았다!

19

그대들의 마음을 고양하라, 나의 형제들이여, 높이! 더 높이! 그리고 제발 다리도 잊지 마라, 그대의 다리도 들어 올려라, 그대들 멋지게 춤 을 추는 자들이여, 그리고 더 좋은 것은 물구나무를 서는 것이다!

행복하면서도 둔한 짐승들[5]도 있다. 처음부터 발이 무딘 자들도 있다. 그들은 이상하게도 물구나무를 서려고 애쓰는 코끼리처럼 애를 쓴다.

그러나 불행 때문에 바보가 되는 것보다는 행복 때문에 바보가 되는

---

1 빌라도 총독의 병사들이 가시 면류관을 예수의 머리에 씌웠다는 것에 대비되고 있다.
2 제3부 '일곱 개의 봉인' 6의 2~3단 참조.
3 제3부 '일곱 개의 봉인' 6의 1~3단, 7의 1~4단, 제3부 '중력의 정령에 대하여' 1의 5단 참조.
4 자신에 대한 이의, 자유분방한 시도.
5 '행복하면서도 둔한 짐승'은 생명의 긍정을 알면서도 자유로운 경지에 서지 못하는 자.

것이 낫다. 절름거리며 걷는 것보다는 둔하게 춤을 추는 것이 낫다. 그렇다면 제발 나의 지혜를 배우라. 가장 나쁜 사물조차도 두 가지 좋은 이면[1]이 있다고 하는 (나의 지혜를).

가장 나쁜 사물조차도 춤추기 좋은 다리를 갖고 있다는 (지혜를). 그렇다면 제발 배워라, 그대들 보다 높은 인간들이여, 그대들의 곧은 다리로 서는 것을!

그렇다면 제발 잊어버려라, 우수에 잠기는 것을, 천민의 슬픔을! 오, 나에게는 오늘 천민의 익살꾼들[2]조차도 얼마나 슬프게 생각되는가? 그러나 이 오늘은 천민의 것이다.

20

제발 바람[3]처럼 행동하라, 산 위의 동굴에서 불어오는 바람처럼. 바람은 자신의 피리 소리에 맞춰 춤추려 하고, 이 바람의 발자국 밑에서 바다는 떨며 깡충거린다.

나귀에게 날개를 달아주고[4] 암사자의 젖을 짜는[5] 이 좋고 분방한 정신은, 마치 폭풍처럼 모든 오늘과 모든 천민에게 불어오는 이 정신은 찬양받으라.

엉겅퀴 같은 머리,[6] 사소한 일에 구애되는 머리, 그리고 모든 시든

---

1 다음 구절에 나오는 춤추기 좋은 다리를 가리킨다.
2 마음에서 우러나오는 참된 기쁨이 아니라 기교적인 해학과 억지 웃음으로 낙천주의를 보급하려는 저술가들.
3 산 위의 동굴에서 불어오는 이 바람은 동굴의 고독으로부터 몰락하고자 하는 차라투스트라 자신이다.
4 민중조차도 열광하게 한다.
5 가장 사나운 자들조차도 순하게 만든다.
6 가시가 돋친 듯 접근하기 힘든 까다로운 자.

잎[1]과 잡초[2]에 적의를 품는 (이 정신은). 풀밭 위에서처럼 늪과 우수 위에서 춤을 추는 이 사납고 좋고 자유로운, 폭풍 같은 정신은 찬양받으라!

천민이라는 여윈 개와 모든 잘못 만들어진 음울한 도당들을 미워하는, 모든 자유로운 정신 중에서도 가장 자유로운 이 정신, 모든 비관론자들과 궤양 환자들의 눈에 먼지를 불어넣는 이 웃는 폭풍은 찬양받으라!

그대들 보다 높은 인간들이여, 그대들의 가장 나쁜 점은, 그대들은 모두 사람들이 춤을 출 때 반드시 따라야 할 방식으로 춤추는 것을 —— 그대들 자신을 넘어서서 춤추는 것을 배우지 않았다는 것이다! 그대들이 실패작이라는 것이 무슨 상관이 있는가!

얼마나 많은 일이 아직도 가능한가! 그렇다면 제발, 그대들 자신을 넘어서서 웃는 것을 **배워라**! 그대들의 마음을 고양하라, 그대들 멋지게 춤추는 자들이여, 높이! 더 높이! 그리고 제발 좋은 웃음도 잊지 마라!

웃는 자의 이 면류관, 이 장미 화관, 나의 형제들이여, 그대들에게 나는 이 관을 던져준다! 나는 웃음이 신성하다고 말했다. 그대들 보다 높은 인간들이여, 제발 —— 웃는 것을 **배워라**!

우수의 노래

1

차라투스트라가 이 말을 했을 때 그는 그의 동굴의 입구 가까이에 서 있었다. 그러나 마지막 말을 하고는 그는 그의 손님들로부터 몰래 빠져

---

1 세상에서 빨리 사라져야 할 병든 자들.
2 쓸데없는 기생충 같은 자들.

나와 잠시 동안 동굴 밖으로 피했다.

"오, 나의 둘레의 맑은 향기여." 그는 외쳤다. "오, 나의 둘레의 복된 고요여!¹ 그러나 나의 짐승들은 어디 있는가? 이리 오라, 이리 오라, 나의 독수리여, 나의 뱀이여! 제발, 말해다오, 나의 짐승들이여! 이들, 보다 높은 인간들 모두가 —— 좋지 못한 **냄새를 풍기고** 있는 것이 아닐까? 오, 나의 둘레의 맑은 향기여! 이제 비로소 나는, 나의 짐승들이여, 내가 그대들을 얼마나 사랑하는가를 알았고 또 느끼고 있다."

그리고 차라투스트라는 다시 말했다. "나는 그대들을 사랑한다, 나의 짐승들이여!" 그러나 그가 이렇게 말했을 때 독수리와 뱀이 그에게 다가와서 그를 쳐다보았다. 이와 같이 그들은 셋이 조용히 모여 서서 서로 좋은 공기의 냄새를 맡고 좋은 공기를 들이마셨다. 보다 높은 인간들과 함께 있을 때보다 여기, 밖에서의 공기가 더 좋았기 때문이었다.

2

그러나 차라투스트라가 그의 동굴을 빠져나가자마자, 늙은 마술사가 일어나 교활하게 여기저기 둘러보며 말했다.

"그는 나갔다!

그리고 이미, 그대들 보다 높은 인간들이여, 그 자신과 마찬가지로 나도 이 찬양과 아첨의 명칭으로 그대들을 간지럽히리라 —— 이미 나의 사악한 기만과 마술의 정령이, 나의 우수의 악마²가 나를 습격한다.

그는 차라투스트라에 대해 철두철미한 적대자이다. 그러나 이 악마

---

1 제3부 '귀향' 24단 참조.
2 중력의 정령(이 정령에 대해서는 제3부 '중력의 정령에 대하여' 참조).

를 용서하라! 지금 이 악마는 그대들 앞에서 마술을 보여주고 **싶은 것이다**. 그는 바로 **자신의** 때를 만난 것이다. 내가 이 사악한 정신과 다투어보아도 소용이 없다.

그대들이 어떠한 말로 그대들 자신에게 명예를 수여하든, 곧 그대들 자신에게 '자유 정신,' 또는 '성실한 자,' 또는 '정신의 속죄자,' 또는 '사슬에서 풀린 자,' 또는 '커다란 동경을 가진 자'라는 이름을 붙이든, 그대들 모두를,

그대들은 나와 마찬가지로 **커다란 구역질**에 시달리고¹ 그대들로부터 신은 죽었고 아직 어떠한 새로운 신도 포대기에 쌓여서 요람 속에 누워 있지 않거니와, 이러한 그대들 모두를 —— 그대들 모두를 나의 사악한 정령, 마술의 악마는 좋아한다.

나는 그대들을 잘 알고 있다. 그대들 보다 높은 인간들이여, 나는 그대²를 잘 알고 있다 —— 또한 나는 본의 아니게 사랑하고 있는 이 괴물, 이 차라투스트라도 잘 알고 있다. 그 자신이 나에게는 흔히 아름다운 성인의 가면처럼 생각된다.³

나의 사악한 정령, 곧 우수의 악마의 마음에 드는 새롭고 이상한 가장 무도회처럼 (생각된다). 나는 나의 사악한 정령 때문에 차라투스트라를 사랑한다, 가끔 나는 이렇게 생각한다.

그러나 이미 **이 정령**이 나를 습격해와서 나에게 강요하고 있다, 이 우수의 정령, 저녁 어스름의 악마가. 그리고 정녕 그대들 보다 높은 인

---

1 이와는 반대로 차라투스트라는 커다란 구역질을 초극한 자다. 커다란 구역질은 세계의 암흑면(영원 회귀의 암흑면)에 대한 인식으로부터 생긴다.
2 이 '그대'를 누구로 볼 것인가에 대해서는 이론이 있다. 곧 우수의 정령을 가리킨다고 보는 사람도 있고, 바로 다음에 나오는 차라투스트라를 가리킨다고 보는 사람도 있다. 문맥상으로 보아 후자의 견해가 옳은 것 같다.
3 늙은 마술사에게는 차라투스트라의 웃음이 마치 성인을 가장하는 것처럼 보인 것이다.

간들이여, 그는 갈망하고 있다.

자, 눈을 떠라! 이 정령은 **발가벗고 오기**[1]를 갈망하고 있다. 남자로서 올 것인지, 여자로서 올 것인지[2] 나는 아직 모른다. 그러나 이 정령은 온다, 이 정령은 나에게 강요를 하고 있다. 슬프구나! 그대들의 오관을 열어라!

날은 저물고 모든 사물에 이제 저녁이 찾아온다.[3] 가장 좋은 사물에게도, 자, 듣고 보아라, 그대들 보다 높은 인간들이여, 남자든 여자든 간에 이 저녁의 우수의 정령이 어떠한 악마인가를!"

늙은 마술사는 이렇게 말하고 교활하게 여기저기 둘러보며 그의 하프를 잡았다.

3

대기는 투명해지고
이미 이슬의 위안[4]이
보이지도 않고 들리지도 않게
땅으로 내릴 때 ——
위안하는 자, 이슬은 다른 모든 온화한 위안자처럼
부드러운 신을 신었기 때문이다.
—— 그때 그대는 상기하는가, 그대는 상기하는가, 뜨거운 마음이여,

---

1 이 말에는 차라투스트라도 웃음을 가장하고 있지만, 사실은 그의 내면에는 우수가 깃들어 있고, 저녁이 되면 이 우수가 정체를 드러내려고 한다는 뜻도 함축되어 있다고 나우만은 해석한다.
2 우수, 곧 염세주의에는 능동적인 면과 수동적인 면이 있음을 나타낸다.
3 제2부 '춤의 노래' 32~33단, 제3부 '뜻에 거슬리는 지복에 대하여' 38단 참조. 저녁은 우울한 죽음의 예감과 함께 영원 회귀 사상에 대한 동경이 찾아오는 시각이다.
4 영원 회귀라는 위안자.

일찍이 그대가 얼마나 갈망했는가를
하늘의 눈물, 이슬 방울을,
햇볕에 타오르고 지쳐서 얼마나 갈망했는가를?¹
노란 풀밭의 오솔길에서
짓궂게도 저녁의 태양의 시선이
눈부신 태양의 작열하는 시선, 불행을 기뻐하는 시선이,
검은 나무들 사이로 그대의 둘레를 달릴 때에.

"진리의 구혼자라고? 그대가?" 태양의 시선을 이렇게 비웃었다 ──
"아니다! 단지 한 사람의 시인²에 지나지 않는다!
한 마리의 짐승, 교활하고, 먹이를 찾아, 살금살금 돌아다니고,
거짓말을 하지 않을 수 없는,³
알면서 일부러 거짓말을 하지 않을 수 없는 한 마리의 짐승.
── 먹이를 탐내고,
알록달록한 가면을 쓰고,
자기 자신에게 가면이 되고,
자기 자신에게 먹이가 되는 ──
이러한 자가 ── 진리의 구혼자라고?
아니다! 오직 바보일 뿐이다! 오직 시인일 뿐이다!
오직 알록달록한 말을 하면서,

---

1 제2부 '유명한 현인들에 대하여' 14단 참조.
2 제2부 '시인들에 대하여' 4단, 제3부 '새롭고 낡은 목록판에 대하여' 2의 12단 참조. 영원 회귀
  사상을 생각하는 것은 시인의 몽상과 다름이 없다고 말하는 것이다.
3 제2부 '지복의 섬에서' 18단, 제2부 '시인들에 대하여' 2, 4단, 제3부 '올리브 산에서' 9단 참조.
  자유분방하게 이상을 만들어 내지 않을 수 없다는 뜻.

바보의 가면을 쓰고 알록달록하게 외치면서,

기만적인 말의 다리 위로 이리저리 돌아다니면서,

알록달록한 무지개 위로,

거짓 하늘과

거짓 대지 사이를,

이리저리 돌아다니고 이리저리 떠도는[1] ——

오직 바보일 뿐이다! 오직 시인일 뿐이다!

이런 자가 —— 진리의 구혼자라고?

조용히, 딱딱하게, 미끄럽게, 차게,

영상이 되지도 않았고,

신의 입상[2]이 되지도 않았고,

신전 앞에 세워져,

신의 문지기가 되지도 않았다.

아니! 이러한 진리의 입상에 적의를 품고,

어떠한 황야에서도 신전 앞에서보다는 마음이 아늑했고,[3]

고양이의 변덕으로 가득 차서,

모든 창으로부터,

재빨리 온갖 우연 속으로 뛰어들고,

모든 원시림의 냄새를 맡으면서,

병적인 동경으로 냄새를 맡으면서, 돌아다니는

것은 그대가 원시림 속에서

---

1 '기만적인……'으로부터 여기까지에는 초인 사상에 대한 비방이 함축되어 있다.
2 권위를 가진 자.
3 제2부 '유명한 현인들에 대하여' 13~18단 참조.

알록달록한 반점이 있는 맹수들[1] 사이에서

죄 많은 건강을 갖고, 알록달록하게, 아름답게 달리기 위해서다.

탐이 나는 듯 입술을 내밀고,

복에 겨워 조롱하고, 복에 겨워 지옥이 되고, 복에 겨워 피에 굶주리

면서,

강탈하면서, 살금살금 돌아다니면서, 여기저기 엿보면서 달리기 위해

서다.

──── 혹은 독수리처럼 오랫동안,

오랫동안 여러 심연을 응시하는,[2]

자신의 심연을 (응시하는 독수리처럼).

──── 오, 이 심연은 아래로,

밑으로, 안으로,

점점 더 깊은 깊이로 얼마나 맴돌며 떨어지는가!

이윽고,

갑자기, 일직선으로,

날개를 펄럭이며,

어린 양을 습격한다.

갑자기 아래로, 심한 굶주림으로써,

어린 양을 탐낸다,

어린 양의 영혼을 지닌 모두를 미워하면서,

곱슬곱슬한 털을 갖고 양처럼, 어린 양의 눈으로

---

1 제2부 '거울을 가진 어린애' 29~33단, 제2부 '유명한 현인들에 대하여' 10~11, 16단 참조.
2 독수리는 초인을 지향하는 의지를 상징하며 심연은 민중의 거대한 가능성을 말한다.

바라보는 모든 자들을,
회색이고 어린 양과 양의 친절한 마음씨를 가진
모든 자들을 몹시 미워하면서!

이와 같이,
시인의 여러 가지 동경은,
천 개의 가면 뒤에 숨은 **그대의** 여러 가지 동경은,
독수리 같다, 표범 같다,
그대 바보여! 그대 시인이여!

이러한 자로서 그대는 인간을
신으로, 양으로 보았다.[1]
── 인간의 내면의 신을
인간의 내면과 양과 마찬가지로 **찢어버리고.**
그리고 찢어버리면서 웃는 것[2]──
이것이야말로, 이것이야말로 그대의 지복이다!
표범이요 독수리인 자의 지복이다!
시인이요 바보인 자의 지복이다!"

대기는 투명해지고,
이미 달[3]의 낮이

---

1 인간(어린 양)에게 독수리로서 공격을 했고. 한편 초인을 말했기 때문에 인간을 신적인 존재로
만들었다.
2 인간도 신도 초극하고 쾌활하게 웃는 것.
3 제2부 '깨끗한 인식에 대하여' 1~7단 참조. 태양과 달의 대비는 니체에 있어서는 풍요로운 창조
성과 무기력한 불모성의 대비다.

진홍색 저녁놀 사이로, 창백하게,

그리고 시기하며, 살금살금 걸어갈 때.

── **달의 낯이** 낮에 대해 적의를 품고,

걸음걸음마다 몰래

장미의 해먹을 베어내면서. 마침내 장미의 해먹이 가라앉을 때까지

밤으로 밑으로 창백하게 가라앉을 때까지──

이와 같이 일찍이 나 자신도 가라앉았다.

나의 진리의 광기로부터 벗어나,

나의 대낮의 동경[1]으로부터 벗어나,

낮에 대해 싫증을 내고 빛 때문에 병들어서,

밑으로, 저녁을 향해, 그림자를 향해 가라앉았다.

── 하나의 진리 때문에

불태워지고 목말라하면서.[2]

── 그대는 아직도 상기하는가, 그대는 상기하는가, 뜨거운 마음이여,

그때 그대는 얼마나 갈망했던가를? ──

"(하나의 진리는) 내가 모든 진리로부터

추방되었다는 것이다.

오직 바보일 뿐이다!

오직 시인일 뿐이다!"

---

1 열렬하고 적극적인 탐구 정신.
2 하나의 진리는 '모든 진리로부터 추방되었다'는 것이며 일체의 진리로부터 추방되었다는 새로운 통찰(하나의 진리)은 진리에 대한 갈망을 증대시킨다.

과학에 대하여

이렇게 마술사는 노래했다. 그리고 함께 있던 자들은 모두 마치 새처럼 부지중에 그의 교활하고 우울한 환락의 그물에 걸려들었다. 다만 정신의 양심적인 자만이 걸려들지 않았다. 그는 재빨리 마술사에게서 하프를 빼앗으며 외쳤다.

"공기를! 좋은 공기를 들여보내라! 차라투스트라를 불러들여라! 그대는 이 동굴을 무덥고 독하게 만든다, 그대 사악한 늙은 마술사여!

그대 사기꾼이여, 빈틈없는 자여, 그대는 미지의 욕망과 황폐에로 유인한다. 그리고 슬프구나, 그대 같은 자가 **진리**에 대해 말하고 소동을 일으키다니!

슬프구나, **이러한** 마술사 앞에서 경계하지 않는 모든 자유로운 정신들은! 그들의 자유는 사라져버린다. 그대는 가르치고 꾀어내서 감옥으로 되돌려보낸다.

그대 늙고 우수 어린 악마여, 그대의 비탄으로부터는 유혹하는 피리 소리가 들려온다. 그대는 순결을 찬양함으로써 몰래 육욕으로 꾀어내는 자와 비슷하다!"

양심적인 자는 이렇게 말했다. 그러나 늙은 마술사는 둘레를 둘러보고 자신의 승리를 즐기며 이것으로 양심적인 자가 불러일으킨 염오감을 삼켰다. "조용히!" 그는 겸손한 목소리로 말했다. "좋은 노래는 좋은 반응을 원한다. 좋은 노래를 들은 다음에는 오랫동안 침묵해야 한다. 여기 있는 자들, 보다 높은 인간들은 모두 그렇게 하고 있다. 그러나 그대는 나의 노래를 제대로 이해하지 못한 것일까? 그대에게는 마술의 정령이 거의 깃들어 있지 않다."

"그대는 나를 찬양하고 있다." 양심적인 자는 대답했다.

"그대는 나를 그대와 다르다고 하기 때문이다, 좋은 일이다! 그러나 그대들 다른 자들이여, 나는 무엇을 보고 있는가? 그대들은 모두 탐욕스러운 눈으로 거기에 앉아 있구나.

그대들 자유로운 영혼들이여, 그대들의 자유는 어디로 갔는가! 내가 보기에 그대들은 발가벗고 춤을 추는 불량한 소녀를 오랫동안 구경하고 있던 자와 거의 비슷하다. 그대들의 영혼 자체가 춤을 추고 있구나!

그대들 보다 높은 인간들이여, 그대들은 틀림없이 저 마술사가 사악한 마술과 기만의 정령이라고 부르는 것을 더 많이 간직하고 있을 것이다. 우리는 틀림없이 서로 다를 것이다.

그리고 정녕 우리는 차라투스트라가 동굴로 돌아오기 전에 충분히 함께 이야기하고 생각했으므로 우리가 서로 **다르다**는 것을 나는 잘 알고 있다.

우리는, 그대들과 나는 여기 산 위에서도 서로 다른 것을 **구하고 있다**. 다시 말하면 나는 더 많은 **안전**을 구하려고 차라투스트라에게 온 것이다. 그는 아직도 가장 확고한 탑이며 의지이기 때문이다.

── 오늘날 모든 것이 흔들리고 대지 전체가 진동하는 곳에서. 그러나 그대들의 눈빛을 보고 알 수 있고 내 생각으로는 거의 틀림없는 일이거니와 그대들은 더 많은 **불안전**을 구하고 있다.

더 많은 전율을, 더 많은 위험을, 더 많은 지진을. 내 생각으로는 거의 틀림없는 일이거니와 그대들은 갈망하고 있는 것이다. 나의 자만을 용서하라, 그대들 보다 높은 인간들이여.

그대들은 갈망하고 있는 것이다, 나에게는 가장 두려운 것인 가장 사악하고 가장 위험한 삶을, 야수의 삶을, 숲과 동굴과 험준한 산과 미로와 같은 골짜기를.

그리고 가장 그대들의 마음에 드는 자는 위험에서 **벗어나게 하는** 지도자가 아니라 그대들을 모든 길로부터 빗나가게 하는 자, 유혹하는 자다. 그러나 이러한 욕망이 그대들 마음속에 **사실상** 있다 하더라도 그럼에도 불구하고 나는 이것이 **불가능하다**고 생각한다.

다시 말하면 공포[1]는 ── 인간의 유전적 감정이고 근본적 감정인 것이다. 공포로부터 모든 것이, 원죄와 원덕[2]이 설명된다. 또한 **나의** 덕도 공포로부터 자라났고 이 덕은 과학이라고 불린다.

곧 맹수[3]에 대한 공포 ── 이것이 가장 오랫동안 인간의 마음속에서 배양되었고, 여기에는 인간이 자신의 마음속에 숨겨두고 두려워하고 있는 짐승도 포함되어 있다 ── 차라투스트라는 이것을 '내면의 짐승'[4]이라고 부른다.

이러한 오래된 옛부터의 공포, 이것은 마침내 세련되고 신성화, 정신화되어 ── 내 생각으로는 오늘날 **과학**이라고 불린다."

양심적인 자는 이렇게 말했다. 그러나 방금 동굴로 돌아와 마지막 말을 듣고 그 뜻을 짐작한 차라투스트라는 양심적인 자에게 한 줌의 장미꽃을 던져주고 양심적인 자가 말한 '진리' 때문에 웃었다. "뭐라고!"라

---

1 공포는 외경과 밀접한 관련을 가진 개념이다. 외경은 존경이 섞인, 혹은 존경에 의해 정화되고 정신화된 공포이기 때문이다. 그런데 공포는 존경이 없는 것으로 피지배자의 권력이 두려워 부득이 복종하는 것을 말한다. 곧 이때의 복종은 예속이다. 현대에 있어서도 도덕의 모태는 공포다. 현대의 민중은 다수의 권력을 두려워하고 있는 것이다(현대는 데모크라시이므로 과거와 같이 혈통을 존중하는 귀족은 없으나 정신적 귀족의 존재는 가능하다. 정신적 귀족은 새로운 미래를 창조하는 선각자이고 이 선각자는 민중의 양심을 '유혹하는 자'여야 한다. 과거와 같이 피지배자를 인도하는 '지배자'가 아니라 민중의 자각을 촉구하는 '유혹하는 자'여야 한다. 앞에서 양심적인 자는 '유혹하는 자'에 대해 말하고 있지만 유혹하는 자의 이러한 깊은 의미를 이해하고 있는 것은 아니다).
2 원죄와 대응시켜 말한 것으로 인간의 생득적인 덕.
3 인간의 창조적 생명력의 상징.
4 제4부 '보다 높은 인간에 대하여' 13의 8단 참조.

고 그는 외쳤다.

"나는 방금 여기서 무슨 말을 들었는가? 정녕 내 생각으로는 그대가 바보거나 그렇지 않으면 내가 바보다. 그리고 나는 그대의 '진리'를 당장 물구나무서게 하리라.

곧 공포는 — 우리에게는 예외다. 그러나 용기와 모험과 불확실한 것, 아직 시도되지 않은 것에 대한 기쁨 — 내 생각으로는 **용기**야말로 인간의 경력의 전부다.

인간은 가장 사납고 가장 용감한 짐승들을 시기하여 이 짐승들로부터 모든 덕을 강탈했다. 이렇게 해서 비로소 인간은 — 인간이 되었다.[1]

이러한 용기, 이것이 마침내 세련되고 신성화되고 정신화되었다. 독수리의 날개와 뱀의 슬기를 가진 이 인간의 용기가. 내 생각으로는 오늘날 **이것이** 일컬어지기를[2] — ."

"**차라투스트라라고!**" 함께 앉아 있던 모든 자들이 이구동성으로 외치고 폭소를 터뜨렸다. 그러자 그들로부터 마치 무거운 구름 같은 것이 뭉게뭉게 피어올랐다.[3] 마술사도 웃고 재치 있게 말했다.

"자, 그는 사라졌다, 나의 사악한 정령은!

그리고 내가 그는 사기꾼이며 거짓말과 기만의 정령이라고 말했을 때 나는 그대들에게 이 정령을 조심하라고 경고하지 않았는가?[4]

다시 말하면 특히 그가 나체로 나타났을 때에. 그러나 **내가** 이 정령의 간계를 어떻게 할 수 있을 것인가! **내가** 이 정령과 세계를 창조했는가?

---

1 제3부 '새롭고 낡은 목록판에 대하여' 22의 4단, 제3부 '환영과 수수께끼에 대하여' 1의 19단 참조.
2 차라투스트라는 여기서 '일컬어지기를 과학이라고 한다'고 말하려고 한 것이다. 그러나 이때 차라투스트라가 말하려고 한 과학은 니체의 이른바 '즐거운 지혜(die fröhliche Wissenschaft)'이다.
3 우수의 정령이 떠나버려 마음이 가벼워졌다.
4 제4부 '우수의 노래' 2 참조.

510

자, 우리 다시 친밀하고 유쾌해지자! 그리고 차라투스트라가 노한 눈으로 바라보더라도 — 왜냐하면 그를 보라, 그는 나를 원망하고 있다!

밤이 오기 전에 그는 다시 우리를 사랑하고 칭찬하게 될 것이다, 그는 이러한 어리석음 없이는 오래 살지 못하는 것이다.

그는 — 그의 적들을 사랑한다.[1] 내가 만난 모든 사람 중에서 그는 이 기술을 가장 잘 익히고 있다. 그러나 그 대신 그는 — 그의 벗들에게 복수를 한다![2]"

늙은 마술사는 이렇게 말했고 보다 높은 인간들은 그에게 갈채를 보냈다. 그래서 차라투스트라는 한 바퀴 돌며 악의와 사랑으로써 그의 벗들과 악수를 했다. 마치 모든 자들에게 보상을 하고 사죄를 해야 하는 자처럼. 그러나 이때 그가 동굴 입구에 왔을 때, 보라, 그는 다시 밖의 좋은 공기와 그의 짐승들을 갈구하게 되어 — 그는 밖으로 빠져나가려 했다.

사막의 딸들 사이에서

1

"나가지 마라!"(이때 나그네, 즉 차라투스트라의 그림자라고 자칭한 자가 말했다.) "우리 곁을 떠나지 마라. 그렇지 않으면 저 오래된 무더운 우수가 다시 우리를 엄습할지도 모른다.

---

1 차라투스트라에게 적대하는 것. 따라서 차라투스트라가 초극해야 하는 것. 이러한 저항은 초인을 지향하는 차라투스트라에게는 불가결의 것이다. 제3부 '중력의 정령에 대하여' 참조.
2 사랑하는 벗일수록 엄격하게 대한다.

이미 저 늙은 마술사가 그의 최악의 것으로 우리를 가장 잘 대접했다, 그래서 보라, 저 착하고 경건한 교황은 눈에 눈물이 고인 채 다시 우수의 바다로 전적으로 출항하고 있다.

저 왕들은 우리 앞에서는 쾌활한 얼굴을 하고 있는 것 같다. 즉 이 **왕들**은 오늘, 쾌활한 얼굴로 지내는 것을 우리 가운데서 가장 잘 배운 것이다. 그러나 목격자가 없다면, 나는 내기를 걸어도 좋지만, 그들에게도 사악한 유희가 다시 시작될 것이다.

── 떠도는 구름,[1] 축축한 우수, 가면을 쓴 하늘, 도둑맞은 태양, 울부짖는 가을 바람[2]의 사악한 유희가.

── 우리의 울부짖음과 구원을 요청하는 절규의 사악한 유희가. 우리 곁을 떠나지 마라, 오, 차라투스트라여! 여기에는 말을 하고 싶어 하는 많은 숨겨진 불행이 있다, 많은 저녁, 많은 구름, 많은 무더운 공기가![3]

그대는 우리에게 힘센 남자를 위한 음식과 힘찬 잠언을 대접했다. 따라서 디저트로서 연약하고 여성적인 정령이 다시 우리를 엄습하는 것을 허용하지 마라!

그대만이 자신의 둘레의 공기를 강하고 맑게 할 수 있다! 일찍이 내가 지상에서 그대의 동굴 안에서 그대의 곁에 있을 때보다 더 좋은 공기를 마신 적이 있었던가?

사실 나는 많은 나라들을 보았고 나의 코는 많은 공기를 음미하고 평가할 줄 알게 되었다. 그러나 그대의 곁에서 나의 콧수염은 가장 큰 기쁨을 맛본다.

단지 예외로서는 ── 단지 예외로서는 ── 오, 나의 오래된 추억을

---

1 제3부 '해 뜨기 전에' 14단 이하 참조.
2 제4부 '취가' 8의 3~4단 참조.
3 자칫하면 염세주의적, 허무주의적 기분이 생긴다. 〈누가복음〉 24장 29절 참조.

이야기하는 것을 용서하라, 내가 일찍이 사막의 딸들 사이에서 지은 오래된, 후식을 위한 노래를 부르는 것을 용서하라.

다시 말하면 사막의 딸들이 있는 곳에는 여기와 마찬가지로 좋고 맑은 동방의 공기가 있었던 것이다. 거기서 나는 구름이 끼고 축축하고 우수에 찬 늙은 유럽으로부터 가장 멀리 떨어져 있었다![1]

그때 나는 이러한 동방의 소녀들을, 어떠한 구름도, 어떠한 사상도 끼지 않은, 또 다른 푸른 하늘을 사랑했다.

그녀들이 춤추지 않을 때 그녀들이 얼마나 귀엽게 앉아 있었던가를 그대들은 믿지 못할 것이다. 깊이, 그러나 아무런 사상도 없이, 작은 비밀처럼, 리본으로 장식된 수수께끼처럼, 후식용 호두처럼 —— 진정 알록달록하고 이국적이고, 그러나 한 점의 구름도 없이, 풀려지는 수수께끼처럼 (앉아 있었던 것을). 이 소녀들을 즐겁게 하기 위해서 그때 나는 후식용의 찬송가를 지었다."

나그네요 그림자인 자는 이렇게 말했다. 그리고 누군가가 그에게 대답하기 전에 그는 재빨리 늙은 마술사의 하프를 들고 다리를 꼬고 앉아 조용히 슬기롭게 둘레를 둘러보았다. 그리고 새로운 나라에서 새롭고 낯선 공기를 맛보는 자처럼 그는 천천히 음미하듯 콧구멍으로 공기를 들이마셨다. 그 후 그는 포효하듯이 노래하기 시작했다.

2

사막은 성장한다. 사막을 간직하고 있는 자[2]에게 재앙 있으라!

---

1 동방과 유럽의 대비는 글자 그대로 Morgenland(아침의 나라, 동양)와 Abendland(저녁의 나라, 서양)의 대비다.
2 기독교 도덕에 중독되어 내면적인 삶의 원천이 고갈된 자, 곧 현대 유럽인.

하! 장엄하구나!

정말로 장엄하구나!

품위 있는 시작(始作)이여!

아프리카답게 장엄하구나!

사자에게 어울리는

혹은 도덕적으로 울부짖는 원숭이에게 어울리는[1]

── 그러나 그대들에게는 관계가 없다,

그대들 가장 사랑스러운 여자 친구들이여,

그대들의 발밑에 내가,

야자나무 밑에 쉬는, 한 사람의 유럽인으로서

처음으로 앉아도 좋다는 허락을 받았다. 셀라.[2]

정녕 놀랍구나!

지금 나는 여기에 앉아 있다.

사막 가까이에, 그리고 이미

다시 사막으로부터 이렇게 멀리 떨어져서,

게다가 조금도 황폐해지지 않은 채.

다시 말하면 삼켜버린 것이다.

이 가장 작은 오아시스가.

---

1 여기까지는 '사막은 성장한다……'고 한 첫마디를 스스로 비평한 것이며, 기독교의 통렬한 비
판자로서 자기 자신을 비판하고 있다. 곧 기독교를 니힐리즘이라고 비판하고 이를 초극하려는
성실한 자기 부정의 정신(사자, 도덕적인 사자)에 대한 아이러니한 표현이 '울부짖는 원숭이'
다. 도덕적이라고 하는 말이 붙는 한, 그의 정신은 기독교 자체에 의해서 육성된 것이 아닐 수
없기 때문이다. 한편 울부짖는 원숭이를 단순히 '사자의 흉내를 내는 자'로 해석하는 사람도
있다.
2 구약성서의 〈시편〉에 사용되고 있는 헤브라이 어의 정창 기호.

── 이 오아시스는 방금 기지개를 켜면서

그 귀여운 입을 벌렸다.

모든 귀여운 입 중에서 가장 좋은 냄새를 풍기는 입을.

그 입속으로 나는 떨어졌다.

아래로, 한가운데로 ── 그대들 사이로,

그대들 가장 사랑스러운 여자 친구들이여! 셀라.

만세, 만세, 저 고래[1]여,

이렇게 자기 손님[2]을

즐겁게 해준다면! ── 그대는 이해하는가

나의 박식한 암시를?

저 고래의 배에 축복 있기를

그것이 이렇게

사랑스러운 오아시스의 배라면

오아시스의 배와 같다면, 그러나 나는 그렇다고 믿지 않는다.

── 나는 유럽에서 왔으니까,

모든 초로의 아내들보다

더 의심 많은 (유럽에서).

신이여, 제발 개조하소서!

아멘!

지금 나는 여기에 앉아 있다

---

1 가장 작은 오아시스를 가리킨다.
2 구약성서에 나오는 고래에게 먹힌 요나의 이야기를 상기하라.

이 가장 작은 오아시스에
대추야자의 열매처럼
갈색으로, 달콤하게, 금빛으로 익어서,
둥근 소녀의 입을 갈망하면서,
그러나 무엇보다도 소녀답고,
얼음처럼 차고, 눈처럼 희고, 칼날처럼 날카로운 앞니를 갈망하면
서 —— 다시 말하면 이러한 앞니를
모든 뜨거운 대추야자 열매의 마음은 갈망하고 있다. 셀라.

지금 말한 남국의 열매를
닮아서, 너무나 닮아서
나는 여기에 누워 있다, 작은
날아다니는 벌레들이
냄새를 맡으며 나불나불 돌아다니게 하면서,
마찬가지로 더욱 작고,
더욱 어리석고 더욱 죄 많은
여러 가지 소망과 순간적인 착상이 나불나불 돌아다니게 하면서,
그대들에게 둘러싸여서,
그대들, 말이 없고
그대들, 예감¹을 가득히 느끼는
소녀 고양이들이여.
두두와 줄라이카여!²

---

1 예감은 분석하고 합리화하는 유럽의 이성적 인식과는 달라서 세계가 전체적으로 직접 계시될
 수 있는 마음의 자세다. 곧 원초적이고 생생한 심정이다.
2 동양식의 매혹적인 여자 이름으로 쓴 것이다.

―― 많은 감정을 한마디에
담아서 말한다면 **스핑크스에 둘러싸여서**[1]
(신이여, 용서하라
이렇게 말하는 죄를!)[2]
여기에 앉아 있는 것이다, 가장 좋은 공기의 냄새를 맡으면서
정녕 낙원의 공기를,
밝고 가벼운 공기, 금빛 무늬가 있는 공기를,
이렇게 좋은 공기는 언젠가
달로부터 내려왔으리라[3] ――
옛 시인이 이야기하듯이
그것은 우연히 일어난 일일까,
혹은 분방함 때문에 일어난 일일까,[4]
나, 회의하는 자는 이 이야기를
의심한다, 나는
유럽에서 왔으니까,
모든 초로의 아내들보다
더 의심 많은 (유럽에서),

---

1 테베의 전설에 나오는 스핑크스를 말한다. 사막의 딸들은 '말이 없고 예감을 느끼는 소녀 고양
이'로서 동양적인 신비를 간직한 수수께끼 같은 존재이므로 스핑크스에 비교할 수 있다. 물론 스
핑크스 같은 괴물은 아니다.
2 많은 감정을 한마디로 요약하기 위해 Sphinx라는 그리스 어의 명사에 um이라는 전철(前綴)을
붙여 동사화해서 쓴 것을 말한다.
3 '떠도는 구름, 축축한 우수, 가면을 쓴 하늘' 밑에서 사는, 곧 이념, 초감상적인 요구 등에 억압
당하며 끊임없이 피안을 넘보는 유럽인들에게는 생생한 공기는 이 세상의 것이 아니라 달로부터
내려온 것으로 생각된 것이다.
4 우연, 분방함은 이성에 사로잡히지 않는 것이다. 옛 시인이라고 했지만 사실은 차라투스트라를 말
한다.

신이여, 제발 개조하소서!

아멘!

이 가장 아름다운 공기를 마시면서,

콧구멍을 술잔처럼 부풀게 하고,

미래도 없이, 추억도 없이,

이렇게 나는 여기에 앉아 있다, 그대들

가장 사랑스러운 여자 친구들이여,

그리고 야자나무를 바라보고 있다,

야자나무가 어떻게 무희처럼

몸을 굽히고 비틀고 허리를 흔드는가를,

―― 오랫동안 구경하면 마침내 같은 짓을 하게 된다!

나에게는 그렇게 보이거니와, 야자나무는 무희처럼,

너무 오랫동안 위험할 만큼 오랫동안,

한결같이, 한결같이 한쪽 다리로만 서 있었는가?

―― 그래서 나에게는 그렇게 보이거니와, 야자나무는

또 하나의 다리는 잊어버렸는가?

헛되이, 부질없이

나는 잊어버린 한 쌍의 보석 중의 하나를 찾고 있었다.

―― 다시 말하면 또 하나의 다리를 ――

야자나무의 가장 사랑스럽고 가장 우아한

부채 모양의, 펄럭거리는, 번쩍거리는 스커트의

거룩한 근처에서,

그렇다, 그대들이, 그대들 아름다운 여자 친구들이여, 나의 말을

전적으로 믿는다고 생각하고 하는 말이지만

야자나무는 그것을 잃어버린 것이다!

그것은 없어져버린 것이다!

영원히 사라진 것이다!

또 하나의 다리는!

오, 아깝구나, 사랑스러운 또 하나의 다리여!

어디에서 —— 그것은 우물쭈물하며 버림받은 것을 슬퍼하고 있을까?

저 외로운 다리는?

어쩌면 무서움에 떨고 있는 것일까,

화가 난 금발의

사자 따위 맹수 앞에서? 혹은 이미

물어뜯기고 야금야금 먹혀버렸는가 ——

가엾게도, 아! 아! 야금야금 먹혀버렸구나! 셀라.

오, 제발 울지 말아라,

연약한 마음이여!

제발 울지 마라, 그대들

대추야자의 마음이여! 젖가슴이여!

그대 감초의 마음을 가진

작은 주머니여!

더 이상 울지 마라,

창백한 두두여!

사내다워라, 줄라이카여! 기운을 내라! 용기를 가져라!

—— 혹은 어쩌면

뭔가 강하게 만드는 것, 마음을 강하게 만드는 것이.

여기 이 자리에 알맞은 것인가?

엄숙한 잠언이?

장엄한 격려가?

하! 나타나라, 위엄이여!

덕의 위엄이여! 유럽인의 위엄이여!

바람을 일으켜라, 다시 바람을 일으켜라,

덕의 풀무여!

하!

다시 한번 울부짖어라,

도덕적으로 울부짖어라!

도덕적인 사자로서

사막의 딸들 앞에서 울부짖어라!

── 덕의 포효는,

그대들 가장 사랑스러운 소녀들이여,

무엇보다도

유럽인의 열정, 유럽인의 갈망답기 때문이다!

그리고 나는 이미 여기에 서 있다,

유럽인으로서,

나는 달라질 수가 없다, 신이여, 나를 도와주소서![1]

아멘!

사막은 성장한다, 사막을 간직하고 있는 자에게 재앙 있으라!

---

1 루터가 그의 학설을 규탄하는 회의에서 "나는 여기에 서 있다. 나는 달라질 수 없다. 신이여, 나를 도와주소서, 아멘"이라고 말한 것을 인용했다.

각 성

1

나그네요 그림자인 자의 노래가 끝나자, 동굴 안은 갑자기 떠드는 소리와 웃음소리로 가득 찼다. 그리고 모여 있는 손님 모두가 한꺼번에 말을 하고 게다가 나귀조차도 이러한 분위기에 들떠 조용히 있지 않았기 때문에, 차라투스트라는 손님들에게 작은 혐오감과 조롱의 감정을 느끼게 되었다. 비록 그는 손님들이 쾌활한 것을 기뻐하고 있었지만. 왜냐하면 손님들이 쾌활한 것은 회복의 조짐이라고 그는 생각하기 때문이었다. 그래서 그는 밖으로 빠져나와 그의 짐승들에게 말했다.

"이제 그들의 곤경은 어디로 사라졌는가?" 그는 말하고 이미 작은 불쾌감을 떨어버리며 심호흡을 했다.

"내 생각으로는 그들은 나의 곁에서 구원을 요청하는 절규를 잊어버린 것 같다! 유감스럽게 외치는 것은 아직 잊지 않았지만." 그리고 차라투스트라는 귀를 막았다. 바로 이때 나귀의 "이아아"[1] 하는 소리가 보다 높은 인간들의 환호성에 기묘하게 섞여서 들려왔기 때문이었다.

"그들은 즐겁다." 그는 다시 말하기 시작했다.

"그래서 아마도 주인에게 폐가 된다는 것을 잊은 모양이다. 그리고 그들은 나에게서 웃는 것을 배우기는 했으나 그들이 배운 것은 **나의** 웃음[2]이 아니다.

---

1 나귀의 울음소리. 이 소리는 Ja(그렇다)와 통한다.
2 차라투스트라의 웃음은 삶의 절망을 참으로 초극한 웃음, 떠들썩한 웃음이 아니라 조용하면서도 아름답고 거룩한 웃음이다.

그러나 그것이 무슨 상관이 있는가! 그들은 노인[1]이다. 그들은 그들 나름대로 회복하고 그들은 그들 나름대로 웃는다. 나의 귀는 지금까지 더 나쁜 일에도 화내지 않고 참아왔다.

오늘은 하나의 승리다. 그는, 나의 숙적인 **중력의 정령**은 이미 물러나고 있고 달아나고 있다! 아주 불길하고 무겁게 시작된 오늘이 얼마나 잘 끝나려고 하는가!

그리고 오늘은 **끝나려고 한다**. 이미 저녁이 찾아왔다. 좋은 기사인 저녁이 바다를 넘어 말을 타고 온다! 이 복된 자, 집으로 돌아오는 자, 저녁은 그 진홍색 말안장에 앉아 얼마나 흔들리고 있는가![2]

하늘은 맑은 눈으로 그 모양을 바라보고 세계는 깊이 누워 있다.[3] 오, 그대들, 나를 찾아온, 모든 이상한 자들이여, 나와 함께 산다는 것은 그것만으로도 보람 있는 일이다!"

차라투스트라는 이렇게 말했다. 그런데 동굴에서는 보다 높은 인간들이 외치는 소리와 웃는 소리가 다시 들려왔다. 그래서 그는 다시 말하기 시작했다.

"그들은 물어뜯고 있다, 나의 먹이가 효과를 낸 것이다.[4] 그들에게서도 그들의 적이, 중력의 정령이 물러나고 있는 것이다. 그들은 이미 그들 자신을 넘어서서 웃는 것을 배웠다. 내가 잘못 들은 게 아닐까?

나의 사내를 위한 음식[5]이 효과를 내고 있다. 나의 즙이 많고 강력한 잠언이. 그리고 정녕 나는 그들에게 배를 불룩하게 하는 야채는 먹이지

---

1 노인은 몸이 굳어서 마음대로 변하지 못한다.
2 여기서의 저녁의 묘사는 제4부 '꿀의 제물' 29단의 새벽의 묘사와 대응되고 있다.
3 '세계는 깊다' 라는 뜻.
4 제4부 '꿀의 제물' 28단 참조.
5 제4부 '보다 높은 인간에 대하여' 를 이루고 있는 잠언들을 가리킨다.

않았다! 오히려 전사의 음식, 정복자의 음식을 먹인 것이다. 나는 새로운 욕망들을 일깨웠다.

여러 가지 새로운 희망이 그들의 팔과 다리에 감겨 있고 그들의 심장은 기지개를 켠다. 그들은 새로운 말을 찾아냈고, 곧 그들의 정신은 분방함을 호흡하리라.

분명히 이러한 음식은 어린애에게는 맞지 않고 더구나 동경에 지친 늙은 여자, 젊은 여자들에게는 맞지 않을 것이다.[1] 이러한 자들의 내장[2]을 설득하려면 다른 방식이 필요하다. 나는 이러한 자들의 의사도 아니고 교사도 아니다.

구역질이 보다 높은 인간들로부터 물러나고 있다. 자! 이것은 나의 승리다. 나의 영토에서 그들은 안전하게 되고 모든 어리석은 수치는 사라지고 그들은 마음을 터놓는다.

그들은 그들의 마음속을 드러낸다. 좋은 때가 그들에게 되돌아온다. 그들은 다시 축제를 열고 다시 반추를 한다.[3] 그들은 **감사할 줄 알게** 되었다.

그들이 감사할 줄 알게 된 것을 나는 가장 좋은 조짐으로 여긴다. 머지않아 그들은 축제를 생각해내고 그들의 옛 기쁨의 기념비를 세울 것이다.

그들은 **쾌유되고 있는 자들**이다!" 차라투스트라는 즐거운 마음으로 자기 마음을 향해 이렇게 말하고 먼 곳을 바라보았다. 그러나 그의 짐승들은 그에게 다가와 그의 행복과 그의 침묵을 존경해주었다.

---

1 차라투스트라는 '만인에 대한 율법은 아니다'(제4부 '만찬' 참조). 따라서 그의 잠언은 미숙한 자나 연약한 공상가에게는 맞지 않는다.
2 본질, 본성.
3 이제 그들은 그들의 적나라한 모습에 감사하고 지상의 행복을 기념하기 위해 새롭고 즐거운 축제를 베풀려고 한다. 음산한 기독교의 의식, 언제나 죽음을 생각한다는 가르침을 반성하고 있다.

그러나 차라투스트라의 귀는 갑자기 깜짝 놀랐다. 지금까지 떠드는 소리와 웃음소리로 가득 찼던 동굴이 갑자기 죽은 듯이 조용해졌기 때문이었다. 그러나 그의 코는 불타고 있는 솔방울에서 나는 듯한 짙은 연기와 향기를 맡았다.

"무슨 일이 일어났는가? 그들은 무엇을 하고 있는가?" 그는 자문하고 몰래 손님들을 엿보려는 듯이 입구로 살금살금 다가갔다. 그러나 얼마나 놀라운 일인가! 그는 거기서 자기 눈으로 무엇을 보아야 했던가!

"그들은 모두 다시 **경건**해졌구나, 그들은 **기도하고 있다**, 그들은 미쳤구나!" 그는 말하고 엄청나게 놀랐다. 그리고 참으로! 모든, 보다 높은 인간들, 곧 두 명의 왕, 실직한 교황, 사악한 마술사, 자진해서 거지가 된 자, 나그네요 그림자인 자, 늙은 예언자, 정신의 양심적인 자, 그리고 가장 추악한 자, 그들은 어린애들처럼, 신앙심 깊은 노파들처럼 무릎을 꿇고 앉아 나귀에게 예배를 드리고 있었다.[1] 그리고 바로 이때 가장 추악한 인간은 차마 말로 표현할 수 없는 것이 그의 내면에서 치밀어 오르는 것처럼 꼬르륵거리고 헐떡거리기 시작했다. 그러나 그가 이것을 실제로 말로 나타냈을 때, 보라, 그것은 (그들이) 예배를 드리고 향을 피워주고 있는 나귀를 찬양하는 연도(連禱)였다. 그런데 이 연도는 다음과 같이 들렸다.

아멘! 그리고 찬미와 명예와 지혜와 감사와 영광과 힘이 영원무궁토록 우리 신에게 있으라!

---

1 나귀는 민중, 여기서는 민중의 여러 가지 이상을 숭상하고 있다는 뜻.

그러자 나귀는 이에 대해 "이아아" 하고 외쳤다.

우리 신은 우리들의 짐을 짊어지고 종의 모습으로 나타나며, 충심으로 참을성이 있고 결코 아니다라고 말하지 않는다. 그리고 자기의 신을 사랑하는 자는 자기 신을 징벌한다.[1]

그러자 나귀는 이에 대해 "이아아" 하고 외쳤다.

우리들의 신은 말하지 않는다. 스스로 창조한 세계에 대해 언제나 그렇다고 말씀하는 것을 제외하고는. 우리 신은 이렇게 자기의 세계를 찬양한다.[2] 말을 하지 않는 것이 우리 신의 교활함이다. 따라서 우리 신은 잘못을 저지르는 일이 거의 없다.

그러자 나귀는 이에 대해 "이아아" 하고 외쳤다.

우리 신은 눈에 띄지 않게 세계를 다닌다.[3] 우리 신의 몸 색은 회색이고 이 회색은 우리 신의 덕을 감싸고 있다. 정신을 가졌으나 우리 신은 이를 숨기고 있다. 그러나 누구든지 우리 신의 긴 귀를 신용한다.

그러자 나귀는 이에 대해 "이아아" 하고 외쳤다.

우리 신이 긴 귀를 갖고 오직 그렇다라고 할 뿐, 결코 아니다라고 말하지 않는 것은 어떠한 숨겨진 지혜인가! 우리 신은 자신의 모습에 따라서[4] 곧 가능한 한 어리석게 이 세계를 창조하지 않았는가?

그러자 나귀는 이에 대해 "이아아" 하고 외쳤다.

그대는 곧은 길도, 구불구불한 길도 간다. 우리 인간들이 무엇을 곧다고 생각하고 무엇을 구불구불하다고 생각하든, 그대와는 상관이 없다. 선과 악의 피안에 그대의 나라가 있다. 순진함이 무엇인지를 모르

---

1 〈히브리서〉 12장 6절 참조.
2 〈창세기〉 1장 31절 참조.
3 신은 초감각적이다.
4 〈창세기〉 1장 26~27절 참조.

는 것이 그대의 순진함이다.[1]

그러자 나귀는 이에 대해 "이아아" 하고 외쳤다.

보라, 그대는 아무도 밀어내지 않는다, 거지든, 왕이든 밀어내지 않는다. 그대는 갓난애도 그대 곁으로 불러들이고 악동들이 그대를 유혹할 때에도 고지식하게 "이아아" 하고 말할 뿐이다.[2]

그러자 나귀는 이에 대해 "이아아" 하고 외쳤다.

그대는 암나귀와 싱싱한 무화과나무 열매[3]를 좋아한다, 그대는 식성이 까다로운 자가 아니다. 그대는 한창 배가 고플 때에는 엉겅퀴[4]조차도 그대의 마음을 간지럽힌다. 이런 점에 신의 지혜가 있다.

그러자 나귀는 이에 대해 "이아아" 하고 외쳤다.

나귀 축제

1

그러나 연도가 여기까지 이르자, 차라투스트라는 더 이상 자제할 수 없어서 나귀보다도 더 큰 목소리로 "이아아" 하고 외치고 미쳐버린 손님들 한가운데로 뛰어들었다. "도대체 그대들은 거기서 무엇을 하고 있는가, 그대들 인간의 자식들이여?" 기도하는 자들을 땅에서 일으키

---

1 신은 방자하여 인간의 의지는 전혀 개의하지 않는다. 신은 선악의 피안에 서 있다. 그러나 신은
　순진함을 모르기 때문에 차라투스트라와는 다르다.
2 사람이 끄는 대로 하는 대로 그냥 있다는 뜻.
3 일반적으로 여자의 음부를 상징하며, 여기서도 암나귀의 음부를 나타낸다. 식성이 까다롭지 않
　다는 것도 '상대를 가리지 않는 호색한'이라는 뜻으로 볼 수 있다.
4 성미가 까다로운 자, 여기서는 '까다로운 여자'라는 뜻.

면서 그는 말했다. "아, 차라투스트라 이외의 다른 사람이 그대들을 보았다면, (어떻게 됐을 것인가?)

누구든지 이러한 새로운 신앙을 보면 그대들에 대해, 가장 나쁜 독신자이거나 모든 노파 중에서도 가장 어리석은 노파라고 판단했을 것이다!

그리고 그대 늙은 교황이여, 그대 자신이 여기서 이렇게 나귀를 신으로 예배한 것은 그대 자신과 어떻게 조화를 이룰 것인가?"

"오, 차라투스트라여." 교황은 대답했다. "용서하라, 그러나 신의 일에 대해서는 내가 그대보다 밝다. 그리고 이것은 당연한 일이다.

신을 이러한 형태로 예배하는 것이 전혀 아무런 형태도 없이 예배하는 것보다 낫다! 이 잠언을 숙고해보라, 나의 고귀한 벗이여. 그대는 이러한 잠언에 담긴 지혜를 재빨리 알아차릴 것이다.

'신은 정령이다'[1]라고 말한 자는 —— 지금까지 지상에서 불신앙에의 최대의 걸음을 내딛고 최대의 도약을 한 자다. 이러한 말은 지상에서는 쉽게 바로잡을 수 없다!

이 지상에 아직도 무엇인가 예배할 것이 남아 있어서 나의 늙은 마음은 작약한다. 오, 차라투스트라여, 이 늙고 경건한 교황의 마음을 제발 용서하라!"

"그리고 그대는," 차라투스트라는 나그네요 그림자인 자에게 말했다. "그대는 자유로운 정신이라고 자칭하고 또 그렇게 망상하고 있는가? 그러면서도 여기서 이러한 우상 숭배와 성직자 숭배를 하고 있는가?[2]

정녕 그대가 여기서 하고 있는 일은 저 사악한 갈색의 소녀들[3] 곁에

---

1 〈요한 1서〉 4장 이하 참조.
2 제4부 '그림자' 30~32단 참조.
3 사막의 딸들. 제4부 '사막의 딸들 사이에서' 참조.

서 한 일보다 더 나쁘다, 그대 사악한 새로운 신자여!"

"물론 나쁘다." 나그네요 그림자인 자는 말했다. "그대의 말이 옳다. 그러나 내가 이에 대해 어떻게 할 수 있단 말인가! 낡은 신이 다시 살아난 것이다, 오, 차라투스트라여, 당신이 무슨 말을 하든.

가장 추악한 인간에게 모든 책임이 있다. 그가 낡은 신을 다시 깨운 것이다. 그리고 그가 일찍이 신을 죽였다고 말했더라도, 신들에게 있어서 **죽음**은 언제나 선입견에 지나지 않는다."[1]

"그리고 그대는," 차라투스트라는 말했다. "그대 사악한 늙은 마술사여, 그대는 어떤 일을 저질렀는가! **그대가** 이러한 나귀 신[2]을 믿는다면, 이 자유로운 시대에 있어서 앞으로 누가 그대를 믿을 것인가? 그대가 저지른 일은 어리석은 짓이었다. 그대 영리한 자여, 어떻게 그대가 이렇게 어리석은 짓을 저지를 수 있었는가!"

"오, 차라투스트라여." 영리한 예언자는 대답했다. "그대의 말이 옳다. 그것은 어리석은 짓이었다. 이와 같이 어리석은 짓을 하는 것은 나에게는 무척 어려웠다."

"그리고 그대야말로," 차라투스트라는 정신의 양심적인 자에게 말했다. "그대의 코에 손가락을 대고 잘 생각해보라! 도대체 여기에는 그대의 양심에 어긋나는 일이 하나도 없는가? 그대의 정신은 이러한 예배나 이러한 광신자의 수증기에 관계하기에는 너무나 순결하지 않은가?"

"여기에는 무엇인가가 있다." 양심적인 자는 대답하며 코에 손가락을 대었다.

"이 연극에는 뭔가가 있다, 내 양심을 아늑하게 해주는 그 무엇이.

---

1 언제나 신이 죽었다고 생각하는 것은 편견이다.
2 나귀는 민중을 가리킨다. 따라서 이 말에서 알 수 있는 것은 니체는 기독교 신앙 자체보다, 오히려 현대 데모크라시에서 기독교적 이상을 지나치게 구가하는 것을 풍자하고 있다고 볼 수 있다.

아마도 나는 신을 믿지 못할 것이다. 그러나 나에게는 이러한 형태의 신이 가장 믿을 만하다고 생각된다는 것만은 확실하다.

가장 경건한 자들의 증언에 따르면 신은 영원하다고 한다. 이만큼 많은 시간이 있는 자는 서두를 필요가 없다. 가능하면 천천히, 그리고 어리석게, **이와 같이 해도** 이러한 자들은 훨씬 많은 일을 성취할 수 있다.

그리고 정신을 너무 많이 가진 자는 어리석음과 바보짓에 열중하고 싶어 한다. 그대 자신에 대해 곰곰이 생각해보라, 오, 차라투스트라여![1]

그대 자신도 —— 정녕! 그대도 과잉과 지혜 때문에 한 마리의 나귀가 될 수 있다.

완전한 현인은 가장 구부러진 길을 즐겨 가지 않는가?[2] 겉모습에 나타나 있다, 오, 차라투스트라여—— **그대의** 겉모습에!"

"그리고 마지막으로 그대 자신은," 차라투스트라는 말하고, 아직도 땅바닥에 누워서 나귀를 향해 팔을 들고 있는 (그는 나귀에게 포도주를 먹이고 싶었던 것이다)[3] 가장 추악한 인간 쪽으로 돌아섰다.

"말하라, 그대 말로 표현할 수 없는 자여, 도대체 그대는 어떤 일을 저질렀는가!

내 생각에는 그대는 변한 것 같다. 눈은 불타오르고 숭고함이라는 외투가 그대의 추악함을 덮고 있다.[4]

그대는 어떤 일을 저질렀는가?

그대가 신을 다시 깨웠다고 하는 저 자들의 말이 정말인가? 도대체 무엇을 위해서? 신이 살해되고 폐기된 것은 근거 있는 일이 아니었던가?

---

1 '서설' 1의 5단, 제2부 '밤의 노래' 참조.
2 회귀의 비밀을 알고 원환(가장 구부러진 길)을 다 알게 되었다.
3 휴머니즘으로 천민을 도취시키고 싶어 한다.
4 제1부 '전쟁과 전사에 대하여' 15단, 제2부 '숭고한 자들에 대하여' (특히 3, 5단) 참조.

내 생각으로는 깨어난 것은 그대 자신인 것 같다. 그대는 어떤 일을 저질렀는가? 왜 **그대는** 마음을 바꾸었는가? 왜 **그대는** 개종했는가? 말하라, 그대 말로 표현할 수 없는 자여!"

"오, 차라투스트라여." 가장 추악한 인간은 대답했다. "그대는 악인이다!

신이 아직껏 살아 있는지, 다시 살아났는지, 근본적으로 죽었는지 —— 우리 둘 중에서 누가 이것을 가장 잘 알고 있는가?[1] 나는 그대에게 묻는다.

그러나 나는 한 가지는 알고 있다. 나는 일찍이 그대 자신에게서 배웠다, 오, 차라투스트라여, 아주 근본적으로 죽이려고 하는 자는 —— **웃는다**는 것을.

'사람들은 분노에 의해서가 아니라 웃음에 의해서 죽인다.'[2] 그대는 일찍이 이렇게 말했다. 오, 차라투스트라여, 그대 숨어 있는 자여, 그대 분노 없이 전멸시키는 자여, 그대 위험한 성인이여, 그대는 악인이다!"

2

그러나 이때 다음과 같은 일이 일어났다. 곧 차라투스트라는 이러한 무뢰한 같은 대답에 깜짝 놀라서 동굴 입구까지 뛰어서 물러나, 손님들 모두를 향해 거친 목소리로 외쳤다.

"오, 그대들은 모두 교활한 바보들이구나, 그대들 익살꾼들이여! 왜 그대들은 내 앞에서 그대들 자신을 위장하고 숨기는가!

---

1 차라투스트라가 더 잘 알고 있다는 것은 재론의 여지도 없다.
2 제1부 '독서와 저술에 대하여' 23단 참조.

그대들은 마침내 다시 한번 어린애처럼 되었다. 다시 말하면 경건하게 되었기 때문에 그대들 각자의 마음은 즐거움과 악의로 얼마나 꿈틀거리고 있는가.

마침내 그대들이 어린애 같은 짓을 했기 때문에, 다시 말하면 기도를 드리고 두 손을 모으고 '하나님' 하고 말했기 때문에!

그러나 이제는 제발 이 어린애의 방을, 오늘 온갖 어린애의 짓이 일어난 나 자신만의 동굴을 떠나라. 여기 밖으로 나가서 그대들의 뜨겁고 어린애 같은 방종과 마음의 설레임을 식혀라.

물론 그대들은 어린애처럼 되지 않으면 하늘나라로 가지 못한다. (그리고 차라투스트라는 두 손으로 위쪽을 가리켰다.)

그러나 우리는 하늘나라에 가는 것을 전혀 원하지 않는다. 우리는 어른이 된 것이다 ── **그렇다면 우리는 지상의 나라를 원한다.**"[1]

3

그리고 차라투스트라는 다시 한번 말하기 시작했다. "오, 나의 새로운 벗들이여." 그는 말했다.

"그대들 이상한 자들이여, 그대들 보다 높은 인간들이여, 이제 그대들은 얼마나 나의 마음에 드는가[2] ──.

그대들이 다시 즐겁게 된 다음부터는! 참으로 그대들은 모두 활짝 꽃피었구나. 내 생각으로는 그대들 같은 꽃에는 **새로운 축제**가 필요하다.

어떤 작고 용감한 난센스, 어떤 예배와 나귀 축제, 어떤 노련하고 즐

---

1 '서설' 3의 7, 8단 참조. 어른은 참으로 자유로운 경지까지 성숙한 인간을 말한다.
2 여기서는 나귀 축제를 절망의 극복이라는 적극적인 면에서 평가하고 있다.

거운 차라투스트라 같은 바보.[1] 그대들에게 불어와 영혼을 맑게 해주는 사나운 바람이 (필요하다).

오늘밤과 이 나귀 축제를 잊지 마라, 그대들 보다 높은 인간들이여! **그것은** 그대들이 내 곁에서 꾸며낸 것이다, 그것을 나는 좋은 조짐이라고 생각한다 —— 이러한 일은 오직 쾌유되고 있는 자들만이 꾸며낼 수 있다!

그리고 그대들이 이 나귀 축제를 다시 벌인다면 그대들을 위해 거행하라, 나를 위해 거행하라! 그리고 나를 **기억**하기 위해서!"[2]

차라투스트라는 이렇게 말했다.

취 가

1

그러나 그러는 동안에 한 사람 한 사람씩 차갑고 명상적인 밤 속으로 걸어 나갔다. 그러나 차라투스트라 자신은 그의 밤의 세계와 커다랗고 둥근 달과 동굴 옆에 있는 은빛의 폭포를 보여주기 위해 가장 추악한 자의 손을 잡고 인도했다. 이렇게 해서 드디어 보다 높은 인간들은 나란히 조용히 서게 되었고, 모두 노인들이었지만 마음은 즐겁고 용감했으며, 그들이 지상에서 이렇게 즐거울 수 있는 것을 의아하게 여겼다. 그러나 밤의 은밀함이 그들의 마음속으로 점점 가까이 다가왔다. 그래

---

1 오랫동안 동굴의 고독 속에서 살아 민중의 이해를 받지 못하는 자.
2 '다시 축제를 올릴 때에는, 지금처럼 종교적인 입장에서 하지 말고 그대들이 웃기 위해서, 또 웃음을 가르쳐준 나를 위해서 거행하라' 는 뜻.

서 차라투스트라는 다시 마음속으로 생각했다. "오, 그들은 이제 얼마나 내 마음에 드는가, 보다 높은 인간들은!" 그러나 그는 이 말을 입 밖에 내지는 않았다. 그는 그들의 행복과 그들의 침묵을 존중했기 때문이었다.

그러나 이때 저 놀랍고도 긴 하루 중에서도 가장 놀라운 일이 일어났다. 가장 추악한 인간이 다시 한번, 그리고 마지막으로 꼬르륵거리고 헐떡거리기 시작했고 그가 그것을 말로 나타냈을 때, 보라, 하나의 물음이, 그의 말을 듣고 있던 모든 사람들의 마음을 감동시킨, 좋고 깊고 명료한 물음이 둥글고 밝게 그의 입에서 튀어나왔다.

"여러분, 나의 벗들이여." 가장 추악한 인간은 말했다.

"그대들은 어떻게 생각하는가? 오늘 하루 때문에 —— **나는** 처음으로 내가 전생애를 살아온 것에 만족하게 되었다.

그리고 이 정도로 증언하는 것만으로는 충분하지 못하다. 이 대지 위에서 사는 것은 보람이 있다. 차라투스트라와 함께 보낸 하루, 그리고 축제가 나에게 대지를 사랑하는 것을 가르쳐주었다.

'**이것이** —— 삶이었던가?'라고 나는 죽음을 향해 물을 것이다. '자아! 다시 한번!'[1]

나의 벗들이여, 그대들은 어떻게 생각하는가? 그대들도 나와 마찬가지로 죽음을 향해 말하고 싶지 않은가? **이것이** —— 삶이었던가? 차라투스트라를 위해서[2] 자아! 다시 한번!이라고!"

가장 추악한 인간이 이렇게 말했을 때는 한밤중이 멀지 않은 때였다.

---

1 이 말은 스스로의 용기에 의해 영원 회귀 사상에 내포된 니힐리즘, 곧 삶의 암흑면을 초극한 자만이 할 수 있는 말이다. 가장 추악한 인간은 이제 삶을 적극적으로 긍정하게 된 것이다.
2 '차라투스트라를 통해서 고양된 삶의 내용을 배우고 확고한 삶의 기쁨을 배운 다음 비로소'라는 뜻이 내포되어 있다.

그런데 그대들은 이때 무슨 일이 일어났다고 생각하는가? 보다 높은 인간들은 그의 질문을 듣자마자 갑자기 그들의 변화와 회복, 그리고 누가 그들에게 이러한 변화와 회복을 가져다주었는가를 깨달았다. 그래서 그들은 차라투스트라에게로 뛰어와서 감사하고 존경하며 애무하고 그의 손에 입을 맞추었는데, 그 방식은 각양각색이어서 웃는 자도 있고, 우는 자도 있었다. 그러나 늙은 예언자는 만족한 나머지 춤을 추었다.[1] 그리고 많은 이야기꾼들이 생각하는 것처럼,[2] 그때 그가 달콤한 포도주에 담뿍 취했다 하더라도 확실히 그는 달콤한 삶에 더 담뿍 취했고 모든 권태를 없앤 다음이었다. 이때 나귀는 춤을 추었다고 이야기하는 사람들도 있다. 앞서[3] 가장 추악한 인간이 나귀에게 포도주를 먹인 것이 헛된 일은 아니었던 것이다. 이것은 사실이었는지도 모르고 그렇지 않았을지도 모른다. 그리고 사실은 그날 저녁 나귀가 춤을 추지 않았다 하더라도 그때 나귀의 춤보다도 더 엄청나고 더 진귀한 여러 가지 놀라운 일들이 일어났던 것이다. 요컨대 차라투스트라의 상투어 그대로 "그것이 무슨 상관이 있는가!"

2

그러나 이런 일이 가장 추악한 인간으로 말미암아 일어났을 때, 차라투스트라는 마치 취한 사람처럼 거기에 서 있었다. 그의 눈빛은 꺼지고 그의 혀는 더듬거리고 그의 발은 비틀거렸다. 이때 어떠한 사상이 차라투스트라의 영혼을 스쳐 갔는지 그 누가 알 수 있으랴? 그러나 확실한

---

1 제4부 '절규' 32단 참조.
2 '여러 가지 사서들에서……이라고 부르고 있는'이라는 제4부 '만찬'의 표현과 같은 의미다.
3 제4부 '나귀 축제' 1의 21단 참조.

것은 그의 정신은 물러나고 앞으로 달아나, 훨씬 먼 곳에 있어서 말하자면 "두 바다 사이의 높은 산등성이에 ── 과거와 미래 사이에 무거운 구름처럼 떠돌면서"라고 씌어 있는 그대로였다.[1] 그러나 보다 높은 인간들이 그를 안고 있는 동안에 그는 천천히 조금씩 제정신을 되찾고 존경하고 걱정하는 무리들을 두 손으로 제지했다. 그러나 그는 말하지는 않았다. 그러나 갑자기 그는 재빨리 머리를 돌렸다. 그는 무슨 소리가 들려온다고 생각했던 것이다. 그래서 그는 손가락을 입에 대고 말했다.

"오라!"

그러자 곧 둘레가 조용해지고[2] 은밀해졌다. 그러나 깊은 곳으로부터 천천히 종[3]소리가 들려왔다. 보다 높은 인간들과 마찬가지로 차라투스트라는 이 소리에 귀를 기울였다. 그러나 그 다음에는 그는 다시 한번 손가락을 입에 대고 다시 말했다, "오라! 오라! 한밤중이 가까워왔다!" 그리고 그의 목소리는 변했다. 그러나 그는 여전히 이 자리에서 움직이지 않았다. 그때 둘레는 더욱 조용해지고 더욱 은밀해졌고 모든 것들이, 나귀도, 차라투스트라의 영예스러운 짐승, 곧 독수리와 뱀도, 또한 차라투스트라의 동굴과 크고 차가운 달과 밤조차도 귀를 기울였다. 그러나 차라투스트라는 세 번째로 손을 입에 대고 말했다.

"오라! 오라! 이제야말로 방랑할 때가 되었구나! 때가 왔다. 밤 속으로 방랑하기로 하자!"[4]

---

1 제3부 '일곱 개의 봉인' 1의 1~2단 참조. 또 '씌어 있는 그대로였다'는 성서에 나오는 말로서, '차라투스트라'를 니체가 성서에 대비시키고 있음을 알 수 있다.

2 고요함은 영원 회귀 사상을 체득하는 데 불가결한 분위기다.

3 제3부 '두 번째 춤의 노래' 2의 10~11단에 나오는 한밤중의 종을 말한다.

4 밤 속으로 방랑한다는 것은 지성을 포기하고 본능에 따라 움직인다는 뜻이다.

3

그대들 보다 높은 인간들이여, 한밤중이 가까워오고 있다. 따라서 나는, 저 낡은 종이 나의 귀에 알려준 대로, 그대들의 귀에 그것이 무엇인가 알려주겠다.

인간보다도 더 많은 체험을 한[1] 저 한밤중의 종이 그것을 나에게 이야기한 것처럼 은밀하게, 놀랍게, 진지하게.

저 종은 이미 그들의 조상의 심장의 고통스러운 고동을 헤아렸다. 아! 아! 얼마나 탄식을 하는가! 꿈속[2]에서 얼마나 웃는가! 이 늙고, 깊고 깊은 한밤중은!

조용히! 조용히! 이제 낮에는 들을 수 없었던 많은 것이 들려온다. 그러나 차가운 바람으로 그대들의 마음속의 소요가 조용해진 지금이야말로 ── .

지금이야말로 그것은 이야기하고 그것은 들리고, 이제야말로 그것은 밤마다 감시하는 영혼 속으로 살금살금 기어든다! 아! 아! 한밤중은 얼마나 탄식하는가! 한밤중은 꿈속에서 얼마나 웃는가!

한밤중이, 늙고 깊고 깊은 한밤중이 **그대들에게** 은밀하게, 놀랍게, 진지하게 이야기하는 것을 그대들은 듣지 못하는가?

오, 인간이여, 주목하라!

4

슬프구나! 시간은 어디로 갔는가? 나는 깊은 샘 속으로 가라앉지 않

---

1 종은 동일한 체험을 한결같이 반복하고 있기 때문이다.
2 다음에 나오는 '세계는 잠이 들었다'(이 장의 4의 1단에서)라고 한 말과 관련된다.

았는가? 세계는 잠이 들었다.[1]

아! 아! 개가 짖는다, 달은 빛난다.[2] 나의 한밤중의 마음이 지금 생각하고 있는 것을 그대들에게 말하느니 차라리 나는 죽고 싶구나, 죽고 싶구나.

이제 나는 이미 죽었다.[3] 일은 끝났다. 거미여, 그대는 왜 나의 둘레에 거미줄을 치는가? 그대는 피를 원하는가? 아! 아! 이슬[4]이 내린다, 때가 왔다 ──.

내가 추위에 얼고 떨면서 다음과 같이 묻고 또 묻고 또 묻는 때가. 곧 "이것을 견뎌낼 만한 마음을 가진 자는 누군가? 누가 대지의 지배자가 되어야 하는가? 그대들 작고 큰 냇물이여, **지금 그대로** 그대들은 흘러가야 한다고 말할 자는 누군가!"라고.

때가 가까이 왔다. 오, 인간이여, 그대 보다 높은 인간이여, 주목하라! 다음의 말은 섬세한 귀, 그대의 귀를 위한 것이다 ── **깊은 한밤중은 무슨 말을 하는가?**

5

나는 실려가고 나의 영혼은 춤춘다. 낮의 일이여! 낮의 일이여! 누가 대지의 지배자가 되어야 하는가?[5]

달은 차갑고 바람은 말이 없다. 아! 아! 그대들은 이미 충분히 높이 날아올랐는가? 그대들은 춤춘다. 그러나 다리는 결코 날개가 아니다.

---

1 제4부 '정오에' 18, 25~30단 및 13~14단 참조.
2 제3부 '환영과 수수께끼에 대하여' 2의 13~19단 참조.
3 영원 회귀 속에서는 시간은 영원으로 응고하여 사라지므로 시간적으로는 죽었다는 것이다.
4 제4부 '우수의 노래' 3의 1단 참조. 이슬은 영원 회귀 사상의 암시다.
5 차라투스트라의 필생의 과제, 곧 대지의 지배자가 되어야 한다는 과제를 다시 상기하기 시작한다.

그대들 멋지게 춤추는 자들이여, 이제 온갖 즐거움은 사라졌다. 포도 주는 찌꺼기만 남았고, 모든 술잔은 푸석푸석해졌고, 무덤은 더듬거리며 말한다.

그대들은 충분히 높이 날아오르지 못했다. 이제 무덤은 더듬거리며 말한다. "제발, 죽은 자를 구제하라! 왜 밤이 이렇게 긴가? 달이 우리를 취하게 만든 게 아닌가?"

그대들 보다 높은 인간들이여, 제발 무덤을 구제하고, 시체를 깨워라! 아, 벌레[1]는 아직도 무엇을 파헤치고 있는가? 가까이 왔다, 때가 가까이 왔다 ── .

종이 웅얼거리고 마음이 다시 신음을 하고 나무를 파먹는 벌레, 마음을 파먹는 벌레는 아직도 파헤친다, 아! 아! **세계는 깊다!**

6

달콤한 칠현금이여![2] 달콤한 칠현금이여! 나는 그대의 음조를 사랑한다, 그대의 술 취한 두꺼비의 음조[3]를! ── 얼마나 오래전부터 얼마나 먼 곳에서, 그대의 음조는 나에게 들려 오는가, 머나먼 사랑의 연못[4]으로부터!

그대 낡은 종이여, 그대 달콤한 칠현금이여! 온갖 고통이, 아버지의 고통, 조상의 고통, 원조의 고통이 그대의 마음을 찢는다. 그대의 말은 성숙했다 ── .

---

1 관을 파먹는 벌레를 생각하고 있다. 죽음을 설교하는 자들을 비유했다고 볼 수 있다.
2 한밤중의 종을 이렇게 부르고 있다.
3 제2부 '성직자들에 대하여' 22단 참조.
4 인간의 애환의 세계.

황금의 가을, 그리고 오후처럼, 나의 은둔자의 마음처럼 성숙했다 —— 이제 그대는 다음과 같이 말한다. 세계 자체가 성숙했고 포도송이는 갈색이 되었고, 이제 그것은 죽기를 바란다, 행복으로 말미암아 죽기를 바란다.[1] 그대들 보다 높은 인간들이여, 그대들은 냄새를 맡지 못하는가? 은밀하게 어떤 냄새가 솟아오르고 있다.

영원의 안개와 향기, 낡은 행복의 장밋빛[2] 지복을 간직한 갈색의 황금 포도주의 향기가, 세계는 깊고 **낮이 생각하는 것보다도 더 깊다**고 노래하는 한밤중의 임종의 도연한 행복의 향기가.

7

나에게 상관하지 마라! 나에게 개의하지 마라! 그대들에게는 나는 너무나 순결하다. 나를 건드리지 마라! 나의 세계는 방금 완성되지 않았는가?

나의 피부는 그대들에게는 너무나 순결하다. 나에게 상관하지 마라, 그대 어리석고 투박하고 두터운 낮이여! 한밤중이 더 밝지 않은가?[3]

가장 순결한 자는 대지의 지배자가 되어야 한다, 가장 알려지지 않은 자들, 가장 강력한 자들, 온갖 낮보다도 더 밝고 더 깊은 한밤중의 영혼들이.

오, 낮이여, 그대는 나를 손으로 더듬어 찾는가? 그대는 나의 행복을 손으로 더듬어 찾는가? 나는 풍요하고 외롭고, 보물 구덩이나 황금의

---

1 영원 회귀를 시간의 성숙으로 본다면 영원은 죽음과 같으므로 성숙=죽음=영원=행복이라고 할 수 있다.
2 이 색은 즐거운 임종의 축복을 나타내는 저녁놀과 관련된다.
3 이 밝음은 진리의 차원에서의 밝음이다.

저장고인가?

오, 세계여, 그대는 나를 원하는가? 그대에게는 내가 세속적으로 보이는가? 그대에게는 내가 종교적으로 보이는가? 그대에게는 내가 신적으로 보이는가? 그러나 낮과 세계여, 그대들은 너무나 맵시가 없다[1] —.

좀 더 영리한 손을 가져라, 좀 더 깊은 행복, 좀 더 깊은 불행에 손을 뻗쳐라, 어떤 신에게 손을 뻗쳐라, 나에게는 손을 뻗치지 마라.[2]

나의 불행, 나의 행복은 깊다, 그대 이상한 낮이여. 그러나 나는 신도 아니고 신의 지옥[3]도 아니다. **신의 지옥의 고통은 깊다.**

8

신의 고통은 더 깊다, 그대 이상한 세계여! 신의 고통에 손을 뻗치고 나에게는 뻗치지 마라! 나는 무엇인가? 술에 취한 달콤한 칠현금 —,

아무도 이해해주지 않지만 귀머거리 앞에서 말하지 **않으면 안 되는**[4] 한밤중의 칠현금, 두꺼비처럼 웅얼거리는 종이다, 그대들 보다 높은 인간들이여! 왜냐하면 그대들이 나의 말을 이해하지 못하기 때문이다!

가버렸구나! 가버렸구나! 오, 젊은이여! 오, 정오여! 오, 오후여! 이제 저녁이, 밤이, 한밤중이 온다 — 개가 짖고 바람이 짖는다.

바람은 개가 아닌가? 바람은 킹킹거리고 멍멍거리고 짖는다. 아, 얼마나 탄식하는가! 얼마나 꼬르륵거리고 헐떡거리는가, 한밤중은!

---

1 세속적으로 보이든, 종교적으로 보이든, 신적으로 보이든, 모두 기독교적 관점이므로 차라투스트라는 이러한 견해를 거부하는 것이다.

2 '좀 더'니 '신'이니 한 것은 신이 세계를 창조했다는 의미에서 한 말이지 차라투스트라의 참뜻은 아니다.

3 인간에 대한 신의 사랑.

4 영원 회귀의 교사로서의 운명을 떠맡고 있기 때문이다.

얼마나 냉정하게 말하는가, 이 술 취한 여류 시인은! 그녀는 그녀의 취기에 지나치게 취해버린 것일까? 그녀는 밤을 새운 것일까? 그녀는 반추하고 있는 것일까?

꿈속에서 자신의 고통을 반추하고, 더 나아가 자신의 쾌락을 반추하고 있는 것이다. 이 늙고 깊은 한밤중은. 다시 말하면 쾌락은, 이미 고통이 깊어졌더라도, **쾌락은 마음의 고뇌보다는 더 깊은 것이다.**

9

그대 포도나무여! 왜 그대는 나를 찬양하는가? 나는 그대를 베어내지 않았던가! 나는 잔인하게 굴고 그대는 피를 흘린다. 왜 그대는 나의 술에 취한 잔인성을 찬양하는가?[1]

"완전해진 것, 성숙한 모든 것은 —— 죽기를 바란다!" 그대는 이렇게 말한다. 축복받으라, 축복받으라, 포도나무 전지가위[2]여! 그러나 성숙하지 못한 모든 것은 살기를 바란다, 슬픈 일이구나!

고통은 말한다, "가버려라! 가라, 그대 고통이여!" 그러나 모든 고뇌하는 자들은 살기를 바란다, 성숙하고 쾌락과 동경을 갖기 위해서, 보다 멀리 있는 것, 보다 높은 것, 보다 밝은 것을 동경하기 위해서. "나는 상속자가 되고 싶다." 모든 고뇌하는 자들은 이렇게 말한다. "나는 어린애를 갖고 싶다. 나는 **나를** 바라지 않는다."

그러나 쾌락은 상속자를 원하지 않는다, 어린애를 원하지 않는다. 쾌락은 자기 자신을 원하고 영원을 원하고 회귀를 원하고 모든 것이 자기

---

1 제3부 '커다란 동경에 대하여' 22단 참조.
2 제3부 '커다란 동경에 대하여' 22~27단 참조.

자신과 영원히 동일하기를 바란다.

고통은 말한다, "찢어져라, 피를 흘려라, 마음이여! 방황하라, 다리여! 날개여! 날아라! 위로, 위쪽으로! 고통이여!" 자! 그것도 좋다! 오, 나의 늙은 마음이여! 고통은 말한다, **"가버려라!"**

10

그대들 보다 높은 인간들이여, 그대들은 어떻게 생각하는가? 나는 예언자인가? 꿈꾸는 자인가? 술 취한 자인가? 해몽가인가? 한밤중의 종인가?

한 방울의 이슬인가? 영원의 안개이고 향기인가? 그대들은 듣지 못하는가? 그대들은 냄새를 맡지 못하는가? 방금 나의 세계는 완성되었고 한밤중은 동시에 정오다.

고통은 동시에 쾌락이고 저주는 동시에 축복이고 밤은 동시에 태양이다.[1] 가버려라, 그렇지 않으면 현인은 동시에 바보임을 그대들은 배워라.

그대들은 쾌락에 대해 그렇다고 말한 적이 있는가? 오, 나의 벗들이여, 그렇다면 그대들은 **모든** 고통에 대해서도 그렇다고 말한 것이다. 모든 사물은 사슬로, 실로, 사랑으로 연결되어 있다.

그대들이 일찍이 한순간이 다시 오기를 원했다면, 그대들이 일찍이 "그대는 나의 마음에 든다, 행복이여! 찰나여! 순간이여!"라고 말한 적이 있다면, 그대들은 **모든 것**이 되돌아오기를 바랐던 것이다!

---

1 영원 회귀의 측면에서 본다면 고통과 쾌락, 저주와 축복, 밤과 태양은 동일한 것의 다른 면에 지나지 않는다.

모든 것이 새로이 오고 모든 것이 영원하고, 모든 것이 사슬과 실과 사랑으로 연결되어 있는, 오, 이러한 세계를 그대들은 **사랑한 것이다.**

그대들 영원한 자들이여, 이러한 세계를 영원히 언제까지나 사랑하라, 그리고 그대들은 고통에게도 말하라, "가버려라, 그러나 되돌아오라!"라고. **모든 쾌락은 —— 영원을 원하기 때문이다!**

11

모든 쾌락은 모든 사물의 영원을 원하고 꿀을 원하고 찌꺼기를 원하고 술 취한 한밤중을 원하고 무덤을 원하고[1] 무덤의 눈물의 위안을 원하고 황금빛 저녁놀[2]을 원한다.

쾌락은 **무엇인들** 원하지 않으랴! 쾌락은 모든 고통보다도 더 목마르고 더 따뜻하고 더 굶주렸고, 더 무섭고 더 놀랍고 더 은밀하다. 쾌락은 **자기 자신**을 원하고 **자기 자신**을 물며 쾌락 속에서는 원환의 의지[3]가 몸부림친다 —— .

쾌락은 사랑을 원하고 증오를 원하고, 쾌락은 넘쳐흐를 만큼 풍요하여 증여하고 집어던지고 누군가가 자기를 받아들이기를 애걸하며 받아들이는 자에게 감사한다. 쾌락은 미움받는 것을 좋아한다 —— .

쾌락은 고통을, 지옥을, 증오를, 치욕을, 불구자를, **세계**를 갈망할 만큼 풍요하다 —— 왜냐하면 이 세계는, 오, 그대들도 이 세계를 잘 알고 있지 않은가!

---

1 제2부 '무덤의 노래' 4단 참조.
2 '무덤의 눈물의 위안'과 '저녁놀'은 쾌락과 고통이 결합된 사물, '무덤'과 '찌꺼기'는 고통에 찬 사물, '술 취한 한밤중'과 '꿀'은 쾌락으로 가득 찬 사물의 예다.
3 영원 회귀.

그대들 보다 높은 인간들이여, 쾌락은 제어하기 어렵고 복된 쾌락은 그대들을 동경한다 — 그대들의 고통을 (동경한다), 그대들 실패작들이여! 모든 영원한 쾌락은 실패작들을 동경하는 것이다.

모든 쾌락은 자기 자신을 원하고, 따라서 마음의 고뇌를 원하기 때문이다! 오, 행복이여, 오, 고통이여! 오, 찢어져라, 마음이여! 그대들 보다 높은 인간들이여, 쾌락은 영원을 원한다는 것을 배워라 — 쾌락은 **모든 사물의 영원을 원하고 깊고 깊은 영원을 원한다는 것을!**

12

이제 그대들은 나의 노래를 배웠는가? 그대들은 이 노래가 말하려고 하는 것을 알았는가? 자! 자아! 그대들 보다 높은 인간들이여, 그렇다면 나의 윤창을 노래하라!

이제 제발 스스로 이 노래를 불러라. 이 노래의 이름은 '다시 한번,' 이 노래의 의미는 '모든 영원에!'[1]이다. 노래하라, 그대들 보다 높은 인간들이여, 차라투스트라의 윤창을!

오, 인간이여! 주목하라!
깊은 한밤중은 무슨 말을 하는가?
"나는 잠자고 있었다, 나는 잠자고 있었다.
깊은 꿈에서 나는 깨어났다.
── 세계는 깊다,
그리고 낮이 생각하는 것보다 더 깊다.

---

1 요컨대 영원 회귀다.

세계의 고통은 깊다,

쾌락은 —— 마음의 고뇌보다 더 깊다.

—— 고통은 말한다, 사라져라! 가버려라!라고.

그러나 모든 쾌락은 영원을 원한다,

깊고 깊은 영원을 원한다!"

조 짐

그러나 이 밤이 지나고 아침이 되자, 차라투스트라는 그의 잠자리에서 벌떡 일어나 허리를 졸라매고, 어두운 산에서 솟아오른 아침의 태양처럼 불타오르면서 씩씩하게, 그의 동굴 밖으로 나왔다.

"그대 거대한 천체여." 그는 일찍이 말했던 것처럼 말했다. "그대 그윽한 행복의 눈이여, 그대가 비추어줄 것들이 없다면, 그대의 모든 행복은 어떻게 될 것인가!

그리고 그대가 이미 잠에서 깨어나 솟아올라서 증여하고 나누어주고 있을 때에도 그대가 비추어줄 것들이 아직도 방 안에 머물러 있다면, 그대의 긍지 높은 수치는 얼마나 노했을 것인가!

좋다! 내가 잠을 깨었는데도, 그들은, 보다 높은 인간들은 아직 잠을 자고 있다. 그들은 나의 참된 길동무는 아니다! 내가 여기, 나의 산에서 기다리고 있는 것도 그들이 아니다.

나는 나의 일¹을 향해, 나의 낮을 향해 가려고 한다. 그러나 그들은 나의 아침의 조짐이 무엇을 뜻하는지 이해하지 못한다. 나의 발소리

---

1 정오에 영원 회귀 사상을 알리는 것.

는 —— 그들에게는 결코 기상 신호가 아니다.

그들은 아직도 나의 동굴에서 잠자고 있고 그들의 꿈은 아직도 나의 취가를 마시고 있다. 그러나 **나의 말을** 경청하고 있는 귀 —— **복종하는** 귀는 그들의 사지에는 없다."

태양이 떴을 때, 차라투스트라는 자기 마음을 향해 이렇게 말했다. 그때 그는 의아한 듯이 높은 곳을 바라보았다. 그는 머리 위에서 그의 독수리의 날카로운 울음소리를 들었기 때문이었다. "좋아!" 그는 위를 향해 외쳤다. "이것은 나의 마음에 들고 나에게도 어울린다. 내가 잠을 깨니까, 나의 짐승들도 깨어났다.

나의 독수리는 깨어나 나처럼 태양에 경의를 나타내고 있다. 독수리는 독수리의 발톱으로 새로운 빛을 잡는다. 그대들은 나의 참된 짐승들이다. 나는 그대들을 사랑한다.

그러나 나에게는 아직도 나의 참된 인간들이 없구나!"

차라투스트라는 이렇게 말했다. 그러나 이때 다음과 같은 일이 일어났다. 곧 그는 갑자기 마치 무수한 새들이 몰려들어 펄펄 날아 돌아다니는 것 같은 소리를 들었다. 그러나 수많은 날개의 펄럭거리는 소리와 그의 머리 둘레로 모여드는 소리가 엄청났기 때문에 그는 눈을 감았다. 그리고 정녕 그것은 구름처럼 그의 머리 위로 덮쳐왔다. 마치 새로운 적의 머리 위로 쏟아지는 화살의 구름처럼. 그러나 보라, 이번 경우에는 그것은 사랑의 구름으로 새로운 벗의 머리 위로 몰려드는 것이었다.

"나에게 무슨 일이 일어났는가?" 그는 마음속으로 깜짝 놀라면서, 이렇게 생각하고 그의 동굴의 출구 옆에 있는 커다란 돌 위에 천천히 앉았다. 그러나 그가 두 손을 둘레로, 상하로 뻗치며 귀여운 새들을 막고 있을 때, 보라, 그에게는 훨씬 더 기묘한 일이 일어났다. 다시 말하면 그는 부지중에 어떤 수북하고 따뜻한 털뭉치 속으로 손을 집어넣었던 것이다. 그러자 동시에 그의 눈앞에서 포효가 울려 퍼졌다 —— 부드럽고 긴 사자의 포효가.

"**조짐이 왔다.**" 차라투스트라는 말했고 그의 마음은 변했다. 그리고 그의 눈앞이 밝아졌을 때, 정말로 그의 발 밑에는 노란 힘센 짐승이 엎드려 있었고 머리를 그의 무릎에 기대고 사랑에 넘쳐 그에게서 떨어지지 않으려고 했다. 마치 옛 주인을 다시 찾은 개 같았다. 그러나 비둘기도 그 사랑에 있어서는 사자와 마찬가지로 열렬했다. 그리고 비둘기가 사자의 코끝을 스쳐 지나갈 때마다, 사자는 머리를 흔들고 의아하게 여기며 웃었다.

이러한 모든 일에 대해 차라투스트라는 오직 한마디를 말했을 뿐이었다. "**나의 어린애**들이 가까운 곳에 있다, 나의 어린애들이." 그 다음에는 그는 완전히 침묵을 지켰다. 그러나 그의 마음은 풀리고 눈에서는 눈물이 흘러내려 그의 손에 떨어졌다. 그리고 그는 어떤 것에도 주의를 하지 않은 채, 움직이지도 않고 짐승들을 막지도 않으면서 앉아 있었다. 그때 비둘기들은 날아다니며 그의 어깨 위에 앉기도 하고 그의 백발을 애무하기도 하며 부드러움과 기쁨을 나타내는 데 싫증을 내지 않았다. 그러나 힘센 사자는 차라투스트라의 손으로 떨어지는 눈물을 끊임없이 핥으며 수줍게 포효하고 웅얼거렸다. 이 짐승들은 이와 같이 행동했다.

이러한 모든 일들이 오랫동안 계속되었고 혹은 잠시 동안이었을지도 모른다. 왜냐하면 정확하게 말해서 이러한 일에 대해 지상에는 **어떠한** 시간도 존재하지 않기 때문이다.[1]

---

1 일상적인 시간에 있어서의 사건, 현실의 역사에서 일어난 사건이 아니라 영원 회귀의 본질적 시간 속에서 일어난 사건임을 나타낸다.

그러나 그동안에 차라투스트라의 동굴 안에서는 보다 높은 인간들이 잠에서 깨어나 차라투스트라를 마중 나가 아침 인사를 드리려고 함께 모여 정렬하고 있었다. 왜냐하면 그들은 잠에서 깨어나 그가 이미 그들 사이에 머물러 있지 않다는 것을 알았기 때문이었다. 그러나 그들이 동굴의 문에 도달하고 그들의 요란한 발소리가 그들보다 먼저 달려나갔을 때, 사자는 깜짝 놀라서 갑자기 차라투스트라에게 등을 돌리고 사납게 포효하면서 동굴로 달려들었다. 그러나 보다 높은 인간들은 사자의 포효를 듣고는, 이구동성으로 외치며 달아나 삽시간에 사라졌다.

그러나 차라투스트라 자신은 멍한 상태로 이상하게 여기며 그의 자리에서 일어나 둘레를 둘러보고 깜짝 놀라 거기에 서서, 자기 마음에 물어보고 생각해내려고 애쓰며 홀로 있었다. "도대체 나는 무슨 소리를 들었지?" 그는 마침내 천천히 말했다. "방금 나에게 무슨 일이 일어났지?"

그러나 재빨리 그의 기억이 되살아났고 그는 어제와 오늘 사이에 일어난 모든 일을 한꺼번에 파악했다. "그렇다, 여기에 돌이 있다." 그는 말하고 수염을 쓰다듬었다.

"나는 어제 아침, **이 돌** 위에 앉아 있었다. 그런데 예언자가 여기, 나 있는 쪽으로 걸어왔고 또 여기서 처음으로, 내가 방금도 들은 절규, 구원을 요청하는 커다란 절규를 들었다.

오, 그대들 보다 높은 인간들이여, 그렇다. 어제 아침 저 늙은 예언자가 나에게 예언한 것은 **그대들의** 곤경에 대해서였다.

그는 나를 그대들의 곤경으로 꾀어내서 시험해보려고 했다. 오, 차라투스트라여, 나는 그대를 그대의 마지막 죄로 꾀어내기 위해 왔다, 예언자는 나에게 이렇게 말했다. "나의 마지막 죄로?" 차라투스트라는 외치고 화가 나서 자기 자신의 말을 비웃었다. "나의 마지막 죄로서 내가 지금까지 보류해온 것이 도대체 **무엇인가?**"

그리고 다시 한번 차라투스트라는 골몰한 생각에 잠겨, 다시 커다란 돌 위에 앉아 생각해내려고 애를 썼다. 갑자기 그는 벌떡 일어났다.

"**동정이다! 보다 높은 인간들에 대한 동정이다!**" 그는 외쳤고 그의 얼굴은 청동으로 변했다.

"**좋아! 그것도** ── 이제 끝이 났다! 나의 고뇌와 나의 동정 ── 이것이 무슨 상관이 있는가! 도대체 나는 **행복**을 얻기 위해 노력했던가? 나는 나의 **일**을 이루기 위해 노력했다!

자! 사자가 왔고 나의 어린애들은 가까운 곳에 있다, 차라투스트라는 성숙했다. 나의 때가 온 것이다.

이것은 **나의** 아침이다. **나의** 낮이 시작된다. **자, 떠올라라, 떠올라라, 그대 위대한 정오여!**"

차라투스트라는 이렇게 말하고, 어두운 산 위에서 솟아오른 아침의 태양처럼 불타오르면서 씩씩하게 그의 동굴을 떠났다.

〈끝〉

옮긴이 **황문수**

고려대학교 문리대 철학과와 동 대학원을 졸업했으며 고려대, 한양대 강사를
역임하고 경희대학교 문리대 철학과 교수를 지냈다.
저서로는《실존과 이성》,《동학운동의 이해》등이 있고,
역서로는 플라톤《소크라테스의 변명》,《향연》,
윌 듀랜트《철학이야기》, 카를 야스퍼스《이성과 실존》,
윌리엄 드레이《역사철학》, 프리츠 파펜하임《현대인의 소외》,
에리히 프롬《사랑의 기술》,《인간의 마음》등이 있다.

차라투스트라는 이렇게 말했다

1판 1쇄 발행 1975년 3월 25일
2판 1쇄 발행 2001년 2월 15일
3판 1쇄 발행 2010년 5월 20일
3판 7쇄 발행 2023년 2월 20일

지은이 프리드리히 W. 니체 | 옮긴이 황문수
펴낸곳 (주)문예출판사 | 펴낸이 전준배
출판등록 2004. 02. 12. 제 2013-000360호 (1966. 12. 2. 제 1-134호)
주소 04001 서울시 마포구 월드컵북로 21
전화 393-5681 | 팩스 393-5685
홈페이지 www.moonye.com | 블로그 blog.naver.com/imoonye
페이스북 www.facebook.com/moonyepublishing | 이메일 info@moonye.com

ISBN 978-89-310-0672-8 03850

◦ 잘못 만든 책은 구입하신 서점에서 바꿔드립니다.

문예출판사® 상표등록 제 40-0833187호, 제 41-0200044호

■ 문예 세계문학선

★ 서울대, 연세대, 고려대 필독 권장도서 ▲ 미국 대학위원회 추천도서
● 《타임》 선정 현대 100대 영문 소설 ▽ 《뉴스위크》 선정 세계 100대 명저

(뒷면 계속)